杜詩鏡銓

唐·杜甫 著
清·楊倫 箋注

下冊

臺灣學生書局印行

杜詩鏡銓卷十三 大曆中，公居夔州作。

峽中覽物

曾爲掾吏趨三輔，掾吏謂爲華州司功。三輔：京兆、扶風、馮翊也，華屬扶風。憶在潼關詩興多。巫峽忽如瞻華嶽，蜀江猶似見黃河。舟中得病移衾枕，承江 謂自雲安遷夔。洞口經春長薜蘿。承峽 形勝有餘風土惡，幾時回首一高歌？回首謂北歸也。

憶鄭南

舊作憶鄭南玭。朱注：鄭南謂華州鄭縣之南，詳詩意只是憶鄭南寺舊遊耳。玭字或訛或衍，今從草堂本削去。

鄭南伏毒寺，劉禹錫別集：舅氏牧華州，陪登伏毒寺。卽此。瀟灑到江心。謂寺在江中也。石影銜珠閣，閣有珠簾，故曰珠閣。泉聲帶玉琴。風杉曾曙倚，雲嶠憶春臨。萬里蒼茫水，龍蛇只自深。言峽水蒼茫，徒爲

從崔敘起，開手疊用三喻。

此段送崔還朝。

此則有感時事。

龍蛇窟穴，嘆不如鄭南江心之瀟灑也。

贈崔十三評事公輔

飄颻西極馬，來自渥洼池。颯飁（似立切。）寒山桂，唐韻：颯飁，大風也。謝靈運詩：南州實炎德，桂木凌寒山。低徊風雨枝。仇注：馬來渥洼，比崔之才俊；桂摧風雨，比崔之屈抑。我聞龍正直，浦注：龍正直指君言，易所謂龍德而正中者也。道屈爾何為？且有元戎命，元戎謂羽林軍帥，即崔之舉主。悲歌識者知。官聯辭冗長，按評事掌出使推按，不為冗官。崔蓋以評事出為外州幕僚，茲復以薦徵入補羽林軍職也。行路洗欹危。謂將出峽。脫劍主人贈，主人謂崔之幕主。去帆春色隨。陰沈鐵鳳闕，漢書：建章宮東則鳳闕，高二十餘丈。西都賦注：圓闕上作鐵鳳，令張兩翼。教練羽林兒。天子朝侵早，謂世亂多事。雲臺仗數移。謂乘輿播遷。分軍應供給，考史，時魚朝恩典神策軍分為左右廂，勢居北軍右。百姓日支離。黠吏因封己，國語：引黨以封己。注：封，厚也。公才或守雌。晉書：孔愉有公才而無公望。老子：知其雄，守其雌。燕王買駿骨，事見戰國策。渭老

此謂元戎得以靖亂。

此望崔以功業自顯。

末贈別而致稱羨之意。

得熊羆。活國名公在，名公卽元戎。拜壇羣寇疑。懼也。冰壺動瑤碧，張溍注：瑤碧，二玉名，冰壺，指朗鑑。謂才士貴如珠玉，而元戎能賞識之也。野水失蛟螭。言羣盜將見盪滅。入幕諸彥集，渴賢高選宜。鶱騰坐可致，九萬起於斯。復進出矛戟，祝其再遷而專閫。昭然開鼎彝。會看之子貴，歎及老夫衰。豈但江曾決？言向聞評事議論，如江河之決。還思霧一披。注見一卷。暗塵生古鏡，拂匣照西施。言其先屈而後伸也，應轉起處意。舅氏多人物，崔係公中表。無慚困翮垂。

此詩獨作澁體，句法亦多離奇，開盧仝、孟郊一種詩派，然學之易入奧僻。

奉寄李十五祕書文嶷二首

避暑雲安縣，秋風早下來。暫留魚復浦，同過楚王臺。寰宇記：楚宮在巫山縣西二百步。陽臺，古城內，卽襄王所遊之地。陽雲臺高一百二十丈，南枕長江。時祕書將適洪州，公故約其至夔相會，同下峽也。猿鳥千崖窄，江湖萬里開。竹枝歌

上章寄意已完，此章但致頌禱。

只是隨手寫出，自覺十分淋漓。

未好，舊注：竹枝歌，巴渝之遺音，惟峽人善唱。何宇度談資：竹枝歌悽惋悲怨，蘇長公云：有楚人哀弔屈賈之遺聲焉。畫舸莫遲回。促其早至而出峽也。

行李千金贈，衣冠八尺身。飛騰知有策，意度不無神？班秩兼通貴，唐書：祕書郎從八品上，故曰通貴。公侯出異人。文疑係宗室。元成負文彩，漢書：韋元成，韋賢之少子，守正持重，不及於父，而文彩過之。世業豈沈淪。

貽華陽柳少府

唐書：華陽縣屬成都府。

繫馬喬木間，問人野寺門。柳侯披衣笑，見我顏色溫。並坐石堂下，俛視大江奔。火雲洗月露，言火雲爲月露所洗。是夏天曉景。絕壁上朝暾。自非曉相訪，觸熱生病根。南方六七月，出入異中原。老少多暍於歇切。死，漢紀：元封四年夏大旱，民多暍死。暍，傷暑也。汗踰水漿翻。俊才得之子，筋力不辭煩。指揮當世事，語及戎馬存。涕淚濺我裳，悲風排帝閽。鬱陶抱長策，義仗知者論。吾衰病江漢，但愧識璵璠。文章一小技，於道未爲尊。（放低說身分愈高）二句亦因柳以此尊己而言。起予幸斑白，因是託子孫。仇注：言少府長策足以匡濟當時，則己之文章小技何關大道乎？此所以有起予之歎也。又因肝膽照人，故欲以子孫相託。俱客古信州，舊唐書：夔州本梁信州，隋爲巴東郡，武德二年改夔州。結廬依毀垣。相去四五里，徑微山葉繁。時危挹佳士，況免軍旅喧。醉從趙女舞，（寫出家人相）歌鼓秦人盎。（待意）李斯書：擊甕叩缶，彈箏搏髀，而歌呼嗚嗚快耳者，眞秦之聲也。楊惲書：家本秦也，能爲秦聲，婦趙女也，雅善鼓瑟。酒後耳熱，仰天拊缶而歌呼嗚嗚。爾雅：盎謂之缶。子壯顧我傷，我驩兼淚痕。餘生如過鳥，（結語甚悲）張協詩：人生瀛海內，忽如鳥過目。故里今空村！成都時有崔旰之亂，而夔州免於軍旅，故得相從歡宴；但思餘生無幾，而故里難歸，仍不免相對淚下耳。

雷

誌旱而空雷也，以下數篇皆說旱。

大旱山嶽焦，密雲復無雨。南方瘴癘地，罹此農事苦。封內必舞雩，周禮：司巫國

蔣云：趣甚，亦暗譏當時諂事藩鎮者。軍興賦重，人多愁怨，乃致旱之由，公故慷慨極言，翻進一層，正是探原之論。

大旱則率巫而舞雩。注：雩者，呼嗟求雨之祭。

峽中喧擊鼓。神農祈雨書：祈雨不雨則暴巫，暴巫而不雨，則積薪擊鼓而焚山。眞龍竟寂寞，土梗空傴音呂。俯。土梗猶云泥塑木偶人也，亦暗用國策桃梗土偶語。傴俯謂鞠躬以祈神也。吁嗟公私病，稅斂缺不補。故老仰面啼，瘡痍向誰數？暴尪或前聞，禮記：歲旱，穆公召縣子而問曰：天久不雨，吾欲暴尪而奚若。注：尪者面向天覬，天哀而雨之。鞭巫非稽古。請先偃甲兵，處分聽人主。萬邦但各業，一物休盡取。水旱其數然，堯湯免親覩。漢鼂錯傳：堯有九年之水，湯有七年之旱。上天鑠金石，招魂：十日代出，流金鑠石。羣盜亂豺虎。二者存一端，愆陽不猶愈？左傳：春無愆陽。按：是時蜀亂，羣帥交攻，民不堪命，故言救旱之道，非祈神暴巫所能爲力。舊說但概指方鎮，未爲得旨。昨宵殷其雷，至此方入題風過齊萬弩。復吹霾翳散，虛覺神靈聚。氣暍腸胃融，汗溼衣裳汙。吾衰尤計拙，收到自家作結失望築場圃。

火

原注：楚俗大旱則焚山擊鼓，有合神農書。

公詩有近賦者，亦由熟精選理。

楚山經月火，（此首開手先揭出題）大旱則斯舉。舊俗燒蛟龍，（先敍舉火之由）驚惶致雷雨。爆（皮敎切）。嶔（邱銜切）。魑魅泣，嶔謂山穴，故魑魅潛於其中。崩凍嵐陰昈。西京賦：赫昈昈以宏敞。李善注：埤蒼：昈，赤文也。又廣韻：明也。言積凍之地，為火所崩迫，故嵐陰皆有赤光。（低處）羅落沸百泓，言火燼周圍隕落，泓水盡為沸騰也。根源皆萬古。一作太。青林一灰燼，（高處）（以上言日中之火）雲氣無處所。高唐賦：風止雨霽，雲無處所。入夜殊赫然，（此言夜間之火）新秋照牛女。言火光燭天。風吹巨焰作，河掉動也，一作漢。騰烟柱。與拄通。勢欲焚崑崙，書：火炎崑岡，玉石俱焚。光彌焮香靳切。洲渚。左傳：行火所焮。焮，炙也。腥至焦長蛇，聲吼纏猛虎。神物已高飛，不見石與土。貴耳集：古傳龍不見石，人不見風，魚不見水。言欲燒蛟龍致雨，龍已遠去，徒害他物，所以曉愚民也。爾寧要謗讟，憑此近熒侮。張溍注：見蛟龍神物，非可力爭，故焚山之舉似以謗毀要神，其事近於熒惑狎侮，不足憑信。薄關長吏憂，（此言燃火無救）甚昧（於旱）至精主。朱注：言此固舊俗不經，實因長吏薄於憂民，不知以精誠為主，盡祈救之道耳。遠遷誰撲滅，將恐及環堵。詩：將恐將懼。流汗臥江亭，更深氣如縷。

與三川觀水漲作同一刻劃盡致，恐張南本、孫知微畫筆不能逮也。○獨以造字造句見奇，韓孟聯句及歐蘇禁體諸詩皆源於此。

熱三首

雷霆空霹靂，雲雨竟虛無。炎赫衣流汗，低垂氣不蘇。乞爲寒水玉，山海經：堂庭之山多水玉。注：水精也。願作冷秋菰。何似兒童歲，風涼出舞雩！三結句各有出處。

瘴雲終不滅，瀘水復西來。後漢書注：瀘水出旄牛徼外，經朱提至僰道入江，在今巂州，時有瘴氣。閉戶人高臥，歸林鳥卻回。峽中都似火，江上只空雷。想見陰宮雪，繁欽暑賦：雖託陰宮，罔所避旃。風門颯沓開。亦寓思君意，兼有下情未悉之慼。

朱李沈不冷，魏文帝書：沈甘瓜於清泉，浸朱李於寒水。彫胡炊屢新。彫胡注見三卷，因熱甚不能餐，故屢炊也。將衰骨盡痛，被暍味空頻。歘翕炎蒸景，飄颻征戍人。十年可解甲，正傷其未解也。爲爾一霑巾。

七月三日，亭午已後校（較同。）熱退，晚加小涼，穩睡有詩，因論壯年樂事，

戲呈元二十一曹長

今茲商用事，（月令：孟秋之月，其音商，律中夷則。）餘熱亦已末。衰年旅炎方，生意從此活。亭午減汗流，比鄰耐人聒。晚風爽烏匼，（遏合切。薛夢符曰：烏巾也。）筋力蘇摧折。閉目踰十旬，（追說）大江不止渴。退藏恨雨師，健步聞旱魃。（神異經：南方有人長二三尺，裸身而目在頂上，走行如風，名曰魃，俗曰旱魃，所見之國大旱。）園蔬抱金玉，（言貴如金玉。）無以供採掇。密雲雖聚散，徂暑終衰歇。（詩：六月徂暑。謂夏竟無雨。）前聖昚（古慎字。）焚巫，（左傳：僖二十一年夏旱，公欲焚巫尪，臧文仲曰：非旱備也。）武王親救暍。（帝王世紀：武王自孟津還見暍人，王自左擁而右扇之。）陰陽相主客，時序遞回斡。灑落惟清秋，昏霾一空闊。蕭蕭紫塞雁，（借景渡下）（古今注：秦築長城，土色皆紫。）南向欲行列。欻思紅顏日，霜露凍（冷也。）堦闥。胡馬挾雕弓，鳴弦不

此追論壯年樂事。

以下戲呈。

虛發。長鈚音批。逐狡兔，廣韻：鈚，箭也。突羽當滿月。趙曰：突羽，言羽箭奔突。當滿月，言挽弓之滿如月，箭當其間。悵惘白頭吟，蕭條游俠窟。盧注：此即壯遊詩中放蕩齊趙間，裘馬頗清狂，呼鷹皁櫪林，逐獸雲雪岡事也。臨軒望山閣，山閣，元曹長所居。縹緲安可越？高人練丹砂，未念將朽骨。少壯跡頗疏，歡樂曾倏忽。承上段杖藜風塵際，老醜難翦拂。吾子得神仙，本是池中物。賤夫美一睡，方書云：修眞者戒睡。煩促嬰詞筆。杜臆：曹長喜燒煉，故末以此戲之。謂其雖得仙術，未能羽化，猶是池中物，而已之善睡，不減於仙遊也。

牽牛織女

牽牛出河西，織女處其東。萬古永相望，七夕誰見同？神光竟難候，此事終蒙朧。周處風土記：七月七日夜，灑掃於庭，露施几筵，設酒脯時果，散香粉於筵上，以祀河鼓織女。言此二星辰當會，少年守夜者咸懷私願。或云見天漢中奕奕正白氣，有光曜五色，以此爲徵，便拜而乞願。爾雅：河鼓謂之牽牛。颯然精靈合，何必秋遂逢。一作通。亭亭新妝立，指織女。龍駕具

此段朱子取入女誡。

曾空。謝脁七夕賦：回龍駕之容裔。世人亦爲爾，祈請走兒童。稱家隨豐儉，白屋達公宮。膳夫翊堂殿，謂陳設饌具。鳴玉凄房櫳。浦注：鳴玉當指環佩聲，謂女人皆自房中出也。曝衣遍天下，西京雜記：太液池西有漢武曝衣樓，七夕，出后衣曝於樓上。曳月揚微風。蛛絲小人態，曲綴瓜果中。荊楚歲時記：七夕，人家婦女結綵縷，穿七孔針，陳瓜果於庭中以乞巧；有蟢子網於瓜上者，則以爲得巧。初筵裛重露，日出甘所終。言自夕至朝也。嗟汝未嫁女，秉心鬱忡忡。防身動如律，竭力機杼中。即就織女發論。雖無舅姑事，敢昧織作功。二句承竭力以下，俱申防身。明明君臣契，陪說咫尺或未容。言尺寸不可踰越。義無棄禮法，恩始夫婦恭。小大有佳期，戒之在至公。女失節必爲夫所棄，猶臣失節必爲君所輕。方圓苟齟齬，九辯：圜鑿而方枘兮，吾固知其齟齬而難入。丈夫多英雄。朱注：言夫婦之義通於君臣，近雖咫尺，非佳期不合，苟棄禮失身，能不爲丈夫之所賤耶？仇注：牛女渡河，說本荒誕，舊俗乞巧，更涉私情，故以牛女無私會之事，以興男女無苟合之道也。

邵滄來曰：七夕詩從來諸作，不過寫儀從之盛，會合之情，別離之苦而已；獨公此詩，一起八句卽闢倒，中十四句將乞巧正面陳列一番，後一段發出大議論，亦是翻案法；而微言大義，侃侃不磨，自見獨開生面。○或曰此託意君子進身之道，故感牛女事而賦之。

毒熱寄簡崔評事十六弟

大火運金氣，大火，心星也，注見十一卷。荆揚不知秋。林下有塌翼，謂熱不能飛也。水中無行舟。千室但掃地，張云避熱眞景。仇注：欲臥地求涼也。閉關人事休。老夫轉不樂，旅次兼百憂。蝮蛇暮偃蹇，空牀難暗投。炎宵惡明燭，況乃懷舊丘。開襟仰内弟，白帖：舅之子爲内兄弟。陸厥有答内兄顧希叔詩。執熱露白頭。束帶負芒刺，接居成阻修。何當清霜飛，會子臨江樓。載聞大易義，諷詠詩家流。崔必長於易詩之學。蘊藉異時輩，檢身非苟求。皇皇使臣體，唐書：評事掌出使推按。信是德業優。楚材擇杞梓，喻崔使夔。漢苑歸驊騮。喻崔還京。短章達我心，理待識者籌。言諸事皆待崔相商也。

信行遠修水筒

原注：引泉筒。公伐木詩序有隸人信行。

汝性不茹葷，清淨僕夫內。秉心識本源，於事少滯礙。與本事關映 雲端水筒坼，林表山石碎。石碎故筒坼。觸熱藉子修，通流與廚會。往來四十里，荒險崖谷大。日曛驚未餐，貌赤愧相對。浮瓜供老病，裂餅常所愛。何曾裂餅十字文，見王隱晉書。於斯答恭謹，足以殊殿最。浦注：浮瓜裂餅，皆以分賜酬勞者，見恩意特殊。舊注非是。詎要方士符，汝南先賢傳：葛玄與吳大帝坐樓上，見作請雨土人，曰：雨易得耳。即書符著社廟中，須臾大雨淹注，平地水尺餘。何假將軍佩？舊作蓋。東觀漢紀：李貳師將軍拔佩刀刺山而泉飛出。行諸直如筆，仇注：行諸猶云行乎，呼其名也。後魏古弼，太武嘉其直而有用，賜名曰弼。以其頭尖，時人呼為筆公。用意崎嶇外。

申鳧盟曰：日曛驚未餐，貌赤愧相對，公之體恤下情如是，眞仁者之用心。陶公云：此亦人子也，可善遇之。兩賢一轍。

催宗文樹雞柵

宗文，公長子，樹柵織籠本奴僕事，而課督之者則宗文也。

張云：寫雞形神俱出，可發一笑。

末段明所以蓄雞之由，應轉起處。

吾衰怯行邁，旅次展崩迫。任昉表：無任崩迫之情。言當有所藉以養生。愈風傳烏雞，本草：烏雌雞，治風溼痲痺。秋卯方漫喫。趙注：春卯可以抱育，故秋卯方充食也。自春生成者，隨母向百翮。驅趁制不禁，驅趁，謂驅去仍來，雖制之亦不能禁。喧呼山腰宅。課奴殺青竹，火炙竹去汗則不蠹，以立柵也。終日憎赤幘。干寶搜神記：安陽城南有亭，一書生明術數，入亭宿，夜半有赤幘者來。或問曰：向赤幘者誰？答曰：西舍老雄雞也。踏藉盤案翻，（承赤幘句）塞蹊使之隔。（承青竹句）墻東有隙一作閒散。地，可以樹高柵。避熱時未一作來。歸，問兒所爲跡。織籠曹其內，（織籠乃又進一層）曹，羣處也。令入不得擲。稀間可一作苦。突過，觜爪一作距。還汚席。稀間，言柵中稀疏有間。突過汚席，明織籠之不可已也。我寬螻蟻遭，彼免狐貉厄。齊民要術：雞棲宜椓地爲籠，內着棧，安穩易肥，又免狐狸之厄。應宜各長幼，自此均勍敵。（是佛理亦是王道）籠柵念有修，近身見損益。朱注：言因修此籠柵，近譬諸身，見損益之理，莫不皆然。明明領處分，一一當剖析。不昧風雨晨，亂離減憂慼。詩：風雨如晦，雞鳴不已。喻君子世亂而不失其常度也，故欲藉此以寬憂慼。其流則凡鳥，其氣

邵云：亦是髯蘇山谷濫觴。

心匪石。詩：我心匪石，不可轉也。言司晨有信。倚賴窮歲晏，撥煩去冰釋。未似尸鄉翁，列仙傳：祝雞翁居尸鄉北山下，養雞百年餘，雞至千頭，皆有名字。欲取呼名，則種別而至。後昇吳山，莫知所在。拘留蓋阡陌。阡陌即謂墻東隙地。言祝雞翁任其飛走，吾則未能，故拘留而蓋之阡陌之間也。末句乃自哂之詞。

盧文子曰：雞柵本一小事，杜公說來便見仁至義盡之意。念其生成，春卵不食，仁也；人禽有別，驅諸柵籠，義也。螻蟻可全，狐狸亦免，義中之仁；長幼不混，勍敵亦均，仁中之義。於課柵一事，直抉出至理如許，可謂善昜其子矣。

驅豎子摘蒼耳

爾雅注：卷耳，或曰苓耳，形似鼠耳，叢生如盤。陸璣詩疏：葉似胡荽，白花細莖，可煮爲茹。按：本草即今蒼耳。

江上秋已分，林中瘴尤劇。畦丁告勞苦，無以供日夕。即前園蔬抱金玉意。蓬莠獨不燋，野蔬暗泉石。謂與蒼耳雜生者。卷耳況療風，本草：卷耳主療風溼周痺，四肢拘攣。童兒且時摘。侵星驅○寫○頑。○童○如○晝○亦○見○雖○摘之去，爛熳任遠適。仇注：晨去午歸，避瘴熱也。放筐亭午際，洗剝相蒙羃。舊注：羃，覆食巾，謂洗其土，剝其毛，以巾

此等詩最得比興體製，亦從

覆之。登牀半生熟，牀謂食牀。下箸還小益。加點瓜薤間，依稀橘奴跡。荊州記：吳丹陽太守李衡，於武陵種甘橘千株，臨死，勑其子曰：吾洲裏千頭木奴，歲可得絹千匹。杜預七規：糅以丹橘，雜以芳鱗。杜臆：古人用橘以調和食味，此以蒼耳當橘奴也。亂世誅求急，黎民糠籺窄。（又開出大議論。）陳平傳：亦食糠覈耳。晉灼曰：覈音紇。京師人謂麤屑爲紇頭。飽食復何心，荒哉膏粱客！富家廚肉臭，戰地骸骨白。謂多死於饑餒。寄語惡少年，黃金且休擲！言一野蔬驅摘之難如此，奈何不惜物力哉。

種萵苣 并序。

既雨已秋，堂下理小畦，隔種一兩席許萵苣，向二旬矣。而苣不甲拆，獨野莧青青。本草：莧有赤白二種，或謂細莧，俗謂之野莧。傷時君子，或晚得微祿，轗軻不進，因作此詩。朱注：萵苣公借以自喻，序有晚得微祿句，詞旨甚明。

陰陽一錯亂，驕蹇不復理。蔡邕詩：苦熱氣驕蹇。邵注：驕謂日色驕亢，蹇謂雨水蹇澁。枯旱於其中，炎方慘如

三百篇出。

寫驟雨入神之筆。

李云：自古錯枉只在舉直，

熾。植物半蹉跎，嘉生將已矣！史記：神降之嘉生。注：嘉生，嘉穀也。雲雷忽奔命，師伯集所使。師伯，雨師、風伯也。指揮赤白日，指揮亦暗用魯陽揮戈返日事。赤白日，言日色赤而漸白也。句謂日光藏匿。澒洞靑光起。謂雲氣鬱蒸。雨聲先以已。一作風。散足盡西靡。謝朓詩：森森散雨足。言雨脚從風而靡也。山泉落滄江，霹靂猶在耳。終朝紆颯沓，信宿罷瀟灑。叶洗。堂下可以畦，呼童對經始。對謂對堂下。苣兮蔬之常，隨事蓺其子。破塊數席間，荷鋤功易止。兩旬不甲拆，空惜埋泥滓。野莧迷汝來，謂不知所從來也。宗生實於此。吳都賦：宗生高岡，族茂幽草。此輩豈無秋？所以警之亦蒙寒露委。言當秋露寒涼，不久亦當委落。翻然出地速，滋蔓戶庭毀。毀謂遮塞路徑。因知邪干正，掩抑至沒齒。賢良雖得祿，守道不封己。言君子守道異於小人之封己，猶苣出地不蕃，非若野莧之易蔓也。擁塞敗芝蘭，衆多盛荊杞。二句又推類言之。中園陷蕭艾，世說：寧爲蘭摧玉折，不爲蕭敷艾榮。老圃永爲恥。登於白玉盤，藉以如霞綺。

於此見公經濟。

李云：淡遠之甚，然自盡致。

借巫山行雨事，本地風光，寫得飄渺。

陶開虞曰：此等雋淡處，又

謝朓詩：餘霞散成綺。趙曰：古人每言綺饌，蓋貴家以錦綺藉食。莧也無所施，胡顏入筐篚。（所以愧之。）結意見邪終不能勝正也。蕭艾陷萓，老圃傷心，然玉盤霞綺之間，必萓始充用，無有薦及野莧者。是小人雖能掩抑君子，而究不爲人之所貴也。

雨

峽雲行淸曉，烟霧相徘徊。（二句恍惚從烟霧中見）風吹滄江去，舊作樹，朱子改作去。雨灑石壁來。（出方妙）淒淒生餘寒，殷殷兼出雷。白谷變氣候，公詩：西江白谷分，又白谷會深遊，似是夔州地名。杜臆謂卽白帝城之谷。朱炎安在哉！高鳥溼不下，居人門未開。楚宮久已滅，幽佩爲誰哀。神女賦：搖佩飾，鳴玉鑾。侍臣書王夢，賦有冠古才。冥冥翠龍駕，朱注：河東賦：乘翠龍而超河兮。此借以言行雨之龍也。多自巫山臺。

雨

行雲遞崇高，飛雨靄而至。潺潺石間溜，汩汩松上駛。亢陽乘秋熱，百穀

似陶韋。○雲厚方雨，首二句有畫意。

前起四寫急雨，此寫綿雨。

皆已棄。皇天德澤降，燋卷有生意。應璩書：頃者炎旱日更甚，砂礫銷鑠，草木燋卷。前雨傷卒暴，今雨喜容易。不可無雷霆，間作鼓增氣。佳聲達中宵，所望時一致。淸霜九月天，髣髴見滯穗。郊扉及我私，我圃日蒼翠。恨無抱甕力，莊子：漢陰一丈人方為圃畦，鑿隧而入井，抱甕而出灌。庶減臨江費。謂臨江汲水之費。

雨二首

浦注：此與前兩首雨詩另為一意。時或有吳蜀寇警，且似深秋久雨之作，今亦從朱本類編。

青山澹無姿，全用江淹句。白露誰能數。仇注：雲氣蒙，故山常淡；雨溼多，故露難辨。片片水上雲，蕭蕭沙中雨。蔣云：四句連看似露似雲，連山連水，只沙上有聲知為雨也，寫狀入神。殊俗狀巢居，元稹詩自注：巴人都在山坡架木為居。曾臺俯風渚。佳客適萬里，沈思情延佇。掛帆遠色外，驚浪滿吳楚。久陰蛟螭出，寇盜復幾許？按此詩對雨懷人而慮其逢寇，必有所指，諸本俱未詳。下章羣盜亦無考。

仇云：前章憂吳楚之盜，故恐遠客難行；此章憂峽中之盜，故憐士卒勞役。

張云：驟雨後小雨，他人傳寫不出。

空山中宵陰，微冷先枕席。回風起淸曙，萬象萋已碧。落落出岫雲，渾渾倚天石。日假何道行，寫出一片迷漫舊注：日行有黃道赤道，雨久陰晦，故不知所行何道。雨含長江白。連檣荊州船，有士荷戈戟。南防草鎭慘，杜臆：草鎭，地名，疑卽黃草峽。蓋峽西有亂，總戎調荊州兵以防之。霑溼赴遠役。羣盜下辟山，唐書：渝州有壁山縣。宋史作辟山，隸重慶府，疑卽此地。總戎備強敵。水深雲光廓，鳴艣各有適。迷離中不認舟之多少，故但以鳴艣爲驗。漁艇自一作息。悠悠，夷歌負樵客。留滯一老翁，書時記朝夕。末見漁樵自得，而歎己之留滯也。

雨不絕

鳴雨旣過漸細微，映空搖颺去聲。如絲飛。階前短草泥不亂，院裏長條風乍稀。仇注：草不沾汚，見雨之微。風雖乍稀，雨猶未止也。舞石旋應將乳子，羅含湘中記：石燕在零陵縣，遇風雨則飛舞如燕，止則爲石。水經注：燕山有石，紺

纖麗，亦玉溪生粉本。

前半寫景如畫。

李子德云：摹寫處具見大力，直是造化在手。

色狀燕。其石或大或小，及雷雨相薄，則小者隨大者而飛，如相將乳子之狀。**行雲莫自溼仙衣。**行雲用神女事。莫，疑詞。黃白山云：石燕將子，神女溼衣，此嚴滄浪所謂趣不關理者。**眼前江舸何匆促，未待安流逆浪歸。**

晚晴

晚一作返。**照斜初徹，浮雲薄未歸。江虹明遠飲，**承一。張正見詩：鏡似臨峯月，流如飲澗虹。前漢燕王旦時，有大虹下於宮中，飲井水。竭。**峽雨落餘飛。**承二。仇注：夕照映虹，有似下垂而飲；雨後雲過，尚帶餘點飄飛。**鳧鶴終高去，**言喜晴飛遠。杜臆：鳧不高飛，字恐有誤。**熊羆覺自肥。**言因雨久藏，鳥獸皆有自得之趣，以興己之久客未歸也。**秋風客尚在，竹露夕微微。**

殿中楊監見示張旭草書圖

唐書：殿中省監一人，掌天子服御之事。

斯人已云亡，草聖祕難得。及茲煩見示，滿目一淒惻。旭為公舊友，故云。**悲風生微綃，**六句敘其書法神妙。**萬里起古色。鏘鏘鳴玉動，落落羣松直。連山蟠其間，**法書要錄：蕭思話行草，如連岡盡望，勢不斷絕。

是夙昔相契微情，於篇末一逗。

李云：詠畫忽寓興亡之感，

溟漲與筆力。謝靈運詩：溟漲無端倪。仇注：玉動比其清和，松直比其蒼勁，連山壯其起伏，溟漲壯其浩瀚。有練實先書，臨池眞盡墨。六句贊其書學精深衛恆書勢：弘農張伯英，凡家之衣帛，必先書而後染練之。臨池學書，池水盡黑，韋仲將謂之草聖。俊拔爲之主，暮年思轉極。未知張王後，王羲之傳：我書比鍾繇當抗行，比張芝草猶雁行。誰並百代則？嗚呼東吳精，以賞玩意結謂稟東吳之精氣。本傳：旭，東吳蘇州人。李頎贈張顛詩：皓首窮草隸，時稱太湖精。逸氣感清識！清識謂楊監。楊公拂篋笥，舒卷忘寢食。念昔揮毫端，不獨觀酒德。劉伶有酒德頌。公詩：張旭三杯草聖傳。蓋旭善書多於醉後也。

楊監又出畫鷹十二扇　浦注：十二扇恐如今屏障之類。

近時馮紹正，能畫鷙鳥樣。名畫記：馮紹正開元中爲戶部侍郎，善畫鷹鶻雞雉，盡其形態，嘴眼脚爪毛彩俱妙，曾於禁中畫五龍堂，有降雲蓄雨之感。明公出此圖，無乃傳其狀。朱注：謝赫畫評：畫有傳移摹寫，爲六法之一。張彥遠曰：顧愷之有摹搨妙法。古時好搨畫，十得七八。亦有御府搨本，謂之宮搨。此蓋搨馮監畫本也。殊姿各獨立，清絕心有向。疾禁平聲，當也。千里馬，氣敵萬人將。憶

可稱高壯。末借眞鷹寄慨，用意又別。

昔驪山宮，冬移含元仗。舊唐書：東內曰大明宮，正殿曰含元殿，玄宗常以冬十月幸驪山。天寒大羽獵，此物神俱王。當時無凡材，百中聲去。皆用壯。津陽門詩注：申王有高麗赤鷹，岐王有北山黃鶻，逸氣奇姿，特異他等。上每校獵，必置於駕前，目爲決勝兒。公詩：百中爭能恥下韝，乃借用養由基事。粉墨形似間，識者一惆悵。紹正乃開元間人，故思及驪山校獵之盛，不覺對畫而惆悵也。干戈少暇日，眞骨老崖嶂。爲君除狡兔，會是翻韝上。遊獵不暇，鷹老空山矣，然其力能搏兔，雖老猶可用也。鶴注：狡兔殆指崔旰輩。

送殿中楊監赴蜀見相公

杜鴻漸也。按史大曆元年二月，杜鴻漸以黃門侍郎平章事鎭蜀，故稱相公。

興起去水絕還波，洩雲無定姿。仇注：洩雲，雲之飄散者。鮑照詩：洩雲去不極，馳波往不窮。人生在世間，聚散亦暫時。離別重相逢，偶然豈足期？送子淸秋暮，風物長年悲。淮南子：木葉落，長年悲。豪俊貴勳業，邦家頻出師。相公鎭梁益，初學記：劍南道，禹貢梁州之域也。自劍閣而南，分爲益州。軍事無孑遺。言事郎春陵行詩意，諧誠簡切。

張云：出遊爲生計所迫，原

無遺策。解榻再見今，後漢徐穉傳：陳蕃爲太守，惟穉來特設一榻，去則懸之。用材復擇誰。況子已高位，爲郡得固辭。朱注：按唐志：殿中監從三品，則其位已高。得固辭，言不得辭也。意鴻漸是時辟楊爲蜀中郡守，故云。然下四句正告以爲郡之道。難拒供給費，愼哀漁奪私。干戈未甚息，紀綱正所持。景帝紀：二千石官長，紀綱人倫。汎舟巨石橫，登陸草露滋。言水陸道俱難行，故在途必多淹久。山門日易久，一作夕。山門謂夔峽間。當念居者思。

贈李十五丈別

李十五郎前祕書文嶷。

峽人鳥獸居，其室附層巔。下臨不測江，中有萬里船。已含送別意多病紛倚薄，謝靈運詩：拙病相倚薄。少留改歲年。絕域誰慰懷，開顏喜名賢。孤陋忝末親，等級敢比肩。人生意氣合，相與襟袂連。一日兩遣僕，三日一共筵。本色語自妙揚論展寸心，壯筆過飛泉。曹植王仲宣誄：文若春華，思若湧泉。玄成美價存，子山舊業傳。一段敘李幷交誼北周書：庾信字子山，父肩吾爲梁太子掌記室，信爲抄撰學士。父

非得已，足令英雄短氣。〇觀此則前詩行李千金贈，恐亦誇詞耳。

子在東宮，文並綺麗。玄成、子山皆父子顯達，以比李之家世通貴。不聞八尺軀，常受衆目憐。（突接如波瀾忽起。）且爲辛苦行，蓋被生事牽。北迴白帝棹，南入黔陽天。黔陽注見十卷。汧公制方隅，舊注：汧公，李勉也，宗室，鄭惠王孫。迥出諸侯先。封內如太古，（令人生樂土之思。）時危獨蕭然。肅宗初，勉爲梁州都督，後歷河南尹，徙江西觀察使。李十五自峽中往訪，正勉在江西時。上云南入黔陽天，乃自黔陽取道之豫章也。清高金莖露，一作掌露。正直朱絲絃。鮑照詩：直如朱絲繩。兼用後漢黨錮傳中直如弦語。昔在堯四岳，今之黃潁川。朱注：按舊書稱勉坦率淡素，好古尚奇，清廉簡易，爲宗室之表。此數語蓋實錄。于邁恨不同，所思無由宣。（一段敍李之去依汧公。以下贈別。）山深水增波，解榻秋露懸。時勉按察江西，故用陳蕃事。客遊雖云久，主要月再圓。晨集風渚亭，醉操雲嶠篇。王融詩：結賞白雲嶠。丈夫貴知己，歡罷念歸旋。言李至豫章必有留連詩酒之興，然爲歡易盡，不可久遊而忘歸也。

白鹽山

水經注：廣谿峽乃三峽之首，山上有神淵，淵北有白鹽崖，高可千餘丈，俯臨神淵，土人見其高白，故因名之。

結戲用刻畫無鹽,語亦趣。

卓立羣峰外,蟠根積水邊。荊州記:白鹽崖下有黃龍灘,水最急,沿沂所忌。他皆任厚地,爾獨近高天。白牓千家邑,山上 白牓以白爲牓,今縣額是也。清秋萬估船。水中 詞人取佳句,刻畫竟誰傳?

灩澦堆

巨石水中央,江寒出水長。注見十二卷。沈牛答雲雨,沈牛,卽公靈湫詩所謂宗祀沈豪牛也。水經:江水又東逕廣谿峽。注:山上有神淵,天旱燃木岸上,推其灰燼下穢淵中,尋則降雨。峽中瞿唐灘灘上,有神廟至靈驗,商旅上下,饗薦不輟。如馬戒舟航。諺云:灩澦如象,瞿塘莫上;灩澦如馬,瞿塘莫下。峽人以此爲水候。雄渾。五承四,六承三。天意存傾覆,神功接混茫。言天意固特留此巨石以警戒冒險之人,然當波濤洶湧獨能屹立中央,益見神功之同於造化也。舊解俱未明。干戈連解纜,言所止之處皆逢寇亂也,時崔旰尚未平。行止憶垂堂。相如傳:家有千金,坐不垂堂。行則憂險,止則憂亂,故無往不存戒心也。

李長祥曰:少陵夔蜀山水詩,在劍閣以前皆五古,瞿唐以後多五律,各盡山水之奇。每讀一句,令人如目見山水而又得山水之所以然,總由源本深厚,窺見廣大,意無有窮極耳。

白帝

邵云：奇警之作。○不曰急江高峽，而曰高江急峽，自妙於寫此江此峽也。

邵云：氣格蒼老。

白帝城中雲出門，白帝城下雨翻盆。蔣云：雲在城中出，雨在城下翻，已想見此城風景。高江急峽雷霆鬭，古木蒼藤日月昏。仇注：江流助以雨勢，故聲若雷霆之鬭；樹木蔽以陰雨，故昏霾日月之光。前半寫雨景，即與下亂象。戎一作去。馬不如歸馬逸，偶因所見言之。千家今有百家存。哀哀寡婦誅求盡，慟哭秋原何處村！

黃草

此詩在夔遙慨蜀亂也，末進一層情更迫切。

黃草峽西船不歸，益州記：涪州黃葛峽有相思崖，今名黃草峽，山草多黃，故名。胡三省曰：黃草峽在涪州之西。按公前詩：連檣荊州船，南防草鎮慘，可與此互證。赤甲山下行人稀。荊州圖經：魚復縣西北赤甲山，東連白帝城，西臨大江。水經注：山甚高大，不生樹木，其石悉赤，士人云如人袒胛，故謂之赤甲山。浦注：不歸行稀，謂人多戍蜀也。秦中驛使無消息，仇注：謂未聞朝命區處。蜀道兵戈有是非。申一二 萬里秋風吹錦水，誰家別淚溼羅衣？看他對法。二句指遣戍家人。臨風憶別之慘。申三四 莫愁劍閣終堪據，聞道松州已被圍！

朱鶴齡曰：按史杜鴻漸至蜀，崔旰與楊子琳、柏茂林等各授刺史防禦，而不正旰專殺主將之罪，故有兵戈是非之語。蓋言崔氏亂成都，柏、楊討之，其是非不可無辨也。然旰本建功西山，郭英又通其妾媵，激之生變，其罪有不專在旰者。未幾釋甲，隨鴻漸入朝，而吐蕃則歲歲爲蜀患，故末語又不憂劍閣而憂松州也。松州先爲吐蕃所陷，此云已被圍，必中間嚴武又收復。

夔州歌十絕句

十首亦竹枝詞體，自是老境。○前二首記形勝，兼入感慨。

（拙句）中巴之東巴東山，華陽國志：劉璋分墊江以上爲巴郡，居巴西巴東之中，曰中巴。唐書：夔州本信州巴東郡。江水開闢流其間。白帝高爲三峽鎮，瞿塘險過百牢關。唐書：漢中郡西縣有百牢關。圖經云：孔明所建。兩壁山相對。六十里不斷，漢江水流其間，乃入金牛益昌路也。

白帝夔州各異城，古白帝城在夔州城東。蜀江楚峽混殊名。瞿塘峽舊名西陵峽，與荊州西陵峽之名相亂。英雄割據非天意，霸王并吞在物情。朱注：英雄割據，謂公孫述劉焉輩；霸王并吞，如漢高以巴蜀收中國。仇注：竊據者逆天，得民者致王，見在德不在險也。此亦借論古以警蜀寇。

此首作開筆，領起下四首。

羣雄競起問前朝，謂前代據蜀者。王者無外見今朝。比訝漁陽結怨恨，朱浮責彭寵書：奈何以區區漁

此章記赤甲白鹽也。

此章記瀼東瀼西也。○李云：生拗處自見風流。

此章記水次之便。

陽結怨天子。元聽舜日舊簫韶。舜日簫韶，指明皇入蜀時。二句言祿山亂後，惟蜀中無恙也。

赤甲白鹽俱刺七跡切。天，閭閻繚繞接山巔。楓林橘樹丹青合，複道重樓錦繡懸。便是畫圖想見兩邊掩映之妙。盧注：見夔州既庶且富也。

瀼奴朗切。東瀼西一萬家，見人烟之盛。水經注：白帝山城東傍瀼溪，即以為隍。入蜀記：夔人謂山澗之流通江者曰瀼，居人分其左右，謂之瀼東瀼西。江南江北春冬花。見地氣之煖。背飛鶴子遺瓊蕊，海賦：鳧雛離褷，鶴子淋滲。王粲白鶴賦：食靈岳之瓊蘂。相趁鳧雛入蔣牙。蜀都賦：攢蔣叢蒲。注：蔣，菰名也。

東屯稻畦一百頃，困學紀聞：東屯乃公孫述留屯之所，距白帝城五里，田可百頃，稻米為蜀第一。北有澗水通青苗。一統志：青苗坡在瞿塘東，畜水溉田，民得其利。晴浴狎鷗分處處，雨隨神女下朝朝。二句見澗水之不竭也。

蜀麻吳鹽自古通，萬斛之舟行若風。長年三老長歌裏，白晝攤錢高浪中。

上數首俱用實寫，插此一首，令前後都覺飛動。

此章特記武侯祠。

末首總結，應前非專詠高唐也。

見不畏險意。黃生注：攤錢，謂以錢攤擲於地，卽今之跌博也。

憶昔咸陽都市合，山水之圖張賣時。巫峽曾經寶屏見，楚宮猶對碧峯疑。言楚宮恍惚難尋，疑其仍是畫中所見也。

武侯祠堂不可忘，中有松柏參天長。干戈滿地客愁破，雲日如火炎天涼。李子德云：此等直自作開山手，於三唐絕句，另爲一種。

閬風玄圃與蓬壺，閬風玄圃在崑崙，蓬壺在東海。中有高唐天下無。吳船錄：陽臺高唐觀在來鶴峯上。言其爲仙靈之境，故足與蓬閬相抗。借問夔州壓何處，峽門江腹擁城隅。

諸將五首

俞瑒曰：自祿山背叛，天下軍興，久而未定，公故作此詩以諷刺諸將也。顧宸曰：首章憂吐蕃責諸將之防邊者，次章憤回紇責諸將之用胡者，三章責大臣之出將者，四章刺中官之出將者，末章則身在蜀中而婉刺鎭蜀之將，故其命題總曰諸將。

五詩訏謨壯彩，與日月爭光。○邵云：秋興諸將同是少陵七律聖處，沈實高華，當讓秋興，深渾蒼鬱，定推諸將。有謂諸將不如秋興者，乃少年耳食之見耳。

漢朝陵墓對南山，言其險固可守。長安志：終南山連亘藍田諸縣，西漢諸陵及大臣墓多與之對。**胡虜千秋尙入關。**後漢書劉盆子傳：赤眉入長安，發掘諸陵，取其寶貨。言漢有此事，不料千秋之後今復然也。廣德元年，吐蕃入寇，太常博士柳伉上疏以爲犬戎犯關度隴，不血刃而入京師，劫宮闕，焚陵寢。詩所言當指此，因不忍直斥，故借漢爲言。極傷心語。覆**昨日玉魚蒙葬地，**偏寫得工麗兩京新記：宣政殿初成，每見數十騎馳突出，高宗使巫劉明奴問所由。鬼曰：我漢楚王戊太子，死葬於此。明奴因宣詔欲爲改葬，鬼曰：改葬幸甚，天子斂我玉魚一雙，今猶未朽，勿見奪也。及發掘，玉魚宛然。**早時金盌出人間。**昨日早時，言變亂倏忽不可常保也。漢武故事：鄴縣有一人於市貨玉杯，吏疑其御物，欲捕之，忽不見。縣送其器，推問，乃茂陵中物也。霍光自呼吏問之，說市人形貌如先帝。南史：沈炯經漢武通天臺表：茂陵玉盌，遂出人間。正用此事也。又搜神記載盧充與崔少府女幽婚，崔與充金盌，充詣市賣盌，崔女姨母曰：昔吾妹生女亡，贈一金盌著棺中。胡應麟曰：此蓋以金盌字入玉盌語，一句中事詞串用，兩無痕跡。如伯夷傳雜取經子鎔液成文，正此老鑪錘妙處，非獨以上有玉魚字故避重也。按：杜詩用事處多倣此。**見愁汗馬西戎逼，**代宗紀：永泰元年八月，僕固懷恩引吐蕃寇奉天，京師戒嚴。**曾閃朱旗北斗殷。**班固燕然山銘：朱旗絳天。公詩：秦城北斗邊。張溍注：言閃朱旗而北斗皆赤，見胡氛蔽天意。**多少材官守涇渭，**句憂兵力之弱，危之也。漢書：材官蹶張。涇渭在長安西北，乃吐蕃入寇之路。通鑑：永泰元年九月，回紇吐蕃合兵圍涇陽，及暮，二虜退屯北原。**將軍且莫破愁顏。**婉摯。

此與有感五首皆以議論爲詩，其感憤時事處慷慨蘊藉，反覆唱嘆，而於每篇結末，尤致丁寧，所謂言之者無罪，而聞之者足以戒，與三百篇並存可也。

此以吐蕃侵逼責諸將也。吐蕃於廣德元年一陷京師，上年永泰元年再逼京師，最爲邇年大患，故首及之。上四援往事以惕之也，吐蕃之禍至於辱及陵寢，爲臣子者能自安乎？下四言京畿之間，近復告警，雖暫行退去，而出沒不常，守禦者正當時時警戒，未可一日安枕也。

韓公本意築三城，邵云：通首一氣，搏捥。舊唐書張仁愿傳：景龍二年封韓國公，神龍三年於河北築三受降城。先是朔方與突厥以河爲界，時默啜西擊娑葛，仁愿乘虛奪漠南之地築三城，首尾相應。自是突厥不得度山放牧，朔方無復寇掠。新書：中城南直朔方，西城南直靈武，東城南直榆林。擬絕天驕拔漢旌。淮陰背水之戰拔趙幟，此當是絕胡人不令拔漢所建之旌也。豈謂盡煩回紇馬，翻然遠救朔方兵！感歎愁絕。至德初，郭子儀領朔方軍，以回紇兵討安慶緒。胡來不覺潼關隘，指回紇爲懷恩所誘，與吐蕃連兵入寇。龍起猶聞晉水清。對法奇變不測，有龍跳虎臥之觀。水經注：晉水出晉陽縣西，東入汾水。一行并州起義堂頌：我高祖龍躍晉水，鳳翔太原。冊府元龜：高祖師次龍門縣，代水清。杜詩博議：潼關失險害皆起於借兵興復。然高祖龍興晉陽，亦嘗請兵突厥，內平隋亂。其後突厥恃功直犯渭橋，卒能以計摧滅之，此不獨太宗之神武，亦由英衞二公專征之力也。故接下二句云云，所以勉子儀者至矣。獨使至尊憂社稷，諸君何以答昇平。

此以借助於回紇責諸將也。自回紇助順，肅宗之復兩京，雍王之討朝義，皆用其兵力，卒之恃功侵擾，反合吐蕃入寇。公故追慼晉陽起義之盛，而歎諸將之不能爲天子分憂也。○或疑回紇收

仇云：上二憶安史陷京，下二言河北餘孽。

開合動盪，出化入神，不復知爲律體。此境係少陵獨步，後惟遺山善學之。

復功大，不宜以借兵爲非。然公於北征詩卽有此輩少爲貴句。他如留花門遺憤等作，皆深惡於回紇，況此又同吐蕃入寇之後乎？若以胡來句爲指祿山，終於上下文氣不協。

洛陽宮殿化爲烽，休道秦關百二重！漢紀：秦得百二焉。注：秦地險固，二萬人足當諸侯百萬人。通鑑：天寶十四載十二月，安祿山陷東京，十五載六月破潼關。滄海未全歸禹貢，指淄青等處。薊門何處盡堯封？指盧龍等處。薊門注見三卷。盡堯封，如王制北不盡恆山，南不盡衡山之盡。時節度使李懷仙等收安史餘黨，相與蟠據河北諸郡。朝廷袞職雖多預，一作誰爭補。朱注：此用袞職與毛詩不同。後漢法眞傳：臣願聖朝就加袞職。注：袞職，三公也。唐諸鎭節度使多加中書令平章事兼領內銜。天下軍儲不自供。唐府兵之制，寓農於兵，軍糧皆所自給。今府兵法壞，天下軍需皆仰給餽饟，故云。邵云：語意深渾。稍喜臨邊王相國，舊唐書：廣德二年，王縉拜同平章事，其年八月，代李光弼都統河南淮西山南東道諸節度行營事，兼領東京留守。歲餘遷河南副元帥。肯銷金甲事春農。王縉黨附元載，曰稍喜者，亦不滿之詞。

此責諸將坐視河北淪棄，不修屯營之制，而姑舉王縉以愧勵諸藩也。按是時藩鎭各治兵完城，自署將吏，爲腹心之患。關輔、河、淮等處，皆須頓宿重兵，自非經理屯種爲持久之計不可，亦見公遠識過人處。○何義門云：諸侯不貢而畿內賦斂益急，根本方撥，何暇收復。薊門屯田積穀，農戰兼修，則府兵可復，居重馭輕，安史餘孽削平可待矣。此論尤爲透切。

前三首皆北望發歎，此方及南望，故用回首字。

回首扶桑銅柱標，十洲記：扶桑在碧海之卯地。此扶桑字特借指南海。南史：林邑國南界，馬援所植兩銅柱，表漢界處也。冥冥氛祲未全銷。舊指明皇南詔之敗，太遠。代宗紀：廣德元年十二月，宦官市舶使呂太一逐廣南節度張休，縱兵大掠。當指此。越裳翡翠無消息，越裳地接交趾。後漢賈琮傳：交趾土多珍產明璣、翠羽、瑇瑁、異香、美木之屬。南海明珠久寂寥。嶺表錄異：廉州有大池，謂之珠池，每年刺史修貢。殊錫曾爲大司馬，總戎皆插侍中貂。唐書：門下省侍中二人，正二品，掌出納帝命相禮儀，與左右常侍中書令並金蟬珥貂。炎風朔雪天王地，朔雪兼帶上章。只在忠良翊聖朝。結句意若曰：奈何令刀鋸之餘掌天下兵柄乎？而語自渾含不露。

此因南荒不靖，而諷朝廷不當使中官爲將也。開元中，中官楊思勗將兵討安南五溪，殘酷好殺，而越裳不貢矣。代宗初，中官呂太一收珠廣南，阻兵作亂，而南海不靖矣。李輔國以中官判元帥行軍司馬，專掌禁兵，又拜兵部尚書，所謂殊錫也。魚朝恩以中官爲天下觀軍容宣慰處置使，程元振加鎮軍大將軍右監門衛大將軍充寶應軍使，所謂總戎也。若謂責諸將以不能綏遠，公前後詩中並無此意。五六但言名位益崇，亦與上首衮職句犯複。

錦江春色逐人來，邵云好起。巫峽清秋萬壑哀。二句見在夔不如在蜀也。正憶往時嚴僕射，共迎中使

首章秋興之發端也，江間塞

望鄉臺。望鄉臺在成都北，公以幕僚故同往迎。張云：此句見武之謙愼尊君處。主恩前後三持節，嚴武一鎭東川，再鎭劍南。軍令分明數舉杯。惟軍令分明，故得有餘閒舉杯相樂。只七字，而兵法整暇，折衝樽俎之意已備。西蜀地形天下險，慨然遐思 安危須仗出羣材！

此言蜀中將帥也。是時崔旰、柏茂林等交攻，杜鴻漸惟事姑息，奏以節制讓旰，茂林等各爲本州刺史，上不得已從之。鴻漸以三川副元帥兼節度，主恩尤重，然軍令分明，有愧嚴武遠矣。公故感今而思昔，謂必如武出羣之材，方可當安危重寄，而惜鴻漸之非其人矣。又鴻漸入蜀，以軍政委崔旰，日與僚屬縱酒高會，故曰軍令分明數舉杯；追思嚴武之軍令，實闇譏鴻漸之日飲不事事，有愧主恩也。八哀詩於嚴武云：豈無成都酒，憂國只細傾。可以互相證明。

秋興八首

潘岳有秋興賦，因以名篇。俞瑒云：身居巫峽，心憶京華，爲八詩大旨。曰巫峽，曰夔府，曰瞿塘，曰江樓、滄江、關塞，皆言身之所處；曰故國，曰故園，曰京華、長安、蓬萊、昆明、曲江、紫閣，皆言心之所思，此八詩中線索。

玉露凋傷楓樹林，巫山巫峽氣蕭森。水經注：江水歷峽東，逕新崩灘，其下十餘里有大巫山，其間首尾一百六十里，謂之巫峽，蓋因山爲名

上，狀其悲壯，叢菊孤舟，寫其悽緊。末二句結上生下，故以夔府孤城次之。

此首言纔看落日，已復深更，正見流光迅速，總寓不歸之感，故下章接言日日。

也。三峽七百里中，兩岸連山，略無闕處，自非亭午夜分，不見曦月。江間波浪兼天湧，（承山）塞上風雲接地陰。（承峽）顧注：波浪在地而曰兼天，風雲在天而曰接地，極言陰晦蕭森之狀。叢菊兩開他日淚，孤舟一繫故園心。朱注：公至夔州，已經二秋，時纔舟以俟出峽，故言兩見菊開，徒隕他日之淚；孤舟乍繫，惟懷故園之心也。寒衣處處催刀尺，白帝城高急暮砧。（言外寓客子無衣之感）

夔府孤城落日斜，舊唐書：貞觀十四年夔州爲都督府，督歸、夔、忠、萬、涪、渝、南七州，天寶元年改雲安郡。每依北斗望京華。（此八詩之骨）秦城上直北斗，長安在夔州之北，故依北斗而望之。聽猿實下三聲淚，水經注：每至晴初霜旦，林寒澗肅，常有高猿長嘯，屬引淒異。故漁者歌曰：巴東三峽巫峽長，猿鳴三聲淚霑裳。杜臆：謂聽猿墮淚，身歷始覺其眞也。奉使虛隨八月槎。奉使乘槎用張騫事。八月槎又參用博物志有人到天河事。仇注：嚴武爲節度使，公嘗入幕參謀，故有此句。虛隨者，言隨使節而成虛，仍未能一至京闕也。畫省香爐違伏枕，（承四）漢官儀：尚書省中皆以胡粉塗壁，紫青界之，畫古列士。尚書郎更直，給青縑白綾被，或錦被幃帳茵褥，女侍史二人，執香爐燒薰從入護衣服。山樓粉堞隱悲笳。（承三）山樓謂白帝城樓。請看石上藤蘿月，已映洲前蘆荻花。（對結無痕八首篇篇映帶）（秋意）

沈云：上章言夔州暮景，此言夔州朝景。同學少年指長安卿相，言謀國者用此等人，宜乎如弈棋之無定算矣。卽起下章意。

此首承上起下，乃文章之過渡。〇前三章俱主夔州言，此下五章乃及長安事。前首慨身，此首慨世，皆是所以依斗望京之故。

千家山郭靜朝暉，日日江樓坐翠微。言山繞樓前也。信宿漁人還泛泛，清秋燕子故飛飛。漁人燕子，卽所見以況己之漂泊。故飛飛，卽公詩秋燕已如客意。匡衡抗疏功名薄，匡衡傳：元帝初，衡數上疏陳便宜，遷爲光祿大夫太子少傅。劉向傳經心事違。劉向傳：宣帝初，立穀梁春秋，徵更生受穀梁，講論五經於石渠。成帝卽位，更名向，詔領校中五經祕書。公嘗疏救房琯，不減匡衡，而近侍移官，一斥不復，故曰功名薄。劉向雖數奏封事不用，而猶居近侍，典校五經。公則白頭幕府，有愧平生，故曰心事違。同學少年多不賤，直是自空一世，此公之狂不減乃祖。五陵衣馬自輕肥。西都賦：北眺五陵。注：長陵、安陵、陽陵、茂陵、平陵也。漢書：徙吏二千石高貲富人豪俠兼并之家於諸陵。

聞道長安似弈棋，百年世事不勝悲。王侯第宅皆新主，公在京往還如汝陽王璡、鄭駙馬潛曜之類。文武衣冠異昔時。如諸蕃將封王，及以魚朝恩判國子監事之類。直北關山金鼓震，謂回紇內侵。子虛賦：摐金鼓。注：金鼓，鉦也。征西車馬羽書馳。謂吐蕃入寇。自此魚龍寂寞秋江冷，水經注：魚龍以秋日爲夜，龍秋分降而蟄寢於淵，故以秋爲夜也。故國平居有所思。三四言朝局之變更，五六言邊境之多事；當此時而窮老荒江，了無所施其變化飛騰之術，此所以回憶故國、追念平居而不勝慨然也。

此思長安宮闕之盛，而歎朝宁久違也。

前六句直下，皆言昔之盛，第七一句打轉，筆力超勁。〇陳秋田云：下四首不用句面呼吸，一片神光動盪，幾於無迹可尋。

此思長安之曲江而傷亂也。

蓬萊宮闕對南山，唐會要：大明宮，龍朔三年號曰蓬萊宮，北據高原，南望終南山如指掌。承露金莖霄漢間。西京賦：抗仙掌以承露，擢雙立之金莖。注：金莖，銅柱也。西望瑤池降王母，漢武內傳：七月七日，上齋居承華殿，忽青鳥從西來集殿前。東方朔曰：此西王母欲來也。東來紫氣滿函關。關尹內傳：關令尹喜嘗登樓望見東極有紫氣西邁，曰：應有聖人經過。果見老君乘青牛車來。顧注：天寶元年，田同秀見老君降於永昌街，云有靈寶符在函谷關尹喜宅傍。上發使求得之。舊注：以王母句比貴妃之冊爲太眞，紫氣句指玄元之降於永昌，雖記天寶承平盛事，而荒淫失政亦略見矣。今按西眺瑤池，東瞰函關，只是極言宮闕氣象之宏敞，而諷意自見於言外，公詩每有此雙管齊下之筆。雲移雉尾開宮扇，儀衛志：唐制有雉尾障扇。唐會要：開元中，蕭嵩奏朔望受朝宣政殿，宸儀肅穆，升降俯仰，衆人不合得而見之；請備羽扇，上將出扇合，坐定乃去扇。日繞龍鱗識聖顏。此憶獻三大禮賦事。仇注：龍鱗謂袞衣之龍章。一臥滄江驚歲晚，歲晚本言年老，亦帶指秋。幾回青瑣點朝班。舊注：樓鑰曰：點與玷通。東晳補亡詩：鮮侔晨葩，莫之點辱。陸厥答內兄詩：復點銅龍門，多用此義。又焦竑曰：王建詩：殿前傳點各依班，不作玷字解較勝。句言立朝不久也。吳瞻泰云：此處拾遺移官事，只用虛括，他人當用幾許繁絮矣。

此章起處即及夔州法變。

瞿塘峽口曲江頭，萬里風烟接素秋。梁元帝纂要：秋曰白藏，亦曰素秋。花萼夾城通御氣，舊唐書：南內曰

此思長安之昆明池而借漢以言唐也。〇昆明在唐屢爲臨幸之地，與曲江相類，故次及之。

興慶宮，宮西南隅有花萼相輝之樓。開元二十年六月，遣范安及廣花萼樓築夾城至芙蓉園。隋書天文志：天子氣內赤外黃，天子欲有游往處，其地先發此氣。通御氣，言自南內至曲江，俱爲翠華行幸處耳，與敦倫勤政意無涉。

芙蓉小苑入邊愁。漢書：蕭望之署小苑東門候。小苑，宜春苑也。一統志：芙蓉苑卽秦宜春苑地。舊注：祿山反報至，帝欲遷幸，登花萼樓置酒，四顧悽愴。二句言以御氣所通，卽爲邊愁所入，正見奢靡爲亡國之階，耽樂乃危身之本。下文又反覆唱嘆言之。

珠簾繡柱圍黃鵠，西京雜記：昭帝始元元年，黃鵠下建章太液池中，帝作歌。錦纜牙檣起白鷗。回憶當日：珠簾繡柱，曲江殿宇之繁華；錦纜牙檣，曲江水嬉之炫耀。宮室密，故黃鵠之舉若圍；舟楫多，故白鷗之遊驚起。

回首可憐歌舞地，公樂遊原歌：曲江翠幙排銀牓，拂水低回舞袖翻，緣雲清切歌聲上。詩所言當卽指此。秦中自古帝王州。吞吐意在言外。班固西都賦：漢之長安，三成帝畿，周以龍興，秦以虎視。言秦中本古帝王崛興之地，今以歌舞之故而致遭陷沒，亦甚可憐也已。

昆明池水漢時功，漢書注：越巂昆明國有滇池方三百里，漢使求通身毒國，爲昆明所閉，欲伐之，故作昆明池象之，以習水戰。長安志：昆明池在長安縣西二十里。

武帝旌旗在眼中。平準書：武帝大修昆明池，治樓船高十餘丈，旗幟加其上，甚壯。仇注：公寄賈嚴兩閣老詩：無復雲臺仗，虛修水戰船，知明皇曾置船於此。二句池畔。

織女機絲虛夜月，一作月夜。曹毗志怪：昆明池作二石人，東西相望，象牽牛織女。西都賦注：作牽牛織女於左右，以象天河。石鯨鱗甲動秋風。

此思長安之渼陂也。上三首皆言國事，歸到自己憶舊遊作結。

西京雜記：昆明池刻玉石爲鯨魚，每至雷雨，常鳴吼，鬐尾皆動。**波漂菰米沈雲黑，**二句池中。圖經本草：菰卽茭白，其臺中有黑者謂之茭鬱，後結實，彫胡米也。庾肩吾詩：黑米生菰葑。釋文：葑，方用切，菰根也。西京雜記：太液池邊皆是彫胡紫蘀綠節之類。菰之有米者，長安人謂爲彫胡，菰之有首者謂之綠節。趙注：沈雲黑，謂菰米之多，一望黯黯，如雲之黑也。**露冷蓮房墜粉紅。**爾雅：荷，芙蕖，其實蓮，其根藕，其中的。注：蓮謂房也。昌黎曲江荷花行：問言何處芙蓉多，撐舟昆明渡雲錦。注云：昆明池周回四十里，芙蓉之盛如雲錦也。昆明蓮花，自昔當已有之。邵注：蓮初結子，花蒂褪落，故墜粉紅。按：中四句特就昆明所有清秋節物，極寫蒼涼之景，以致其懷念故國舊君之感，言外淒然。紛紛言盛言衰，聚訟總覺無謂。**關塞極天惟鳥道，**謂夔多高山。**江湖滿地一漁翁。**極天滿地，乃俯仰興懷之意。言江湖雖廣，無地可歸，徒若漁翁之飄泊，昆明盛事，何日而能再覩也哉。

昆吾御宿自逶迤，昆吾御宿，乃適渼陂所經。羽獵賦序：武帝廣開上林，東南至宜春、鼎湖、御宿、昆吾。晉灼曰：昆吾地名，上有亭。師古曰：御宿苑在長安城南，今之御宿川也。三秦記：樊川一名御宿川。長安志：昆吾亭在藍田縣境，御宿川在萬年縣西南四十里。**紫閣峯陰入渼陂。**長安志：終南有紫閣峯。通志：其形上聳若樓閣然，注詳見二卷。**香稻**一作紅豆。**啄餘**一作殘。**鸚鵡粒，**公與源少府宴渼陂詩：飯抄雲子白。**碧梧棲老鳳凰枝。**二句言陂中物產之美。

佳人拾翠春相問，此首復借春景作反映人。洛神賦：或采明珠，或拾翠羽。又費昶詩：芳郊拾翠。問卽毛詩雜佩以問之意。句言士女嬉遊之盛。仙侶同舟晚更移。後漢書：李膺與郭泰同舟而濟，衆賓望之，以爲神仙。陳廷敬注：公城西陂泛舟詩：青蛾皓齒在樓船，橫笛短簫悲遠天，所謂佳人拾翠春相問也。又與岑參兄弟遊渼陂行：船舷暝戛雲際寺，水面月出藍田關，所謂仙侶同舟晚更移也。綵筆昔曾干氣象，俞云用作詩意總結拌八篇俱繳住眞大家手筆公詩：賦詩分氣象，卽指集中渼陂行諸篇，謂山水之氣象，筆足淩之也。白頭吟望苦低垂。陳注：此望字與望京華相應，既望而又低垂，並不能望矣。筆干氣象，昔何其壯？頭白低垂，今何其憊？詩至此聲淚俱盡，故遂終焉。

郝楚望云：八首才大氣厚，格高聲宏，眞足虎視詞壇，獨步一世。○陳眉公云：雲霞滿空，回翔萬狀，天風吹海，怒濤飛湧，可喻老杜秋興諸篇。○王阮亭云：秋興八首，皆雄渾豐麗，沈着痛快。其有感於長安者，但極言其盛，而所感自寓於中。徐而味之，凡懷鄉戀闕之情，慨往傷今之意，與夫戎寇交侵，小人病國，風俗之非舊，盛衰之相尋，所謂不勝其悲者，固已不出乎意言之表矣。近日王夢樓太史云：子美秋興八篇，可抵庾子山一篇哀江南賦。此論亦前人所未發。○陳子端云：八詩章法緒脈相承，蛛絲馬跡，分之如駭雞之犀，四面皆見；合之如常山之陣，首尾互應。其命意錬句之妙，自不必言。

詠懷古跡五首

此五章乃借古跡以詠懷也。庾信避難，由建康至江陵，雖非蜀地，然曾居宋玉之宅，公之飄泊類是，故借以發端。次詠宋玉以文章同調相憐，詠明

五詩詠古卽詠懷，一面當作兩面看，其源出太冲詠史。

妃爲高才不遇寄慨，先主武侯則有感於君臣之際焉。或疑首章與古跡不合，欲割取另爲一章，何其固也。

支離東北風塵際，自敘起爲五詩總冒 支離，猶流離之意。**飄泊西南天地間。**俞云二句作詩本旨 公避祿山之亂自東北而西南，謂從陷賊謁上鳳翔，旋棄官客秦州入蜀，自乾元二年至此已八年矣。因風塵故懷及先主、武侯，因飄泊故懷及庾、宋、明妃，知非泛詠古跡。**三峽樓臺淹日月，**公詩：殊俗狀巢居，層臺俯風渚。又峽人鳥獸居，其室附層巔。**五溪衣服共雲山。**此句見地之僻遠。五溪注見九卷。後漢書：武陵五溪蠻皆槃瓠之後，槃瓠，犬也；得高辛氏少女，生六男六女，織績木皮，染以草實，好五采衣服，裁製皆有尾形。浦注：五溪在湖廣辰州界，正在夔南。**羯胡事主終無賴，**下四句卽庾自喻 句承風塵。祿山叛唐，猶侯景之叛梁也。**詞客哀時且未還。**句承飄泊。公思故國，猶信之哀江南也。**庾信平生最蕭瑟，暮年詩賦動江關。**庾信傳：信在周，雖位望通顯，常有鄉關之思，乃作哀江南賦。其辭曰：信年始二毛，卽逢喪亂，狼狽流離，至於暮齒。燕歌遠別，悲不自勝；楚老相逢，泣將何及。又云：將軍一去，大樹飄零；壯士不還，寒風蕭瑟。

李子德云：五首託興最遠，有縱橫萬古，呑吐八極之概。○庾信、宋玉二首一點在末，一點在起。明妃首雖點在首二句，而出落另是一法。末二首詠先主卽帶出武侯，詠武侯又繳轉漢祚，章法無一相同處。

亦字承庾信來，有嶺斷雲連之妙。

陶開虞云：風流搖曳，此杜

搖落深知宋玉悲，宋玉九辨：悲哉秋之爲氣也，蕭瑟兮草木搖落而變衰。按：玉言此本懷亡國之憂也。風流儒雅亦吾師。悵望千秋一灑淚，蕭條異代不同時。（流水對一往情深）顧注：謂與宋同一蕭條，而隔於異代，此所以悵望也。江山故宅空文藻，趙曰：歸州荊州皆有宋玉宅，此當指在歸州者。雲雨荒臺豈夢思？宋玉高唐賦：昔先王嘗遊高唐，夢見一婦人曰：妾巫山之女也。王因幸之。去而辭曰：妾在巫山之陽，高邱之岨，旦爲行雲，暮爲行雨，朝朝暮暮，陽臺之下。旦朝視之如言，故爲立廟，號曰朝雲。漢書注：宋玉此賦蓋假設其事諷諫淫惑也。最是楚宮俱泯滅，舟人指點到今疑。（意在言外）

蔣紹孟曰：此因宋玉而有感於平生著述之情也。蓋謂自古作者用意之深，類非俗人所解；今思宋玉搖落之感，具有深悲，惜未得與同時一爲傾寫耳。乃雲雨荒臺，本爲諷諫，而至今行舟指點，徒結念於神女襄王，玉之心將有不白於千秋異代者。公詩凡若此者多矣，故特於宋玉三致意焉。一說王嗣奭曰：楚宮久沒，而舟人過此，尚疑神女之爲眞，因文藻所留，足以感動後人耳。意卻似太淺。

羣山萬壑赴荊門，生長明妃尚有村。（從地靈說入多少鄭重）漢書注：昭君本蜀郡秭歸人也。石崇明君詞序：明君本昭君，觸晉文帝諱改焉。一統志：昭君村在荊

詩之極有韻致者。○王阮亭云：青邱專學此種。

曰幸曰崩，尊昭烈為正統也，是春秋書法。

州府歸州東。一去紫臺連朔漠，黃白山云：入宮出塞只七字一語說盡。獨留青冢向黃昏。別賦：明妃去時，仰天太息，紫臺稍遠，北四十里。關山無極。善曰：紫臺即紫宮也。歸州圖經：邊地多白草，昭君冢獨青。畫圖省識春風面，承三。西京雜記：元帝後宮既多，使畫工圖形，按圖召見，宮人皆賂畫工。昭君自恃其貌，獨不與，乃惡圖之，遂不得見。後匈奴來朝，求美人為閼氏，上以昭君行，及去，召見，貌為後宮第一，帝悔之，窮按其事，畫工皆棄市。環珮空歸月夜魂。承四。朱注：畫圖之面，本非眞容，不曰不識，而曰省識，蓋婉詞。月夜魂歸，明其終始不忘漢宮也。千載琵琶作胡語，釋名：琵琶本胡中馬上所鼓也，推手前曰琵，引卻曰琶。分明怨恨曲中論。琴操：昭君在匈奴，恨帝始不見遇，乃作怨思之歌，後人名為昭君怨。

李子德云：只敘明妃，始終無一語涉議論，而意無不包，後來諸家總不能及。

蜀主窺吳幸三峽，崩年亦在永安宮。二句溯廟祀之由。蜀志：先主忿孫權之襲關羽，遂帥諸軍伐吳，次秭歸。章武二年，敗於猇亭，由步道還魚復，改魚復為永安。三年四月，先主殂於永安宮。寰宇記：宮在州西七里。翠華想像空山裏，玉殿虛無野寺中。原注：殿今為臥龍寺，廟在宮東。古廟杉松巢水鶴，抱朴子：千歲之鶴，隨時而鳴，能登於木，其未千歲者，終不能集於樹上。春秋繁露：鶴知夜半。注：鶴，水鳥也，夜半水位感其生氣，則益

喜而鳴。歲時伏臘走村翁。武侯祠屋常鄰近，寰宇記：諸葛祠在先主廟西。一體君臣祭祀同。四聯皆一揚一抑

諸葛大名垂宇宙，宗臣遺像肅淸高。蜀志武侯傳注：張儼曰：一國之宗臣，霸王之賢佐。三分割據紆籌策，紆，屈也，卽謂先主廟詩志屈偃經綸意。對筆奇險。萬古雲霄一羽毛。梁書劉遵傳：此亦威鳳一羽，足以驗其五德。言武侯才品之高，如雲霄鸞鳳，世徒以三分功業相矜，不知屈處偏隅，其胸中蘊抱百未一展，萬古而下，所及見者，特雲霄之一羽毛耳。說亦本焦氏筆乘，舊解多支離。二語確是孔明身分，具見論世卓識。伯仲之間見伊呂，指揮若定失蕭曹。舊注：張輔葛樂優劣論：孔明殆將與伊、呂爭儔，豈徒樂毅爲伍。後魏崔浩著論：亮不能爲蕭曹亞匹，謂陳壽貶亮非爲失實。公此詩以伊、呂、蕭、曹相提而論，所以申張輔之說，而抑崔浩之黨陳壽也。運移漢祚終難復，志決身殲軍務勞。志決身殲，卽所謂鞠躬盡瘁，死而後已意。

陳秋田云：小視三分，擡高諸葛，一結歸之於天，識高筆老，而章法之變，直橫絕古今。

聽楊氏歌

佳人絕代歌，獨立發皓齒。滿堂慘不樂，響下淸虛一作浮雲。裏。通篇總形容歌聲之悽切，無寓意。江

城帶素月，（便似劉文房輩佳句。）況乃淸夜起。老夫悲暮年，壯士淚如水。玉杯久寂寞，金管迷宮徵。沈約詩：金管玉柱響洞房。朱注：二句言聽其歌者，爲之停杯不飲，卽金管亦爲之失次而不能奏也。勿云聽者疲，愚智心盡死。盧注：老壯智愚，卽滿堂中人，聽若疲而心欲死，所謂慘不樂也。古來傑出士，（雖開發感）豈特一知己。吾聞昔秦青，傾側一作倒。天下耳。列子：薛譚學謳於秦青，未窮青之技，辭歸，青餞之，撫節悲歌，聲振林木，響遏行雲。

宿江邊閣

卽西閣也。年譜：大曆元年秋，公寓夔之西閣，此當係未移寓前先宿耳。

暝色延山徑，高齋次水門。梁簡文帝詩：寒潮浸水門。杜臆：名勝志載關著孫瞿塘關行記：公所居卽在關上。薄雲巖際宿，孤月浪中翻。仇注：雲過山頭，停巖似宿。月浮水面，浪動若翻。三四分承一二。鸛鶴追飛靜，一作盡。豺狼得食喧。不眠憂戰伐，無力正乾坤。李子德云：寫時地毫無遺憾，結正稷契分中語，全詩雄健，足以副之。

劉須溪云：十字甚怨而不盡言，開合盡之。

西閣雨望

樓雨霑雲幔，雲幔言閣之高。山寒著水城。逕添沙面出，湍減石稜生。二句帶紀秋候。菊蕊淒疏放，疏謂未全放。松林駐遠情。滂沱朱檻溼，萬慮倚簷楹。次聯言始得水落可通往來，不意又值此滂沱也。

西閣三度期大昌嚴明府同宿不到 唐書：大昌縣屬夔州。

問子能來宿，今疑索故要。朱注：韻會：故古通作固，言明府不來，疑索我之固要而後至也。匣琴虛夜夜，手板自朝朝。晉輿服志：八座執笏，其餘卿士但執手板。謂明府勤於參謁上官，故期而不至。金吼霜鐘徹，山海經：豐山有九鐘焉，是知霜鳴。注：霜降則鐘鳴，故言知也。花催蠟炬消。二句言久待夜深之景。早鳧江檻底，雙影謾飄颻。用王喬鳧舄事，又以早來期之。

西閣二首 二詩在西閣而詠懷也。

巫山小搖落，因地氣暖，故木不全落。碧色見松林。百鳥各相命，登樓賦：鳥相鳴而舉翼。注：大戴禮夏小正云：鳴也者，相命也。

孤雲無自心。陶潛貧士詩：萬族各有託，孤雲獨無依。又歸去來辭：雲無心以出岫。二句言人各有羣，而己獨傷飄泊也。層軒俯江壁，要路亦高深。朱紱猶紗帽，朱注：紗帽當時以爲隱居之服。新詩近玉琴。言此處江山險要，昔人曾於此建立功名，而我則雖仕猶隱，但可淸吟自賞而已。功名不早立，衰疾謝知音。哀世非王粲，終然學越吟。史記：越人莊舃仕楚爲執珪，有頃而病。楚王曰：舃今富貴矣，亦思越不？使人往聽之，猶越聲也。登樓賦：莊舃顯而越吟。言己才不如粲，但同此思歸之興耳。懶心似江水，日夜向滄洲。神異經：東海滄浪之洲。二句當承上思歸意。不道含香賤，漢官儀：尚書郎握蘭含雞舌香奏事。其如鑷白休。南史：鬱林王年五歲，戲高帝旁，帝令左右鑷白髮。經過凋碧柳，蕭瑟倚朱樓。畢娶何時竟？後漢書：向子平男女嫁娶畢，勑斷家事，勿復相關。消中得自由。消中注見十一卷。言心反以病而得閒也。豪華看古往，服食寄冥搜。古詩：服食求神仙。言富貴多踐危機，不如學仙之爲愈。詩盡人間興，兼須入海求。朱注：公詩到今有遺恨，不得窮扶桑。又云：蓬萊如可到，衰白問求仙。末二語卽此意。

黃白山云：着一虛字方見落字之妙，着一靜字方見侵字之妙。

清麗亦開義山。

宋張戒歲寒堂詩話：王介甫只知巧語之爲詩，而不知拙語亦詩也；黃山谷只知奇語之爲詩，而不知常語亦詩也。杜牧之詩只知有綺羅脂粉，李長吉詩只知有花草蜂蝶，而不知世間一切皆詩也。惟杜子美則不然，在山林則山林，在廊廟則廊廟，遇巧則巧，遇拙則拙，遇奇則奇，遇俗則俗，一切物，一切事，一切意，無非詩者。故曰：吟多意有餘。又曰：詩盡人間興。誠哉是言。

西閣夜

恍惚寒江暮，逶迤白霧昏。山虛風落石，樓靜月侵門。（夜景幽微可想）擊柝可憐子，（承四）無衣何處村。（承三）因己之寒而感及他人也。時危關百慮，盜賊爾猶存。（結意深）

夜

露下天高秋氣清，空山獨夜旅魂驚。（好起）疏燈自照孤帆宿，羨行舟之可歸，而於己無與也。新月猶懸雙杵鳴。（二句情在景中）楊慎丹鉛錄：古人擣衣，兩女子對立執杵如舂米然。嘗見六朝人畫擣衣圖，其制如此。南菊再逢人臥病，卽所謂叢菊兩開他日淚。北書不至雁無情。（託怨雁是風人體）步簷倚杖看牛斗，楚辭大招：曲屋步櫚。顧注：古者六尺曰步，今之廊櫚，大率廣六尺。銀漢遙應接鳳。城。即每依北斗望京華意。戴暠詩：黑龍過飲渭，丹鳳俯臨城。趙曰：秦穆公女吹簫，鳳降其城，因號丹鳳城，其後言京城曰鳳城。

二詩主文譎諫，言語妙天下，後惟李義山最得其意。

張云：以姹女代丹砂字，以凌波代沈舟字，語絕工巧。當姹女凌波之

杜詩鏡銓卷十四 大曆中，公居夔州作。

覆舟二首

浦注：此見採買丹藥之使舟覆峽江而作也。肅宗之季，從事齋房，時或尙沿其習，公故假此爲諷也。

巫峽盤渦曉，黔陽貢物秋。黔陽今辰州府地。丹砂同隕石，本草：丹砂久服通神明，不老輕身，神仙能化爲汞。衍義云：出辰州蠻洞老鴉井者最良。韻會：汞謂丹砂所化爲水銀也。左傳：隕石於宋五。翠羽共沈舟。爾雅注：翠鷸似燕紺色，生鬱林。異物志：翡赤而翠靑，其羽可以爲飾。鄒陽書：積羽沈舟。羈使空斜影，謂已沒也。龍宮閟積流。言龍宮積水之內，貢物皆藏於此也。篙工幸不溺，俄頃逐輕鷗。

竹宮時望拜，漢禮樂志：正月上辛，用事甘泉圜丘，夜常有神光集於祠壇。天子自竹宮而望拜，侍祠者皆肅然動心焉。桂館或求仙。郊祀志：公孫卿曰：仙人好樓居。於是上令長安作飛廉桂館，使卿持節設具而候神人。姹女凌波日，參同契：河上姹女，靈而最神。得火則飛，不染垢塵。眞一子注：河上姹女，卽眞汞也。道家

日，正神光照夜之年，深以見求仙之無益也。○帝未必昇天，而使者已獨上天矣，可謂滑稽之雄。

四象論：西方庚金，淑女之異名，故有姹女之號。洛神賦：凌波微步。神光照夜年。徒聞斬蛟劍，呂氏春秋：荆人佽飛得寶劍，渡江中流，兩蛟繞舟，佽飛拔劍斬蛟，乃得濟。無復爨犀船。晉書：溫嶠宿牛渚磯，水深不可測，世云其下多怪物。嶠燃犀角照之，須臾見水族覆火，奇形異狀。使者隨秋色，迢迢獨上天。

將云：次句常語，將首句配說，便極尊嚴。仇云：避暑在夏，宵永屬秋，還京須待冬雪，敘次詳明。

奉漢中王手札

國有乾坤大，王今叔父尊。瑀，讓皇帝子，代宗之叔父。剖符來蜀道，歸蓋取荆門。王先貶蓬州，時罷郡歸朝，取道夷陵。峽險通舟過，江長注海奔。主人留上客，鶴注：主人當指歸州太守。避暑得名園。四句書中語意。〔點題只此二句〕前後緘書報，分明饌玉恩。吳都賦：矜其宴居，則珠服玉饌。言如親從宴會。天雲浮絕壁，〔峽〕風竹在華軒。〔園〕

已覺良宵永，何看駭浪翻？〔江〕時蓋因浪險不能遽行。入期朱邸雪，玉海：漢書注：郡國朝宿之舍，在京師者率名邸。諸侯朱戶，故曰朱邸。朝傍一作望，與下不複。紫微垣。六句蓋得書遙擬之詞。〔此段賓主合說〕枚乘文章老，枚乘注見九卷。河間禮樂存。漢書：

景帝子河間獻王德，學舉六藝，被服儒術。武帝時來朝，獻禮樂在三雍宮。悲秋宋玉宅，失路武陵源。淹泊俱崖口，東西異石根。朱注：悲秋，謂漢中王；失路，公自謂也。時王在歸州，歸州在夔之東。夷音迷咫尺，鬼物傍黃昏。相思不相見中，又得此苦語點綴。犬馬誠爲戀，曹植表：不勝犬馬戀主之情。狐狸不足論。張綱傳：豺狼當道，安問狐狸。王昔當以讒譖而出。從容草奏罷，宿昔奉清樽。言王入朝草奏，當念我之邀歡於夙昔，蓋囑其去後勿忘也。

李云：霜天鶴唳，清切動人。○一句一轉，如珠走盤，樂天排律多學此種。

奉漢中王手札，報韋侍御、蕭尊師亡

秋日蕭韋逝，淮王報峽中。少年疑柱史，多術怪仙公。仇注：柱下史得長年，侍御以少年而亡，故疑之。蕭史跨鳳昇仙，尊師學仙而亦亡，故怪之。一切官，一切姓也。不但時人惜，祇應吾道窮！一哀侵疾病，相識自兒童。處處鄰家笛，向秀思舊賦序：於時日薄虞淵，寒冰淒然。鄰人有吹笛者，發聲寥亮，追思曩昔遊宴之好，感音而歎，故作賦云。飄飄客子蓬。曹植詩：轉蓬離本根，飄飄隨長風。類此客遊子，捐軀遠從戎。強吟懷舊賦，潘岳有懷舊賦。已作白頭翁。末更撫己而自危也。

戲拈自成一體。

李云：玉局二句淡而悲，天下二句哀而壯，皆絕調也。

存歿口號二首

原注：四子皆遊於藝，故甫志之。

席謙不見近彈棊，梁冀傳：冀善彈棊格五。注：藝經曰：彈棊兩人對局，白黑棊各六枚，先列棊相當，下呼上更相彈也。其局以石爲之。古今詩話：彈棊有譜一卷，唐賢所爲。其局方五尺，中心高如蓋，其顛爲小壺，四角微起。李義山詩：莫近彈棊局，中心最不平。謂其中尊也。白樂天詩：彈棊局上事，最妙是長斜。謂持角長斜，一發過半局，譜中具有此法。畢曜仍傳舊小詩。原注：道士席謙吳人，善彈棊。畢曜善爲小詩。玉局他年無限笑，搜神記：南谷山中有白玉棊局。白楊今日幾人悲？

鄭公粉繪隨長夜，曹霸丹青已白頭。原注：高士滎陽鄭虔善畫山水，曹霸善畫馬。天下何曾有山水？歿固可惜，言鄭外更無人也。人間不解重驊騮。存亦可憐。

容齋續筆：子美存歿絕句，每篇一存一歿。蓋席謙曹霸存，畢曜鄭虔歿也。魯直荆江亭即事絕句十首，其一云：閉門覓句陳無己，對客揮毫秦少游，正字不知溫飽味，西風吹淚古藤州。乃用此體，時少游歿而無己存也。

結處思鄉，意不說盡。

月圓

孤月當樓滿，寒江動夜扉。月光映江而動也。委波金不定，（承二）郊祀歌：月穆穆以金波。照席綺逾依。（承一）鄒陽酒賦：綃綺爲席。仇注：月注波中，金光搖而不定；月臨席上，綺文依而愈妍。將金波綺席四字拆開顛倒，趙汸謂得詩家用古語之法。未缺空山靜，高懸列宿稀。故園松桂發，萬里共清輝。

偶然景，拈出便成警句。

中宵

西閣百尋餘，中宵步綺疏。梁冀傳：牕牖皆有綺疏。注：謂鏤爲綺文也。飛星過平聲。水白，落月動沙虛。擇木知幽鳥，潛波想巨魚。親朋滿天地，兵甲少來書。

不寐

瞿塘夜水黑，言月落也。城內改更籌。翳翳月沈霧，輝輝星近樓。惟月沈故覺星近，二句是將曉景。

劉須溪云：寫得婉至。

氣衰甘少寐，心弱恨容愁。弱字是抵他不過，故恨。容字謂寸心幾何，能裝得許多愁也。多壘滿山谷，桃源何處求？

遠遊

江闊浮高棟，雲長出斷山。仇注：日色映江，故水光浮棟；嶺腰雲截，故空處露山。塵沙連越巂，越巂注見九卷。風雨暗荆蠻。遙瞻越巂，近望荆蠻，極寫遠字。雁矯銜蘆內，張華賦：又矯翼而增逝，徒銜蘆而避繳。猿啼失木間。二句謂羨雁之矯，同猿之悲也。敝裘蘇季子，歷國未知還。

垂白

垂白馮唐老，清秋宋玉悲。江喧長少睡，樓迥獨移時。多難身何補？無家病不辭。苦句 甘從千日醉，搜神記：狄希，中山人，能造千日酒，飲之一醉千日。未許七哀詩。曹植、王粲、張載皆有七哀詩。言哀時無益，不若冥心一醉也。

雨晴

雨晴一作時。山不改，言尋常或雨或晴，山容但覺仍舊。晴罷峽如新。天路看殊俗，仇注：天路，猶云天邊。秋江思殺人。有猿揮淚盡，無犬附書頻。述異記：陸機有犬曰黃耳，機在洛久無家問，爲書盛以竹筒繫犬頭，卽馳還家。旣得答，仍馳還洛。故國愁眉外，長歌欲損神。

搖落

搖落巫山暮，寒江東北流。烟塵多戰鼓，風浪少行舟。鵞費羲之墨，貂餘季子裘。長懷報明主，臥病復高秋。

草閣

沈云：二句連讀，乃見其妙。

草閣臨無地，柴扉永不關。魚龍迴夜水，言波平浪靜。星月動秋山。仇注：迴夜水，逢秋而蟄伏也；動秋山，映水而閃爍也。久露晴初溼，久晴之露，故下久而初霑溼。高雲薄未還。句借景寓意。泛舟慚小婦，邵注：蜀中多是婦人刺船。飄泊損紅顏。浦注：結聯偶因見舟婦而自傷衰老。言彼以小年飄泊，猶損紅顏，況我老而爲客，其憔悴乃益堪自愧耳。

江月

江月光於水，高樓思殺人。天邊長作客，老去一霑巾。玉露團一作溥。清影，銀河沒半輪。言河近月而光奪。誰家挑錦字？晉列女傳：竇滔妻蘇蕙，字若蘭，織錦爲迴文璇璣圖詩贈滔。宛轉循環讀之，詞甚悽惋，凡三百四十字。燭滅翠眉嚬。曹植詩：明月照高樓，流光正徘徊，上有愁思婦，悲歎有餘哀。所以寓思君之意也。

江上

江上日多病，蕭蕭荆楚秋。高風下木葉，永夜攬貂裘。勳業頻看鏡，行藏

李云：極悲壯語，而以樸淡寫之，則悲壯在神情，不在字面。

後四太直致。

獨倚樓。時危思報主，衰謝不能休。五六含蓄無限，宋眞宗嘗覩子美詩，謂甫他作皆不逮此。

中夜

中夜江山靜，危樓望北辰。長為萬里客，有愧百年身。蔣云：二句可知釀出一部杜詩。故國風雲氣，故國，長安也。風雲氣，言變易無常。高堂戰伐塵。蔡注：高堂指杜陵屋廬。胡雛負恩澤，嗟爾太平人。結句有追咎逸居召禍意。祿山負恩作逆，誰致其然乎？正由當時公卿隳邊防而耽逸豫以至此耳。

遣愁

養拙蓬為戶，茫茫何所開？江通神女館，寰宇記：神女廟在巫山縣治西北。地隔望鄉臺。望鄉臺在成都，故曰地隔。漸惜容顏老，無由弟妹來。兵戈與人事，回首一悲哀！

李云：文體蔚然，在杜律中尤爲秀出。劉須溪云：字字著意。

九日諸人集於林

詩云九日明朝是，乃前一日作。此題曰諸人集林，與九日五首言獨酌不類，應編大曆元年。

九日明朝是，相要舊俗非。舊俗謂樊川故里。二句言當此令節招邀，惜在客中無興也。老翁難早出，賢客幸知歸。想衆客約公登高未赴，至歸時乃來集耳。舊采黃花賸，新梳白髮微。漫看年少樂，忍淚已霑衣。

返照

楚王宮北正黃昏，楚王宮在巫山縣西北。浦注：黃昏非指夜靜，乃日落蒼黃時也。白帝城西過雨痕。返照入江翻石壁，日照入江，故見石壁之影翻動。歸雲擁樹失山村。衰年肺病惟高枕，絕塞愁時早閉門。不可久留豺虎亂，鶴注：是時楊子琳攻崔旰未已，公知子琳將變。三年，子琳果殺夔州別駕張忠，據其城。南方實有未招魂。言在此屢遭寇亂，旅魂已將驚散也。

黃白山云：前半寫景，可作詩中圖畫；後半言情，能溼紙上淚痕。此爲七律正宗，較白帝城詩更勝。○年老多病，感時思歸，集中不出此四意，而橫說豎說，反說正說，無不曲盡其情。此詩四項俱見，至結語云云，尤足悽神戛魄。

顧云：次聯分承風月，與金華山北春日、春盤二首同格，本沈佺期龍池篇。

吹笛

吹笛秋山風月清，誰家巧作斷腸聲？風飄律呂相和切，笛賦：律呂既和，哀聲互降。切謂其音悽切。月傍關山幾處明？樂府橫吹曲有關山月，解題云：傷離別也。胡騎中宵堪北走，世說：劉越石爲胡騎圍數重，乘月登樓清嘯，賊聞之淒然長嘆。中夜奏胡笳，賊皆流涕，人有懷土之思。向曉又吹之，賊並棄圍奔走。周宏讓長笛吐清氣詩：胡騎爭北歸，偏知越鄉苦。武陵一曲想南征。古今注：武溪深乃馬援南征之所作也。援門生爰寄生善吹笛，援作歌以和之，名曰武溪深。二句雖用笛事，正關合自家厭亂離鄉之意。故園楊柳今搖落，舊唐書樂志：梁樂府云：上馬不捉鞭，反捉楊柳枝，下馬吹橫笛，愁殺行客兒。此歌元出北國之橫笛。何得愁中卻盡生。趙大綱曰：笛曲有折楊柳，故翻其意作結。謂故園楊柳，至秋搖落，今何得復生而可折乎？蓋設爲怪嘆之詞，以深致思鄉之感，此則公之所爲斷腸者也。

此詩句句詠物、筆筆寫意，用巧而不覺，斯爲大家。

黃白山云：因鄭謫官，故借秋草以託興，與西掖梧桐一起俱妙於發端。

仇云：此首從湖亭說到鄭監，結處欲往與居，申首章第六句之意。

秋日寄題鄭監湖上亭三首

鄭審爲祕書少監，審湖亭在江陵。

碧草違春意，別賦：春草碧色。違春意，謂草至秋而黃落也。沅湘萬里秋。邵注：沅水在辰州，湘水在長沙。池要山簡馬，月淨庾公樓。晉書：庾亮鎮武昌，諸佐吏乘月共登南樓，俄而亮至，諸人將起避之。亮徐曰：諸君且住，老子於此興復不淺。便據胡床，談詠竟坐。顧注：樓在今武昌縣，非郡治之南樓。亭在荊州，故山簡庾公皆引荊州事。磨滅餘篇翰，平生一釣舟。二句屬公自言，乃所以寄題之故。高唐寒浪減，二句寫出懷思悠然神往朱注：據漢書注：高唐在雲夢華容縣，後人因巫山神女遂傳在巫峽。此詩高唐寒浪減，及夔州歌中有高唐天下無，皆指在巫峽者言之。髣髴識昭邱。登樓賦：北彌陶牧，西接昭邱。善曰：荊州圖記云：當陽東南七十里有昭王墓，登樓則見，所謂昭邱。

新作湖邊宅，還聞賓客過。暗用鄭當時置驛留賓事。自須開竹徑，誰道避雲蘿。王融詩：蘿徑若披雲。三輔決錄：蔣詡竹下開三徑。又張仲蔚所居，蓬蒿沒人。二句融化其意。言鄭當開竹徑以迎賓，非徒託雲蘿以避俗也。官序潘生拙，潘岳閒居賦序：自弱冠達於知命之年，八徙官而一進階，再免，一除名，一不拜，遷者三而已矣。雖通塞有遇，抑亦拙者之效也。才名賈傅多。鄭時謫居江陵，故以潘岳、賈誼比之。官拙才多，言能淡榮利而敦風雅。捨

此首從鄭監說到湖亭，結處欲和其詩，申首章第五句之意。

王嗣奭曰：此八公傳也，而以韻記之，乃公創格，所謂詩史也。序簡

舟應卜地，言已久有出峽之志。鄰接意如何？暫阻住。一作蓬萊閣，華嶠後漢書：學者稱東觀爲老氏藏室，道家蓬萊。桓帝時始置祕書監。終爲江海人。揮金應物理，蔣云：別有解悟，自見深永。漢書：疏廣爲太傅歸鄉里，數問其家所賜金餘尚有幾，趣賣以具酒食，請族人故舊娛樂。張協詠二疏詩：達人知止足，遺榮忽如無，揮金樂當年，歲暮不留儲。拖玉豈吾身？西征賦：飛翠緌，拖鳴玉，以出入禁門者衆矣。仇注：揮金乃物理當然，則江海正可行樂；拖玉於吾身無與，則蓬閣不必久居。二句申上二句。羹煮秋蓴滑，杯凝一作迎。露菊新。陶潛詩：秋菊有佳色，裛露掇其英，一觴雖獨進，杯盡壺自傾。此所謂以菊釀酒也。二句又遙想湖亭景物。賦詩分氣象，佳句莫頻頻。一作莫辭頻。趙曰：莫頻頻，言莫不頻頻有之乎。

八哀詩 并序

傷時盜賊未息，興起王公李公，嚴公亦在。歎舊懷賢，舊則璡、邕、源、虔，賢則曲江。終於張相國。八公前後存歿，遂不詮次焉。朱注：言不以存歿之前後爲次。按曲江卒於開元二十八年，八人中沒最先。

而該，亦非後人所及。八哀詩亦杜公大著作，意欲與太史公爭衡千古，昌黎詩多學之。葉石林謂漢魏以前長篇無過十韻，初不以敍事傾倒爲工。此固不可以律杜。至欲芟去其半，則又未免續鳧脛斷鶴脛耳。邵云：寫出大將。○此四句本可與前短小四句連敍，特插在此者，正見功雖建而仍未展其用，卽潼關之敗，不當以僨軍見罪也。

贈司空王公思禮

司空出東胡，童稚刷勁翮。追隨燕薊兒，穎脫物不隔。脫穎而出，用毛遂語，比其英風銳氣。何云：此句與張相國金璞無留鑛意同。言遠人無資地，以才自達也。唐書：王思禮，高麗人也，父虔威爲朔方軍將，思禮少習戎旅，入居營州。服事哥舒翰，意無流沙磧。卽談笑無河北意。未甚拔行間，犬戎大充斥。（點眼）謂吐蕃。短小精悍姿，屹然強寇敵。（如見其人）史記：郭解爲人，短小精悍。唐書：從王忠嗣至河西，與哥舒翰同籍麾下，及翰爲隴右節度使，與中郎將周佖爲翰押衙。貫穿百萬衆，出入由咫尺。（大才調）古與猶通。馬鞍懸將首，甲外控鳴鏑。鮮于注：甲外，軍陣之外也。卽遊騎掠軍離什伍者。邵注：鳴鏑，驍箭也。上句見能戰勝，此句見能禦虜。洗劍青海水，刻銘天山石。（雄快語）（警絕）九曲非外蕃，其王轉深壁。唐書：天寶十二載，翰攻破吐蕃大漠門等城，悉收九曲，築神策宛秀二軍。舊書：思禮以拔石堡城功，充關西兵馬使兼河源使。飛兔不近駕，鷙鳥資遠擊。（插襯二喩，樂府體，正起下偏裨句）瑞應圖：飛兔，神馬，行三萬里，明君有德則至。言以思禮之才，僅爲邊將，其實知勇兼全，可當大任也。曉達兵家流，漢藝文志：有兵家者流。飽聞春秋癖。晉書：杜預爲鎮南將軍，有春秋左傳癖。胸襟日沈（說人大）

靜，肅肅自有適。（學問）潼關初潰散，萬乘猶辟易。項羽傳：人馬辟易。謂辟開而移易其處也。偏裨無所施，（語帶回護）唐書：哥舒翰守潼關，思禮充元帥府馬軍都督。元帥見手格。謂被擒也。東方朔傳：手格熊羆。安祿山事蹟：翰至關津驛，火拔歸仁率諸將叩馬請降祿山，翰欲下馬，遂以毛繩於馬腹連縛其脚，控轡出驛。翰怒，握鞭自築其喉，又被奪鞭，擁馬就乾祐，送於洛陽。太子入朔方，謂肅宗至靈武。至尊狩梁益。謂玄宗幸蜀。胡馬纏伊洛，中原氣甚逆。肅宗登寶位，塞望勢敦迫。世說：昔安石在東山，縉紳敦迫。言肅宗即位靈武，勉從勸進之請，以塞人望也。公時徒步至，請罪將厚責。（不沒其實）際會清河公，唐書：房琯封清河郡公。間道傳玉冊。天王拜跪畢，讜議果冰釋。謂受命以後，因納讜言，故思禮得釋也。唐書：翰敗潼關，思禮走行在，肅宗責不堅守，將斬之。會房琯自蜀奉上皇冊命至，諫以爲可收後效，遂見赦。翠華卷飛雪，一作飛雪中。仇注：時在二月，故有飛雪。熊虎亘阡陌。謂將士衆勝。屯兵鳳凰山，圖經：文王時鳳鳴岐山，人亦呼爲鳳凰堆，在鳳翔府。帳殿涇渭闢。謂肅宗至鳳翔。金城賊咽喉，金城縣屬京兆府，即今興平縣。詔鎮雄所搤。與扼通。馬援傳：援擊五溪蠻進壺頭，搤其咽喉。唐書：思禮除關內節度使守武功。按武功與興平接壤。禁暴清無雙，爽氣春淅瀝。（造句奇雋）

八詩皆於結處極致感吁，以見哀情。○諸篇中多重文學，此獨於文苑有貶詞，正相表裏，亦各因其人以立論。

言常寓威於恩，如春時而有秋氣也。**巷有從公歌，野多青青麥。**莊子：青青之麥，生於陵陂。本傳：思禮善守計，持法嚴整，士不敢犯。從公歌，謂令共率；野多麥，謂寇不侵。**及夫哭廟後，復領太原役。**舊唐書：長安平，思禮先入淸宮，遷兵部尙書，封霍國公。光弼徙河陽，代爲太原尹北京留守河東節度使，尋加守司空。**恐懼祿位高，悵望王土窄。**（平生忠義在此處補出）**不得見淸時，嗚呼就窀穸！**（乃作詩本旨）左傳注：窀，厚也；穸，夜也。厚夜，猶長夜也。舊唐書：上元二年四月以疾薨，贈太尉，謚武烈。**永繫五湖舟，**公雖在夔，常思出峽。**悲甚田橫客。**古今注：薤露蒿里並喪歌也。本出田橫門人。橫自殺，門人傷之，爲作悲歌。**千秋汾晉間，**汾晉卽太原。**事與雲水白。**王洙注：思禮鎭太原，撫御功深，故想見千秋之後，當與雲水長留也。**昔觀文苑傳，豈述廉藺績。**（結用反襯）廉頗、藺相如事見史記。**嗟嗟鄧大夫，士卒終倒戟！**左傳：倒戟以禦公徒。舊唐書：思禮薨，管崇嗣代爲太原尹，數月召鄧景山代崇嗣。景山以文吏見稱，至太原檢覆軍吏隱沒者，軍衆憤怨，遂殺景山。

首篇用四句起，四句收。前一段敍其隴右立功之事。後兩段，一敍其守武功而興復，一痛其守太原而遂沒。中敍潼關敗績事，正惜當時之未卽大用也。平敍中見串插補綴之妙。

故司徒李公光弼

朱注：光弼已封王贈太保。公詩止稱司徒者，其功名著於司徒時，蓋從時人所稱耳。洗兵馬亦云：司徒淸鑒懸明鏡。

李云：倒瀉天漢，雄排二京。

于思禮潼關之敗，於光弼其敗，其不朝，皆極致回護，爲賢者諱，亦春

司徒天寶末，北收晉陽甲。（徑入立功事起）公羊傳：晉趙鞅取晉陽之甲以逐荀寅。舊唐書：太原漢晉陽縣。胡騎攻吾城，愁寂意不愜。謂賊破敗不得志也。人安若泰山，薊北斷右脅。西域傳：開玉門關通西域以斷匈奴右臂。朱注：太原在幽薊之西，故曰右脅。舊唐書：郭子儀爲朔方節度，薦光弼爲雲中太守，充河東節度副使。潼關失守，授戶部尚書，兼太原尹北京留守。至德二載，史思明等四僞帥率衆十餘萬攻太原，拒守五十餘日，伺其怠出擊，大破之，斬首七萬餘級。加檢校司徒，尋遷司空。朔方氣乃蘇，黎首見帝業。（語語）二宮泣西郊，（稱司徒身分）句謂上皇還京。通鑑：上皇至咸陽，上備法駕迎於望賢宮。上皇在宮南樓，上望樓下馬趨拜，上皇降樓撫上而泣。按：西郊乃自蜀回京之路。九廟起頹壓。仇注：當時安史稱亂，祿山從河北而向潼關，思明從山右以瞰秦隴。自光弼西扼賊衝，故朔方無虞，而肅宗得起業靈武，遂以收復長安也。未散河陽卒，時郭子儀等新收東京，戍兵未撤。思明僞臣妾。通鑑：至德二載十二月，史思明以所部十三州來降。復自碣石來，碣石在燕地。乾元元年，思明復反。二年，思明分軍四道，濟河會汴，西攻鄭州。火焚乾坤獵。（奇句）言焚掠如田獵也。高視笑祿山，（筆力有龍跳虎臥之奇）言思明自矜笑祿山之無成也。公又大獻捷。唐書：思明卽僞位，縱兵河南，代子儀爲朔方節度，天下兵馬副元帥，與思明戰中潭西，大破之。又收懷州，擒安太淸，獻俘太廟。異王册崇勳，異王，異姓封王也。舊唐書：寶應元年五月，光弼進封臨淮郡王。小敵信所怯。（諱詞）魚朝恩趣光弼擊思

秋之義也。

仇云：望是非於後世，欲爲純臣表心，足見公微顯闡幽之意。後唐書本傳，史官力爲表白，皆公詩有以發之。

明於邙山，敗績。光武紀：劉將軍生平見小敵怯，今見大敵勇，甚可怪也。**擁兵鎮河汴，**通鑑：上元二年五月，復以光弼爲河南副元帥，統八道行營節度，出鎮臨淮。**千里初妥貼。青蠅紛營營，風雨秋一葉。**謂功業凋零也。李薨在七月，故云。**內省未入朝，死淚終映睫。**唐書：北邙之敗，朝恩羞其策謬，深忌光弼，程元振尤疾之，日謀有以中傷者。及來瑱爲元振讒死，光弼愈恐。吐蕃寇京師，代宗詔入援，光弼畏禍，遷延不敢行。廣德二年七月，薨於徐州，贈太尉，謚武穆。譚賓錄：光弼懼朝恩之害，不敢入朝，田神功等不受其制，愧恥成疾薨。**大屋去高棟，**插喩 **長城掃遺堞。**宋書：檀道濟被收，脫幘投地曰：壞汝萬里長城！**平生白羽扇，**裴啓語林：諸葛武侯以白羽扇指揮三軍。**零落蛟龍匣。**注見十二卷。杜臆：羽扇零落，惜不盡其用也。**雅望與英姿，惻愴槐里接。**光弼神道碑：窆公於富平縣先塋之東。長安志：槐里故城在興平縣東南十里。漢武帝葬槐里之茂陵，衞青霍去病墓去茂陵不三里。光弼葬在馮翊，與高祖獻陵、中宗定陵相近，故以比之，亦見死猶戀主意。**三軍晦光彩，**國史補：李太尉代領汾陽軍，營壘旗幟，精彩一變。**烈士痛稠疊。直筆在史臣，將來洗箱篋。**謂洗其未入朝之恨也。**吾思哭孤冢，南紀阻歸楫。**詩：滔滔江漢，南國之紀。

此傷盜賊本意

扶顛永蕭條，未濟失利涉。疲苶乃結切。作薾非。**竟何人？**莊子：苶然疲役而不知所歸。**灑涕巴東峽。**

蔣云：奇造亦從生民崧高等詩脫出。

張云：寫出忠憤氣魄。

此篇前用實敍，後用虛寫。首段敍功業能舉其要，眞大手筆，否則不勝鋪敍矣。蓋守太原而靈武得以興帝業，捷河南而思明不敢犯京師，乃司徒功之極大者。中段敍其勳爵崇高，而卒以讒死。以下專於其身後極致低徊，惜其勳在王室，而末路不終。結就自己匡濟無能發慨，尤見哀情迫切。○劉後村曰：此詩平生白羽扇，零落蛟龍匣，語極悲壯。又青蠅紛營營，風雨秋一葉，內省未入朝，死淚終映睫。其形容臨淮憂讒畏譏，不敢入朝之意，獨見分曉。

贈左僕射鄭國公嚴公武

鄭公瑚璉器，華岳金天晶。說文：晶，精光也。舊唐書：玄宗先天二年，封華岳神爲金天王。言其秉山岳靈秀也。舊書本傳：武字季鷹，華州華陰人。昔在童子日，已聞老成名。嶷然大賢後，復見秀骨清。舊書：中書侍郎挺之子，神氣雋爽，敏於聞見，幼有成人之風。按新書挺之傳亦稱其姿質軒秀。開口取將相，小心事友生。上二句早書出嚴武便傲人，後感知之根。閱書百紙一作氏。盡，落筆四座驚。舊書：武讀書不甚究精義，涉獵而已。歷職匪父任，前漢汲黯傳：以父任爲太子洗馬。孟康注：大臣任舉其子弟。匪父任，言其才自可得官，不盡由門蔭也。嫉邪嘗力爭。舊書：武弱冠以門蔭策名，哥舒翰奏充判官，遷侍御史。漢儀尚整肅，當即指侍御說。二句轉接無痕。胡騎忽縱橫。飛傳自河

武於鎮蜀外無事業可表見，故升沈始終，只用數語撮敘梗概，極見翦裁斷制。

隴，逢人問公卿。不知萬乘一作乘輿。出，雪涕風悲鳴。受詞劍閣道，謁帝蕭關城。朱注：平涼府有蕭關縣，西北鄰靈武。舊書武傳：至德初，武仗節赴行在，房琯以名臣子素重之，至是首薦才略可稱，累遷給事中。按：此詩云：飛傳自河隴，又云：受詞劍閣道，蓋祿山之亂，武自河隴訪知乘輿所在，趨赴劍閣，然後玄宗遣詣行在，亦如房琯張鎬之以玄宗命至自蜀郡也。當據以補劉書之闕。寂寞雲臺仗，飄颻沙塞旌。開寫處俱極淋漓江山少使者，笳鼓凝皇情。顏延之詩：笳鼓震溟洲。言肅宗志在滅賊。仇注：寂寞江山，謂劍閣音阻；塞旌笳鼓，謂蕭關起事。壯士血相視，別賦：刎血相視。忠臣氣不平。密論貞觀去聲。體，唐藝文志：吳兢有太宗貞觀政要一卷。揮發岐陽征。岐陽，鳳翔也。肅宗駐鳳翔，武嘗贊議收復。感激動四極，聯翩收二京。西郊牛酒再，謂玄肅相繼回京。原廟丹青明。漢書：叔孫通請立原廟。注：原，重也。先有廟，今更立之。匡汲俄寵辱，匡衡傳：衡數上疏陳便宜，建昭三年，代韋玄成為丞相。後有司奏衡專地盜土，竟坐免。汲黯傳：召為中大夫，以數切諫不得久留內，為東海太守。句謂武拜京兆，後旋貶巴州刺史。衛霍竟哀榮！衛青傳：天子使使者持大將軍印即軍中拜青為大將軍，後尚平陽公主，與主合葬，起冢象廬山云。霍去病傳：以功封驃騎將軍，秩與大將軍等。元狩六年薨，上悼之，發屬國玄甲軍陳，自長安至茂陵，為冢象祁連山。句謂武以劍南節度沒也。合後悵望龍驤塋句，或武

於所歷官階，仍一一帶及，不至滲漏。

李云：寫鄭公忠勤大略，絕不費力。

之葬制度崇侈。又張溍注：匡汲以比武之諫諍，衞霍以比武之將略。**四登會府地，**朱注：會府，省會之府也。按史收長安，武拜京兆少尹，寶應元年拜京兆尹，兩鎮劍南，皆兼成都尹，故云。**三掌華陽兵。**禹貢：華陽黑水惟梁州。武初出爲東川節度使，後又兩充劍南節度使，即所謂主恩前後三持節也。**京兆空柳色，**漢張敞傳：敞爲京兆尹，走馬章臺街。唐人詩有章臺柳。**尙書無履聲。**鄭崇事，注見二卷。唐書：武復節度劍南，加檢校吏部尙書。**羣烏自朝夕，**朱博傳：御史府中列柏樹，常有野烏數千棲集其上，晨去暮來，號曰朝夕烏。武初以御史中丞出爲東川節度，又嘗爲御史大夫。**白馬休橫行。**句謂諫諍無人也。舊注：後漢：張湛爲光祿大夫，常乘白馬。光武每有異政，輒曰白馬生且復諫矣。朱注引侯景乘白馬渡江事，終與上句不協。

另提追敘

諸葛蜀人愛，文翁儒化成。公來雪山重，公去雪山輕。仇注：史稱嚴武在蜀，用度無藝，峻掊亟斂；惟破吐蕃、收鹽川爲當時第一功。此二語蓋實錄。

帶入自家

記室得何遜，梁書：遜爲建安王記室。**韜鈐延子荊。**晉書：孫楚字子荊，參石苞驃騎軍事。武嘗辟公爲參謀，故以何遜、孫楚自比。

承雪山二句

四郊失壁壘。

承記室二句

虛館開逢迎。堂上指圖畫，公有奉觀嚴鄭公廳事岷山沱江畫圖詩。**軍中吹玉笙。豈無成都酒？**公詩：酒憶郫筒不用沽。**憂國只細傾。時觀錦水釣，**謂武訪公草堂也。公詩：幽棲眞釣錦江魚。**問俗終相并。**言雖閑遊，必兼採風，見其留心民瘼。**意待**

公於嚴感知最深，故結語較諸篇尤切摯。

李云：此篇以史公世家之

犬戎滅，人藏紅粟盈。時吐蕃未平，民苦饋餉。以茲報主願，庶或一作獲。裨世程。炯炯一心在，沈沈二豎嬰。左傳：晉侯獳病，求醫於秦，秦伯使醫緩爲之。公夢疾爲二豎子。其一曰：居肓之上，膏之下，若我何？顏回竟短折，賈誼徒忠貞。武卒時年四十，故以顏、賈比之。飛旐出江漢，孤舟轉荊衡。公前有送嚴僕射歸櫬詩，謂喪返華陰，路經江漢荊衡也。虛無一作橫。馬融笛，後漢馬融傳：善鼓琴好吹笛。又融有長笛賦。觀上軍中吹玉笙句，意嚴亦姓好音樂，今已杳渺不可得聞耳。一說虛橫馬融笛，謂武既死世無知音也，恐與下賓客句文勢犯複。悵望龍驤塋。晉王濬傳：濬爲龍驤將軍，葬柏谷山，大營塋域，葬垣周四十五里。空餘老賓客，身上愧簪纓。

首敍其家世才品，次段及末段專檢大處詳敍，至嚴生平履歷，但用數句總敍中間，又一章法。○鎮蜀爲嚴公一生事業，且知己之感存焉。至扈從贊議事，本可簡筆帶過，以公於是時亦自陷賊謫上鳳翔，觸着當時情景，故不覺言之詳耳。

贈太子太師汝陽郡王璡

汝陽讓帝子，唐書：讓皇帝憲本名成器，睿宗立爲皇太子。以玄宗有討平韋氏功，懇讓儲位，封寧王，薨謚讓皇帝。眉宇眞天人。天人注見一卷。唐書：璡

禮，兼長卿上林之才，眞雄作也。○發端何等氣象，眞可雄視百代。

張云：借一事摹寫如生，而上之恩禮，王之忠愼俱出。

眉宇秀整，善射。虬髯似太宗，酉陽雜俎：太宗虬鬚，嘗戲掛弓張矢。色映塞外春。朱注：塞外少春色，春色映於塞外，極狀其眉宇藹然有別，張建封詩所云風神蕩江湖也。昔者開元中，主恩視遇頻。出入獨非時，禮異見羣臣。愛其謹潔極，言能謹身潔己。倍此骨肉親。羯鼓錄：汝陽秀出藩邸，玄宗特鍾愛焉。又以其聰悟敏慧，妙達音旨，每出游幸，頃刻不舍。從容聽朝一作退後，或在風雪晨。忽思格猛獸，苑囿騰清塵。相如諫獵書：犯屬車之清塵。羽旗動若一，萬馬肅駪駪。二句言行列嚴整。詔王來射雁，拜命已挺身。箭出飛鞚內，上又回翠麟。序得詳細翠麟，駿馬也。言帝急回馬將助之射。翻然紫塞翮，雅雋絕倫下拂明月輪。言雁墮而拂弓也。胡人雖獲多，長楊賦序：上將大誇胡人以多禽獸，令胡人手搏之，自取其獲，上將臨觀焉。天笑不爲新。王每中一物，手自與金銀。袖中諫獵書，扣馬又轉出一層史還久上陳。得意處竟無銜橜虞，諫獵書：清道而行，中路而馳，猶時有銜橜之變。注：橜，車之鈎心也。馬銜或斷，鈎心或出，則致傾敗以傷人。聖聰矧多仁。官免供給費，水有在藻鱗。罷獵，故官得休而物不傷。匪惟帝老大，大書皆是王忠勤。晚年

王阮亭云：起亦如蘇門清嘯，逌然鸞鶴之音。

務置醴，門引申白賓。漢書：楚元王少與魯穆生、白生、申公，俱受詩於浮邱伯。元王敬禮申公等，穆生不嗜酒，元王嘗爲設醴。舊唐書：璡與賀知章、褚廷誨等善，爲詩酒之交。道大容無能，永懷侍芳茵。帶出自己好學尙貞烈，義形必霑巾。公羊傳：義形於色。揮翰綺繡揚，篇什若有神。川廣不可泝，徑落墓久狐兔鄰。唐書：璡以天寶九載卒，贈太子太師。宛彼漢中郡，文雅見天倫。何以開一作慰我悲，泛舟俱遠津。仇注：漢中王瑀汝陽弟。俱遠津，謂公在夔州，漢中時在歸州也。溫溫昔風味，應轉起處少壯已書紳。舊遊易磨滅，衰謝增酸辛！

汝陽事蹟獨少，前只借射獵一事寫其遊從親暱，並能懷忠納誨。後敍交情處，帶及其肝膽文學。結到哀字，並及其弟，章法最爲簡直易明。

贈祕書監江夏李公邕

此獨於起處便見哀意法變。

長嘯宇宙間，高才日凌替。古人不可見，前輩復誰繼？仇注：古人概言，前輩指李。憶昔李公一追溯存，詞林有根柢。聲華當健筆，謂健筆足副聲名。灑落富清製。風流散金石，追琢山

邵云：詞林有根柢，方見文章本領。今日文人通病，正坐無根柢耳。

嶽銳。二句以邕所製碑文言之。散，謂刊布。追琢，謂鐫勒。山嶽銳，狀碑勢之巍峩。情窮造化理，學貫天人際。干謁走其門，碑版照四裔。各滿深望還，森然起凡例。（此句一段中之骨）蕭蕭（塋墓）白楊路，洞徹寶珠惠。言泉路幽昏，得邕碑文，如惠以寶珠之洞照也。龍宮（寺廟）塔廟湧，謂塔廟如龍宮湧出。洛陽伽藍記：永寧寺浮圖爲火所燒，後有人從東萊來云：見浮圖於海中，光明照耀，儼然如新，海上民皆見之。句當暗用此事。浩劫浮雲衛。浩劫注見十一卷。言邕所撰碑文，歷浩劫而浮雲常擁衛之也。宗儒（學宮）俎豆事，故吏（遺愛）去思計。眄睞已皆虛，跋涉曾不泥。去聲。向來映當時，豈獨勸後世！朱注：言雖碑碣所垂，轉盼皆成虛跡，其跋涉來請者，應之從無泥滯，爍今傳後，實深有賴其文耳。舊唐書：邕早擅才名，尤長碑頌，雖貶職在外，中朝衣冠及天下寺觀，多賫持金帛往求其文，前後所製凡數百首。豐屋珊瑚鉤，蕭詮詩：珠簾半上珊瑚鉤。麒麟織成罽。漢書注：罽，織毛，若今毼及氍毹之類。麒麟罽所織。紫騮隨劍几，義取無虛歲。舊唐書：邕受納饋遺，多至鉅萬，時議以爲鬻文獲財，未有如邕者。分宅脫驂間，吳志：周瑜推道南大宅以處孫策。脫驂用晏子贖越石父事。感激懷未濟。謂人多感激，而心如未濟。衆歸（特爲出脫）賙給美，擺落多藏穢。唐書：仇人告邕贓貸枉法，許昌人孔璋上書救之曰：斯人所能者，拯孤卹窮，救乏賑惠，積而

張云：李忽起忽逐，得此寫出。

便散，家無私聚。獨步四十年，風聽九皋唳。唐書：玄宗東封回，邕獻詞賦稱旨，後因上計中使臨索其新文。邕文章徹天聽，故以九皋鶴唳比之。嗚呼江夏姿，竟掩宣尼袂！哀意一束，就文名說。世系表：後漢會稽太守高陽侯徙居江夏，遂爲江夏李氏。其後元哲徙居廣陵，元哲生善，善生邕。公羊傳：西狩獲麟，孔子反袂拭面，涕泣霑袍。往者武后朝，引用多寵嬖。二追溯。否臧太常議，舊唐書韋巨源傳：太常博士李處直議巨源謚曰昭，邕再駁之，文士推重。面折二張勢。唐書：邕拜左拾遺。中丞宋璟劾張昌宗兄弟反狀，武后不應。邕在階下大言曰：璟所陳社稷大計，陛下當聽。后色解，即可璟奏。衰俗凜生風，傅玄傳：玄除郎中，貴游懾服，臺閣生風。排蕩秋旻霽。爾雅：秋曰旻天。言邕之風節能使公道復昭也。忠貞負冤恨，宮闕深旒綴。言多壅蔽也。放逐早聯翩，低垂困炎癘。日斜鵩鳥入，鵩鳥賦：庚子日斜，鵩集予舍。魂斷蒼梧帝。言不能近君也。吳均詩：依依望九疑，欲謁蒼梧帝。邕所貶多在南荒，故用長沙、蒼梧事。榮枯走不暇，星駕無安稅。唐書本傳：坐五王誅，坐善張柬之，貶雷州司戶。韋氏平，召拜殿中侍御史，岑羲崔湜等忌之，貶崖州舍城丞。玄宗即位，爲御史中丞。姚崇疾邕險躁，左遷括州司馬，起爲陳州刺史。帝封泰山還，邕獻詞賦，帝悅。然頗自矜衒，素輕張說，與相惡。會仇人告邕贓貸枉法，下獄當死。許昌男子孔璋上書請代邕，得減死貶欽州遵化尉。開元二十三年，起爲括州刺史，後歷淄滑二州刺史。天寶初，爲汲郡北海太守。幾

仇云：論文以下，概論當世之文；例及以下，專論一家之詩。

於表揚先世處，尤致低徊，見

分漢廷竹，漢書：文帝三年，初與郡守爲銅虎符、竹使符。師古曰：各分其半，右留京師，左以與之。夙擁文侯篲。阮籍奏記：子夏處西河之上，而文侯擁篲。舊唐書：時皆以邕重義愛士，古信陵之流。終悲洛陽獄，哀意再束就後漢蔡邕傳：下邕於洛陽獄。被誣說事近小臣斃。左傳：與犬犬斃，與小臣小臣亦斃。謂如申生之寃。邕以杖死，禍階初負謗，謂爲張說所搆發陳州贓事。冷語痛心易力何深嚌！說文：嚌，嘗也。朱注：言讒人排毀，誠易爲力，然何嚌禍之深一至此乎！一說：李因篤曰：嚌當作擠。注見篇末。三追遡伊昔臨淄亭，酒酣託末契。臨淄卽濟南郡。公有陪李北海宴歷下亭詩。重叙東都別，仇注：公與邕初遇於東都，所謂李邕求識面也。朝陰改軒砌。謂坐久影移。論文到崔蘇，謂崔融、蘇味道也。唐書：融爲文華婉，當時未有輩者。味道九歲能屬辭，與李嶠俱以文翰顯武后時。指盡流水逝。指盡謂屈指數盡。劉楨詩：逝者如流水。近伏盈川雄，唐書楊炯傳：炯遷盈川令卒。未甘特進麗。李嶠傳：神龍三年加特進同中書門下三品。張說曰：楊盈川文如懸河注水，酌之不竭；李嶠文如良金美玉，無施不可。朝野僉載：李嶠、崔融、蘇味道、杜審言爲文章四友，世號崔、李、蘇、杜。故公詩幷及之。是非張相國，謂張說也。相扼一危脆。庾信崔說碑：百齡危脆。爭名古豈然？蔣云：惜此。愧。彼。一語微中關鍵欻不閉。老子：善閉無關鍵而不可開。言邕論文極公，獨於張相國不無是非之隙，遂至相扼而幾危。說雖忌刻，亦邕之露才揚己有以取之耳。例及吾家詩，

仁人孝子之用心。

曠懷掃氛翳。言非若張說之忌才。慷慨嗣眞作，公祖審言集有和李大夫嗣眞奉使存撫河東詩。咨嗟玉山桂。晉書：郄詵對武帝曰：臣舉賢良對策爲天下第一，猶桂林一枝，崑山片玉。鍾律儼高懸，鯤鯨噴迢遞。趙注：鍾律比聲之和雅，鯤鯨比勢之雄壯。言北海歎伏審言之詩如此。坡陁靑州血，哀意三束 青州即北海郡。蕪沒汶陽瘞。就身後說 唐書：北海郡置汶陽縣。本傳：天寶五載，左驍衛兵曹參軍柳勣有罪下獄。邕嘗遺勣馬，吉溫使引邕嘗以休咎相語，陰賂遺宰相。李林甫素忌邕，因傅以罪。詔刑部員外郎祁順之、監察御史羅希奭就郡杖殺之，時年七十。哀贈晚一作免。蕭條，唐書：代宗時贈邕祕書監。恩波延揭厲。巨列切。說文：揭，高舉也。延揭厲，言國恩之及，尚待高揭而揚厲之。子孫存如綫，舊客舟凝滯。別賦：舟凝滯於水濱。邕子孫既式微，而已復老客遠方，無能爲之昭雪也。君臣尚論兵，時吐蕃未靖。將帥接燕薊。謂河北諸降將承安史之亂，未奉朝命。朗詠六仍從文章中檢出大處作結公篇，原注：公有張柬等五王洎狄相六公詩。五王謂張柬之、桓彥範、敬暉、崔元暐、袁恕己，狄相則仁傑也。憂來豁蒙蔽。董逌書跋：予見荊州六公詠石刻，文既不刓，詩尤奇偉，豪氣激發，如見斷鼇立極時，宜老杜有云。張溍曰：時朝廷蒙蔽，賢奸混淆，李所詠六公，皆正人也，故曰豁蒙蔽。

此詩亦四句起，四句收，中分三段。首段專言文章，於碑版之製特詳，著其所長也；次段序其負氣節而屢遭貶斥；三段又因序交情而詳述論文；各入哀其死意作收束，章法又別。結處感及

蔣云：少孤二字，前幅眼目，立身根柢。李云：蘇鄭深交，觀其詩直淚溢行間。然非此俊偉排宕，二公豈遽與天壤並存？

時事，即從李詩觸起。蓋六公皆力扶唐室者，今安得復有其人以濟難乎。○王嗣奭曰：李才名甚盛，而其死甚慘，公痛之極，故云：竟掩宣尼袂，又云：事近小臣斃，又云：坡陀青州血，不覺言重而詞複也。其起語豪宕，亦兼自寓。

故祕書少監武功蘇公源明

武功少也孤，徒步客徐兗。唐書：源明京兆武功人，初名預，少孤，寓居徐兗。讀書東岳中，十載考墳典。時下萊蕪郭，舊唐書：萊蕪縣屬兗州。忍饑浮雲巘。負米晚爲身，謂養不及親也。家語：子路爲親負米百里之外。每食臉必泫。夜字照爇薪，晉中興書：范汪家貧好學，燃薪寫書。垢衣生碧蘚。庶以勤苦志，報茲劬勞顧。叶上聲。學蔚醇儒姿，文包舊史善。灑落辭幽人，歸來潛京輦。袁紹書：公族子弟，生長京輦。潛字見不馳鶩。射君東堂策，晉書：武帝詔諸賢良方正直言，會東堂策問。唐有尚書省東堂。宗匠集精選。仇注：宗匠指衡文者。制可題未乾，蔡邕獨斷：羣臣有所奏請，尚書令奏之，有制曰：天子答之曰可。若下某官云云，亦曰詔書。乙科已大闡。言詔書方下聲名已遍也。唐書：諸進士試時

正復說自家話，於祕書抗賊大節，寫得凜凜有生氣。

務策五條，帖一大經，全得爲甲第，得四以上爲乙第。本傳：源明工文詞有名，天寶間及進士第。文章日自負，吏祿亦累踐。晨趨閶闔內，足踏宿昔趼。應徒步句。足胝曰趼，言其起於貧賤也。本傳：更試集賢院，累遷太子諭德。一麾出守還，顏延之詠阮咸詩：屢薦不入官，一麾乃出守。黃屋朔風卷。不暇陪八駿，虜廷悲所遺。謂賊遣充僞署。平生滿樽酒，斷此朋知展。言陷賊之淒寂。憂憤病二秋，有恨石可轉。詩：我心匪石，不可轉也。言其忠貞不易。唐書：出爲東平太守，召還爲國子司業，祿山陷京師，源明以病不受僞署。肅宗復社稷，得毋順逆辨。范曄顧其兒，宋書：范曄臨刑，其子靄取地土及果皮擲曄。曄曰：汝嗔我耶？靄曰：今日何緣嗔？但父子同死，不能不悲。李斯憶黃犬。史記：李斯論腰斬咸陽市。顧其子曰：欲復牽黃犬俱出上蔡東門逐狡兔豈可得乎？通鑑：至德二載，制陷賊官以六等定罪，斬達奚珣等十八人，陳希烈等七人賜自盡。祕書茂松色，世說：張伯威歲寒之茂松，幽夜之逸光。再扈祠壇墠。謂得與郊祀盛典。唐書：肅宗復兩京，擢源明考功郎中知誥制，後爲祕書少監卒。前後百卷文，枕籍皆禁臠。言其文之可貴也。晉謝混傳：元帝始鎮建業，每得豚以爲珍膳，項下一臠尤美，輒以薦帝，呼爲禁臠。唐書：易元苞，蘇源明傳。又有源明前集三十卷。制作一作篆刻。揚雄流，溟漲本末淺。青熒芙蓉劍，越絕書：寶劍篇：

蔣云：慨然血灑，離騷之音。

蘇鄭二公乃公之密友，故帶及之，亦倣史公合傳體。胡夏客曰：武功少孤，忍饑爲宦，復以饑卒，讀此不禁三歎。

揚其華，如芙蓉始出。**犀兕豈獨剸。**李尤劍銘：陸剸犀兕，水截鯨鯢。朱注：溟海見淺，美其文之浩汗無涯；劍光青熒，美其文之鋒穎獨出。**反爲後輩褻，予實苦懷緬。煌煌齋房芝，事絕萬手搴。**亦於文字中提出一大事業。音蹇。言此芝爲萬手所欲搴者，而蘇竟能阻絕之。漢書：武帝大興祠祀，元封中齋房生芝而作歌。通鑑：乾元二年，上從王璵請立太乙壇於南郊之東。舊唐書：上元二年，延英殿御座梁上生玉芝，一莖三花，上製玉靈芝詩。**垂之示來者，正始徵勸勉。**晉書衞玠傳：不意永嘉之末，復聞正始之音。按本傳：肅宗時，宰相王璵以祈禱進，禁中禱祀窮日夜。中官用事，給養繁靡，源明數陳政治得失，上疏切諫。故此詩用齋房采芝事，因言其持正之論，可以訓將來而徵勸勉也。**不要懸黃金，**晉書周顗傳：取金印如斗大繫肘。**胡爲投乳贙。**音畎。爾雅：贙有力。注：出西海大秦國，有養者，似犬，多力獷惡。言蘇本清介自守，乃竟以此觸貴倖之怒。當時源明必因爲權奸忌嫉摧折，故有此語。**結交三十載，吾誰與游衍？**詩：及爾游衍。**滎陽復冥寞，罪罟已橫**去聲。**罥。**滎陽，鄭虔也。公有哭鄭蘇詩：凶問一年俱。蓋同以廣德二年卒。**嗚呼子逝日，始泰則**一作。**終蹇！**始泰謂見肅宗中興，終蹇謂沒於荒歲。**長安米萬錢，凋喪盡餘喘。**即前詩穀貴沒潛夫也。按舊史：廣德二年，斗米千文，一斛則萬錢矣。**戰伐何當解，歸帆阻清沔。**山海經注：漢水至江夏安陸縣入江，即沔水。**尙纏漳水疾，**劉楨詩：予嬰沈痼疾，竄身

郝楚望云：李江夏之文藻，鄭司戶之博綜，必有少陵雋筆，乃能曲盡其妙。

清漳濱。永負蒿里餞。古今注：蒿里，喪歌也。人死，精神歸於蒿里，使挽者歌以送之。

此篇獨用順敘，大抵亦多說文字而以忠孝二字作骨。首段敘其孤貧好學，次段敘其壯而出仕，三段言其不汚僞命，四段敘文才秉衷直節，末段言其窮老以死而已復不得歸奠以致哀也。

故著作郎貶台州司戶滎陽鄭公虔

先用設喻，又一起法。鶢鶋至魯門，不識鐘鼓饗。鶢鶋，海鳥也。莊子：昔者海鳥止於魯郊，魯侯御而觴之於廟，奏九韶以爲樂，具太牢以爲膳，鳥乃眩視悲憂，三日而死。孔翠望赤霄，愁入一作思。雕籠養。張華鷦鷯賦序：孔雀翡翠，或淩赤霄之際，然皆負繒嬰繳，羽毛入貢。四句言鄭本高逸，不受爵位羈縛。滎陽冠衆儒，唐書：虔，鄭州滎陽人。早聞名公賞。原注：往者公在疾，蘇許公頲位尊望重，素未相識，早愛才名，躬自撫問，臨以忘年之契，遠邇嘉之。地崇士大夫，況乃氣精爽。尚無過譽天然生知姿，學立游夏上。神農或闕漏，黃石愧師長。藥纂西極名，原注：公著薈蕞等諸書之外，又撰胡本草七卷。兵流指諸掌。唐書：虔學長於地理，山川險易，方隅物產，兵戍衆寡，無不詳審。嘗爲天寶軍防錄，言典事該，諸儒服其善著書。朱注：神農著本草，黃石公授張良兵法，此言虔所著之書，爲神農黃石所不逮也。貫穿無遺恨，薈烏外切。蕞在最切。何

以上言其才學之富，以下言其傾動一時。寫鄭公落拓不得志光景，最爲傳神。

技癢。封演聞見記：天寶中，協律郎鄭虔採集異聞，著書八十餘卷，人有竊窺其草藁，告虔私修國史，虔聞而遽焚之。後更纂錄，率多遺忘，猶成四十餘卷，書未有名。國子司業蘇源明請名會稡，取爾雅序會稡衆說也。按稡與蕞同音，皆釋聚字之義。高元之茶甘錄謂蕞爲小者，非。射雉賦：徒心煩而技懩。徐爰注：有技藝欲逞曰技懩。按：懩與癢通。圭臬星經奧，蟲篆丹青廣。魚豢魏略：邯鄲淳善蒼雅蟲篆。仇注：圭臬善地理，星經識天文，蟲篆工書法，丹青能繪畫。子雲窺未遍，頂圭臬句方朔諧太枉。劉辰翁曰：以比東方之諧則稱屈，甚言虔之學識過於子雲之博覽，虔之議論，異乎方朔之詼諧也。神翰顧不一，頂蟲篆句神翰，染翰之工也。陳書顧野王傳：蟲篆奇字，無所不通。又善丹青，故曰不一。體變鍾兼兩。金壺記：鍾繇工三色書，草、隸、八分最優。虔善草、隸，故曰兼兩也。呂惣續書評：虔書如風送雲收，霞催月上。文傳天下口，大字猶在牓。昔獻書畫圖，新詩亦俱往。滄洲動玉陛，寡鶴誤一響。張協詩：寡鶴空悲鳴。言其久屈而稍伸也。三絕自御題，四方尤所仰。唐書：虔嘗自寫其詩並畫以獻，帝大署其尾曰：鄭虔三絕。嗜酒益疏放，彈琴視天壤。形骸實土木，嵇康傳：土木形骸，不自藻飾。親近惟几杖。見其與俗隔絕。未曾寄官曹，突兀倚書幌。唐書：玄宗置廣文館，以虔爲博士。虔聞命，不知廣文曹司何在，訴宰相。宰相曰：上增國學置館，以居賢者，令後世言廣文博士自君始，不亦美乎。

敍陷賊事只二語，回護渾然。

虔乃就職。久之雨壞廡舍，有司不復修完寓治，國子館自是遂廢。晚就芸香閣，魚豢魏略：芸香辟紙蠹，故藏書臺稱芸臺。胡塵昏坱莽。反覆歸聖朝，點染無滌盪。點，汚也。太史公報任安書：適足以見笑而自點耳。言無有洗其汚賊之跡者。老蒙台州掾，泛泛一作遐泛。浙江槳。唐書：虔遷著作郎。安祿山反，劫百官置東都，僞授虔水部郎中。因稱風緩，求攝市令，潛以密章達靈武。賊平免死，貶台州司戶參軍事，後數年卒。履穿四明雪，謝靈運山居賦注：天台四明相接連，四明方石四面，自然開牕。史記：東郭先生貧困，履行雪中，有上無下，人皆笑之。饑拾楢溪橡。天台賦：躋楢溪而直進。寰宇記：在臨海縣東三十五里。後漢李恂傳：時歲荒，徙居新安關下，拾橡栗以自資。空聞紫芝歌，謂埋跡深山。不見杏壇丈。謂久離博士。莊子：孔子遊乎緇帷之林，坐杏壇之上。禮：席間函丈。杏壇丈，指廣文館師席。天長眺東南，秋色餘魍魎。天台賦：始經魍魎之塗。二句束上起下。別離慘至今，斑白徒懷曩。春深秦山秀，葉墜清渭朗。劇談王侯門，野稅林下鞅。操紙終夕酣，時物集遐想。即公贈虔詩所謂清夜沈沈動春酌，但覺高歌有鬼神者也。六句言在長安時與虔遊宴之樂。詞場竟疏闊，平昔濫推一作吹。獎。百年見存歿，牢落吾安放？蕭條阮咸在，出處同世網。王阮亭云十字悲甚。他浦云：鶴立毛整，領起歷官秉節；江海路永，領起罷政賦詩，四句全意俱攝。
俞云：曲江罷而天寶之禍興，八哀之所以終思曲江也，於不詮次

日訪江樓，含悽述飄蕩！原注：著作與今祕監鄭君審，篇翰齊價，謫江陵，故有阮咸江樓之句。按審乃虔之姪。

起用比體，而鄭之性情品格俱見。先敘其文才，次敘其遭際，以懷舊意作結。帶及其姪，與汝陽篇同。

故右僕射相國一有曲江二字。張公九齡

相國生南紀，朱注：唐書：自上洛南逾江漢，擕武當、荊山至於衡陽，乃東循嶺徼達東甌至閩中，是謂南紀。按：九齡韶州曲江人，曲江正嶺徼地，故曰生南紀也。金璞無留礦。古猛切，與鑛同。仇注：郭璞賦：其下則金礦丹礫。說文：礦，銅鐵璞石也。唐紀：太宗謂魏徵曰：金在鑛何足貴耶！冶鍛而為器，人乃寶之。言其材當為世用也。仙鶴下人間，獨立霜毛整。可想見曲江風度。九齡家傳：九齡母夢九鶴自天而下，飛集於庭，遂生九齡。矯然江海思，復與雲路永。寂寞想土階，即致君堯舜意。未遑等箕潁。上君白玉堂，西都賦注：黃圖云：未央宮有玉堂殿，玉堂殿內十二門，階陛皆玉為之。倚君金華省。注見十二卷。唐書：九齡擢進士第，拜校書郎，歷中書舍人、祕書少監、集賢院學士、中書侍郎，遷中書令。碣石歲崢嶸，碣石，范陽地。崢嶸，高大貌。言其勢寖盛也。通鑑：安祿山討奚契丹敗績，張守珪奏請斬之，執送京師。上惜其才，勅令免官。張九齡曰：失律喪師，不可不誅，且其貌有反相，不殺必為後患。上曰：卿勿以王夷甫識石

中自有意在。

蔣云：六句如代爲太息，寫得深至。

勒，枉害忠良。竟赦之。祿山得志自此始。天池日蛙黽。東方朔七諫：蛙黽游乎華池。注：喻讒諛弄口得志也。唐書：李林甫無學術，見九齡文雅爲帝知，內忌之。後因論牛仙客事，帝不悅。林甫進曰：九齡文吏，失大體。退食吟大庭，大庭，古至治之世，公詩：淳樸憶大庭。何心記榛梗？郭璞遊仙詩：戢翼棲榛梗。王洙注：謂雖退食之間，未嘗忘致治，而不以猜嫌爲心也。本事詩：曲江與李林甫同列，林甫疾之若仇。曲江爲海燕詩以致意曰：無心與物競，鷹隼莫相猜。亦終退斥。骨驚畏曩哲，別賦：心折骨驚。鬢變負人境。謝朓詩：誰能鬢不變。趙曰：畏曩哲，畏不逮於前賢；負人境，傷功名之不立。雖蒙換蟬冠，謂罷中書令。舊唐書：侍中中書令加貂蟬。右地恧多幸。唐書：九齡既戾帝旨，因內懼恐，遂爲林甫所危。因帝賜白羽扇，乃獻賦自況，帝雖優答，卒以尚書右丞相罷政事。朱注：言以林甫之忌，猶得以右相罷閒，慙恧爲多幸也。敢忘二疏歸，謂漢疏廣及兄子疏受。痛迫蘇耽井。神仙傳：蘇耽郴縣人，養母至孝。忽辭母云：受性應仙，當違供養，明年天下疫疾，庭中井水，簷邊橘樹，可以代養。至時，病者食橘葉飲井水而愈。唐書：九齡遷工部侍郎，乞歸養，詔不許。及母喪解職，毀不勝哀，有紫芝產坐側，白鳩白雀巢庭樹。二句又言九齡久懷引退，惜不早許其歸養也。紫綬映暮年，荊州謝所領。唐書：九齡嘗薦周子諒爲御史，子諒劾奏牛仙客，語援讖書，帝怒杖於朝堂，流瀼州，道死。九齡坐舉非其人，貶荊州長史。朱注：按唐制大都督府長史，從三品，應紫綬。庾公興不淺，黃霸鎮每靜。賓客引調同，諷詠在是贊曲江之詩，下語不苟。

務屏。唐書：九齡雖以直道黜，不戚戚嬰望，惟文史自娛，朝廷許其勝流。舊書：孟浩然還襄陽，九齡時鎮荊州，署爲從事，與之唱和。詩罷地有餘，言其思力深厚。篇終語清省。文心雕龍：士龍思劣而雅好清省。一陽發陰管，庾信玉律表：節移陰管，氣動陽鐘。淑氣含公鼎。趙注：一陽發管，言其詩可聽，如黃鐘之律；淑氣含鼎，謂其詩可味，如太羹之和。乃知君子心，用才文章境。境字重押。仇注：惜其抱濟世之才，不得已而托於此也。散帙起翠螭，倚薄巫廬並。江賦：巫廬嵬崫而比嶠。謂巫山廬阜。二句言開散曲江文帙，神物欻起，其高至上薄巫廬也。綺麗玄暉擁，牋誄任昉騁。言其詩文並勝。南史：謝玄暉善於詩，任彥昇工於筆。自我一作成。一家則，史記自序：拾遺補闕，成一家之言。未闕隻字警。千秋滄海南，名繫朱鳥影。言才名著於南方，當與列宿並垂也。天官書：南宮朱鳥。索隱曰：南宮赤帝，其精爲朱鳥也。歸老守故林，戀闕悄延頸。波濤良史筆，舊唐書：九齡嘗監修國史。又唐會要云：六典九齡所上。蕪絕大庾嶺。恨賦：終蕪絕於異域。大庾嶺屬韶州，言其人沒而史筆遂絕也。唐書：久之封始興縣伯，請還展墓，遂卒，年六十八，謚文獻。向時禮數隔，制作難上請。再讀徐孺碑，後漢書：徐穉字孺子，豫州南昌人，稱南州高士。九齡徐徵君碣有唐開元十五年，忝牧茲邦，風流是仰，在懸榻之後，想見其人；有表墓之儀，豈孤此地。猶思理烟艇。

末首亦在起處總攝全意，次及其履歷文章，亦用順敍法，收到自家作結。○浦二田云：此篇爲八哀之殿，須融會老杜一生心跡看，識更卓，意更微，自來罕有窺測者。開元，唐業興衰之會也。曲江以前，姚、宋、張、韓皆賢相，曲江矜尙直節，尤著丰采。既得罪，權歸林甫，在庭專給唯諾，有同仗馬，相業治業，自是俱隳。曲江實身持其會。公非有夙昔之雅如彼七公者，獨以相國終篇，懷賢專寄，此觀世之卓識也。玄宗，公生平之遇知主也。身雖未得官於其朝，而一再獻賦，待試參選，主上實心知而嚮用之。由林甫居中嫉才，卒以退斥，有隱痛焉。要其許身稷契，再使俗淳，即所云結想士階，未遑箕潁者。爾後蜀夔播越，陶冶詩篇，又所云君子之心，用才文章者。故於相國，雖名位懸絕，而被廢立言，顯晦一致，直借曲江作我前身，因而序中特許爲賢，詩中轉略其彰彰事跡，專以憂讒寄興爲一篇宗旨，此又寄懷之微意也。太史公作史記，杜公作詩，都是借題抒寫。彼曰成一家之言，此曰自我一家則，意在斯乎。論者徒觀曲江本傳，以爲能識祿山反相，乃一生大節，譏此詩不免掛漏。不知如史記管晏列傳，掛漏多少？輕議古人，恐不免蚍蜉撼樹之誚耳。

浦云：此詩可續八哀，乃公自爲列傳也。一氣讀去，極

壯遊

往昔一作者。十四五，出遊翰墨場。斯文崔魏徒，原注：崔鄭州尙，魏豫州啓心。唐科名記：崔尙擢久視二年進士。唐會要：神龍三年，才膺管樂科，魏啓心及第。以我似一作比。班揚。七齡思即壯，倒溯上去開口詠鳳皇。九齡書大字，

其蒼莽。此敍少年之遊。

江山人物，拉雜鋪寫，自然

有作成一囊。性豪業嗜酒，嫉惡懷剛腸。脫略小時輩，結交皆老蒼。飲酣視八極，俗物多茫茫。東下姑蘇臺，越絕書：闔閭起姑蘇臺，高見三百里。已具浮海航。到今有遺恨，不得窮扶桑。王謝風流遠，王謝，東晉時南渡名族。闔閭丘墓荒。越絕書：闔閭冢在吳縣閶門外，葬以磐郢魚腸之劍。葬三日，白虎踞其上，號曰虎邱。劍池石壁仄，一統志：虎邱山上有劍池。長洲荷芰香。吳郡圖經：長洲苑在縣西南七十里。孟康曰：以江水洲爲苑。嵯峨閶門北，吳越春秋：闔閭欲西破楚，楚在西北，又立閶門以通天氣，復名破楚門。清廟映迴塘。吳郡志：太伯廟，東漢太守麋豹建於閶門外。每趨吳太伯，撫事淚浪浪。蒸魚聞匕首，刺客傳：吳公子光具酒請王僚，使專諸置匕首魚腹中進之，以刺王僚。僚死，光自立，是爲闔閭。除道哂要章。說文：腰本作要。二句舊在渡浙想秦皇下，吳越事不應錯出，今從仇本易轉。朱買臣傳：買臣嘗從會稽守邸者寄居飯食。拜爲太守，買臣衣故衣，懷其印綬，步歸郡邸。直上計時，吏方羣飲，不視。買臣少見其綬，守邸怪之，前引其綬，視其印，會稽太守章也。坐中驚駭，白守丞，相推排陳列中庭，拜謁。又會稽聞太守至，發民除道。公用要章當指此。舊引故妻事未合。又按漢武時會稽郡屬吳地，東漢方徙治山陰。上句感恩仇，下句慨勢利也。枕戈憶勾踐，渡浙想秦皇。秦本紀：始皇浮江過丹陽，至錢塘，

公幼時便不可一世乃爾

先作一波，平敍中有跌宕

暗對元肅父子之間作慨

宕逸多姿。此敍吳越之遊。

又是一幅遊俠少年圖。寫壯字,一字欲浮一大白。

此敍齊趙之遊,以上皆在開元時。

臨浙江,水波惡,乃西百二十里從狹中渡。越女天下白,李白越女詩:玉面耶溪女。鏡一作鑑。湖五月涼。會稽記:鏡湖在會稽山陰界。述異記:世傳軒轅氏鑄鏡,因名。磨鏡石尚存,石畔常潔,不生蔓草。剡溪蘊秀異,九域志:越州東南二百八十里有剡縣,縣有剡溪。欲罷不能忘。歸帆拂天姥,天姥注見三卷。中歲貢舊鄉。謂東京也。公居在河南鞏縣。氣劘音摩。屈賈壘,左傳:致師者御靡旌,摩壘而還。目短曹劉牆。忤下考功第,獨辭京尹堂。妙不在意唐書:每歲仲冬,州縣館監舉其成者,送之尚書省舉選。不由館學者,謂之鄉貢,皆懷牒自列於州縣。既至省,由戶部集閱,而關於考功員外郎試之。朱注:按公以鄉貢下考功第,當在二十四年之前。

放蕩齊趙間,裘馬頗清狂。春歌叢臺上,史記顏師古注:叢臺本六國時趙王故臺,在邯鄲城中。冬獵青丘旁。寰宇記:青丘在青州千乘縣,齊景公田於此。呼鷹皂櫪林,逐四句申上一句獸雲雪岡。蔡夢弼曰:皂櫪林、雲雪岡皆齊地。射飛曾縱鞚,引臂落鶖鶬。鶖鶬注見七卷。蘇侯據鞍喜,原注:監門冑曹蘇預。按:預即源明也。懷舊詩自注:公前名預,緣避御諱,改名源明。忽如攜葛彊。晉山簡傳:舉鞭問葛彊,何如并州兒。葛彊,山簡愛將也。時蘇侯與公同獵,故以葛彊比公。快意八九年,西歸到咸陽。許與必詞伯,指岑參鄭虔輩。賞遊實賢王。指汝陽王璡。

此敍長安之遊，乃天寶間事。

仇云：杜集中序天寶亂離事凡十數見，而語無重複，足見才力善於變化。

曳裾置醴地，奏賦入明光。謂獻三大禮賦。天子廢食召，玄宗命待制集賢院。羣公會軒裳。軒裳謂車服之盛。脫身無所愛，謂授河西尉不拜。痛飲信行藏。黑貂寧免敝，斑鬢兀稱觴。逗出苦語 言己年已老，故有子弟稱觴也。杜曲換耆舊，四郊多白楊。應前結交多老蒼句，舊遊如夢，可勝慨然。二句并慨老成凋謝。坐深鄉黨敬，日覺死生忙。朱門務傾奪，赤族迭罹殃。解嘲：客欲朱丹其轂，不知一跌，赤吾之族。謂林甫、國忠傾陷朝士。國馬竭粟豆，明皇以奢侈致敗，公詩屢屢言之。考工記：國馬之輈。謂明皇所養舞馬。官雞輸稻粱。官雞謂鬬雞也。注詳十七卷。舉隅見煩費，言舉此一隅，則衆費可知。引古惜興亡。仇注：上六自歎窮老，此六有慨朝事。河朔風塵起，謂祿山起兵。岷山行幸長。謂玄宗幸蜀。兩宮各警蹕，萬里遙相望。謂玄肅父子異地。崆峒殺氣黑，謂肅宗至平涼收兵興復。少海旌旗黃。東宮故事：太子比少海，句當指靈武卽位，故曰旌旗黃。通鑑：天寶十五載七月，太子卽位於靈武。二句朱注謂指東西皆用兵，固混。浦注卽以少海指廣平，亦非。在靈武時，廣平尚未立為太子也。禹功亦命子，禹受舜禪，復傳子，故以比肅宗命子親征。涿鹿親戎行。以蚩尤比祿山也。謂肅宗以廣平王俶為天下兵馬元帥。翠華擁吳岳，謂肅宗至鳳翔。舊唐書：至德二年，改汧陽郡吳山為西岳。螭虎噉豺

此敍亂後奔赴鳳翔及收京從入朝事，在肅宗初年。

末段敍去官後久客之跡，兼肅代兩朝事。

結處壯心消盡，仍是壯心消不盡。

狼。杜篤論都賦：虓怒之旅，如虎如螭。通鑑：上至鳳翔，隴右、河西、安西、西域之兵皆會。爪牙一不中，詩：祈父予王之爪牙。胡兵更陸梁。西京賦：怪獸陸梁。二句追說，謂房琯陳濤斜之敗。大軍載草草，凋瘵滿膏肓。謂郭子儀清溝之敗。通鑑：賊游兵至太和關，鳳翔大駭。子儀將兵赴鳳翔，賊以驍騎九千爲長蛇陣，官軍擊之，首尾爲兩翼夾擊，官軍大潰，子儀退保武功。備員竊補袞，公時謁上鳳翔，拜左拾遺。憂憤心飛揚。上感九廟焚，（李云悲壯）下憫萬民瘡。斯時伏青蒲，注見六卷。廷諍守御牀。君辱敢愛死？赫怒幸無傷。年譜：公疏救房琯，上怒，詔三司推問，宰相張鎬救之獲免。聖哲體仁恕，宇縣復小康。謂收京以後。（寫出一種忠愛）哭廟灰燼中，鼻酸朝未央。（更極淋漓）小臣議論絕，老病客殊方。（入獨事用渾敍）鬱鬱苦不展，羽翮困低昂。秋風動哀壑，碧蕙捐微芳。公以被讒譖而出，二句即景寓意。之推避賞從，晉侯賞從亡者，介之推隱於綿上。公嘗扈從肅宗，故云。漁父濯滄浪。屈原傳：漁父鼓枻而去。歌曰：滄浪之水云云。之推漁父皆自況。榮華敵勳業，歲暮有嚴霜。（亦應前朱門傾奪意）吾觀鴟夷子，貨殖傳：范蠡適齊，爲鴟夷子皮。才格出尋常。四句言榮華勝於功業，罕有能令終者，故欲學范蠡之高蹈五湖也。羣凶逆未（挽轉前）

邵云：起手便似高李，豈非化工。

首敘昔日東遊之事，此記當時寵任邊將，因東遊而幷及之。末段又因用人意推及，收到自己。

定，側佇英俊翔。段收結有力

劉後村云：此詩押五十六韻，在五言古風中尤多悲壯語，雖荊卿之歌，雍門之琴，高漸離之筑，音調節奏，不如是之跌宕豪放也。內複揚字浪字二韻，而意各不同。○蔣弱六云：後文說到極淒涼處，未免衰颯，卻正是烈士暮年壯心不已之意，想見酒酣耳熱，擊碎唾壺時。題目妙，只說得上半截。或謂前半不免有意誇張，是文人大言。要須看其反面，有血淚十斗也。

昔遊

昔者與高李，原注：高適、李白。晚登單父臺。舊唐書：單父古邑屬宋州。寰宇記：子賤琴臺在縣北一里，高三丈。寒蕪際碣石，便伏第二萬里風雲來。段意桑柘葉如雨，飛藿共一作去。徘徊。阮籍詩：秋風吹飛藿。廣韻：藿，大豆葉，又草名。清霜大澤凍，禽獸有餘哀。是時倉廩實，洞達寰區開。謂道路無梗。猛士思滅胡，將帥望三台。蔡注：謂祿山領范陽節度求平章事。君王無所惜，駕馭英雄才。開資間釀成祿山之亂只教語至今有餘痛幽燕盛用武，供給亦勞哉。吳門轉粟帛，泛海陵蓬萊。肉食三十萬，獵射起黃埃。俱指祿山討奚契丹事。注詳見第三卷後出塞詩。隔河憶長眺，青歲已摧頹。陳子昂春臺引：遲美人兮不見，恐青歲之遂遒。不及少年日，無復故人杯！賦詩獨流涕，亂世想賢才。有能市駿骨，莫恨少龍媒。商山議得失，四皓調護太子，得以不廢。蜀主脫嫌猜。蜀志：先主曰：孤之有孔明，猶魚之有水也。初，廣平王有大功，張良娣忌而譖之，賴李泌言保全。呂尚封國邑，傅說已鹽梅。郭子儀賜爵汾陽王，又曾爲中書令。四句向無的解，今按上二句當指李鄴侯，下二句當指郭汾陽。時子儀爲魚朝恩所忌，李泌尚隱衡山。公意欲朝廷專用二公，則將相得人，不難易亂爲治。而文意特似斷續不可了，則所謂定哀多微詞也。景晏楚山深，水鶴去低回。句亦帶興。龐公任本性，攜子臥蒼苔。朱注：市駿以下，言人君果能求賢，則四皓、孔明、太公、傅說之流，世豈少其人哉？若我之漂泊楚山，終當爲龐公之高隱耳。

攜子亦暗應故人不見。

遺懷

昔我遊宋中，今河南歸德府。惟梁孝王都。漢書：梁孝王城睢陽。一統志：歸德漢睢陽縣，屬梁國。名今陳留亞，唐書：汴州陳留郡屬河南道，即今開封府。史記酈生傳：陳留天下之衝，四通五達之郊也。劇煩劇也。則貝魏俱。貝州今東昌府恩縣，魏州今大名府地。唐書俱屬河南道。邑中

邵云：知己勝游，終身懷抱，故屢形之篇什，不厭其煩。

九萬家，高棟照通衢。舟車半天下，主客多歡娛。白刃讐不義，（適中奇懷）黃金傾有無。殺人紅塵裏，報答在斯須。言其邑浩穰而多俠士。劉禹錫汴州廳壁記：地爲四戰，故其俗右武；人具五都，故其氣習豪。憶與高李輩，論交入酒壚。兩公壯藻思，得我色敷腴。古樂府：顏色正敷腴。言暢悅也。氣酣登吹臺，水經注：陳留風俗傳曰：縣有蒼頡師曠城，上有列仙之吹臺，梁王增築。元和郡國志：吹臺在開封縣東南六里。懷古視平蕪。唐書本傳：甫從高適李白過汴州，登吹臺，慷慨懷古，人莫測也。芒碭雲一去，漢書：高祖隱於芒碭山，所居上常有雲氣。應劭曰：芒屬沛國，碭屬梁國。唐書：碭山縣屬宋州。雁鶩空相呼。西京雜記：梁孝王兔園有雁池，池間有鶴洲、鳧渚。先帝正好武，寰海未凋枯。猛將收西域，謂吐蕃，如王忠嗣、哥舒翰輩。長戟破林胡。通鑑注：契丹卽戰國時林胡地，如張守珪安祿山輩。百萬攻一城，獻捷不云輸。言其蒙蔽邀功，雖敗而不報也。組練棄如泥，尺土負百夫。負字似當作孤負意解，言欲爭一尺之土，而徒喪百夫之命也。拓境功未已，元和辭大鑪。莊子：以天地爲大鑪。言政失其和平也。亂離朋友盡，合沓歲月徂。吾衰將焉託？存沒再嗚呼！李以寶應元年卒，高復以永泰元年卒。蕭條病益甚，獨在天一隅。乘黃已去矣！凡馬徒區區。乘黃謂高李，凡馬自謂。不復見顏鮑，又以顏鮑比二公。繫舟卧荆巫。張載詩：西瞻岷山嶺，嵯峨似荆巫。○結○見○古○人○交○誼○臨餐吐更食，常恐違撫孤。○言努力加餐，自恐客死，不見兩家子孫也。

李子德云：宋中名地，高李偉人，配公此篇，俱堪千古。○意格俱與前篇相似，蓋言之不足，又長言之。

往在

往在西京日，胡來滿彤宮。祿山用詳敍 中宵焚九廟，雲漢爲之紅。宗廟是一篇之主。解瓦飛十里，亦見廟之高。繐帷紛曾空。疚心惜木主，一一灰悲風。合昏排鐵騎，合昏，黃昏也。淸旭散錦𩦪。一作幪。廣韻：驢子曰𩦪。祿山陷兩京，以槖駞運御府珍寶於范陽，故曰散錦𩦪。又徐陵詩：金鞍覆錦幪。幪，鞍帕也。賊臣表逆節，相賀以成功。通鑑：陳希烈以晚節失恩怨上，與張均、張垍等皆降於賊。是時妃嬪戮，連爲糞土叢。王明君詞：昔爲匣中玉，今爲糞土英。幸蜀記：祿山令張通儒害

說來令人髮上指冠，亦涕泣

不能仰視，當時君臣見此，尚能一刻安枕耶！

此記天寶時祿山陷京之事。

此記至德初肅宗收京之事。

此記廣德初吐蕃陷京之事。

浦云：此段安得二字，直貫至末，純是亂

霍國公主、永王妃等八十餘人，又害皇孫妃主三十六人。當宁陷玉座，謝朓詩：玉座猶寂寞。白間剝畫蟲。景福殿賦：皎皎白間。善曰：青瑣之側，以白塗之。師氏注：白間，黼衣也，畫蟲畫雉以飾之。不知二聖處，謂玄宗、肅宗。私泣百歲翁。車駕既云還，楹桷欻穹崇。左傳：丹楹刻桷。楹，廟楹；桷，椽也。故老復涕泗，應上私泣句祠官樹椅桐。詩：椅桐梓漆。舊注：樹椅桐，將復興禮樂也。宏壯不如初，已見帝力雄。前春禮郊廟，前春猶云前歲。祀事親聖躬。舊唐書肅宗紀：乾元元年夏四月辛亥，九廟成，備法駕迎神主入新廟。甲寅，上親享九廟，遂有事於圓丘。帶入自家微軀忝近臣，景從陪羣公。登階捧玉册，峩冕聆金鐘。侍祠恧先露，朱注：言已新進小臣，得與侍祠之列，故以先蒙恩露爲慚也。掖垣邇濯龍。後漢桓帝紀：祠老子於濯龍宮。言時爲拾遺，出入掖垣，其地密邇宮禁。天子惟孝孫，五雲起九重。董仲舒雨雹對：雲五色而爲慶。鏡奩換粉黛，翠羽猶葱朧。後漢陰后紀：帝率百官上后陵，伏御牀，視太后鏡奩中物，感動悲泣，令易脂澤妝具。前者厭羯胡，謂祿山之亂。吐蕃用簡敍後來遭犬戎。謂代宗時吐蕃陷京師。俎豆腐羶肉，罘罳行角弓。罘罳注見三卷。蔡注：上句謂汚漫祭器，下句謂狼籍宗廟。安得自西極，西京也。申命空山東？

統指河北諸鎮。盡驅詣闕下，士庶塞關中。主將曉逆順，元元歸始終。一朝自罪己，萬里車書通。鋒鏑供鋤犁，征戍聽所從。冗官各復業，土著直略切。還力農。杜臆：時藩鎮多表授官僚，朝廷雖設官而無事，故欲冗官之復業。各鎮選丁壯為兵，民皆棄本業而好亂，故欲土著者力農。君臣節儉足，朝野懽呼同。中興似國初，繼體同太宗。端拱納諫諍，和風日沖融。仍說到宗廟。萬壑歸源。赤墀櫻桃枝，隱映銀絲籠。千春薦靈寢，永永垂無窮。京都不再火，涇渭開愁容。涇渭乃吐蕃入寇之路。歸號故松柏，謂歸展墳墓。老去苦飄蓬。

此詩只是因老去飄蓬，思歸號故松柏，不覺觸出九廟廢興，一腔忠憤，無限懷思，作此一篇大文字。結到自家，是一詩緣起；反從國事帶出，章法之變，不可端倪。○盧文子曰：篇中以孝治為重，故詳言宗廟廢興之由，至其詳略間具有微意。於肅宗收復，略其治具，於代宗收復，詳陳圖治保安之道，正見肅宗不能自振，沿至代宗，致再有吐蕃之禍。若代宗收京後，又不思省躬罪己，任官務農，節儉裕民，聽言納諫，恐幸蜀之轍不鑒於前，奔陝之駕，且相隨於後也。

極思治之詞，而當時鎮帥之驕，府兵之廢，官民之失業，君臣之奢玩，俱已從對面反照出，正非虛作期望。而罪己一語，又是轉亂為治之本。京都句承前祿山一段，涇渭句承後犬戎一段，二句收盡全篇。

自起至此皆自敍，大意謂己曾受恩朝廷，故雖僻在遠方，不敢置國事於度外也。

杜詩鏡銓卷十五 大曆中，公居夔州作。

夔府書懷四十韻

從頭敍起 昔罷河西尉，初興薊北師。天寶十四載，公授河西尉，不拜。是歲祿山反。不才名位晚，敢恨省郎遲。二句又總括前後行跡 扈聖崆峒日，崆峒山在平涼。公謁肅宗於鳳翔，未嘗至崆峒，而云然者，蓋以肅宗自平涼而至也。端居灩澦時。萍流仍汲引，樗散尚恩慈。謂嚴武表除員外郎。遂阻雲臺宿，宿，直宿也。蔡質漢儀：尚書郎入直臺中。常懷湛露詩。翠華森遠矣，白首颯淒其！拙被林泉滯，生逢酒賦欺。西京雜記：梁孝王集諸遊士於兔園，鄒陽作酒賦。言爲酒所困，日溺於詞賦，若爲所欺也。文園終寂寞，漢書：司馬相如拜爲孝文園令，後病免，家居茂陵。漢閣自磷緇。漢閣用揚雄事。謝靈運詩：磷緇謝清曠。言己雖名玷朝班，而臥病峽中，終歸淪落，蓋以蜀中揚馬自方也。病隔君臣議，慙紆德澤私。此句束上起下 揚鑣驚主辱，謂車駕幸陝。劉須溪云 拔劍撥年

此段前十句追述安史之亂，後十句深慨藩鎮擁兵，幷帶及吐蕃、回紇。

衰。（奇壯少及）社稷經綸地，風雲際會期。（重追溯承前扈聖句）血流紛在眼，涕泗亂交頤。言肅宗在鳳翔，時安史之亂方盛。四瀆樓船泛，漢有樓船將軍。中原鼓角悲。二句言水陸皆用兵也。賊壕連白翟，漢匈奴傳：晉文公攘戎狄，居西河圁洛之間，號曰赤翟、白翟。朱注：按唐鄜延二州，卽春秋白翟地。祿山反，京畿、鄜、坊皆應之，故曰連白翟。戰瓦落丹墀。光武紀：大破莽兵於昆陽城西，會大雷風，屋瓦皆飛。通鑑：至德二載九月，廣平王俶將朔方等軍與賊戰於長安城西，自午至酉，斬首六萬級，賊遂大潰，大軍入西京。先帝嚴靈寢，梁宗廟登歌：神宮肅肅，靈寢微微。先帝，肅宗也。嚴靈寢，謂收京後先修寢廟。宗臣切受遺。宗臣謂郭子儀也。按史寶應元年建卯月，上不豫，召子儀入臥內曰：河東之事，一以委卿。所謂切受遺也。恒山猶突騎，遼海競張旗。恆山遼海皆河北之地。（早伏後賦斂瘡痍一段意）田父嗟膠漆，孫武子：膠漆之材，車甲之奉，日費千金。行人避蒺藜。六韜：狹路微徑，張鐵蒺藜。呂祖謙曰：膠漆所以爲弓，誅求之多，則田父歎焉。鐵蒺藜所以禦馬，所在布地，故行人避之。總戎存大體，降將飾卑詞。（微詞）朱注：按通鑑：史朝義死，賊將田承嗣等降，副元帥僕固懷恩恐賊平寵衰，奏留田承嗣等分帥河北，自爲黨援，由是諸鎮桀驁不可制。公詩總戎存大體，降將飾卑詞，正紀其事。曰存大體，爲朝廷隱也。楚貢何年絕？左傳：管仲責楚曰：爾貢包茅不入。堯封舊俗疑。卽諸將詩：滄海未全歸禹貢，薊門何處盡堯封也。長吁翻北寇，一

插八句作中間頓宕，束前起後，無限文情。

此段傷夔州民困。

望卷西夷。卽秋興詩：直北關山金鼓振，征西車馬羽書馳也。杜臆：昔從今逆故曰翻，傾國而來故曰卷。不必陪玄圃，（亦承前翠華等句）崑崙一曰玄圃，注詳一卷。超然待具茨。莊子：黃帝將見大隗於具茨之山，至於襄城之野，七聖皆迷。遇牧馬童子，問途焉。按：代宗嘗出幸陝州，故用周穆、黃帝事。凶兵鑄農器，老子：兵者，凶器也。家語：鑄劍戟以爲農器。講殿闢書帷。（婉摰）廟算高難測，天憂實在茲。形容眞潦倒，答效莫支持。按：是時閹宦擅權，諸鎭各擁勁兵，代宗懦弱不能致討，雖命羣臣於集賢院待制，宰相率常參官聽講國子監，而於國事毫無裨益。故言我豈必躬陪侍從乎，但使朝廷能訪道求賢，則凶兵可銷，講殿可御，治平誠不難致。今廟算未知何如？我之杞人憂天，實在於此，特以衰老無補爲足歎也。觀後有京觀且僵尸句，則知此處銷兵進講，當屬諷詞，亦與大君先息戰，歸馬華山陽，國須行戰伐，人憶止戈鋋同義。舊說以爲頌禱之詞，未爲得解。使者分王命，（說到當下承前端居句）謂索餉之官。羣公各典司。謂牧民之吏。恐乖均賦歛，（令諸公愧死）不似問瘡痍。萬里煩供給，卽前上白帝城詩所謂賦歛強輸秦也。孤城最怨思。孤城謂夔州。綠林寧小患，後漢劉元傳：諸亡命共聚藏於綠林中。雲夢欲難追。二句言民將爲盜。盧注：左傳：楚昭王涉睢濟江入雲中，盜攻之。注：雲中，雲夢澤中也。欲難追，言追悔無及。卽事須嘗膽，（又插入議論）嘗膽注見十一卷。蒼生可察眉。列子：晉有郄雍者，能視盜眉睫之間而得其情。仇注：嘗膽謂痛懲前失，察眉謂深察民情。議堂（應前）

釣瀨至末，復自敘客羈，而以除亂立功責之凡百有位焉。

結處且譏且勉，一味狂呼，十分懇切。

猶集鳳，病隔君臣議句 後漢書：鄧騭等並奉朝請，有大議詣朝堂，與公卿參謀。貞觀是元龜。劉琨勸進表：前事之不忘，後代之元龜也。言當如太宗之愛民。處處喧飛檄，家家急競錐。江淹書：競刀錐之利。蕭車安不定，爲蒼生痛哭 後漢蕭育傳：南郡江中多盜賊，拜育爲太守，上以育耆舊名臣，乃以三公使車載育入殿中受策。蜀使下何之？蜀使用相如事，注見十卷。言朝議多人，奈何不法貞觀之治，致盜賊羣起，誅求益急；雖以蕭車安撫之，猶恐不定，彼蜀使頻下，又何爲乎？釣瀨疏墳籍，耕巖進弈棋。釣瀨用嚴子陵事。耕巖用鄭子眞事。西京雜記：杜陵杜夫子善弈棋，爲天下第一。二句言懶於讀書，頗好游藝也。地蒸餘破扇，冬暖更纖絺。二句言夔州風土。豺遘哀登粲，王粲七哀詩：西京亂無象，豺虎方遘患。登粲謂登樓之粲。麟傷泣象尼。趙注：傳載孔子之首象尼山。衣冠迷適越，莊子：宋人資章甫而適越，越人斷髮文身，無所用之。藻繪憶遊睢。音雖。句言少時文采。陳琳書：遊睢渙者，學藻繢之采。陳留風俗傳：襄邑縣南有睢水渙水，睢渙之水出文章，以奉宗廟御服焉。公少嘗遊宋州，故曰憶遊睢。賞月延秋桂，傾陽逐露葵。曹植書：若葵藿之傾太陽。二句謂以閒身而不忘憂國。秋桂露葵，並點入時令。大庭終返樸，大庭，古至治之世。注見十二卷。京觀且僵尸。左傳：古者明王伐不敬，取其鯨鯢而封之，以爲大戮，於是乎有京觀。注：積尸封土其上，謂之京觀。時朝政專尚姑息，公故欲其申天討以振國威。高枕虛眠晝，哀歌欲和誰？言欲和者誰人乎？南宮載勳業，後漢書：永平中，圖畫中興二十八將於南宮雲臺。凡百慎交綏。左傳：晉人秦人出戰交綏。注：古名退軍爲綏。秦晉志未能堅戰，短兵未致，爭而兩退，故曰交綏。李衛公曰：綏，六轡總也。交綏而退，猶云交馬而還。黃曰：二句深戒大臣及諸將：功成圖像，當以交綏爲慎，勿使志之不堅而後可也。當時吐蕃陷京，官吏奔散，諸鎮不赴援，故特言之。公詩致君堯舜付公等，早據要路思捐軀，即此意。

李子德云：具喪亂之始終，哀行藏之無據；既參家乘，兼補國書。蓋以子長敍述之才，而駢爲韻語也。○浦二田云：此首書懷，歎老嗟卑之意輕，主憂臣辱之思切，在江湖而憂魏闕，所謂每飯不忘者也。藩鎮既多擅強，西北又多不靖，兵不得休，故餉不得省，而民重困，意思本自一串。苦餉單就夔言者，誌目擊耳。首末兩段著自身說，所懷在己；中間兩段著時事說，所懷在國。而中八句虛寫感歎之意，以爲上下關捩，大槩局段如此。而前半篇先己後國，是追憶追憤；後半篇先國後己，是在夔言夔。則所謂夔府書懷者，心傷在後半之民窮，而病源在前半之世亂也。又首段之自敍，以揚鑣拔劍，振起國是；末段之自敍，以反樸偃尸，收到國恤。以此知歎己輕，憂國切也，可謂洋洋大篇，絲絲入扣。

哭王彭州掄

仇注：公初到成都時，有王侍御掄許攜酒至草堂詩。王蓋先以御史罷官，後在嚴武幕中，又遷彭州刺史而卒也。

執友嗟淪沒，斯人已寂寥。新文生沈謝，沈約、謝靈運。異骨降松喬。赤松、王子喬。北部初

仇云：新文二句，稱其才品。

北部四句，記其婚宦。

劉須溪云：挽詩有此盛麗。

先詳履歷。

次及交情。

此段哀而兼慰。

高選，魏志：武帝年二十舉孝廉，爲洛陽北部尉。言掄初授官得京畿尉也。東牀從杜臆，舊作堂。早見招。坦腹東牀，用王逸少事。掄必締姻宗室，故下有鸞鳳句。蛟龍纏倚劍，警句。越絕書：薛燭曰：當造劍之時，蛟龍奉爐，天地裝炭。鸞鳳夾吹簫。二句分承。亦用蕭史事。歷職漢庭久，中年胡馬驕。謂祿山之亂。兵戈闇兩觀，承中年句。東京賦：建象魏之兩觀。寵辱自三朝。承歷職句。謂玄宗、肅宗及代宗也。蜀路江干窄，彭門地里遙。彭門注見六卷。解龜生碧草，謝靈運詩：解龜在景平。注：解龜，解去所佩龜印也。漢表：中二千石銀印龜紐。生碧草，謂印澀生苔也。柳宗元詩：印文生綠經旬合，即此意，舊注非。諫獵阻青霄。諫獵用相如事，亦切蜀地。二句蓋惜其以侍御罷官，未能有所建白也。頃壯戎麾出，謂嚴武鎮蜀。叨陪幕府要。謂同辟參謀。將軍臨氣候，氣候，用兵之氣候。劉歆七略：有氣候、孤虛二十卷。猛士塞風飆。即大風歌意。井渫泉誰汲，烽疏火不燒。趙曰：軍旅所在，必先淪井泉，凡有警急，必頻舉烽燧。今上佐軍機，下練士卒，則智略過人矣；井泉不汲，烽火不燒，則邊境無事矣，皆其籌畫所致。前籌自多暇，隱几接終朝。翠石俄雙表，雙表以施之墓者。潘岳懷舊賦：巖巖雙表，列列松楸。寒松竟後凋。贈詩焉敢墜？謂掄贈公之詩。染翰欲無聊。再哭經過罷，趙曰：再哭，言昔嘗哭掄之死，

慨到自己作結。

首敘詩學，源流兼收，中自有區別，當與戲爲六絕句別裁僞體、轉益多師語參看。

今櫬過夔州再哭之。離魂去住銷。之官方玉折，顏延之祭屈原文：蘭薰而摧，玉縝則折。寄葬與萍漂。想先曾在蜀厝葬。曠望渥洼道，霏微河漢橋。舊注：渥洼道，天馬所來，屬下令子；河漢橋，烏鵲所駕，屬下夫人。夫人先即世，令子各清標。巫峽長雲雨，秦城近斗杓。說文：杓，斗柄。春秋運斗樞：北斗七星第一至第四爲魁，第五至第七爲杓，合而爲斗。朱注：按天官書：魁枕參首，杓自華以西南。是秦城正上直斗杓也。馮唐毛髮白，歸興日蕭蕭。掄之喪必歸葬京師，故因以流滯自傷也。

王嗣奭曰：前云異骨降松喬，後云寒松竟後凋，王蓋以壽考終者，且有令子，故公哭之而詩不甚悲；特以執友淪亡，不能忘情耳。

偶題

文章千古事，得失寸心知。邵云：此篇中語，亦惟作者知之。作者皆殊列，名聲豈浪垂？騷人嗟不見，漢道盛於斯！前輩飛騰入，餘波綺麗爲。後賢兼舊制，歷代各清規。杜臆：少陵一生精力，用之文章，始成一部詩集，此篇乃一部杜詩總序，而起二句乃其所託胎者。文章千古事，便須有千古識力，得失寸心知，則寸心具有千古，此文章家祕密藏，爲古今立言之標準也。作者殊列，名不浪垂，此

此歎詩學莫傳。

以下備述漂蕩之跡，歎不得盡心於文章，故用末二句作結。

二句又千古文人之總括，謂其所就雖不同，然寸心皆有獨知者在也。三百篇乃詩家鼻祖，而騷體則裔孫也，騷人不見，則雅頌可知。自蘇李輩倡爲五古，漢道於斯而盛，此又詩之大宗也。前輩如建安、黃初諸公，飛騰而入，至六朝尚綺麗，亦其餘波不可少者也。**法自儒家有，**張遠注：公祖審言以詩名家，故云。儒家有，即所謂詩是吾家事也。**心從弱歲疲。永懷江左逸，多謝**一作病。**鄴中奇。**趙曰：江左逸，如嵇阮鮑謝之徒；鄴中奇，如建安七子之類。**騄驥皆良馬，**典論：今之文人，孔融、陳琳、王粲、徐幹、阮瑀、應瑒、劉楨，茲七人者，於學無所遺，於辭無所假，咸自以騁騄驥於千里，仰齊足而並馳。**騏驎**一作麒麟。**帶好兒。**謂曹家父子。二句即借鄴中句相形起下。**車輪徒已斲，**莊子：輪扁對齊桓公曰：夫斲輪不疾不徐，得之於手，應之於心。臣不能以喻臣之子，臣之子亦不能受之於臣，是以行年七十而老斲輪。**堂構惜仍虧。漫作潛夫論，**後漢書：王符字節信，隱居著書三十餘篇，以譏當時失得，不欲章顯其名，故號曰潛夫論。**虛傳幼婦碑。**魏略：邯鄲淳作曹娥碑，蔡邕題其後曰：黃絹幼婦，外孫齏臼。楊修讀之即解。曹操行三十里乃悟曰：黃絹色絲，絕字也；幼婦少女，妙字也；外孫，女子之子，好字也；齏臼，受辛之器，辭字也；乃絕妙好辭。言斲輪雖巧，肯構無人，我之著作竟莫爲繼述矣。**緣情慰漂蕩，**一語承上起下乃全篇過脈　陸機賦：詩緣情而綺靡。**抱疾屢遷移。經濟慚長策，飛棲假一枝。塵沙傍蜂蠆，**六句先述寓蜀　**江峽繞蛟螭。**二句言蜀多寇亂。**蕭瑟唐虞遠，聯翩楚**

劉須溪云：起語突兀，在晚唐則人中對矣。

漢危。趙曰：治化莫盛於唐虞，戰爭莫急於劉項，故並舉爲言。 聖朝兼盜賊，異俗更喧卑。舞鶴賦：厭人寰之喧卑。六句從頭說起申 鬱鬱星辰劍，歎所遇之窮 蒼蒼雲雨池。朱注：星辰劍用張華事，雲雨池用周瑜語。自喻在夔失所，如寶劍之埋獄而未出，如蛟龍之在池而未躍也。 兩都開幕府，萬寓宇同。插軍麾。 南海殘銅柱，謂粤寇初平。 東風避月支。謂吐蕃數寇。月支，西域國名，注見二卷。亦暗用左傳南風不競語意。 音書恨烏鵲，號怒怪熊羆。 稼穡分詩興，柴荊學士宜。 故山迷白閣，秋水末更憶皇詳言世亂舊作黃，非。陂。重歎懷鄉白閣皇陂注俱見二卷。 不敢要佳句，愁來賦別離。仍結到作詩住

蔣弱六云：前半說文章，後半說境遇，得失甘苦，皆寸心知者。前語少而意括，後語詳而情綿，公一生心跡盡是矣。

贈高式顏

高適有宋中送族姪式顏詩云：惜君才未遇，愛君才若此，世上五百年，吾家一千里。按：詩用黃公酒壚事，自是適沒後作，諸本皆失編，今從單復編夔州詩內。

昔別是何處，相逢皆老夫。二句含多少今昔之感 故人還寂寞，削跡共艱虞。莊子：孔子削跡於衛。 自失論文友，下半一片神行指高適也。 空知賣酒壚。晉書王戎傳：嘗經黃公酒壚下過，顧謂後車客曰：吾昔與嵇叔夜、阮嗣宗酣暢於此，竹林之遊，亦與其末。自嵇阮云亡，吾便爲時之所羈紲，今日視之

此韓蘇之祖。

雖近，邈若山河。又公遣懷詩：憶與高李輩，論交入酒壚。平生飛動意，見爾不能無？

李潮八分小篆歌

周越書苑：李潮善小篆，師李斯嶧山碑，見稱於時。趙明誠金石錄：唐慧義寺彌勒象碑，李潮八分書也。潮書初不見重，當時獨杜詩盛稱之。

蒼頡鳥跡既茫昧，衞恆書勢：黃帝之史，沮誦蒼頡，眺彼鳥跡，始作書契。字體變化如浮雲。陳倉石鼓又一作文。已訛，元和郡縣志：石鼓文在鳳翔天興縣南，石形如鼓，其數有十；蓋紀周宣王田獵之事，卽史籀大篆也。鶴注：鳳翔府寶雞縣本陳倉縣。王厚之石鼓文考正：石鼓粗有鼓形，字刻於傍，石質堅頑，類今碓磑。韓愈以為宣王鼓，韋應物以為文王鼓，宣王刻。程大昌雍錄亦云是成王鼓。大小二篆生八分。衞恆書勢：宣王太史籀著大篆十五篇，與古文或異，時人卽謂之籀書。秦李斯作蒼頡篇，趙高作爰歷篇，胡毋敬作博學篇，皆取史籀式。或頗省改，所謂小篆者也。周越書苑：八分者，秦羽人上谷王次仲飾隸書為之，鍾繇謂之章程書。蔡文姬別傳云：臣父邕言：割程邈隸字，八分取二，割李斯小篆，二分取八，故名八分。又云：皆似八字，勢有偃波。秦有李斯漢蔡邕，張懷瓘書斷：李斯小篆入神，大篆入妙。伯喈八分飛白入神，大小篆隸書入妙。中間作者絕不聞。嶧山之碑野火焚，棗木傳刻肥失眞。封演聞見記：嶧山始皇刻石，其文李斯小篆，後魏太武登山，使人排倒之。然而歷代摹搨，以為楷則，邑人疲於奔命，聚薪其下，因野火燒之，由是殘闕，不堪摹寫。然猶求者不已，有縣宰取舊文勒於石碑之上，

先敘篆書源流。

此稱李潮書法。

尾聲如歌之有亂，極盡賞歎。

凡成數片，置之縣廨，須則搨取。今人間有嶧山碑，皆新刻之碑也。今公詩曰：棗木傳刻，當是又翻刻者。苦縣光和尚骨立，一作力。金石錄：苦縣老子銘舊傳蔡邕文幷書。劉思敬臨池漫記：老子苦人也，今爲亳州眞縣；縣有明道宮，宮有漢光和年所立碑，蔡邕書，馬永卿贊，字畫遒勁。書貴瘦硬方通神。惜哉李蔡不復得，吾甥李潮下筆親。又以今人相形尚書韓擇木，舊唐書肅宗紀：上元二年四月，右散騎常侍韓擇木爲禮部尙書。宣和書譜：韓擇木昌黎人，工隸兼作八分，風流閑媚，世謂邕中興焉。騎曹蔡有鄰。竇泉述書賦：衞包蔡鄰，工夫亦到，出於人意，乃近天造。書史會要：有鄰，邕十八代孫，官至右衞率府兵曹參軍，工八分書，書法險勁。開元以來數八分，潮也奄有二子成三人。況潮小篆逼秦相，快劍長戟森相向。八分一字直百金，蛟龍盤拏肉屈倔通。強。劍戟相向，蛟龍盤拏，即所謂瘦硬通神者。吳郡復用草書作襯極五花八門之致張顚誇草書，草書非古空雄壯。豈如吾甥不流宕，言草書失之流宕，篆書八分則不然。丞相中郎丈人行。叶下浪切。吾丈人行。匈奴傳：漢天子言前後行輩也。巴東一作江。逢李潮，逾月求我歌，我今衰老才力薄，潮乎潮乎奈汝何！趙曰：退之石鼓歌：少陵無人謫仙死，才薄將奈石鼓何？倣此詩末二語也。

峽口二首

即瞿塘峽口也。何云：峽口在荆門虎牙二山之間，楚之西塞。

峽口大江間，西南控百蠻。唐志：劍南諸蠻九十二，無城邑，椎髻皮服。城欹連粉堞，岸斷更青山。開闢當天險，防隅一水關。舊注：峽口有關，斷以鐵鎖。仇注：山形斜側，故城堞皆欹；傍多疊嶂，故岸斷見山。天險如此，而又設關水上，眞足控制全蜀矣。亂離聞鼓角，秋氣動衰顏。

此章見形勝而悲世亂也。三四申峽口之景，五六申控蠻之勢。

時清關失險，世亂戟如林。即承上首後半說去矣英雄事，荒哉割據心！邵云：感慨深渾，豈是書生眼孔仇注：英雄承時清，如光武、昭烈之平蜀是也；割據承世亂，如公孫述、李特之僭蜀是也。蘆花留客晚，楓葉坐猿深。疲茶煩親故，諸侯數賜金。原注：主人柏中丞頻分月俸。

此章遡往事而傷羈旅也。上四明治亂之由，下四言客夔之況。

天池

全蜀總志：天池在夔州府治東，巫山縣治亦有之。

天池馬不到，仇注：池在山頂。嵐壁鳥纔通。百頃青雲杪，曾波白石中。寫出奇景鬱紆騰秀氣，

首記天池形勝。次記天池景物。末致卜居之意。

蕭瑟浸寒空。直對巫山峽，兼疑夏禹功。疑爲禹所鑿也。魚龍開闢有，菱芡古今同。用意俱切天池聞道奔雷黑，郭璞詩：迅駕乘奔雷。初看浴日紅。飄零神女雨，斷續楚王風。就本地點染宋玉風賦：楚襄王遊於蘭臺之宮，有風颯然而至。欲問支機石，集林：昔有人窮河源，見婦人浣紗，問之。曰：此天河也。乃與一石而歸。問嚴君平。曰：織女支機石也。荊楚歲時記載作張騫事。如臨獻寶宮。注見十一卷。九秋驚雁序，萬里狎漁翁。更是無人處，誅茅任薄躬。厭薆俗之惡薄，故欲來此無人之境也。

李子德云：寫山則有嵂兀之風，寫水則盡幽窅之致。

南極

黃希曰：此用爾雅四極中之南極，夔在長安之極南也。

南極靑山衆，西江白谷分。杜臆：西江至白谷而分，此楚蜀之交也。古城疏落木，荒戍密寒雲。歲月蛇常見，風飆虎或聞。近身皆鳥道，殊俗自人羣。睥睨登哀柝，古今注：女牆城上小牆也，亦名睥睨。言於城上睥睨人也。　蝥弧照夕曛。左傳：鄭伐許，潁考叔取鄭伯之旗蝥弧以先登。　亂離多醉尉，愁殺李將軍。李廣傳：廣屏居藍田南山中，嘗夜出還至亭，灞陵尉醉呵止廣。廣騎曰：故李將軍。尉曰：今將軍尚不得夜行，何故也！宿廣亭下。公爲故宦，恐人見欺，故云。按公詩：一命須屈色。又：小吏最相輕。醉尉事必有所感。

浦二田云：前四峽中風景，中四峽中土俗，後四峽中時事。亦厭居南土，撫景感懷之作也。

瞿唐兩崖

三峽傳何處？雙崖壯此門。入天猶石色，穿水忽雲根。三言峽之峻，四言崖之深。　猱玃鬚髯古，述異記：猿五百歲化爲玃。　蛟龍窟宅尊。惟山高水險，故物得以久據深藏，二句分頂。　羲和冬馭近，愁畏日車翻。淮南子：日乘車駕以六龍，羲和爲之馭。李尤歌：安得壯士翻日車。

李子德云：詩莫難於用奇，舍此亦何由。見杜之大奇而不失爲樸，不可能也；且愈奇而愈見其淸，何可能也。

結語更奇，並剔出高險兩面。

此及前篇，皆極意刻畫之作，而此尤高渾。

瞿唐懷古 集外詩，見吳若、郭知達、黃鶴本。

西南萬壑注，勍敵兩崖開。勍敵，猶抵當意。地與山根裂，江從月窟來。黃生注：山附於地，裂乃地勢使然，必地與山以裂，而後江水得從此來，便含下陶鈞意。削成當白帝，空曲隱陽臺。疏鑿功雖美，江賦：巴東之峽，夏后疏鑿。陶鈞力大哉！

夜宿西閣，呈元二十一曹長

城暗更籌急，樓高雨雪微。雨雪微，則漸霽矣。稍通綃幕霽，說文：帷在上曰幕。綃幕，以綃爲之也。遠帶玉繩低。謂疏星未沒。謝朓詩：玉繩低建章。門鵲晨光起，檣烏宿處飛。天曉舟已行也。寒江流甚細，有意待人歸。浦注：由夜雪而曉霽，由啓門而望檣，遠見安流，如催發櫂，逐層卸下，所以表出峽之思。

西閣口號呈元二十一

三四正從宵霽後見出。

吳瞻泰云：人事縮上野哭夷歌，音書縮上天涯三峽，關鎖極密。

山木抱雲稠，寒空（一作江。）繞上頭。（繞卽指雲言。）雪崖纔變石，（鍊句。）風幔不依樓。社稷堪流涕，安危在運籌。看君話王室，感動幾銷憂！（元必亦有心濟世者。）

閣夜

歲暮陰陽催短景，（題前寫一句。）（同影。）天涯霜雪霽寒宵。五更鼓角聲悲壯，（鼓角天晴則聲更亮。）三峽星河影動搖。（蔣云：三峽最湍激處，加霜雪照耀，故見星河動搖。又在聲悲壯裏覺得，足令人驚心動魄。）野哭千家聞戰伐，夷歌是（一作幾。）處起漁樵。臥龍躍馬終黃土，（諸葛、公孫，皆因夔州有祠廟而及之。）人事音書漫寂寥！（言賢愚同歸於盡，則寂寥何足計哉。末二句乃借古人以自解也。）

蘇東坡曰：七律之偉麗者，子美之旌旗日暖龍蛇動，宮殿風微燕雀高；五更鼓角聲悲壯，三峽星河影動搖。爾後寂寞無聞。歐陽永叔云：蒼波萬古流不盡，白鳥雙飛意自閑；又萬馬不嘶聽號令，諸蕃無事樂耕耘。可以並驅爭先矣。小生亦云，令嚴鐘鼓三更月，野宿貔貅萬竈烟；又露布朝馳玉關塞，捷書夜到甘泉宮。亦庶幾焉耳。

瀼西寒望

瀼西注見十三卷。浦注：此詩爲居瀼緣起，蓋西閣之寓，險絕人區，久欲去此他適。後登瀼上堂云：頗免崖石擁，又曰：山田麥無隴，可以就坦而資生，知此詩意有屬也。

水色含羣動，朝光切太虛。寒朝水色空明，上連太虛，故水中物象，無所不見。羣動即指下猿鷗等。年侵一作終。頻悵望，興遠一蕭疏。猿掛時相學，二句妙寫物情謝靈運遊名山志：觀掛猿下飲，百丈相連。鷗行炯自如。瞿唐春欲至，定卜瀼西居。

李子德云：胸無一物，故萬象效靈，然非好學深思，心知其故，當從何處下手。

白帝樓

漠漠虛無裏，連連睥睨侵。言城高上極天也。樓光去日遠，峽影入江深。仇注：日照水而其光上映，惟樓高故去日遠；峽臨江而其影下垂，惟水落故峽影深。臘破思端綺，古詩：客從遠方來，遺我一端綺。春歸待一金。漢書：一金直萬錢。言臘盡春歸，正可

五六用事不覺，著二虛字，有化工肖物之妙。

杜詩每不拘對偶。

製春服而具行資也。去年梅柳意，還欲攬邊心。

白帝城樓

江度寒山閣，閣謂閣道。城高絕塞樓。翠屛宜晚對，天台賦：摶壁立之翠屛。白谷會深遊。急急能鳴雁，莊子：莊子舍於故人之家，令豎子殺雁烹之。豎子曰：其一能鳴，其一不能鳴，請奚殺？主人曰：殺不能鳴者。輕輕不下鷗。列子：海上有人，每旦從鷗鳥遊，鷗鳥之至者百數。其父曰：汝取來，吾玩之。明日，鷗鳥舞而不下也。二句亦見雁鷗而動春興。夷陵春色起，夷陵謂峽州，在夔外。漸擬放扁舟。

曉望白帝城鹽山

方輿勝覽：白鹽山在城東十七里。

徐步攜斑杖，看山仰白頭。翠深開斷壁，紅遠結飛樓。仇注：斷壁開處見其深翠，飛樓結處見其遠紅，用倒裝法。日出清江望，暄和散旅愁。春城見松雪，始擬進歸舟。

行止問之西閣，奇。

西閣曝日

凜冽倦玄冬，負暄嗜飛閣。羲和流德澤，顓頊愧倚薄。月令：孟冬之月，其帝顓頊。言日氣暖而寒氣不能侵之。毛髮具自和，肌膚潛沃若。（張云：曝日眞景）詩注：沃若，潤澤貌。趙曰：言煖如湯沃然。太陽信深仁，衰氣欻有託。欹傾煩注眼，言展轉向日而臥也。容易收病腳。公客居詩：臥愁病腳廢。瀏灕一作流離。木杪猿，翩翻山巔鶴。此因閣前所見，以興自得之趣。朋知苦聚散，（後又入戚）哀樂日已作。即事會賦詩，人生忽如昨。古來遭喪亂，賢聖盡蕭索。胡爲將暮年，憂世心力弱。言即此片刻逍遙，他姑可弗計耳。

不離西閣二首

杜臆：題曰不離，有厭居西閣意。

江柳非時發，江花冷色頻。正見不全是冷色，借頻字反映出地煖。地偏應有瘴，臘近已含春。四句即景起，見遠方氣候之殊。失學從愚子，無家任老身。不知西閣意，肯別定留人？（結句山谷尤愛其深遠閒雅）趙曰：言西閣之意肯令我別乎？

此又代答得，奇。一片無賴。

抑定留人也？

西閣從人別，人今亦故亭。復古編云：亭停通用。言非西閣留人，人則自留耳。江雲飄素練，石壁斷空青。惟雲飄，故山斷。二句閣上近景。滄海先迎日，銀河倒列星。仇注：曉登樓而海日先迎，夜臨窗而星河倒列。二句閣上遠景。倒列星，卽沈佺期詩天河入戶低意。平生耽勝事，吁駭始初經。言昔所以卜居者，特爲耽此勝景耳，其如久而不去何哉？正寫欲離不離之意，朱注非。

覽柏中丞兼子姪數人除官制詞，因述父子兄弟四美，載歌絲綸。杜詩博議：年譜：公至夔州時，柏中丞爲夔州都督，公爲作謝上表。柏都督乃柏茂林，中丞其兼官也。按：林一作琳。朱注：公有蜀州柏二別駕將中丞命詩，柏二當卽四美之一。

言之慨然。

紛然喪亂際，見此忠孝門。蜀中寇亦甚，柏氏功彌存。崔旰殺郭英乂，茂林以邛州牙將起兵討旰。深誠補王室，戮力自元昆。指中丞。三止錦江沸，當指柏中丞與崔旰相攻時事。獨清玉壘昏。高名入竹帛，新渥照乾坤。朱注：茂林以杜鴻漸奏授邛州刺史，充邛南防禦使，尋升爲節度使，未幾廢。按：邛南節度既廢，茂林不聞他除，當是卽拜夔州都督也。子弟先卒伍，（元昆子弟分作兩層敍）芝蘭疊璵璠。同心注師律，灑血在戎軒。絲綸實具載，紱冕已殊恩。奉公舉骨肉，（總束）誅叛經寒溫。金甲雪猶凍，朱旗塵不翻。二句言目前景。每聞戰場說，欻激懦氣奔。聖主國多盜，（李云摭句）賢臣官則尊。言遭逢寇亂，益顯功業。方當節鉞用，茂林自節度除都督爲失職，故此詩云：方當節鉞用。又觀宴詩：幾時來翠節。蓋惜之也。必絕祲沴根。吾病日迴首，雲臺誰再論？作歌挹盛事，推轂期孤騫。馮唐傳：上古王者遣將，跪而推轂。時崔旰專制西川，故欲朝廷重任茂林也。

覽鏡呈柏中丞

渭水流關內，終南在日邊。膽銷豺虎窟，謂崔旰亂蜀。淚入犬羊天。時吐蕃屢爲邊患。起晚堪從事，行遲更學仙。舊注：凡仕者必早起，起晚矣，尚堪從事乎？學仙者必身輕步疾，行遲矣，更可學仙乎？二句卽衰謝意。鏡中衰謝意，萬一故人憐。

起突兀，笑中有淚。

蔣云：前首後四句談笑祝頌，此四句感慨願望，故不犯複。

陪柏中丞觀宴將士二首

極樂三軍士，誰知百戰場。無私齊綺饌，何遜詩：玉盤傳綺食。饌無異等，見與士卒同甘苦意。久坐密金章。金章當即指柏。坐久相近，言其能忘分適情也。醉客霑鸚鵡，承綺饌 嶺表錄異：鸚鵡螺，旋尖處屈而朱，如鸚鵡觜，故以名。殼裝爲酒盃，奇而可翫。佳人指鳳凰。承金章 唐會要：延載元年，內出繡袍賜文武官三品以上，其袍文，宰相飾以鳳凰，尚書飾以對雁。幾時來翠節，特地引紅妝。

繡段裝簷額，邵云：設色漸 仇注：如今結綵之類。金花貼鼓腰。宋書：蕭思話年十餘歲，打細腰鼓。一夫先舞劍，浦注：言將士醉後起舞爲樂。百戲後歌樵。趙曰：戲作夔峽樵歌之音也，正見無樂不有。江樹城孤遠，雲臺使寂寥。謂策功之使臣。漢朝頻選將，應拜霍嫖姚。

奉送蜀州柏二別駕將中丞命，赴江陵起居衞尚書太夫人，因示從弟行軍司馬位

別駕，中丞之弟。舊唐書代宗紀：大曆元年五月，加荊南節度使衞伯玉檢校工部尚書。

三四賓主流對，五六時地兼舉。浦云：次聯為嘉隆間人嚼爛，遂覺可厭，在杜不害為莊重也。荊楚白碧，亦用折句對法。

中丞問俗畫熊頻，後漢輿服志：三公列侯車，倚鹿較，伏熊軾，黑轓。張溍注：問俗頻，故不暇親往而遣人致問。愛弟傳書綵鷁新。遷轉五州防禦使，唐書方鎮表：廣德二年置夔忠涪都防禦使，治夔州。原領夔峽忠歸萬五州，隸荊南節度。柏中丞時蓋自都督遷防禦也。起居八座太夫人。初學記：唐以六尚書左右僕射合為八座。後漢岑彭傳：大長秋以朔望問太夫人起居。注：漢法，列侯之母，方稱太夫人也。楚宮臘送荊門水，白帝雲偷碧海春。遣句近晚唐 毛奇齡云：楚宮白帝以蜀州言，荊門碧海以江陵言，江漢本通海也，兼借指衛夫人仙居之意。言楚宮臘月，凍釋流迅，快看舟下荊門；白帝雲晴，水天一色，早覺春生碧海。卽所謂臘近已含春意。報與惠連詩不惜，宋書：謝惠連能屬文，族兄靈運嘉賞之云：每對惠連，輒得佳句。知吾斑鬢總如銀。顧注：言向來鬢白，本以苦吟之故，今非不欲別寄一詩也。一詩兩用，正緣老不能多作耳。

荊南兵馬使太常卿趙公大食刀歌

仇注：夔州隸荊南節度，趙太常刮寇至此，當在永泰元年崔旰反時。公遇趙時，想尚未歸也。朱注：太常卿，趙之兼官。舊唐書：大食本在波斯之西，兵刀勁利，其俗勇於戰鬬。

太常樓船聲嗷嘈，仙人馬明生詩：嗷嘈天地間，囂聲安得附。問兵刮削也。寇趨下牢。下牢在夔峽口。牧出令奔飛

浦云：短衣拔鞘，先一層出色，翻風四句，正面出色，鬼物三句，後一層出色。邵云：怪怪奇奇，非意所至。此極狀胡刀之瑩利。

百艘，謂官吏候迎。猛蛟突獸紛騰逃。比盜賊卻走。白帝寒城駐錦袍，玄冬示我胡國刀。壯士短衣頭虎毛，憑軒拔鞘所交切。天爲高。謂刀光上閃。翻風轉日木一作水。怒號，謂殺氣滿空。冰翼雲一作雪。澹傷哀猱。仇注：翼即飛字意。勢迴風日，色薄冰雲，極言刀之利也。鐫錯碧罌音英。鷿鵜音匹題。膏，鐫，刻也。錯，磨也。罌，長頸瓶，所以盛膏。爾雅注：鷿鵜似鳧而小，膏中瑩刀劍。按：鷿鵜膏至毒，故用傅刀劍。鋩鍔已瑩虛秋濤。言鋒鍔瑩如秋水。鬼物撇捩辭坑壕，撇捩，奔逸也。辭坑壕，越壕塹而去也。蒼水使者捫赤條，搜神記：秦時有人夜渡河，見一人丈餘，手橫刀而立，叱之，乃曰：吾蒼水使者也。赤條，以赤色絲爲繩，刀飾也。龍伯國人罷釣鼇。列子：龍伯之國有大人，舉足不盈數步而暨五州之所，一釣而連六鼇。朱注：言此刀鋒鍔磨瑩愈明，鬼物見之無不驚逸，如蒼水使者甫捫刀而釣鼇之人亦爲辟易也。芮公回首顏色勞，重敘起補腦 舊注：芮公，荊南節度使也。舊唐書衞伯玉傳：廣德元年拜江陵尹，充荊南節度。大曆初再爲節度。二年封陽城郡王。或由芮公進封陽城，史不詳耳。分閫救世用賢豪。趙公玉立高歌起，桓溫書：抗節玉立，誓不降辱。攬環結佩相終始。攬環結佩，言攬刀環而佩服之。萬歲持之護天子，似銘語 得君亂絲與君理。謝承後漢書：方儲爲郎中，章帝以繁亂絲付儲使理，

其言可以寒亂賊之膽。

此言趙公能用刀截亂。

以期望趙卿作結。

起得奇崛森聳，先一層形

儲拔刀三斷之曰：反經任勢，臨事宜然。又北齊書：神武使諸子理亂絲，文宣抽刀斬之曰：亂者必斬。言荊南芮公以西顧爲憂，任賢濟世，於是趙公起而應之，欲終始佩服此刀，除亂萌以安王室。

蜀江如線如針水，舊注：蜀江至瞿唐爲峽所束如線。荊岑彈丸心未已。登樓賦：蔽荊山之高岑。賊臣惡子休干紀，魑魅魍魎徒爲耳！奇語 妖腰亂領敢欣喜，用之不高亦不庳，射雉賦：揆懸刀，騁絕技。如韝如軒，不高不埤。注：埤，短也，埤與庳古字通用。不似長劍須天倚。宋玉大言：長劍耿耿倚天外。言趙公此刀以平區區荊蜀之梗，無足難者。彼賊臣干紀，用之以誅斬其腰領，高下不差；豈似倚天長劍，但爲夸大之詞哉。吁嗟光祿英雄弭！光祿，趙公或先嘗爲此官。英雄弭，言其雄略足以弭亂。大食寶刀聊可比。丹青宛轉麒麟裏，復將人刀並收。光芒六合無泥滓。

蔣弱六云：如百寶裝成，滿紙光怪，造字造句，在昌黎長吉之間。公特偶有意出奇，然骨力氣象，仍非他人所能及。○逐句用韻，是柏梁體，卻又用轉韻，自成一格。

王兵馬使二角鷹

角鷹注見九卷。王當亦是承荊南之命，治兵來夔者。

悲臺蕭颯石巃嵸，曹植詩：高臺多悲風。哀壑杈枒浩呼洶。謂樹夾泉聲，其聲洶湧也。中有萬里之長江，迴

容，手法最高，語出意外，若有神助。

落角鷹，隨插入將軍，節拍甚緊。

杜詩多有韻轉而意不轉，意轉而韻不轉者，如此種是也。

以鷹比王，又以王比鷹，筆意極其變幻。

風滔滔字一作陷。邵云：奇。陷字尤警。日孤光動。迴風滔日，即滔天之滔。王兵馬軍帳必在臺上，故先從呼鷹之地說起。黃生注：起便為角鷹作勢，見江山黯淡，日色慘悽，皆若助其肅殺之氣也。角鷹翻倒壯士臂，將軍玉帳軒翠氣。句蒙上段。翠一作勇。玉帳注見九卷。甘泉賦：颺翠氣之宛延。善曰：言宮觀之高，故翠氣宛延在其側。趙注：言壯士臂鷹於前軒，開玉帳之翠氣也。二鷹猛腦條徐墜，言將舉也。目如愁胡視天地。愁胡注見一卷。視天地，謂上下不定。杉雞竹兔不自惜，臨海異物志：杉雞頭有長黃毛，冠頰正青，常在杉樹下。竹兔小如野兔，食竹葉。孩虎野羊俱辟易。孩一作溪。孩虎猶云乳虎。本草：山羊即爾雅羱羊，一名野羊，善鬭至死。鞲上鋒稜十二翮，傅玄鷹賦：左目若側，右視如傾。勁翮二六，機連體輕。將軍勇銳與之敵。將軍樹勳起安西，安西注見首卷。王必曾立功西域。崑崙虞泉入馬蹄。淮南子：日入於虞淵。唐諱淵，故云泉。白羽曾肉三狻先丸切。猊，爾雅：狻猊如虦猫，食虎豹。注：獅子也。肉狻猊，言得而肉之也。勇決豈不與之齊？應句不嫌其複。荊南芮公得將軍，亦如角鷹下翔雲。翔一作朔。隨詠一物，必及時事，是杜詩熟境。惡鳥飛飛啄金屋，亦指崔旰。安得爾輩開其群？驅出六合梟鸞分！辨命論：梟鸞不接翼。

盧德水曰：一生二句，可以想鷹之有品而不苟。

王嗣奭曰：此詩突然從空而下，如轟雷閃電，風雨驟至，令人駭愕。以下將王兵馬配角鷹說，忽出忽入，莫知端倪，而意正用互顯。至其通首警拔，無一字懶散，豈不雄視千古。

見王監兵馬使說，近山有白黑二鷹，羅者久取，竟未能得。王以為毛骨有異他鷹，恐臘後春生，騫飛避暖，六字傳神。勁翮思秋之甚，眇不可見，請余賦詩二首

雪一作雲。飛玉立盡清秋，雪玉比毛色之白。不惜奇毛恣遠遊。二句言其盡以清秋時來自塞外，即序所謂勁翮思秋也。酉陽雜俎：漠北白者，身長且大，五觔有餘，細斑短項，鷹內之最。生沙漠之北，不知遠近，向代州中山飛。又有房州白、漁陽白、東道白。在野只教心力破，言虞人心力徒勞，序所謂羅者久取，竟未能得也。於人何事網羅求？一生自獵知無敵，庾信詩：野鷹能自獵，江鷗解獨漁。朱注：鷹所以獵，今野鷹，故云自獵。百中爭能恥下韝？言其不受人役。東觀漢紀：太守桓虞曰：善吏如使良鷹，下韝命中。鵬礙九天須卻避，結語狀出神異。後幽明錄：楚文王好獵，有人獻一鷹，文王見其殊常，故為獵於雲夢。毛羣羽族，爭噬競搏。此鷹遠瞻雲際，俄有一物凝翔鮮白，便竦翮而升，矗若飛電。須臾羽墮如雪，血下如雨，有大鳥墮地，兩翅廣數十里。時有博物君子

曰：此大鵬雛也。兔藏三窟莫深憂。漢：張綱謂豺狼當道，安問狐狸。末聯意正如此。一說：李因篤云：雖兔藏三窟，亦能制之，而狻不足憂也。

李子德云：二詩無一語不奇，於布帛菽粟中，有龍吟虎嘯，水立山鳴之致。○顧修遠云：黃石識子房於圯橋，而退老穀城；德公拜孔明於牀下，而長隱鹿門。殆所謂一生自獵知無敵，百中爭能恥下韝者乎。魏武欲以游說致公瑾，而不能奪其知己之感；桓溫欲以豪傑招景略，而不能解其共國之嫌。殆所謂虞羅自覺虛施巧，春雁同歸必見猜者乎。千古高人奇士，性情出處，從二十八字拈出，可想老杜胸中全史。

黑鷹不省人間有，度海疑從北極來。正翮摶風超紫塞，張綖注：紫塞，雁門也。其山高出雲漢，雁飛不能踰，從兩山斷處而過，故謂之雁門，惟此鷹能超越之也。玄冬幾夜宿陽臺。虞羅自覺虛施巧，春雁同歸必見猜。月令：季冬之月，雁北鄉。序所謂臘後春生，騫飛避暖也。以黑鷹異狀故猜。萬里寒空祇一日，金眸玉爪不凡材。注出黑鷹獨異處。

舊說以鷹況王兵馬，不如作自寓爲得，以篇中亦露遠客北歸意也。○二鷹在山，本非王監所有，亦非公所親見，自不應在毛色上著想，只就羅取未得勁翮思秋上摹寫其迅捷英奇，不沾沾分別黑白。杜臆謂二詩勝人，在氣魄雄偉，不落纖巧家數，良然。

浦云：公老矣，尚作爾許語，可謂倔强猶昔。

何義門云：此詩筆筆轉。〇張王元白皆學此而不能到。

縛雞行

小奴縛雞向市賣，雞被縛急相喧爭。家中厭雞食蟲蟻，不知雞賣還遭烹。蟲雞於人何厚薄？吾叱奴人解其縛。雞蟲得失無了時，注目寒江倚山閣。俞云：結語有舉頭天外之致。

陳後山云：謂雞蟲得失，不如兩忘而寓於道。結句寄託深遠。

趙次公曰：一篇之妙，在乎落句。黃魯直書酺池寺書堂云：小黠大癡螗捕蟬，有餘不足夔憐蚿，退食歸來北窗夢，一江風月趁魚船。可與言詩者，當自解也。

折檻行

漢朱雲傳：雲請尚方斬馬劍斷佞臣一人頭，以厲其餘。上問誰也？對曰：安昌侯張禹。帝大怒，命御史將雲下殿。雲攀殿檻，檻折。注：檻，軒前欄也。

嗚呼房魏不復見，房玄齡、魏徵。秦王學士時難羨。唐書：武德四年，太宗爲天策上將軍。寇亂稍平，乃作文學館收聘賢才，凡分三番，遞宿閣下，號十八學士。在選中者，天下所慕向，謂之登瀛洲。青衿冑子困泥塗，謂爲朝恩所辱。白馬將軍若雷電。魏志：龐德常乘白馬，謂爲白馬將軍。朱注：按是時魚朝恩爲監門衛大將軍兼神策軍使。若雷電，言其勢燄驚人。千載少似朱雲人，至今折檻空嶙峋。容齋續筆：至今宮殿正中一間獨不施欄楯，謂之折檻，蓋自漢以來相傳如此。

婁公不語宋公語，李云：令人神往。婁公謂婁師德，宋公宋璟也。尙憶先皇容直臣。

永泰元年三月，命左僕射裴冕、右僕射郭英乂等文武之臣十三人，於集賢館待制，以備詢問，蓋亦倣太宗瀛洲學士之意。然是時閹官恣橫。次年八月，國子監釋奠，魚朝恩率六軍諸將聽講，子弟皆服朱紫爲諸生，朝恩遂判國子監事；而集賢待制諸臣噤口不一救正，故作此詩以譏之。首二句，歎待制之臣不及貞觀盛時也。青衿二句，言敎化淩夷而中人子弟得以橫行也。當時大臣鉗口飽食，效師德之退遜，而不能繼宋璟之忠讜，故以折檻爲諷。言集賢諸臣自無魏宋輩耳，未可謂朝廷不能容直臣如先皇也。

立春

邵云：老境。

春日春盤細生菜，摭言：東晉李鄂立春日命以蘆菔芹芽爲菜盤相餽貺。四時寶鏡：立春日春餅生菜，號春盤。黃生注：生菜，韭也，故曰青絲。忽憶兩京梅發時。盤出高門行白玉，高門通指富貴之家。莊子：高門懸薄，無不走也。菜傳經也。纖手送青絲。菜縷極細，故切須纖手。巫峽寒江那對眼，杜陵遠客不勝悲。此身未知歸定處？對兩京說。呼兒覓紙一題詩。

江梅

方虛谷云：起十字已盡梅花次第。

梅蕊臘前破，梅花年後多。絕知春意好，一作早。最奈客愁何？雪樹元同色，江風亦自波。故園不可見，巫岫鬱嵯峨。

李子德云：不貪寫梅，從江上着眼，是爲高手。○春江微波，正與梅相漾發，五六對句，正以不粘煞爲佳。

庭草

李云：微入毫芒。

楚草經寒碧，以地暖故。庭春入眼濃。舊低收葉舉，新掩卷牙重。顧注：言草之舊屬黃萎低垂者，今則既收之葉復舉，低垂者見其興起矣；草之新經風雨掩敗者，今則方卷之牙重發，掩敗者見其再生矣。上二字須略讀。步履宜輕過，開筵得屢供。言草色亦足以供清玩。看花隨節序，不敢強爲容。朱注：言庭草花開，自隨節序，獨我憔悴之身，不堪強爲容耳。末二句蓋自歎其不如庭草也。

邵云：淺淺語自好。

王十五前閣會　是王閣，非西閣。

楚岸收新雨，春臺引細風。情人來石上，鮑照詩：留酌待情人。鮮鱠出江中。鄰舍煩書札，肩輿強老翁。病身虛俊味，何幸飫兒童。浦注：當雨收風細之時，王君設鱠石上之閣，而致札迎輿，并需童稚，意思款曲如此，故詩以誌之。

老病　詩曰：稽留楚客中，應屬大曆二年作。

老病巫山裏，稽留楚客中。藥殘他日裏，承一、花發去年叢。承二、夜足霑沙雨，春多逆水風。合分雙賜筆，注見十二卷。猶作一飄蓬。

崔評事弟許相迎不到，應慮老夫見泥雨怯出，必愆佳期，走筆戲簡

江閣邀賓許馬迎，午時起坐自天明。浮雲不負青春色，細雨何孤白帝城？

邵云：七律變調，氣自蒼莽，

身過花間高興好霑溼好，醉於馬上往來輕。虛疑皓首衝泥怯，實少銀鞍傍晚行。

愁

原注：強戲爲吳體。戲者明其非正律也。杜臆：公胸中有抑鬱不平之氣，每以拗體發之。

江草日日喚愁生，春一作巫。峽泠泠非世情。盤渦鷺浴底心性？獨樹花發自分明。浦注：日日而長者，既恐其形我憔悴；泠泠而淡者，又惱其對我寂寞。愁人所觸，無一而可，故於鷺浴花發皆怪之，謂不類人之知愁也。下乃自言愁之故。十年戎馬暗南國，異域賓客老孤城。渭水秦山得見否？人今疲病虎縱橫。張璁曰：虎縱橫，謂暴斂也。時京兆用第五琦什畝稅一法，民多流亡。

蔡寬夫詩話：子美以盤渦鷺浴底心性，獨樹花發自分明爲吳體；家家養烏鬼，頓頓食黃魚爲俳諧體；以江上人家桃樹枝爲新句；雖若爲戲，然不害其格力也。

晝夢

二月饒睡昏昏然，不獨夜短晝分眠。桃花氣暖眼自醉，春渚日落夢相牽。

大家正須有此。

吳注：二月昏昏多睡，不獨夜短而思晝眠，止因暖氣倦神，故日落而夢猶未醒耳。故鄉門巷荊棘底，中原君臣豺虎邊。安得務農息戰鬭，普天無吏橫索錢？顧注：下四正睡覺憂思之詞，公閉眼是夢，開眼即是愁，至此又耿耿不成寐矣。

遣悶戲呈路十九曹長

集外詩，員氏所收。

江浦雷聲喧昨夜，春城雨色動微寒。黃鸝並坐交愁溼，古樂府：烏生八九子，端坐秦氏桂樹間。此坐字所本。白鷺羣飛太劇乾。邵注：鷺畏雨而坐，若交愁其溼；鷺乘雨而飛，甚難於得乾。公身滯雨中，故對之增悶。晚節漸於詩律細，誰家數去酒杯寬？惟君最愛清狂客，百遍相過一作看。意未闌。

邵云：曰穩曰細，總見此老苦心。

仇滄柱云：公嘗言老去詩篇渾漫與，此言晚節漸於詩律細。何也？律細言用心精密，漫與言出手純熟，熟從精處得來，兩意未嘗不合，即所謂意愜關飛動也。

暮春

邵云：疎放有老氣。

臥病擁塞在峽中，杜臆：公本欲初春下峽，病至暮春，則舟不可行矣，故有慨於臥病擁塞也。瀟湘洞庭虛映空。楚天不斷

三四恰切暮春景。

四時雨，巫峽常吹萬千一作里風。沙上草閣柳新暗，城邊野池蓮欲紅。暮春鴛鷺立洲渚，挾子對擁塞翻飛還一叢。朱注：說文：叢，聚也。一叢，言鴛鷺與子叢聚而飛也。

卽事

暮春三月巫峽長，皛胡了切。皛行雲浮日光。雲浮日光而過，乃雷雨將作之候。雷聲忽送千峯雨，花氣渾如百和香。邵注：漢武帝時，月支國進百和香。謂雨過而花香也。黃鶯過水翻迴去，畏雨故翻迴。燕子銜泥溼不妨。飛閣捲簾圖畫裏，虛無只少對瀟湘。末句謂未能出峽也。

懷灞上遊

灞上，地名，在長安東三十里。

悵望東陵道，顧注：卽長安東門，秦東陵侯種瓜處。平生灞上遊。春濃停野騎，夜宿敞雲樓。二句正對峽中深窅悶人而言。離別人誰在？經過老自休。眼前今古意，江漢一歸舟。言閱歷既久，萬事都灰，只有歸

新晴妙景如畫。

心如箭耳。

晴二首

久雨巫山暗，新晴錦繡文。一作紋。碧知湖外草，紅見海東雲。（二句遠景）竟日鶯相和，摩霄鶴數羣。（四句近景）野花乾更落，風處急紛紛。

啼鳥爭引子，鳴鶴不歸林。下食遭泥去，（承一）久雨乍晴，故泥尚溼。高飛恨久陰。（承二）烏亦如己之謀食，己不如鶴之高飛，即興起末二句。雨聲衝塞盡，日氣射江深。（五字警。）迴首周南客，馳驅魏闕心。

雨

始賀天休雨，還嗟地出雷。驟看浮峽過，密作渡江來。牛馬行無色，公秋雨詩：去馬來牛不復辨。蛟龍鬬不開。干戈盛陰氣，未必自陽臺。（巫山事翻用又別）

首四句新晴見月而喜，結早爲羈棲引端。○李云：樸老中自見風流，非他家所及。

此通計兩年之月。

此專指上弦之月。

李云：看去只在眼前，然非公卻拈不出。

月三首

斷續巫山雨，天河此夜新。若無青嶂月，愁殺白頭人。俊爽似太白 魍魎移深樹，明處。蝦蟆沒半輪。暗處是上弦之月。故園當北斗，直指照西秦。

併照巫山出，新窺楚水清。亦言是雨後。羈棲愁裏見，二十四迴明。三四直下格 言客夔已兩年。必驗升沈體，如知進退情。不違銀漢落，亦伴玉繩橫。銀漢至天曉始沒。二句言玩月常至終夜也。

萬里瞿唐月，春來六上弦。亦通兩年計之，舊注誤。時時開暗室，故故滿青天。爽合風襟靜，高當淚臉懸。南飛有烏鵲，夜久落江邊。結用魏武詩意，正是羈棲之感。

晨雨

小雨晨光內，初來葉上聞。霧交纔灑地，風折旋隨雲。暫起紫荊色，輕霑鳥獸羣。麝香山一半，寫山間雨意如畫夔州圖經：麝香山在州東南一百五十五里，山出麝香，故名。亭午未全分。

入宅三首 年譜：大曆二年春，公自西閣遷居赤甲。鶴注：赤甲瀼西皆在奉節縣北三十里。

奔峭背赤甲，斷崖當白鹽。顧注：以二山之形勢，明宅之向背。客居愧遷次，春色漸多添。花亞欲移竹，仇注：以花壓竹枝，愛花故須移竹。鳥窺新捲簾。衰年不敢恨，勝概欲相兼。總上

首章誌赤甲之勝。

亂後居難定，春歸客未還。水生魚復浦，王貽上慣學此等句邵注：赤甲城本魚復縣舊名。地志：夔治魚復，灩澦風濤電射，巨魚卻不得上，故名魚復浦。雲暖麝香山。半頂梳頭白，過眉拄杖斑。仇注：半頂言髮之少，過眉言杖之長。相看多使者，一一問函關。王應麟曰：潼關至函谷關歷陝華二州之地，俱謂之桃林塞。時周智光據華州反。

次章又觸動鄉思。

宋玉歸州宅，雲通白帝城。見相去不遠。吾人淹老病，旅食豈才名！言己未能如宋玉也。峽口風常急，江流氣不平。邵云氣字奇警只應與兒子，飄轉任浮生。

風急浪高，見此間仍不可居矣，此不久即有瀼西之遷與。

此詩頗唐之甚。

赤甲

卜居赤甲遷居新，兩見巫山楚水春。自去春至夔。炙背可以獻天子，二句思君美芹由來知野人。稽康絕交書：野人有快炙背而美芹子者，欲獻之至尊，雖有區區之意，亦已疏矣。事本出列子。顧注：言當此春日山居無事，惟有炙背之樂，可獻天子，美芹之味，野人自知，此外無所有也。正見所居荒陋意。荊州鄭薛寄詩近，二句懷友謂鄭審、薛據。蜀客郗音隙。岑非我鄰。謂郗昂、岑參。朱注：太白集有送郗昂謫巴中詩。又巴州碑云：郗昂有陪嚴使君武幕春五言二首在南龕，詩甚典麗。當亦公之故舊也。時岑嘉州在鴻漸幕府，故云蜀客。笑接郎中評事飲，趙曰：評事必崔評事，郎中無考。病從深酌道吾眞。

卜居

此自赤甲將遷瀼西作。

歸羨遼東鶴，丁令威事，注見八卷。吟同楚執珪。莊舄事，注見十二卷。二句言不忘故鄉也。未成遊碧海，著處覓丹梯。三言東遊未遂，四謂寓舍重尋。雲嶂寬江北，春耕破瀼西。言其地寬平，故可耕種。破，破土也。桃紅客若至，定

浦云：五詩於定居伊始，曲寫身世之悲，蓋有不得已而託於此者。○此首就暮春說起，總領大意。

次首明所以卜居瀼西之故。

似昔人迷。

暮春題瀼西新賃草屋五首

年譜：大曆二年三月，公遷居瀼西。朱注：宋費士戣漕司高齋記：公在夔各隨所寓而賦高齋，後人即其處各肖像以高齋名之。今東屯白帝城像具存，瀼西居後廢。按：圖經所載漕廨，即其故地也。

久嗟三峽客，再與暮春期。值也。百舌欲無語，神傷言表。繁花能幾時？谷虛雲氣薄，波亂日華遲。仇注：谷內雲升，春晴故薄，波中日漾，春長故遲。戰伐何由定，結進一步，爲後兩章伏脈。哀傷不在茲！言春光易逝，誠可哀矣，然世亂方殷，則所傷尚不在此也。

此邦千樹橘，不見比封君。史貨殖傳：封者衣租稅，千戶之君歲率二十萬，蜀漢江陵千樹橘，其人皆與千戶侯等。言地產貧瘠，而託居於此，不過爲養拙全生計耳。養拙干戈際，全生麋鹿羣。畏人江北草，旅食瀼西雲。蔣云：江北草微而背陰，瀼西雲往來無定，故以託興。萬里巴渝曲，三年實飽聞。

三首方及新賃草屋。

張惕菴云：此等結句，山谷多效之。

末二首言懷，乃題字之意，應前戰伐何由定二句。

杜晚年七律多頹然自放。

綵雲陰復白，（言乍雨乍晴。）錦樹曉來青。（言紅稀綠暗。二句屋前春景。）身世雙蓬鬢，乾坤一草亭。（意甚悲而語自壯）哀歌時自惜，醉舞爲誰醒？細雨荷鋤立，江猿吟翠屏。（入畫）

壯年學書劍，他日委泥沙。事主非無祿，浮生卽有涯。（吞吐嗚咽）（非無祿，謂前曾授官；卽有涯，謂後無餘望。）高齋依藥餌，絕域改春華。（二句點題）喪亂丹心破，王臣未一家。

（此首申明上首）欲陳濟世策，已老尚書郎。不息豺狼鬭，空慚鴛鷺行。時危人事急，（承三）風逆羽毛傷。（承四）落日悲江漢，中宵淚滿牀。

江雨有懷鄭典設（唐書：東宮官有典設郎四人。）

春雨闇闇塞峽中，早晚來自楚王宮。（暗用朝雲暮雨事。）亂波紛披已打岸，弱雲狼籍不禁風。寵光蕙葉與多碧，（造句似晚唐）點注桃花舒小紅。谷口子眞正憶汝，岸高瀼滑（一作闊。）

因祖宗並思及弟妹，亦老人情感所必然。

限西東。時公在瀼西，鄭必在瀼東也。

熟食日示宗文宗武　舊注：秦人呼寒食爲熟食節，以禁烟火，預辦熟物食之。

消渴遊江漢，羈棲尙甲兵。幾年逢熟食，萬里逼清明。寒食在清明前二日。松柏邙山路，元和郡縣志：北邙山在河南府偃師縣北二里。楊佺期洛城記：邙山古今東洛九原之地也。公先塋在洛，流寓不能展省，故有此句。風花白帝城。汝曹催我老，回首淚縱橫。末二句所感甚深，非徒歎祭掃久虛。子孫長大，白髮相催，己亦將爲松柏中人矣，即起下章意。

又示兩兒

令節成吾老，他時見汝心。劉辰翁曰：他時見汝思親之心，謂身後寒食。浮生看物變，物謂節物。爲恨與年深。情深語痛。長葛書難得，舊唐書：長葛縣屬許州，隋分許昌縣置。江州涕不禁。江州潯陽郡屬江南西道，本九江郡，天寶元年更名。趙曰：長葛江州必公弟妹所在。團圓思弟妹，行坐白頭吟。

邵云：諸懷弟詩情事切至，總有一片眞氣流注其間，便覺首首都絕。

劉須溪云：情事驚痛，語得傾至。

蔣云：入情至此，眞化工之筆。

得舍弟觀書，自中都已達江陵。今茲暮春月末，行李合到夔州。悲喜相兼，團圓可待，賦詩卽事，情見乎詞唐書：至德二載以西京爲中京。

爾到一作過。江陵府，何時到峽州？亂離生有別，聚集病應瘳。颯颯開啼眼，朝朝上水樓。老身須付託，白骨更何憂？

喜觀卽到，復題短篇二首

巫峽千山暗，計來路即預伏末句。終南萬里春。病中吾見弟，書到汝爲人。前此尚不知生死若何也。意答兒童問，杜臆：開書時想其子在側。來經戰伐新。盧注：是年郭子儀討周智光，命大將渾瑊、李懷光軍渭上，所謂來經戰伐新也。泊船悲喜後，不及到屋裏。款款話歸秦。

待爾嗔烏鵲，拋書示鶺鴒。欲問來時消息。枝間喜不去，承一原上急曾經。承二江閣嫌津柳，

李云：蒼雄淡宕，苦而能和，非老於宮商者不辦。

此等五古，頗似樂天。

首段賓主合敘，言所以遇亂作客之故。

嫌其遮望眼也。風帆數驛亭。應論十年事，撚絕始星星。謝靈運詩：星星白髮垂。想弟年亦近老矣。

送惠二歸故居 一作聞惠二過東溪。集外詩，見吳若本。其人未詳，當是入世未遇者。

惠子白駒瘦，歸溪惟病身。皇天無老眼，空谷滯斯人。崖蜜松花熟，崖蜜乃蜂釀松花所成。山杯一作村醪。竹葉春。張華詩：蒼梧竹葉清，乃酒名也。柴門了無事，黃綺未稱臣。黃生注：黃綺尚多一出，惠乃未稱臣之黃綺，寫得其人甚高。

寄薛三郎中據 韓愈薛公達墓誌：父據爲尙書郎中贈給事中。仇注：時薛在荊州將北歸京師而寄詩贈之也。

人生無賢愚，飄颻若埃塵。自非得神仙，誰免危其身？與子俱白頭，役役常苦辛。雖爲尙書郎，公與據皆嘗爲郎官。不及村野人。憶昔村野人，其樂難具陳。藹藹桑麻交，公侯爲等倫。天未厭戎馬，我輩本長貧。卽所謂甲卒身貴，書生道殊意。子、尙、客

次段賓主分敍，就白頭役役中又分出衰旺，彼若可羨，此越可傷耳。

後段賓主錯敍，言出峽歸朝，已俱不能從，而尚以乘時有爲望之薛也。

荆州，我亦滯江濱。（二句開下）峽中一臥病，（承滯江濱）瘧癘終冬春。春復加肺氣，此病蓋有因。早歲與蘇鄭，蘇源明、鄭虔。痛飲情相親。二公化爲土，嗜酒不失眞。余今委修短，豈得恨命屯？言修短尚所弗計，至貧富益可置之度外矣。聞子心甚壯，（承客荆州）所過信席珍。上馬不用扶，（老人倔強如見）每扶必怒嗔。賦詩賓客間，揮灑動八垠。乃知蓋代手，才力老益神。（極贊毋乃自謂）商璠曰：據爲人骨鯁，兼有氣魄，其文亦爾。青草洞庭湖，二湖俱在荆州南。東浮滄海漘。君山可避暑，一統志：君山在洞庭湖中。況足采白蘋。子豈無扁舟，往復江漢津？我未下瞿唐，空念禹功勤！蔡注：言禹功雖勤，尚不能鑿三峽使江流平易也。聽說松門峽，杜臆：返照詩：松門似畫圖。蓋在夔江下流。吐藥攬衣巾。高秋卻束帶，鼓枻視青旻。仇注：松門峽險，爲之驚心吐藥，必深秋水落，方可鼓枻東行耳。鳳池日澄碧，濟濟多士新。余病不能起，健者勿逡巡。袁紹傳：董卓欲廢立，紹勃然曰：天下健者，豈惟董公。（以慰勉作結住法嫣然）上有明哲君，下有行化臣。

李云：秀而不浮，足追康樂。

晚登瀼上堂

故躋瀼岸高，頗免崖石擁。開襟野堂豁，繫馬林花動。寫景宛然雉堞粉似雲，山田麥無隴。謂高低星散。春氣晚更生，江流靜猶湧。首敘瀼上春景。四序嬰我懷，羣盜久相踵。黎民困逆節，天子渴垂拱。所思注東北，以漂泊西南故。深峽轉修聳。衰老自成病，郎官未爲冗。淒其望呂葛，呂望、諸葛。不復夢周孔！濟世數嚮時，斯人各枯冢。次敘登高感懷指房琯、張鎬、嚴武之流，公所相期濟世者。身既老而救世之人亦亡，是以嘆也。楚星南天黑，蜀月西霧重。結處仍收到晚望二句亦況言亂象。安得隨鳥翎，迫此懼將恐。憂羣盜也。

醉爲馬墜，羣公攜酒相看

甫也諸侯老賓客，罷酒酣歌拓金戟。庾信詩：醉來拓金戟。騎馬忽憶少年時，謂忘卻老也。散蹄

先敘醉後馳馬之狀。

此墜馬見傷而歎也。

迸落瞿唐石。白帝城門水雲外，低身直下八千尺。謂自城門馳下瞿唐。粉堞電轉紫遊韁，晉中興書：太和中鄴下童謠：青青御路楊，白馬紫遊韁。謂粉堞經過，紫韁疾如電轉。東得平岡出天壁。平岡在天壁之下，故近江村而凌紫陌。江村野堂爭入眼，垂鞭嚲典可切。鞚凌紫陌。廣韻：嚲，下垂貌。向來皓首驚萬人，承少年句跌出自倚紅顏能騎射。下文食亦切。言騎馬自幼習慣，故雖老而不懼。安知決臆追風足，決臆，縱意也。朱汗驂驔音潭。猶噴本作歕，善問切。玉。謂奔悍難馭也。盧照鄰詩：琱弓夜宛轉，鐵騎曉驂驔。穆天子傳：天子東遊於黃澤，使宮樂謠曰：黃之澤，其馬歕沙，皇人威儀。黃之澤，其馬歕玉，皇人壽穀。按：踏岸則噴沙，激水則噴玉，皆言馬勢之雄猛。不虞一蹶終損傷，人生快意多所辱。見道語職當憂戚伏衾枕，況乃遲暮加煩促。朋知來問腆我顏，杖藜強起依僮僕。語盡還成開口笑，詼諧瀟灑名士風流提攜別掃清谿曲。酒肉如山又一時，初筵哀絲動豪竹。朋知語共指西日不相貸，言流光迅速意。喧呼且覆杯中淥。何必走馬來爲問？語朋知君不見嵇康養生被殺戮！嵇康著養生論，後刑東市。言禍患之來，亦有以安居無事而得者，不必定以此爲戒也。

郝楚望云：題有景致，詩寫得霑足，詞藻風流，情興感慨，無不佳。

承聞河北諸道節度入朝歡喜口號絕句十二首

朱注：按史大曆二年正月，淮南節度使李忠臣入朝，三月，汴宋節度使田神功來朝，八月，鳳翔等道節度使李抱玉入朝。河北入朝事，史無明文，疑公在夔州特傳聞之而未實然耳。

二首在題前，一戒一勸，直可作露布讀。

祿山作逆降天誅，爲其子慶緒所殺。更有思明亦已無。首提安史，誌禍本也。洶洶人寰猶不定，大聲喚醒羣迷一言。時時戰鬭欲何須？帶十斗血淚

社稷蒼生計必安，蠻夷雜種錯相干。舊唐書：安祿山，營州柳城雜種胡人也，本無姓，名軋犖山。史思明本名窣干，營州寧胡州突厥雜種胡人也。周宣漢武今王是，漢武謂光武。孝子忠臣後代看。

此首入題，末句急入自家，方見關切。

喧喧道路多歌謠，河北將軍盡入朝。始是乾坤王室正，卻敎江漢客魂銷！

此首承上追痛，跌出下首。

此首是歡喜口號正文，若移作結便庸。

上首極力讚頌，急露出憂盛危明心事，具見忠悃。

又說到自家，此首束上起下。

趙注：自傷流落不得還朝也。

不道諸公無表來，茫然庶事遣人猜。言河北諸道，前時不朝，爲可疑也。擁兵相學干戈銳，使者徒勞萬里一作百萬。迴。與有感詩「諸侯春不貢，使者日相望」二句同意。

嗚玉鏘金盡正臣，取其舍逆歸順也。首句正轉，與上章緊相呼應。修文偃武不無人。便含末二首意興王會靜妖氛氣；聖壽宜過一萬春。

英雄見事若通神，聖哲爲心小一身。言不侈天下以自奉也。燕趙休矜出佳麗，宮闈不擬選才人。通鑑：大曆元年十月，上生日，諸道節度使獻金帛器服珍玩駿馬爲壽，共值緡錢二十四萬，常袞請卻之，不聽。燕趙才人，乃因珍玩等推類言之。按：玄肅兩朝，貴妃、良娣皆以女戎致禍，公故首舉爲戒。

抱病江天白首郎，空山樓閣暮春光。衣冠是日朝天子，草奏何時入帝鄉。

下三首俱極意鋪張，以志喜慰，亦是題目正文。

此並開導諸鎮之叛卒。

此以河北入朝歸功李光弼也。

惜未能入賀也。

澶市連切。漫山東一百州，西京賦：澶漫靡迤，作鎮於近。山東卽河北道，謂太行山之東也。削成如案抱青邱。削成如案，言已平也。青邱注見十五卷。苞茅重入歸關內，王祭還供盡海頭。浦注：此指淄青軍，言淄青東臨渤海。

東踰遼水北滹沱，大小遼水皆經今遼東境。滹沱源出山西代州，經直隸保定府。星象風雲氣共和。紫氣關臨天地闊，壯句。趙注：紫氣關卽函谷關。黃金臺貯俊賢多。上谷郡圖經：黃金臺在易水東南十八里，燕昭王置千金於臺上，以延天下之士。此指盧龍成德等軍言。

漁陽突騎邯鄲兒，漁陽突騎注見九卷。唐書：磁州有邯鄲縣，屬河北道。酒酣並轡金鞭垂。意氣卽歸雙闕舞，雄豪復遣五陵知。王洙注：漢之五陵，乃豪俠所聚之地。昔爲賊黨者，今爲國用，所以鼓舞其來歸之興也。

李相將軍擁薊門，朱注：光弼在玄肅朝嘗加范陽節度使，又嘗兼幽州大都督府長史，於廣德二年已沒，此蓋追美之。白頭惟有赤心存。史筆。竟能盡說諸侯入，舊唐書：光弼輕騎入徐州，田神功遽歸河南，尙衡、殷仲卿、來瑱皆相繼赴闕。知有從來天子尊。

此以戡亂致治推崇郭子儀也。○末後君臣濟美，極淋漓頌揚之致，其所以感動藩臣者至矣。

十二年來多戰場，（二句總括禍亂始終作大結束）自天寶十四載至大曆二年。天威已息陣堂堂。孫武子：無擊堂堂之陣。神靈漢代中興（結歸君相皇）主，（皐大文）功業汾陽異姓王。郭子儀傳：寶應元年二月，進封汾陽郡王。

朱鶴齡曰：河北諸將擅命不朝，公素所深慮，故聞其入朝喜而作詩。首舉祿山思明，聳動之以周宣、漢武，勸勉之以孝子忠臣，而末二章則舉李郭二公以爲表儀，其立意深遠若此。○浦二田云：十二首竟是一大篇議論夾敘事之文，與紀傳論贊相表裏；前人所謂敦厚雋永，來龍遠而結脈深是也。若章章而求，句句而摘，半爲塵羹土飯矣。

清空如話。

王右仲曰：五六語帶仙靈氣。

杜詩鏡銓卷十六 大曆中，公居夔州作。

過客相尋

窮老眞無事，江山已定居。地幽忘盥櫛，客至罷琴書。掛壁移筐果，呼兒間一作問。煮魚。時聞繫舟楫，及此問吾廬。

豎子至 公有示獠奴阿段詩，又東渚耗稻詩遣豎子阿段往問，知此豎子卽阿段也。

樝莊加切。梨纔綴碧，本草：樝子似梨而澁。梅杏半傳黃。小子幽園至，輕籠熟柰香。蜀都賦：朱櫻春熟，素柰夏成。本草：今名頻婆。山風猶滿把，野露及新嘗。欹枕江湖客，提攜日月長。江湖客，公自謂。浦注：末語正應一二，謂園果以次而熟，可以逐時攜送也。

上四赴園之景，下四赴園之故。

園　仇注：園隔瀼西之溪，別有茅舍，此自瀼西泛艇行視小園也。

仲夏流多水，清晨向小園。碧溪（承水）搖艇闊，朱果（承園）爛枝繁。始爲江山靜，終防市井喧。公詩：市暨瀼西巔。蓋瀼西居近市，故別買果園以資偃息。畦蔬繞茅屋，自足媚盤飧。

歸　此自園而歸也。

束帶還騎馬，東西卻渡船。甘林詩有入林解我衣句。歸則當束帶騎馬，又卸馬渡船也。林中纔有地，峽外絕無天。以下句形上句，卽平地一川穩，高山四面同意。虛白高人靜，莊子：虛室生白。喧卑俗累牽。他鄉悅遲暮，不敢廢詩篇。言此地寬平可居，但以近市喧雜，歎其不如高人，惟可藉作詩以遣興耳。

園官送菜　幷序。朱注：按送菜詩云：常荷地主恩，送瓜詩云：柏公鎭夔國，則知地主卽柏都督，都督乃茂琳也。

園官送菜把，本數日闕。矧苦苣馬齒，掩乎嘉蔬，傷小人妬害君子，菜不

邵云：韓蘇極學此種，而有青出於藍之妙。本是憤園官侵尅食料，卻入此大感慨，得詩人諷誡之旨。○此詩與種萵苣篇大旨相似。

足道也，比而作詩。杜臆：當時武夫健卒，倖功得官，而凌侮志士幽人者不少，小人殆指此輩言之。只在篇末戎軒二字露意，詩人愼言如此。

清晨送菜把，常荷地主恩。守者愆實數，略有其名存。苦苣刺如針，本草：苦苣，卽野苣也。野生者一名褊苣。馬齒葉亦繁。圖經本草：馬齒莧雖名莧類，而苗葉與人莧輩都不相似，亦可食，少酸。青青嘉蔬色，埋沒在中園。園吏未足怪，世事因堪論。嗚呼戰伐久，荆棘暗長原！乃知苦苣輩，傾奪蕙草根。小人塞道路，爲態何喧喧？又如馬齒盛，氣擁葵荏昏。葵荏，嘉蔬。馬融廣成頌：桂荏鳧葵。爾雅疏：蘇一名桂荏，葉下紫色，氣甚香。點染不易虞，絲麻雜羅紈。喩中喩 一經器物內，永挂麄刺痕。言苦苣馬齒一點染器物，則麄刺永存，小人可畏亦如此也。志士採紫芝，放歌避戎軒。畦丁負籠至，感動百慮端。

園人送瓜

李曰：本色足賞。

首八著送瓜之由。

次八詳食瓜之事。以慰勞其人作結。

秦少游謂少陵詩冠古今，而無韻者幾不可讀，如此序是也。然亦自有

江間雖炎瘴，瓜熟亦不早。柏公鎮夔國，滯務茲一掃。食新先戰士，共少及溪老。共少猶云分甘。宋文帝紀：謝宏微曰：分多共少，不至有乏。傾筐蒲鴿青，師氏注：蒲鴿、貍首，瓜之名。謂青瓜色如蒲鴿也。滿眼顏色好。竹竿接嵌竇，嵌竇，巖泉也。引注來鳥道。沈浮亂水玉，水玉即水精也。公詩：瓜嚼水精寒。愛惜如芝草。廣雅：土芝，瓜也。晉嵇含瓜賦：其名龍膽，其味亦奇，是謂土芝。落刃嚼冰霜，開懷慰枯槁。許以秋蒂除，仍看小童抱。更抱秋瓜來送也。東陵跡蕪絕，楚漢休征討。言已成往事。園人非故侯，種此何草草！詩：勞人草草。注：草草，勞心也。按：草字重韻，韻同意異，公詩每用之。

課伐木 并序

課隸人伯夷、辛秀、信行等，入谷斬陰木，周禮：仲冬斬陽木，仲夏斬陰木。鄭玄注：陽木生山南，陰木生山北。人日四根止，維條伊枚，詩注：枝曰條，榦曰枚。正直挺然。晨征暮返，委積庭內。我有藩

古拙之趣。

鍾伯敬云：此等詩處家常瑣悉事，有滿腔化工、全副王政。

籬，是缺是補，載伐篠簜，禹貢注：篠，箭竹；簜，大竹。伊仗支持，則旅次於小安。山有虎，知禁，若謂虎。恃爪牙之利，必昏黑搪一作揬。突。夔人屋壁，容齋隨筆：黃魯直宿舒州大湖觀音院詩云：相戒莫浪出，月黑虎夔藩。夔字蓋言抵觸之義，而莫究所出，及閱杜工部課伐木詩序云云，乃知魯直用此。然杜公時在夔府，作詩所謂夔人者，述其土俗耳，本無抵觸之義，魯直蓋誤用耳。列一作例。樹白萄，一作菊。鏝為牆，浦注：列樹蓋植以為柱，以竹編之，而加之塗墁也。實以竹，示式遏。詩：式遏寇虐。為與虎近，混淪乎無良。賓客憂害馬之徒，莊子：去其害馬者而已，當即指虎為是。苟活為幸，可默息已。言藩籬補而旅次安，庶可靜默而寧息也。作詩示宗武誦。殆欲使知作客甘苦。

長夏無所為，客居課奴僕。清晨飯其腹，持斧入白谷。青冥曾巔後，十里斬陰木。人肩四根已，亭午下山麓。尚聞丁丁聲，功課日各足。蒼皮見一作成。委積，素節相照燭。蒼皮指木，素節謂竹。藉汝跨小籬，當仗苦虛竹。朱注：伐木為籬杙，又以苦竹遮護之。序所云：載伐篠

浦云：前半無窮奇險，寫得極震盪，正與下文安閒自在一段光景反映。

籜，伊仗支持也。空荒咆熊羆，乳獸待人肉。不示知禁情，豈惟干戈哭。四句善爲斡旋 城中賢府主，處貴如白屋。蕭蕭理體淨，理體，治體也，治字避高宗諱。蜂蠆不敢毒。蜂蠆指盜賊。虎穴連里閭，隄防舊風俗。仇注：盜不犯境，見柏公新政，惟虎窺籬落，尚須隄防耳。泊舟滄江岸，久客慎所觸。舍西崖嶠壯，雷雨蔚含蓄。謂虎藏於此。牆宇資屢脩，衰年怯幽獨。爾曹輕執熱，爲我忍煩促。秋光近青岑，季月當泛菊。末歸功隸人結得風趣 風俗記：重陽相會登山，飲菊花酒，謂之登高會，又謂之泛菊。報之以微寒，共給酒一斛。

柴門

浦注：時以事出遊峽間，舟迴瀼西，作是詩也。前半從登岸後回寫峽勢之奇險，後半由息足餘自述身謀之止足，有見險息機之思。主意在後半，故題曰柴門。

泛舟登瀼西，回首望兩崖。一篇眼目 瞿塘兩崖也。東城乾旱天，仇注：白帝城在夔州之東，故云東城。其氣如焚柴。山瘴值旱如此。長影沒窈窕，謂連山爲旱氣所蔽。餘光散谽谺。舊作唅呀。上林賦：谽谺豁閜。注：谽谺，洞谷空大貌，與谽谺同。言日光返照，散

邵云：秀句。

兩用回首字，失檢。

映於谽谺之間也。大江蟠嵌根，集韻：嵌，岸欹峻也。歸海成一家。下衝割坤軸，竦壁攢鏌鋣。鏌鋣，劍名。言山峽之聳如之。蕭颯灑秋色，氛昏霾日車。峽門自茲始，最窄容浮查。禹功翊造化，疏鑿就欹斜。水經：江水又東逕廣谿峽。注：斯乃三峽之首也。峽中有瞿塘黃龍二灘，自昔禹鑿以通江。巴一作巨。渠決太古，水經注：清水出巴渠縣東北巴嶺南。獠中即巴渠水也，西南流至其縣，又西入峽。衆水爲長蛇。風煙渺吳蜀，舟楫通鹽麻。夔州居荊蜀之中，吳鹽蜀麻所會。我今遠遊子，飄轉混泥沙。萬物附本性，約身不願奢。二句有素位之意。茅棟蓋一牀，清池有餘花。濁醪與脫粟，在眼無咨嗟。妙語。山荒人民少，地僻日夕佳。貧窮一作賤。固其常，富貴任生涯。老於干戈際，宅幸蓬蓽遮。至此乃正點柴門字。石亂上雲氣，杉清一作青。延月華。賞妍又分外，理愜夫何誇？足了垂白年，敢居高士差。差，輩也。仇注：義從差等之差，韻從本音。書此豁平昔，迴首猶暮霞。一句繳轉前半。

此所謂一飯不忘者也，在杜公出於至性，不得以習氣少之。

槐葉冷淘

張溍注：槐葉味涼苦，冷淘已熟麪名，以槐葉汁和麪爲之。

青青高槐葉，採掇付中廚。新麪來近市，汁滓宛相俱。入鼎愁過熟，加餐愁欲無。杜臆：蒸淘過熟，其質消減，故加餐愁其易盡。碧鮮俱照箸，碧鮮言其色也。吳都賦：玉潤碧鮮。注：碧，石之青美者。香飯兼苞蘆。朱注：說文：盧，飯器也，亦作籚。此蘆字必籚字誤。苞如管子道有遺苞之苞。言取冷淘兼香飯苞裹之飯器中，欲以贈人耳。舊注以苞蘆爲蘆笋，既與香飯無干，於上下意亦欠融洽。經齒冷於雪，勸人投比珠。點、染、雅、雋。願隨金騕褭，注見十卷。走置錦屠蘇。謂天子之屋。屠蘇本作廜廯。服虔通俗文：屋平曰廜廯。蕭子雲雪賦：沒屠蘇之高影是也。廣韻：又酒名，元日飲之，可除溫氣。又大帽，形類屋，亦名屠蘇。晉志：謠曰：屠蘇障日覆兩耳。此言馳貢，當用屠蘇本義。路遠思恐泥，去聲。興深終不渝。獻芹則小小，薦藻明區區。萬里露寒殿，注見八卷。開冰清玉壺。君王納涼晚，此味亦時須。

上後園山腳

杜公晚年五古，多有此蹇澀沉滯之筆，朱子比之掃殘毫穎，如此種誠不可學。

未夏熱所嬰，清旭一作旦。步北林。小園背高岡，挽葛上崎崟。曠望延駐目，飄颻散疏襟。潛鱗恨水壯，去翼依雲深。朱注：二句以況隱淪之士，須在幽深，故下言九州雖大，不若此山之陰可以避世也。勿謂地無疆，劣於山有陰。山北曰陰。石榞音原。遍天下，沈存中云：石榞木名，子如芎藭，其皮可禦飢。浦注：此當卽本山所產。遍天下，謂遍及於天下也。水陸兼浮沈。自我登隴首，公之作客，自乾元二年客秦州始。十年經碧岑。劍門來巫峽，倚薄浩至今。故園暗戎馬，骨肉失追尋。時危無消息，老去多歸心。志士惜白日，久客藉黃金。敢爲蘇門嘯，阮籍傳：籍常於蘇門山遇孫登，還半嶺，聞有聲如鸞鳳之音，乃登嘯也。庶作梁父吟。殆取不求聞達意。後半因上山脚而感及歷年跋涉道路，遂動老而不歸之嘆也。

奉送王信州崟北歸

朝廷防盜賊，供給愍誅求。下詔遷郎署，傳聲典信州。蒼生今日困，天子

首敘王守夔治績。

次述自己惜別之情。

末以入朝功業祝之，仍應轉前幅意。

嚮時憂。井屋有烟起，瘡痍無血流。言王守夔之後，民困遂甦。壤歌惟海甸，畫角自山樓。白髮寐常早，荒榛農復秋。二句自敘客夔之況。解龜踰臥轍，解龜注見十五卷。後漢書：侯霸爲臨淮太守，被徵，百姓相攜號哭，遮使者車，或當道而臥。遣騎覓扁舟。用劉惔覓張憑事，注見八卷。徐榻不知倦，潁川何以酬？潁川陳氏郡名，以陳蕃比王信州也。言王今罷郡歸，覓舟下榻，加禮不倦，我將何以酬之耶。塵生彤管筆，言郎官已謝。寒膩黑貂裘。高義終焉在，斯文去矣休！別離同雨散，王粲詩：風流雲散，一別如雨。行止各雲浮。林熱鳥開口，江渾魚掉頭。帶點時景亦似影時政尉佗雖北拜，漢書：高祖使陸賈賜尉佗印爲南越王。賈說佗郊迎，北面稱臣奉漢約，尉佗北拜。當是指崔旰輩，時旰請入朝。太史尚南留。公自嘆留滯也。軍旅應都息，寰區要盡收。九重思諫諍，八極念懷柔。徙倚瞻王室，從容仰廟謀。故人持雅論，絕塞豁窮愁。復見陶唐理，甘爲汗漫遊。淮南子：若士謂盧敖曰：吾與汗漫遊於九垓之外。王蓋入爲朝官，故望其建言以致治也。

兩人用一惜一誇，語簡而意到。

季夏送鄉弟韶陪黃門從叔朝謁

唐書：杜鴻漸以黃門侍郎同平章事鎮蜀，大曆二年六月自蜀還朝。

令弟尚爲蒼水使，一句說韶 原注：韶比兼開江使，通成都外江下峽舟船。吳越春秋：禹登衡嶽，夢見赤繡衣男子，自稱蒼水使者，曰：聞帝使文命於此，故來候之。 名家三句說黃門 莫出杜陵人。此句 莫出，作渡 莫出其右也。 比來相國兼安蜀，歸赴朝廷已入秦。 捨舟策馬論兵一句陪地，韶出峽後，當從陸道歸京師，故曰捨舟策馬。 拖玉腰金報主身。一句朝謁 莫度清秋吟蟋蟀，二句送 聖主得賢臣頌：蟋蟀俟秋吟。仇注：韶行在六月，囑其勿逗遛中途而聽蟋蟀秋吟也。 早聞一作開。 黃閣畫麒麟。

送十五弟侍御使蜀

喜弟文章進，添余別興牽。 數杯巫峽酒，百丈內江船。舊注：水自渝上合州者謂之內江，自渝由戎瀘上蜀者謂之外江。楊用修謂：外水即岷江，內水即涪江。 未息豺狼鬬，謂崔旰輩相攻。 空催犬馬年。 歸朝多便道，搏擊望秋天。顧注：公恨不能身討亂賊，故欲弟歸朝而彈擊之。

王阮亭云：眞有萬夫之稟，頓挫悲壯兩有之。

仇云：此章從水樓說起，結

灩澦

灩澦既沒孤根深，西來水多愁太陰。楊泉五湖賦：太陰之所毖。言雨多陰慘令人愁也。下二句卽太陰之象。江天漠漠鳥雙去，風雨時時龍一吟。舟人漁子歌回首，估客胡商淚滿襟。舟人漁子不畏風濤，故既出而自幸；估客胡商則見險而悲也。兩句用意各別。寄語舟航惡年少：舟字複 休翻鹽井擲黃金。朱注：翻鹽井以逐厚利，必有沈溺之患，故公以戒之。

石林詩話：詩下雙字極難，須五言七言之間，除去五字三字外，精神興致全見於兩言方爲工妙。必如老杜無邊落木蕭蕭下，不盡長江滾滾來；江天漠漠鳥雙去，風雨時時龍一吟等句，乃爲超絕。近世王荆公詩：新霜浦溆綿綿白，薄晚園林往往青；與蘇子瞻詩：浥浥爐香初泛夜，離離花影欲搖春，皆可以追配前作。

七月一日題終明府水樓二首

高棟曾軒已自涼，秋風此日灑衣裳。翛然欲下陰山雪，廣志：代郡陰山，五月猶宿雪。不去

歸終明府。

此章從終明府說起，結歸水樓。○山谷每祖此格。

蔣云：觀面千里，自訴自笑，感慨處極含蓄。

非無漢署香。言水樓之涼，遠勝含香粉署，所以留此不去者，以樓上見聞絕勝故耳。絕壁過雲開錦繡，疏松隔水奏笙簧。何云雲過松鳴皆從秋風句生來

看君宜著王喬履，言此去仙境不遠。眞賜還疑出尚方。原注：終明府功曹也，兼攝奉節令，故有此句。佇觀奏卽眞也。王喬事注見一卷。

宓子彈琴邑宰日，呂氏春秋：宓子賤治單父，身不下堂，彈鳴琴而治之。終軍棄繻英妙時。漢書：終軍年十八步入關，關吏與軍繻，軍問以此何爲？吏曰：爲復傳還，當以合符。軍棄繻而去。後爲謁者行郡國，建節東出關，關吏曰：此乃前棄繻生也。繻，帛邊也，裂繻頭合爲符信。西征賦：終童山東之英妙。承家節操尚不泯，爲政風流今在茲。承二　承一

可憐賓客盡傾蓋，何處老翁來賦詩。楚江巫峽半雲雨，清簟疏簾看弈棋。妙境繪畫不到

李子德云：寫水樓可謂一字不移，然自無迫隘之病。

行官張望補稻畦水歸

朱注：行官是行田者。韓文公答孟簡書：行官自南，迴過吉州。蓋唐時有此名目。

此少陵田家詩也，亦自整秀，但不及王儲之高妙耳。

何義門云：清新可愛。

杜公婢僕亦見於詩。

東屯大江北，一作枕大江。東屯注見十三卷。百頃平若案。六月青稻多，千畦碧泉亂。插秧適云已，引溜加溉灌。更僕往方塘，決渠當斷岸。公私各地著，漢食貨志：理民之道，地著爲本。注：謂安土也。浸潤無天旱。主守問家臣，家臣即行官張望。分明見溪畔。芊芊炯翠羽，（張云稻秧如繪）籍田賦：碧色肅其芊芊。剡剡生銀漢。（此從問中見之）鷗鳥鏡裏來，關山雪邊看。上二言苗色之青葱，此二言畦水之明淨。秋菰成黑米，（究其後事）注見十三卷。精鑿傳白粲。左傳注：凡舂米一石得三斗爲精，得四斗爲鑿。言以菰米傳合白粲而炊之。玉粒足晨炊，紅鮮任霞散。鮮于注：江淛人謂紅米爲紅鮮。終然添旅食，作苦期壯觀。（作苦字合到補水）壯觀謂收穫之富。遺穗及衆多，我倉戒滋蔓。朱鶴齡曰：及衆多，利於人也。戒滋蔓，嗇於己也。古人之用意如此。

秋行官張望督促東渚即東屯。耗一作刈。稻向畢，清晨遺女奴阿稽、豎子阿段往問

舊注：耗，損也。謂蒲稗之能爲禾害者，盡除去之。

東渚雨今足，佇聞秔稻香。上天無偏頗，（見道語）蒲稗各自長。人情見非類，田家戒其荒。功夫競搰搰，除草置岸傍。穀者命之本，客居安可忘。青春具所務，（從春耕說來）勤墾免亂常。吳牛力容易，世說：滿奮曰：臣猶吳牛，見月而喘。注：水牛也。並驅紛遊場。豐苗亦已穊，几利切。一作溉。漢書：深耕穊種。注：穊，稠也。雲水照方塘。有生固蔓延，（合到本題）蔓延謂蒲稗之屬。靜一資隄防。督領不無人，提攜頗在綱。書：若網在綱。浦注：秉用左傳紀綱之僕意。荊揚風土暖，肅肅候微霜。尚恐主守疏，用心未甚臧。清朝遣婢僕，寄語踰崇岡。西成聚必散，不獨陵我倉。（末復擬秋成後情事）豈要仁里譽，感此亂世忙。北風吹蒹葭，蟋蟀近中堂。荏苒百籍田賦：我倉如陵，我庾如坻。工休，月令：霜降百工休。鬱紆遲暮傷。結四句，因向畢則務閒歲晚，遂自傷遲暮也。

俞犀月云：詩亦瀟灑清眞，是陶公一派，而微加沈鬱之思，故自不同。○黃白山云：信行脩水筒詩，極其獎賞。此詩乃云：尚恐主守疏，用心未甚臧，則二人之賢否見矣。

杜詩好用恐泥字，卻不佳。

此嘆不得歸瀼西。

此遙憶甘林景物。

阻雨不得歸瀼西甘柑同，下倣此。林浦注：甘林即瀼西果園，時暫往白帝城而阻雨也。

三伏適已過，驕陽化爲霖。欲歸瀼西宅，阻此江浦深。壞舟百板坼，峻岸復萬尋。篙工初一棄，恐泥勞寸心。四句言無舟可渡也。佇立東城隅，悵望高飛禽。草堂亂玄圃，謂瀼西草堂。不隔崑崙岑。昏渾衣裳外，昏渾謂雨氣。曠絕同曾陰。同層陰，謂層陰一片。盧注：草堂咫尺，非比玄圃崑崙，其如水氣侵衣，層陰隔絕何。園甘長成時，三寸如黃金。南史劉義康傳：取甘大三寸者供御。諸侯舊上計，漢書：計偕。注：計者，上計簿也。厥貢傾千林。唐書：夔州歲貢柑橘。邦人不足重，所迫豪吏侵。趙注：言柑本供御，而邦人反不以爲重者，苦豪吏之侵奪故耳。客居暫封殖，日夜偶瑤琴。蔡注：謂聽其風韻，如鼓瑤琴。虛徐五株態，詩：其虛其邪。音徐，爾雅作徐。側塞煩胸襟。言甘樹爲風雨掩塞，故胸襟因之煩悶。安得輟雨足，杖藜出嶇嶔。條流數翠實，二句雙綰劉孝儀綠李賦：綠珠滿條流。謂枝條之上，果實流動也。偃息歸碧潯。翠實指新甘，碧潯指瀼水。拂拭烏皮几，喜聞樵牧音。雨則

邵云：高曠忽似太白。

於望中忽入大感慨，亦與昔遊遺懷二詩同意。

樵牧不出。令兒快搔背，脫我頭上簪。

又上後園山腳

昔我遊山東，憶戲東嶽陽。窮秋立日觀，以山頂對山腳 泰山記：西巖為仙人石門，東巖為介邱，東南巖名日觀。涉筆成趣 矯首望八荒。朱注：按開元末，公遊齊趙有望嶽詩。此云：憶戲東嶽陽，窮秋立日觀，則後又嘗登岱頂矣。朱崖著毫髮，漢書：武帝定越地，置珠崖郡，在南海中，一曰朱崖。著毫髮，言遠視甚微也。碧海吹衣裳。十洲記：東有碧海，廣狹浩汗與東海等，水不鹹苦，正作碧色。蓐收困用事，玄冥蔚強梁。時蓋在秋冬之交。蓐收，金神西方也。玄冥，水神北方也。窮秋之時，蓐收方退，而玄冥方來，喻長安漸凋敝，而祿山方強梁於范陽也。逝水自朝宗，鎮石各其方。舊注：鎮石即周禮九州之鎮山。平原獨憔悴，平原猶言中原。農力廢耕桑。非關風露凋，曾是戍役傷。仇注：水石如故，而中原獨疲，以民傷戍役故耳。於時國用富，足以守邊疆。朝廷任猛將，遠奪戎馬場。到今事反覆，故老淚萬行。龜蒙不可見，可感 龜蒙二山近東嶽。況乃懷舊鄉？肺痿屬久戰，病咳而身戰也。骨出熱中腸。憂來杖匣劍，更上林北岡。瘴毒猿鳥落，峽乾南日黃。秋風亦以起，江漢已如湯。登高欲有往，蕩析川無梁。哀彼遠征人，去家死路傍。不及父祖塋，纍纍塚相望。託征人乃自寄，蓋因漂泊而并憂客死也。

劉須溪云：本上後園山脚耳，卻從昔登東岳，俯望中州，轉及時事，情緒闊遠，故收拾悲慟。

甘林

捨舟越西岡，入林解我衣。青芻適馬性，好鳥知人歸。晨光映遠岫，夕露見日晞。遲暮少寢食，清曠喜荆扉。經過倦俗態，在野無所違。試問甘藜藿，未肯羨輕肥。喧靜不同科，出處各天機。勿矜朱門是，陋此白屋非。仇注：藜藿白屋，靜而處也；輕肥朱門，喧而出也。明朝步鄰里，長老可以依。時危賦斂數，脫粟爲爾揮。浦注：揮而與之，

前半亦陶句。

首敘歸林情景。

此歸後感慨時事。

逼似陶語，入後又近古樂府。

憐其貧也。卽耗稻詩：豈要仁里譽，感此亂世忙意。相攜行豆田，秋花靄菲菲。子實不得喫，子實言豆子成實。貨市送王畿。盡添軍旅用，迫此公家威。主人長跪問：主人卽長老。戎馬何時稀？我衰易悲傷，屈指數賊圍。謂自天寶亂後。勸其死王命，愼勿遠奮飛。謂逃亡遠去。張云：誅求急則民逃，天下事乃大不可問矣。末二句勸民急公，亦以戒貪吏也。

朱鶴齡曰：按舊書：大曆元年三月稅青苗地錢，命御史府差使徵之。又用第五琦什畝稅一法，編戶流亡。二年九月，吐蕃寇靈州、邠州，詔郭子儀率師鎭涇陽，京師戒嚴。故有時危賦斂數，及貨市送王畿，戎馬何時稀等句。

暇日小園散病，將種秋菜，督勤耕牛，兼書觸目

不愛入州府，畏人嫌我眞。及乎歸茅宇，旁舍未曾嗔。老病忌拘束，應接喪精神。江村意自放，林木心所欣。所以散病 秋耕屬地溼，山雨近甚勻。冬菁飯之

詩依題作三截寫。

半，南都賦：秋韭冬菁。注：菁，蔓菁也。陳藏器本草：蕪菁北人名蔓菁，蜀人呼爲諸葛菜，比諸蔬其利甚溥。牛力晚來新。浦注：菜之功半可敵飯，故須督牛耕種也。深耕種數畝，未甚後四鄰。嘉蔬既不一，名數頗具陳。荆巫非苦寒，採擷接青春。飛來兩白鶴，暮啄泥中芹。下皆是興，序所謂兼書觸目也雄者左翮垂，損傷已露筋。一步再流血，尚驚矰繳勤。三步六號叫，法出奇志屈悲哀頻。鸞凰不相待，側頸訴高旻。杖藜俯沙渚，爲汝鼻酸辛。仇注：園前之鶴，垂翅哀號，不爲鸞凰所顧，而惟上訴於天；旅人流落，有似於此，故見之而酸辛也。蔡曰：古樂府豔歌何嘗行，一名飛鵠行：飛來雙白鵠，乃從西北來。十十五五，羅列成行。妻卒被病，行不能相隨。五里一反顧，六里一徘徊。我欲銜汝去，口噤不能開。我欲負汝去，毛羽何摧頹？樂哉新相知，憂來生別離。躊躇顧羣侶，淚下不自知。此詩全用豔歌行四解之意。

雨

浦注：此對雨舒悶之作。

起四寫微雨乍開乍冥之景，

山雨不作泥，江雲薄爲霧。晴飛半嶺鶴，承山仇注：禽經云：鶴愛陽而惡陰。因晴暫飛，見雨中止，故飛在半嶺。風亂平承江

繪畫不到。

此首全是實寫。

沙樹。明滅洲景微，隱見巖姿露。拘悶出門遊，曠絕經目趣。消中日伏枕，臥久塵及屨。豈無平肩輿，莫辨望鄉路。干戈浩未息，蛇虺反相顧。悠悠邊月破，沈佺期詩：別離頻破月。鬱鬱流年度。針灸音究。阻朋曹，糠籺對童孺。一命須屈語語苦境色，實情新知漸成故。言人情久而厭故。窮荒益自卑，飄泊欲誰訴。尫羸愁應接，俄頃恐乖迕。浮俗何萬端，接得超曠。幽人有高步。龐公竟獨往，尚子終罕遇。高士傳：尚子平勅斷家事，與禽慶俱遊五嶽名山，不知所終。宿留洞庭秋，郊祀志：宿留海上。注：宿留，謂有所須待也。天寒瀟湘素。杖策可入舟，送此齒髮暮。

秋風二首

上首傷蜀亂，下首動鄉思也，特借秋風起興。

秋風淅淅吹巫山，上牢下牢脩水關。十道志：三峽口地曰峽州，上牢、下牢，楚蜀分畛。舊注：上牢巫峽，下牢夷陵。吳檣楚

邵云：作律詩讀，轉覺高老。〇此首全是虛寫，筆端變化不可捉搦，最屬老杜勝場。

邵云：流麗稱情，此爲詠物

舵牽百丈，百丈注見十二卷。暖向成都寒未還。浦注：吳檣楚舵，當是饋運遣戍之舟。暖時過水關而西，寒猶未還，亂未已也。要路何日罷長戟？戰自青羌連白蠻。通鑑注：青羌，羌之一種。水經注：青衣縣故有青衣羌國。唐書：嘉州本梁青州，州有青衣水。白蠻注見十二卷。時忠渝之間，每多山賊煽動，羌蠻亦乘釁而擾。中巴不得消息好，中巴注見十三卷。暝傳戍鼓長雲間。雲間言鼓聲之高。

秋風淅淅吹我衣，東流之外西日微。杜臆：水東流，日西墮，雖即景起詠，亦嘆年華逝波，桑榆景迫意。天清小城擣練急，石古細路行人稀。不知明月爲誰好？早晚孤舟他夜歸。會將白髮倚庭樹，四句三層轉折見心口縈迴之妙。故園池臺今是非？又恐故園荒廢不存也。

趙次公曰：二詩寫眼前景，宛轉含蓄，不盡淒感之意。

見螢火

巫山秋夜螢火飛，疏簾巧入坐人衣。浦注：坐人衣，謂坐人之衣也。舊注：非螢無能坐之理，時方垂簾夜坐，猝見螢火入衣，故下用忽驚字。

上乘。○黃白山云：見字中去來聚散，高下遠近，一一寫出。

忽驚屋裏琴書冷，復亂簷前星宿稀。因入來之螢出外，更看到羣飛之螢。卻繞井欄添箇箇，謂影照井中也。偶經花蕊弄輝輝。螢光乍開乍合，明滅不定，弄字工於肖物。滄江白髮愁看汝，來歲如今歸未歸？

溪上

峽內淹留客，溪邊四五家。古苔生迮一作窄。地，秋竹隱疏花。塞俗人無井，山田飯有沙。西江使船至，時復問京華。顧注：俗無井，見溪水可以供飲；飯有沙，賴溪水可以淘淨。末二句更喜此溪直連大江，所以淹留而未忍遽去也。

樹間

浦注：樹在瀼西草屋間，若果園之甘，則不止雙樹矣。

岑寂雙柑樹，婆娑一院香。交柯低几杖，垂實礙衣裳。滿歲如松碧，同時待菊黃。松碧交柯之色，菊黃垂實之時。幾迴霑葉露，乘月坐胡牀。演繁露：今之交牀，本自虜來；始名胡牀，隋為交牀，唐時又名繩牀。

白露
公有甘園，此朝往暮歸，必愛甘往檢查也。特取首二字爲題。

白露團甘子，清晨散馬蹄。圃開連石樹，船渡入江溪。浦注：連石樹，連石之樹，隔溪已見也。入江溪，入江之溪，到園而登也。憑几看魚樂，迴鞭急鳥棲。言日已夕。漸知秋實美，幽徑恐多蹊。言恐有人竊取。

雨

萬木雲深隱，連山雨未開。風扉掩不定，水鳥過仍迴。鮫館如鳴杼，江賦：鮫人搆館於懸流。樵舟豈伐枚？詩：伐其條枚。注：枝曰條，幹曰枚。鳴杼伐枚，皆形容雨聲，以極寫雨勢之猛，舊作實解未合。清涼破炎毒，衰意欲登臺。

黃白山云：杜詩吟風之句，如風扉掩不定，風幔不依樓；風簾自上鉤，風前竹逕斜，皆畫風手也。

夜雨
浦注：此與下首連讀，亦因雨而動出峽北歸之興也。

黃白山云：五六點簇濃至，正與寥落之景反照，通首用倒敍法。

數其時，計其地，丁寧往復，言下藹然。

山雨夜復密，迴風吹早秋。野涼侵閉戶，江滿帶維舟。仇注：野氣驟涼而侵戶，見秋風之早；江水添滿而繫舟，見夜雨之密。通籍恨多病，爲郎忝薄遊。天寒出巫峽，醉別仲宣樓。在夔則思出峽，往荊又思別樓，意在急於北歸也。

更題

只應踏初雪，騎馬發荊州。直怕巫山雨，眞傷白帝秋。此申前章未盡之意。言本欲踏雪到荊，即發荊北歸耳，而竟阻雨巫山，秋深白帝乎。羣公蒼玉佩，天子翠雲裘。禮記：大夫佩水蒼玉而純組綬。宋玉諷賦：主人之女，翳承日之華，被翠雲之裘。同舍晨趨侍，胡爲此滯留？

舍弟觀歸藍田迎新婦，送示二首

觀前來夔省公，此送其回秦接眷，訂出峽之會。

汝去迎妻子，高秋念卻回。預計回期也。即今螢已亂，好與雁同來。東望西江永，朱注：蜀江從西來夔，爲楚上游，正蜀江盡處，故曰西江永。南遊北戶開。吳都賦：開北戶以向日。時觀歸藍田，必東出瞿塘峽，又將卜居江陵。江陵在藍田之南，故言我送汝東下，但見西江之永，待汝南來，當爲北戶之開，望之切也。當與後寄觀詩參看。卜居期靜處，會有故人杯。仇注：時荆州有故人可依，故欲卜居其地。

楚塞難爲路，一作別。藍田莫滯留。衣裳判拚通。白露，鞍馬信任也。清秋。滿峽重江水，鮑照賦：重江複關之隩。蜀江非一，故曰重江。開帆八月舟。衣裳鞍馬，謂弟從陸路而來；江滿帆開，謂公自水程而往。此時同一醉，應在仲宣樓！

前本欲作歸秦計，此更思與弟卜居江陵，客子萍蓬無定，可勝淒感。

第五弟豐獨在江左，近三四載寂無消息，覓使寄此二首

亂後嗟吾在，羈棲見汝難。草黃騏驥病，沙晚鶺鴒寒。仇注：草黃句，承亂後自憐貧老。沙晚句，承羈棲傷弟飄零。楚設關城險，後漢郡國志：巴郡魚復縣有扞關。謂己不能往。吳吞水府寬。謂弟不可知。十年朝夕淚，衣袖

李云：情眞語悲，亦面面俱徹。○語可謂至悲，然終不病其寒儉，非

獨胸藏之博，亦由手筆之高。

前半寫懷，末致惜別之意。○詩格亦近襄陽。

不曾乾。聞汝依山寺，杭州定越州？唐書：杭州餘杭郡，越州會稽郡，俱屬江南西道。言汝依杭州山寺耶？抑定是越州耶？風塵淹別日，句追想方亂而別。江漢失清秋。言無心對秋景也。影著啼猿樹，魂飄結蜃樓。史天官書：海傍蜃氣象樓臺，廣野氣成宮闕。趙曰：上是己所在之處，故曰影著；下是豊所在之處，故曰魂飄。又啼猿樹，以比己之哀腸欲斷；結蜃樓，以況兄弟蹤跡渺茫，亦非泛下。（前結溯其前，此結要其後）明年下春水，東盡白雲求。

送李功曹之荊州充鄭侍御判官重贈

浦注：疑先有贈詩，今逸去。

曾聞宋玉宅，每欲到荊州。水經注：宜城城南有宋玉宅。此地生涯晚，遙悲水國秋。此地謂夔，水國指荊。言在夔生涯甚難，年已晚暮，故欲卜居江陵，遙望而悲也。孤城一柱觀，落日九江流。注俱見七卷。使者雖光彩，青楓遠自愁。

難寫景寫得出。南北三五，句中自對，一星多處，又兩句

送王十六判官

客下荊南盡，君今復入舟。目斷去程起勢突兀。買薪猶白帝，鳴櫓已沙頭。舊注：江陵吳船至，泊於郭外沙頭。方輿勝覽：沙頭市去江陵城十五里。二句即千里江陵一日還意。衡霍生春早，爾雅注：衡山一名霍山。瀟湘共海浮。王蓋自江陵而適湖南也。春來水發，故瀟湘如海。荒林庾信宅，余知古渚宮故事：庾信因侯景之亂，自建康遯歸江陵，居宋玉故宅，宅在城北三里。爲仗主人留。主人指王，先到即爲地主也。時公亦欲下峽。

送李八祕書赴杜相公幕

朱注：按史鴻漸還朝，仍以平章事領山劍副元帥，故稱相公幕。

青簾白舫益州來，倦遊錄：劉濬白舫百棹，皆繡帆青簾。此謂官舟也。按：益州即成都。巫峽秋濤天地迴。石出倒聽楓葉下，謂舟過懸崖之下，但聞石上楓落聲而不見樹也。櫓搖背指菊花開。毛奇齡云：石崖橫出，則落葉之聲在上，故曰倒聽；飛櫓迅行，則菊岸之移忽後，故曰背指。上句作上下兩層說，下句作前後兩際說。貪趨相府今晨發，恐失佳期後命催。杜臆：三四狀舟行之疾，五六明疾行

互對，見用法變化處。

之故。南極一星朝北斗，五雲多處是三台。毛云：漢天文志：南極星在益州分野觜參之傍，而三台三公又在北斗傍。時杜相還朝，李從益州來赴京，故言南極，而向北者，以三公在北斗傍也。

贈李八祕書別三十韻

浦注：祕書先自鳳翔扈肅宗復國，公與同朝，後曾訪公於夔。時從杜鴻漸入京，而公贈以此詩也。

二句終屬費解

往時中補右，舊注：公肅宗初拜左拾遺，李祕書必於是時官右補闕，中者，右補闕屬中書省也。扈蹕上元初。謂扈蹕於主上之初元，非指肅宗年號。反氣凌行在，妖星下直廬。其時鳳翔寇警迭報。六龍瞻漢殿，萬騎略姚一作嫣。墟。漢書世本：嫣虛在漢中郡西城縣西北，舜之居。帝王世紀：安原謂之嫣虛，或謂之姚虛。肅宗駐蹕鳳翔，鳳翔與漢中接境。元朔迴天步，肅宗先卽位靈武，靈武在朔方，故曰迴天步。神都憶帝車。魏李沖傳：廓神都以延王業。史天官書：斗爲帝車，運於中央，臨制四方。憶帝車，言都人皆憶乘輿所在也。一戎纔汗馬，百姓免爲魚。通籍蟠螭印，蔡邕獨斷：璽者印也，印者信也。天子璽以玉螭虎紐，古者尊卑共之。差肩列鳳輿。謂同官侍從。事殊迎代邸，仇注：肅宗以恢復入京，非由繼統嗣位，故與代邸迎立者有異。喜異賞朱虛。漢文帝紀：羣臣奉天子法駕迎代王於代邸，入未央宮卽皇帝位，益封朱虛侯二千石，賜金千

首敘肅宗初元同官扈從事。

次敘在夔相遇，喜其隨幕

斤。蔡曰：朱虛侯乃齊悼惠王之子，李祕書必宗室，故以比之，蓋惜其不得殊擢也。寇盜方歸順，乾坤欲晏如。謂兩京初復。不才同補袞，奉詔許牽裾。鴛鷺叨雲閣，秋興賦序：余以太尉掾兼虎賁中郎將，寓直於散騎之省，高閣連雲，陽景罕曜。騏驎滯石渠。三輔故事：天祿閣、石渠閣並在未央宮北，以藏祕書。叨雲閣，公自謂。滯石渠，謂李祕書。蓋李自右補闕遷祕書省也。文園多病後，中散舊交疏。李云二句括盡中間多少坎壈炎涼二句指棄官以後。飄泊哀相見，平生意有餘。詞簡意厚。風烟巫峽遠，記地臺榭楚宮虛。虛字重韻，韻同意異。觸目非論故，言無可與道故者。新文尚起予。清秋凋碧柳，記時別浦落紅蕖。消息多旗幟，經過歎里閭。歎其凋敝也。戰連脣齒國，軍急羽毛書。工對魏武帝奏事：若有急則插羽於檄，謂之羽檄。指崔旰與楊柏及張獻誠相攻。幕府籌頻問，原注：山劍元帥杜相公，初屈幕府參籌畫，相公朝謁，今赴後期也。山家藥正鋤。原注：祕書比臥青城山中。台星入朝謁，使節有吹噓。台星使節，皆謂杜鴻漸。祕書當因鴻漸表薦入朝，故下皆言奏對之事。西蜀災長弭，南翁憤始攄。舊注：南翁，南楚老人也。對敭揚同。抗五官切。士卒，陸機集：對敭帝祉。上林賦：抗士卒之精，費府庫之財。注：抗，損也。乾沒費倉儲。張湯傳：始爲小吏乾沒。正

主入朝，而欲以時覲入告。

末更敘情作結，祝彼邀恩，而自傷流寓也。

義：謂無潤及之，而取他人也。

勢藉兵須用，功無禮忽諸。（句法別語特含糊得妙）言祕書入對，當以師老財匱為言。但全蜀之勢，今方藉兵，不得不用，且加有功於無禮之人，其可忽之而不問乎。

御鞍金騕褭，宮硯玉蟾蜍。西京雜記：廣川王發晉靈公冢，得玉蟾蜍一枚，大如拳，腹空容五合水，光潤如新玉，取以盛水滴硯。

拜舞銀鉤落，（承宮硯句）恩波錦帕舒。（承御鞍句）錦帕即錦幪，馬鞍飾。言祕書此行，將承恩賜，馬有錦帕之舒，且入直侍書，會見銀鉤之落也。

此行非不濟，言非不足以濟時。良友惜相於。（挽轉前幅）焦貢易林：患解憂除，良友相於。

去棹依顏色，沿流想疾徐。想像其行舟之疾徐也。

沈綿疲井臼，馮衍傳：兒女常自操井臼。倚薄似樵漁。乞去聲米煩佳客，鈔詩聽小胥。小吏也。

杜陵斜晚照，潏水帶寒淤。方言：水中可居者曰洲。三輔謂之淤。杜陵、潏水，公故居所在。

莫話清溪髮，蕭蕭白映梳。（李云結淡而悲）

黃白山云：時諸將連兵討崔旰，勝負未決，杜鴻漸以節度使讓旰，而使諸將各罷兵，公蓋深憤此事，故於詩中吐露之。曰：西蜀災長弭，南翁憤始攄，雖為稱頌之詞，其實災未嘗弭，憤未嘗攄也。功無禮忽諸，用季文子誅無禮於君之言。旰殺主將而叛，罪在當誅，今乃與諸將同拜朝命，功罪不明，於文子之言無乃忽諸。公於贈李詩中寓詞告杜，蓋深諷其處事之草草也。

劉須溪云：磊落眞率，語短而暢。

李云：古意。

別李祕書始興寺所居

李殆有得於禪學者，所居乃其靜修處也。

不見祕書心若失，及見祕書失心疾。安爲動主理固然，我獨覺子神充實。二句已微禪門宗旨。公詩：應接喪精神，可與此反看。重聞西方止觀經，黃希曰：摩訶止觀，陳隋間國師天台智者所說，凡十卷。楊愼曰：佛經云：止能捨藥，觀能離苦。今按止觀當屬收視反聽之義，方與上二句意相合。老身古寺風泠泠。不免粘帶正復洒然妻兒待米且歸去，明日杖藜來細聽。

君不見簡蘇徯

想蘇係有才人，故公勉以出仕。

君不見道邊廢棄池？君不見前者摧折桐？百年死樹中琴瑟，庾信擬連珠：龍門死樹，尚抱咸池之曲。一斛舊水藏蛟龍。丈夫蓋棺事始定，君今幸未成老翁，何恨憔悴在山中？深山窮谷不可處，霹靂魍魎兼狂風。浦注：結暗用招魂意。

贈蘇四徯

時蘇欲下荊揚而公贈以此詩，與下首另爲一意。浦注牽合非是。

邵云：如話。四句極其頓挫。

後半痛陳世情冷暖，而欲其砥節以自全。公爲蘇徯父執，故諄切如此。

李云：情意眞，氣象大。

異縣昔同遊，各云厭轉蓬。別離已五年，尙在行李中。戎馬日衰息，乘輿安九重。時聞河北諸將入朝。有才何栖栖，將老委所窮。言困窮委之於命也。爲郎未爲賤，其奈疾病攻。子何面黧黑？焉得豁心胸。先致惋惜 四句言已則已矣，以蘇之才而不免淪落，故尤代爲鬱鬱耳。巴蜀倦剽刧，下愚成土風。浦注：時多山賊，不獨指崔旰之亂。幽薊已削平，荒徼尙彎弓。斯人脫身來，豈非吾道東。倒敘出欣慰之情 謂蘇至夔州也。馬融傳：鄭玄辭歸，融曰：鄭生今去，吾道東矣。乾坤雖寬大，所適裝囊空。肉食哂菜色，少壯欺老翁。況乃主客間，古來偪側同。君今下荆揚，獨帆去聲。如飛鴻。二州豪俠場，人馬皆自雄。吳齊賢云言外失身之戒，命人凜然。一請甘饑寒，再請甘養蒙。甘饑寒，則無慕肉食以取輕；甘養蒙，則不爭少壯以取忌。

別蘇徯 原注：赴湖南幕。

故人有遊子，故人指徯父。棄擲傍天隅。他日憐才命，居然屈壯圖。言往日即惜其不遇，今乃依然濩落也。

前結欲其善斂，此結欲其善發，意正相表裏。

起四意深而筆極夭矯，律帶古意。

十年猶塌翼，陳琳檄：忠義之徒，垂頭塌翼。首傷蘇久困抑 絕倒爲驚呼！消渴今如此，提攜愧老夫。謂己無力振拔。豈知臺閣舊，指湖南主人，其人亦必與徯父及公有舊。先拂鳳凰雛。得食翻蒼竹，次喜蘇逢知己 棲枝把翠梧。言其有所依託。北辰當宇宙，南嶽據江湖。國帶烟塵色，兵張虎豹符。考史大曆元年九月，吐蕃寇靈州、邠州，京師戒嚴。時湖南或有調兵之舉。漢書音義：銅虎符第一，豹第五，發兵則遣使者至郡合之。數論封內事，揮發府中趨。古樂府：盈盈公府步，冉冉府中趨。贈爾一作汝。此勉其及時有爲，結出送別之意 秦人策，左傳：秦伯使士會行，繞朝贈之以策。注：策，馬撾也。莫鞭猶爲字意。轅下駒。漢灌夫傳：上怒內史曰：今日廷論，局趣效轅下駒。

別崔潩因寄薛據孟雲卿 原注：內弟潩赴湖南幕職。

志士惜妄動，知深難固辭。浦注：潩想係有志節不輕出者，故有起二句。如何久磨礪，但取不磷淄。夙夜聽憂主，飛騰急濟時。仇注：三四承首句，諷其硜硜獨善。五六承次句，勸其汲汲有爲。荊州過薛孟，爲報欲

王右仲云：行李誅茅，亦用借對法。

李云：一幅隱君子養母圖，正寫得極情盡致。

論詩。

巫峽敝廬奉贈侍御四舅別之澧朗

（一統志：澧州今屬岳州府，朗州今爲常德府。）

江城秋日落，山鬼閉門中。（極寫寂寞，正見侍御相訪，有空谷足音之喜。）行李淹吾舅，誅茅問老翁。（庾信小園賦：誅茅宋玉之宅。謂訪公卜居之地也。）赤眉猶世亂，（西漢末，樊崇號赤眉賊。）青眼只途窮。（舊以青眼屬自言。今按公詩：相見眼終青，亦主別人說。言非無知己無能相援也。）傳語桃源客，人今出處同。（言己猶秦人之避世也。桃源在朗州，故有末句。）

孟氏

（公有過孟十二倉曹十四主簿兄弟詩。）

孟氏好兄弟，養親惟小園。承顏胼手足，坐客強盤飧。負米夕葵外，讀書秋樹根。卜鄰慙近舍，訓子學先（一作誰。）門。（末使孟母擇鄰事。）

吾宗

（原注：衛倉曹崇簡。）

眞朴之作，寫得其人甚高。

用比體，起得超忽，亦早爲後夢張本。

此惜其有才未遇。

吾宗老孫子，質朴古人風。句領下 耕鑿安時論，衣冠與世同。在家常早起，憂國願年豐。語及君臣際，經書滿腹中。

張上若云：人情乖戾，由於好異，家貧由懶，世亂由荒，中四句極眞而大。末又稱其通經術，知大義，當仕而惜其隱也。

奉酬薛十二丈判官見贈

忽忽峽中睡，悲風方一醒。西來有好鳥，爲我下青冥。羽毛淨白雪，慘澹飛雲汀。言其未得志也。既蒙主人顧，主人自指。舉翮唳孤亭。持以比佳士，及此慰揚舲。言慰己揚舲出峽之懷也。清文動哀玉，注見七卷。見道發新硎。欲學鴟夷子，亦暗影西子事。待勒燕山銘。言其志在立功也，當即詩中意。後漢書：竇憲大破北單于於稽落山，命班固作燕然山銘，勒石紀功。誰重斷蛇劍，用漢高祖斬蛇事。言其才爲人主之利器。致君君未聽。志在麒麟閣，無心雲母屏。先作回護 西京雜記：趙飛燕爲后，女弟昭儀遺雲母屏風。卓氏近新寡，

此敍其新婚之事，寫得韻甚。

此自敍客夔近況，亦俱與新婚映射成趣。

此段爲薛解嘲，乃現身說法。

豪家朱門扃。相如才調逸，銀漢會雙星。司馬相如傳：相如初遊臨邛，富人卓氏女文君新寡，善琴。相如因以琴心挑之，遂爲夫婦。客來洗粉黛，梁鴻傳：孟光初傳粉墨，後更爲椎髻，著布衣，操作而前。日暮拾流螢。用車胤事，注見一卷。不是無膏火，勸郎勤六經。老夫自汲澗，野水日泠泠。我歎黑頭白，君看銀印青。注見十二卷。印青謂印有青熒之色。臥病識山鬼，爲農知地形。誰矜坐錦帳？漢官儀：尚書郎入直，官供錦緤被、錦帳幃、茵褥、通中枕。苦厭食魚腥。浦注：詩：豈其食魚，必河之魴。亦興娶妻意。東西兩岸坼，橫水注滄溟。碧色忽惆悵，言顧碧水而惆悵。風雷搜百靈。空中右一作有。白虎，漢武內傳：王母至也，有似鳥集。或駕龍虎，或乘白麟。禮記：左青龍，右白虎。赤節引娉婷。自云帝季女，水經注：宋玉謂天帝之季女名曰瑤姬，未行而亡，封於巫山之臺，所謂巫山之女，高唐之姬，朝爲行雲，暮爲行雨。噀蘇困切。雨鳳凰翎。神仙傳：欒巴噀酒爲雨，滅成都火。鳳凰翎，兼用秦穆公女弄玉事。襄王薄行跡，薄，疏也。張協詩：房櫳無行跡。莫學令威丁。注見八卷。千秋一拭淚，夢覺有餘馨。仇注：襄王稀跡，此寡情者；令威去家，尤其甚矣。此神女追恨而千年拭淚也。人生相感

此勸其乘時立功，與起處相應。

動，金石兩青熒。漢光武紀：精誠所加，金石爲開。丈人但安坐，休辨渭與涇。龍蛇尙格鬬，灑血暗郊坰。時吐蕃寇靈邠州，京師戒嚴。吾聞聰明主，活一作治。國用輕刑。銷兵鑄農器，今古歲方寧。文王日儉德，俊乂始盈庭。書：文王卑服。詩：濟濟多士，文王以寧。榮華貴少壯，豈食楚江萍。言不若己之留滯也。暗與前揚舲相應。家語：楚昭王渡江，有一物大如斗，圓而赤，取之以問孔子，曰：此萍實也。吾昔過陳，聞童謠曰：楚王渡江得萍實，大如斗，赤如日，剖而食之甜如蜜。

離奇變化，不主故常，在杜詩中另是一格，昌黎多祖之。○馮班曰：此詩初似不可解，再四讀之，略得其旨。首言好鳥西來，言薛判官有贈詩之及也。清文以下，序薛來詩之意。言方欲學鴟夷伯越，勒銘燕然，惜利器如斷蛇之劍，不爲時君所知，然志在立功，豈溺情於雲母屏之樂者哉。疑薛有臨邛之遇，致詩於公以自明，故爲序其意如此。下遂言薛有相如之逸才，得卓女於豪家，方洗粉黛，拾流螢，相勉以勤學，非風流放誕者比也。又言我在峽中，辛苦爲農，猶不免結夢陽臺，有襄王之遇；蓋精靈感動，金石爲開，人固能無情乎？特戲言以解之耳。末言薛不必苦辨清濁，但當乘時立功，自致榮華而已，相如之事，不足諱也。

寄狄明府博濟

浦注：博濟必不得志於朝，而欲干藩鎭者，故篇末以此諷之。

開口揭出，卽伏中段之根。

將云：知己之言，梁公首肯。

梁公曾孫我姨弟，狄仁傑傳：仁傑聖曆三年卒，中宗卽位，贈司空，睿宗又封梁國公。不見十年官濟濟。大賢之後竟陵遲！浩蕩古今同一體。比看伯叔四十人，謂博濟前一輩人。有才無命百寮底。今者兄弟一百人，幾人卓絕秉周禮？言能不墜其家聲。在汝更用文章爲，長兄白眉復天啓。謂博濟之兄。蜀志：馬良字季常，兄弟五人，並有才名。諺曰：馬氏五常，白眉最良。良眉中有白毛，故以爲稱。汝門請從曾翁說，曾翁謂梁公。太后當朝多巧詆。一作計。何云：多巧詆，謂好議論者，譏其事女主也。狄公執政在末年，一部說盡狄公當時。濁河終不汚清濟。謝朓始出尚書省詩：紛虹亂朝日，濁河穢清濟。乃是詩所本，向未引及。國嗣初將付諸武，公獨廷諍守丹陛。禁中決册一作策。請房陵，前朝長老皆流涕。唐書：武后革唐爲周，廢中宗爲廬陵王，遷於房州，欲以武三思爲太子。仁傑數諫，且曰：子母姑姪孰親，若立三思，廟不祔姑。后悔悟，卽日迎中宗還宮。太宗社稷一朝正，漢家威儀重昭洗。時危始識不世才，誰謂荼苦甘如薺。言調劑之間，極費苦心，必社稷獲安，而始快然無憾也。汝曹又宜列鼎食，身使門戶多旌棨。漢書注：棨，有衣之戟，以赤黑繒爲之。謝脁詩：載筆陪旌棨。

胡爲飄泊岷漢間，干謁王侯頗歷抵？況乃山高水有波，秋邵云：結有騷人之澁風蕭蕭露泥泥。虎之饑，下巉嵒；蛟之横，出清泚。早歸來，黃土汚衣人。一作眼易眯。梁末童謠：黃塵汚人衣，皂莢相料理。字林：眯，物入眼爲病也。莊子：簸糠眯目，則天地四方易位矣。

寄韓諫議注

今我不樂思岳陽，開口便有神遊羽翮之意師氏注：岳州巴陵郡在岳之陽，故曰岳陽，有君山、洞庭、湘江之勝。身欲奮飛病在牀。美人娟娟隔秋水，濯足洞庭望八荒。岳陽、洞庭乃諫議所居。鴻飛冥冥日月白，法言：鴻飛冥冥，弋人何篡焉。以比韓之遯世。青楓葉赤天雨去聲。霜。鮑照詩：北風驅雁天雨霜。玉京羣帝集北斗，靈樞金景內經：下離塵境，上界玉京。元君注：玉京者，無爲之天也，東西南北各有八天，凡三十二天，蓋三十二帝之都也。趙注：羣帝如三十二天之帝，雖皆稱帝，而於大帝爲卑，猶諸侯三公之於天子也。晉天文志：北斗七星在太微北，人君之象，號令之主。或騎麒麟翳鳳凰。集仙錄：羣仙畢集，位高者乘鸞，次乘麒麟，次乘龍。甘泉賦：登鳳凰兮翳華芝。注：翳，蔽也。芙蓉旌旗烟霧落，影動倒

公於有才人，每不樂其爲藩鎮所用，前贈蘇徯詩意亦如此，況狄又忠臣之後乎？結語具見相愛眞切。

浦云：源本楚騷，亦近太白。

首致懷思韓君之意。

唐仲言曰：自玉京以下，乃借仙官以喻朝貴也：北斗象君，羣帝指王公，麟鳳旌旗

言騎從儀衛之盛，星君比近侍之霑恩者，羽人比遠臣之去國者。

此申明諫議去官之故。

末想其老成宿望，再出而濟世匡君也。

景搖瀟湘。相如大人賦：貫列缺之倒景。注引陵陽子明經曰：列缺气去地二千四百里，倒景气去地四千里，其景皆倒在下。漢郊祀志：登遐倒景。如淳曰：在日月之上，反從下照，故其景倒。星宮之君醉瓊漿，楚詞：華酌既陳，有瓊漿些。眞誥：羽童捧瓊漿。羽人稀少不在旁。楚詞：仍羽人於丹邱。注：羽人，飛仙也。似聞昨者赤松子，恐是漢代韓張良。言此學仙者，本嘗立功帝室也。張良傳：願去人間事，從赤松子遊耳。列仙傳：赤松子，神農時雨師，能入火自燒。漢書：張良字子房，其先韓人也。昔隨劉氏定長安，帷幄未改神慘傷。陸機高祖功臣頌序：太子少傅留文成侯韓張良。高祖紀：運籌帷幄中，決勝千里外，吾不如子房功。句言有老謀而不能終用。國家成敗吾豈敢？言其不忘憂國，非敢置理亂於不問。色難腥腐奧句。餐楓鶴林玉露作風。香。謂厭濁世而慕長生也。鄧通傳：太子齰癰而色難之。鮑照升天行：何時與爾曹，啄腐共吞腥。爾雅注：楓有脂而香。按東方朔十洲記：聚窟洲在西海中，洲上有大山，山多大樹，與楓木相類，而花葉香聞數百里，名爲反魂樹。此詩皆言神仙事，楓香二字或當出此，又湖南多楓，故云。舊引佛書事未合。又張遠注：楓香道家以之和藥，故云餐。一說：浦注：仲長統云：噓吸清和，求至人之彷彿。可作餐風香之解。周南留滯古所惜，注見八卷。南極老人應壽昌。晉書：老人一星，在弧南，一曰南極，見則治平主壽昌。美人胡爲隔秋水？焉得置之貢玉堂。謂焉得貢玉堂而置之朝廷之上耶！亦係倒句法。

王西樵云：起筆整肅，如悠悠旆旌。首段總挈夔府詠懷大意。仇云：此段句句入畫。○劉須溪云：蜀地賦此，故覺雄勝。

朱鶴齡曰：韓諫議不可考，其人大似李泌，必肅宗收京時曾與密謀，後屏居衡湘修神仙羽化之道，公思之而作。似聞以下，美其功在帷幄，翛然遠引。周南以下，惜其留滯秋水，而不得大用也。或疑韓諫議乃韓休之子汯，訛作注。又云：此詩爲李泌隱衡山而作。其說牽合難從。

秋日夔府詠懷奉寄鄭監審李賓客之芳一百韻

前有秋日寄題鄭監湖亭詩在十四卷。舊唐書：廣德元年，李之芳兼御史大夫使吐蕃被留，二年乃得歸，拜禮部尚書改太子賓客。

絕塞烏蠻北，烏蠻注見十二卷。孤城白帝邊。飄零仍百里，謂自雲安來此。消渴已三年。統計在雲安在夔。雄劍鳴開匣，謂壯心猶在。羣書滿繫船。謂將去夔也。亂離心不展，衰謝日蕭然。筋力妻孥問，菁華歲月遷。卿雲歌：菁華已竭，褰裳去之。登臨多物色，二句攝下陶冶賴詩篇。峽束滄江起，巖排古樹圓。壯句。承巖樹拂雲霾楚氣，即所謂古木蒼藤日月昏也。朝海蹴吳天。承峽江。四句言形勝。煮井爲鹽速，寰宇記：大寧監，本夔州大昌縣前鎮溪井，山嶺峭壁之中，有鹽泉湧出，土人以竹引泉，置鑊煮鹽。燒畬詩遮切。度地偏。農書：荊楚多畬田，先縱火熂爐，後經雨下種，歷三歲，土

次段泛述夔州風景。

浦云：兩京句伏下不得北歸衾枕成蕪沒一段意，四海句伏下欲就二公招尋興已專一段意。

首開波渡入下面，朝事最見經營，與北征詩青雲動高興一段同妙。

此段述居夔大概，并來夔之由。

脈竭，復熜旁山。熜，爇火燎草。爐，火燒山界也。杜田曰：楚俗燒榛種田曰畬，先以刀芟治林木曰斫畬。其刀以木爲柄，刃向曲，謂之畬刀。

有時驚疊嶂，何處覓平川？四句言風土。

鸂鶒雙雙舞，獼猴壘壘懸。碧蘿長似帶，錦石小如錢。春草何曾歇，見地氣之暖。寒花亦可憐。六句言物產。

獵人吹戍火，野店引山泉。二句言人事。

喚起搔頭急，接入自家扶行幾屐穿。二句述衰頹之狀。世說：阮孚嘗自蠟屐，因嘆曰：未知此生能著幾兩屐？

兩京猶薄產，東京偃師，西京杜陵，皆有故業。四海絕隨肩。仇注：上句謂田園久荒，此句謂故交日替。

幕府初交辟，郎官幸備員。瓜時仍旅寓，左傳：齊侯使連稱、管至父戍葵邱，瓜時而往，曰：及瓜而代。

萍泛苦夤緣。孟浩然詩：沙岸曉夤緣。韻會：夤緣，連絡也。

藥餌虛狼籍，秋風灑靜便。開襟驅瘴癘，明目掃雲烟。

高宴諸侯禮，佳人上客前。哀箏傷老大，華屋豔神仙。

南內開元曲，浦注：興慶宮謂之南內，明皇常居之。當時弟子傳。唐會要：開元二年，上於梨園自教法曲，號皇帝梨園弟子。又太常梨園，別教院法歌樂章曲等。

法歌聲變轉，隨李孝貞詩：間關既多緒，變轉復無窮。滿座涕潺湲。原注：都督柏中丞筵聞梨園弟子

此段追憶長安時事，是宕開一步。

李仙奴歌。弔影夔州僻，回腸杜曲煎。（二句束上起下，法力渾堅。）杜曲，公故里。即今龍廄水，原注：西京龍廄門，苑馬門也。渭水流苑門內。莫帶犬戎羶。莫，得毋也。謂吐蕃陷京師。耿賈扶王室，後漢書：論耿賈之洪烈。謂耿弇、賈復也。蕭曹拱御筵。追思靈武將相，比李郭諸功臣。乘威滅蜂蠆，戮力效鷹鸇。舊物森猶在，左傳：祀夏配天，不失舊物。凶徒惡未悛。謂安史諸降將。國須行戰伐，人憶止戈鋋。東都賦：戈鋋彗雲。鋋，小矛也。杜詩博議：公以代宗不能往問河北之罪，而但慕止戈之名，養成禍亂。故二句云云，蓋傷之也。奴僕何知禮，恩榮錯與權。趙曰：奴僕當指祿山，言不當付以兵柄。胡星一彗孛，黔首遂拘攣。西征賦：陋吾人之拘攣。謂困於軍需征斂也。朱注：弔影至此，敘吐蕃爲難，及中興之後，餘惡未殄。奴僕四句，又推言亂本，與胡雛負恩澤，嗟爾太平人同意。有謂指程元振者，非。哀痛絲綸切，煩苛法令蠲。舊紀：永泰元年正月，下制罪己。二年十二月，大赦改元，停什畝稅一法。二句指此。業成陳始王，詩序：七月，陳王業也。周公遭變，陳后稷先公風化所由，致王業之艱難也。兆喜出于畋。即用文王出獵事，謂能用賢也，舊注非。宮禁經綸密，綸字複台階翊戴全。熊羆載呂望，容齋隨筆：史記載西伯出獵而遇太公，其卜辭乃非龍非彲，非虎非羆。崔駰達旨引史記作非熊非羆，乃杜詩所本。鴻雁美周

仇云：鄭李八句美其詩才，置驛八句述其氣誼，羽翼八句述其宦跡。

宣。八句言代宗初政之美，將得賢輔以佐中興，而二公適當其時也。側聽中興主，長吟不世賢。（傳人鄭李）音徽一柱數，言鄭書頻至。道里下牢千。謂李居不遠。原注：鄭在江陵，李在夷陵。鄭李光時論，文章並我先。陰何尚清省，沈宋欻連翩。律比崑崙竹，漢志：黃帝使伶倫去大夏之西，崑崙之陰，取竹嶰谷，斷兩節而吹之，以爲黃鐘之宮。音知燥溼絃。韓詩外傳：夫天時有燥溼，絃有緩急，徽指推移，不可記也。二句言其詩律之細。風流俱善價，善價出論語，借言聲價之貴。愜當久忘筌。文賦：愜心者貴當。莊子：得魚而忘筌。見非泥於成法。置驛（切姓）常如此，鄭當時置驛通賓客。登龍蓋有焉。後漢書：李膺獨持風裁，被容接者，名爲登龍門。雖云隔（帶人自家）禮數，不敢墜周旋。高視收人表，言其好賢樂善。任彥升集：經師人表。虛心味道玄。馬來皆汗血，鶴唳必青田。二句言人才樂歸也。汗血青田注皆別見。羽翼商山起，蓬萊漢閣連。趙曰：李爲太子賓客，故用四皓事；鄭係祕書少監，故近蓬萊閣。管寧紗帽淨，注見九卷。江令錦袍鮮。江總仕陳爲尚書令，集有山水衲袍賦序曰：皇儲監國，餘辰勞謙，終宴，有令以衲袍降賜。錦袍，言其麗如錦也。鄭已退居，故比管寧紗帽；李方在朝，故比江令錦袍。東郡時題壁，（仍扣到詩文）夷陵郡在夔州之東，故曰東郡。南湖日扣舷。

此段稱頌鄭李二公。

此段因欲述居夔近狀，而先敘不得北歸之情。

南湖卽鄭監湖亭。遠游凌絕境，佳句染華牋。言二公近在荆南，時有吟賞之樂，因言己欲往從之而不能也。每欲孤飛去，（又渡入書懷）徒爲百慮牽。（恰好承上）生涯已寥落，（起下）國步尙迍邅。衾枕成蕪沒，池塘作棄捐。原注：平生多病，卜築遺懷。俱指兩京故里。別離憂怛怛，悲弟妹。伏臘涕漣漣。思祖父。露菊斑豐鎬，在西京。秋蔬影澗瀍。在東京。共誰論昔事，（跌宕）幾處有新阡？富貴空回首，喧爭懶著鞭。言故人凋謝，故己亦懶於進取。兵戈塵漠漠，江漢月娟娟。局促看秋燕，蕭疏聽晚蟬。二句亦寓不久將去意。雕蟲蒙記憶，（插入二公正）楊子：童子雕蟲篆刻，壯夫不爲。（所以寄詩緣起）烹鯉問沈綿。（自此至末皆）古詩：呼兒烹鯉魚，中有尺素書。（可作答書讀）卜羨君平杖，蔡曰：杖頭乃阮宣子事。卞圜謂今世圖畫所傳嚴君平挾著策，攜筇竹杖，亦掛百錢於杖頭。故岑參詠君平卜肆詩云：君平曾賣卜，卜肆荒已久，至今杖頭錢，時時地上有。偸存子敬氈。注見一卷。囊虛把釵釧，米盡拆花鈿。把釵釧，拆花鈿，言市易之也。甘子陰涼葉，瀼西果園多甘。茅齋八九椽。（句中對）陣圖沙北岸，桓溫傳：初，諸葛亮造八陣圖於魚復浦平沙之上。市暨瀼西巔。原注：峽人目市井泊船處曰市暨。江水橫通山谷處，方人謂之瀼。羈絆心常折，棲

此段因二公有書見問，而詳述居食貧困之況，此所以急於出峽也。

遲病卽痊。紫收岷嶺芋，貨殖傳：岷山之下，沃野千里，下有蹲鴟，至死不飢。注：蹲鴟，芋也。白種陸池一作家。蓮。述異記：吳中有陸家白蓮種，顧家斑竹。色好梨勝音平，義仄。頰，蜀都賦：紫梨津潤。穰多栗過拳。西京雜記：嶧陽栗大如拳。穰，豐穰也。敕廚惟一味，求飽或三鱣。卽所謂頓頓食黃魚也。楊震傳：有冠雀銜三鱣魚，飛集講堂前。後漢書注：鱣音善，與鱓鱔通，乃魚似蛇無鱗者。爾雅釋魚：音知然反，卽黃魚也。公所言本指鱣鮪之鱣，特借用三鱣字耳。兒去看魚笱，詩注：笱以竹爲之，魚入其中。人。一作朋。來坐馬韉。玉篇：韉，鞍也。卽坐客寒無氈意。縛柴門窄，通竹溜涓涓。塹抵公畦稜，原注：京師農人指田遠近多云幾稜。稜，岸也，音去聲。張耒曰：公畦，官園也。村依野廟堧。鼂錯傳：鑿太上皇廟堧垣。師古曰：堧者，內垣外遊地。缺籬將棘拒，倒石頼藤纏。寫窮況韻甚 借問頻朝謁，何如穩得此流走句章法方。醉一作晝。眠？誰云行不達，一作逮。自覺坐能堅。此所以暫安於夔也。霧雨銀章澁，因久不服之故澁。馨香粉署妍。言己已無意朝謁，徒想粉署之妍華而已。紫鸞無遠近，祝彼鶱飛。黃雀任翩翾。喻己棲息。鷦鷯賦：育翩翾之陋體兮。困學違從衆，又從自己說入二公 言不合時宜。明公各勉旃。聲華夾宸極，早晚到星躔。猶云三台。懇諫

此段言己甘心廢棄，惟望二公入朝以佐主。

留匡鼎，匡衡傳：諸儒爲語曰：無說詩，匡鼎來。張晏曰：衡少時字鼎，長乃易字稚圭。諸儒引伏當作服。虔。後漢儒林傳：服虔少以淸苦建志，善著文，舉孝廉。

不過輸鯁直，會是正陶甄。音堅。楊子：甄陶天下在和。宵旰憂虞軫，黎元疾苦駢。雲臺終反句日畫，跌宕青簡爲誰編？朱注：言二公當勉爲公輔之業，引賢士，進讜言，以匡正天下。今上有宵旰，民多疾苦，雲臺中人，誰足傳青史乎？蓋深以此期二公也。

行路難何有，又轉到自家招尋興已專。由來具飛楫，暫擬控鳴弦。謂戒塗以行也。身許雙峯寺，舊唐書：道信與宏忍並住蘄州雙峯山東山寺，故謂其法爲東山法門。姚寬西溪叢語引寶林傳云：能大師傳法衣在曹溪寶林寺，寶林後枕雙峯。咸淳中，魏武帝元孫曹叔良住雙峯山寶林寺左，人呼爲雙峯曹侯溪。則曹溪亦稱雙峯矣。按：曹溪在嶺南，下云：南征盡跕鳶，似當指韶州之雙峯爲是。門求七祖禪。舊唐書：達摩傳慧可，慧可傳璨，璨傳道信，道信傳宏忍，此謂震旦五祖。自宏忍而下，則有南能北秀之分。二宗弟子各立其師爲第六祖，而北宗遂尊秀之弟子普寂爲第七祖。開元中，荷澤會公直入東都面抗北祖，大播曹溪頓門，致普寂之門，盈而後虛，能祖宗風，於斯大振。則南宗當以荷澤爲第七祖。公詩曰：身許雙峯寺，門求七祖禪。意蓋主於南宗也。落帆追宿昔，衣褐向眞詮。安石名高晉，原注：鄭高簡得謝太傅之風。昭王客赴燕。原注：李宗親有燕昭之美，燕，周之裔。途中非阮籍，言有地主，不患途窮也。查上似

此言己將去夔以求法門，得順道過訪二公，不久便順流南下也。

末段申言學禪，以終詠懷之意。

張騫。途中查上，皆公自謂。披豁雲寧在？世說：衛瓘見樂廣曰：若披雲霧而睹青天。淹留景不延。句言急於去夔。風期終破浪，南史：宗慤曰：願乘長風破萬里浪。水怪莫飛涎。借對 孔子世家：水之怪，龍罔象也。江賦：揚鬐掉尾，噴浪飛涎。他日辭神女，傷春怯杜鵑。公擬以來春出峽。澹交隨聚散，澤國遶迴旋。浦注：旋字韻複，當刊作洄沿。本自依迦葉，音攝。傳燈錄：迦葉，摩竭陀國人，爲天竺二十五祖之首。何曾藉偓佺。列仙傳：偓佺，槐山，采藥父也。食松葉，能飛行，逐走馬。朱注：此言學佛而不學仙也。白樂天詩：海山不是吾歸處，歸卽應歸兜率天，卽此意。爐峯生轉盼，爐峯在廬山，注詳見十七卷。橘井尙高褰。蘇耽橘井注見十四卷。天台賦：遊氛高褰。褰，開也。橘井在馬嶺山上，故曰高褰。東走窮歸鶴，用丁令威事。南征盡跕鳶。都牒切。馬援傳：援擊交趾還曰：我在浪泊西里間，下潦上霧，毒氣薰蒸，仰見飛鳶，跕跕墮水中。晚聞多妙教，卒踐塞前愆。顧愷丹青列，顧愷之嘗於瓦棺寺畫維摩詰像。頭陀琬琰鐫。姓氏英賢錄：王巾字簡栖，爲頭陀寺碑，文詞巧麗，爲世所重，碑在鄂州。困學紀聞以爲王屮，音徹。俗作巾，非。顧畫王碑，皆想像東遊之事。衆香深黯黯，法華經：擊大法鼓，燒衆名香。幾地肅芊芊。籍田賦：碧色肅其芊芊。勇猛爲心極，楞嚴經：發大勇猛，行諸一切難行法事。淸羸任體孱。（歷。轉。飄。零。猾。渴）

首致思念之懷，賓主兼敘。

金篦空刮眼，注見九卷。鏡象未離銓。圓覺經：諸如來心，於中顯現，如鏡中象。說文：銓，衡也。一曰度也。言金篦雖可刮去眼膜，而執鏡象以爲實有，則猶未離銓量之間也。朱注：迦葉至此，言欲遍詣佛地，精修佛理，而終期於攝象以歸虛，所謂門求七祖禪者如此。

意至此眼前身世交遊一齊刊落

盧德水云：此集中第一首長詩，亦爲古今百韻詩之祖，其中起伏轉折，頓挫承遞，若斷若續，乍離乍合，波瀾層叠，無絲毫痕跡，眞絕作也。元白集中，往往叠見，不免誇多鬬靡，氣緩而脈弛矣。○張上若云：此詩才大而學足以副之，故能隨意轉合，曲折自如；其忽自敘，忽敘人，忽言景，忽言情，忽紀事，忽立論，忽述見在，忽及已前，皆過接無痕，而照應有法。○俞犀月云：世亂而不得中興之佐，故望於鄭李之心甚切；垂老而將爲出世之人，故皈依曹溪之念特深。此其通篇之大旨也。

寄峽州劉伯華使君四十韻

唐書：峽州夷陵郡屬山南東道。此詩舊解多斷續不貫，今並正之。

峽內多雲雨，秋來尚鬱蒸。遠山朝白帝，深水謁一作出。夷陵。趙曰：謁對朝字爲工。言夔峽相去之近。

上二記時下二記地

遲暮嗟爲客！西南喜得朋。易：西南得朋。夔在中州之西南。

用易恰好

哀猿更坐起，落雁失飛騰。二句自況。

承爲客句

伏枕思瓊樹，江淹詩：願一見顏色，不異瓊樹枝。臨軒對玉繩。青松寒不落，碧海闊逾澄。仇注：青松比其

承得朋句

此段追敍世交家學，末二雙綰，卽束卽提，有印泥畫沙之妙。

勁節，碧海比其宏量。昔歲文爲理，謂以文治天下也。羣公價盡增。家聲同令聞，時論以儒稱。唐書：劉允濟博學善屬文，垂拱四年，奏上明堂賦，則天手制褒美，拜著作郎。疑卽伯華之祖。又公祖審言亦顯於武后朝。太后當朝肅，多才接跡昇。翠虛捎所交切。魍魎，馬融廣成頌：捎罔兩，拂游光。捎，擊也。丹極上鯤一作鵾。鵬。莊子：北溟有魚，名曰鯤，化而爲鳥，名曰鵬。允濟以來俊臣搆貶，後復爲著作佐郎修國史，遷鳳閣舍人。宴引春壺酒，恩分夏簟冰。雕章五色筆，三國典略：齊蕭慤嘗於秋夜賦詩。邢子才曰：蕭之斯文，可謂雕章間出。南史：江淹嘗夢一丈夫，自稱郭璞，謂淹曰：吾有筆在卿處多年，可見還。淹乃探懷中得五色筆以授之。紫殿九華燈。漢武內傳：七月七日，西王母至，帝掃除宮內，然九光之燈。梁王樞古意：香燈照九華。學並盧王敏，盧照鄰、王勃。書兼褚薛能。褚遂良、薛稷。老兄眞不墜，小子獨無承。近有風流作，聊從月峽一作竉。徵。夷陵州有明月峽。趙曰：石壁有一竅，圓透見天，其明如月，故名。放蹄知赤驥，捩翅服蒼鷹。放蹄捩翅，喻劉詩之馳騁不羈。卷軸來何晚？襟懷庶可憑。會期吟諷數，益破旅愁凝。雕刻初誰料，纖毫欲自矜。杜論詩處多自道得力。卽所謂毫髮無遺憾也。神融躡飛動，戰勝洗侵

此稱劉君之詩。

此稱劉君之官，承老兄眞不墜。

凌。杜臆：神融句謂文有生氣，戰勝句謂文無敵手。妙取筌蹄棄，莊子：筌者所以取魚，得魚而忘筌；蹄者所以取兔，得兔而忘蹄。注：筌，魚笱也。蹄，兔罥也，係其脚故云蹄。高宜百萬層。句中對。白頭遺恨在，青竹幾人登。朱注：此數句當與文賦參看。雕刻初誰料，即籠天地於形內，挫萬物於筆端也。纖毫欲自矜，即考殿最於錙銖，定去留於微芒也。神融躡飛動，即精騖八極，心遊萬仞也。戰勝洗侵凌，即方天機之駿利，夫何紛而不理也。妙取筌蹄棄，高宜百萬層，即形不可逐，響難爲繫，塊孤立而特峙，非常言之所緯也。因劉使君以詩來寄，而言詩道之難如此，能傳青簡者，實鮮其人也。回首追談笑，勞歌跼寢興。文選注：韓詩伐木廢，朋友之道缺，勞者歌其事。詩人伐木，自苦其事，故以爲文。年華紛已矣！謂己與劉年俱老也。世故莽相仍。不料彼此俱來蜀地。刺史諸侯貴，郎官列宿應。後漢書：郎官上應列宿，出宰百里。潘安一作生。雲閣遠，注見十六卷。黃霸璽書增。漢循吏傳：二千石有治理效者，輒報璽書勉勵，增秩賜金。詳詩意，劉蓋以省郎而出爲刺史者，公爲拾遺時，曾與之同官於朝。舊以郎官雲閣屬自言，今按當并指劉爲是。乳贙號擎石，飢鼯訴落藤。乳贙以下皆自敍。八哀詩：胡爲投乳贙，指讒人也。二句雖屬即景，亦隱寓被讒流落意。藥囊親道士，注見六卷。灰劫問胡僧。曹毗志怪：漢武帝穿昆明池，極深悉是灰墨，無復土。東方朔曰：可問西域胡僧。後漢明帝時，外國道人來曰：經云：天地大劫將盡則劫燒，此劫燒之餘也。按高僧傳：西

此自敘客夔近況，承上小子獨無承。

此段復賓主交敘，自甘遺世，而勗劉以有爲。

末敘寄詩之意，因言己亦將遠泛江湖矣。

域胡人乃竺法蘭。浦注：藥囊憐身病，灰劫憂世亂，知與下姹女丹砂等句俱屬自言。憑久烏皮拆，一作綻。公詩：烏皮几在還思歸。簪稀白帽稜。通典：宋以後制高屋白紗帽。林居看蟻穴，野食待魚罾。筋力交凋喪，飄零免戰兢。言雖久離朝宁，正喜與世無爭，即末四句意。皆爲百里宰，正似六安丞。漢書：桓譚諫用讖，帝大怒，出爲六安郡丞，意忽忽不樂，道病卒。注：六安縣故城今在壽州安豐縣南。朱注：言我亦曾爲郎官，應皆出宰百里，今飄零見棄，卻似六安丞之貶斥耳。公昔以左拾遺出爲華州司功，故以桓譚自比。姹女縈新裹，姹女注見十四卷。丹砂冷舊秤。承藥囊但求椿壽永，莊子：上古有大椿者，以八千歲爲春，八千歲爲秋。莫慮杞天崩。承灰劫列子：杞國有人憂天陷崩墜，身無所寄。鍊骨調情性，張兵撓女教切。棘矜。矜字韻同意異。徐樂傳：陳涉起窮巷，奮棘矜。師古曰：棘，戟也。矜者，棘之把。養生終自惜，伐叛一作數。必全懲。鍊骨養生承椿壽永，張兵伐叛承杞天崩。仇注：言我已託身世外，但求服藥長年，不復懷杞人之慮；劉身任民社，則衞生固所宜講，而懲亂尤其職分也。時蜀寇未靖，故有張兵伐叛等語。政術甘疏誕，仍挽轉前段詞場愧服膺。展懷詩頌魯，朱注：公作詩以贈，猶史克之頌魯侯。割愛酒如澠。原注：平生所好，消渴止之。咄咄寧書字，用殷浩事，注見三卷。冥冥欲避矰。江湖多白鳥，即白鷗沒浩蕩，萬里誰能馴。天地有青蠅。毛詩：青蠅，刺讒也。公本以遭讒而出，故云。舊注支甚。

杜詩鏡銓卷十七

大曆中，公居夔州作。

秋野五首

五首皆安貧樂志之詞。

下四句有萬象一體之意。

劉須溪云：幽事楚楚，然不寒儉。

秋野日疏蕪，謝朓詩：邑里向疏蕪。寒江動碧虛。繫舟蠻井絡，左思蜀都賦：岷山之精，上爲井絡。注：岷山之地，上爲東井維絡。卜宅楚村墟。棗熟從人打，葵荒欲自鋤。盤飧老夫食，分減及溪魚。

易識浮生理，難教一物違。言欲識浮生之理，即觀物情可見。水深魚極樂，林茂鳥知歸。承次句。二句亦譬隱居可以全身也。衰老甘貧病，承首句。榮華有是非。秋風吹几杖，不厭北山薇。

禮樂攻吾短，造句奇雋。山林引興長。掉頭紗帽側，曝背竹書光。風落收松子，天寒割蜜房。蜀都賦：蜜房郁毓被其阜。注：蜜房，蜂窠房也。稀疏小紅翠，濤遠閒麗。秋花也。駐屐近微香。亦開義山。

遠岸秋沙白，連山晚照紅。潛鱗輸駭浪，歸翼會高風。仇注：輸如輸送之輸，是逐浪而去；會如際會之會，是順風而回。砧響家家發，樵聲箇箇同。飛霜任青女，淮南子：秋三月，青女乃出以降霜。高誘注：青女天神，青腰玉女，主霜雪。賜被隔南宮。漢官儀：尚書郎給青縑白綾被，或錦被。

身許麒麟畫，年衰鴛鷺羣。（承上首說下）大江秋易盛，空峽夜多聞。徑隱千重石，帆留一片雲。仇注：徑隱石，言避世已深；帆留雲，言歸航在望。二句分承峽江。兒童解蠻語，不必作參軍。（翻用得妙）世說：郝隆為蠻府參軍，上巳日作詩曰：娵隅躍清池。桓溫問何物，答曰：蠻名魚為娵隅。溫曰：作詩何為作蠻語？隆曰：千里投公，始得蠻府參軍，那得不蠻語也。

課小豎鉏斫舍北果林，枝蔓荒穢淨訖，移牀三首 一云秋日閒居三首。

病枕依茅棟，荒鉏淨果林。（先揭起移牀意）背堂資僻遠，在野興清深。山雉防求敵，射雉賦：伊義鳥之應敵。徐爰注：雉見敵必戰，不容他雜。顧注：防求敵，即下首薄俗防人面意，公自幸與世無爭也。江猿應獨吟。洩雲高不去，（寫出人境相忘意）隱几亦

此寫舍北朝景。劉須溪云：三四語亦眼前人所不到。

此寫舍北暮景。

無心。歸去來辭：雲無心以出岫。

眾壑生寒早，長林卷霧齊。仇注：壑當秋故寒早，曉將晴故霧卷。青蟲懸就日，朱果落封泥。是荒穢方淨後景。薄俗防人面，全身學馬蹄。即所謂治生且耕鑿，只有不關渠也。黃生注：揚子法言云：貌則人，心則獸。莊子馬蹄篇云：至德之世，同與禽獸居，族與萬物，並惡乎知君子小人哉！言薄俗人情叵測，惟以渾同之道處之，庶可全身遠害也。上句以人面隱獸心，下句以篇題括篇意，皆杜詩用事入化處。又漢匈奴傳：披髮左衽，人面獸心。吟詩重回首，隨意葛巾低。

籬弱門何向，沙虛岸只摧。惟岸摧故籬弱。日斜魚更食，客散鳥還來。劉須溪云幽趣宛密。寒水光難定，秋山響易哀。天涯稍曛黑，倚杖獨徘徊。

黃白山云：觀此二詩，則知此地人情之薄，不及浣花鄰曲多矣。故遣悶詩有云：異俗吁可怪，斯人難並居。

解悶十二首

諸作俱隨意所及，為詩不拘一律。

先從夔州風景敍起。

此預思解悶。

此首即事懷人，憶故居，因而憶鄭監也。

五首皆懷詩人，而兼及自寫。

草閣柴扉星散居，浪翻江黑雨飛初。山禽引子哺紅果，溪女一作友。得錢留白魚。寫得色色有致。

商胡離別下揚州，憶上西陵故驛樓。會稽志：西陵城在蕭山縣西十二里。謝惠連有西陵阻風獻康樂詩。朱注：時有胡商下揚州來別，因道其事。西陵驛樓，公少遊吳越時所登也。爲問淮南米貴賤，老夫乘興欲東遊。

一辭故國十經秋，每見秋瓜憶故邱。故秋瓜字特重見致。水經注：長安第二門，本名霸城門，又名青門，門外舊出佳瓜，其南有下杜城。今日南湖采薇蕨，何人爲覓鄭瓜州。當作洲。原注：今鄭祕監審。南湖，鄭監所在也。夔府咏懷詩：南湖日扣舷。朱注：張禮遊城南記：濟潏水涉神禾原，西望香積寺下原，過瓜洲村。注：瓜洲村在申店潏水之陰。許渾集有和淮南相公重遊瓜洲別業詩，淮南相公，杜佑也。按：瓜洲村與鄭莊相近，鄭莊，虔郊居也，審爲虔之姪，其居必在瓜洲村，故有末語。

沈范早知何水部，梁書何遜傳：范雲見其對策，大相稱賞，因結忘年交好。沈約亦愛其文，嘗謂遜曰：吾每讀卿詩，一日三復，猶不能已。曹劉不待薛

此獨記名，以別於雲卿也。

邵云：此老苦心乃爾，後人草草何耶？

贊襄陽只一淸字，贊摩詰只

郎中。原注：水部郎中薛據。言據之才恨不與曹劉同時也。仇注：何薛同爲水部，但何有知音，而薛無同調，故爲惜之。獨當省署開文苑，兼泛滄浪學釣翁。據前在省部，今在荆南，故云。陳師道曰：省署開文苑，滄浪學釣翁，卽薛據詩也。李陵蘇武是吾師，此句卽孟論文語。孟子論文更不疑。原注：校書郎孟雲卿。一飯未曾留俗客，數篇今見古人詩。言似蘇李也。

復憶襄陽孟浩然，淸詩句句盡堪傳。卽今耆舊無新語，漫釣槎頭縮項一作頸。鯿。縮項鯿出襄陽耆舊傳，注詳九卷。孟浩然詩：鳥泊隨陽雁，魚藏縮項鯿。又：試垂竹竿釣，果得槎頭鯿。時孟已沒。陶冶性靈存底物，新詩改罷自長吟。將自己插在中閒，杜每有此章法。孰古通熟。知二謝將能事，謝靈運、謝脁。將猶將物之將。頗學陰何苦用心。陰鏗何遜。學陰何當指五言句法。

不見高人王右丞，藍田丘壑蔓寒藤。舊唐書王維傳：乾元中轉尙書右丞，晚年得宋之問藍田別墅，墅在輞口；水周於舍下，竹洲、花塢，與

一秀字，品評不苟。

下四首皆借荔枝遣興，蜀歲貢荔枝，誌所觸也。

裴迪浮舟往來。最傳秀句寰區滿，未絕風流相國能！原注：右丞弟今相國縉。金壺記：王維與弟縉，名冠一時，時議云：論詩則王維、崔顥，論筆則王縉、李邕。

先帝貴妃今寂寞，一作俱。荔枝還復入長安。通鑑：貴妃欲得生荔枝，歲命嶺南馳驛致之，比至長安色味不變。樂史外傳：十四載六月一日貴妃生日，於長生殿奏新曲，會南海進荔枝，因名荔枝香。蔡君謨荔枝譜則曰：貴妃涪州荔枝，歲命驛致。東坡亦云：天寶歲貢取之涪。蓋當時南海與涪州並進也。

炎方每續朱櫻獻，仇注：據李綽歲時記：櫻桃薦寢，取之內園，不由蜀貢。此特言夏薦櫻桃，而荔枝繼獻耳。玉座應悲白露團。何限淒涼。

憶過瀘戎摘荔枝，方輿勝覽：蜀中荔枝，瀘敘爲上，涪次之，合又次之。涪以妃子得名，有妃子園。按敘州即戎州。盧注：公去年宴戎州楊使君樓，有輕紅擘荔枝句，當即指此。青楓隱映石逶迤。京華應見無顏色，荔枝原名離枝，言其離枝則色味香氣俱變也。紅顆酸甜只自知。此言荔枝雖得馳貢，而至京師者終不若此地之佳，以喻瓌傑之資，世有眞知者少也。

翠瓜碧李沈玉甃，赤梨蒲萄寒露成。南史：扶桑國有赤梨，經年不壞。可憐先不異枝蔓，此物娟娟長遠生。此言品之異者，託身必遠；諸果在處多有，同一蔓生，獨有娟娟美好之物，偏出自幽遠之區也。

按張曲江荔枝賦序謂南海荔枝，百果無一可比；余往在西掖，嘗盛稱之，諸公莫之信。夫物以不知而輕，味以無比而疑，遠不可驗，終然永屈，士無深知，與彼何異。其賦中云：沈李美而莫取，浮瓜甘而自退。又云：何斯美之獨遠，嗟爾命之不逢。每被銷於凡口，罕獲知於貴躬。柿何稱乎梁侯，梨何幸乎張公。二章語意全從此脫胎，皆感慨不遇之意。杜臆：粘在充貢上說，未爲得解。

側生野岸及江蒲，一作浦。蜀都賦：旁挺龍目，側生荔枝。趙曰：自戎棘而下，以畝爲蒲，今公私契約皆然。朱注：劉熙釋名：草圓屋曰蒲，又謂之菴。此詩江蒲，似用此義，言荔枝生於野岸江菴之側耳。不熟丹宮滿玉壺。顏延之詩：皓月鑒丹宮。言不熟丹宮，而貢之卻滿玉壺。雲壑布衣鮐背死，詩：黃髮台背。注：老人背有鮐文。勞人害馬翠眉須。方輿紀勝：妃子園在涪州之西，去城十五里，當時以馬馳載，七日七夜至京，人馬斃於路者甚衆。此又言荔枝雖屬遠生，猶得以奔騰傳置，供翠眉之一笑，而雲壑布衣，老死鮐背，無一人知者，其阨窮殆有甚焉，尤可歎也。

浦二田云：同一荔枝也，前二首主褒，此首主貶。前則即荔爲比，此乃舉荔相形也。託物見志，語意轉換不竭。

邵云：非杜能事，聊存一格。二首指當下言。

二首愁故鄉。○此首申足上首。

此首因思鄉感到行路。

愁閭閻。

愁回紇。

復愁十二首

人烟生僻處，虎跡過新蹄。野鶻一作鶴。翻窺草，見求食之難。村船逆上溪。見舟行之險。

釣艇收緡盡，昏鴉接翅稀。一作歸。月生初學扇，雲細不成衣。六朝句法 李義府堂堂詞：鏤月成歌扇，裁雲作舞衣。

萬國尚戎馬，故園今若何？謂東都田園。昔歸相識少，早已戰場多。二字含蓄 乾元初，公自華州曾歸東都。

身覺省郎在，家須農事歸。棄官則須歸農。年深荒草徑，老恐失柴扉。

金絲鏤箭鏃，皂尾製一作掣。旗竿。一自風塵起，猶嗟行路難！謂自安史造亂後，至今不得歸也。

胡虜何曾盛，干戈不肯休？閭閻聽小子，談笑覓封侯。杜臆：定外寇易，定人心難，有喜亂樂禍之意，是以可愁也。

貞觀銅牙弩，南越志：龍川有營澗，常有銅弩牙流出，皆以銀黃雕鏤，父老云：越王弩營處也。按：貞觀時或仿為之。開元錦獸張。師氏曰：錦獸張，謂所

愁諸將。

邵云：將驕卒惰之意，隱隱言外。

愁禁兵。○盧德水云：中五首所論時事處，詞氣淵然黯然，有雅人深致。

此氣候失平而愁。○下三章

設射侯也。花門小箭好，朱注：按史收東京時，郭子儀戰不利，回紇於黃埃中發十餘矢。賊驚顧曰：回紇至矣。遂潰。花門小箭好，此一證也。此物棄沙場。安史之亂，皆藉回紇兵收復，中國勁弩，反失其長技，公所以歎之。言外亦見回紇未可狎意。

今日翔麟馬，唐會要：貞觀中，骨利幹獻良馬十四，太宗各爲製名，九曰翔麟紫。兵志：以尚乘掌天子之御，凡十二閑爲二廐，一曰祥麟，二曰鳳苑，以繫飼之。先宜駕鼓車。駕鼓車注見三卷。卽大君先息戰，歸馬華山陽意。時降將羈縻，代宗專事姑息，故云然。無勞問河北，諸將角榮華！羅大經曰：言諸將安於榮華，志得意滿，無復驅攘之志；河北叛亂，決難討除，無勞問也。公詩：雜虜橫戈數，功臣甲第高。卽此二章意。

任轉江淮粟，休添苑囿兵。盧注：當時劉晏均節賦斂，歲運江淮米數十萬石以給關中，若宿衛冗軍不裁，立見其匱也。由來貔虎士，不滿鳳凰城。朱注：按史永泰元年，魚朝恩以神策軍屯苑中。公詩所云殿前兵馬也。二句卽天子有道守在四夷之意。代宗寵任朝恩，由是宦官典兵，卒以亡唐。公此詩所諷，豈徒爲冗兵慮哉。

江上亦秋色，火雲終不移。巫山猶錦樹，南國且黃鸝。

仍說現在景事。此窮居寂寞而愁。

末章總結，借吟詩以遣愁。○蔣云：此首風吹別調，軒然一笑矣。

王西樵云：諸篇俯仰盛衰，託興微婉，自是絕作。劉須溪云：何限言外，所謂語不迫切，而意獨至。

每恨陶彭澤，無錢對菊花。檀道鸞續晉陽秋：陶潛九月九日無酒，於宅邊摘菊盈把，望見白衣人，乃王宏送酒，便就酌而歸。如今九日至，自覺酒須賒。

病減詩仍拙，吟多意有餘。莫看江總老，猶被賞時魚。賞時魚，謂當時所賞之魚袋。唐會要：開元中，張嘉貞奏致仕及內外官五品以上，檢校試判，聽准正員，例許終身佩魚，以理去任，亦許佩魚。自後賞緋紫例兼魚袋，謂之章服。朱注：言我雖老，若江總有銀魚之賜，則流落未足爲恨也。公嘗檢校員外郎賜緋魚袋，故云。

洞房

趙曰：此下八篇蓋一時所作。杜臆：八章詩皆追憶長安時事，以警當時君臣圖善後之策也。每首先成詩而撮首二字爲題，乃三百篇遺法。

洞房環珮冷，指妃子之沒。玉殿起秋風。秦地應新月，龍池滿舊宮。龍池注見十一卷。舊宮興慶宮也。月雖新而宮則舊，有物是人非之感。繫舟今夜遠，清漏往時同。謂舊時宿省所聞。萬里黃山北，園陵白露中。漢地理志：古扶風槐里縣有黃山宮，孝惠二年起。按：漢武茂陵在興平縣東北十七里，正黃山宮之北，蓋借茂陵以喻玄宗泰陵也。

此等全開義山。

此八詩緣起，蓋因秋夜舟中見月，感宮掖淒涼而作也，亦用倒格。○沈確士云：一結黯然，尤覺淚和墨下。

宿昔

宿昔青門裏，蓬萊仗數移。花嬌迎雜樹，李翰林別集序：開元中，禁中初重木芍藥，得四本紅紫淺紅通白者，上因移植於興慶池東沈香亭前。會花方繁開，上乘照夜白，太眞妃以步輦從。趙曰：雜樹，如桃李之屬。沈約詩：春風搖雜樹。龍喜出平池。明皇十七事：天寶中，興慶池小龍常出遊宮垣水溝中，蜿蜒奇狀，靡不瞻睹。落日留王母，漢武內傳：王母嘯，命靈官駕龍嚴車，欲去。帝下席叩頭，請留殷勤，王母乃坐。微風倚少兒。衛青傳：衛媼長女君孺，次女少兒，次則子夫。少兒先與霍仲孺通，生去病，及衛皇后立，少兒更爲陳掌妻。朱注：按飛燕外傳：帝令后所愛侍郎馮無方吹笙以倚后歌，歌酣風起，后揚袖曰：仙乎仙乎，去故而就新乎。帝乃令無方持后履。微風倚少兒，蓋合用少兒、飛燕事。又王母比貴妃，少兒比秦虢諸姨也。宮中行樂祕，少有外人知。漢書：周仁得幸入臥內，後宮祕戲，仁常在旁，終無所言。

黃白山云：此章略見風刺，然其詞微而婉。如祿山宮裏，虢國門前之句，非惟失風人之意，亦全無臣子之禮矣。

能畫

能畫毛延壽，西京雜記：畫工有杜陵毛延壽，寫人好醜老少，必得其眞。投壺郭舍人。西京雜記：武帝時郭舍人善投壺，以竹爲矢，不用棘。古之投壺，取中而不求還，故入小豆，惡矢躍而出也。郭舍人則激矢令還，一矢百餘反，謂之驍，言於輩中爲驍傑也。每投壺，帝輒賜金帛。每蒙天一笑，神異記：東荒山中有大石室，東王公居焉，與一玉女投壺，設有入不出者，天爲之笑。張華曰：笑者，開口流光，今電是也。復似物皆春。言畫之工可回春色。盧注：玄宗時畫鷹畫馬有馮紹正韓幹輩，其侏儒黃軀，帝呼爲肉几。即毛郭之流，故借漢事爲比。此後半略帶回護，亦是夕陽返照法。政化平如水，皇明一作恩。斷若神。時時用抵戲，漢武帝紀：元封三年作角抵戲，三百里內皆來觀。文穎曰：角抵者兩兩相當，角力角技藝，故稱角抵，蓋雜技樂也。亦未雜風塵。容齋三筆言伎藝倡優，不應蒙人主顧盼賞接；然使政如水，恩若神，爲治大要既無所損，則時或用此輩亦無害也。一說：政平明斷，即指開元之治，語意尤爲直截。

鬬雞

鬬雞初賜錦，東城父老傳：玄宗在藩邸時，樂民間清明節鬬雞戲，及即位，立雞坊於兩京間，索長安雄雞，金毫鐵距，高冠昂尾千數，養於雞坊；選六軍小兒五百人，使馴飼之。

帝出，見賈昌弄木雞，召入爲五百小兒長。金帛之賜，日至其家，天下號爲神雞童。

舞馬解登牀。 明皇雜錄：上嘗令教舞馬四百匹，各分左右部目，爲某家龍，某家驕。衣以文繡，絡以金鈴，飾其鬃鬣，間以珠玉。其曲謂之傾盃樂，奮首鼓尾，縱橫應節。又施三層板牀，乘馬而上，抃轉如飛。或命壯士舉榻舞於榻上，樂工環立，皆衣淡黃衫，文玉帶，必求年少姿美者。每千秋節，命舞於勤政樓下。

簾下宮人出，樓前御曲一作柳。**長。** 明皇雜錄：每賜酺，太常陳樂，教坊大陳尋橦、走索、丸劍、角觝、鬬雞，令宮人數百自幃中擊雷鼓爲破陣樂。又曰：玄宗製新曲四十餘，又新製樂譜。每初年望夜，御勤政樓觀燈作樂，貴臣戚里設看樓觀望。夜闌，太常樂府懸散樂畢，卽遣宮女於樓前縛架出眺，歌舞以娛之。

仙遊終一閟， 開元傳信記：明皇夢遊月宮，諸仙子娛以上清之樂，其曲凄楚動人。明皇以玉笛尋得之，名紫雲迴。異聞錄：開元六年八月望，上與申天師、洪都客作術，夜遊月宮，見素娥十餘人，笑舞於廣庭桂樹之下，音樂清麗，遂歸製霓裳羽衣之曲。**女樂久無香。** 女樂謂梨園弟子。張遠注：仙遊句反上御曲長，女樂句反上宮人出。

寂寞驪山道，清秋草木黃。 南部新書：驪山華清宮毀廢已久，惟存繚垣。乾元閣在山嶺之上，最爲嶄絕，礎柱尙存。山腹卽長生殿，殿東西盤石道，自山麓而上，道側有飲酒亭、明皇吹笛樓、宮人走馬樓，故址猶存。

黃白山云：此首兼述盛衰存沒，不以荒宴直接播遷，徑及崩駕之感，則有傷痛而無刺譏，此溫柔敦厚之遺敎也。

邵云：綜括前後，開闔盡致。

張云：一初字，便見平日歌舞荒淫，全不知備意，而語自含蓄不露。

歷歷

歷歷開元事，分明在眼前。無端盜賊起，明皇致亂在天寶而轉思開元，乃舉盛以蔽其失。曰：無端者，蓋諱言之，不以盜賊之起歸過於君也。忽已歲時遷！巫峽西江外，秦城北斗邊。爲郎從白首，荀悅漢紀：馮唐白首，屈於郎署。臥病數秋天。

仇滄柱云：此首承前起後，前三章說承平之世，故以開元事括之；後三章說亂離以後，故以盜賊起包之。○何義門云：此章略斷，眞善於立言，爲尊者諱，公之本旨。

洛陽

洛陽昔陷沒，胡馬犯潼關。天寶十四載十二月，祿山陷東京，次年六月入潼關。天子初愁思，明皇十七事：羯胡犯闕，上欲遷幸，登興慶宮花萼樓，置酒，四顧悽愴。視樓下有少年善水調歌頭者，使之登樓且歌，上聞之，潸然出涕，顧侍者曰：誰爲此詞？曰：李嶠。上曰：李嶠眞才子也。不待曲終而去。都人慘別顏。是月十三日，上出延秋門至咸陽，日中猶未食，民爭獻糲飯，雜以麥豆。清笳去宮闕，至德二年九月，郭子儀收復西京，賊衆夜遁。翠蓋出關山。

此復申首章圜陵白露之感。

蔣云：末章直是奏疏體，丁

十月肅宗入長安，上皇發蜀郡。故老仍流涕，龍髯幸再攀。舊書玄宗紀：上皇至自蜀，百姓舞抃路側曰：不圖今日復見二聖。漢郊祀志：黃帝鑄鼎荊山下，鼎既成，有龍垂胡顤下迎，黃帝上騎，羣臣後宮七十餘人從上，餘小臣不得上，乃悉持龍顤，龍顤拔墮，墮黃帝之弓，百姓乃抱其弓與龍顤號。後世因名其處曰鼎湖，弓曰烏號。

驪山

驪山絕望幸，花萼罷登臨。地下無朝燭，趙注：朝燭當音朝覲之朝，凡朝在早則秉燭受朝，今地下幽閟，故無之也。人間有賜金。漢書：高后崩，遺詔賜諸侯王各千金，將相列侯郎吏皆以秩賜金。又王道俊曰：如明皇千秋節賜百官珠囊金鏡是也。鼎湖龍去遠，銀海雁飛深。漢書：秦始皇葬驪山之阿，下錮三泉，上崇山墳，水銀爲江海，黃金爲鳧雁。萬歲蓬萊日，長懸舊羽林。漢禮樂志：芬樹羽林，雲景杳冥。師古曰：言所樹羽葆，其盛若林也。按：玄宗以萬騎平韋氏，改羽林軍爲龍武軍，故有末句。

提封

提封漢天下，（起勢高渾。）漢書：提封頃畝。注：謂提舉四封之內，總計其數也。萬國尚同心。言世事尚可爲，但勿更尋覆轍耳。借問懸車一作軍。

寧反覆，皆暗切玄宗，隱爲後戒，以此結前七首，意最深切。

守，國語：懸車束馬，以踰太行。何如儉德臨？困學紀聞：此及不過行儉德，盜賊本王臣，明皇以侈致亂，故少陵以儉德爲救時之砭劑。時徵俊乂入，莫慮犬羊侵。願戒兵猶火，左傳：兵猶火也，不戢將自焚也。恩加四海深。仇注：明皇好邊功而尚奢侈，故有懸車儉德之語；不聽張九齡而致祿山終叛，故有俊乂犬羊之語。使當時息兵愛民，焉有天寶之禍哉！故以戒兵加恩終之。或謂指諷代宗時事，當年吐蕃入寇，叛將不恭，恐非罷兵可以止亂也。

邵子湘云：洞房八章，皆追憶開元天寶時事，語含諷刺，而蘊藉不露，深得小雅詩人之遺。○仇滄柱曰：此及秋興諸詩，撫時感事，有關國家治亂興亡，寄託最爲深遠。秋興八首，氣象高華，音節悲壯，讀之令人興會勃然；洞房八首，意思沈鬱，詞旨淒涼，讀之令人感傷欲絕。此皆杜老聚精會神之作，故千載之下，猶可歌而可涕也。

鸚鵡

鸚鵡含愁思，聰明憶別離。翠衿渾短盡，紅觜漫多知。禰衡鸚鵡賦：紺趾丹觜，綠衣翠衿。未有開籠日，空殘舊宿枝。世人憐復損，何用羽毛奇。

顧脩遠云：此詩分明有才人失路，託身異族之感，如魏武之於楊修，隋煬之於薛道衡，皆所謂憐復損也。

張云：羈離之苦，觸物興哀，不覺極情盡態如此。

李云：雁寫其孤高，鷗寫其輕潔。

孤雁

孤雁不飲啄，飛鳴聲念羣。誰憐一片影，相失萬重雲。望盡一作斷。似猶見，哀多如更聞。公詩每善於空處傳神。浦注：言雁行既遠，望盡矣而飛不止，似猶見其羣而逐之者；哀多矣而鳴不絕，如更聞其羣而呼之者，二句正寫念羣之意。野鴉無意緒，鳴噪自紛紛。

鷗

江浦寒鷗戲，無他亦自饒。自足也。卻思翻玉羽，隨意點春苗。雪暗還須落，風生一任飄。幾羣滄海上，清影日蕭蕭。

羅大經曰：浦鷗閒戲，使無他事，儘自寬饒，卻以謀食之故，翻玉羽而弄春苗，雖風雪淩厲亦不暇顧矣；何似羣飛海上者，清影翛然，不爲泥滓所染耶。此興士當高舉遠引，歸潔其身，不當逐逐於聲利之場，以自取賤辱也。今按雪暗風生，亦寓自家飄流謀食之感，歎其不如海鷗之忘機自適也。

此借猿智能遠患，以見涉世之難。○李云：何處得其微妙，貫乎化工矣。

邵云：起四似代麂語，奇。

猿

梟梟啼虛壁，隱 蕭蕭挂冷枝。見 艱難人不免，隱見爾如知。朱注：言挂枝啼壁，如識隱見之機，人反有不如者矣。慣習元從衆，全生或用奇。全生，如搏樹避矢之類。前林騰每及，父子莫相離。末又戒其不宜恃技輕出以取禍。

麂

麂 音几。爾雅作麐。本草演義：麂，麞類，山深處頗多，其聲如擊破鈸。

永與清溪別，蒙將玉饌俱。無才逐仙隱，承一 神仙傳：葛仙翁於女几山學道數十年，化為白麂，二足，時出山上。不敢恨庖廚。承二 亂世輕全物，開又得法，後半感慨甚大 謂不以物命為重。仇注：全乃全活之全。微聲及禍樞。衣冠兼盜賊，饕餮用斯須。左傳注：貪財為饕，貪食為餮。蔣云：時盜賊筵饌奢華，多殘物命以恣口腹，而朝廷士大夫亦爾，故傷之而以衣冠盜賊並言。春秋之筆，所以愧衣冠者至矣。張上若云：微聲句有至理，自古文人才士，遭亂嬰禍，如中郎之於董卓，中散之於司馬，何一不從聲名得之。此苟全性命，不求聞達，隆中所以獨絕千古也。

陋殊俗也。

懲叛將也，殆隱指段子璋、徐知道輩。

雞

紀德名標五，韓詩外傳：夫雞頭戴冠文也，足傅距武也，見敵而鬭勇也，得食相呼義也，鳴不失時信也。雞有五德，君猶瀹而食之，其所從來近也。初鳴度必三。史歷書：雞三號卒明。注：夜至雞三鳴，始爲正月一日。殊方聽有異，失次曉無慙。浦注：夔雞未必皆然，偶借失次者以見意耳。問俗人情似，言無德無信，習俗皆然。充庖爾輩堪。雞既不能司晨，亦僅堪充庖已耳。氣交亭育際，列子：亭之毒之。注：化育之意。劉孝標啓：一物之微，遂留亭育。巫峽漏司南。韓非子：先王立司南以端朝夕。朱注：自昏而曉，正造化氣候所交，故曰氣交亭育際。夔州在南，雞司昏曉，今失其司晨之職，故曰巫峽漏司南也。

黃魚

爾雅注：鱣魚體有甲無鱗，肉黃，大者長二三丈，江東人呼爲黃魚。

日見巴東峽，黃魚出浪新。脂膏兼飼犬，鹽鐵論：江陵之人，以魚飼犬。長大不容身。筒桶相沿久，仇注：筒，竹器；桶，木器，皆捕魚之具。風雷肯爲神？張溍注：言黃魚不能變化，即風雷亦不能助而神之也。似嘲似惜，警醒不少。泥沙卷涎沫，回首

憫窮民也，時蜀因單輿餉急，誅求無藝。

申云：藥餌句，非久病不知。

怪龍鱗。詩義疏：鱣身形似龍。

白小　舊注：即今麪條魚。

白小羣分命，天然二寸魚。庾信小園賦：一寸二寸之魚。細微霑水族，風俗當園蔬。賓退錄：靖州圖經載其俗以魚爲蔬，今湖北多謂之魚菜。入肆銀花亂，傾箱雪片虛。杜臆：亂肆傾箱，言取之多也。生成猶拾卵，盡取義何如？國語：鳥翼鷇卵，蟲舍蚳蝝。西京賦：擭胎拾卵，蚳蝝盡取。朱注：言生成之道，卵猶不忍棄，魚雖小而盡取之，豈得爲義乎。黃白山云：前後咏物諸詩，合作一處讀，始見杜公本領之大，體物之精，命意之遠。說物理物情，即從人事世法勘入，故覺篇篇寓意，含蓄無限。

秋清　浦注：此病起而思出峽之作。

高秋疏肺氣，白髮自能梳。藥餌憎加減，門庭悶掃除。謂懶於應接。杖藜還客拜，愛竹遺兒書。十月江平穩，輕舟進所如。

李云：小雅怨誹而不亂，正寫翻寫俱得之。

首章先言東屯之勝。○五六點出時序。

次章方及移居之故。

秋峽

江濤萬古峽，肺病久衰翁。不寐防巴虎，全身押楚童。衣裳垂素髮，門巷落丹楓。常怪商山老，兼存翊戴功。上四句皆老病甘隱意，故怪四皓垂老猶出而建功也。

自瀼西荆扉且移居東屯茅屋四首

一統志：東瀼水，公孫述於東濱墾稻田，號東屯。于桌東屯少陵故居記：峽中多高山峻谷，地少平曠。東屯距白帝五里而近，稻田水畦，延袤百頃，前帶清溪，後枕崇岡，樹林葱蒨，氣象深秀，稱高人逸士之居。浦注：按東屯特公之農莊，移居爲收穫計也。且者，不常止之詞。

白鹽危嶠北，赤甲古城東。先記地勝，與入宅詩同。平地一川穩，高山四面同。烟霜淒野日，秔稻熟天風。人事傷蓬轉，吾將守桂叢。劉安招隱士：桂樹叢生兮山之幽。

東屯復瀼西，一種住清溪。來往兼茅屋，淹留爲稻畦。市喧宜近利，原注：瀼西居近市。林僻此無蹊。若訪衰翁語，須令賸客迷。言地僻不減桃源也。陸機詩：遊賞愧賸客。賸，多也。

三章喜鄰居有人。

道北馮都使，晉書：諸阮居道北。高齋見一川。陸游少陵高齋記：少陵居夔三徙居，皆名高齋。其詩曰次水門者，白帝城之高齋也；曰依藥餌者，瀼西之高齋也；曰見一川者，東屯之高齋也。故又曰高齋非一處。按：此曰高齋，乃馮都使之高齋。子能渠細石，吾亦沼清泉。趙汸云：渠之沼之，實字作活字用。枕帶還相似，柴荊即有焉。李句 朱注，言林泉枕帶，兩家相似，故柴門之外，即可兼而有之。斫畬應費日，解纜不知年。

末章又及思鄉心事。

牢落西江外，參差北戶間。顧注：北戶即指道北馮都使之戶，謂與馮參差而居也。久遊巴子國，臥病楚人山。幽獨移佳境，清深隔遠關。朱注：遠關，瞿唐關也。入蜀記：瞿唐關西門正對灩澦堆，自關而東，即少陵東屯故居。寒空見鴛鷺，猛然觸起 回首憶朝班。

浦云：因賽社而想朝賜也，

社日兩篇

社有春秋二祀，此詩所咏，乃是秋社。

九農成德業，蔡邕獨斷：先農者，蓋神農之時，至少昊之世，置九農之官。百祀發光輝。國語：共工氏之子曰勾龍，能平九土，故祀以爲社。報效

在南翁北雁二句，逗出本意。

此卽前章下半意而申言之。○兩古人，一置在末，一置在起，與散愁詩同格。

浦云：此詠當空之月，先情後景。

神如在，馨香願不違。南翁巴曲醉，北雁塞聲微。朱注：雁春北秋南，北雁，北來之雁也。尙想東方朔，詠諸割肉歸。東方朔傳：伏日詔賜從官肉，朔拔劍割肉，謂同官曰：伏日當早歸。卽懷肉去。大官奏之，詔朔自責。朔曰：拔劍割肉，一何壯也。割之不多，又何廉也。歸遺細君，又何仁也。西溪叢語：此詩社日用伏日事。按史記諸侯年表：古者止有春社，秦德公二年始用伏日爲秋社，磔狗四門以禦災蟲，社乃同日。至漢方有春秋二社，與伏分也。陳平亦分肉，太史竟論功。陳平傳：里中社，平爲宰，分肉甚均。杜臆：太史公論陳平云：當割肉俎上時，意已宏遠矣。又謂其以功名終，稱賢相，所謂論功也。今日江南老，江南，峽江之南。他時渭北童。歡娛看絕塞，涕淚落秋風。鴛鷺迴金闕，謂此時諸臣分肉而迴也。誰憐病峽中。

八月十五夜月二首

滿目飛明鏡，歸心折大刀。古樂府：藁砧今何在，山上復有山。何當大刀頭，破鏡飛上天。吳兢解題：藁砧，砆也。重山，出也。大刀頭，刀頭有鐶，問夫何時當還也。破鏡飛上天，言月半缺當還也。折，謂歸心摧折。三四承歸心。轉蓬行地遠，攀桂仰天高。亦寓君門萬里意。水路疑霜雪，下半承明鏡。林

此又詠將落之月，先景後情，以思歸起，以傷亂結。

棲見羽毛。此時瞻白兔，直欲數秋毫。李子德云：下四句只寫極明意，恰是八月十五夜月。次首就將曉說，則公愛此空明，永夜無眠可知。

稍下巫山峽，猶銜白帝城。氣沈全浦暗，承一輪仄半樓明。承二刁斗皆催曉，蟾蜍且自傾。言蟾蜍亦若畏刁斗而傾也。張弓倚殘魄，不獨漢家營。見竟夜防守，非止一處也。

十六夜翫月

舊挹金波爽，皆傳玉露秋。言月至秋倍明，自昔而然。關山隨地闊，李云：關山以月之明，故無不見，是隨地而闊。河漢近人流。河漢亦以月之明，上下一色，故如近人而流也。谷口樵歸唱，孤城笛起愁。仇注：樵歸而唱，笛起而愁，用上四字一讀。巴童渾不寐，半夜有行舟。下半言因月明，故人人忘寢也。

胡元瑞曰：詠物起自六朝，唐初沿襲，雖風華競爽，而獨造未聞。惟杜公諸作，自開堂奧，盡削前規。如詠月則關山隨地闊，河漢近人流；詠雨則野徑雲俱黑，江船火獨明；詠雪則暗度南樓月，寒深北渚雲；詠夜則重露成涓滴，稀星乍有無；皆精深奇邃，前無古人。

十七夜對月

秋月仍圓夜，江村獨老身。捲簾還照客，倚杖更隨人。光射潛蚪同虯。動，蜀都賦：下高鵠，出潛虯。明翻宿鳥頻。二句言月光徹於上下。動虯翻鳥，亦見對月者已無人矣。茅齋依橘柚，清切露華新。

曉望

白帝更聲盡，陽臺曙色分。高峯寒一作初。上日，張溍注：謂高峯寒氣，直逼初上之日。疊嶺宿霾雲。謂將曉時雲未盡出也。地坼江帆隱，地坼謂崖岸峻，舟行其中時隱也。天清木葉聞。天清無風雨，故木葉聲落可聞。荊扉對麋鹿，應共爾爲羣。

李云：寫景最工，天清木葉聞，尤爲微妙。

日暮

淡語雋永，游子不堪多讀。

險字深字，俱從暝字想出。

牛羊下來久，各已閉柴門。風月自清夜，江山非故園。石泉流暗壁，草露滿秋原。一作滴秋根。頭白燈明裏，何須花燼繁。劉須溪云：三四人人能言，人人不能言，與可惜歡娛地同耳。

暝

日下四山陰，山庭嵐氣侵。謝靈運詩：夕曛嵐氣陰。牛羊歸徑險，鳥雀聚枝深。句法似晚唐正枕當星劍，庾信詩：流星抱劍文。言劍在牀頭，借劍光以助暝照也。收書動玉琴。因收書而誤觸動所掛之琴，亦以暝色故。半扉開燭影，欲掩見清砧。尤寫得飄緲。顧注：擣衣聲恆在夜初，聞砧聲清徹於耳，不知在何處？今門已欲掩，而半扉開處，燭影所照，彷彿見之。正反言暝不能見，賴燭影而見耳。

晚

杖藜尋巷晚，炙背近牆暄。人見幽居僻，吾知拙養尊。朝廷問府主，張云：鄉居作客眞景邵注：府主，太守

歸翼應巷晚，寒燈應牆暄。

邵云：寫老人景態極眞，此等詩質而有味。○李云：老健清圓眞候，即化境矣。

切題不俗。

也。晉書孫楚傳：參軍不敬府主。耕稼學山村。歸翼飛棲定，寒燈亦閉門。

夜

絕岸風威動，寒房燭影微。嶺猿霜外宿，江鳥夜深飛。承首句 獨坐親雄劍，承次句 哀歌歎短衣。淮南子：甯戚飯牛車下，擊牛角而爲商歌曰：南山粲，白石爛。短布單衣適至骭，長夜漫漫何時旦？烟塵繞閶闔，白首壯心違。

九月一日過孟十二倉曹十四主簿兄弟

藜杖侵寒露，蓬門啟一作起。曙烟。力稀經樹歇，老困撥書眠。秋覺追隨盡，來因孝友偏。清談見滋味，爾輩可忘年。

孟倉曹步趾領新酒醬二物滿器見遺老夫

楚岸通秋屐，胡牀面夕畦。藉糟分汁滓，劉伶酒德頌：枕麴藉糟。仇注：此對甕醬，疑指盛酒之具。周禮：醴齊。注：醴，猶體也，

眞切。

李云：寫憑覓二字俱暢。

成而汁滓相將。甕醬落提攜。落，旁落也。見滿器意。飯糲音辣。添香味，二句分貼朋來有醉泥。理、生、那、免、俗、方、法、報、山、妻。

送孟十二倉曹赴東京選　唐志：太宗時以歲旱穀貴，東人選者集於洛州，謂之東選。後殆自此爲例。

君行別老親，此去苦家貧。藻鏡留連客，孟必需次已久。〇浦〇云〇三〇四〇能令老於〇謁〇選〇者〇墮〇淚江山憔悴人。秋風楚竹冷，夜雪鞏梅春。唐書：鞏縣屬東都河南府。楚竹謂去夔之時，鞏梅言到京之日。朝夕高堂念，應宜綵服新。

憑孟倉曹將書覓土樓舊莊　浦注：此當即偃師舊廬，所謂陸渾莊者。孟往東京，故託以訪覓。

平居喪亂後，不到洛陽岑。爲歷雲山問，無辭荊棘深。北風黃葉下，南浦白頭吟。十載江湖客，乾元間，公爲華州功曹，復一至東都，至是十載。茫茫遲暮心。言至老未知可得歸耳。杜臆：遲暮心，蓋有邱首之思。

九日五首　朱注：吳若本題下注云：缺一首。趙次公以風急天高一首足之，云：未嘗缺。夢弼注同。

首章思弟妹也。五六寫景，言外無限淒涼。

二章思朝事也。○邵云：八句一氣，總是格高。

三章思故友也，亦是一氣。

四章思故里也。○仇云：上

重陽獨酌杯中酒，抱病起登江上臺。浦注：五詩皆輟飲獨登之作。因獨酌無興，故抱病登臺，想見擲杯而起，如此方與三四不相背。竹葉於人既無分，（承首句）張衡七辨：玄酒白醴，葡萄竹葉。菊花從此不須開。（使性得妙）殊方日落玄猿哭，（承次句）故國霜前白雁來。夢溪筆談：北方有白雁，似雁而差小，秋深乃來，來則霜降，河北人謂之霜信。弟妹蕭條各何在，干戈衰謝兩相催！顧注：干戈既侵，衰謝又迫，恐兩相催逼，終無聚首時也。

舊日重陽酒，傳杯不放杯。即今蓬鬢改，但愧菊花開。北闕心常戀，西江首獨迴。茱萸賜朝士，難得一枝來。仇注：唐制，九日賜宴及茱萸。

舊與蘇司業，源明。兼隨鄭廣文。虔。采花香泛泛，坐客醉紛紛。野樹欹還倚，秋砧醒卻聞。歡娛兩冥漠，西北有孤雲。（結句神遠）

故里樊川菊，長安志：樊川一名後寬川。十道志：其地即杜陵之樊鄉，漢樊噲食邑於此，故曰樊川，為長安名勝之地。登高素滻源。素滻注見二卷。長

四樊川九日，中四在夔思樊，下四夔州九日。

安志：少陵原北直滻水。他時一笑後，今日幾人存？應前獨酌巫峽蟠江路，終南對國門。繫舟身萬里，應前抱病伏枕淚雙痕。爲客裁烏帽，趙曰：裁烏帽特以爲客，平時不巾可知矣。從兒具綠樽。佳辰對羣盜，愁絕更堪論！

沈云：八句皆對，起手二句，對舉之中又復用韻，格法奇變。又云：結句意盡語竭，不必曲爲之諱。

登高

風急天高猿嘯哀，渚清沙白鳥飛迴。登高所見無邊落木蕭蕭下，不盡長江滾滾來。四句俱分俯仰說。萬里悲秋常作客，百年多病獨登臺。登高所感兩句　中包無限意艱難苦恨繁霜鬢，潦倒新亭停通。濁酒杯。久客則艱苦備嘗，病多則潦倒日甚。下二句亦用分承，時公以肺病斷飲。

高渾一氣，古今獨步，當爲杜集七言律詩第一。

晚晴吳郎見過北舍

此詩應在九日前，依朱本以類編次

鍾伯敬云：第三句寫兩人對立之狀甚細。

此與題桃樹作，皆未可以

圃畦新雨潤，愧子廢鉏來。竹杖交頭拄，柴門隔一作掃。徑開。欲棲羣鳥亂，未去小童催。明日重陽酒，相迎自醱醅。

簡吳郎司法 唐書：府州各有司法，參軍事。

有客乘舸自忠州，忠州注見十二卷。遣騎安置瀼西頭。張遠注：公移東屯時，以瀼西草堂借吳寓居。古堂本買藉疏豁，借汝遷居停宴遊。停乃留字意。雲石熒熒高葉曙，風江颯颯亂帆秋。草堂前多錦樹，故高葉當曙，則雲石之間，光彩閃動；草堂門對瀼溪，故亂帆逢秋，則風江之上，氣象蕭森。卻為姻婭過逢地，許坐曾軒數所角切。散愁。

仇注：五六疏豁之景，七八遷居後事。本屬公堂坐軒而散愁，反欲問吳見許，見賓主忘形處。

又呈吳郎 浦注：公向居此堂，熟知鄰婦之苦，聽其竊棗以活。吳郎之來，聞其將插籬護圃，故作此以止之。

堂前撲棗任西鄰，即所謂棗熟從人打也。無食無兒一婦人。體貼深至。不為困窮寧有此？祇緣恐懼

尋常格律求之。

五六語大生晦。

轉須親。恐懼，謂畏人看破也。四句是公自述從前待此婦之事。卽防遠客雖多事，言吳郎新來，原未必卽爲禁止。使插疏籬卻甚眞。使疏籬一插，則婦本防吳郎見拒，甚似眞爲彼而設，而不敢復來矣。已訴徵求貧到骨，謂此婦平日訴貧苦於公也。只輕輕一語正思戎馬淚盈巾。逗露本意末句推言海內孤寡困窮失所者衆，又不止西鄰矣。

仇滄柱曰：此詩直寫眞情至性，唐人無此格調。然語淡而意厚，藹然仁者痌瘝一體之心，眞得三百篇神理者。○朱瀚曰：通篇借一婦人發明徵求之慘，當與哀哀寡婦誅求盡同看。

覃山人隱居

顧注：山人必老而就徵者，公過其居，傷其隱之不終也。

南極老人自有星，注見十六卷。南極指夔州，言其久負重望。北山移文誰勒銘？文選注：周顒先隱鍾山，後爲海鹽令，欲過北山，孔稚圭乃假山靈意作文移之，中云：馳文驛路，勒移山庭。徵君已去獨松菊，哀壑無光留戶庭。吳注：言徵君在山，誰得移文誚之？無如一去之後，松菊雖存，而山川少色也。予見亂離不得已，子知出處必須經。朱注：廣韻：經，量度也。言我以亂離，故不得已而奔走，山人既爲隱者，何不以出處之宜，一爲經度乎。下二句又言危機所伏，出不如處，以深惜之。高車駟馬帶傾覆，四皓歌：駟馬高蓋，其憂甚大。悵望秋天虛翠屏。

柏學士茅屋

碧山學士焚銀魚，銀魚注見前。白馬卻走身巖居。浦注：林居詩自胡之反持干戈，天下學士亦奔波。蓋遭祿山之亂，棄官居此者。古人已用三冬足，東方朔傳：臣年十二，讀書三冬，文史足用。年少今開萬卷餘。晴雲滿戶團傾蓋，周王襃詩：俯觀雲似蓋，低望月如弓。秋水浮堦溜決渠。漢溝洫志：舉鍤爲雲，決渠成雨。仇注：雲之濃團如傾蓋，水之急溜似決渠。二句茅屋前景。富貴必從勤苦得，男兒須讀五車書。莊子：惠施多方，其書五車。

浦二田云：公過學士茅屋，喜其藏書之富，又有佳子弟能讀，率題於壁。末二句就學士家前效作指點歎羡語，舊解作勉詞便陋。

題柏大兄弟山居屋壁二首　柏大兄弟，乃柏學士之姪。

叔父朱門貴，郎君玉樹高。朱注：應璩與滿公琰書：外嘉郎君謙下之德。注：璩常事其父，故稱郎。山居精典籍，文雅涉

上首就柏兄弟說，此首就山居說，而結仍抱前篇。

直起筆力蒼勁。

風騷。江漢終吾老，雲林得爾曹。哀絃繞白雪，謝希逸琴論：白雪，師曠所作，商調曲也。鮑照詩：蜀琴抽白雪，郢曲繞陽春。未與俗人操。末蓋許柏爲知音也。

野屋流寒水，山籬帶薄雲。靜應連虎穴，喧已去人羣。筆架霑牕雨，書籤映隙曛。蕭蕭千里足，晉書：苻朗，堅從兄子也，堅目之曰：吾家千里駒。箇箇五花文。丹元子步天歌：五箇花文王良星。

寄柏學士林居

自胡之反持干戈，天下學士亦奔波。何云：亦字藏蒼生一層。庾信碑文：豫州拓境，兩鎮奔波。歎彼幽棲載典籍，蕭然暴露依山阿！青山萬重靜散地，散地，閒地也。白雨一洗空垂蘿。亂代飄零予到此，劉須溪云：語意款曲。古今成敗子如何？朱注：因學士載書而隱，故問以觀古人成敗之事，今當何如也。荊揚冬春異風土，巫峽日夜多雲雨。赤葉楓林百舌鳴，黃泥野岸天雞舞。謝靈運詩：天雞弄和風。吳注：春鳥秋鳴，見其非時；水禽岸舞，見其多雨。盜

蔣云：東西南北四字，分置變化。

賊縱橫甚密邇，指崔旰之亂。形神寂寞甘辛苦。幾時高議排金門，各使蒼生有環堵。（應起處仍挽到林居）下半言俗殊盜逼，而以濟世安民期之學士也。

寄從孫崇簡

嵯峨白帝城東西，南有龍湫北虎溪。吾孫騎曹不記馬，世說：王子猷爲桓沖騎曹參軍，桓問曰：卿署何曹？曰：不知何曹。時見牽馬來，似是馬曹。又問所管幾馬？曰：不知馬，何由知數。業學尸鄉常養雞。注見一卷。杜臆：此卽前詩所謂質樸古人風者。龐公隱時盡室去，武林春樹他人迷。與汝林居未相失，近身藥裹酒常攜。牧豎樵童亦無賴，莫令斬斷青雲梯。後四欲偕隱而勉其有終也。趙說似非。

季秋蘇五弟纓江樓夜宴崔十三評事韋少府姪三首

峽險江驚急，言江流因峽險而急。樓高月迥明。一時今夕會，萬里故鄉情。（同會賓主二句包入）三子皆公故鄉人。星

此首是獨不飲中心事。

此一首合上二首言之，卽所謂終宴不知疲也。

落黃姑渚，浦注：古樂府：黃姑織女時相見。按：黃姑卽河鼓，三星如擔，在天河東渚。此云星落，謂河鼓沒也。季秋河轉西南，河鼓沒則夜半矣。秋辭工對白帝城。老人因酒病，堅坐看一作待。君傾。

明月生長好，浮雲薄漸遮。悠悠照邊塞，謝莊月賦：升清質之悠悠。悄悄憶京華。清承三動杯中物，高承四隨海上查。按拾遺記：堯時有貫月查浮於西海，查上有光，夜明晝滅。句當暗用此事，思乘月查而至天上也。此注向未引及。否則著此句殊無謂。不眠瞻白兔，百過落烏紗。言往來映於紗帽也。

對月那無酒，登樓況有江。聽歌驚白鬢，卽歡娛恨白頭意。笑舞拓秋窗。樽蟻添相續，曹植七啓：盛以翠樽，酌以雕觴。浮蟻鼎沸，酷烈馨香。沙鷗並一雙。直至向曉矣。盡憐君醉倒，更覺片一作我。心降。

浦二田云：公兩載羈夔，絕少賓朋高會，卽視蜀中之況，亦遠不逮，兩都更無論已。有此一敍，覺種種江光月色，俱併入親情鄉思中。三結處戀戀不舍意，皆從此生出。○李子德云：三首空淡中有至味，百讀彌見其高。○以爲空淡，尤覺渾雄，前後綺綺疏疏，非諸家所及。

結句正與前江樓夜宴詩相應。

應酬詩亦自典則當行。

上完賀意，下因稱母及王之

戲寄崔評事表姪、蘇五表弟、韋大少府諸姪 此因阻雨而欲諸公相就以續前夜之會也。

（譎趣）隱豹深愁雨，列女傳：南山有玄豹，霧雨七日不下食者，欲以澤其衣毛，而成其文章也。潛龍故起雲。張溍注：隱豹自謂，潛龍謂諸公。言己畏雨不出，而諸公不宜然也。泥多仍徑曲，心醉阻賢羣。晉書：太原郭奕高爽爲衆所推，見阮咸而心醉。忍對江山麗，還披鮑謝文。謂諸公之文。高樓憶疏豁，秋興坐氛氳。

奉賀陽城郡王新舊唐書作城陽。**太夫人恩命加鄧國太夫人** 原注：陽城郡王，衛伯玉也。舊唐書代宗紀：大曆二年六月，荊南節度使衛伯玉封城陽郡王。詩乃賀其母受封，蓋伯玉封王後，母亦進封大國也。

（切姓雙起，莊重）衛幕銜恩重，漢書衛青傳：帝就拜大將軍於幕中。潘輿送喜頻。潘岳閒居賦：太夫人乃御板輿，升輕軒。（承一）濟時瞻上將，（承二）錫號戴慈親。富貴當如此，尊榮邁等倫。郡依封土舊，國與大名新。朱注：郡封仍是陽城，故曰舊；夫人加號鄧國，故曰新。紫誥鸞迴紙，庾信賀婁慈碑：臺墀走馬，書足迴鸞。清朝燕賀人。淮南子：大廈成而燕雀相賀。遠傳冬筍

慈孝，而兼寓勸勉於篇終，應起處仍歸到衛公，立言得體。

味，用孟宗事，注見十卷。更覺綵衣春。奕葉班姑史，後漢列女傳：扶風曹世叔妻者，同郡班彪之女，名昭，字惠姬。兄固著漢書未竟，和帝詔昭就東觀藏書閣，踵而成之。芬芳孟母鄰。義方兼有訓，承孟母句詞翰兩如神。承班姑句委曲承顏體，鶱飛報主身。可憐忠與孝，雙美畫一作映。麒麟。

送田四弟將軍將夔州柏中丞命起居江陵節度陽城郡王衛公幕

一云夔府送田將軍赴江陵。按：此詩言雁來燕去，當在八九月之交，舊編非是。

離筵罷多酒，起柁從杜臆，舊作地。發寒塘。迴首中丞座，馳牋異姓王。燕辭楓樹日，雁度麥城霜。元和郡國志：荊州當陽縣東南有麥城。二句寫景，亦帶離情。定醉山翁酒，遙憐似葛強。山翁比衛公，葛彊比田將軍，預擬其至衛幕而相得也。

寄杜位

原注：頃者與位同在故嚴尚書幕，今為江陵節度衛伯玉行軍司馬。

王嗣奭曰：天地之大，身無所往，風塵憔悴，病又奚辭，凄涼之語，眞堪流涕。

寒日經簷短，窮猨失木悲。指嚴公之沒。峽中爲客恨，江上憶君時。天地身何往，一作在。風塵病敢辭！封書兩行淚，霑灑裛新詩。

張上若云：着此等壯語，方是節度公馬。末句見功成身逸，觴詠風流，卻從馬上寫出妙。

玉腕騮 原注：江陵節度衛公馬也。

聞説荊南馬，尚書玉腕騮。驂驔飄赤汗，跼蹐顧長楸。長楸注見十一卷。上句傳馬之勇力，下句傳馬之神情。胡虜三年入，乾坤一戰收。言安史亂後，三年得此馬，一戰收復。舊唐書：衛伯玉擊史思明，大破於彊子坂，積尸滿野，以功遷神策軍節度；又破史朝義於永寧，進封河東郡公。舉鞭如有問，晉山簡傳：舉鞭問葛彊，何如幷州兒。欲伴習池遊。

李云：江村秋景，歷歷如畫。貧況偏寫得可喜，重字圓字最善狀物。

季秋江村

喬木村墟古，疏籬野蔓懸。素琴將暇日，白首望霜天。二句亦手揮五絃，目送飛鴻意。登俎黃柑重，支牀錦石圓。龜策傳：南越老人用龜支牀足。遠遊雖寂寞，難見此山川。

前半置小園之由。後半治小園之事。

李云：取其流麗，在七排爲勝場。視字中新舊榮枯一一寫出。

小園

黃生注：此詩秋時所作。春深而買，追憶前事；寒事物華，又預計冬春也。

由來巫峽水，本自楚人家。客病留因藥，春深買爲花。邵云：句法別。上四言此園水通巫峽，本是楚人所居，而乃留此買此者，蓋因客病不能他往，藉其藝藥以療病，春深無以自娛，假此看花以探春也。秋庭風落果，瀼岸雨頹沙。二句小園之可慮者，即起下須營意。問俗營寒事，寒事，即培果修岸之類，以異俗，故須問而後營。將詩待物華。挽三四。至春則花藥方榮也。

寒雨朝行視園樹

柴門雜樹向千株，丹橘黃甘北地無。江上今朝寒雨歇，籬邊秀色畫屏紆。桃蹊李徑年雖古，梔子紅椒豔復殊。四句承雜樹。言園樹得雨，葱蒨生色。鎖石藤梢元自落，倚天松骨見來枯。林香出實垂將盡，葉蒂辭枝不重蘇。二句承橘甘。愛日恩光蒙借貸，左傳注：冬日可愛。清霜殺氣得憂虞。朱注：言凋零於歲暮者，雖借恩愛日，終以清霜爲憂。衰顏動覓藜牀坐，北堂書鈔：英雄記曰：向詡嘗坐藜牀上。綏步仍須竹杖扶。散騎未知雲閣處，注見十六卷。公嘗檢校員外郎故云。啼猿僻在楚山隅。

傷秋

村僻來人少，山長去鳥微。高秋藏羽一作收畫。扇，久客掩荊扉。懶慢頭時櫛，艱難帶減圍。梁昭明太子傳：體素壯，腰帶十圍，至是減削過半。將軍思一作猶。汗馬，天子尚戎衣。按史大曆二年九月，吐蕃寇靈州、邠州，京師戒嚴。白蔣風飆脆，蔣，菰蔣也。殷烏閑切。檉曉夜稀。說文：殷，赤黑色。爾雅：檉，河柳。注：今河旁赤莖小楊也。何年減一作滅。豺虎，似有故園歸？似有者，不可必也，正是可傷處。

即事一云天畔。

天畔羣山孤草亭，江中風浪雨冥冥。一雙白魚不受釣，三寸黃甘猶自青。二句言食味艱難也。多病馬卿何日起，窮途阮籍幾時醒？朱注：按公詩葛亮馬卿或疑不當截字用，然六朝人已有之。庾信碑文：渡瀘五月，葛亮有深入之兵。薛道衡碑文：尙寢馬卿之書，未允梁松之奏。**未聞細柳散金甲，**細柳營在長安昆明池南。京師方有吐蕃之警。**腸斷秦川流濁涇。**言難見澄清也。

容齋隨筆：杜詩每用受覺二字。其用受字云：修竹不受暑，勿受外嫌猜，莫受二毛侵，輕燕受風斜，吹面受和風，監河受貸粟，雄姿未受伏櫪恩，野航恰受兩三人，能事不受相促迫，一雙白魚不受釣。其用覺字云：尙覺王孫貴，覺兒行步奔，最覺潤龍鱗，已覺糟牀注，詩成覺有神，喜覺都城動，城池未覺喧，無人覺來往，更覺老隨人，追隨不覺晚，深覺負平生，更覺松竹幽，直覺巫山暮，含悽覺汝賢，已覺涼宵永，日覺死生忙，秋覺追隨盡，重覺在天邊，未覺千金滿高價，吏情更覺滄洲遠，更覺良工心獨苦，已覺氣與嵩華敵，習池未覺風流盡，始覺屛障生光輝，梅花欲開不自覺，自得隋珠覺夜明。用之雖多，然每字命意不同，又雜於五百篇中，讀之惟見其新工也。

耳聾

刻劃自趣，不病其巧。

生年鶡冠子，劉向七略：鶡冠子常居深山，以鶡爲冠。舊注：謂世方尙武。說文：鶡鳥似雉，出上黨，赴鬬，雖死不置，故趙武靈王爲冠以表武士。大意言遭亂而隱也。**歎世鹿皮翁。**注見五卷。**眼復幾時暗，耳從前月聾。猿鳴秋淚缺，雀噪晚愁空。黃**

落驚山樹，呼兒問朔風。謂不聞風聲，惟見落葉也。

獨坐二首 浦注：玩次首乃晝雨晚晴作。

竟日雨冥冥，雙崖洗更青。雙崖，瞿唐兩崖也。水花寒落岸，山鳥暮過庭。句句切獨坐時景。煖老須一作思。燕玉，舊注：古詩：燕趙多佳人，美者顏如玉。須燕玉，所謂八十非人不暖也。又顧大韶曰：此當用玉田種玉事，按搜神記：雍伯葬父母於無終山，有人與石一斗命種之，玉生其田。北平徐氏有女，雍伯求之，要以白璧一雙，伯至玉田求得，徐妻之。在北平西北百三十里有無終城，故燕地也，今爲玉田縣。充饑憶楚萍。注見十六卷。從饑寒無聊中，忽發妄想，即翠柏苦猶食，明霞高可餐意。胡笳在樓上，哀怨不堪聽。

白狗斜臨北，水經注：秭歸白狗峽，蜀江中流，兩面如削，絕壁之際，隱出白石如狗，形狀具足，故以名焉。黃牛更在東。峽雲常照夜，江日一作月。會兼風。曬藥安垂老，應門試小童。亦知行不逮，二句結出所以獨坐之故。公詩：容易收病脚。苦恨耳多聾。

雲

龍以瞿唐會，江依白帝深。終年常起峽，每夜必通林。浦注：龍是致雲之物，此間白帝瞿唐，乃其窟宅，故常見其起峽而通林也。收穫辭霜渚，分明在夕岑。仇注：秋盡收成，則龍蟄水落，故江渚雲辭，而夕岑猶掛。高齋非一處，秀氣豁煩襟。秋雲輕明，故見其秀色。

通首不見雲字。

月

首二句，東坡歎爲絕唱。

四更山吐月，殘夜水明樓。塵匣元開鏡，承首句。塵匣喻暗山。風簾自上鉤。承次句。枚乘月賦：隱圓巖而似鉤。西溪叢語：沈雲卿月詩：臺前疑掛鏡，簾外自懸鉤。塵匣二句本此。兎應疑鶴髮，蟾亦戀貂裘。謂月相隨不去也。斟酌姮音恆，俗作嫦。娥寡，張衡靈憲：羿請不死之藥於西王母，其妻姮娥竊之以奔月，是名蟾蜍。天寒奈一作耐。九秋！姮娥獨處而耐秋，亦同於己之孤寂矣。黃生注：寡婦孤臣，情況如一，故借以自比。

黃白山云：雪詩中偏寫月，雨詩中偏寫日，俱以反攻逆擊見奇，用筆極其變幻。

李云：上首寫雨，此兼寫對雨之人，以下情感，更逐層推出。

雨四首

微雨不滑道，斷雲疏復行。紫崖奔處黑，公詩：聞道奔雷黑。奔字當屬雲言。白鳥去邊明。紫崖黑是雲行處，白鳥明是雲疏處，亦與野徑雲俱黑，江船火獨明二句同意。秋日新霑影，寒江舊落聲。蔣云寫微雨意思宛然。柴扉臨野碓，半溼搗香秔。

江雨舊無時，天晴忽散絲。暮秋霑物冷，今日過雲遲。上馬回休出，看鷗坐不移。一作辭。高軒當灩澦，潤色靜書帷。

物色歲云晏，天隅人未歸。朔風鳴淅淅，寒雨下霏霏。多病久加飯，衰容新授衣。時危覺凋喪，故舊短書稀。

楚雨石苔滋，承上首下 京華消息遲。山寒青兕叫，江晚白鷗饑。子山麗句 杜臆：二句亦寓凶人得志、賢人失所意。神女花鈿落，鮫人織杼悲。繁憂不自整，終日灑如絲。

戲作俳音排。諧體遣悶二首史記注：滑稽猶俳諧也。

異俗吁可怪，斯人難並居。家家養去聲。烏鬼，蔡寬夫詩話：元微之江陵詩：病賽烏稱鬼，巫占瓦代龜。自注云：南人染病，競賽烏鬼，楚巫列肆，悉賣龜卜。烏鬼之名見於此，乃所事神名。養字或賽字之誤。朱注：按元詩見長慶集，元去公時近，又夔隸荊南，必與江陵同俗，他說皆未可信，猪與鸕鷀，尤爲無稽。邵氏聞見錄：夔峽之人，歲正月十百爲曹，設牲酒於田間，已而衆操兵大噪，謂之養烏鬼。長老言地近烏蠻，戰死者多，與人爲厲，用以禳之。又王楙野客叢書：劉禹錫南中詩：淫祀多青鬼，居人少白頭，又有所謂青鬼之說。蓋廣南川峽諸蠻之流風，故當時有青鬼烏鬼等名。按：烏鬼之名，二說近是，舊謂以烏爲神，亦恐未然。頓頓食黃魚。文字解詁：續食曰頓。前黃魚詩云：脂膏兼飼犬，其多可知。舊識能爲態，態即交態之態，謂虛意周旋也。新知已暗疏。上二言風俗之陋，此二言人情之薄。治生且耕鑿，只有不關渠。不關渠，言不與彼相關。

西歷青羌坂，朱注：青羌注見十六卷。按：唐嘉州本古青衣羌，其地近邛崍九折坂。唐咸通中，趙鴻題杜甫同谷茅茨曰：青羌迷道路，白社寄杯盂。南留白帝城。原注：頃歲自秦涉隴，從同谷縣去遊蜀，留滯於巫山。於菟侵客恨，左傳：楚人謂乳穀，謂虎於菟。粔籹音巨女。作人情。招魂：粔籹蜜餌，有餦餭些。注：粔籹以蜜和米麪煎作之，粉餅也。瓦卜傳神語，王洙曰：巫俗擊瓦，觀其文理分析，以定吉凶，謂之瓦卜。岳陽風土記：荊湖民俗，疾病不事醫藥，惟灼龜打瓦，求祟所在，使俚巫治之。畬田費火耕，范成大勞畬耕詩序：畬田，峽中刀耕火種之地也。春初斫山，衆木盡蹶，至當種時，伺有雨候，則前一夕火之，藉其灰以糞。明日雨作，乘熱土下種，則苗盛倍收。是非何處定，高枕笑浮生。

昔遊

邵云：子美說仙與太白迥異，讀昔遊幽人二詩自見。

插入自家，伏下東蒙盧霍之根。

昔謁華蓋君，葛仙翁傳：崑崙山一曰華蓋天柱，仙人所居。洞天福地記：華蓋山周迴四十里，名曰容成太玉之天，在溫州永嘉縣，仙人脩羊公治之。仇注：神仙傳：昔周王子喬養道於華蓋山，後昇仙號華蓋君。此乃借古仙以比道士之修眞也。深求洞宮腳。眞誥：厚載之中有洞天三十六所，入海中諸山亦有洞宮，五嶽名山皆有洞宮。玉棺已上天，神仙傳：天降玉棺於堂上，王子喬遂沐浴臥其中，由是尸解。白日亦寂寞。暮升艮岑頂，巾几猶未卻。言未除去，奉之如生也。弟子四五人，仙家亦未免有情。入來淚俱落。余時遊名山，發軔在遠壑。良覿違夙

蔣云：四句一篇之主，感往預來，皆由於此。

願，含悽向寥廓。林昏罷幽磬，竟夜伏石閣。王喬下天壇，微月映皓鶴。（曲折在此四句）言彷彿見之也。列仙傳：王子喬，周靈王太子晉也。七月七日，乘白鶴於緱氏山頭，舉手謝時人，數日而去。又孫綽天台賦：王喬控鶴以沖天。晨溪響一作嚮。虛駃，音快。溪流之疾也。一作駛。尸子：黃河龍門駃流如竹箭。歸徑行已昨。豈辭青鞋胝，悵望金匕藥。鮑照樂府：金鼎玉匕合神丹。東蒙赴舊隱，蒙山在沂州新泰縣，公遊齊魯，在梁宋之先。赴舊隱，當是舊遊再過。尚憶同志樂。伏事董先生，陸機詩：誰謂伏事淺。於今獨蕭索。胡爲客關塞，道意久衰薄。妻子亦何人？丹砂負前諾，雖悲髮鬢變，未憂筋力弱。杖藜望清秋，有興入廬霍。水經注：潯陽郡南有廬山，九江之鎮也。爾雅：霍山爲南岳。注：在廬江西。又衡山一名霍山。謝靈運詩：息必廬霍期。

朱鶴齡曰：昔遊詩當與七古憶昔行互證。昔遊者，記遊王屋山與東蒙山之事也。華蓋君猶太白集之丹邱子，蓋開元天寶時道士隱於王屋者，不必求華蓋所在以實之也。詩云：深求洞宮脚，洞宮卽憶昔所云：北尋小有洞也。脚，山足也。洞在王屋艮岑，卽王屋東北之岑也。天壇亦在王屋。地志：王屋山絕頂曰天壇，濟水發源處是也。王屋在大河之北，故憶昔行曰：洪河怒濤過輕裥也。公至王屋時值其人已羽化，故憶昔行曰：辛勤不見華蓋君也。此云：弟子四五人，入來淚俱落。憶昔行曰：弟子誰依白茅屋，盧老獨啓青銅鎖。盧老正四五人之一也。華蓋君既不得見，於是含悽天壇，悵望匕藥，而復爲東蒙之遊焉。東蒙舊隱，即元都壇歌所謂故人昔隱東蒙峯者也。同志當即指元逸人。言其時之伏事者董先生，董先生即衡陽董鍊師也。漢武移南岳於霍山，故衡霍之稱相亂，即憶昔行所謂：更討衡陽董鍊師，南遊早鼓瀟湘柁也。

何云：此非玩月，乃徹夜不寐之況。名句。

東屯月夜

抱疾漂萍老，防邊舊穀屯。杜臆：東屯之田，本公孫述所開，以積穀養兵者。春農親異俗，歲月在衡門。先寫東屯 青女霜楓重，黃牛峽水喧。泥留虎鬭跡，月挂客愁村。次寫月 喬木澄稀影，輕雲倚細根。石爲雲根。倚細根，謂雲起石邊也。數驚聞雀噪，暫睡想猿蹲。次寫月夜 日轉東方白，風來北斗昏。二句向曉。天寒不成寐，無夢寄歸魂。結應歸首句

東屯北崦

衣檢切。浦注：因北崦人居稀少，故寄慨於世亂。

似賈島輩句法。

李云：與樂任主人爲爲字同妙。

盜賊浮生困，誅求異俗貧。空村惟見鳥，落日未逢人。步壑風吹面，看松露滴身。遠山回白首，戰地有黃塵。

從驛次草堂復至東屯茅屋二首 驛乃白帝城之驛，草堂，瀼西草堂也。

峽內歸田客，江邊借馬騎。遣池假對以船襯馬 非尋戴安道，似向習家池。山險風烟僻，一作合。天寒橘柚垂。築場看斂積，一學楚人爲。

短景同影。難高臥，衰年強此身。強字舊俱作去聲讀，頗無義理。今按當讀其兩切，即苦遭白髮不相放意。山家蒸栗暖，王逸玉論：黃如蒸栗。野飯射麋新。左傳：麋興於前，射麋麗龜。世路知交薄，門庭畏客頻。牧童斯在眼，田父實爲鄰。後四有息交絕遊意，亦恨夔俗之薄故也。

暫往白帝復還東屯

蔣云：一片天地父母之心，隨觸而見。

復作歸田去，猶殘穫稻功。築場憐穴蟻，拾穗許村童。落杵光輝白，除芒籽粒紅。加餐可扶老，倉庾慰飄蓬。

茅堂檢校收稻二首

香稻三秋末，平疇百頃間。喜無多屋宇，（妙語）幸不礙雲山。御裌袷同。侵寒氣，秋興賦：藉莞蒻，御袷衣。嘗新破旅顏。紅鮮終日有，玉粒未吾慳。

稻米炊能白，秋葵煮復新。誰云滑易飽，老藉軟俱勻。滑指飯，軟指葵，俱勻謂二物配食。種幸房州熟，唐書：房州房陵郡屬山南東道，武德元年析夔州之竹山、上庸置。按：房與夔爲近。苗同伊闕春。又帶出心事 伊闕縣屬河南府，公有莊墅在焉。無勞映渠盌，魏文帝車渠盌賦序：車渠，玉屬也。多纖理縟文，生於西國，其俗寶之。自有色如銀。

刈稻了詠懷

畫寒村如見。○後半所謂樂未畢也，哀又繼之。

穫稻空雲水，川平對石門。黃生注：東渚耗稻詩：豐苗亦已穊，雲水照方塘。此苗在水中之景，今穫稻則雲水爲之空廓矣。水落而後石出，故但見雙崖對立如門。寒風疏草木，旭日散雞豚。張溍注：稻刈覺草木少，故疏。雞豚爭食遺穗，故散。野哭初聞戰，樵歌稍出村。稍字蕭索可憐。無家問消息，作客信乾坤。

大曆二年九月三十日

爲客無時了，悲秋向夕終。瘴餘夔子國，寰宇記：夔州春秋時夔子國，今秭歸城東二十里有故夔子城。霜薄楚王宮。草敵虛嵐翠，花禁冷蕊紅。禁，耐也。言蜀中地氣之煖，故秋間尚有花草。年年小搖落，不與故園同。

邵云：記風土詩別致。

十月一日

有瘴非全歇，爲冬亦不難。用字活妙夜郎溪日暖，朱注：按唐黔中道黔、施、珍、思等州皆古夜郎地，與巴夔接境。白帝峽風寒。仇注：溪暖猶帶瘴，峽寒則涉冬矣。二句申上。蒸裹如千室，齊民要術：蒸裹方七寸準，豉汁煮秫米，生薑、橘皮、胡芹、小蒜、鹽細切熬糝，膏油塗箬，十字裹之。焦糖幸一柈。盤同。齊民要術：煮白餳宜緩火，火急則焦氣。四民月令：十月先冰凍作京餳，煮暴飴。二句言見遺者少也。茲辰南國重，舊俗自相歡。

孟冬

殊俗還多事，方冬變所爲。破甘霜落爪，雅甚。嘗稻雪翻匙。巫峽寒都薄，黔溪瘴遠隨。終然減灘瀨，暫喜息蛟螭。二句正見得常時之險。

反照

反照開巫峽，仇注：謂巫山將暮，得反照而景色重開也。寒空半有無。已低魚復暗，不盡白鹽孤。荻岸如秋水，二句畫不能到，謂望去茫茫一片白也。松門似畫圖。張溍注：半有無，謂反照有及有不及也。已低，是半無；不盡，是半有。五六在有無之間，如字、似字皆從反照擬之，不分明也。牛羊識童僕，既夕應傳呼。結用透過一層。既夕則光全斂矣，更能於無形中寫出有聲。

向夕

李云：天光物理，寫之無不入微，所感深矣。

畎畝孤城外，江村亂水中。深山催短景，喬木易高風。杜臆：冬日苦短，深山蔽之，其晷更促；歲寒多風，喬木值之，其聲更悲。鶴下雲汀近，雞棲草屋同。琴書散明燭，長夜始堪終。

朝二首

清旭楚宮南，霜空萬嶺含。野人時獨往，對法流走雲木曉相參。俊鶻無聲過，鶻欲擊物故無聲，二字極形其猛。飢烏下食貪。病身終不動，搖落任江潭。杜臆：日出之際，雖禽鳥各有所營，而病身不動，如草木之任其搖落耳。

浦帆去聲。晨初發，朱注：按釋名：隨風張幔曰帆。左傳注：拔旗投衡上，使不帆風差輕。晉湛方生有帆入南湖詩，謝靈運有遊赤石進帆海詩，皆讀去聲。郊扉冷未開。林疏黃葉墜，野靜白鷗來。礎潤休全溼，淮南子：山雲蒸而柱礎潤。雲晴欲半迴。二句言朝色陰晴不定也。巫山冬可怪，昨夜有奔雷。

夜二首

白一作向。夜月休弦，杜臆：佛家以前半月爲白夜，當指上弦之月。燈花半委眠。號山無定鹿，落樹有驚蟬。只寫景而亂離奔竄意自寓。暫憶江東鱠，兼懷雪下船。二句思鄉而兼懷友也。蠻歌犯星起，重一作空。覺在天邊。顧注：上二句忽忽神往，幾忘身在異域，及聽蠻歌夜起，始知尙滯天邊也。

城郭悲笳暮，村墟過翼稀。甲兵年數久，承首句賦斂夜深歸。承次句謂人盡往納賦，至夜深始歸也。暗樹依巖落，明河繞塞微。斗斜人更望，應轉起句月細鵲休飛。末句翻用魏武詩意，亦自寓無枝可依之感。

雷

李云：題雲便有秀蔚之色，咏雷如聞霹靂之聲。以劃字寫雷光，何等簡妙。

巫峽中宵動，滄江十月雷。龍蛇不成蟄，天地劃爭迴。邵注：劃，倏忽震盪之貌。爭迴，十月反行夏令也。卻碾空山過，深蟠絕壁來。何須妬雲雨，（結意帶譏）雷鳴則雲收雨散。霹靂楚王臺。

悶

風調頗似摩詰。

瘴癘浮三蜀，風雲暗百蠻。卷簾惟白水，隱几亦青山。仇注：白水青山，本堪適興，因處蠻瘴之地，故對此轉增悶耳。猿捷長難見，鷗輕故不還。無錢從滯客，有鏡巧催顏。結出致悶之由。

大覺高僧蘭若

爾者切。原注：和尚去冬往湖南。釋氏要覽：梵言阿蘭若，唐言無諍。四分律云：空靜處。

巫山不見廬山遠，遠公也。太白詩：笑別廬山遠。松林蘭若秋風晚。一老猶鳴日暮鐘，諸僧但乞齋時飯。荆公楞嚴疏：佛與比丘辰巳間應供，名爲齋時。香爐峰色隱晴湖，遠法師廬山記：山東南有香爐山，孤峯秀起，游氣籠其上，卽焚煴若香烟。朱注：題下注云：和尚往湖南，而兩句所引皆廬山事，則隱晴湖乃江西之彭蠡也。湖南當謂彭蠡湖之南。種杏仙家近白榆。神仙傳：董奉居廬山治病，重者種杏五株，輕者一株，號董仙杏林。古詩：天上何所有，歷歷種白榆。春秋運斗樞：玉衡星散爲榆。近白榆，言其高近乎天也。飛錫去年啼邑子，漢尹翁歸傳：于定國欲屬託邑子兩人。獻花何日許門徒？二句惜其去而望其回也。因果經：善慧仙人持花七莖，欲以獻佛。時燈照王出城迎佛，王臣禮敬，散獻名花，花悉墮地。善慧卽散五花，皆住空中，化成花臺。後散二莖，亦止於空，卽釋迦牟尼佛也。謝靈運遠法師誄：今子門徒，實同斯艱。

謁眞諦寺禪師

蘭若山高處，烟霞嶂幾重？凍泉依細石，晴雪落長松。問法看詩妄，觀身向酒慵。未能割妻子，卜宅近前峰。南史：宋周顒長於佛理，終日長蔬，雖有妻子，獨處山舍。

黃白山云：三四景中見時，與王右丞泉聲咽危石，日色冷青松，同一句法。然彼工在咽字冷字，此工在凍字晴字。

上卿翁請修武侯廟遺像缺落，時崔卿權夔州

崔卿翁，公之舅氏。

大賢爲政卽多聞，刺史眞符不必分。尙有西郊諸葛廟，臥龍無首對江濆。

借用易羣龍無首字。

奉送卿二翁統節度鎮軍還江陵

火旗還錦纜，趙曰：火旗，朱旗也。攷工記：龍旗九旒，以象大火。鳥旗七旒，以象鶉火。注：大火，蒼龍宿之心；鶉火，朱鳥宿之柳。白馬出江城。嘹唳吟笳發，蕭條別浦淸。寒空巫峽曙，落日渭陽情。二句言自曙而夕，惜別情深也。留滯嗟衰疾，何時見息兵？

久雨期王將軍不至

天雨蕭蕭滯茅屋，空山無以慰幽獨？銳頭將軍來何遲，銳頭將軍，白起也。注見五卷。令我心中苦不足。數將黃霧亂玄雲，寫雨景亦帶雙關時聽嚴風折喬木。泉源泠泠雜猿狖，泥濘漠漠饑鴻鵠。歲暮窮陰耿未已，人生會面難再得！叶音篤。憶爾腰下鐵絲箭，射

首敘期王不至。

此追敍將軍射獵事。

末思猛士以靖亂，惜將軍之不用也。

殺林中雪色鹿。前者坐皮因問毛，知子歷險人馬勞。異獸如飛星宿落，應弦不礙蒼山高。安得突騎只五千，崒然眉骨皆爾曹。走平亂世相催促，謂急於救亂。一豁明主正鬱陶。恨昔范增碎玉斗，漢書：張良以玉斗獻范增，增拔劍撞而碎之。未使吳兵著白袍。朱注：按南史：陳慶之麾下悉著白袍，所向披靡。先是洛中謠曰：名軍大將莫自牢，千兵萬馬避白袍。二句比王將軍之老謀而不見用也。昏昏閶闔閉氛祲，仍結到雨。時吐蕃入寇靈邠二州，京師戒嚴。十月荊南雷怒號。雷出非時，亦兵氣所感。

郝楚望云：此詩奇突豪邁，直可追風掣電。○張上若云：少陵每見一才勇，便欲導之盡忠君國，推是心，何滅吐握。

杜詩鏡銓卷十八

大曆中，公居夔州、出峽至江陵作。

虎牙行

浦注：此值寒風猛烈而作，亦世亂民貧之歎也。謝省曰：因篇內有虎牙二字，摘以爲題，非正賦虎牙也，下錦樹行亦然。

首敍秋陰肅殺之氣，早爲下截作引。

秋一作北。風欻吸吹南國，謝脁高松賦：卷風飈之欻吸。天地慘慘無顏色。洞庭揚波江漢迴，虎牙銅柱皆傾側。水經：江水又東逕荊門、虎牙之間。注：荊門在南，上合下開，狀似門。虎牙在北，石壁色紅，間有白文類牙形。二山楚西塞也，水勢急峻。後漢書注：在今峽州夷陵縣東南。一統志：銅柱灘在重慶府涪陵江口。巫峽陰岑朔漠氣，峯巒窈窕谿谷黑。杜鵑不來猿狖寒，一作啼。山鬼幽憂雪霜逼。楚老長嗟憶炎瘴，三尺角弓兩斛力。南史：齊魚復侯子響勇絕人，開弓四斛力。舊注：短弓難開，須兩斛之力，以風寒而堅勁也。

此見關塞屯兵而傷亂也。

壁立石城橫塞起，朱注：白帝城在山上故曰石城。金錯旌竿滿雲直。漁陽突騎獵青邱，青邱注見十四卷。犬戎鎖甲圍丹極。漁陽言安史，犬戎言吐蕃。八荒十年防盜賊，征戍

憤激終嫌太直。

浦云：結句正見此輩貴而我輩其終窮矣。可勝浩歎！

誅求寡婦哭。叶克。上四述目前，此四追已往。遠客中宵淚霑臆！用單句收黯然

錦樹行

今日苦短昨日休，歲云暮矣增離憂。霜凋碧樹作錦樹，謂樹斑駁如錦也。萬壑東逝無停留。荒戍之城石色古，東郭老人住青邱。朱注：公所居在夔州東郭，故以東郭先生自擬。又東郭先生乃齊人也，故曰住青邱。青邱齊地。飛書白帝營斗粟，琴瑟几杖柴門幽。青草萋萋盡枯死，言天馬乏食。天馬跛一作跂。足隨氂牛。山海經：荊山其中多氂牛。注：旄，牛屬也。黑色，出西南徼外。自古聖賢多薄命，姦雄惡少皆封侯。故國三年一消息，終南渭水寒悠悠。五陵豪貴反顛倒，鄉里小兒狐白裘。生男墮地要膂力，一生富貴傾邦國。莫愁父母少黃金，天下風塵兒亦得。朱注：貴妃時，民間語曰：生男勿喜女勿悲，君看生女作門楣，詩末正翻此。言風塵之時，但有膂力即生男亦好也，世變之慼，愈深愈痛。

時必有武夫惡少乘亂得官而豪横無忌者，與園官送菜詩一隱一顯，皆當有爲而發。

自平

當與諸將詩回首扶桑首參看，意旨自明。

自平中官呂太一，舊唐書代宗紀：宦官市舶使呂太一，逐廣南節度使張休。通鑑：張休棄城走端州，太一縱兵焚掠，官軍討平之。收珠南海千餘日。黄曰：太一反於廣德元年十二月，平之必在二年，至大曆二年爲三年，故曰千餘日也。近供生犀翡翠稀，復恐征戍干戈密。

申第三句

蠻溪豪族小動搖，舊唐書：大曆二年，桂州山獠陷州城，刺史李良遁去。世封刺史非時朝。唐書：太宗時，溪洞蠻酋歸順者，皆世授刺史。

申第四句

蓬萊殿前諸主將，指中官掌禁軍者而言。才如伏波不得驕。馬援拜伏波將軍，嘗平交趾。然援後征五溪蠻，尚有壺頭之困，其可易視乎？倘不以太一爲鑒，正恐懾服難期，徒滋擾害耳。

朱鶴齡曰：太一平後，蠻豪復小梗，公恐朝廷聽信中官，復興兵生事，故援羈縻之義以戒之。〇蔣弱六云：此亦可備詩史，一片憂時愛主之心，千載下猶爲流涕。

寄裴施州

黄鶴謂是裴冕，朱注辨其非是。唐書：施州清江郡屬黔中道。

廊廟之具裴施州，宿昔一逢無比流。金鐘大鏞在東序，比體皇皇大言冰壺玉衡一作珩。懸清秋。鐘鏞比其器宇貴重，冰玉喻其識鑒清朗。自從相遇減多病，謂此間再遇。三歲爲客寬邊愁。堯有四岳明至理，治也。漢二千石眞分憂。漢百官公卿表：郡守秦官，秩二千石。幾度寄書白鹽北，苦寒寄我青羔裘。霜雪迴光避錦袖，龍蛇動篋蟠銀鉤。二句分承。王僧虔論書：索靖甚矜其書，名其字書曰銀鉤蠆尾。紫衣使者辭復命，再拜故人謝佳政。將老已失子孫憂，謂可託後人也。後來況接才華盛！結促

鄭典設自施州歸

前有江雨有懷鄭典設詩，見十五卷。

先說明鄭出遊苦情，與贈李十丈別詩同意。

吾憐滎陽秀，冒暑初有適。名賢愼出處，有身分不肯妄行役。旅茲殊俗遠，竟以屢空迫。

次敘往施州。

南謁裴施州，氣合無險僻。九域志：施與夔爲鄰，在夔之南三百餘里。攀援懸根木，江總賦：岸木懸根。登頓入天石。言石勢之參天。青山自一川，城郭洗憂慼。仇注：上二中途歷險，此二到時覽勝。聽子話此邦，

次述典設之言。

結致欲往從之意，只如面談。

令我心悅懌。其俗甚一作則。淳樸，不知有主客。溫溫諸侯門，禮亦如古昔。敕廚倍常羞，盃盤頗狼籍。時雖屬喪亂，事貴賞匹敵。晦句 張溍注：匹敵指賓，言賞優待之也。中宵愜宴會，裴鄭非遠戚。羣書一萬卷，博涉供務隙。他日辱銀鉤，即上首幾度寄書白鹽北也，想裴善書。森疏見矛戟。書苑：歐陽詢眞行之書，出於大令，森然如武庫矛戟。倒屣喜旋歸，至此方入題 畫地求所歷。乃聞風土質，又重田疇闢。刺史似寇恂，列郡宜競借。寇恂注見十一卷。朱注：謝靈運山居賦：怨浮齡之如借。叶入聲，音迹。不必從他本作惜。北風吹瘴癘，羸老思散策。渚拂蒹葭寒，嶠穿蘿蔦冪。仇注：渚拂，水行也；嶠穿，山行也。此身仗兒僕，高興潛有激。孟冬方首路，強飯取崖壁。歎爾疲駑駘，汗溝血不赤。俞云八句極寫 高興正極寫施州也 赭白馬賦：膺門沫赭，汗溝走血。注：汗溝，馬中脊也。終然備外飾，駕馭何所益。我有平肩輿，晉書：王獻之乘平肩輿 前途猶準的。翩翩入鳥道，庶免蹉跌厄。言涉險非駑馬所堪，必肩輿始無蹉跌。入顧辟疆園。

寫懷二首

此久困於夔而爲達觀任運之詞。

勞生共乾坤，何處異風俗？言舉世皆然也。莊子：大塊載我以形，勞我以生。冉冉自趨競，行行見羈束。人競奔趨，則受羈束矣。香山之祖。無貴賤不悲，無富貧亦足。萬古一骸骨，鄰家遞歌哭。阮籍大人先生傳：無貴則賤者不怨，無富則貧者不爭。各安於身，而無所求也。仇注：言乾坤之內，共趨名利，苟能達觀，則窮達生死皆可一視，何必多此哀樂乎。鄙夫到巫峽，三歲如轉燭。公以永泰元年到雲安，至大曆二年爲三歲。全命甘留滯，忘情任榮辱。朝斑及暮齒，日給還脫粟。編蓬石城東，東方朔非有先生論：居深山之中，積土爲室，編蓬爲戶。采藥山北谷。用心霜雪間，不必條蔓綠。朱注：二句自言守歲寒而無慕榮華也，即借采藥爲言。非關故安排，曾是順幽獨。謝靈運詩：安排徒空言，幽獨賴鳴琴。達士如弦直，小人似鉤曲。後漢書：順帝末，京師童謠云：直如弦，死道邊。曲如鉤，封公侯。曲直吾不知，負暄候樵牧。言已已無意世事，但適其幽居之性而已。

邵云：達人之言。

浦云：行旅日月，借曉景轉落；榮名中人，從私實觸起；此即前章起處意而極言之。莊老放言，大逞筆勢，亦屬有激而云。

蔣云：起四如里謠，如佛偈。

夜深坐南軒，明月照我膝。又是淵明佳境 驚風翻河漢，謂晚間大風，河漢爲之翻動也。梁棟日已出。羣生各一宿，飛動自儔匹。吾亦驅其兒，營營爲私實。楚語：蓄衆聚實，注：實，財也。仇注：述旦暮景事，即首章勞生共乾坤意。天寒行旅稀，歲暮日月疾。榮名忽中人，世亂如蟣蝨。古者三皇前，滿腹志願畢。妙句 莊子：鼴鼠飲河，不過滿腹。胡爲有結繩，結繩猶羈束意，與易義不同。陷此膠與漆？莊子：待繩約膠漆而固者，是侵其德也。附離不以膠漆約束，不以纆索膠漆。言不可解也。禍首燧人氏，厲階董狐筆。君看燈燭張，轉使飛蛾密。趨競之失，有隕身而不顧者。朱注：嗜慾起於火食，是非生於良史，故云禍首厲階，飛蛾赴燭，言榮名之中人如此。放神八極外，俛仰俱蕭瑟。言萬境皆空也。終然契眞如，眞如注見十卷。得匪金仙術。釋典：佛號大覺金仙，即王維詩不向空門何處消意。

可歎

天上浮雲似一作如。白衣，語亦奇 斯須改變如蒼狗。晉天文志：鄭雲如絳衣。又云：牂雲如狗，赤色長尾。漢五行志：見物如蒼狗。古往今來共一時，猶言古今一轍。人生萬事無不有。近者抉眼去其夫，吳世家：子胥將死曰：抉吾眼置吳東門。趙曰：言柳氏不喜其夫，如抉眼中之物而去之。河東女兒身姓柳。丈夫正色動引經，酆城客子王季友。唐書：豐城縣屬洪州豫章郡。二句極大學問。羣書萬卷常暗誦，孝經一通看在手。貧窮老瘦家賣屐，一作屩。後漢：劉勤家貧，作屩供食。嘗作一屩，已斷，置不賣，妻竊以易米。勤知之，責妻欺取直，棄不食。盧注：王季友有詩云：亦知世上公卿貴，且養山中草木年。其食貧勵志可知。好事就之爲攜酒。豫章太守高帝孫，李勉也。唐書世系表：鄭惠王元懿生安德郡公琳，琳生擇言，擇言生勉。舊唐書：勉歷河南尹，徙洪州刺史江西觀察使。引爲賓客敬頗久。聞道三年未曾語，謂未語及婦棄事也。小心恐懼閉其口。太守得之更不疑，複字失檢人生反覆看亦醜。明月無瑕豈容易？淮南子：明月之珠，不能無纇。紫氣鬱鬱猶衝斗。紫氣，豐城劍也。季友豐城人，故用之。朱注：言季友之賢爲太守所信，乃至見棄於妻，此事之反覆而可醜者。然其才則如珠光劍氣，豈得而掩沒之哉。時危可仗眞以下合贊豪俊，二人得置君側否？太守頃者領山南，舊唐書：肅宗寶應初，勉爲梁州刺史、山南西道觀察使。邦人思之

何云：序亦曲折三致。

比父母。王生早曾拜顏色，謂己與王生相遇之早。高山之外皆㟝嶁。用爲羲和天爲成，用平水土地爲厚。王也論道阻江湖，李也疑丞曠前後。尚書大傳：古者天子必有四鄰，前曰疑，後曰丞，左曰輔，右曰弼。死爲星辰終不滅，莊子：傅說乘東維，騎箕尾，而比於列星。致君堯舜焉肯朽？吾輩碌碌飽飯行，風后力牧長迴首。帝王世紀：黃帝得風后於海隅，進以爲相。得力牧於大澤，進以爲將。

朱鶴齡曰：季友雖云豪俊，何至許以良相？蓋季友爲妻所棄，時議必多嗤薄之者，公盛稱其人，以破俗見，明事變無常，不足爲賢者之累也。○按公贈別李祕書文嶷詩：泲公制方隅，迴出諸侯先。封內如太古，時危獨蕭然。又送王砅評事詩：番禺親賢領，籌運神功操。大夫出盧宋，寶貝休脂膏。皆謂李勉。蓋勉係公素所敬服，又能好賢，而屈於外吏，末段固不獨爲王生惜也。

觀公孫大娘弟子舞劍器行 幷序

大曆二年十月十九日，夔州別駕元持宅見臨潁李十二娘舞劍器，壯其蔚跂。張溍注：蔚，文也；跂，壯也。問其所師，一有答字。曰：余公孫大娘弟子也。開元三一作五。載，

得此一襯，尤為生色。

余尚童稚，記於郾城，唐書：臨潁、郾城二縣，俱屬許州。觀公孫氏舞劍器渾脫，瀏灕頓挫，獨出冠時。段安節樂府雜錄：健舞曲有稜大、阿連、柘枝、劍器、胡旋、胡騰等，軟舞曲有涼州、綠腰、蘇合香、屈柘、團圓旋、甘州等。仇注：張爾公正字通云：劍器古武舞曲名。用女妓雄妝，空手而舞。或以劍器為刀劍誤也。通鑑：中宗宴近臣，令各效伎藝為樂。將作大匠宗晉卿舞渾脫。胡三省注：長孫無忌以烏羊毛為渾脫氊帽，人多效之，謂之趙公渾脫。因演以為舞。明皇雜錄：上素曉音律，安祿山獻白玉簫管數百事，陳於梨園，諸公主及虢國以下競為貴妃弟子。時公孫大娘能為鄰里曲，及裴將軍滿堂勢、西河劍器、渾脫舞，妍妙皆冠絕於時。自高頭宜春梨園二伎坊內人，洎外供奉，一有舞女二字。崔令欽教坊記：右教坊在光宅坊，左教坊在延政坊；右多善歌，左多善舞。妓女入宜春院謂之內人，亦曰前頭人，當在上前也。按：高頭疑即前頭之謂。雍錄：開元二年置教坊於蓬萊宮側，上自教法曲，謂之梨園弟子。曉是舞者，聖文神武皇帝初，謂明皇。公孫一人而已。玉貌錦一作繡。衣，況余白首。言公孫玉貌錦衣，尚歸寂寞，何況己年之易老乎。今茲弟子，亦匪盛顏。既辨其由來，知波瀾莫二。撫事慷慨，聊為劍器行。昔吳人張旭善草書書帖，數嘗於鄴縣見公孫大娘舞西河劍器，

蔣云：序中瀏灘頓挫，豪蕩感激，便是此詩妙境。

邵云：忽然收轉，眞是筆有神助。

浦云：結二句，所謂對此茫

自此草書長進，李肇國史補：旭嘗言始吾見公主擔夫爭路而得筆法之意，後見公孫氏舞劍器而得其神。豪蕩感激，卽公孫可知矣。

昔有佳人公孫氏，一舞劍器動四方。觀者如山色沮喪，天地爲之久低昂。㸌如羿射九日落，形容盡致。淮南子：堯時十日並出，堯令羿射中九日，日烏皆死，墮其羽翼。矯如羣帝驂龍翔。夏侯玄賦：又如東方羣帝兮，騰龍鶱而翱翔。二句狀舞態之起伏。來如雷霆收震怒，劉辰翁曰：謂其猶殷殷有聲也。罷如江海凝淸光。絳脣珠袖兩寂寞，謂人與舞俱亡也。晚有弟子傳芬芳。臨潁美人在白帝，妙舞此曲神揚揚。與予問答既有以，省得妙感時撫事增惋傷。先帝侍女八千人，大拓開步公孫劍器初第一。五十年間似反掌，風塵澒洞昏王室。梨園弟子散如烟，女樂餘姿映寒日。指李金粟堆南木已拱，金粟堆謂明皇泰陵，注見十一卷。瞿唐石城草蕭瑟。一作暮。玳筵急管曲復終，江總詩：

茫，百端交集，天涯流落，去住兩難，作者讀者，俱欲噭然一哭。

八句皆對。

玳筵歡趣密。樂極哀來月東出。老夫不知其所往，足繭荒山轉愁疾。一作寂。戰國策：蘇子足重繭，日百而後舍。注：繭，足胝也。

劉後村曰：此篇與琵琶行，一如壯士軒昂赴敵場，一如兒女恩怨相爾汝。杜有建安黃初氣，白未脫長慶體耳。○王嗣奭曰：此詩詠李氏思及公孫，詠公孫念及先帝，全是爲開元天寶五十年來治亂興衰而發，不然一舞女耳，何足搖其筆端哉？

冬至

年年至日長爲客，忽忽窮愁泥乃計切。殺人。顧注：泥，滯也。言滯於客而不能歸也。江上形容吾獨老，天涯一作邊。風俗自相親。即古詩入門各自媚，誰肯相爲言意。杖藜雪後臨丹壑，鳴玉朝來散紫宸。因冬至而思朝覲也。心折此時無一寸，路迷何處是一作見。三秦？史記：項羽分秦地爲三，章邯爲雍王都廢丘，司馬欣爲塞王都櫟陽，董翳爲翟王都高奴，謂之三秦。

朱瀚曰：將舒承容，欲放承意，用字精貼。

申涵盟曰：此詩地名太多，亦是一病。

小至

唐會要：開元八年，中書門下奏開元新格，冬至日祀圜丘，遂用小冬日視朝。小至，卽小冬日也。浦注：玩詩意當指至後一日，以後小寒食詩證之益信。

天時人事日相催，冬至陽生春又來。刺音切。繡五紋添弱線，（承冬至陽生）史記：刺繡文不如倚市門。線有五色，故云五紋。唐雜錄：宮中以女工揆日之長短，冬至後日晷漸長，比常日增一線之功。吹葭六管動飛灰。葭，蘆也。琯以玉爲之，凡十有六琯，擧律以該呂也。冬至律爲黃鐘，乃氣之始。後漢律歷志：候氣之法，爲室三重，布緹縵，木爲案，內庳外高，加律其上，以葭莩灰抑其內端，按律候之，氣至灰去。岸容待臘將舒柳，（承春又來）山意衝寒欲放梅。雲物不殊鄉國異，左傳：凡分至啓閉，必書雲物。敎兒且覆掌中杯。覆杯乃盡飲之義。鮑照三日詩：臨流競覆杯。

柳司馬至

有客歸三峽，相過問兩京。函關猶出將，渭水更屯兵。設備邯鄲道，漢書：文帝至霸陵，愼夫人從。帝指視新豐道曰：此走邯鄲道也。句指河北。和親邏力佐切。逤蘇箇切。城。舊唐書吐蕃傳：其國都城號邏些城。新書：吐蕃贊普居跋布川或邏娑川。韻會：

何義門云：韓退之碑版每學此筆法。

此申丈人嗣三葉，兼舉其忠義文學。

娑或作逤，通作些。幽燕惟鳥去，商洛少人行。衰謝身何補，蕭條病轉嬰。霜天到宮闕，謂心到宮闕。戀主寸心明。杜臆：霜天望闕，千里明淨，惟戀主丹心，與之共明耳。此十字句法。

朱鶴齡曰：時吐蕃寇靈州，京師戒嚴。又河北諸將跋扈，朝命不通，公所以歎之。

別李義

盧注：李義，李鍊之子。鍊在明皇朝，曾遣祭沂山。東安公鍊乃宗室之賢，義能繼美。朱注：義與公為中表戚，故曰中外貴賤殊。

神堯十八子，十七王其門。鮑注：高祖二十二子，衞懷王元霸、楚哀王智雲皆先薨，太子建成、巢王元吉以事誅，詔除籍，故止言十八。太宗有天下，止十七子封王。道國洎舒國，實惟親弟昆。唐書：道王元慶，高祖第十六子；舒王元名，第十八子。中外貴賤殊，余亦忝諸孫。按：公祭外祖祖母文：紀國則夫人之門，而舒國則府君之外父。外父者，外王父也。公為舒國外孫之外孫，故曰余亦忝諸孫。丈人嗣三葉，舊唐書：道王次子詢，詢子微，微子鍊。之子白玉溫。丈人，義之父；之子，謂義也。道國繼德業，請從丈人論：丈人領宗卿，肅穆古制敦。舊書：鍊襲封嗣道王，廣德中官宗正卿。唐書：宗正寺卿一人從三品，掌天子族親屬籍，以別昭穆。先朝納諫諍，直氣橫乾坤。

此申之子白玉溫，備述其人品交情。

王右仲云：以李少年涉世尚淺，又當世亂，故致其惓惓，公之篤於親誼如此。

子建文筆壯，河間經術存。注俱見前。爾克富詩禮，骨清慮不喧。洗音洒。然遇知己，潘岳詩：吾子洗然，恬淡自逸。談論淮湖一作河。奔。憶昔初見時，小儒繡芳蓀。長成忽會面，慰我久疾魂。公天寶中曾見義於京師，今來巫峽，將入蜀干謁。三峽春冬交，江山雲霧昏。正宜且聚集，恨此當離樽。莫怪執盃遲，我衰涕唾煩。重問子何之？西上岷江源。仇注：夔居下流，赴蜀爲西上。願子少干謁，蜀都足戎軒。誤失將帥意，不如親故恩。語極眞至。按：是時崔旰專制西川，公頗不喜其往也，與寄狄明府詩同意。少年早歸來，梅花已飛翻。努力慎風水，豈惟數盤飧。左傳：乃饋盤飧寘璧焉。言非徒受人小惠而已。舊注非。猛虎臥在岸，蛟螭出無痕。王子自愛惜，老夫困石根。言無能相助也。生別古所嗟，發聲爲爾吞！聲出復吞，恐其悲也。

送高司直尋封閬州

丹雀銜書來，周禮疏：中候我應云：季秋甲子，赤雀銜丹書入豐，昌拜稽首受其文。暮棲何鄉樹？驊騮事天子，穆王八駿，一曰驊騮。辛苦在道路。首喻司直不官於朝，而作客干人。司直非冗官，荒山甚無趣。借問泛舟人：胡爲入雲霧？與子姻婭間，既親亦有故。萬里長江邊，邂逅一相遇。長卿消渴再，公幹沈緜屢。音慮。注見十四卷。清談慰老夫，開卷得佳句。時見文章士，欣然淡一作談。情素。謂淡然以眞情相與也。伏枕聞別離，疇能忍漂寓。良會苦短促，溪行水奔注。熊羆咆空林，遊子慎馳騖。西謁巴中侯，指封閬州。艱險如跬步。上送高。仇注：言以巴侯舊契，故雖艱險有所不憚，只如跬步耳。主人不世才，下兼贊封先帝常特顧。拔爲天軍佐，天軍，禁軍也。漢天文志：虛危南有衆星曰羽林天軍。崇大王法度。淮海生清風，南翁尚思慕。封蓋初爲宿衞官，又嘗仕於淮海。公宮造廣廈，木石乃無數。初聞伐松柏，猶臥天一柱。朱注：伐松栢而天柱則臥之，歎封閬州以廊廟之才，不得大用。我病書不成，成字

李云：可謂贈人以言。

讀一作字。亦誤。爲我問故人，勞心練征戍。

奉送韋中丞之晉赴湖南 舊唐書：大曆四年二月，以湖南都團練觀察使衡州刺史韋之晉爲潭州刺史，因是徙湖南軍於潭州。浦注：考湖南哭韋詩：犀牛蜀郡憐。韋蓋先爲蜀中太守，此詩乃送韋由川遷衡，亦應是峽內作。舊編潭衡詩內非是。

寵渥徵黃漸，謂將來內召。前漢循吏傳：黃霸爲潁川太守，戶口歲增，治行爲天下第一，徵守京兆尹。權宜借寇頻。言自下量移。湖南安背水，淮陰有背水陣法。洞庭湖枕衡州之北，又韋有領軍制寇之責，故借用背水字。峽內憶行春。王室仍多難，一作故。蒼生倚大臣。還將徐孺榻，處處待高人。

送鮮于萬州遷巴州 顏眞卿鮮于仲通神道碑：仲通子六人，皆有令聞。叔曰萬州刺史炅，雅有父風，作牧萬州，政績尤異。詔遷祕書監，尋又改牧巴州。

京兆先時傑，唐書：李叔明本姓鮮于氏，與兄仲通俱尹京兆。按公有贈鮮于京兆詩，見二卷。琳瑯照一門。盧東美鮮于氏冠冕頌序，仲通天寶末爲京兆尹，弟叔明乾元中亦爲之。炅兄昱爲工部侍郎，昱子映爲屯田郎兼侍御史。三世冠冕，爲海內盛族。朝廷偏注意，接近與名藩。九域志：萬州至達州

邵云：眞情苦語，吟諷凄然。

此首明己之志，是乍聞而喜。

李云：詩有喜不自持之意，正以無事修飾爲佳。

二百七十里，達州至巴州又二百二十里。祖帳維（一作排。）舟數，寒江觸石喧。看君妙爲政，他日有殊恩。

奉送十七舅下邵桂（一統志：邵州屬寶慶府，桂陽州屬衡州府。）

絕域三冬暮，浮生一病身。感深辭舅氏，別後見何人？縹緲蒼梧帝，（九域志：蒼梧山在道州，道與邵爲鄰。）推遷孟母鄰。（朱注：時舅必奉母同往，故云。言其客中無定居也。）昏昏阻雲水，側望苦傷神。（仇注：上四旅中送別之情，下四別後相思之意。）

舍弟觀自藍田迎妻子到江陵喜寄三首（前有舍弟觀歸藍田迎新婦送示詩，見十六卷。）

汝迎妻子達荊州，消息眞傳解我憂。鴻雁影來連峽內，鶺鴒飛急到沙頭。（沙頭市去江陵十五里。）嶢關險路今虛遠，（言不見其遠也。嶢關即藍田關。長安志：杜氏通典曰：七盤十二繂，藍田之險路也。按繂音爭，屈也。）禹鑿寒江正穩流。朱紱即當隨綵鷁，（誇詡得妙。）青春不假報黃牛。（黃牛灘在夔州峽口外。言我即當出峽，不必汝更遣人相約也。）

此首表弟之情，是少停益喜。

盧德水曰：三四還題明淨，而意更溫深。

此首欲卜居江陵，與弟聚會。○意中語曲折善達，亦由筆力之高，格法通首一氣。

馬度秦山雪正深，北來肌骨苦寒侵。承上轉想前去他鄉就我生春色，故國移居見客心。藍田屬京兆府，故曰故國。賸欲一作歡劇。提攜如意舞，喜多行坐白頭吟。迸出淚點朱瀚曰：孔德紹夜宿荒村詩：勞歌欲敍意，終是白頭吟。袁朗秋夜獨坐詩：如何悲此曲，坐作白頭吟，六朝人俱通用，不必專屬文君。今按：公詩如南浦白頭吟，長夏白頭吟，皆不拘本意。巡簷索共梅花笑，冷蕊疏枝半不禁。言此時梅花半開，卽冷蕊疏枝，亦若笑不能禁也。

黃白山云：浣花溪裏花饒笑，肯信吾兼吏隱名，言其不信己衷；巡簷索共梅花笑，冷蕊疏枝半不禁，言其善會人意；此嚴滄浪所謂詩有別趣，非關理也。

庾信羅含俱有宅，庾信宅注見十六卷。晉羅含傳：含爲荊州別駕，以廨舍喧擾，於城西三里小洲，立茅屋而居。春來秋去作誰家？短牆若在從殘草，喬木如存可假花。卜築應同蔣詡徑，嵇康高士傳：蔣詡杜陵人，詡爲兗州，王莽居宰衡，詡移疾歸，荊棘塞門，舍中三徑，終身不出。爲園須似邵平瓜。注見三卷。朱注：蔣詡、邵平皆老於長安者，引此正寓思長安故居，非漫然用事。比年病一作斷。酒開涓滴，弟勸兄酬何怨嗟？

蔣云：此亦近俳諧體，意在自誇老壯，反面一看，正不覺愴然。

盧德水曰：三詩句句是喜，句句是寄。若竟像對面浹洽語，便不是寄矣。○蔣弱六云：萬千喜幸，一片悲懷，當與劍外忽傳首並看。

夜歸

夜半歸來衝虎過，山黑家中已眠臥。黃白山云：杜詩多用疊字以助句法，如：足可、徒空、始初、愁畏、晨朝、涼冷、車輿、眠臥之類，並是一意。唐人詩中亦多有之。○二○句○確○是○夜○半○無○月○景○象○傍見北斗向江低，仰看明星當空大。唐佐切。爾雅：明星謂之啓明。注：太白星也。晨見東方爲啓明，昏見西方爲太白。庭前把燭喚一作嗔。兩炬，峽口驚猿聞一箇。白頭老罷舞復歌，想亦因聞弟信，故高興乃爾耶。杖藜不睡誰能那？奴臥切。那，何也。左傳：棄甲則那。

前苦寒行二首

古今樂錄：王僧虔技錄：清調有六曲，一苦寒行。

漢時長安雪一丈，牛馬毛寒縮如蝟。西京雜記：元封二年大寒，雪深五尺，牛馬踡跼如蝟，三輔人民凍死者十二三。楚江巫峽冰入懷，虎豹哀號又堪記。秦城老翁荊揚客，慣習炎蒸歲絺綌。玄冥祝

以苦熱倒煞，正見紀異意。

邵云：短章往往蒼勁，老氣無敵。

此章寫雪。

此章寫風。○浦云：借寒威

融氣或交，謂冬夏相似。手持白羽未敢釋。

去年白帝雪在山，公詩：南雪不到地。今年白帝雪在地。凍埋蛟龍南浦縮，李云縮字妙。寒刮一作割。肌膚北風利。楚人四時皆麻衣，言向來苦熱。楚天萬里無晶輝。三足諸本訛作尺。之烏骨恐斷，淮南子：日中有踆烏。註：踆，趾也，謂三足烏。羲和送將何所歸？

後苦寒行二首

南紀巫廬瘴不絕，舊注：巫廬二山，南國之綱紀也。太古以來無尺雪。蠻夷長老怨一作畏。苦寒，崑崙天關凍應折。長楊賦：順斗極，運天關，橫巨海，漂崑崙。仇注：言天上地下皆凍也。玄猿口噤不能嘯，白鵠翅垂眼流血；安得春泥補地裂。月令：仲冬之月，冰益壯，地始坼。

晚來江門一作間。失大木，猛風中夜吹白屋。天兵斬斷一作新斬。青海戎，謂吐蕃也。時吐蕃寇靈邠，

殺氣，一暢殄寇之懷，奇絕，是非非非想。

京師戒嚴。殺氣南行動坤軸；不爾苦寒何太酷？巴東之峽生凌澌，風俗通：積水曰凌。說文：澌，流冰也。彼蒼迴斡人結語歸到天變一作那。得知？言若非兵氣所感，則楚地素苦炎熱，何至峽水生冰。豈彼蒼之轉旋元氣，果非人所能知耶。朱注作冰解，言與上首意複。

晚晴

高唐暮冬雪壯哉！舊瘴無復似塵埃。崖沈谷沒白皚皚，班彪北征賦：涉積雪之皚皚。江石缺裂青楓摧。南天三旬苦霧開，赤日照耀從西來，六龍寒急光徘徊。照我衰顏忽落地，口雖吟詠心中哀。未怪及時少年子，揚眉結義黃金臺。言老少意氣不同，因日短而感衰年也。汨乎吾生何飄零？支離委絕同死灰。

復陰

玄冬合沓元陰塞，昨日晚晴今日黑。萬里飛蓬映天過，孤城樹羽揚風直。

謂屯戍之兵。江濤簸岸黃沙走，雲雪埋山蒼兕吼。君不見夔子之國杜陵翁，牙齒半落左耳聾。以客子衰翁，當此境象黯慘，情其何以堪耶！

有歎

壯心久零落，白首寄人間。天下兵常鬬，江東客未還。蜀在江西，則故鄉皆可言江東。舊注非是。窮猿號雨雪，老馬怯一作望。關山。武德開元際，浦注：自高祖武德至玄宗之開元，皆有唐全盛時。蒼生豈重攀？

李子德云：格雄以老，詞淡而悲，夐乎大家之篇。○結語寓深悲於藹然唱歎中，眞清廟朱弦也。

峽隘

杜臆：公急於出峽，故覺其隘也。

聞說江陵府，雲沙靜眇然。白魚如切玉，朱橘不論錢。水有遠湖樹，人今何處船？見身猶滯留峽中也。青山各在眼，謂出峽一路直到荆州之山。卻望峽中天。

匯評

匡風：下泉之思，追想盛時，穆然神遠。

蔣云：末句不言隘而隘在目，妙甚。

此等開樂天一派。○李云：衰年遠客，觸緒增悲，其中蘊義甚長，非可視爲淺率。

江漲

舊編上元二年成都詩，頗不類，今從浦編。

江發蠻夷漲，蜀水之源，多出夷地。山添雨雪流。大聲吹地轉，驚拔 高浪蹴天浮。魚鱉爲人得，蛟龍不自謀。輕帆好去便，吾道付一作在，非。滄洲。公此時正思出峽，亦乘桴浮海之意。

元日示宗武

大曆三年正月元日。

汝啼吾手戰，世說：桓公讀詔，手戰流汗。吾笑汝身長。處處逢正月，迢迢滯遠方。飄零還柏酒，宗懍歲時記：正月一日，進椒柏酒。衰病只藜牀。訓諭青衿子，名慙白首郎。賦詩猶落筆，應手戰句 獻壽更稱觴。應身長句 不見江東弟，高歌淚數行。原注：第五弟豐漂泊江左，近無消息。

劉禹錫酬鄭州權舍人見寄

又示宗武

覓句新知律，攤書解滿牀。試吟青玉案，張衡四愁詩：美人贈我錦繡段，何以報之青玉案。莫帶一作羨。紫羅

詩：學堂青玉案，綵服紫羅囊，全用杜語。勗其子以孝行文學，即前詩所謂訓諭也。

蔣云：一派自言自語，讀之黯然魂消。將前聚首之樂，襯出今離別之悲，倒煞作結，更覺含情無限。

囊。晉書：謝玄少好佩紫羅香囊，叔父安患之，而不欲傷其意，因戲賭取之，遂止。假日從時飲，楚辭：聊假日以媮樂兮。賈逵國語注：暇，閒也，或作假。仇注：暇日方飲，戒其毋耽酒以曠時。明年共我長。應須飽經術，已似愛文章。十五男兒志，三千弟子行。曾參與游夏，達者得升堂。浦注：孔門弟子，經術之準，故舉以爲法。

遠懷舍弟穎觀等張遠注：此亦元日所作，因前詩不見江東弟句，故又作此。

陽翟空知處，穎所在也。唐書：陽翟縣貞觀元年屬許州，龍朔二年隸洛州。荊南近得書。荊南即江陵，觀迎妻子在焉。積年仍遠別，多難不安居。江漢春風起，冰霜昨夜除。活對。李云：點出時序，妙不費力。雲天猶錯莫，梁范靜妻沈氏詩：神往形返情錯莫。花蕚尙蕭疏。對酒多疑夢，吟詩正憶渠。舊時元日會，鄉黨羨吾廬。

續得觀書，迎就當陽居止，正月中旬，定出三峽。唐書：當陽縣屬荊州府。

自汝到荊府，書來數喚吾。頌椒添諷詠，禁火卜歡娛。言寒食時必可相聚。舟檝貸因人動，想待助行資耶。形骸用杖扶。病天旋夔子峽，一作國。天旋謂陽和初轉。春近岳陽湖。句法不可學發日排南喜，發日謂發行有日。傷神散北吁。飛鳴還接翅，用脊令詩意。行序密銜蘆。喻旅中防患。淮南子：雁順行以愛氣力，銜蘆而翔，以避矰弋。俗薄江山好，時危草木蘇。謂草木逢春，皆有生意。馮唐雖晚達，終覬在皇都。言暫依居止，終期同北歸也。

太歲日　黃曰：大曆三年，歲次戊申，今題云太歲日，是又直戊申日也。朱注：按舊史大曆三年春正月丙午朔，則戊申乃初三日。

楚岸行將老，巫山坐復春。病多猶是客，謀拙竟何人？言無能爲國家效一籌也。閶闔開黃道，漢天文志：日有中道，中道者黃道。衣冠拜紫宸。潘鴻曰：疑當時以是日爲慶。榮光懸日月，尚書中候：帝堯之時，榮光出河，休氣四塞。賜予出金銀。愁寂鴛行斷，六句俱分承上二段參差虎穴鄰。西江元下蜀，北斗故臨秦。散地逾高枕，高枕謂多病。生涯脫要津。謂不列朝班。天邊梅柳樹，相見幾回新。

首章感人日陰寒而作。

次章當人日而思出峽也。

李子德云：前四峽中，次四憶長安事，末則撫時自傷也，通篇苦調，故以和語結之。

人日二首

北史魏收傳：董勛答問禮俗云：正月一日爲雞，二日爲狗，三日爲猪，四日爲羊，五日爲牛，六日爲馬，七日爲人，八日爲穀。西清詩話：都人劉克曰：東方朔占書：一日至八日，其日晴，主所生之物育，陰則災。少陵謂天寶亂後，人物歲歲俱災，此春秋書法耶。

紀○異○老○

元日至人日，未有不陰時。冰雪鶯難至，春寒花較遲。雲隨白水落，風振紫山悲。蓬鬢稀疏久，無勞比素絲。

此日此時人共得，言遇節相樂。一談一笑俗相看。言於我無與。樽前柏葉休隨酒，勝裏金花巧耐寒。荊楚歲時記：人日翦綵爲人，或鏤金箔爲人，以貼屏風，亦戴之頭鬢。賈充李夫人典戒：人日造華勝相遺，像瑞圖金勝之形，又像西王母戴勝也。仇注：休隨酒，謂元日已過。巧耐寒，謂人日尚陰。惟金花不畏寒，卽春寒花較遲意。佩劍衝星聊暫拔，浦注：衝星用劍氣射斗事，兼取侵星出行意。匣琴流水自須彈。呂氏春秋：伯牙鼓琴志在流水。此亦映下峽。早春重引江湖興，直道無憂行路難。直道，有浩然一往意。

喜聞盜賊總退口號五首

舊唐書：大曆二年九月，吐蕃寇靈州，進寇邠州。通鑑：十月，朔方節度使路嗣恭破吐蕃於靈州城下，斬首二千餘級，吐蕃引去。詩云：今春喜氣滿乾坤，蓋作於三年之春也。

蕭關隴水入官軍，浦注：蕭關隴水，俱在靈州南境。青海黃河卷塞雲。青海在西域，黃河亦指塞外者，正謂吐蕃也。卷塞雲，謂烟塵已靜。北極轉愁龍虎氣，張遠注：龍虎軍，蓋禁旅也。時魚朝恩掌禁兵，中外受制，公故深愁之。西戎休縱犬羊羣。仇注：時宦官典兵，內憂方切，故云北極轉愁；吐蕃暫退，而禍根未除，故云西戎休縱。

首章喜王師能禦寇，並即致憂盛危明之意。

贊普多教使入秦，數通和好止烟塵。朝廷忽用哥舒將，殺伐虛悲公主親。唐書：開元末，金城公主薨。吐蕃遣使告哀，因請和，明皇不許。天寶七載，以哥舒翰節度隴右，攻拔石堡城，收九曲故地。

此追咎邊將之起釁者。

崆峒西極一作北。過崑崙，趙注：崆峒在西郡之西，崑崙又在崆峒西極之西。言其從化之地遠也。駝馬由來擁國門。逆氣數年吹路斷，蕃人聞道漸星奔。謝瞻書：裹糧攜弱，匍匐星奔。仇注：駝馬入貢，往時歸順，自逆命數年，而今乃奔散，喜之也。

此記吐蕃叛服之不常也。

此憶往時和戎之有道也。

末首全寫喜意，結前五首。

勃律天西采玉河，唐書：大勃律直吐蕃西，與小勃律接，小勃律去吐蕃牙帳東八百里。北史：于闐國在葱嶺北二百餘里，城東三十里有首拔河，中出玉石。五代史：于闐國南一千三百里曰玉州，云張騫所窮河源，出于闐而山多玉者此也。其河源所出至于闐分爲三，東曰白玉河，西曰綠玉河，又西曰烏玉河，三河皆有玉而色異。每歲秋水涸，國王撈玉於河，然後國人得撈玉。堅昆碧盌最來多。唐書：堅昆國在康居西，葱嶺北。李德裕黠戛斯朝貢圖序曰：黠戛斯者，本堅昆國也。貞觀二十一年，其酋長入朝，授以將軍印，拜堅昆都督，迨天寶季年，朝貢不絕。舊隨漢使千堆寶，少一作小。答胡王萬匹羅。少酬亦必萬匹，正言朝廷報禮之重，以綏遠夷，冀其復循舊好也。

今春喜氣滿乾坤，南北東西拱至尊。大曆三年調玉燭，玉燭注見六卷。玄元皇帝聖邵云：頌賜得體。雲孫。爾雅：曷孫之子爲仍孫，仍孫之子爲雲孫。注：言輕遠如浮雲也。

送大理封主簿五郎親事不合，卻赴通州。唐書：通州通州郡屬山南西道。

主簿前閬州賢子，前有送高司直尋封閬州詩。余與主簿平章鄭氏女子，朱注：太平廣記：天寶中范陽盧子夢謁其從姑，姑訪盧未婚，曰：吾有外甥女甚有容質，吾當爲兒平章。平章蓋唐人語也。垂欲納采，鄭氏伯父京書至，女子已許他族，親事遂停。

禁臠去東牀，禁臠喻言貴壻。晉謝混傳：孝武帝爲晉陵公主求壻，謂王恂曰：主壻但如劉眞長、王子敬便足。恂曰：謝混雖不及眞長，不減子敬。未幾帝崩，袁崧欲以女妻之。珣戲曰：卿莫近禁臠。初元帝始鎭建業，公私窘罄，每得豚以爲珍膳，項下一臠尤美，輒以薦帝，呼爲禁臠，故珣因以爲戲。混竟尚主。王羲之傳：郗鑒使門生求女壻於王導，子弟咸自矜持，惟一人在東牀坦腹臥，乃羲之也。趨庭赴北堂。封主簿至通州省母，故云。風波空遠涉，承二琴瑟幾虛張。承一渥水出騏驥，謂閬州崑山生鳳凰。謂鄭氏女。兩家誠款款，中道許蒼蒼。謂曾指天以誓。頗謂秦晉匹，左傳：秦晉匹也，何以卑我。從來王謝郎。青春動才調，白首缺輝光。張溍注：二句言姻事忽停，五郎當此時未免感動，而己主婚不成，亦覺無色也。玉潤終孤立，分應前渥水二句晉書：樂廣人謂之冰鏡，壻衛玠時號玉人。議者以爲婦公冰清，女壻玉潤。珠明得闇藏。餘寒折花卉，花以寒放，亦帶未舒之意，起下恨字。恨別滿江鄉。

從白帝城放船敘起。○賈島

邵云：流麗清穩，別是一種畦徑。

將別巫峽，贈南卿兄瀼西果園四十畝

苔竹素所好，萍蓬無定居。遠遊長兒子，幾地別林廬。仇注：謂自秦而蜀，又自閬而夔也。雜蕊紅相對，他時錦不如。具舟將出峽，巡圃念攜鋤。正月喧鶯末，茲辰放鷁初。韻極。雪籬梅可折，風榭柳微舒。二句園中當下景。託贈卿家有，因歌野興疏。殘生逗江漢，何處狎樵漁？朱注：芥隱筆記：殘生逗江漢，出陰鏗詩行舟逗遠樹，非逗遛之逗。

李子德云：贈人只一句，通篇俱說果園，點綴有情，入後入手寫託贈，娓娓不休，拖沓無足觀矣。○胡孝轅云：八韻詩除梅柳一聯外，並語對意不對，極貫珠之妙。

大曆三年春，白帝城放船出瞿唐峽，久居夔府，將適江陵，漂泊有詩，凡四十韻 仇注：按詩本四十二韻，曰四十者，舉成數耳。

老向巴人裏，今辭楚塞隅。入舟翻不樂，解纜獨長吁。情景宛然。窄轉深啼狖，虛隨初行峽中窄處

詩：無端更渡桑乾水，卻望幷州是故鄉，脫胎於此。

亂浴凫。石苔淩几杖，空翠撲肌膚。是深峽舟中春景疊壁排霜劍，奔泉濺水珠。杳冥藤上下，濃淡樹榮枯。神女峯娟妙，陸游入蜀記：過巫山凝眞觀，謁妙用眞人祠，卽世所謂巫山神女也。祠正對巫山，峯巒上插霄漢，山脚直入江中，神女峯最爲奇峭。昭君宅有無。昭君宅注見十三卷。曲留明怨惜，樂府有昭君怨。夢盡失歡娛。神女賦序：寐而夢之，寤不自識，惘焉不樂，悵爾失志。所謂失歡娛也。仇注：上四舟中近見，下四舟中遠望。擺闔盤渦沸，次至峽中險處欹斜激浪輸。風雷纏地脈，冰雪曜天衢。盤渦之沸，轟若風雷；激浪之輸，白如冰雪。二句亦屬分承。鹿角眞走險，狼頭如跋胡。原注：鹿角、狼頭二灘名。一統志：鹿角、狼尾、虎頭三灘，在夷陵州最險。水經注：江水又東逕流頭灘，其水並峻激奔暴，魚鱉所不能遊，行者常苦之。按：流頭灘當卽所謂狼頭也。左傳：德則其人也，不德則其鹿也。鋌而走險，急何能擇。詩：狼跋其胡，載疐其尾。注：跋，躐也，胡，頷下懸肉。惡灘寧變色？高臥負微軀。負字當作自負解，卽忠信涉波濤意。舊注非。書史全傾撓，奴教切。裝囊半壓濡。生涯臨臬兀，易：困於臲卼。廣韻：臲卼，不安也，通作臬兀。死地脫斯須。不有平川決，反接有力。焉知衆壑趨？江水出峽，其川始平，方知爲衆流所趨也。決字趨字，寫盡出峽之勢。乾坤霾漲海，謂江水渺瀰。雨露

兩段敘出峽，一險一平，備極刻劃。此言將適江陵而自敘漂泊之迹。

洗春蕪。謂春江明媚。鷗鳥牽絲颺，朱注：牽絲颺，言鷗羽如絲之白也。驪龍濯錦紆。沈懷遠南越志：蟠龍身長四丈，青黑色，赤帶如錦文。落霞沈綠綺，謝朓詩：餘霞散成綺。殘月壞金樞。遣句 謂月將西沒而無光也。木華海賦：大明撫轡於金樞之穴。注：大明，月也。金，西方也。河圖帝覽嬉曰：月者金之精。浦注：牽絲濯錦，謂晴光搖漾，霞沈月壞，謂遠色模糊。泥筍苞初荻，沙茸出小蒲。謝靈運詩：新蒲含紫茸。茸謂蒲花也。雁兒爭水馬，仇注：雁兒爭食水馬，蓋蝦蟲之類。子瞻二蟲詩：君不見水馬兒，步步逆流水。大江東流日十里，此蟲趯趯長在此。諸家所引俱非。又方以智物理小識云：水馬能化蜻蜓，則水鱉蟲耳。一名蝦扒蟲。蜻蜓入水生子所化，故復化為蜻蜓。燕子逐檣烏。陰鏗詩：檣轉向風烏。趙注：檣烏，船檣上刻為烏形，以占風者。絕島容烟霧，環洲納曉晡。二句總束以上言出峽所見景物 謝靈運詩：環洲亦玲瓏。淮南子：日至於悲谷，是為晡時。玉篇：晡，中時也。曉晡猶言朝夕。言地皆高山，故平川早晚，亦多烟霧也。前聞辨陶牧，登樓賦：北彌陶牧。注：陶，鄉名。郭外曰牧。荊州記：江陵縣西有陶朱公冢。轉盼拂宜都。唐書：宜都縣屬峽州。縣郭南畿好，原注：路入松滋縣。朱注：肅宗以江陵府為南都，故曰南畿。津亭北望孤。起下聖代廷爭等句 水經注：江津戍南對馬頭岸，北對大岸，謂之江津口。朱注：此云津亭疑即江津之亭也，公有春夜峽州津亭留宴詩。勞心依憩息，謂將依江陵。朗詠劃昭蘇。禮記：蟄蟲昭蘇。言脫險意舒，心胸聊為一曠也。意遺樂還笑，文賦：思涉樂其

此復敘將近江陵，申明所以去夔適荆之故。〇公詩每多夾敘夾議，其法出太史公，此復於長律中見之。

必笑。衰迷賢與愚。謂老年混俗，起下二句。飄蕭將素髮，汩沒聽洪鑪。邱壑曾忘返，以下仍不免感慨文章敢自誣？此生遭聖代，誰分哭窮途。臥疾淹爲客，蒙恩早厠儒。廷爭酬造化，謂疏救房琯。樸直乞江湖。灩澦險相迫，滄浪深可逾。浮名尋已已，謂嚴武奏除員外郎。羲之書：俯仰悲咽，實無已已。懶計卻區區。弟觀前有書迎就當陽居止，即所云山林託疲苶者也。喜近天皇寺，先披古畫圖。原注：此寺有晉王右軍書，張僧繇畫孔子及顏子十哲形像。歷代名畫記：江陵天皇寺內有栢堂，僧繇畫盧舍那佛及仲尼十哲像。梁武帝問釋門之內如何畫孔聖？僧繇曰：後當賴此耳。及後周滅佛法，獨此殿以有宣尼像，得不毀。應經帝子渚，用隔句對法九歌：帝子降兮北渚。注：堯二女隨舜不及，沒於湘水之渚，因爲湘夫人。同泣舜蒼梧。句又起下傷聖治難逢也。禮記：舜葬於蒼梧之野，地皆在荆州南。朝士兼戎服，君王按湛盧。吳越春秋：越王允常使歐冶作名劍五，一曰湛盧。二句謂生逢亂世，臣主俱憂也。旄頭初俶擾，晉天文志：昴爲旄頭，胡星也。書：俶擾天紀。鶉首麗泥塗。晉天文志：自東井十六度至柳八度爲鶉首，於辰在未，秦之分野，屬雍州。言自祿山叛逆後，關中每多寇亂，不必定指吐蕃。甲卒身雖貴，唐書崔寧傳：寧本名旰，貝州安平人，落魄客劍南，初以步卒事鮮于仲通。書生道固殊。言恥與若輩同列。

結就勞心依憩息二句翻轉說，終以豁然，了而不了。

承書一作生句出塵羣。皆野鶴，世說：嵇紹在稠人中，昂昂如野鶴之在雞羣。歷塊匪轅駒。二句言當飄然遠引，兼寓無地不可往意。伊呂終難承甲卒句降，韓彭不易呼。上句言相庸，下句言將悍。胡夏客曰：降用詩維岳降神，呼用史記呼大將如小兒，字皆有所本。五雲高太甲，王勃益州夫子廟碑：帝車南指，遁七曜於中階。華蓋西臨，藏五雲於太甲。酉陽雜俎：謂燕公讀碑自帝車至太甲悉不解，訪之一公，一公言：北斗建午，七曜在南方，有是之祥，無位聖人當出。華蓋以下，卒不可悉。困學紀聞：晉天文志：華蓋杠旁六星，曰六甲，分陰陽而配節候。太甲恐是六甲一星之名，然未有考證。按：一公，乃僧一行也。五雲似即用卿雲五色意。又史記高帝本紀：季所居，上常有雲氣。六月曠摶扶。莊子：鵬之徙於南溟也，摶扶搖而上者九萬里，去以六月息者也。司馬云：摶飛而上也，上行風，謂之扶搖。沈佺期詩：散材仍葺廈，弱羽遽摶扶。朱注：時公適荊南，又將下湖南，故用鵬徙南溟事。按：是時崔旰殺郭英乂，代宗詔宰相杜鴻漸平蜀亂，不能討旰罪，反數薦之於朝。鴻漸還朝，旰遂爲西川節度，公最不平此事。此詩伊呂終難降，譏鴻漸也；韓彭不易呼，謂崔旰也。蜀事如此，公所以決爲去蜀之計。回望帝廷，如五雲太甲，渺然天際；惟效鵬摶南徙，爲長往之計而已。舊解但泛指藩鎮，未爲得旨。回首黎元病，言巴蜀困於用兵。爭權將帥誅。謂崔旰楊子林輩，自相誅討。山林託疲苶，未必免崎嶇。

巫山縣汾州唐使君十八弟宴別，兼諸公攜酒樂相送，率題小詩，留於

屋壁 唐書：巫山縣屬夔州。九域志：在夔州東七十二里。唐十八先爲汾州刺史，時貶施州。

臥病巴東久，今年強作歸。故人猶遠謫，茲日倍多違。接宴身兼杖，聽歌淚滿衣。諸公不相棄，擁別借光輝。

黃白山云：稱唐爲故人，其餘以諸公概之，筆下自分涇渭。對故人語極悲涼，對諸公語如欣荷；悲涼者情眞，欣荷者意泛。公詩言取別隨薄厚，其是之謂歟。

敬寄族弟唐十八使君 公萬年縣君京兆杜氏墓銘：其先系統於伊祁，分姓於唐杜。

與君陶唐後，盛族多其人。左傳：范宣子曰：昔匄之祖，自虞以上爲陶唐氏，在夏爲御龍氏，在商爲豕韋氏，在周爲唐杜氏。師古曰：唐太原晉陽縣也。杜京兆杜縣也。聖賢冠史籍，枝派羅源津。在今氣一作最。磊落，巧僞莫敢親。介立實吾弟，濟時肯殺身。是何等語 物白諱受玷，行高無汚眞。想當時必有誣謗之事。得罪永泰末，放之五溪濱。五溪注見九卷。想唐先貶此，復除名配施州，故曰故人猶遠謫。舊注非是。鸞鳳有鎩所拜切。翮，顏延之五君詠：鸞翮有時鎩。先儒曾抱

末句驚喜如出意外。

麟。劉琨詩：宣尼悲獲麟，西狩涕孔丘。注：孔子亦抱麟而泣。雷霆劈長松，骨大卻生筋。言其受挫而不撓也。一失不足傷，念子孰自珍。蔡云：孰與熟同。今按當作如字解。孰自珍，猶云不自愛，卽濟時肯殺身意。言罷官不足傷，當今有此奮不顧身以救世爲懷者，殊爲可念耳。泊舟楚宮岸，戀闕浩酸辛。除名配清江，配謂流配。施州清江郡注見前。厥土巫峽鄰。登陸將首途，言將赴貶所。筆札枉所申。歸朝跼病肺，敘舊思重陳。春風洪濤壯，谷轉頗彌旬。江賦：盤渦谷轉。我能汎中流，搪突鼉獺嗔。張溍注：言泛險而行，亦喩己之不畏權惡也。長年已省柁，洙曰：省，視也，視柁則將行矣。慰此貞良臣。言己將出峽東下往候唐君，故先作此以慰之。

春夜峽州田侍御長史津亭留宴得筵字

出峽詩云：津亭北望孤，卽此。

北斗三更席，言望北斗而知爲三更也，想泊時已晚。西江萬里船。杖藜登水榭，揮翰宿春天。揮翰，謂同賦詩。白髮煩多酒，明星惜此筵。言向曉猶不忍別也。始知雲雨峽，忽盡下牢邊。

蔣云：出峽之喜可掬。

泊松滋江亭

唐書：松滋縣屬江陵府。輿地紀勝：江亭在松滋縣治，後杜甫孟浩然俱有詩。

紗帽隨鷗鳥，扁舟繫此亭。江湖深更白，劉辰翁曰：凡水深處必黑，惟湖光最白，非子美不能道。松竹遠微一作還。青。一柱應全近，高唐莫再經。今宵南極外，甘作老人星。前有南極詩指夔州也。言但得去夔，即老無所恨矣。

李云：樸淡如不經意，然自悽惻動人。黃白山云：結句隱動諸公盼睞，蒼茫二字含許多難言之情。

行次古城店汎江作，不揆鄙拙，奉呈江陵幕府諸公

荊州圖記：夷陵縣南對岸有陸抗故城，即山爲墉，四面天險，即此所謂古城也。

四句行次古城店

老年常道路，遲日復山川。遲日，謂春日。白屋花開裏，孤城麥秀邊。寂寞如畫。

四句泛江

濟江元自闊，下水不勞牽。風蝶勤依槳，春鷗懶避船。勤依槳，影諸公。懶避船，殆自影。二句中有寓意。

四句奉呈

王門高德業，時荊南節度衞伯玉封陽城郡王。幕府盛才賢。行色兼多病，蒼茫汎愛前。殷仲文詩：廣筵散汎愛。

起二鬢白花紅，相形見致。李云：老人畏風，一受字寫來入妙。

乘雨入行軍六弟宅 即杜位也，爲江陵行軍司馬。

曙角凌雲亂，春城帶雨長。水花分塹弱，張溍注：塹低處經雨水溢，故水花不能植立而弱。巢燕得泥忙。一弱一忙，亦與起下二句來。令弟雄軍佐，凡材污省郎。萍漂忍流涕，衰颯近中堂。雖忍住流涕，不免意思衰颯。以頽白而上堂皇，自顧殊覺黯然耳。

上巳日徐司錄林園宴集 周禮：三月三日爲上巳。舊唐書：開元元年，改錄事參軍爲司錄參軍。

鬢毛垂領白，花蕊亞枝紅。承一欹倒衰年廢，欹倒，謂醉也。承二招尋令節同。薄衣臨積水，吹面受和風。二句言上巳祓除之樂。有喜留攀桂，劉安招隱士：攀援桂枝兮聊淹留。無勞問轉蓬。恐問及轉增悵然也。

宴胡侍御書堂 原注：李尚書之芳、鄭祕監審同集，得歸字韻。

江湖春欲暮，牆宇日猶微。闇闇書籍滿，輕輕花絮飛。仇注：闇闇，貼日微；輕輕，貼春暮。翰林

李：筆。

李云：逸氣超超。

公詩好用經語。

名有素，墨客興無違。長楊賦序：藉翰林爲主人，子墨爲客卿以諷。翰林指李鄭，墨客公自謂也。今夜文星動，合說吾儕醉不歸。

書堂飲既夜，復邀李尚書下馬月下，賦絕句

湖月一作水。林風相與清，殘樽下馬復同傾。久拚野鶴如雙鬢，倒句一作霜。遮莫鄰雞下五更。言素不以老爲意，飲無妨達旦也。遮莫，猶云儘教，唐時方言也。岑參原頭送范侍御詩：別君祗有相思夢，遮莫千山與萬山。

奉送蘇州李二十五長史丈之任唐書：蘇州吳郡屬江南西道。

星坼台衡地，張華傳：華爲司空，少子韙以中台星坼，勸華遜位，不從。未幾被害。曾爲人所憐。長史父必以宰相得罪，或云是適之子。明皇時，李適之爲左相罷，後仰藥死。公侯終必復，左傳：公侯之子孫，必復其始。經術竟相傳。用韋賢事。食德見從事，克家何妙年。易：訟，六二，食舊德，貞厲，終吉。或從王事無成。蒙，九二，子克家。一毛生鳳穴，三尺獻龍泉。赤壁浮春暮，赤壁注見十一卷，李至蘇州所經也。姑蘇落海邊。吳郡志：姑蘇山連橫山之北，古臺在其上。越絕書：闔廬起姑蘇臺，高見三百里。客問頭最白，惆悵此離筵！

暮春江陵送馬大卿公恩命追赴闕下

自古求忠孝，後漢韋彪議：求忠臣必於孝子之門。名家信有之。吾賢富才術，此道未磷淄。玉府（品）標孤映，（質）穆天子傳：天子至於羣玉之山，四徹中繩，先王之所謂策府。北山移文：高霞孤映，明月獨舉。霜蹄去不疑。（意氣）激揚音韻徹，（言論）籍甚眾多推。（聲名）朱注：漢書注：籍甚，狼籍甚盛也。潘陸應同調，（詩文）孫吳亦異時。（謀略）言前後相符也。北辰徵事業，南紀（紀地）赴恩私。言馬自江陵追赴闕下。卿月昇金掌，（紀官）書洪範：卿士惟月。昇金掌，謂內擢也。王春度玉墀。（紀時）春秋：春王正月。薰風行應律，呂氏春秋：東南方曰薰風。湛露即歌詩。大卿入朝，及此春期，猶得陛見，可以應薰風而歌湛露也。天意高難問，人情老易悲。樽前江漢闊，後會且深期。亦思一至京闕而相會也。

陶開虞曰：卿月一聯以典則見其工雅。浦云：以多年去國之人，送新命趨朝之客，猛然觸起，不勝感喟。

和江陵宋大少府暮春雨後同諸公及舍弟宴書齋 弟乃杜位。

渥洼汗血種，天上麒麟兒。用徐陵事，想俱係後輩，故云然。才士得神秀，書齋聞爾爲。爲字指同賦詩。棣華晴雨好，詩序：常棣之華，宴兄弟也。綵服暮春宜。朋酒日歡會，老夫今始知。浦注：詳詩意，少府開宴，似爲其親具慶而設。末致不得與宴之憾，蓋戲筆也。

暮春陪李尚書李中丞過鄭監湖亭汎舟，得過字 尚書即之芳，中丞未詳。

海內文章伯，湖邊意緒多。玉樽移晚興，桂楫帶酣歌。春日繁魚鳥，江天足芰荷。上二言泛舟之樂，此二言湖亭之勝。鄭莊賓客地，衰白遠來過。

宇文晁尚書之甥。崔彧司業之孫，尚書之子。重汎鄭監審前湖 仇注：以尚書之甥十二字當是小注，謂同游當有三人，孫字下有闕文，卻未然。或爲世家子，故并敘其家世，觀後夏夜聯句詩，亦只此兩人也。唐書宰相世系表：崔彧官太子少詹事。

郊扉俗遠長幽寂，野水春來更接連。錦席淹留還出浦，葛巾欹側未迴船。樽當霞綺輕初散，棹拂荷珠碎卻圓。句法似晚唐 不但習池歸酩酊，君看鄭谷去夤緣。仇注：用習池因地近，用鄭谷因姓同。夤緣乃連絡之意，言將時時往遊也。

歸雁

朱注：唐會要：大曆二年，嶺南節度使徐浩奏：十一月二十五日，當管懷集縣陽雁來，乞編入史，從之。先是五嶺之外，朔雁不到，浩以爲陽爲君德，雁隨陽者，臣歸君之象也。按：此詩云聞道今春雁，南歸自廣州，正是三年春所作。又云是物關兵氣，何時免客愁。蓋浩以爲祥，公以爲異耳。史稱浩貪而佞，公蓋深譏之。

聞道今春雁，南歸自廣州。見花辭漲海，言今春之去。謝承後漢書：交阯七郡土獻皆從漲海出入。南史：扶南東界卽大漲海，海中有大洲，洲上有諸薄國。避雪到羅浮。遡去秋之來。羅浮山記：羅山、浮山，二山合體，在增城博羅二縣境。一統志：羅浮山在今惠州府，連廣州境。是物關兵氣，何時免客愁？此作詩本旨。雁避雪極南，實窮陰寒沍驅之，是卽兵氣所感。年年霜露隔，不過五湖秋。雁至衡陽則回，此五湖當指洞庭湖言。史記索隱：具區，洮滆，彭蠡，青草，洞庭，共爲五湖。則洞庭正得稱五湖耳。

李云：如此可稱悲壯。

上慰哀歌之意，下送司直赴蜀之情。

竟任老，不惟含蓄餘情，亦且掉動上意。

王嗣奭曰：禽鳥得氣之先，明年潭州果有臧玠之亂，桂州又有朱濟時之亂。此與邵子洛陽聞杜鵑無異，可謂具先知之哲矣。○黃白山曰：五六本屬結意，卻作中聯；七八本是發端，翻爲結語。前半先言歸，次言辭，後言到，終乃言不過，章法層層倒卷，矯變異常。

短歌行贈王郎司直

王郎酒酣拔劍斫音灼。地歌莫哀，我能拔爾抑塞磊落之奇才。二句形奇才。豫章翻風白日動，鯨魚跋浪滄溟開。且脫佩劍休徘徊。浦注：徘徊卽哀歌之態，此重言以勸之。西得諸侯棹錦水，欲向何門趿先答切。珠履。說文：趿，進足有所擷取也。仲宣樓頭春色深，一作已。青眼高歌望吾子。眼中之人吾老矣！陸雲詩：髣髴眼中人。朱注：時王司直將往成都，公惜其負此奇才而有事干謁，故言今將往依何人之門耶？我在江陵，望子及春時來會，因歎己年已老，恐後此不復相見耳。

盧德水曰：兩短歌行：一贈王郎司直，一送邛州錄事。一突兀橫絕，跌宕悲涼；一委曲溫存，疏通藹潤。一則曰青眼高歌望吾子，一則曰人事經年記君面；待少年人如此肫摯，直是腸熱心淸，盛德之至耳。○沈確士曰：上下各五句，俱用單句相間，此亦獨創之格。

公集七古不轉韻者甚少，此詩絕似昌黎。

憶昔行

憶昔北尋小有洞，朱注：御覽名山記云：王屋山有洞周迴萬里，名曰小有清虛之天。王君內傳云：三十六洞天之第一，在河內沁水縣界。洪河怒濤過輕舸。辛勤不見華蓋君，艮岑青輝慘幺麼。蔣云：是道家語，是屈騷句。亡果切。華蓋君，艮岑，注俱見十七卷。通俗文：不長曰幺，細小曰麼。千崖無人萬壑靜，三步回頭五步坐。猶冀遇之。秋山眼冷魂未歸，仙賞心違淚交墮。仇注：仙賞心違，謂求仙之志不遂也。弟子誰依白茅屋，一作室。盧老獨啓青銅鎖。巾拂香餘搗藥塵，又似義山輩佳句階除灰死燒丹火。玄圃滄洲莽空闊，金節羽衣飄婀娜。落日初霞閃餘映，倏忽東西無不可。苕溪漁隱詩話：王屋山中，日西落而人影或在西，日東落而人影或在東，不可致詰；故曰落日初霞閃餘映，倏忽東西無不可。松風磵水聲合時，青兕黃熊啼向我。徒然咨嗟撫遺蹟，至今夢想仍猶左。祕訣隱文須內教，陶弘景傳：既得神符祕訣，以爲神仙可成。御覽玉清石刻隱銘曰：佩玉帝隱文者，得爲上仙。梁武帝文：早念身空，棲心內教。此借用釋門語。晚歲何功使願果？更討一作覓。衡陽董鍊師，六典：道士修行，其德高思精，謂之鍊師。輿地紀勝：董奉先天寶中修九華丹法於衡陽，棲朱陵後洞。杜甫憶昔行所謂衡陽董鍊師是也。南浮一作游。早鼓瀟湘柁。

昔遊詩云：杖藜望清秋，有興入廬霍。公素有訪道之志，今董師在衡陽，去荊南不遠，決思一訪，以遂夙願，故又作此詩。其詞筆玄超，眞帶仙靈之氣。○太白好學仙，樂天專學佛，昌黎仙佛俱不學，子美則學佛兼欲學仙；要亦抑鬱無聊，姑發爲出世之想而已。

四句全詩歸結。

杜詩鏡銓卷十九

大曆中，公在江陵、憩公安、次岳州及居湖南作。

惜別行送向卿進奉端午御衣之一作赴。上都

肅宗昔在靈武城，指揮猛將收咸京。向公泣血灑行殿，向公當是向卿之兄，有功收復。佐佑卿相乾坤平。逆胡冥寞隨烟燼，卿家兄弟功名震。麒麟圖畫鴻雁行，紫極出入黃金印。尚書勳業超千古，謂荊南節度衛伯玉。雄鎮荊州繼吾祖。晉杜預以鎮南大將軍都督荊州諸軍事。裁縫雲霧成御衣，拜跪題封賀端午。向卿將命寸心赤，青山落日江湖白。卿到朝廷說老翁，漂零已是滄浪客。盧注：公昔在朝，曾叨端午賜衣，故有老客漂零之歎。

夏日楊長寧宅送崔侍御常正字入京，得深字

唐書：長寧縣屬鎮北大都護府。又祕書省有正字二人。

公詩慣用北斗西江，惟此二句最警。

醉酒揚雄宅，切姓 漢書：揚雄有宅一區，家貧嗜酒，時有好事者，載酒從遊學。 升堂子賤琴。切官 不堪垂老鬢，還對欲分襟。二句承上分襟 天地西江遠，星辰北斗深。仇注：公在江陵故曰西江，崔常赴京故曰北斗。 烏臺俯麟閣，御史臺爲烏臺，注見十四卷。通典：漢氏圖籍藏麒麟天祿二閣。桓帝延熹二年，始置祕書監一人。唐六典：初，漢御史中丞掌蘭臺祕書圖籍，故歷代建臺省以祕書與御史爲鄰。 長夏白頭吟。末句回應垂老點還夏日

夏夜李尙書筵，送宇文石首赴縣聯句

唐書：石首縣屬江陵府，宇文晁爲李之芳甥。

愛客尙書重，之官宅相賢。甫。○宅相注見一卷。 酒香傾坐側，承首句 帆影駐江邊。下三承次句 之芳。 翟表郎官瑞，翟，雉名。蕭廣濟孝子傳：蕭芝至孝，除尙書郎，有雉數十，飛鳴車側。浦注：宇文當是郎官出宰者。 鳧看令宰仙。或。○或乃崔彧。二句寫宴 雨稀雲葉斷，陸機雲賦：金柯分，玉葉散。時景 夜久燭花偏。甫。二句贊滿座人亦正答首二句意 數語欹紗帽，高文擲綵牋。之芳。 興饒行處樂，離惜醉中眠。彧。仍結歸賓主二人 單父長多暇，河陽實少年。甫。 客居逢自出，爾雅：男子謂姊妹之子爲出。左傳：康公我之自出。 爲別幾淒然。之芳。

結語亦帶詼諧。

李子德云：如出一口，見盛唐組織之工。○聯句詩要通首一串，又要各存自家口吻，此可為法。

多病執熱奉懷李尚書 之芳。

衰年正苦病侵凌，首夏何須氣鬱蒸。大水淼茫炎海接，十洲記：炎洲在南海之中。奇峯嵂兀火雲升。陶潛詩：夏雲多奇峯。江賦：巨石嵂兀以前卻。思霑道暍音謁。黃梅雨，仇注：湘江四月有熟梅雨。薛道衡詩：細雨應黃梅。敢望宮恩玉井冰。魚豢魏略：明帝九龍殿前為玉井綺欄，蟾蜍含受，神龍吐水。陸翽鄴中記：石季龍於冰井臺藏冰，三伏日以賜大臣。不是尚書期不顧，漢書：陳遵字孟公，每飲賓客，輒閉門取客車轄投井中。時北部刺史奏事過遵，值其方飲，刺史大窮。候遵霑醉時，突入見遵母，叩頭自白，當對尚書有期會狀。母乃令從後閤出去。應璩書：仲孺不辭同產之服，孟公不顧尚書之期。山陰野一作夜。雪興難乘。山陰注見七卷。李初必有簡邀公而不赴，故云然。

水宿遣興奉呈羣公

魯鈍仍多病，逢迎遠復迷。言魯鈍多病而復遠行，以故昧於逢迎也。耳聾須畫字，畫出老人樣子。髮短不勝篦。澤

自起至此皆自敍，行色以下奉呈羣公。

國雖勤雨，穀梁傳：言不雨者，勤雨也。注：思雨之勤也。鶴曰：此言得雨勤數，與傳異。炎天竟淺泥。小江還積浪，弱纜且長隄。因雨多浪大，故尚未開舟，此明水宿之故。歸路非關北，行舟卻向西。暮年漂泊恨，今夕一作久客。亂離啼。童稚頻書札，盤飧詎糝藜。糝藜注見十一卷。公在江陵時，妻子或留當陽，故家人以困乏來告。我行何到且述且此？歎如聞其聲。物理直難齊。莊子有齊物論。高枕翻星月，嚴城疊鼓鞞。衞公兵法：鼓三百三十搥為一通。鼓止角動，吹十二聲為一疊。風號聞虎豹，水宿伴鳧鷖。異縣驚虛往，同人惜解攜。此想亦書中語。蹉跎長汎鷁，展轉屢聞雞。言不寐也。嶷嶷瑚璉韻書：力展切。此叶平聲用。器，陰陰桃李蹊。謂奔赴者衆。餘波期救涸，費日苦輕齎。謂日久而資糧竭也。後漢朱儁傳：輕齎數百金到京師。杖策門闌邃，肩輿羽翮低。仇注：杖策步行，則閽者不納，故門闌邃；肩輿往拜，則窮途乏費，故羽翮低；此與殘杯冷炙二句，曲盡干人之狀。自傷甘賤役，誰愍強幽棲。巨海能無釣，莊子：任公子為大鈎，以五十犗為餌，投釣于東海。按：犗音戒。說文：牛也。浮雲亦有梯。二句欲諸公達情幕主。勳庸亦故作大言動人思樹立，語默

結處正不放倒身分。

上半寫景，下半寫情。胡夏客曰：隱見寫雲中之星，光芒寫浪中之月，繪景能新。

可端倪。言素以濟時自命，公詩：許身一何愚，竊比稷與契。贈粟囷應指，吳志：魯肅家富於財，周瑜為居巢長，聞之，往求資糧。肅時有米二囷，各三千斛，直指一囷與瑜，瑜奇之，乃結僑、札之交。登橋柱必題。題橋注見二卷。言有能拯己之旅困者，則雖老而壯志不滅。丹心老未折，時訪武陵溪。武陵溪借指水宿，欲諸公之過訪也。舊說以為欲訪桃源，於上意不貫。

遣悶

地闊平沙岸，舟虛小洞房。言舟中如洞房也。使塵來驛道，城日避烏檣。言泊船城下，城障不見日也。暑雨留蒸溼，江風借夕涼。行雲星隱見，疊浪月光芒。螢鑒緣帷徹，螢光可以照物，故曰螢鑒。蛛絲罥鬢長。哀箏猶凭几，鳴笛竟霑裳。倚著陟略切。如秦贅，言隨地漂流也。賈誼傳：秦人家富子壯則出分，家貧子壯則出贅。過逢類楚狂。氣衝看劍匣，穎脫撫錐囊。平原君傳：夫賢者處世，譬如錐處囊中，其末立見。毛遂曰：使遂早得處囊中，乃脫穎而出。仇注：看劍謂壯心猶在，撫囊言欲試未能。妖孽關東臭，何云：臭即桓溫所謂遺臭。兵戈隴右瘡。關東

張云：時清二句，言太平輕武，亂世綏文也。二句道盡時世積重之弊。

指安史之亂，隴右謂吐蕃之警。時清疑武略，世亂跼文場。餘力浮於海，端憂問彼蒼。月賦：陳王初喪應劉，端憂多暇。百年從萬事，故國耿難忘。

江邊星月二首

此咏雨後之星月。

驟雨清秋夜，金波月耿玉繩星。謝朓詩：金波麗鳷鵲，玉繩低建章。天河元自白，江浦向來澄。二句分貼 映物連珠斷，漢律歷志：日月如合璧，五星如連珠。緣空一鏡升。古詩：破鏡飛上天。餘光隱更漏，況乃露華凝。露華凝則天將曙矣，結語逗起下章。

此咏將曉之星月。

江月辭風纜，一作檻。江星別霧船。雞鳴還曙色，鷺浴自晴川。歷歷竟誰種，古詩：天上何所有，歷歷種白榆。悠悠何處圓？月賦：升清質之悠悠。客愁殊未已，他夕始相鮮。郭璞詩：容色更相鮮。

舟月對驛近寺

更深不假燭，月朗自明船。金刹青楓外，維摩經：佛言佛滅後，以金身舍利起七寶塔，表刹莊嚴而供養。朱樓白水邊。城烏啼眇眇，夜靜城高，其聲遠而微也。野鷺宿娟娟。皓首江湖客，鉤簾獨未眠。

舟中

風餐江柳下，雨臥驛樓邊。結纜排魚網，連檣並米船。今朝雲細薄，昨夜月清圓。顧注：變態不同，而繫舟如故，四句作一氣說。飄泊南庭老，朱注：南庭即邊庭之庭，公在南方，故曰南庭。祇應學水仙。列仙傳：琴高入涿水中取龍子，諸弟子皆潔齋待於水旁，果乘赤鯉來，復入水去。吳均詩：是有琴高者，淩波去水仙。

江陵節度陽城郡王新樓成，王請嚴侍御判官賦七字句，同作

樓上炎天冰雪生，高飛燕雀賀新成。碧窗宿霧濛濛溼，朱栱浮雲細細輕。言其高也。杖鉞褰帷瞻具美，句言文武兼優。後漢賈琮傳：琮為冀州刺史，之部升車言曰：刺史當遠視廣聽，糾察美惡，何反垂帷裳以自掩塞乎。命御者褰之。

投壺散帙有餘淸。自公多暇延參佐，暗用庾亮登樓事。江漢風流萬古情。言足令後人懷想也。

黃白山云：首句見時，結句見地，此杜詩章法。其全篇溫潤和雅，非公平日本色，卻是盛唐正宗。

又作此奉衛王

西北樓成雄楚都，起句有力。古詩：西北有高樓。樓想正在開府西北隅也。漢書：江陵故楚郢都，楚文王自丹陽徙此。遠開山嶽散江湖。仇注：山嶽分峙故曰開，江湖流別故曰散。一句盡楚中形勝。二儀淸濁還高下，與俯視但一氣。三伏炎蒸定有無。二句各有妙義。推轂幾年惟鎭靜，曳裾終日盛文儒。白頭授簡焉能賦，用自謙結兼切郡王。愧似相如爲大夫。雪賦：梁王遊兔園，授簡於司馬大夫曰：爲寡人賦之。

黃白山云：常時爲物所蔽，登樓曠觀，始還天地之高下。古今詩人，不能道此。

胡元瑞曰：杜七言壯而閎大者，二儀淸濁還高下，三伏炎蒸定有無；壯而高拔者，藍水遠從千澗落，玉山高並兩峯寒；壯而豪宕者，五更鼓角聲悲壯，三峽星河影動搖；壯而沈婉者，三年笛裏關山月，萬國兵前草木風；壯而飛動者，含風翠壁孤雲細，背日丹楓萬木稠；壯而整嚴者，江間波浪兼天湧，塞上風雲接地陰；壯而典碩者，紫氣關臨天地闊，黃金臺貯俊賢多；壯而穠麗者，香飄合殿春風轉，花覆千官淑景移；壯而奇峭者，窗含西嶺千秋雪，門泊東吳萬里船；壯而精深者，織女機絲虛夜月，石鯨鱗甲動秋風；壯而瘦勁者，萬里悲秋常作客，百年多病獨登臺；壯而古淡者，百年地僻柴門迥，五月江深草閣寒；壯而感愴者，錦江春色來天地，玉壘浮雲變古今；壯而悲哀者，雪嶺獨看西日落，劍門猶阻北人來；結語之壯者，關塞極天惟鳥道，江湖滿地一漁翁；疊語之壯者，高江急峽雷霆鬬，古木蒼藤日月昏；拗字之壯者，側身天地更懷古，回首風塵甘息機；雙字之壯者，江天漠漠鳥雙去，風雨時時龍一吟。以上諸句，古今作者，無出其範圍也。

秋日荊南述懷三十韻

李子德云：此詩沈雄高渾，行藏之本末，喪亂之源流，皆略具篇中，有鵾鵬運海之才，兼羚羊掛角之妙。其語多奧屈，則定哀之微詞。〇首敘己以拾遺出貶。

昔承推獎分，愧匪挺生材。遲暮宮臣忝，江淹擬陸機詩：矯跡廁宮臣。謂為拾遺也。艱危袞職陪。時肅宗方在鳳翔。揚鑣一作鞭。隨日馭，謂赴行在。折檻出雲臺。罪戾寬猶活，公疏救房琯，以宰相張鎬救獲免。干戈塞未開。星霜玄鳥變，月令：二月玄鳥至，八月玄鳥歸。身世白駒催。史記：魏豹曰：人生一世間，如白駒過隙耳。伏枕因超忽，扁舟任往來。九鑽巴噀火，用字奇鑽火即鑽燧取火意。韻會：噀，噴水也。神仙傳：欒巴噀酒為雨，滅成都火。三蟄楚祠雷。

上言漂泊蜀夔，下敍流寓江陵。素業四句，東上起下，饒有頓宕。

楚祠，楚地祠廟，或云即指楚王宮也。雷以八月收聲，故曰蟄。朱注：按九鑽三蟄，言往來兩川九年，其中客夔三年。山谷謂凡十二年，誤也。望帝傳應實，望帝見杜鵑詩注。昭王去一作問。不回。湘中記：益陽有昭潭，其下無底，湘水最深處。或謂昭王南征不復，沒於此潭，因名。舊注：望帝昭王，雖引楚蜀之事，亦寓意玄宗也。玄宗為輔國劫遷西內，悒悒而崩，故以望帝昭王喻之。代宗不能明正輔國之罪，猶昭王南征不復而周人不能問之於楚也。昔人謂陶淵明悼國傷時，不欲顯斥，寓以他語，使奧漫不可指摘，知此可與讀杜詩矣。一說：浦注：追溯玄肅相繼升遐。蛟螭深作橫，豺虎亂雄猜。謂蕃、戎叛帥等。素業行已矣，對前推獎句晉書：陸納怒兄子俶曰：穢我素業。浮名安在哉！琴烏曲怨憤，琴錄：琴曲有烏夜啼。吳兢樂府解題：宋臨川王義慶造也。義慶為江州刺史，文帝徵之，家人大懼。妓妾夜聞烏夜啼，憂思而成曲。庭鶴舞摧頹。喻年已衰暮。韓非子：師曠援琴奏流徵，有玄鶴二八，延頸而鳴，舒翼而舞。秋水漫湘竹，陰風過嶺梅。湘竹嶺梅，皆近荊南。苦搖求食尾，司馬遷書：猛虎在深山，百獸震恐，及在檻穽，搖尾而求食。常曝報恩腮。言知己未酬，而屢遭困躓也。辛氏三秦記：魚集龍門下，登者化為龍，不登者點額暴腮而退。三輔決錄：昆明池人釣魚，綸絕而去，夢於漢武帝求去其鉤。明日帝遊於池，見大魚銜索，帝取而去之。後三日，池邊得明珠一雙，帝曰：魚之報也。結舌防讒柄，探腸有禍胎。吳均行路難：探腸見膽無所惜。言直道不容於世也。二句言世路險阻，又公本因遭讒而出，故有是語。蒼茫步兵

自星霜至此，總序客居楚蜀之況。

哭，展轉仲宣哀。王仲宣有七哀詩，翰曰：哀漢亂也。饑藉家家米，愁徵處處杯。休爲貧士歎，陶潛有詠貧士詩。任受衆人咍。楚辭注：楚人謂相啁笑曰咍。得喪初難識，榮枯劃易該。言一己之榮枯易曉，國事之得喪難知。二句上下轉捩處。差池分組冕，合沓起蒿萊。不必伊周地，皆登屈宋才。時官資冒濫者多，即公詩：王室比多難，高官皆武臣意。武夫得志，則文士益窮，意亦暗承上段。漢庭和異域，漢匈奴傳：高帝出白登圍，使劉敬結和親之約。晉史坼中台。漢書注：泰階三台也，中階爲公卿大夫。坼中台，乃借用張華事，不必泥。

蒙和異域。霸業尋常體，蒙坼中台。宗臣忌諱災。羣公紛戮力，聖慮窅徘徊。數見銘鐘鼎，眞宜法斗魁。晉天文志：斗魁第一星西三星，曰三公，主宣德化，調七政。上言和親之非計，罷相之不公，至今空瘁羣材，獨勞主慮。所以然者，諸將雖多立功，而擇相未能盡當故耳。願聞鋒鏑鑄，莫使棟梁摧。世說：陸玩拜司空，有人索酒瀉著梁柱間祝曰：以爾爲柱石之用，莫傾人棟梁。戒其毋任用非人也。盤石圭多翦，漢書：高祖封王子弟，地犬牙相制，所謂盤石之宗也。史記：成王封唐叔，翦桐葉爲圭。凶門轂少推。淮南子：大將受命已，則設明衣，翦指爪，鑿凶門而出。當時兵革不息，皆由宗室衰微，以致強藩跋扈；公有感詩：由來強幹地，未有不臣朝，即此意。

歸到君德上。尤屬。垂旒資穆穆，祝網但

恢恢。古史：成湯祝網。老子：天網恢恢，疏而不漏。赤雀翻然至，赤雀注見十八卷。黃龍不假媒。探原之論以代宗多猜忌，故欲其敦寬厚以召嘉祥也。河圖：黃龍五采，負圖出置舜前。漢郊祀歌：天馬來，龍之媒。賢非夢傅野，仍映擇相隱類鑿顏坏。淮南子：魯君欲相顏闔，使人以幣先焉，鑿坏而遁之，坏屋後牆。自古江湖客，冥心若死灰。結意言已無意用世，惟望國家得人，以致太平耳。也。

四句仍就自家作結。

此詩因公在荊南，客況寥落，而感念生平知己之人。後段因房之罷斥，而言端揆之必須愼擇。又因琯議分鎮，而歎封建之終爲善謀。語意層層推出，粘煞房說固不必，脫卻房說則更非也。○胡震亨曰：此篇述己因房琯得罪始末甚詳，昔承推奬分，公受知於房琯也。折檻出雲臺，以救琯謫官也。不必伊周地，皆登屈宋才，追言肅宗時，從龍諸相未必皆賢也。漢廷和異域，言回紇和親。晉史坼中台，言房琯罷相。肅宗乾元元年六月貶琯，七月以寧國公主嫁回紇，合言之見和親非策，琯在位當無是也。霸業尋常體，言和親乃漢道雜霸，非國體之正也。宗臣忌諱災，言琯首建諸王分鎮之議，觸肅宗所忌諱而得禍也。數見銘鐘鼎，眞宜法斗魁，言功臣雖多，非三公器，見一時人才皆不如琯也。盤石圭多翦，凶門轂少推。言分鎮以固盤石，圭當多翦；琯本謀原不錯，但宰相不當使出將，凶門轂自宜少推耳。此若諱陳陶之敗而爲之解者。垂旒資穆穆，至黃龍不假媒，言外見當時貶琯爲太過，更望朝廷以寬大用人，則賢才自至也。又曰：駱賓王有幽縶書情排律，乃公此詩所出，合觀之始知。杜詩博議：盤石圭多翦二句，極言封建之制，善於藩鎮，非專謂宰相不可出將也。羣公紛戮力以下，自是泛論，不必復主琯言之。

秋日荆南送石首薛明府辭滿告別，奉寄薛尚書頌德敘懷斐然之作三十韻 浦注：前有送宇文石首詩，此云石首薛明府辭滿，宇文正是代薛之任。明府，薛尚書之弟，尚書乃薛景仙。

邵云：全首渾勁有氣，亦長律中傑作。首六句敘秋日送薛明府告別，想公與明府無甚交情，故只借作緣起。

南征爲客久，公自謂。西候別君初。朱注：隋尹式詩：西候追孫楚，南津送陸機。按：孫子荆有征西官屬送於陟陽候詩。注：陟陽，亭名，候，亭也。西候字本此。歲滿歸鳧舄，秋來把雁書。謂明府得尚書書也。荆門留美化，送明府止此下皆說尚書姜被就離居。姜被注見五卷。言將歸晤其兄。聞道和親入，舊唐書吐蕃傳：大曆二年十一月，和蕃使檢校戶部尚書薛景仙自吐蕃使還，首領論泣陵隨景仙入朝。垂名報國餘。連枝不日並，蘇武詩：況我連枝樹，與子同一身。八座幾時除。八座注見十八卷。想薛此行無賞，且未補官，故後有青雲卷舒之句。舊注以爲祝明府陞陟者非。往者胡星孛，恭惟漢網疏。仇注：祿山稱亂，由朝廷過寵，故曰漢網疏。風塵相澒洞，天地一邱墟。殿瓦鴛鴦坼，謂天子出奔。鄴中記：鄴都銅雀臺皆鴛鴦瓦。宮簾翡翠虛。謂妃嬪皆走。洞冥記：漢武帝甘泉宮起招仙閣，編翠羽麟毫以爲簾。鉤陳摧徼道，謂侍衞盡散。西都賦：周以鉤陳之位。又周廬千列，徼道綺錯。徼道，徼循之道也。槍櫐失儲胥。謂庫藏俱空。長楊賦：木擁槍櫐，以爲儲胥。注：槍櫐，作木槍相纍爲柵也。儲胥，言儲蓄以待所須也。文物陪巡狩，親賢病拮据。二句言從亡之臣。公時呵猰貐，猰貐注見十一卷。首唱卻鯨魚。通鑑：至德元載，以陳倉令薛景仙爲扶風太守，賊寇扶風，景仙擊卻之。事詳三卷。勢愜宗蕭相，原注：郭令公。浦注：勢愜者，謂勢足以資汾陽之成功。材非一范雎。原注：諸名將見諸將併力擊賊，皆由尚書倡起也。舊注：范雎爲秦謀兵事，伐魏伐韓破趙，故以比諸名將。屍塡太行道，血走浚儀渠。水經注：禹塞滎澤，淫水於滎陽下，引河通淮泗，名蒗蕩渠，一名浚儀渠。舊唐書：浚儀縣屬汴州。太行、浚儀皆安史蔓延之處。滏口師仍會，元和郡縣志：滏水出磁州滏陽縣西北。太行八陘，第四曰滏口陘，對鄴西。仇注：滏口即安陽。九節度征安慶緒，曾會師於此。函關憤已攄。紫微臨大角，大角注見十卷。皇極正乘輿。讀平聲。二句謂肅宗還京。賞從頻袞冕，左傳：晉侯賞從亡者。殊恩再直廬。原注：公舊執金吾，新授羽林，前後二將軍。豈惟高衞霍，曾是接應徐。應德璉、徐偉長，魏太子賓客。降集翻翔鳳，言其才品之超越。追攀絕衆狙。謂不使小人得攀附也。莊子：狙公賦芧曰：朝三暮四，衆狙皆怒。狙，猿也。侍臣雙宋玉，承應徐句戰策兩穰苴。承衞霍句史記：齊威王追論古司馬兵法，附穰苴于中，號曰司馬穰苴兵法。鑿徹勞懸鏡，荒蕪已荷鋤。嚮來披述作，原注：石首處見公新文一通。重此憶

此段歷敍禍亂恢復，言尚書功績；是題中頌德二字。

此段感昔培植，并候起居，是題中敘懷二字。

吹噓。白髮甘凋喪，青雲亦卷舒。（二句一篇感慨大旨。）經綸功不朽，跋涉體何如。原注：公頃奉使和蕃，應訝眈湖橘，常餐占野蔬。十年嬰藥餌，萬里狎樵漁。揚子淹投閣，謂久於蜀也。鄒生惜曳裾。鄒陽傳：何王之門，不可曳長裾乎。但驚飛熠燿，詩：熠燿宵行。注：螢火也。不記改蟾蜍。張載詩：下車如昨日，蟾蜍四五圓。烟雨封巫峽，江淮略孟諸。二句槩言地勢。爾雅：十藪，宋有孟諸。郭璞注：在睢陽縣東北。略孟諸，言江淮之地，回略及於孟諸也。湯池雖險固，遼海尚塡淤。通鑑：大曆三年六月，幽州兵馬使朱希彩與朱泚、朱滔共殺節度使李懷仙，自稱留後，朝廷不能制，故曰尚塡淤也。努力輸肝膽，休煩獨起予。獨起予，以尚書新文言之。言尚書尚當以立功爲事，未可專留意於筆墨也。

朱鶴齡曰：按新舊書皆不立薛景仙傳。逆臣傳載代宗討史朝義，右金吾大將軍薛景仙請以勇士二萬椎鋒死賊。觀此詩滏口數語，則收京時，景仙嘗會師滏陽立功河北矣。舊書：至德元載十二月，秦州都督郭英乂代景仙爲鳳翔太守，而不言景仙遷轉何官。此云殊恩再直廬，豈景仙自鳳翔入，即歷金吾羽林之職耶？史家闕軼甚多，可據此補之。又通鑑：廣德二年正月，吐蕃陷京師。既去，以太子賓客薛景仙爲南山五谷防禦使。景仙嘗官宮僚，故以應徐比之也。公與景仙俱扈從還京，景仙獨承恩侍直，官躋八座。賞從以下，雖云頌美，流落淹遲之感，實寓其中。

獨坐

悲秋迴白首，倚杖背孤城。江斂洲渚一作專於切，音諸。韻會：渚入六魚。出，天虛風物清。滄溟恨衰謝，朱紱負平生。二句言出處兩無當也。仰羨黃昏鳥，投林逸翮輕。

暮歸

邵云：拗體高調，未許時手問津。盧德水云：全首嬌秀，無一點悲愁濘氣，讀去如竹枝樂府，七言律中散仙也。

霜黃碧梧白鶴棲，顧注：白鶴棲是言暮色，不必棲於梧上。城上擊柝復烏啼。客子入門月皎皎，誰家擣練風淒淒。南渡桂水闕舟楫，桂水即謂湘水，注見下。北歸秦川多鼓鞞。通鑑：大曆三年八月，吐蕃復寇靈邠，京師戒嚴。年過半百不稱意，明日看雲還杖藜。浦注：結語見去志，此不久即有公安之行。

申鳧盟曰：作拗體詩，須有疏斜之致，不衫不履。如客子入門月皎皎，及落日更見漁樵人，語出天然，欲不拗不可得。而此一首律中帶古，傾欹錯落，尤爲入化。○首句黃碧白三字，看他安插頓放之妙。

趙汸曰：中四句情景混合入化。東坡詩：浮雲世事改，孤月此心明，亦同此意境。

江漢

仇注：杜詩言江漢有二：未出峽以前所謂江漢者，乃西漢之水注於涪江，如江漢忽同流，無由出江漢是也；既出峽以後，所謂江漢者，乃東流之水入於長江，如江漢思歸客，及江漢山重阻是也。

江漢思歸客，乾坤一腐儒。陳後山云：言乾坤之大，腐儒無所寄其身。片雲天共遠，亦取陶詩：萬族各有託，孤雲獨無依意。永夜月同孤。落日心猶壯，落日喻言暮景。秋風病欲蘇。古來存老馬，不必取長途。

韓詩外傳：田子方出見老馬於道，喟然歎曰：少盡其力，老棄其身，仁者不為也。束帛贖之。公自傷為國老臣而不見收恤，故云。舊注引韓非子未合。

胡元瑞曰：飛星過水白，落月動沙虛，吳均、何遜之精思；春色浮山外，天河宿殿陰，庾信、徐陵之妙境。碧瓦初寒外，金莖一氣旁，山河扶繡戶，日月近雕梁，高華秀傑，王、楊下風；冠冕通南極，文章落上台，詔從三殿出，碑到百蠻開，典重冠裳，沈、宋退舍。耕鑿安時論，衣冠與世同，在家常早起，憂國願年豐，寓神奇於古澹，儲、孟莫能為前；片雲天共遠，永夜月同孤，落日心猶壯，秋風病欲蘇，含闊大於沈深，高、岑瞠乎其後。退朝花底散，歸院柳邊迷，花動朱樓雪，城凝碧樹烟，王右丞失其穠麗；地平江動蜀，天闊樹浮秦，日月低秦樹，乾坤繞漢宮，李太白遜其豪雄。至岸花飛送客，檣燕語留人，則錢、劉圓暢之祖；兩行秦樹直，萬點蜀山尖，則元、白平易之宗。兩邊山木合，終日子規啼，盧仝、馬異之渾成；山寒青兕叫，江晚白鷗饑，孟郊、李賀之瑰僻。

凍泉依細石，晴雪落長松，島、可幽微所從出；竹爐燒藥竈，花嶼讀書堂，籍、建淺顯所自來。雨抛金鎖甲，苔臥綠沈槍，義山之組織鮮新；圓荷浮小葉，細麥落輕花，用晦之推敲密切。杜集大成，五言律尤可見。

地隅

江漢山重阻，風雲地一隅。年年非故物，古詩：所遇無故物，安得不速老。處處是窮途。喪亂秦公子，謝靈運擬鄴中詩序：王粲家本秦川貴公子孫，遭亂流寓，自傷情多。悲涼楚大夫。離騷序：屈原仕於懷王，爲三閭大夫。平生心已折，行路日荒蕪。

哭李尙書之芳

漳濱與蒿里，注俱見十四卷。逝水竟同年。言生病死葬，皆在是年也。欲挂留徐劍，二句恍惚情深猶迴憶戴船。疑其未死也。舊注非。相知成白首，此別間黃泉。風雨嗟何及，詩序：風雨思君子也。江湖涕泫然！修文

反復傷痛，自見纏綿。○前八敍交情，次四惜其才，次

四悲其客死，末則總悼之也。

邵云：八句一氣，妙於言情。○申鳧盟云：二首挽詩絕調，三句哭及衆友，四句兼哭自己矣。

將管輅，修文郎注見十二卷。魏志：管輅謂弟辰曰：天與我才明，不與我年壽，後卒，年四十八。奉使失張騫。謂之芳曾使吐蕃。史閣行人在，承奉使句秋官有大行人、小行人。言其事當書之於史策也。詩家秀句傳。承修文句客亭鞍馬絕，旅櫬網蟲懸。復魄昭邱遠，昭邱在荊南，注見十四卷。招魂素滻偏。之芳乃長安人，故云。樵蘇封葬地，戰國策：秦攻齊，令曰：敢有去柳下季壟五十步樵采者，死不赦。任昉卞忠貞墓啓：樵蘇之刑，遠流於皇代。喉舌罷朝天。後漢書李固傳：北斗爲天之喉舌，尚書亦爲陛下喉舌。秋色凋春草，王孫若箇邊。招隱士：芳草兮萋萋，王孫兮不歸。唐宗室世系表：之芳蔣王惲之孫。沈佺期詩：京華若箇邊。若箇，唐人方言也。

重題

涕泗一作灑。不能收，哭君餘白頭。兒童相識盡，宇宙此生浮。江雨銘旌溼，湖風井徑秋。蕪城賦：邊風起兮城上寒，井徑滅兮邱隴殘。注：九天爲井，遂上有徑。黃生注：井徑似指隧道，今形家目穴內爲金井。還瞻魏太子，賓客減應劉。原注：公歷禮部尚書，薨於太子賓客。魏太子與吳質書：徐、陳、應、劉，一時俱逝。

哭李常侍嶧二首

鶴注：常侍當是卒於嶺南，歸葬長安，公逢於江漢間而哭之也。

一代風流盡，修文地下深。斯人不重見，將老失知音。短日行梅嶺，言常侍之櫬自廣南而來。寒山落桂林。謝靈運詩：南州實炎德，桂木凌寒山。落桂林，喻哲人之萎也。長安若箇伴，一作畔。猶想映貂金。常侍金蟬珥貂，詳十三卷。

青瑣陪雙入，承上長安，憶昔同官。銅梁阻一辭。浦注：銅梁縣屬渝州。方公自蜀下夔時，李必嘗官於渝而缺於敍別。風塵逢我地，江漢哭君時。次第尋書札，呼兒檢贈詩。第兒假對 發揮王子表，不愧史臣詞。漢書有王子侯表，李常侍必宗室，故云。言李之賢，無愧史筆。

舟中出江陵南浦，奉寄鄭少尹審

公自江陵移居公安，公安在江陵南九十里，故出南浦。鄭審時爲江陵少尹。

李云：每至佳處，淒然欲涕，突入慘然。

更欲投何處，飄然去此都。形骸原土木，用嵇康事，言不善周旋也。舟楫復江湖。社稷纏妖

而語仍橫放，雄氣逼人。

寄鄭只一句，語有含蓄。

氣，干戈送老儒。送字可傷。百年同棄物，萬國盡窮途。雨洗平沙淨，四句舟出南浦景天銜闊岸紆。鳴螿隨汎梗，爾雅注：蜺一名寒蜩，又名寒螿，似蟬而小，青赤。趙曰：螿得梗而託之，故隨泛梗而鳴。別燕起秋菰。二句卽景雙關。棲託難安臥，四句申言所以去江陵之故飢寒迫向隅。說苑：今滿堂飲酒，有一人向隅而泣，則滿堂之人，皆不樂矣。寂寥相呴音煦。沫，莊子：魚相呴以溼，相濡以沫。浩蕩報恩珠。報恩珠，卽用昆明池事，注見前。浦注：言窮困如此，而相呴乏人，報恩無所，是以決然舍去耳。溟漲鯨波動，衡陽雁影徂。南征問懸榻，懸榻用徐穉事。公未至湖南前，本欲赴江西，故下有正解柴桑纜，及隱居欲就廬山遠等句。東逝想乘桴。南征蒙雁影，東逝蒙鯨波。二句言行踪無定，正起下斟酌意。濫竊商歌聽，呂覽：甯戚欲干齊桓公，叩牛角而疾商歌，桓公聞之，命後車載歸。時憂卞泣誅。韓非子：卞和得玉璞以獻楚王，王刖其足，乃抱璞而哭於荊山之下。二句言知己難逢。經過憶鄭驛，斟酌旅情孤。

移居公安山館　唐書：公安縣屬江陵府。仇注：此移居公安時途次所作。

南國晝多霧，北風天正寒。路危行木杪，身遠宿雲端。山鬼吹燈滅，廚人語夜闌，見廚人亦夜不能寐也。雞鳴問前館，世亂敢求安。（偏借人語，映襯愈覺淒寂。）

杜晚年五古多頹唐，惟七古格法窮極奇變，所謂從心所欲不踰矩者。

沈云：杜詩每有此種接筆。

醉歌行贈公安顏一有十字。少府，請顧八朱云：疑脫分字。題壁

神仙中人不易得，神仙用梅福事，顏爲尉故云。顏氏之子才孤標。（主）天馬長鳴待駕馭，秋鷹整翮當雲霄。君不見東吳顧文學，君不見西漢杜陵老。（客　李云：眼前人着兩不見字。）仇注：杜陵在西京，故曰西漢。（兀之兹）詩家筆勢君不嫌，詞翰升堂爲君掃。詞謂己之詩，翰謂顧之筆。是日霜風凍七澤，子虛賦：楚有七澤，其小小者，名曰雲夢。烏蠻落照銜赤壁。烏蠻在西，赤壁在東，落照自西而映東也。酒酣耳熱忘頭白，感君意氣無所惜；一爲歌行歌主客！（一句總結。）

送顧八分文學適洪吉州

歐陽集古錄：唐呂諲表，元結撰，顧戒奢八分書。余謫夷陵過荆南，謁呂公祠堂見此碑。西溪叢語：呂公表前太子文學翰林待詔顧誡奢書。唐書：洪州豫章郡、吉州廬陵郡俱屬江西道採訪使，治洪州。

首敘顧君書法見重朝廷。

中郎石經後，水經注：蔡邕以熹平四年與五官中郎將堂谿典等求正定六經文字，靈帝許之。邕乃自書丹于碑，使工鐫刻，立太學門外。八分蓋憔悴。顧侯運鑪錘，筆力破餘地。昔在開元中，韓蔡同贔屭。音避戲。韓擇木蔡有鄰俱工分書。注見十五卷。西都賦：綴以二華，巨靈贔屭。注：贔屭作力之貌。玄宗妙其書，書苑：明皇好圖畫，工八分、章草。張說等獻詩，各賜贊褒美，自於綵牋上八分書之。是以數子至。御札早流傳，揄揚非造次。言御札精工，故知揄揚不爽。三人並入直，恩澤各不二。

此段極沈鬱頓挫之致。

顧於韓蔡內，辨眼工小字。分日侍諸王，一作示。鉤深法更祕。

次言文學交情，始終無間。

文學與我遊，蕭疏外聲利。追隨二十載，浩蕩長安醉。高歌卿相宅，文翰飛省寺。此亦當兼己與顧言之。視我揚馬間，一作班揚。白首不相棄。驊騮入窮巷，必脫黃金轡。上述長安之遊，下言在此相遇。一論朋友難，遲暮敢失墜。古來事反覆，同是天涯淪落人 言自古升沉類多顛倒。相見橫涕泗。不覺一吐憤懣 嚮者玉珂人，誰是青雲器？五君詠：仲容青雲器，實稟生民秀。才盡傷形骸，一作體。言因老而才盡。病渴汙官位。故舊獨

以下方言顧適洪吉。張上若曰：既戒以愼其所往，又教以進言天使，卹民選吏，末段囑以勿務苟得，先正其身，眞愛人以德之道。

結段以規友之直諒，並見愛民之眞懇，詩有此方非苟作。

依然，時危話顚躓。我甘多病老，子負憂世志。二句挈上搭下 胡爲困衣食，顏色少稱遂。遠作辛苦行，順從衆多意。舟楫無根蒂，蛟鼉好爲祟。況兼水賊繁，特戒風飆駛。言變生不測。崩騰戎馬際，往往殺長吏。鶴注：大曆三年，商州兵馬使劉洽殺刺史殷仲卿，幽州兵馬使朱希彩殺節度使李懷仙，所謂殺長吏也。子干東諸侯，仇注：洪吉在荆州之東。勸勉無一作縱恣。邦以民爲本，魚饑費香餌。五略：香餌之下，必有懸魚。費香餌，言當厚施予以恤民也。請哀瘡痍深，告訴皇華使。舊唐書：大曆二年，魏少游爲洪州刺史兼江西觀察使。使臣精所擇，進德知歷試。惻隱誅求情，固應賢愚異。仇注：言觀察爲民擇官，必能進有德者而歷試之。蓋見誅求之困，而動惻隱之情，賢者固當異於庸愚也。烈士惡苟得，俊傑思自致。贈子猛虎行，陸機猛虎行：渴不飲盜泉水，熱不息惡木陰，惡木豈無枝，志士多苦心。欲其擇人相依也。出郊載酸鼻。

放筆爲直幹，抒寫淋漓，勢若江河之決。子美晚年五古，另有一種意境。

顧修遠云：連字言情淒惻，帶字寫景荒涼。

邵云：超脫。

官亭夕坐，戲簡顏十少府

南國調寒杵，庾信詩：南國女郎砧，調聲不用琴。西江浸日車。謂日影沈江也。客愁連蟋蟀，亭古帶蒹葭。不返青絲鞚，虛燒夜燭花。老翁須地主，須，待也。細細酌流霞。索飲於少府，故曰戲簡。

移居公安敬贈衛大郎 鈞

衛侯不易得，予病汝知之。雅量涵高遠，清襟照等夷。袁粲答王儉詩：老夫亦何寄，之子照清襟。平生感意氣，少小愛文詞。江海由來合，風雲若有期。以上贈衛郎，下皆自敘。形容勞宇宙，質樸謝軒墀。自古幽人泣，承質樸句流年壯士悲。承形容句水烟通徑草，秋露接園葵。徑草園葵，移居之地也。入邑豺狼鬬，言城邑荒涼。傷弓鳥雀饑。白頭供宴語，烏几伴棲遲。見家無長物。交態遭輕薄，激聽不易得意今朝豁所思。

李云：公晚年七律漸近自然，如此首之高渾，非老手不辦。

沈云：灑落二字，形得君臣魚水意思出。

公安送韋二少府匡贊

逍遙公後世多賢，朱注：北史：周韋敻養高不仕，明帝號爲逍遙公。唐書：韋嗣立，中宗亦封爲逍遙公。韋氏九房，以敻後爲逍遙公房，嗣立後爲小逍遙公房。送爾維舟惜此筵。念我二字一讀。能書一作常能。數字至，囑其音問常通。將詩不必萬人傳。公詩多傷時語，故戒其勿傳。此句正言如韋之知公者少也。時危兵革一作甲。黃塵裏，日短江湖白髮前。古往今來皆涕淚，斷腸分手各風烟。仇注：言時逢兵革，老泛江湖，此景此情，乃古今所同悲者；況故人分手於風烟之際，能不爲之腸斷乎？四語層遞，意極慘悽。

公安縣懷古

野曠呂蒙營，寰宇記：公安縣有孱陵城。十三州志曰：吳大帝封呂蒙爲孱陵侯，即此地也。江深劉備城。荊州記：劉備敗於襄陽，南奔荊州，吳大帝推爲左將軍荊州牧鎮油口，即居此城。時人號備爲左公，故名其城公安也。寒天催日短，風浪與雲平。申一二灑落君臣契，飛騰戰伐名。申三四維舟倚前浦，長嘯一含情。公老而不遇，又時少良將，此其所以望古而興懷也。

李云：極宴娛心，意戚戚何所迫，高人胸次，咄咄在毫端矣。

正與布帆客子同一行逕。

宴王使君宅題二首

邵注：王必荊州人，閒居邑中者。

漢主追韓信，蒼生起謝安。吾徒自漂泊，世事各艱難。（語含吞吐）四句以閒居爲使君惜。逆旅招要近，他鄉思緒寬。不才甘朽質，高臥豈泥蟠？法言：龍蟠於泥。末二句見我則已矣，君亦長此廢棄耶，應轉首二句。自吟汎愛容霜鬢，留歡上夜闌。一作卜夜閑。英華辨證：上夜闌，蓋有投轄之意。按：韓翃宴吳王宅詩：稱壽爭離席，留歡輒上闌，或卽用此語。

詩送老，（承霜鬢）相對酒開顏。（承留歡）戎馬今何地？鄉園獨在一作舊。山。羨王有寧居也。江湖墮淸月，酩酊任扶還。我則無家可歸，惟有付之一醉而已。

呀鶻行

集外詩，見陳浩然本，又見文苑英華。呀，張口貌。浦注：此借呀鶻以自況也，與瘦馬行相類。

病鶻孤飛俗眼醜，每見江邊宿衰柳。淸秋落日已側身，過雁歸鴉錯迴首。張溍注：側身，以病不能正立也。錯迴首，尚畏之也。緊腦雄姿迷所向，（神病）疏翮稀毛不可狀。（形病）彊神非舊作迷，非。從仇本。復皂雕前，俊才早在蒼鷹上。風濤颯颯寒山陰，熊羆欲蟄龍蛇深。念爾此時有一擲，失聲濺血非其心。一擲，一擊也。失聲，以病無聲也。濺血，以病傷損流血也。言當此深冬，正搏擊之時，而甘以病廢，非其本心也。

送覃二判官　浦注：覃二必是歸京，故送別而致戀闕之思也。

先帝弓劍遠，牛宏隋文帝頌：慕深考妣，哀纏弓劍。小臣餘此生。蹉跎病江漢，不復謁承明。曹植詩：謁帝承明廬。餞爾白頭日，永懷丹鳳城。遲遲戀屈宋，渺渺臥荆衡。魂斷航舸居何切。失，天寒沙水淸。肺肝若稍愈，亦上赤霄行。

公安送李二十九弟晉肅入蜀，余下沔鄂　晉肅，李賀之父，見韓文諱辨。唐書：沔州漢陽郡、鄂州江夏郡俱屬江南西道，後併沔州入鄂州。朱注：按公是年冬發公安，至岳陽，而題云下沔鄂，詩又云正解柴桑纜，蓋公是詩欲由沔鄂東下，後不果，乃之岳陽耳。

正解柴桑纜，通典：尋陽縣南楚城驛，即漢柴桑縣。一統志：今在九江府城南。仍看蜀道行。檣烏相背發，塞雁一

公詩每善於景中寓情。

行。鳴。　南紀連銅柱，趙曰：南紀江漢也，下沔鄂所經。按：銅柱在交趾，於地為極南，故云連銅柱。西江接錦城。　憑將百錢卜，漂泊問君平。舊注：嚴君平賣卜成都，日得百錢，則閉肆下簾。

留別公安大易沙門

後漢郊祀志：沙門，漢言息心。剃髮出家，絕情洗慾，而歸於無為也。大易蓋詩僧。

隱居欲就廬山遠，公前有大覺高僧蘭若詩：巫山不見廬山遠，豈即欲就此人耶？　麗藻初逢休上人。湯惠休，注見二卷。　數問舟航留製作，大易蓋有贈詩。　長開篋笥擬心神。　沙村白雪仍含凍，江縣紅梅已放春。　先踏鑪峰置蘭若，徐飛錫杖出風塵。蘭若注見十七卷。時公欲往廬山，故言當先置寺於彼，以待大易之來也。

久客

羈旅知交態，淹留見俗情。　衰顏聊自哂，小吏最相輕。　去國哀王粲，傷時又不覺高自位置哭賈生。　狐狸何足道，豺虎正縱橫。漢孫寶傳：豺狼橫道，不宜復問狐狸。

邵云：幽細。

邵云：疏老，亦拗體之佳者。蔣云：亂離漂泊之餘，若感若悟，眞堪泣下。

冬深

仇注：此當係發公安後作，今姑以類編。

花葉惟（二句用倒插）舊作隨，復下，從仇本。天意，謂霞狀變化，如花如葉。江溪共石根。早霞隨類影，（承首句）趙曰：言其變態不常，隨所類之影而呈現也。寒水各依痕。（承次句）易下楊朱淚，難招楚客魂。風濤暮不穩，捨棹宿誰門？

曉發公安

原注：數月憩息此縣。陸游入蜀記：公移居公安詩云：水烟通徑草，秋露接園葵。而留別大易云：白雪仍含凍，紅梅已放春。則是以秋至此縣，暮冬始去也。

北城擊柝復欲罷，（曉字）東方明星亦不遲。鄰雞野哭如昨日，物色生態能幾時？卽指徑草園葵之類，今已凋落也。舟楫眇然自此去，（發字）江湖遠適無前期。謂不知何時可以駐足。出門轉盼已陳跡，藥餌扶吾隨所之。

王右仲云：搖曳脫灑，七律之變，至此而極妙，亦至此而極眞，皆山谷所云：不煩繩削而自合者。

發劉郎浦

江陵圖經：劉郎浦在石首縣，先主納吳女處。趙曰：公自公安縣往岳州，故經劉郎浦，浦在公安之下。

覺字見休戚相關意。

掛帆早發劉郎浦，疾風颯颯昏亭午。舟中無日不沙塵，岸上空村盡豺虎。十日北風風未迴，客行歲晚尤相催。白頭厭伴漁人宿，黃帽青鞋歸去來。

別董頲

黃曰：詩云：逆浪開帆難，蓋董泝漢水而之鄧也。又云：老夫纜亦解，公是時將適潭州，乃大曆三年冬作。

窮冬急風水，逆浪開帆難。士子甘旨闕，不知道里寒。有求彼樂土，南適小長安。光武紀：戰於小長安。注：續漢書：淯陽縣有小長安聚，故城在今鄧州南陽縣南。別我舟楫去，覺君衣裳單。素聞趙公節，趙公，鄧州守也。兼盡賓主歡。已結門閭望，無令霜雪殘。朱注：董因闕甘旨而謁趙，公故用倚門倚閭事，勸其早歸以慰慈母之望也。老夫纜亦解，脫粟朝未餐。飄蕩兵甲際，幾時懷抱寬。漢陽頗寧靜，峴首試考槃。當念著皂帽，采薇青雲端。峴山在襄陽，與鄧州相近，公素有居襄陽之志，故因董適鄧而及之。言我亦將道漢陽登峴首為終隱計，子當念我之采薇於雲端也。

夜聞觱篥

樂府雜錄：觱篥者，本龜茲國樂，亦名悲栗；以竹爲管，以蘆爲首，其聲悲栗，有類於笳也。

夜聞觱篥滄江上，衰年側耳情所嚮。鄰舟一聽多感傷，塞曲三更欻悲壯。胡笳有入塞出塞曲。積雪飛霜此夜寒，孤燈急管復風湍。一作奔。君知天地干戈滿，不見江湖行路難。舊注：君知干戈滿地，獨不見行路之難乎，乃更吹此以助人悲傷也。

李云：結處忽轉忽宕，如泣如訴。

歲晏行

歲云暮矣多北風，瀟湘洞庭白雪中。漁父天寒網罟凍，莫徭射雁鳴桑弓。隋地理志：長沙郡雜有夷蜑，名曰莫徭，自言其先祖有功，常免征役，故以爲名。禮記：桑弧蓬矢，以射四方。去年米貴闕軍食，朱注：舊唐書：大曆二年十月，減京官職田三分之一充軍糧。又十一月，率百官京城士庶出錢以助軍。此詩作於三年之冬，故云去年米貴闕軍食也。今年米賤大傷農。漁、徭、農三項敍得錯落變化。高馬達官厭酒肉，此輩杼柚茅茨空。楚人重魚不重鳥，風俗通：吳楚之人，嗜魚鹽不重禽獸之肉。汝休枉殺南飛

邵云：似雜似複，正得歌謠之遺。

仇云：魚鳥承漁父莫徭，租庸承農夫杼柚，此皆迫於官賦者。帶出一事，正見在上者不恤民困，以至驅

爲奸利而不止也。一

忽變出壯語，亦因向南觸起。

鴻。況聞處處鬻男女，割恩忍愛還租庸。舊唐書：凡授田者丁歲納粟稻謂之租，不役者日爲絹三尺謂之庸。往日用錢捉私鑄，今許鉛鐵和青銅。舊唐書：天寶數載之後，富商奸人漸收好錢，潛往江淮之南，每錢貨得私鑄惡者五文，假託私用。鵝眼、鐵錫、古文、綖環之類，每貫重不過三四斤。刻泥爲之最易得，刻泥爲之，以泥爲錢模也。好惡不合長相蒙。萬國城頭盡吹角，此曲哀悲何時終？浦注：賦重由於軍興，結語乃一篇歸宿。

泊岳陽城下

岳陽卽岳州，在天岳山之陽，故名。唐書：岳州巴陵郡屬江南西道。

江國踰千里，山城近一作僅百層。岸風翻夕浪，岸風謂城下迴風，是泊舟景。舟雪灑寒燈。留滯才難盡，艱危氣益增。圖南未可料，變化有鵾鵬。莊子：鵾化爲鵬，而後乃今圖南。

李云：只此十字寫岳陽城有吞吐烟濤之妙。

纜船苦風，戲題四韻，奉簡鄭十三判官 泛

楚岸朔風疾，天寒鶬鴰呼。西都賦：鳥則鶬鴰，汎浮往來。爾雅：蒼麋，鴰。羅願爾雅翼云：蒼麋，其色蒼如麋也，一名鴰鹿。本草：狀如鶴而頂無丹，兩

頰紅。漲沙霾草樹，漲沙，謂沙如漲也。舞雪渡江湖。仇注：沙霾雪渡，皆風狂所致。吹帽時時落，維舟日日孤。因聲置驛外，因聲猶云寄語。爲覓酒家壚。司馬相如傳：文君當壚。顏師古注：賣酒之處，累土爲壚，以居酒甕，非溫酒之爐。

登岳陽樓

岳陽風土記：城西門門樓也，下瞰洞庭，景物寬闊。

昔聞洞庭水，今上岳陽樓。吳楚東南坼，朱注：坼，地裂也。史記趙世家：地坼東西百三十步。顧注：湖在吳之南，楚之東。乾坤日夜浮。董斯張曰：或疑洞庭楚地，何遠及於吳？考荊州記：君山在洞庭湖中，上有道通吳之包山。今吳之太湖亦有洞庭山，以潛通君山，故得名。或疑乾坤日夜浮有似詠海。考水經注：洞庭湖廣圓五百里，日月若出沒其中。又拾遺記：洞庭山浮於水中。方知杜句所云，皆是緊切洞庭，一語移動不得。親朋無一字，老病有孤舟。戎馬關山北，憑軒涕泗流。

劉須溪云：氣壓百代，爲五言雄渾之絕。

王阮亭云：元氣渾淪，不可湊泊，高立雲霄，縱懷身世。寫洞庭只兩句，雄跨今古。下只寫情，方不似後人泛詠洞庭詩也。

俞犀月云：次聯是登樓所見，寫得開闊；頸聯是登樓所感，寫得黯淡；正於開闊處見得俯仰一身，凄然欲絕。○唐庚子西文錄：嘗過岳陽樓，觀子美詩不過四十字耳，其氣象閎放，涵蓄深遠，殆與洞庭爭雄。太白退之輩率爲大篇，極其筆力，終不能逮。○方虛谷云：公此詩同時，惟孟浩然足以相敵。嘗登岳陽樓，左序毬門壁間大書孟詩，右書杜詩，後人不能復題。劉長卿云：疊浪浮元氣，中流沒太陽，世不甚傳，他可知矣。

陪裴使君登岳陽樓 裴使君，岳陽守也。

湖闊兼雲霧，樓孤屬晚晴。樓在城西門，正當夕照。禮加徐孺子，詩接謝宣城。謝朓傳：除祕書丞未拜，仍轉中書郎，出爲宣城太守。雪岸叢梅發，春泥百草生。敢違漁父問，從此更南征。楚辭：屈原既放，遊於江潭，漁父見而問之。招魂：獻歲發春兮，汨吾南征。

發白馬潭 一統志：岳州巴陵縣有白馬磯。

水生春纜沒，日出野船開。宿鳥行音杭。猶去，叢花笑不來。張溍注：岸上花若望舟而笑，然我舟自行，不能招之使來也。

南征

人人傷白首，處處接金杯。莫道新知要，言與我切也。南征且未迴。

劉須溪云：此等不忍再讀。

春岸桃花水，雲帆楓樹林。偷生長避地，適遠更霑襟。老病南征日，君恩北望心。百年歌自苦，未見有知音。

歸夢

道路時通塞，時方用兵，故道路或通或塞。江山日寂寥。偷生惟一老，伐叛已三朝。承首句。謂玄、肅、代。雨急青楓暮，雲深黑水遙。承次句。禹貢：黑水、西河維雍州。傳曰：東據華山之南，西距黑水。仇注：青楓在楚，黑水在秦，乃夢中恍惚之境。夢魂歸未得，不用楚辭招。黃生注：五六即魂來楓林青，魂返關塞黑意，七八即老魂招不得，歸路恐長迷意。

過南岳入洞庭湖

鶴注：此大曆四年正月，自岳陽之潭州時作。唐書：潭州湘潭縣有衡山。山海經注：長沙巴陵縣西有洞庭陂，潛伏通江。浦注：南岳更在洞庭之南，舊注以爲過而後入，於詩義圖經兩俱背戾。不知過者，將然之事，詩意蓋謂欲過南岳，乃先入湖也。

洪波忽爭道，岸轉異江湖。直入老筆紛披。岳陽風土記：鼎、澧、沅、湘合諸蠻黔南之水，匯於洞庭，至巴陵與荊江合。鄂渚分雲樹，楚辭：乘鄂渚而返顧兮。九州記：鄂今武昌是也。孫權自公安徙此，改曰武昌。**衡山引舳**音逐**艫。**說文：舳，舟尾，艫，舟前也。浦注：上句言發櫂之處，下句言欲赴之方。岳州北連鄂渚故曰分，斯遊將抵衡山故曰引。四句點入春景**翠牙穿裛蔣，**裛，香襲衣也。**碧節吐寒蒲。病渴身何去，春生力更無。**老人當春益倦，故云。四句寫入湖**壤童犁雨雪，漁屋架泥塗。歘側風帆滿，微冥水驛孤。**上二近岸景，此二湖中景。四句借弔古作波瀾即暗遞下**悠悠回赤壁，**趙注：赤壁在夏口之東，武昌之西。感時意**浩浩略蒼梧。帝子留遺憾，曹公屈壯圖。**二句分承，與出瞿唐峽詩神女峯娟妙四句同格。**聖朝光御極，殘孽駐艱虞。**謂河北諸降將。**才淑隨廝養，**任昉集：肇允才淑。漢蒯通傳：隨廝養之役者，失萬乘之權。**名賢隱鍛鑪。**用嵇康事，注見一卷。四句言時方用武，故儒術不尊也。**邵平元入漢，張翰後歸吳。莫怪啼痕數，危檣逐夜烏。**一句挽合入湖言邵張皆歸隱故鄉，而已獨漂泊無依，時帶啼痕，不足怪也。

宿青草湖

元和郡國志：巴邱湖又名青草湖，在巴陵縣南七十九里。名勝志：湖北連洞庭，南接瀟湘，每夏秋水泛，與洞庭爲一。水涸，此湖先乾，青草生焉，故名。

洞庭猶在目，青草續爲名。宿槳依農事，湖中多種田依泊而宿，亦所以備盜。**郵籤報水程。**郵籤，謂驛

結處思鄉，意極蘊藉。

蔣云：首二句寫出洞庭無際，不見人烟之恐。

黃白山云：三四本屬荒涼，語轉濃麗，亦義山之祖。

館漏籌。寒冰爭倚薄，雲月遞微明。湖雁雙雙起，人來故北征。歎己之未能北歸也。

宿白沙驛

原注：初過湖南五里。朱注：按湘中記云：白沙如霜雪，驛或以此名。

水宿仍餘照，人烟復此亭。驛邊沙舊白，湖外草新青。萬象皆春氣，孤槎自客星。悲語自壯 隨波無限月，的的近南溟。的的有驚認意，非止言的皪。宋之問寒宵引：明月的的寒潭中。莊子：南溟者，天池也。

湘夫人祠

山海經：洞庭之山，帝之二女居之。水經注：太湖水西流逕二妃廟南，世謂之黃陵廟。大舜之陟方也，二妃從征，沒於湘江，神遊洞庭之淵，出入瀟湘之浦，民為立祠水側焉。方輿勝覽：黃陵廟在潭州湘陰北九十里。

肅肅湘妃廟，空牆碧水春。蟲書玉佩蘚，燕舞翠帷塵。晚泊登汀樹，微馨借一作香渚蘋。言欲借渚蘋以表己薦馨之意。蒼梧恨不盡，染淚在叢筠。注見三卷。結亦寓思君意。

祠南夕望

邵云：幽秀。○王阮亭云：何仲默詩多學子美此種。

首述漂零之故。

此段弔古興懷，極其悲壯。

百丈牽江色，仇注：舟行上水，故用百丈。孤舟泛日斜。興來猶杖屨，目斷更雲沙。山鬼迷春竹，（何云：二句恍惚杳冥，的是夕望神致。）楚辭山鬼篇：余處幽篁兮，終不見天。湘娥倚暮花。郭璞江賦：協靈爽於湘娥。湘娥即湘妃也。湖南清絶地，萬古一長嗟！張綖注：如此清絶之地，徒爲遷客羈人之所歷，此萬古所以長嗟也。結語極有含蓄，正見己與屈原同一情懷。

上水遣懷

趙子櫟譜：自岳之潭之衡爲上水，自衡回潭爲下水。

我衰太平時，身病戎馬後。（邵云：十字傷心。）仇注：太平指天寶以前，戎馬指至德以後。蹭蹬多拙爲，安得不皓首？驅馳四海內，童稚日餬口。但遇新少年，少逢舊親友。低顏下色地，故人知善誘。後生血氣豪，舉動見老醜。四句即所謂舊識能爲態，新知已暗疏也。窮迫挫曩懷，（可哭。）常如中風走。朱浮與彭寵書：伯通獨中風狂走，自捐盛時。一紀出西蜀，朱注：公以乾元元年冬離長安自隴入蜀，至大曆四年在湖南，凡十二年。於今向南斗。孤舟亂春華，（苦況雋語。）暮齒依蒲柳。冥冥九疑葬，山海經：九疑山舜所葬，在長沙零陵界中。聖者骨已朽。

蹉跎陶唐人，謂不及生聖代也。鞭撻日月久。公慈恩寺詩：羲和鞭白日。鞭撻，猶驅逐也。中間屈賈輩，讒毀竟自取。此苟切。鬱沒一作悒。二悲魂，蕭條猶在否？崷崒清湘石，逆行雜林藪。仇注：水中石露則舟經險，岸多林藪則路易迷。篙工密逞巧，氣若酣杯酒。謳歌互激越，一作遠。回斡明一作相。受授。朱注：回斡，回旋斡轉其船也。船之首尾相呼，以求水脈，謂之受授。善知應觸類，各藉穎脫手。古來經濟才，何事獨罕有！言即此操舟若神，推之凡事，莫不皆然。蒼蒼衆色晚，熊掛玄蛇吼。詩義疏：熊能攀援上高樹，見人則顛倒投地而下。黃羆在樹顛，爾雅：羆如熊，黃白文。正爲羣虎守。柳宗元羆說：鹿畏貙，貙畏虎，虎畏羆。詳詩意正言羆升樹而伺虎也。張溍注：熊蛇喻盜賊強梁，羆爲虎守，又見奸惡互相吞噬意。羸骸將何適，履險顏益厚。結處應轉起段。庶與達者論，吞聲混瑕垢。左傳：瑾瑜匿瑕，國君含垢。

仇滄柱云：公初入蜀，則曰：故人供祿米。在梓閬，則曰：窮途仗友生。再還蜀，則曰：客身逢故舊。初到夔，則曰：諸侯數賜金。至此，則親朋絕少，旅況益艱，卒至死於道路。故曰：自古詩人之窮，未有如子美者。

此段即事感觸，乃上水正文。

末復即景喻世亂，而歸之混俗以遺懷。○蔣云：所謂如中風者，亦佯狂之意歟，正堪與屈賈共一哭。

張云：乘風駕浪，舟人晝夜爭利，實有此景。又云：賊盜皆從聚斂起，而下之貪縱，又從上好貨來。古今積弊，數語道盡。

李云：筆力高，故所揮如意。

遣遇 謂因所遇以自遣也。

磬折辭主人，首二拘放情事可想莊子漁父篇：夫子曲腰磬折。開帆駕洪濤。春水滿南國，朱崖雲日高。舟子廢寢食，飄風爭所操。我行匪利涉，迸出心事謝爾從者勞。石間采蕨女，鬻市一作菜。輸官曹。丈夫死百役，暮返空村號。聞見事略同，聞是平日，見是當下。刻剝及錐刀。貴人豈不仁，以下極唱歎之致視汝如莠蒿！索錢多門戶，喪亂紛嗷嗷。奈何黠吏徒，漁奪成逋逃。自喜遂生理，花時甘縕袍。

解憂 上水得脫危險而作。

減米散同舟，路難思共濟。向來雲濤盤，趙曰：雲濤之間盤轉未出，方言所謂盤灘也。舊注以雲濤盤爲灘名，恐屬附會。衆力亦不細。仇注：散米本期濟衆，而遇險終藉其力，此溯從前之事。呀坑一作吭。瞥眼過，西都賦：呀周池而成淵。趙曰：呀坑者，洿坑如口之呀開者也。蔡

妙語不嫌其直。

曰：呀吭乃灘口也。飛櫓本無蔕。得失瞬息間，致遠宜恐泥。渡坑雖免風波，而涉遠尚恐泥滯，此慮將來之事。百慮視安危，分明曩賢計。後四推開說，是學問中語，然自超脫言視安如危，乃前賢慮患深遠之道。茲理庶可廣，拳拳期勿替。

宿鑿石浦

邵注：鑿石浦在今長沙府湘潭縣西。趙子櫟譜：發潭州，泝湘，宿鑿石浦，過津口，次空靈岸，宿花石戍，過衡山。

早宿賓從勞，言以早宿故勞賓從之過訪。仲春江山麗。飄風過無時，舟檝敢不繫。音計。迴塘澹暮色，日沒衆星嘒。詩：嘒彼小星。注：嘒，微貌。闕月殊未生，禮記：月三五而盈，三五而闕。仇注：初三之月，爲哉生明。闕未生，必初二也。青燈死分翳。燈死無光，故分夜色之陰翳。張溍云：亦承上飄風來，燈光爲風掩抑也。窮途多俊異，亂世少恩惠。鄙夫亦放蕩，草草頻年一作卒。歲。斯文憂患餘，聖哲垂彖繫。音係。李子德云：忽發高言，卻無理障。結語自負不淺，安得僅以詩人目之。○

早行

蔣云：首四句，一團早行中恍惚光景，眼前語自覺微妙。

歌哭俱在曉，行邁有期程。孤舟似昨日，聞見同一聲。飛鳥散一作數。求食，潛魚何一作亦。獨驚？朱注：下詩又云：白魚困密網，黃鳥喧嘉音。亦因楚人重魚不重鳥，故網罟獨密耳。前王作網罟，設法害生成。碧藻非不茂，高帆終日征。干戈異揖讓，崩迫關一作開。其情。任昉表：無任崩迫之情。言人之避干戈，一如魚之畏網罟。今碧藻可娛，而征帆不能留玩，正以世亂方殷，中懷崩迫，故不免觸物關情耳。

過津口

仇注：當在衡山相近處。

南岳自茲近，湘流東逝深。和風引桂楫，春日漲雲岑。漲，謂日光浮於雲上。回首過津口，而多楓樹林。白魚困密網，黃鳥喧嘉音。物微限通塞，惻隱仁者心。朱注：言魚困鳥喧，物之通塞雖異，仁者則常懷惻隱之心焉。甕餘不盡酒，膝有無聲琴。晉書：陶潛常蓄無絃琴一張。聖賢兩寂寞，眇眇獨開襟。登樓賦：向北風而開襟。

王右仲云：公在窮途，遇風平舟利，便自怡神，知其胸中無俗物矣。

次空靈岸

蔡曰：空靈當作空舲，刀筆誤耳。一統志：空舲岸在湘潭縣西一百六十里。

沄沄逆素浪，長楊賦：沄沄沸渭。落落展淸眺。幸有舟檝遲，得盡所歷妙。空靈霞石峻，張載賦：霞石駁落。朱注：按湘中記：湘中下見底，石子如樗蒲，白沙若霜雪，赤崖若朝霞。前詩朱崖雲日高，此詩空靈霞石峻，皆用記中語也。楓栝隱奔峭。書疏：栝，木名，柏葉松身。青春猶無私，白日亦偏照。黃生注：峭壁隱天，故有白日偏照之語。可使營吾居，終焉託長嘯。毒瘴未足憂，兵戈滿邊徼。浦注：如幽薊河湟皆是。言南方雖多炎瘴，猶勝北地兵爭也。嚮者留遺恨，留遺恨，恨未盡山水之勝也。恥爲達人誚。迴帆覬賞延，潘尼詩：迴帆轉高岸，歷日得延賞。佳處領其要。

邵云：舟行佳境，妙寫得出。

李云：水色山光，情性有得，故一語道破，讀書當如是矣。

宿花石戍

唐書：潭州長沙有淥口、花石二戍。一統志：花石城在長沙府湘潭縣西一百六十里。

午辭空靈岑，夕得花石戍。岸疏開闢水，木雜古今樹。水經注：湘水又北逕三石山，東山枕側，湘川北即三

蔣云：岸疏開闢水，即浩浩

自古古意，自發人曠思遐感。

石水口也。水北有三石戍，戍城爲二水之會。地蒸南風盛，春熱西日暮。四序本平分，氣候何迴互。茫茫天地間，理亂豈恆數？公每於敘中發議朱注：言地蒸春熱，寒暑平分之氣，猶回互不齊，何怪理亂之無常數耶。繫舟盤藤輪，浦注：輪疑即轉水之具，即下文所謂農器也。盤藤，謂久廢而藤盤其上。杖策古樵路。罷人不在村，言皆逃亡。野圃泉自注。柴扉雖蕪沒，農器尚牢固。山東殘餘也。逆氣，謂河北諸降將。吳楚守王度。言叛地免累，而順土厚斂也。誰能叩君門，下令減征賦。朱注：按唐史大曆四年三月，遣御史稅商錢。時必吳楚爲甚，故末語云然。

早發　浦注：此因匆匆早發，而爲奔逐謀生之歎。

有求常百慮，斯文亦吾病。以茲朋故多，窮老驅馳併。浦注：起四自明難合之故。有求百慮，即末四句意。緣身繫斯文，不肯爲脂韋之態，所以朋舊雖多，而馳驅不止也。早行篙師怠，席掛風不正。篙師怠，正見迫促欲行。風不正，謂冒險放船也。昔人戒垂堂，今則奚奔命？左傳：罷於奔命。濤翻黑蛟躍，日出黃霧映。是早江景煩促瘴豈侵，頹

張云：每於險阻中出此妙語。

邵云：干請傷直性，五字眞情苦語，千古同悲。

倚睡未醒。僕夫問盥櫛，暮顏靦青鏡。隨意簪葛巾，仰慚林花盛。側聞夜來寇，幸喜囊中淨。艱危作遠客，干請傷直性。薇蕨餓首陽，粟馬資歷聘。舊注：蘇秦張儀歷聘六國，諸侯皆以粟馬迎之。賤子欲適音的。從，疑誤此二柄。二柄，采薇及歷聘也。韓非子有二柄篇，借用其字。言欲如夷齊抗節而甚難，欲效儀秦逢世而不可，去就之際，眞靡所適從矣。

次晚洲

何遜詩：晚洲阻共入。杜臆：洲在湘潭。

參錯雲石稠，陂陀風濤壯。爾雅注：陂陀，不平也。晚洲適知名，秀色固異狀。棹經垂猿（刻畫）把，身在度鳥上。陰鏗詩：度鳥息危檣。二句言春水漲而船行高也。擺浪散帙妨，危沙折花當。杜臆：以當對妨，乃便當之當。謂花發沙前，舟近折之爲便也。舊注以花當爲花根，誤。張遠注：孔德紹詩：逆浪取花難，可以反證。羈離暫愉悅，羸老反惆悵。中原未解兵，吾得終疏放。恐不能安於棲隱也。

李云：中二聯有遠近之分，語語是野望，移動不得。顧修遠曰：末二句抱負甚大，感慨甚深。

黃白山云：結語如見神色慘沮之意。

湖南紀行詩，較蜀道詩刻鍊少遜，則年力衰壯之異。而中多名言，一味老氣境界，又自不同。○浦二田云：秦州詩多即景生情，此多撫時感事。蓋涉歷愈久，則悲歎愈多。

野望

納納乾坤大，裴遜之詩：納納江海深。納納，包容貌。行行郡國遙。雲山兼五嶺，元和郡國志：晉懷帝分荊州湘中諸郡置湘州，南以五嶺爲限，北以洞庭爲界。隋平陳，改潭州，取昭潭爲名也。裴淵廣州記：大庾、始安、臨賀、桂陽、揭陽爲五嶺。風壤帶三苗。書傳：三苗之國，左洞庭，右彭蠡。潭州圖經：州爲三苗國之南境。野樹侵江闊，春蒲長雪消。扁舟空老去，無補聖明朝。

入喬口

原注：長沙北界。一統志：喬口鎮在長沙府城西北九十里。

漠漠舊京遠，遲遲歸路賒。殘年傍水國，落日對春華。杜臆：句亦涉桑榆之感。樹蜜早蜂亂，朱注：按本草有石蜜木蜜。陶隱居曰：木蜜懸樹枝作之，色青白，樹蜜即木蜜也。夢弼引古今注非是。江泥輕燕斜。賈生骨已朽，悽惻近長沙。賈生亦去國之人，故近長沙而益覺悽惻也。

銅官渚守風　水經注：湘水右岸，銅官浦出焉。方輿勝覽：舊志：楚鑄錢處。一統志：銅官渚在長沙府城北六十里。

不夜楚帆落，避風湘渚間。水耕先浸草，春火更燒山。漢武詔：江南之地，火耕水耨。應劭曰：燒草下水種稻，草與稻俱生，高七八寸，因悉芟去。復下水灌之，草死稻獨長，所謂火耕水耨。早泊雲物晦，逆行波浪慳。慳，謂沮滯難行也。飛來雙白鵠，過去杳難攀。末句守風之悶可想。

岳麓山道林二寺行　元和郡國志：岳麓山在長沙縣西南，隔湘江六里。方輿勝覽：又名靈麓峯，乃岳山七十二峯之數。自湘西古渡登岸，夾徑喬松，泉澗盤繞，諸峯疊秀，下瞰湘江。岳麓寺在山上，百餘級乃至，下有李邕麓山寺碑。又云：道林寺在岳麓之下，距善化縣八里。

玉泉之南麓山殊，隋煬帝集：開皇十二年，智顗禪師至荊州剏立玉泉寺。朱注：寺在麓山之北，所謂玉泉之南麓山殊也。道林林壑爭盤紆。寺門高開洞庭野，殿脚插入赤沙湖。奇句。二句言寺之綿亘高廣。岳陽風土記：赤沙湖在華容縣南，夏秋水漲，與洞庭湖通。一統志：赤沙湖在洞庭之西，涸時惟見赤沙耳。五月寒風冷佛骨，山深故夏寒。六時天樂朝香爐。阿彌陀經：極樂土常作天樂，晝夜六時，天雨曼陀羅華。

地靈步步雪山草，姚察遊明慶寺詩：地靈居五淨，山幽寂四禪。楞嚴經：雪山大力白牛，食其山中肥膩香草，其糞微細，可和合旃檀。僧寶人人滄海珠。起信論：一眞如是性，名佛寶；二眞如有執持義，名法寶；三眞如有和合義，名僧寶。譬喻經：王舍國人欲作寺，錢不足，入海得名寶珠。王洙注：滄海珠，言性圓明而無瑕纇。塔刼通級。宮牆壯麗敵，香一作石。廚松道清涼俱。香廚，香積廚也。維摩經：上方有國，佛號香積如來，以一鉢盛香飯，飽衆生。蓮池一作花。交響共命鳥，阿彌陀經：極樂國土有七寶池，池中蓮花大如車輪，又有伽陵頻伽共命之鳥，晝夜六時，出和雅音。寶藏經：雪山有鳥，一身二頭，識神各異，同共報命，曰共命。金牓雙迴三足烏。言金牓照耀，日烏爲之迴光也。方丈涉海費時節，天台賦：涉海則有方丈、蓬萊。一片鋪敍，中插入頓宕文勢，方不徑直。玄圃尋河知有無？張騫傳贊：禹本紀言河出崑崙。自騫使大夏之後，窮河源，惡睹所謂崑崙者乎。玄圃卽崑崙。暮年且喜經行近，春日兼蒙暄暖扶。飄然斑白身奚適？傍此烟霞茅可誅。言方丈、玄圃恍惚難到，不若此地之近而可居也。桃源人家易去聲。制度，言構廬便易。橘洲田土仍膏腴。寰宇記：橘洲在長沙縣西南四里，江中時有大水，洲渚皆沒，此洲獨存。湘中記：諺云：昭潭無底橘洲浮。潭府邑中甚淳古，唐書：潭州長沙郡屬江南西道，爲中都督府。太守庭內不喧呼。四句兼述風土民俗之美。昔逢衰世皆晦跡，謂古人之避世者。今幸樂國養微軀。依止老宿亦未晚，富貴功名焉足圖。久爲謝客尋幽慣，異苑：靈運生於會稽，其家以子孫難得，送於錢塘杜明師養之，十五方還，故曰客兒。宋書：謝靈運爲永嘉太守，性好山水，肆意遊遨。嘗於南山伐木開徑，直至臨海。細學周舊作何，誤。顒免興孤。周顒注見十卷。一重一掩吾肺腑，仇注：一重一掩，言山容稠疊。山鳥山花吾一作共。友于。宋公放逐曾題壁，原注：之問也。宋之問傳：睿宗立，詔流欽州。朱注：欽州屬嶺南，宋必道經長沙，故有詩題寺壁。按：宋之問集有高山引：攀雲窈窕兮上躋懸峯，長路浩浩兮此去何從？水一曲兮腸一曲，山一重兮悲一重。松檟邈已遠，友于何日逢？況滿室兮童稚，攢衆慮於心胸。天高難訴兮遠負明德，卻望咸京兮揮涕龍鍾。公詩多用其語，疑此卽放逐題壁之詩。楊用修謂宋詩今已失傳，非也。物色分留一作待。與老夫。

邵子湘云：排比綿麗，子美七古，此又爲變調，蓋永叔子瞻之濫觴也。○前半述二寺之勝，後半思欲結廬終老。一氣抒寫，如珠走盤，所謂文如翻水成，初不用意爲者，足以見公詩境之愈老而愈熟。

清明二首

七排聊備一體，元白頗祖其風調。

朝來新火起新烟，舊注：唐制，清明日賜百官新火。湖色春光淨客船。首句見時，次句見地。繡羽銜一作衝。花他自得，鮑照芙蓉賦：曜繡羽以晨過。紅顏騎竹我無緣。世說：桓溫少時與殷浩共騎竹馬。胡童結束還難有，仇注：楚雜苗蠻，故有胡童之服。楚女腰肢亦可憐。漢章帝紀：馬廖引傳曰：楚王好細腰，宮中多餓死。不見定王城舊處，漢書：長沙定王發以孝景前二年立，二十八年薨。水經注：高祖封吳芮爲長沙王，城卽芮築。景帝二年封唐姬子發爲王，都此。長懷賈傅井依然。盛宏之荊州記：湘州南市之東，有賈誼宅，宅中有井，上斂下大，狀似壺，卽誼所穿也。井旁有局脚食牀，可容一人坐，形制甚古。虛霑周舉爲寒食，後漢周舉傳：舉遷并州刺史。舊俗以介子推焚骸，至其亡月，咸言神靈。士民每一月寒食，莫敢烟爨，老小不堪，歲多死者。舉作書置子推廟，言去火殘損民命，非賢者之意。以宣示愚民，於是風俗頗革。鄴中記：并州俗，冬至後一百五日，爲子推斷火，冷食三日。實藉君平賣卜錢。二句言火禁雖開，而囊空足患也。鐘鼎山林各天性，濁醪麤飯任吾年。

此身飄泊苦西東，右臂偏枯半耳聾。寂寂繫舟雙下淚，悠悠伏枕左書空。應右臂枯十年蹴鞠將雛遠，漢藝文志：蹴鞠二十五篇。注：鞠以韋爲之，實以物，蹴蹋爲戲樂也。宗懍歲時記：寒食有打毬、鞦韆、施鉤之戲。打毬，卽蹴鞠也。萬里鞦韆習俗同。古今藝術圖：以綵繩懸木立架，士女坐立其上推引之，謂之鞦韆。一云當作千秋，本出漢宮祝壽詞，後人倒讀，又易其字為鞦韆耳。旅雁上雲歸紫塞，家人鑽火用青楓。春取楡柳之火，用青楓，亦見異俗。秦城樓閣烟一作鶯。花裏，漢主山河錦繡中。春去一作風。水。春來洞庭闊，白蘋愁殺白頭翁。

前首從湖南風景敍起，說到自家；後首從自家老病說起，結到湖南，亦見迴環章法。

劉夢得嘉話賞此末二句，以為不可及。

發潭州

夜醉長沙酒，曉行湘水春。岸花飛送客，檣燕語留人。魏道輔詩話：子美潭州詩岸花飛送客二句，以與喪亂之際，人無將迎，曾不若岸花檣燕也。賈傅才未有，褚公書絕倫。唐書：褚遂良工隸楷，高宗時為右僕射，諫立武昭儀為后，左遷潭州都督。名高前後事，回首一傷神。

洪仲曰：三四託物見人，五六借人形己，俱於言外寓意，俱見含蓄。

劉須溪云：使晚唐諸人作北風詩，形容蹇縮，定不爾有豪意。

胡夏客曰：末二寫舟行有興。

前半完題，後半又作因敗爲功想。

北風

原注：新康江口，信宿方行。水經注：晉改益陽曰新康。仇注：公自潭之衡，於北風爲順，故喜而有作。

春生南國瘴，氣待北風蘇。向晚霾殘日，初宵鼓大鑪。爽攜卑溼地，賈誼傳：長沙卑溼。聲拔洞庭湖。拔字特警。萬里魚龍伏，三更鳥獸呼。此正寫風勢。滌除貪破浪，愁絕付摧枯。北魏杜弼檄文：摧枯朽者易爲力。此言大風拔木，亦姑聽之而已。執熱沈沈在，淩寒往往須。且知寬病肺，不敢恨危途。再宿煩舟子，此避風之事衰容問僕夫。熱解病蘇，衰容當有起色也。今晨非盛怒，風賦：盛怒於土囊之口。便道即長驅。隱几看帆席，雲山湧坐隅。末言風緩舟行也。

雙楓浦

方輿勝覽：青楓浦在潭州瀏陽縣。名勝志：縣有八景，楓浦漁樵其一。

輟棹青楓浦，雙楓舊已摧。自驚衰謝力，不道棟梁材。寫意中語妙浦注：言我則成老朽耳，不料大材亦然也。浪足浮紗帽，浮紗帽，言浪之高也。上句言浦，下句言楓，仇注太鑿。皮須截錦苔。錦苔，楓皮有苔蘚，斑駁如錦也。江邊地有主，暫

四句總挈兩章大意，以下總言欲濟時而不能，當藏身以遠去也。○意思鬱結，故詩體亦復如之。此章追述世亂，見所以不能得志行所爲處。

借上天迴。趙曰：末語用乘槎事。朱注：按異苑：烏傷陳氏女未醮，著履徑上大楓樹巔，了無危怖，舉手辭訣家人而去。飄聳輕越，移時乃沒。暫借上天迴，當即用楓樹事也。

詠懷二首

人生貴是男，列子：榮啓期曰：男尊女卑，故以男爲貴，吾既得爲男，是二樂也。丈夫重天機。莊子：嗜欲深者天機淺。公詩：出處各天機。謂當任其自然也。未達善一身，得志行所爲。嗟予竟轗軻，將老逢艱危！胡雛逼神器，逆節同所歸。指附賊者。河洛化爲血，公侯一作卿。草間啼。西京復陷沒，翠蓋蒙塵飛。萬姓悲赤子，謂如赤子之悲號。兩宮棄紫微。謂玄肅出奔。倏忽向二紀，奸雄多是非。又統言諸叛亂之徒。本朝再樹立，未及貞觀時。日給在軍儲，上官督有司。高賢迫形勢，語帶渾融豈暇相扶持。疲苶苟懷策，棲屑無所施。北史裴駿傳：駿從弟安祖，人勸其仕進。安祖曰：高尚之事，非敢庶幾，但京師遼遠，實增於棲屑耳。此注向未引及。言軍興賦重，時賢不能扶持邦本，公有其心而權又不屬也。先王朱云：疑作先皇。實罪己，肅宗即位後，以寇孽未平，屢下罪己之詔。愁痛正爲

李子德云：與萬古一骸骨二句參看，彼曠此悲。

茲。歲月不我與，蹉跎病於斯。夜看酆城氣，回首蛟龍池。謂壯心不已。齒髮已自料，意深陳苦詞。

邦危壞法則，聖遠益愁慕。飄飄桂水遊，朱注：元和郡國志：桂江一名灕水，經臨桂縣東。按：灕水與湘水同出今桂林府興安縣海陽山，灕南流而湘北流，灕水又名桂水。公時未嘗至桂林，而此云：飄飄桂水遊；他詩又云：桂江流向北，滿眼送波濤；蓋湘水自臨桂而來，亦得稱桂水也。悵望蒼梧暮。山海經注：長沙、零陵，古者總名其地爲蒼梧。潛魚不銜鉤，插喻 文賦：若游魚銜鉤而出重淵之深。走鹿無反顧。二句言物亦知見幾遠害。皦皦幽曠心，拳拳異平素。陶潛傳：吾不能爲五斗米折腰，拳拳向鄉里小兒。衣食相拘閡，同礙。朋知限流寓。以己之避難奔走，不得遂平生幽曠之志，曾潛魚走鹿之不若也。風濤上春沙，十里浸江樹。逆行少吉日，時節空復度。時方值清明。井竈任塵埃，舟航煩數具。牽纏加老病，瑣細隘俗務。萬古一死生，胡爲足名數。足名數，言求足於名數也。多憂汙桃源，謂有愧於桃源中人，欲往從而恐汙之也。拙計泥去聲。銅柱。按衡州亦有吳

邵云：杜子美暮年思爲嶺南之遊也，亦總是無聊寄託。此章專敘行蹤，見猶思以未達善一身處。

程普所建銅柱，非必馬援所立。未辭炎瘴毒，擺落跋涉懼。虎狼窺中原，焉得所歷住。葛洪及許靖，避世常此路。葛洪爲句漏令，後止羅浮山。蜀許靖傳：孫策渡江，走交州以避其難。靖至交州，太守士燮厚相敬待。王朗與靖書曰：足下周遊江湖，以暨南海，歷觀夷俗，可謂至矣。賢愚誠等差，賢愚謂許葛及己。自愛各馳騖。羸瘠且如何？魄奪鍼灸屢。皇甫謐有鍼灸經。擁滯僮僕慵，稽留篙師怒。終當掛帆席，天意難告訴。南爲祝融客，南方其神祝融。勉強親杖屨。結託老人星，羅浮展衰步。茅君內傳：羅浮之洞，周圍五百里，名爲朱明曜眞之天。

起筆典重。

望岳

水經注：衡山，山海經謂之岣嶁山，南岳也。山下有舜廟，南有祝融冢。徐靈期南岳記：南岳周回八百里，回雁爲首，岳麓爲足。浦注：衡山在潭州之南，衡州之北。

南岳配朱鳥，漢天文志：南宮朱鳥權衡。漢書索隱：南宮赤帝，其精爲朱鳥。湘中記：度應權衡，位值離宮，故曰衡山。秩禮自百王。歘吸領地靈，歘吸，猶言神異恍惚之意。鴻洞半炎方。淮南子：鴻濛澒洞，莫知其門。言山形綿亘數百里。邦家用祀典，在德非馨香。巡狩何寂寥！有虞今則亡。舜典：五月南巡狩，至於南岳。汨吾隘世網，行邁越瀟湘。渴

何云：寫望字參差靈變之極。

王右仲云：散風如飛霜，說得神靈颯然。以祀岳作結，幷帶憂時意。

日絕壁出，渴日，猶渴虹之渴。蔣云：深山少日，絕壁最高，故日照其上，日影倒映水中，如飲水然，故曰渴。漾舟清光旁。此望前景。水經注：衡山東南二面臨映湘川，自長沙至此，江湘七百里中，有九向九背，故漁歌曰：帆隨湘轉，望衡九面。拾遺記：皇娥歌曰：乘桴輕漾著日旁。

祝融五峯尊，峯峯次低昂。紫蓋獨不朝，此望字目中景。爭長業相望。長沙記：衡山軒翔，聳拔九千餘丈，尊卑參次七十二峯，最大者五：芙蓉、紫蓋、石廩、天柱、祝融爲最高。樹萱錄：岳之諸峯皆朝於祝融，獨紫蓋一峯，勢轉東去。

恭聞魏夫人，羣仙夾翱翔。南岳魏夫人傳：夫人名華存，字賢安，晉司徒魏舒之女，適南陽劉文。幼而好道，味眞耽玄。忽太極眞人授以黃庭內景經，令晝夜存念，遂得冥心齋靜，眞靈累感。凡在世八十三年，以晉成帝咸和九年，托劍化形而去。詣上清宮玉闕之下，諸眞君授夫人玉札金文，位爲紫虛元君，領上眞司命南岳夫人，比秩仙公。

有時五峯氣，此望字意中景。散風如飛霜。牽迫限修途，未暇杖崇岡。杖崇岡，言策杖崇岡也。歸來覲命駕，沐浴休玉堂。吳都賦：玉堂對霤，石室相距。注：皆仙人所居。三歎問府主，朱注：府主指岳神，如仙府洞府之府。曷以贊我皇。牲璧忽衰俗，神其思降祥。因山有神祠，故以降祥祈之，與起秩禮語相應。

鍾伯敬云：岱宗、喬岳若着山水清妙語與景狀奇壯語，便是一邱一壑，文人登臨眼孔。此詩靈光縹緲，意度肅穆，有郊壇登歌氣象，恰與題稱，自是大手筆不同。○黃白山云：衡華岱皆有望岳詩：岱以小天下立意，華以問眞源立意，衡以修祀典立意，指趣各別，此作尤見本領。文士無其學，儒者無其才，固當獨有千古。

衡州送李大夫七丈勉赴廣州

唐書：衡州衡陽郡屬江南西道。朱注：李勉自江西觀察使入爲京兆尹，兼御史大夫。大曆三年十月，拜廣州刺史，充嶺南節度使。

此詩應是四年春作。

斧鉞下青冥，樓船過洞庭。盧注：時嶺南番帥馮崇道與桂州朱濟時叛，朝廷遣勉討之。（承二）北風隨爽氣，南方卑溼，借此言救時意。南斗避文星。（承一）仇注：文昌本在北斗宮，李自北至南，故南斗應避之。（二句意悲而語仍壯）日月籠中鳥，乾坤水上萍。日月之長，但如籠鳥；乾坤之大，止作浮萍。二句卽自述垂老飄零之狀。方回云：日月年年也，乾坤處處也。王孫丈人行，叶音項。垂老見飄零。

李云：冠冕沈雄，足與偉人相副。

結句不說出望援，意高。

酬郭十五判官

受○唐詩紀事：郭受大曆間爲衡陽判官，此詩當是自衡將回潭時作。末二句蓋和詩而兼以贈別也。舊注俱未明。

才微歲老尚虛名，臥病江湖春復生。藥裹關心詩總廢，花枝照眼句還成。（蔣云：此中有多少甘苦在）藥裹承臥病，花枝承春生。只同燕石能星隕，韓非子：宋之愚人得燕石於梧臺之側，藏之以爲大寶，周客聞而觀焉，掩口笑曰：此燕石也，與瓦甓等。左傳：隕石於宋五，

王西樵云：輕便。開南宋以後詩派。

隕星也。自得隋一作隨。珠覺夜明。搜神記：隋侯出行，見大蛇被傷中斷，使人以藥封之。歲餘蛇銜明珠以報，珠盈徑寸，夜有光明，可以燭室。燕石喻己之詩，隋珠喻郭之詩也。喬口橘洲風浪促，喬口橘洲注俱見前。繫帆何惜片時程。言此去歸帆甚便，特以知己相逢，不能無戀戀耳。

仇滄柱云：集中酬答諸詩，皆據來詩和意，語無泛設。如此章首句酬舊德，次句酬江湖，三四酬新詩春興，五六酬衡陽紙價，七八酬天闊風濤及蓮葉操舟，逐句酬答，卻能一氣貫注，所以爲佳。

附　杜員外垂示詩因作此寄上　　郭受

新詩海內流傳遍，舊德朝中一作中朝。屬望勞。郡邑地卑饒霧雨，江湖天闊足風濤。松醪酒熟旁看醉，蓮葉舟輕自學操。邵注：蓮葉，小舟也。太乙眞人乘蓮葉舟。春興不知凡幾首，衡陽紙價頓能高。世說：庾闡作揚都賦成，人競傳寫，都下爲之紙貴。

回棹　黃曰：舊編大曆五年作。然詩中不言臧玠之變，當是四年至衡州畏熱，復回棹欲歸襄陽不果而竟留於潭也。

宿昔試安命，自私猶畏天。勞生繫一物，趙注：勞生之人，不免繫着一物，卽前詩所云衣食相拘閡也。爲客費多年。仇注：起四作自咎語。言素知安於義命，故雖欲自營身計，終不敢枉道以徇人；今以謀生之故而奔走道途，深愧其不能安命矣。衡岳江湖大，蒸池疫癘偏。元和郡國志：衡陽城東傍湘江，北背蒸水。寰宇記云：其氣如蒸。散才嬰薄俗，有跡負前賢。朱注：有跡，言未能絕跡而遊也。巾拂那關眼，瓶罍易滿船。張溍注：巾拂所以修容，在舟中放曠，故不復用之，惟多飲酒以解愁耳。火雲滋垢膩，凍音東。雨裛沈綿。爾雅：涷雨，乃夏日暴雨。言晴雨皆帶鬱蒸也。強飯蓴添滑，端居茗續煎。蓴羹性寒，茗飲解熱。淸思漢水上，涼憶峴山巔。順浪翻堪倚，自衡回潭爲下水，故曰順浪。迴帆又省牽。吾家碑不昧，晉書：杜預平吳後，刻二碑紀績，一立峴山之上，一沈萬山下潭中，曰：焉知此後不爲陵谷乎？王氏井依然。王粲井注見八卷。几杖將衰齒，茅茨寄短椽。灌園曾取適，高士傳：陳仲子辭楚相，與其妻爲人灌園。遊寺可終焉。南史：梁劉慧斐嘗遊匡山，遂有終焉之志，因居東林寺，於山北構園一所，號離垢園。遂性同漁父，成名異魯連。趙曰：滄浪漁父隱不求名，仲連卻秦軍下燕城，雖不受封，猶爲取名者，故曰異魯連。篙師二句結出回棹意。煩爾送，朱夏及寒泉。

杜詩鏡銓卷二十

大曆中，公居湖南欲北還作。

湘江宴餞裴二端公赴道州

裴虬也。浯溪觀唐賢題名：裴虬字深源，大曆四年爲著作郎兼侍御史，道州刺史。通典：唐侍御史號爲臺端，他人稱之曰端公。

從宴敘起。

白日照舟師，朱旗散廣川。朱注：舟師朱旗，謂迎候儀從。羣公餞南伯，道州在南方，故曰南伯。肅肅秩初筵。鄙人奉末眷，佩服自早年。義均骨肉地，懷抱罄所宣。盛名富事業，指裴。無取愧高賢。自指。不以喪亂嬰，保愛金石堅。謂交情如舊也。計拙百寮下，百寮，謂候送者。氣蘇君子前。

此段敘交情。

會合苦不久，哀樂本相纏。交遊颯向盡，宿昔浩茫然。促觴激萬慮，掩抑淚潺湲。熱雲集曛黑，缺月未生天。白團爲我破，張云二句寫出三伏宴飲之苦。白團，團扇也。何遜詩：逶迤搖白團。

此段惜別。

以勉裴結。

首敘舊誼，因稱韋之賢。

華燭蟠長烟。鴰鶡催明星，朱注：鴰鶡，二鳥名，鴰卽鶬鴰。注已見前。鶡乃鶡鴠。月令：仲冬之月，鶡鴠不鳴。注：求旦之鳥也。解袂從此旋。上請減兵甲，下請安井田。永念病渴老，附書遠山巔。道州先經西原蠻寇掠，元結爲守，稍安戢。裴繼元之後，故以裁兵安農告之，此當時靖亂之要道也。

哭韋大夫之晉　浦注：之晉爲湖南觀察，大曆四年自衡遷潭，時蓋卒於潭也。前有送韋中丞之晉赴湖南詩，見十八卷。朱注：之晉在湖南加御史大夫，常袞撰制，見文苑英華。

悽愴郇瑕邑，一作地。左傳：晉人謀去故絳，諸大夫曰：必居郇瑕氏之地。一統志：在今平陽府猗氏縣。差池弱冠年。差池，謂肩相隨也。丈人叨禮數，文律早周旋。言弱冠之時得交韋大夫於晉地。臺閣黃圖裏，江總賦：覽黃圖之棟宇。蓋指昔在京師時。簪裾紫蓋邊。句指今在湖南，紫蓋乃南岳。峯之大者，嶽跨潭衡之間。尊榮眞不忝，端雅獨翛然。韋想以風度勝。貢喜音容間，謂公向與韋蹤跡相睽。馮招疾病纏。左思詠史：馮公豈不偉，白首不見招。南過駭倉卒，謂今至潭哭韋。北思悄聯綿。思昔

此段敘韋歿而喜其有後。

此段因哭韋於喪次，故記其所見。

末段自傷，兼惜韋之難繼也。

在北相聚。鵬鳥長沙諱，犀牛蜀郡憐。華陽國志：秦李冰爲蜀郡太守，作五犀牛以厭水精，蜀人慕之，名其里爲犀牛里。公在夔送韋詩：峽內憶行春。韋蓋先爲蜀中太守。素車猶慟哭，後漢書：范式字巨卿，少與張劭爲友，劭死，式夢而赴焉。劭葬日，其母望見素車白馬，號哭而來，曰：必巨卿也。寶劍欲高懸。漢道中興盛，韋經亞相傳。韋賢少子玄成復以明經爲相，故曰亞相。沖融標世業，磊落映時賢。此言韋有令子。城府深朱夏，江湖眇霽天。綺樓關樹頂，承城府句古詩：西北有高樓，交疏結綺窗。飛旐泛堂前。承江湖句邵注：旐，銘旌也。寡婦賦：飛旐翩以啓路。帟音繹。幕旋風燕，王融曲水詩序：帟幕高懸。釋名：帟，小幕也，在上曰帟。笳簫咽一作急。暮蟬。興殘虛白室，憤賦：棄虛白之室，歸長夜之臺。跡斷孝廉船。用張憑事。韋想曾訪公於舟次，故云。童孺交游盡，應起處喧卑俗事牽。老來多涕淚，情在強詩篇。誰繼方隅理，盧思道集：內靖方隅，外康庶績。朝難將帥權。韋時充湖南都團練守捉觀察處置等使，故曰將帥權。春秋褒貶例，名器重雙全。左傳：惟名與器，不可以假人。名以德言，器以位言，雙全謂德不愧其位也。

江閣臥病，走筆寄呈崔盧兩侍御

何云：此種詩淡而有味。

韋詩亦佳。

客子庖廚薄，江樓枕席清。衰年病祇瘦，長夏想爲情。滑喜一作憶。雕菰飯，香聞錦帶羹。朱注：錦帶，卽蓴絲也。本草作蒓，或謂之錦帶，生湖南者最美。溜匙兼煖腹，誰欲致杯罌。顧注：溜匙總承飯羹，乃己所自有；煖腹指酒兼致盃罌，則有望於兩侍御也。

潭州送韋員外迢牧韶州 韶州屬嶺南道。

炎海韶州牧，風流漢署郎。分符先令望，承一 同舍有輝光。承二 公與韋同官員外郎。白首多年疾，秋天昨夜涼。仇注：想是立秋次日。洞庭無過雁，書疏莫相忘。

附

潭州留別杜員外院長　　韋迢

江畔長沙驛，相逢纜客船。大名詩獨步，小郡海西偏。地溼愁飛鵬，謂杜在潭。天炎畏跕鳶。謂己往韶，注見十六卷。去留俱失意，把臂共潸然！

邵云：可見古人酬答，取意不取韻。

李云：語淡而雄，雄而悲，於

酬韋韶州見寄

養拙江湖外，朝廷記憶疏。深慙長者轍，重得故人書。白髮絲難理，新詩錦不如。雖無南過雁，看取北來魚。蔡曰：答韋無南雁之句，蓋謂雁不過衡陽而瀟湘北流也。

李子德云：養拙句答故人湖外客，朝廷句答白首尙爲郎。次聯上句敍前，下句重寄。五六又分頂上二聯。結正答韋末句。結搆最密，而詞意能寬然有餘。

附

早發湘潭寄杜員外院長　韋迢

北風昨夜雨，江上早來涼。楚岫千峰翠，湘潭一葉黃。故人湖外客，白首尙爲郎。相憶無南雁，何時有報章。

樓上

天地空搔首，頻抽白玉簪。皇輿三極北，仇注：地有四極，皇輿在東西南之北，故云。特借用易經三極字。身事五

此見大家身分。

仇云：首章敘崩後節日，乃傷今思昔之懷。

次章敘生前節日，乃樂極悲

湖南。戀闕勞肝肺，承三論一作掄。材愧杞柟。承四亂離難自救，救人更無望矣。終是老湘潭。

千秋節有感二首

舊書玄宗紀：開元十七年八月癸亥，上以降誕日宴百僚於花萼樓下，百寮表請每年八月五日爲千秋節，天下諸州咸令宴樂，休假三日，仍編爲令。通鑑：仍又移社日就千秋節。

自罷千秋節，頻傷八月來。先朝嘗宴會，壯觀已塵埃。鳳紀編生日，鳳紀注見二卷。龍池塹刼灰。龍池乃王氣所鍾，今亦蕪沒也。刼灰注見十六卷。湘川新涕淚，秦樹遠樓臺。寶鏡羣臣得，玉海：舊紀：玄宗以千秋節賜四品以上金鏡珠囊，又有賜羣臣鏡詩。金吾萬國迴。言禁軍不復侍衛，故散而回萬國也。後漢百官志：執金吾緹騎二百人。應劭注：執金革以禦非常，吾猶禦也。亦以玄宗改羽林軍爲龍武軍，故云。二句亦分今昔之感。衢尊不重飲，淮南子：聖人之道，其猶中衢而置樽耶。過者斟酌，多少不同，各得其所宜。白首獨餘哀。

御氣雲樓敞，含風綵仗高。仙人張內樂，注見十七卷。王母獻宮桃。漢武內傳：王母命侍女索桃七枚，大

來之感。〇李云：正於華郁處見其蒼涼：初唐人慣用此法。

張云：言竭奢淫於他年，實開禍端於今日。二句追溯亂源，意極悲慨，而語復含蓄。

如鴨子形，色正青，以四枚咯帝，自食其三。指貴妃諸姨等饋食。**羅襪紅蕖豔，**洛神賦：凌波微步，羅襪生塵。**金羈白雪毛。**曹植詩：白馬飾金羈。**舞階銜壽酒，**承金羈句 通鑑：明皇教舞馬百四，銜杯上壽。**走索背秋毫。**承羅襪句 西京賦：跳丸劍之揮霍，走索上而相逢。通典注：舞絙者，兩妓女各從一頭上對舞，行於繩上相逢，比肩而不傾。此言兩人背走索上，不爽秋毫也。唐實錄：開元二十四年八月千秋節，御廣運樓宴羣臣，奏九部樂，內出舞人繩技，班賜有差。**聖主他年貴，**言以驕盈召亂。**邊心此日勞。桂江流向北，滿眼送波濤。**邵云：兩結傷心特甚。

奉贈盧五丈參謀琚

原注：時丈人使自江陵，在長沙待恩旨先支率錢米。朱注：唐書：元帥副元帥府有行軍參謀，關豫軍中機密。盧蓋江陵帥府參謀也。

首段先敍交情。

恭惟同自出，自出注見十九卷。同自出，蓋參謀之母，與公母皆崔氏也。**妙選異高標。**世說：李元禮高自標持。言非徒高聲氣也。**入幕知孫楚，**孫楚注見二卷。**披襟得鄭僑。**王僧孺序：道合神遇，投分披襟。左傳：季札聘鄭，見子產如舊相識。**丈人藉才地，門閥冠雲霄。老矣逢迎拙，相於契託饒。**相於注見十六卷。**賜錢傾府待，**府謂長沙。**爭米駐船遙。**

次記支率錢米事。

鄰好艱難薄，甿心杼柚焦。朱注：時必有長沙錢米應輸江陵者，盧為之請旨支給本郡。言不能多給鄰邦者，實以民心焦嗷故也。**客星空伴**

此記長沙相遇，亦承客星句下。

此以盡職勉盧，仍跟次段意。

末惜別而自敘己懷。

使。客星自謂，恨不能贊成其美。寒水不成潮。句借言民困莫蘇意。素髮乾垂領，銀章破在腰。謂隨身魚袋。說詩能累夜，醉酒或連朝。藻翰惟牽率，謝瞻答靈運詩：牽率酬嘉藻。湖山合動搖。亦此老自負語　即太白詩興酣落筆搖五岳意。時清非造次，興盡卻蕭條。天子多恩澤，邵云：十字古今同慨。蒼生轉寂寥。休傳鹿是馬，史記：趙高持鹿獻於二世曰：馬也。句言無逞虛詞以罔上。莫信鵩如鴞。鵩鳥賦序：鵩似鴞，不祥鳥也。句謂毋任奸吏以虐民。朱注：時盧待恩旨，公恐其奉行未至，故以此戒之。未解依依袂，還斟泛泛瓢。周禮：酒有五齊，一曰泛齊。注：泛者成而浮澤泛泛然。酒德頌：操觚飲瓢。流年疲蟋蟀，詩：蟋蟀在堂，歲聿其莫。體物幸鷦鷯。張華有鷦鷯賦。張潛注：體物謂曲體物理，一枝可以自安。孤負滄洲願，誰云晚見招？晚見招，即用馮唐事。二句言己處不成處，出不成出，只可以救世事業望之盧公耳。

惜別行送劉僕射判官

集外詩，見陳浩然本，又見文苑英華。朱注：按唐制，僕射下宰相一等。時蓋劉之主將加此官，而劉爲其屬也。按僕射當指山南東道節度使梁崇義，劉判官括馬至此，公與相晤而贈之。

梁公四句申儉省艱虞，以茲四句申從事征伐。

聞道南行市駿馬，不限匹數軍中須。襄陽幕府天下異，唐書：襄州襄陽郡，山南東道節度所治。主將儉省憂艱虞。祗收壯健勝平聲。鐵甲，豈因格鬬求龍駒。句中有骨。而今西北自反胡，騏驎蕩盡一匹無。盧注：唐先時張萬歲、王毛仲養馬蕃息，自祿山陰選善馬驅歸范陽，馬政遂廢。龍媒眞種在帝都，子孫未落東南隅。浦注：以外無龍種曉之，亦以尊王室而抑藩服也。四句總言馬之難市。向非從事備征伐，君肯辛苦越江湖？江湖凡馬多顦顇，衣冠往往乘蹇驢。連凡馬多不易得，又跌進一層。梁公富貴於身疏，號令明白人安居。俸錢時散士子盡，府庫不爲驕豪虛。朱注：史稱崇義以地褊兵少，法令最治，折節遇士，自振襄漢間。所稱正與此合。以茲報主寸心赤，氣卻西戎迴北狄。羅網羣馬藉馬多，邵云：濇澀句。意在驅除出金帛。劉侯奉使光推擇，滔滔才略滄溟窄。杜陵老翁秋繫船，扶病相識長沙驛。強梳白髮提胡盧，盛酒器。張云：客邊眞景。手把菊花路旁摘。九州兵革浩茫茫，三歎聚散當重陽。

當杯對客忍流涕，不覺老夫神內傷。

浦二田云：考史廣德初，梁崇義從來瑱鎮襄陽，瑱誅，自立爲留後，代宗不能討，因拜山南東道節度使。至德宗建中二年，卒以拒命爲李希烈所誅。則崇義臣節已失，括馬豈無異志，此詩蓋以諷也。前半語語似爲辨白，正語語消其異情。結處曰兵革茫茫，曰對客神傷，意中正有欲言而不可明言者在。

重送劉十弟判官

分源豕韋派，左傳：晉蔡墨曰：陶唐氏既衰，其後有劉累，學擾龍於豢龍氏，事孔甲，以更豕韋之後。言劉與杜同出陶唐之後也。別浦雁賓秋。對得別 月令：季秋之月，鴻雁來賓。年事推兄忝，劉孝標書：年事遒盡，容髮衰謝。人才覺弟優。經過辨酆劍，意氣逐吳鉤。垂翅徒衰老，後漢馮異傳：始雖垂翅回谿，終能奮翼澠池。先鞭不滯留。劉琨書：常恐祖生先吾着鞭。本支凌歲晚，凌，猶遇字意。高義豁窮愁。他日臨江待，長沙舊驛樓。祝其回時復相會也。

一　登舟將適漢陽

浦注：此仍欲歸襄漢，與回棹詩同旨，亦欲行而未果之作也。

李云：塞雁有春秋之期，檣烏乃終歲不息，其所感深矣。

邵云：四句一氣，甚足情致。

春宅棄汝去，朱注：公以四年二月到潭，因居焉，故曰春宅。秋帆催客歸。庭蔬猶在眼，承一浦浪已吹衣。承二生理飄蕩拙，有心遲暮違。中原戎馬盛，遠道素書稀。塞雁與時集，檣烏終歲飛。鹿門自此往，永息漢陰機。莊子：漢陰丈人曰：有機械者必有機事，有機事者必有機心。

湖南送敬十使君適廣陵 朱注：公追酬高蜀州人日詩序有昭州敬使君超先，當即其人也。唐書：揚州廣陵郡屬淮南道。

相見各頭白，其如離別何？幾年一會面，今日復悲歌！四句合說少長樂難得，歲寒心匪他。歲寒謂年暮。氣纏霜匣滿，冰置玉壺多。蔣云：所謂慷慨激烈，肝腸如雪也。四句分說遭亂實漂泊，自謂。濟時曾琢磨。指敬。形容吾較老，膽力爾誰過。李云：一宕便佳。秋晚岳增翠，風高湖湧波。鶱騰訪知己，淮海莫蹉跎。書：淮海維揚州。

晚秋長沙蔡五侍御飲筵送殷六參軍歸澧州覲省

五羨殷，六悲己，二句補寫晚秋景，自有寓意。

首段完題。

佳士欣相識，慈顏慰遠遊。甘從投轄飲，蔡只帶一句 投轄事注見十九卷。肯作致一作置。書郵。世說：殷羨爲豫章太守，將附書百許函悉擲水中，曰：沈者自沈，浮者自浮，殷洪喬不能作致書郵。黃生注：前有送侍御四舅之澧朗詩，疑卽致書於此人也。高鳥黃雲暮，古樂府：黃雲暮四合，高鳥各分飛，寄語遠遊子，月圓胡不歸。寒蟬碧樹秋。湖南冬不雪，吾病得淹留。末二句卽書中語，強作好懷以慰家人也。

送盧十四弟侍御護韋尙書靈櫬歸上都二十四韻

盧爲公祖母族，韋尙書卽之晉。

素幕渡江遠，朱幡登陸微。鶴注：朱幡指部曲候送之旗幡。登陸微，謂不及生時顯赫也。悲鳴駟馬顧，下筆當有悲風起於天。失涕萬人揮。末。參佐哭辭畢，門闌誰送歸？從公伏事久，之子俊才稀。長路更執紼，禮記：助喪者必執紼。左傳注：紼，輓索也。此心猶倒衣。感恩義不小，懷舊禮無違。言侍御感韋舊恩，故護櫬而歸。墓待龍驤詔，二句牽上搭下 龍驤注見十四卷。臺迎獬豸威。舊唐書輿服志：法冠一名獬豸冠。以鐵爲柱，其上施珠兩枚，爲獬豸之形，左右御史臺服之。深衷見士則，世說：陳仲舉言爲士則，行爲世範。雅論在兵機。戎狄乘妖氣，塵沙落禁闈。指前吐蕃陷京事。往年

中段以直諫勉盧，皆歸朝後事。

末敘別情，有黯然魂消之致。

朝謁斷，他日掃除非。謂用程元振、魚朝恩輩。但促銅壺箭，陸陲漏刻銘：銅史司刻，金徒抱箭。休添玉帳旗。動詢黃閣老，肯慮白登圍。漢匈奴傳：高帝至平城，冒頓縱精兵三十萬，圍帝於白登七日。括地志：朔州定襄縣本漢平城縣，東北三十里有白登山，山上有臺。萬姓瘡痍合，謂既有吐蕃，復有藩鎮。羣兇嗜慾肥。孔融書：羣○探○原○之○論兇破殄。刺規多諫諍，端拱自光輝。儉約前王體，風流後代希。言當希法前王也。舊作稀韻複。對敭同揚。期特達，衰朽再芳菲。朱注：戎狄至此，皆感歎時事。但促銅壺箭，休添玉帳旗，言天子但當早朝勤政，無事添兵苑中，即復愁詩由來貔虎士，不滿鳳凰城意也。動詢黃閣老，肯慮白登圍，言執政大臣不以主辱爲憂也。羣兇嗜慾肥，言河北諸降將也。刺規以下，言當納諫諍，希儉約，以圖上理，即前不過行儉德，盜賊本王臣，及借問懸車守，何如儉德臨意。上云往年朝謁斷，下云衰朽再芳菲，歎已之不得歸朝而期侍御以此入對也。

空裏愁書字，山中疾采薇。撥杯要平聲。忽罷，杜臆：撥杯，謂撥棄不飲。抱被宿何依。眼冷看征蓋，兒扶立釣磯。清霜洞庭葉，故就別時飛。楚詞：洞庭波兮木葉下。

蔣弱六云：草野孤忠，借題發意，眞摯動人乃爾。

卽詩成泣鬼神意，寫殷殷留金石聲之妙，尤入神境。

蘇大侍御渙，靜者也，旅於江側，不交州府之客，人事都絕久矣。肩輿江浦，忽訪老夫舟楫，而已閻若璩曰：當作已而。茶酒內，余請誦近詩，肯吟數首，才力素壯，辭句動人。接對明日，憶其湧思雷出，書篋几杖之外，殷殷留金石聲，賦八韻記異，亦見老夫傾倒於蘇至矣黃鶴本題作蘇大侍御訪江浦賦八韻記異，以此題爲序。朱注：題云八韻，而詩止七韻，疑八字誤，或詩脫一聯。唐藝文志：蘇渙詩一卷。渙少喜剽盜，善用白弩，巴蜀商人苦之，號白跖，以比莊蹻。後折節讀書，進士及第，湖南崔瓘辟從事。瓘遇害，渙走交廣，與哥舒晃反，伏誅。南部新書：渙有變律詩十九首上廣帥李公。唐人謂渙詩長於諷刺，得陳拾遺一鱗半甲。

龐公不浪出，蘇氏今有之。再聞誦新作，突過黃初詩。黃初七子，魏文帝時詩人。乾坤幾反覆，揚馬宜同時。今晨淸鏡中，勝食齋房芝。齋房芝注見十四卷。余髮喜卻變，白間生奇絕黑絲。朱注：言聞蘇所誦詩，勝於餐芝引年，故對鏡而覺白髮之變黑也。昨夜舟火滅，湘娥簾外悲。百靈未敢散，風

此極寫得書歡忭之情。

破（一作浪）。寒江遲。浦注：前夜必風浪昏黑，故有末四句。盧德水云：杜先請蘇渙誦詩，又賦詩贈渙，眞傾倒於蘇至矣。及考蘇之爲人，起手結局，幾於龍蛇起陸。子美旣目爲靜者，又目爲白起，繩尺原自井然。其不交州府，而獨肩輿訪杜，其人固卓詭而具心眼者，子美所以記異也。

暮秋枉裴道州手札，率爾遣興，寄遞近呈蘇渙侍御

久客多枉友朋書，素書一月凡一束。虛名但蒙寒暄問，（古今同慨。）泛愛不救溝壑辱。齒落未是無心人，舌存恥作窮途哭。（二句萬千心事，亦自見身分。）史記：張儀爲楚相笞掠，謂其妻曰：視吾舌尚在否？妻笑曰：在。儀曰：足矣。道州手札適復至，紙長要自三過讀。盈把那須滄海珠，入懷本倚崑山玉。古詩：置書懷袖中，三歲字不滅。又阮籍詩：被褐懷珠玉。撥棄潭州百斛酒，荊州記：長沙郡酃縣有酃湖，取湖水爲酒，極甘美。蕪沒湘岸千株菊。使我晝立煩兒孫，使我夜坐費燈燭。朱注：言得道州書寶如珠玉，故無心飲酒對菊，讀之晝夜忘倦也。憶子初尉永嘉

此意轉而韻不轉者，又每段後另綴四語，自爲一格。

此段敘裴以乘時大用期之。

去，虬尉永嘉。見二卷。紅顏白面花映肉。軍符侯印取豈遲，軍符侯印乃刺史所用。紫燕騄耳行甚速。聖朝尚飛戰鬭塵，濟世宜引英傑人。黎元愁痛會蘇息，夷狄跋扈徙逡巡。授鉞築壇聞意旨，頹綱漏網期彌綸。四句兼稱其文足經邦，而武能戡亂。郭欽上書見大計，晉書：侍御史郭欽上疏曰：戎狄強獷，歷世爲患，宜及平吳之威，漸徙內郡雜虜於邊地，峻出入之防，明荒服之制。劉毅答詔驚羣臣。此句亦對上黎元愁痛。晉書：武帝嘗問劉毅曰：朕可方漢何主？對曰：桓、靈。帝曰：何至於此？對曰：桓、靈賣官錢入官庫，陛下賣官錢入私門，以此言之，殆不如也。帝大笑曰：桓、靈之世，不聞此言。朱注：道州時兼御史，其人敢於諫諍，故以郭欽、劉毅擬之。仇注引劉毅事亦爲代宗好貨而發。他日更僕語不淺，明公論兵氣益振。平聲。傾壺簫管動白髮，僛同舞。劍霜雪吹青春。莊子在宥篇：鼓歌以僛之。此追言前日湘江之宴。宴筵曾語蘇季子，從裴遞入蘇。曾語，曾語及之也。後來傑出雲孫比。浦注：蘇亦挾縱橫之才，故以季子相況。茅齋定王城郭門，定王城注見十九卷。藥物楚老漁商市。市北肩輿每聯袂，郭南抱甕亦隱几。莊子：南郭子綦隱几而坐，仰天而噓，嗒然似喪其耦。此正言其寥落也。四句謂己與蘇近

此段敘蘇，以懷才不用惜之。一片熱血飛灑紙上，所謂齒落未是無心人也。

日時相過從。無數將軍西第成，後漢馬融傳：融爲大將軍西第頌，頗爲正直所羞。早作丞相東山起。謝安傳：高崧戲之曰：卿累違朝旨，高臥東山。仇注：指當時濫叨將相者。鳥雀苦肥秋粟菽，蛟龍欲蟄寒沙水。言尸位者多，以致賢者甘於隱去。天下鼓角何時休？陣前部曲終日死。言天下方值多事之秋，有心人豈得安枕耶。收處雙綰附書與裴因示蘇，此生已媿須人扶。致君堯舜付公等，早據要路思捐軀。

奉贈李八丈曛判官

我丈特英特，宗支神堯後。神堯謂高祖也。珊瑚市則無，騄驥人得有。早年見標格，秀氣衝牛斗。事業富清機，曹攄思友詩：清機發妙理。官曹貞獨守。言其不安干進。頃來樹嘉政，皆已傳衆口。艱難體貴安，冗長去聲。吾敢取。此苟切。文賦：固無取乎冗長。朱注：言艱難之時，能以安靜爲治體，無取冗碎之務也。區區猶歷試，炯炯更持久。二句言其不卑小官，能盡職而勿懈。討論實解頤，操割紛應手。左傳：猶未能操

李子德云：史才雄筆。

刀而使割也。箋書積諷諫，宮闕限奔走。入幕未展材，上皆頌李下自敍秉鈞孰爲偶。謂其材可大用。所親問淹泊，所親謂李。泛愛惜衰朽。垂白亂一作辭。南翁，浦注：亂南翁，猶柳子厚書云：居蠻夷中久，已與爲類矣。委身希北叟。班固幽通賦：北叟頗識其倚伏。注引淮南子塞上翁事，見九卷。眞成窮轍鮒，或似喪家狗。秋枯洞庭石，趙注：水落石出，故曰枯。風颯長沙柳。高興激荆衡，知音爲回首。言己潦倒已甚，乃興發而情激者，以李爲知音故耳。

別張十三建封

舊唐書：大曆初，道州刺史裴虯薦建封於湖南觀察使韋之晉，辟署參謀，授左清道兵曹參軍，不樂職，輒去，後爲徐泗濠節度使。公別建封，蓋在其去職之時也。

嘗讀唐實錄，國家草昧初。劉裴首建議，劉文靜傳：大業末爲晉陽令，與晉陽宮監裴寂善。文靜見太宗，謂寂曰：唐公子非常人也。因與定議起兵。龍見尚躊躇。秦王撥亂姿，一劍總兵符。汾晉爲豐沛，暴隋竟滌除。通鑑：高祖鎮太原，劉文靜、裴寂知隋必亡，首建議舉大事，帝猶未允，賴秦王贊之，遂起兵汾陽。宗臣則廟食，後祀何疏蕪？彭城英雄種，劉文靜傳：文靜自言系出彭城，世居京兆武功。宜膺將相圖。爾維外曾孫，倜儻汗血駒。眼中萬少年，用意盡崎嶇。崎嶇乃倜儻之反，謂人情叵測也。相逢長沙亭，乍問緒業餘。乃吾故人子，童丱聯居諸。舊唐書：建封兗州人，父玠，少豪俠。安祿山反，令偏將李庭偉脅下城邑，玠率鄉豪集兵殺之。太守韓擇木方遣使奏聞，玠流蕩江南，不言其功。朱注：按公父閑爲兗州司馬，當是趨庭之日，與玠遊而建封相從也。公以開元末遊兗，建封此時纔六七歲，故曰童丱聯居諸。揮手灑衰淚，仰看八尺軀。內外名家流，風神蕩江湖。總上。言其眉宇開展。范雲堪結友，梁書：范雲好節尚奇，專趨人之急，與領軍長史王畯善，畯亡於官舍，貧無居宅，雲乃迎喪還家，躬營唅殯。嵇紹自不孤。晉書：嵇康與山濤結神交，康臨誅，謂其子紹曰：巨源在，汝不孤矣。杜臆：二句既欲託身，又欲託子，非眞重其人，必不作此語。擇材征南幕，晉杜預爲征南大將軍，以比韋之晉。潮落回鯨魚。載感賈生慟，復聞樂毅書。史記：樂毅降趙，燕惠王遺毅書且謝之，毅亦作書報焉。朱注：建封在之晉幕中，當必有不合而去，觀四語可見。主憂急盜賊，師老荒京都。謂疲於饋餉也，指吐蕃屢寇。舊邱豈稅駕，大廈傾宜扶。此又勉之以出而濟世，無終老於舊邱也。君臣各有分，管葛本時須。雖當霰雪

只冷冷一語喚醒。

張云：二句簡括得妙。

嚴，未覺栝柏枯。即世亂識忠臣意。高義在雲臺，正應前功臣廟食意嘶鳴望天衢。羽人掃碧海，何云：掃碧海，所謂海中乃復揚塵也。功業竟何如？蔣云：英雄不得志，往往逃之神仙，此乃所以破之也。張自是間氣英傑，公惟恐其一失意便不爲世用，故結語云然。

奉送魏六丈佑少府之交廣

舊唐書：武德五年，改隋交趾郡爲交州總管府，後改安南都護府。武德四年，置廣州總管府，後改中都督府。

賢豪贊經綸，功成名空垂。子孫不振耀，歷代皆有之。鄭公四葉孫，魏徵傳：貞觀元年進左光祿大夫鄭國公。長大常苦饑。用東方朔語。衆中見毛骨，猶是麒麟兒。磊落貞觀事，致君樸直詞。唐書：徵犯顏正諫，雖賁育不能過。頓挫家聲蓋六合，行色何其微？遇我蒼梧野，一作陰。忽驚會面稀。議論有餘地，公侯來未遲。即公侯子孫必復其始意。起季子虛思黃金貴，一作遺。起長卿自笑靑雲期。長卿久病渴，武帝元同時。司馬相如傳：武帝讀子虛賦善之，曰：朕獨不得與此人同時哉。季子黑裘敝，得無妻嫂欺！四句歎魏佑之有才而不遇也。長卿宦游不遂，病免作客，與魏去少府而作客正同。季子則又言其窮況。帶少府倘爲諸侯客，獨屈州縣

蔣云：末後另綴二語，居者行者總不知將來作何下落，牽衣一哭，深情萬種。

卑。南遊炎海甸，浩蕩從此辭。窮途仗神道，世亂輕土宜。言輕去鄉土也。解帆歲云暮，可與春風歸。囑其無多留戀。出入朱門家，華屋刻蛟螭。以近海故。玉食亞王者，樂張遊子悲。莊子：黃帝張咸池之樂於洞庭之野。侍婢豔傾城，鋪敍亦自樂府出 綃綺輕一作烟。霧霏。掌中琥珀鍾，行酒雙逶迤。新歡繼明燭，梁棟星辰飛。仇注：星辰指梁上之燈。兩情顧盼合，珠碧贈於斯。

浦注：交廣多產珍寶，俗奢而淫，語有之：少不入廣，爲其易迷而喪志也。此十二句備言蠱惑客心之態。上貴見肝膽，下貴不相疑。心事披寫間，氣酣達所爲。指揮鐵如意，莫避珊瑚枝。石崇傳：武帝嘗以珊瑚樹賜王愷，高二尺許，愷示崇，崇便以鐵如意擊之，應手而碎。此段極言豪門奢侈，而欲魏無所欣羨畏縮也。珠碧珊瑚，皆交廣所產，故詩中及之。始兼逸邁興，終慎賓主儀。趙曰：擊碎珊瑚，雖氣之豪邁，然賓主之儀，不可不慎也。又戒之以義。戎馬闇天宇，嗚呼生別離！

浦二田云：詳詩意魏爲名勳之後，才高位下，遠客殊俗，而其年或尚少壯，奢淫易惑，故前半多惜詞，後半多戒詞。

結處說上一層，更有含蓄。

北風

北風破南極，朱鳳日威一作低。垂。浦注：朱鳳借指南方，以朱鳥爲南方宿故。洞庭秋欲雪，神似參軍。鴻雁將安歸？仇注：朱鳳低垂，鴻雁無歸，喻己之流離失所也。十年殺氣盛，六合人烟稀。吾慕漢初老，時清猶茹芝。時清猶隱，況亂世將焉適耶？語意正與上截緊相應。一說：何云：結句自羡其有芝可茹，得以全命亂世，直至時清也。痛語乃曠逸出之。

用比興發端，冒起全意。

幽人

浦注：此亦因流寓失所而思及世外之侶，與昔遊詩同意。

孤雲亦羣遊，奇句。神物有一作所歸。靈鳳在赤霄，何當一來儀。朱注：雲本從龍，必待神物歸之，以況幽人類聚，非其時則不出也。靈鳳赤霄，況幽人之高舉，不可得見也。往與惠詢一作荀。輩，舊注以爲惠遠、許詢。何雲曰：按公逸詩有送惠二過東溪詩云：空谷滯斯人，又云：黃綺未稱臣，與此詩中年滄洲期語正合。詢或其名，未可知也。中年滄洲期。天高無消息，棄我忽若遺。內懼非道流，幽人見瑕疵。洪濤隱笑語，鼓枻蓬萊池。崔嵬扶桑日，照耀珊瑚枝。山海

結處正與內懼非道流二句相應，思欲從幽人而不得也。

三四只寫意，高絕。○李云：雪與雨異，雨則天晴，雪則天明，非細心人體認不到。

經：大荒之中，暘谷上有扶桑，十日所浴，九日居下枝，一日居上枝，皆載烏。**風帆倚翠蓋，**韋誕景福殿賦：龍舟兮翳翠蓋。**暮把東皇衣。**東皇注見十卷。郭璞詩：左把浮邱袖。洪濤以下，仿像其人爲滄洲之遊如此。**嚥漱元和津，**中黃經：但服元和除五穀，必獲寥天得眞籙。注：服元和，謂咽津液也。**所思烟霞微。知名未足稱，局促商山芝。**言爲知名所累，故望商山而局促。**五湖復浩蕩，**五湖，洞庭湖也。**歲暮有餘悲。**

鍾伯敬云：此絕妙遊仙詩，非惟無丹藥瓢笠氣，亦幷無雲霞山澤氣，覺太白語，出之猶濫而易。○同一學仙語，在太白則俊逸清新，在少陵則沈鬱頓挫，自是筆性所至，不可強耳。

舟中夜雪有懷盧十四侍御弟

即前送韋尙書歸覲者。

朔風吹桂水，大雪夜紛紛。暗度南樓月，二句遠景。盧注：柳子厚有長沙驛前南樓感舊詩，當與北渚皆屬近地。**寒深北渚雲。**楚辭：帝子降兮北渚。二句近景。**燭斜初近見，舟重竟無聞。**張云：燭因風斜，乃近見有雪，此雪之始集也；舟上雪厚，則不聞有打篷之聲，此雪之多積也。此雪景人所不能道。**不識山陰道，聽雞更憶君。**暗用鄭風雞鳴風雨意。

自然佳句。

方虛谷云：舟重竟無聞，可謂善言舟中聽雪之景。不識山陰道，熟事翻用便新。

對雪

北雪犯長沙，張溍注：北地多雪，今南方亦然，是北雪來相犯也。胡雲冷萬家。鮑照詩：胡風吹朔雪，千里度龍山。隨風且間葉，謂落葉與雪同飄。帶雨不成花。仇注：雪花有六出，帶雨而溼，故不成。金錯囊垂一作從罄，金錯謂錢，注見十卷。銀壺酒易賒。言不易也。無人竭浮蟻，有待至昏鴉。有酒無朋，此寫對雪淒涼之景。

冬晚送長孫漸舍人歸州

浦注：非峽外之歸州，歸字下疑有脫字。長孫蓋北歸者。

參卿休坐幄，朱注：太白集有宴鄭參卿山池詩。公為劍南節度參謀，今罷，故曰休坐幄。蕩子不歸鄉。古詩：蕩子行不歸，空牀難獨守。南客瀟湘外，西戎鄠杜旁。漢宣帝紀：尤樂鄠杜之間。顏注：鄠屬扶風，杜屬京兆，時吐蕃入寇京畿，故曰鄠杜旁。衰年傾蓋晚，費日繫舟長。會面思來札，銷魂逐去檣。雲晴鷗更舞，風逆雁無行。浦注：雲引鷗飛，去欲同去；風吹

前半惜，後半勉。

雁斷，留者自留。二句卽景寓意。匣裏雌雄劍，吹毛任選將。公詩：騎突劍吹毛。欲舍人及鋒而試也。

暮冬送蘇四郎徯兵曹適桂州

公有別蘇徯赴湖南幕詩，時自幕爲桂州兵曹。

飄飄蘇季子，六印佩何遲？史記：蘇秦爲從約長，佩六國相印。蔡邕釋誨：連衡者六印磊落。早作諸侯客，兼工古體詩。爾賢埋照久，顏延之詩：沈醉似埋照。余病長年悲。盧綰須征日，漢書：高祖使使徵盧綰，綰稱病不行。上怒曰：綰果反。使樊噲擊之。樓蘭要斬時。樓蘭注見六卷。朱注：按史大曆四年十二月，桂州人朱濟時反，容管經略使王翃敗之。盧綰比叛將，樓蘭比諸蠻也。歲陽初盛動，趙注：十二月二陽生而盛矣。王化久磷淄。爲入蒼梧廟，看雲哭九疑。黃希曰：九疑山在道州，徯適桂州，道所從出，卽出瞿唐峽詩同泣舜蒼梧意。

客從

仇注：按史大曆四年，遣御史稅商錢，詩故託珠以諷，見徵斂之慘也。通首寓言，只末句露意。

客從南溟來，遺我泉客珠。述異記：鮫人，卽泉先也，又名泉客。南都賦劉淵林注：俗傳鮫人從水中出，曾寄寓人家，積日賣綃；臨去從主人索器，泣而出珠滿盤，以與主人。珠中有隱字，酉陽雜俎：摩尼珠中有金字偈。欲辨不成書。緘之篋笥久，以俟公家須。開視化爲血，哀今徵斂無。哀無淚化之珠以應公家之徵斂也。

盧德水曰：歌短泣長，情酸味厚。○此詩從珠上想出有隱字，從泉客珠上想出化爲血。珠中隱字比民隱莫知，上之所征皆小民淚點所化；今並無之，痛不忍言矣。

蠶穀行

有慨乎其言之，敍法參差得妙。

天下郡國向萬城，無有一城無甲兵。仇注：大曆三年，商州兵馬使劉洽反，幽州兵馬使朱希彩反。四年，廣州人馮崇道、桂州人朱濟時反。又連年吐蕃入寇。所謂無有一城無甲兵也。焉得鑄甲作農器，一寸荒田牛得耕。牛盡耕，一有田字。蠶亦成；不勞烈士淚滂沱，男穀女絲行復歌。

白鳧行

起語如謠，寓意深惻。

君不見黃鵠高於五尺童，化爲白鳧似老翁。自是五尺童高於黃鵠，化爲老翁似白鳧耳，公詩每有此倒句，朱注非。故畦沈云：末句推開作結，感慨中復能安分。

李云：悲天憫人，託物起興。

（無家）遺穗已蕩盡，天寒（客路）歲一作日。暮波濤中。鱗介腥羶素不食，終日忍饑西復東。魯門鶢鶋亦蹭蹬，聞道於一作如。今猶避風。國語：海鳥曰鶢鶋，止於魯東門外三日。展禽曰：今茲海其有災乎！夫廣川之鳥獸恆知而避其災也。是歲海多大風。朱注：鶢鶋今猶避風，則黃鵠蹭蹬所固然耳，何必以忍飢西東爲戚哉。

朱鳳行

君不見瀟湘之山衡山高，山巔朱鳳聲嗷嗷。劉楨詩：鳳凰集南岳，羞與黃雀羣。側身長顧求其曹，翅垂口噤心甚勞。下愍百鳥在羅網，黃雀最小猶難逃。願分竹實及螻蟻，盡一作忍。趙云：音儘。使鴟鴞相怒號。浦注：黃雀螻蟻，俱喻困斂之窮民，鴟鴞喻剝民之兇人。言但能澤及下民，即逢權奸之怒，亦所不計也。

蔣弱六云：白鳧言其節操之苦，朱鳳言其胸襟之闊。此老豈徒爲大言而已，此中實有學問，有性情；不如是，不足爲千古第一詩人也。

追酬故高蜀州人日見寄 幷序

邵云：小序佳。

因高有東西南北句，更用四

開文書帙中，檢所遺忘，因得故高常侍適往居在成都時，高任蜀州刺史，人日相憶見寄詩。淚灑行間，讀終篇末。自枉詩已十餘年，莫記存沒，又六七年矣。老病懷舊，生意可知！今海內忘形故人，獨漢中王瑀與昭州敬使君超先在。舊唐書：昭州樂平縣屬嶺南道，以昭岡潭爲名。愛而不見，情見乎辭。大曆五年正月二十一日，卻追酬高公此作，因寄王及敬弟。

自枉一作蒙。蜀州人日作，不意淸詩久零落。今晨散帙眼忽開，一作明。迸淚幽吟事如昨。嗚呼壯士多慷慨！謂高蜀州素負氣節。合沓高名動寥廓。歎我悽悽求友篇，二句言高詩中意歎我謂高。感君鬱鬱匡時略。錦里春光空爛漫，二句溯昔瑤池侍臣已冥寞。高終於散騎常侍。瀟湘水國二句傷今傍黿鼉，謂公泊潭州。鄠杜秋天失鵰鶚。謂高歿長安。朱注：高好直言，故方之鵰鶚，公前贈高詩嘗云：鷹隼出風塵。東西南北更

句分疏出，此古人酬和體也。

堪論，白首扁舟病獨存。遙拱北辰纏寇盜，大曆三年四月，吐蕃頻入寇。欲傾東海洗乾坤。邊塞西蕃一作羌。最充斥，左傳：寇盜充斥。衣冠南渡多崩奔。仇注：唐書：至德以後，中原多故，襄鄧百姓，兩京衣冠，盡投江湖，荊南井邑，十倍於初。故借用晉南渡事。鼓瑟至今悲帝子，楚辭：使湘靈鼓瑟兮，令海若舞馮夷。謂身在湘潭也。曳裾何處起漢中覓王門？文章曹植波瀾闊，服食劉安德業尊。古今注：淮南子服食求仙，遍禮方士。長笛鄰家結言昭州仍縮到亂愁思，高上注見十四卷。以秀思嵇、呂比己思高蜀州。昭州詞翰與招魂。末四兩寄漢中，兩寄敬弟，欲得敬詩以招蜀州，如宋玉之招屈原也。

容齋隨筆：古人酬和詩，必答其來意，非若今人爲次韻所局也。觀文選所編何劭、張華、盧諶、劉琨、二陸、三謝諸人贈答可知已。杜集如高適、嚴武、韋迢、郭受，彼此唱酬，層次條答，正如鐘磬在簴，扣之則應，往來反覆，於是乎有餘味矣。

附

人日寄杜二拾遺　高適

人日題詩寄草堂，遙憐故人思故鄉。柳條弄色不忍見，梅花滿枝堪斷腸。

沈云：浮雲斷梗，言之傷心。

李云：前半太史公得意之文，後半亦直敍，如長江出蜀，當看其一往浩瀚。

身在南蕃無所預，心懷百憂復千慮。趙注：肅宗時，適爲李輔國所短，下除太子詹事。未幾蜀亂，出爲彭州刺史，又遷蜀州。二句憂長安經亂也。今年人日空相憶，明年人一作此。日知何處？一臥東山三十春，指杜。豈知書劍老風塵。龍鍾還忝二千石，愧爾東西南北人。

送重表姪王砅力制切。評事使南海朱注：集韻：砅，履石渡水，今作厲。說文引詩深則砅。李勉時爲嶺南節度觀察使，王當奉使入幕。

我之曾老二作祖。姑，爾之高祖母。直起老筆絕奇。爾祖未顯時，歸爲尚書婦。唐書：王珪爲禮部尚書，兼魏王泰師。隋朝大業末，房杜俱交友。唐書：珪始隱居，時與房玄齡、杜如晦善。長者來在門，荒年自餬口。家貧無供給，客位但箕帚。俄頃羞頗珍，寂寥人散後。入怪鬢髮空，吁嗟爲之久。自陳翦髻鬟，市鬻充杯酒。朱注：此暗使陶侃母翦髮具酒食爲侃留客事，以形容之，未必實然也。上云天下亂，宜與英俊厚。向竊窺數公，經綸亦俱有。次問最少年，虬髯十八九。太宗虬髯，見十四卷。

倒出秦王作上下關紐，何等筆力。

通首兩韻到底，與大食刀歌同。

王右仲云：當避亂逃生，而捨己馬以活四

唐書：太宗起義兵，時年十八。子等成大名，皆因此人手。下云風雲合，龍虎一吟吼。願展丈夫雄，得辭兒女醜。李云：眞如鉅鹿之戰，讀之神王。秦王時在座，眞氣驚戶牖。眞氣謂眞人氣象。史稱太宗龍鳳之姿，天日之表。朱注：上云下云，上指客言之，下指主言之也。唐書：珪母李嘗語珪曰：而必貴，但未知所與遊者何如人？而試與偕來。會玄齡、如晦過其家，李窺大驚，勅具酒食，歡盡日。喜曰：二客公輔才，汝貴不疑。西淸詩話：以新書所載，質之是詩，則珪之婦杜，非其母李也。且一婦人識眞主於側微，其事甚偉，史缺而不錄，是詩載之爲悉，世號詩史信矣。容齋隨筆：高祖時，太子建成與秦王相傾，珪爲太子中允，說建成收劉黑闥以立功名。其後楊文幹事起，高祖以兄弟不睦，歸罪珪等而流之。太宗卽位，乃召用，然則珪與太宗非素交明矣。而杜公稱其祖姑事，不應不實，且太宗時宰相別無王姓者，眞不可曉也。按此但當就詩論詩，其中或有傳聞異辭處，蔡說未免信杜太過；至欲據史以駁杜詩之誤，亦可不必也。及乎貞觀初，尚書踐台斗。唐書：貞觀四年二月，珪以黃門侍郎遷侍中，參預朝政。夫人常肩輿，寫來亦自生色上殿稱萬壽。六宮師柔順，法則化妃后。至尊均叔嫂，盛世垂不朽。鳳雛無凡毛，二句牽上搭下五色非爾曹。往者胡作逆，謂祿山。乾坤沸嗷嗷。吾客左馮翊，同州也。天寶末，公避寇同州。按同州卽奉先。爾家同遁逃。爭奪至徒步，避亂事亦寫得淋漓塊獨委蓬

世表叔，王君高行，固自可傳。

廷評下，方敍使南海。

蒿。飛動。逗留熱爾腸，十里卻呼號。謂相去十里，尚反而呼號相救。自下所騎馬，右持腰間刀。左右字錯綜得妙 左牽紫遊韁，飛走使我高。超越如騰空而去也。苟活到今日，寸心銘佩牢。亂離又聚散，宿昔恨滔滔。水花笑白首，公自謂。春草隨青袍。謂王砅。古詩：青袍似春草。廷評近要津，六典注：漢宣帝於廷尉置左右評員四人，魏晉以來，直謂之廷尉評。節制收英髦。節制謂嶺南節度使。北驅漢陽傳，四句承廷評只此爲送行正文 時王必先有事漢陽。傳，傳車也。南汎上瀧音雙。舠。水經注：武溪水又南入重山，謂之瀧中。懸湍回注，崩浪震天，謂之瀧水。瀧水又南出峽謂之瀧口，又南逕曲江縣東。一統志：三瀧水在韶州府昌樂縣西六十里。釋名：船三百斛曰舠。回顧前文 家聲肯墜地，利器當秋毫。言無微不斷也。六句承節制 番輔官切。禺元俱切。親賢領，仇注：李勉乃宗室，故曰親賢。漢書注：番禺尉佗所都，即今廣州府。籌運神功操。大夫出盧宋，舊唐書：自開元四十年，廣府節度使清白者四：裴伷先、李朝隱、宋璟及盧奐。出盧宋，言出其上也。寶貝休脂膏。海賦：積太顛之寶貝。東觀漢記：孔奮守姑臧七年，治有絕跡，或嘲其處脂膏中不能自潤，而奮不改其操。洞主降接武，海胡泊千艘。舊唐書本傳：大曆四年，李勉除廣州刺史，兼嶺南節度觀察使。番禺賊帥馮崇道、桂州叛將朱濟時阻洞爲亂，勉遣將招討悉斬之，五嶺平。先是西

結有超然高舉之想。○因交阯出丹砂，故以遊仙意作結。

李云：語淡而悲，如不欲太多。

域舶泛海至者，歲纔四五，勉性廉潔，舶來都不檢閱，末年至者四十餘。代歸，至石門停舟，悉搜家人所貯南貨犀象之物，投之江中。耆老以爲可繼宋璟、盧奐之後。我欲就丹砂，跋涉覺身勞。安能陷糞土，司馬遷書：隱忍苟活，函糞土之中。有志乘鯨鼇。或驂鸞騰天，聊一作不。作鶴鳴皐。別賦：駕鶴上漢驂，鸞騰天鳴皐。謂贈詩。浦注：言我亦將圖南沖舉，聊以斯篇爲鶴鳴應和之徵耳。

鍾伯敬云：前段不過敘中表戚耳，忽具一部開國大掌故。自往者以下，祇是亂離相依，僕馬瑣悉之務，卻無端委轉折可尋；胸中潦倒，筆下淋漓，非獨詩法之奇，即作一篇極奇文字看亦可。○申鳧盟云：此詩似傳似記，聲律中有此奇觀，更足空人眼界。

清明

著處繁華矜是日，長沙千人萬人出。渡頭翠柳豔明眉，梁元帝詩：柳葉生眉上，珠璫搖鬢垂。唐太宗柳詩：半翠幾眉開。仇注：此言柳映眉，指遊女也。爭道朱蹄驕齧膝。莊子：乘駁馬而偏朱蹄。王褒頌：及至駕齧膝，驂乘旦。應劭曰：馬怒有餘氣，常齧膝而行。此都好遊湘西寺，即岳麓道林二寺。諸將亦自軍中至。馬援征行在眼前，葛強親近同心事。馬援比主帥，葛強比部將。杜臆：諸將出征在邇，正宜同心戮力，乃隨俗嬉遊，不以軍國爲念矣。公所以譏之。金鐙都鄧切。下山紅日晚，見是竟日之遊。牙檣捩柁青樓遠。謂下馬入舟也。樂府美女篇：青樓臨大路。古時喪亂皆可知，人世悲歡暫相遣。弟姪雖存不得書，干戈未息苦離居。逢迎少壯非吾道，況乃今朝是祓除。周禮：女巫掌歲時祓除盟浴。鄭注：如今三月三日上巳往水上之類。趙曰：以唐史氣朔考之，大曆五年三月三日清明，是清明正值上巳，故有今朝是祓除之句。言祓除不祥，本非行樂，蓋歡未畢而悲又繼之矣。

張云：喪亂句本譏諸將，卻以古時推開，便不直遽。

風雨看舟前落花，戲爲新句

江上人家桃樹一作李。枝，春寒細雨出疏籬。便是畫景影遭碧水潛勾引，風妒紅花卻倒吹。吹花困懶一作癩。傍舟楫，水光風力俱相怯。謂既怯勾引，又怯吹也。赤憎輕薄遮人懷，赤憎，猶云生憎，亦方言也。公詩：輕薄桃花逐水流。珍重分明不來接。張溍云：言恐以遮人懷可憎，故遠飛不欲與人相接，說得無知物如有意，甚妙。溼久飛遲半欲高，縈沙惹草細於毛。蜜蜂蝴蝶生情性，偷眼蜻蜓避伯勞。爾雅：鶪，伯

浦云：體物微妙，毫端活潑，不虞老境擅此冶情。○俞犀月云：是落花，是舟前，落花從看中畫出來，故妙。

勞也。物理論：伯勞惡鳥，故衆鳥畏之，性好獨。蜂蝶生情，其意在採花也，又畏忌不敢遽採，摹擬曲盡。

王右仲曰：此詩摹寫物情，一一從舟中靜看得之；都是虛景巧語，本大家所不屑爲者，故云戲爲新句。而纖濃綺麗，遂爲後來詞曲之祖。

王應麟曰：終始任安義，蕭使君之賢可見矣。少陵自注其事，足以砥薄俗。

說到自家，一團眞意激發。

奉贈蕭十二使君

昔在嚴公幕，俱爲蜀使臣。艱危參大府，前後間淸塵。原注：嚴再領成都，余復參幕府。朱注：嚴武初鎮蜀時，蕭嘗參幕府，前後未相値，故云。起草鳴先路，乘槎動要津。謂當事見重。王鳧聊暫出，蕭雉只相馴。蕭雉注見十九卷。詳詩意，蕭蓋先除郞官，以他事貶縣令，旋復入爲郞。終始任安義，漢書：霍去病爲驃騎將軍，大將軍故人門下多去事去病，輒得官，惟任安不去。荒蕪孟母鄰。聯翩匍匐禮，詩：凡民有喪，匍匐救之。謂經紀兩喪也。意氣死生親。原注：嚴公旣沒，老母在堂，使君溫凊之問，甘脆之禮，名數若己之庭闈焉。及太夫人傾逝，喪事又首諸孫，主典撫孤之情，不減骨肉，則膠漆之契可知矣。張老存家事，朱注：晉語：趙文子冠，見張老而語之。左傳：楚子問趙孟曰：范武子之德何如？對曰：夫子之家事治。言蕭使君能存嚴公之家也。嵇康有故人。故人謂山濤，注見本卷。食恩慙鹵莽，鏤骨抱酸辛。巢許

緣起只用帶出。

李云：首段稱崔，次段自敍，三段送別，四段因勉慰之，頭緒亦繁，轉承自合。

山林志，自謂。夔龍廊廟珍。謂蕭。鵬圖仍矯翼，承廊廟句熊軾且移輪。謂蕭今刺郡湖南。磊落衣冠地，承山林句蒼茫土木身。塤篪鳴自合，金石瑩逾新。重憶羅江外，舊唐書：羅江縣屬綿州。公曾送嚴武至綿，想蕭使君亦在。同遊錦水濱。結歡隨過隙，懷舊益霑巾。曠絕含香舍，含香注見十三卷。稽留伏枕辰。停驂雙闕早，自言久斷朝謁。迴雁五湖春。不達長卿病，從來原憲貧。監河受貸粟，一起涸中鱗。結蓋有望於蕭也。莊子：莊周往貸粟於監河侯曰：周昨來有中道而呼者，顧視車轍中有鮒魚焉。周問之，曰：我東海之波臣也，君豈有升斗之水而活我哉。

奉送二十三舅錄事崔偉。之攝郴州 唐書：郴州桂陽郡屬江南西道。

賢良歸盛族，吾舅盡知名。徐庶高交友，蜀志：徐庶與崔州平友善。此蓋以州平比偉也。劉牢出外甥。晉書：桓玄曰：何無忌，劉牢之甥，酷似其舅。言崔之賢，餘蔭能及甥也。泥塗豈珠玉，應知名世說：王武子衛玠之舅，見玠輒歎曰：珠玉在側，覺我形穢。環堵但柴荊。應盛族衰老悲人世，馳驅厭甲兵。氣春江上別，淚血渭陽情。丹鷁排風影，

中四語老成忠告，見朋友相規之義。

林烏反哺聲。東皙補亡詩：嗷嗷林烏，受哺於子。趙曰：此言崔舅侍太夫人以行也。永嘉多北至，晉書：永嘉之亂，元帝渡江，衣冠多自北至。勾漏且南征。用葛洪事。必見公侯復，終聞盜賊平。郴州頗涼冷，橘井尚淒清。蘇耽橘井注見十四卷。兼切奉母意。從事何蠻貊？居官志在行。左傳：當官而行，何強之有。

送魏二十四司直充嶺南掌選崔郎中判官兼寄韋韶州 韋迢也。唐書：高宗上元三年以嶺南五管黔中都督府，得任土人而官。或非才，乃選郎中御史為選補吏，謂之南選。

選曹分五嶺，使者歷三湘。寰宇記：湘潭、湘鄉、湘源，是為三湘。選曹謂崔郎中，使者謂魏司直。才美膺推薦，承一 君行佐紀綱。承二 佳聲期共遠，雅節在周防。明白山濤鑒，晉書：山濤典選十餘年，甄拔人物，各為題目，時稱山公啟事。嫌疑陸賈裝。漢書：高祖使陸賈賜尉佗印為南越王，佗賜賈槖中裝直千金。二句亦屬分承。故人湖外少，春日嶺南長。李云一篇徑渡。憑報韶州牧，新詩昨寄將。

送趙十七明府之縣

連城爲寶重，史記：趙惠王得楚和氏璧，秦昭王請以十五城易之。仇注：此借趙事以方趙令。茂宰得才新。謝脁和伏武昌詩：茂宰深遐睠。山雉迎舟楫，續漢書：魯恭爲中牟令，有馴雉之異。邵云：二句熟事生用法。江花報邑人。江花用潘岳事。論交翻恨晚，臥病卻愁春。惠愛南翁悅，餘波及老身。朱注：趙必官衡潭間，故有末語。

同豆盧峯貽主客李員外賢子棐知字韻

唐書世系表：豆盧姓慕容氏，北人謂歸義爲豆盧，因賜以爲氏。居昌黎棘城。唐志：主客郎中員外各一人，屬禮部。

煉一作練。金歐冶子，吳越春秋：干將與歐冶子採五山之精，合六金之英，煉而爲劍。噴玉大宛兒。二句見惟是父乃有是子也。符采高無敵，曹植七啓：符采照爛。聰明達所爲。二句兼內外說。夢蘭他日應，左傳：鄭文公有賤妾曰燕姑，夢天使與己蘭。既而文公與之蘭而御之，生穆公，名之曰蘭。折桂早年知。用郤詵事。爛漫通經術，光芒刷羽儀。謝庭瞻不遠，謂李員外。

仇云：結出和詩，賓主四人俱見。

仇云：首章見歸雁而切故鄉之思。○詠物詩託興凄婉，並爲絶調。

次章傷歸雁而興漂泊之感。

潘省會於斯。朱注：潘岳秋興賦序：余以太尉掾寓直於散騎之省。公與李皆員外郎，豆盧亦必官省郎，故曰潘省會於斯。唱和將雛曲，晉書樂志：吳歌雜曲有鳳將雛。田翁號鹿皮。自比遯世老人也。

歸雁二首

萬里衡陽雁，今年又北歸。傷人之不歸也。雙雙瞻客上，一一背人飛。雲裏相呼疾，沙邊自宿稀。繫書元浪語，蘇武傳：常惠教漢使者，詭言漢天子射雁上林得武帛書。愁絶故山薇。

欲雪違胡地，溯昔之來。先花別楚雲。言今之去。卻過清渭影，高起洞庭羣。仇注：過清渭，謂來時所經；起洞庭，謂去時所歷。塞北春陰暮，江南日色曛。二句亦屬分貼。傷弓流落羽，行斷不堪聞。

江南逢李龜年

楚詞章句：襄王遷屈原於江南，在江湘之間。明皇雜錄：上素曉音律，樂工李龜年特承恩遇，其後流落江南，每遇良辰勝景，常爲人歌數闋，座客聞之，莫不掩泣罷酒。

邵云：子美七絕，此爲壓卷。

沈云：二語奇而確。

岐王宅裏尋常見，舊唐書：岐王範，睿宗子，好學工書，雅愛文章之士。崔九堂前幾度聞。原注：崔九卽殿中監崔滌，中書令湜之弟。舊書：崔湜弟滌，素與玄宗款密，因爲祕書監，出入禁中。正是一作值。江南好風景，落花時節又逢君。沈確士云：含意未申，有案無斷。○黃白山云：此詩與劍器行同意。今昔盛衰之感，言外黯然，卽使太白少伯操筆，當無以過。乃知公於此體，非不能爲正聲，直不屑耳。

小寒食舟中作

杜臆：歲時記：冬至後一百五日爲寒食，據歷在清明前二日。廣義注：禁火三日，謂至後一百四日五日六日。詩云：佳辰強飮食猶寒；蓋明日清明，始有新火。此小寒食，乃寒食次日也。

佳辰強飮食猶寒，隱几蕭條戴鶡冠。趙注：鶡冠，隱者之冠。袁淑眞隱傳：鶡冠子楚人，衣敝履穿，因服成號，著書言道家事。春水船如天上坐，老年花似霧中看。二句娟娟戲蝶過閒一作開。幔，承花片片輕鷗下急湍。承水以蝶鷗往來自在，反興己欲歸長安而不得也。雲白山青萬餘里，愁看直北是長安。結有遠神。看字複。

燕子來舟中作

李云：情至之篇，感興深厚。

湖南爲客動經春，燕子銜泥兩度新。舊入故園曾識主，（是故交。）如今社日遠看人。燕以春社日來。可憐處處巢君室，古詩：思爲雙飛燕，銜泥巢君室。何異飄飄託此身。（又是同病。）暫語船檣還起去，穿花落一作貼。水益霑巾。末二句似別似戀，見此相憐相識者惟燕而已，此爲客之所以益霑巾也。

盧德水曰：只五十六字，比類連物，茫茫有身世無窮之感，但覺滿紙是淚，公詩能動人若此。

贈韋七贊善

鄉里衣冠不乏賢，杜陵韋曲未央前。爾家最近魁三象，原注：斗魁下兩兩相比爲三台。謂韋世爲三公。時論同歸尺五天。原注：俚語曰：城南韋杜，去天尺五。唐宰相世系表：杜氏宰相十一人，韋氏宰相十四人。北走關山開雨雪，謂送韋至長安。南遊花柳塞雲烟。謂己留潭州。仇注：同此家世，乃有一去一留之不同；用開塞二字，景象便有慘舒之別。洞庭春色悲公子，悲與韋別也。鰕一作鮭。菜忘歸范蠡一作萬里。船。述異記：洞庭湖中有釣洲，昔范蠡扁舟至此，釣於洲上。有一陂，陂中有范蠡魚。時公舟居，故以范

此詩多用偶句，似古亦似排，與橋陵詩同格。此段追溯亂源。敘崔瓘瑕瑜互見，是爲詩史。

蠡船自況，言欲如蠡之長往也。

酬寇十侍御錫見寄四韻復寄寇 寇當以春時會於洞庭，別後有詩見寄。

往別郇瑕地，郇瑕注見前。於今四十年。來簪御史筆，魏略：殿中侍御史簪白筆，側陛而坐。故泊洞庭船。詩憶傷心處，謂憶及四十年前之事。春深把臂前。南瞻按百越，浦注：今兩廣古百越地。黃帽待君偏。寇此行往按百越。言我當於此待君之返也。朱注：黃帽，公自謂也。劉郎浦詩：黃帽青鞋歸去來。舊注引漢書黃頭郎非是。

入衡州 舊唐書：大曆四年七月，以澧州刺史崔瓘爲潭州刺史、湖南都團練觀察使。五年四月，瓘爲兵馬使臧玠所殺，據潭爲亂。湖南將王國良因之而反，時公入衡州避兵。

發端感慨甚遠。兵革自久遠，興衰看帝王。漢儀甚照耀，言朝廷法令著明。胡馬何猖狂。老將一失律，謂哥舒翰失守潼關。清邊生戰場。君臣忍瑕垢，河岳空金湯。重鎮如割據，輕權絕紀綱。輕權慨制馭之無術也。軍州體不一，寬猛性所將。朱注：言爲政寬猛，各隨其性。二句當屬起下，崔未免以嚴致禍也。嗟彼苦

張上若云：恕己二字最妙，蓋清謹人自視無愧，多率意而行，往往致亂。

此段敍臧玠之亂。

此言自潭避難。

節士，謂崔瓘。素於圓鑿方。圓鑿方枘見十三卷。圓鑿而方之，見其矯俗爲治也。寡妻從爲郡，仇注：詩：刑于寡妻。謂無姬妾之好。兀者安堵牆。莊子：王駘兀者也。兀刖足。安堵牆，見恩及無告。二句言其約己仁民。凋弊惜邦本，哀矜存事常。旄麾非其任，府庫實過防。恕己獨在此，多憂增內傷。多憂，謂竭慮以防府庫。偏裨限酒肉，卒伍單衣裳。元惡迷是似，元惡謂臧玠。迷是似，言借鈌餉以惑衆聽。聚謀洩康莊。竟流帳下血，大降湖南殃。烈火發中夜，高烟燋上蒼。至今分粟帛，殺氣吹沅湘。福善理顛倒，明徵天莽茫。舊唐書：瓘以士行聞，莅職清謹，遷潭州刺史。政在簡肅，恭守禮法，將吏自經時艱，久不奉法，多不便之。五年四月，會月給糧儲，兵馬使臧玠與判官達奚覯忿爭，覯曰：今幸無事。玠曰：有事何逃！厲色而去。是夜玠遂搆亂犯州城，以殺覯爲名，瓘惶遽走，逢玠兵至，遂遇害。銷魂避飛鏑，累足穿豺狼。漢書：累足脅息。隱忍枳棘刺，遷延胝胼瘡。胝胼瘡，足胝胼而成瘡也。遠歸兒侍側，猶乳女在旁。久客倖脫免，暮年慚激昂。恨不能討賊也。蕭條向水陸，汨沒隨漁商。敍事中又插入感慨。報主身已老，入朝病見妨。悠悠委薄俗，鬱鬱回剛腸。稽康絕交書：剛腸疾惡。參錯走洲渚，春容轉林篁。片帆左郴岸，先插郴州一句朱注：郴岸，郴水之岸也。九域志：郴州西北至衡州界一百三十七里，則郴在衡之東南，故曰左郴岸。通郭前衡陽。唐書：衡州倚郭爲衡陽縣。華表雲鳥陣，說文：亭，郵表。徐曰：表雙立爲桓。今郵亭立木交於其端，或謂之華表。公詩：共說總戎雲鳥陣。言華表之旁，皆列雲鳥之陣也。名園花草香。旗亭壯邑屋，西京賦：旗亭五里，俯察百隧。注：旗亭，市樓也。烽櫓蟠城隍。櫓，城上守望樓。烽櫓，設烽燧於樓櫓也。隍，城下濠。中有古刺史，時陽濟爲衡州刺史兼御史中丞。盛才冠巖廊。扶顛待柱石，獨坐飛風霜。後漢書：光武特詔御史中丞與司隸校尉、尚書令會同，並專席而坐，京師號三獨坐。昨者問瓊樹，古詩：安得瓊樹枝，以解長渴飢。又世說：毛曾與夏侯玄並坐，時人謂蒹葭倚玉樹。言已得侍刺史如問瓊樹然。高談隨羽觴。逸詩：羽觴隨波。謂如鳥羽之輕也。無論再繾綣，已是安蒼黃。劇孟七國畏，漢書：劇孟以俠顯，七國反時，條侯乘傳東將，至河南得之，隱若一敵國。馬卿四賦良。司馬相如傳載子虛上林哀二世及大人四賦。門闌蘇生在，原注：蘇生侍御渙。按：蘇亦必自潭奔衡。勇銳白起強。仇注：蘇渙少喜剽盜，善用白弩，故以劇孟、白起比之。又公稱其詩突過黃初，故以馬卿四賦比之。問

此段敘入衡州。

此因贊助得人，而勸刺史討賊。

此段言己欲往郴依舅氏，末句仍合到衡州。

罪富形勢，朱注：唐書：時澧州刺史楊子琳，道州刺史裴虬，衡州刺史陽濟，各出兵討賊，故云。凱歌懸否臧。易：師出以律，否臧凶。謂宜示順逆之義。氛埃期必掃，蚊蚋焉能當？橘井舊地宅，仙山引舟航。橘井詳十四卷。後漢志注：郴縣南數里有馬嶺山，山有仙人蘇耽壇。元和郡縣志：蘇耽舊宅在郴州東半里，俯臨城，餘迹猶存。此行怨暑雨，厥土聞清涼。諸舅剖符近，諸舅謂崔偉，時攝郴州，公將往依焉。開緘書札光。頻煩命屢及，磊落字百行。江總外家養，陳書：江總七歲而孤，依於外氏。謝安乘興長。晉書：謝安寓會稽，出則漁弋山水，入則言詠屬文，無處世意。下流匪珠玉，珠玉注見前。擇木羞鸞凰。鳳凰非梧桐不棲。言避地有同擇木，但愧非鸞凰耳。我師嵇叔夜，晉書：嵇康性懶，有不堪者七。世賢張子房。原注：彼掾張勸。通鑑：德宗建中中，以張勸爲陝、虢節度使。挽結有力。柴荊寄樂土，鵬路觀翱翔。樂土即郴州。言將寄居郴土，以觀衡守之討賊立功，翱翔鵬路也。

白馬　仇注：此爲潭州之亂死於戰鬬者，記其事以哀之。

白馬東北來，空鞍貫雙箭。可憐馬上郎，意氣今誰見？近時主將戮，中夜傷於戰。崔瓘時爲臧玠所殺。喪亂死多門，嗚呼淚如霰！仇滄柱云：喪亂死多門一語極慘：或死於寇賊，或死於官兵，或死於賦役，或死於飢餓，或死於流離奔竄，非身歷患難者不知。

舟中苦熱遣懷，奉呈陽中丞，通簡臺省諸公陽中丞即陽濟。此詩仇注強分四段，其曰鹵莽增憤，以此呈楊澧州，得毋慮面謾耶。蔣云：觀驅馳數公子句，臺省諸公疑指中丞僚屬，如崔侍御即其一也。

愧爲湖外客，看此戎馬亂。中夜混黎甿，脫身亦奔竄。平生方寸心，謂崔瓘眞心爲民。反當帳下難。嗚呼殺賢良，不叱白刃散。言無人起而救之者。吾非丈夫特，詩：百夫之特。沒齒埋冰炭。何承天詩：冰炭結六府，憂虞纏胸中。言終身抱不平之氣。恥以風病辭，胡然泊湘岸。言不肯以老病引身事外，何竟一無所置力耶。入舟雖苦熱，垢膩可漑灌。痛彼道邊人，形骸改昏旦。謂遇亂而死者。四句又作自慰之詞。中丞連帥職，禮記：十國以爲連，連有帥。封內權得按。身當問罪先，縣實諸侯半。謂南中軍州，半屬所轄。

何云：起筆義例森然，言己無討賊之權，則已耳，臺省諸公，豈可坐視。

此段舟中苦熱遣懷。

蔣云：呈陽有責重，有期望，有鼓舞，有激發，卻俱含得有嗟歎在內。此段奉呈楊中丞。

此段通簡臺省諸公。

結復總加激勉，仍應苦熱意。

士卒既輯睦，啓行促精悍。似聞上游兵，鶴注：謂裴道州也。道州在潭州之西，乃湘水上流。稍逼長沙館。鄰好彼克修，天機自明斷。句仍指陽。言當決意討賊。南圖卷雲水，北拱戴霄漢。美名光史臣，（極意鼓動）長策何壯觀。朱注：南圖北拱，言連帥問罪之師，將南靖湖湘而北尊天子也。驅馳數公子，咸願同伐叛。聲節哀有餘，夫何激衰懦。叶煖去聲，奴亂切。張溍注：言諸公討賊，風聲節槩，哀痛有餘，使我衰懦之人，亦爲感激也。偏裨表三上，鹵莽同一貫。朱注：當時藩鎮有事，俱用偏裨上表，假衆論以脅制朝廷。通鑑：楊子琳起兵討玠，取賂而還。時蓋用此以請釋玠罪。浦注：以上表歸於偏裨，雖不斥言子琳，然曰鹵莽同一貫，詞亦微而彰矣。始謀誰其間，謂始約同討賊，中有間言。回首增憤惋。宗英李端公，舊注以爲李勉時在廣州。守職甚昭煥。變通迫脅地，謀畫焉得算？言果能於賊黨逼迫要挾之地而變通出奇，彼逆謀豈能困之耶。蓋欲陽約李以立功也。王室不肯微，凶徒略無憚。（張云：此欲其決計勦賊以振國威，透頂議論。）此流須卒斬，詩：國既卒斬。神器資強幹。扣寂豁煩襟，文賦：扣寂寞而求音。扣寂謂賦詩也。皇天照嗟歎！

王西樵云：此便可作脩學記。先言世亂文教不脩。

蘇氏父子好論兵，杜公傷時撓弱，一則曰：京觀且僵尸，再則曰：國須行戰伐，此復曰：此流須卒斬，神器資強幹，意亦近之，非書生迂闊之見。

江閣對雨，有懷行營裴二端公 朱注：裴虬與討臧玠之亂，故有行營。

南紀風濤壯，陰晴屢不分。野流行地日，江入度山雲。趙汸曰：流潦滿道，日照其中，雨過而晴也。度山之雲，下與江接，晴而又雨也。皆陰晴不分之景。層閣憑雷殷，長空面水文。一作紋。梁元帝詩：風送水文長。雨來銅柱北，應洗伏波軍。洗兵雨出說苑，注見五卷。

題衡山縣文宣王廟新學堂呈陸宰 唐書：衡山縣屬衡州。唐禮樂志：開元二十七年，謚孔子文宣王。

旄頭彗紫微，旄頭注見十八卷。廣韻：彗，掃也。謂安史之亂。無復俎豆事。金甲相排蕩，謂武夫放恣。青衿一憔悴。嗚呼已十年，儒服弊於地。征夫不遑息，學者淪素志！我行洞庭野，欻得文翁肆。水經注：文翁爲蜀守，立講堂，作石室於南城。朱注：肆卽書肆、講肆之肆。侁侁胄子行，招魂：往來侁侁。注：衆貌。若舞風

此言喜見衡山脩文廟，有合盛朝重道之義。

此段言文教可銷戰爭，詳言修文廟之實。

此段言己於盛舉不可略，必記之以傳後。

蔣云：興盡本韻，可見古詩通韻者多而不出韻，卽別爲一體。

雩至。周室宜中興，孔門未應棄。此一篇微意所在。是以資雅才，渙然立新意。衡山雖小邑，首唱恢大義。仇注：劉歆移太常書：七十子終而大義乖。此當卽指建學。因見縣尹心，根源舊宮閟。言知為治之要。詩：閟宮有侐。講堂非曩構，大屋加塗墍。書注：塗墍，泥飾也。下可容萬一作百。人，牆隅亦深邃。何必三千徒，始壓戎馬氣。林木在庭戶，密幹疊蒼翠。有井朱夏時，轆轤凍階戺。音仕。廣韻：轆轤，圓轉木，用以汲水。梁簡文帝詩：銀牀繫轆轤。耳聞讀書聲，殺伐災髣髴。叶方味切。浦注：髣髴，謂一聞書聲而殺氣漸衰息也。上六見堂宇寬深，下六見堂前幽勝。故國延歸望，衰顏減愁思。南紀改波瀾，西河共風味。史記：子夏居西河教授，為魏文侯師。索隱：劉氏云：同州河西縣有子夏石室講堂。采詩倦跋涉，載筆尚可記。高歌激宇宙，凡百慎失墜！結復十分唱歎。

聶耒陽以僕阻水，書致酒肉，療饑荒江，詩得代懷，興盡本韻，至縣呈聶令。浦注：題當止此，下疑小注，原文特以注明阻水之處耳。陸路去方田驛四十里，謂自衡州來此。方田驛在耒陽。舟行一日，時屬江漲，泊於方田唐書：耒陽縣屬衡州。元和郡國志：因耒水在縣東爲名，西北至衡州一百七十里。鶴注：郴州與耒陽皆在衡州東南，衡至郴四百餘里，郴水入衡。公欲往郴依舅氏，其至方田也，蓋泝郴水而上，故曰：方行郴岸靜。

耒陽馳尺素，見訪荒江渺。義士烈女家，義士謂聶政，烈女政姊嫈也。事見戰國策。風流吾賢紹。昨見狄相孫，浦注：公在夔有寄狄明府博濟詩，云梁公曾孫，或即此人。許公人倫表。狄公嘗推許聶令。前朝翰林後，趙注：聶祖父必嘗爲翰林。屈跡縣邑小。先稱聶令知我礙湍濤，半旬獲浩溔。以沼切。上林賦：浩溔潢漾。注：皆水無際貌。麾下殺元戎，湖邊有飛旐。謂崔瓘之喪。孤舟增鬱鬱，僻路殊悄悄。側驚猿猱捷，仰羨鸛鶴矯。禮過宰肥羊，詩：既有肥羜。爾雅：羜未成羊。愁當置清醥。曹植酒賦：其味有宜城醪醴，蒼梧醥清。人非西喻蜀，司馬相如有喻巴蜀檄。注詳十卷。興在北坑趙。次。敍。阻。亦。致。饒史記：白起破趙，坑其降卒四十萬人。朱注：言臧玠之徒，非可檄喻，必盡誅之乃快也。方行郴岸靜，即指方田驛。未話長沙擾。崔師乞已至，澧卒用矜少。原注：聞崔侍御潩乞師於洪府，師已至袁州北，楊中丞琳問罪將士，自澧上達長沙。仇注：子琳取賂於臧玠，矜少亦屬微詞。問罪消息眞，開顏憩亭沼。末幅以慰令也 黃鶴云：二史皆言公卒於耒陽，謝聶令詩云興盡本韻，又且宿方田驛；若果以飫死，豈能爲是長篇，復游憩亭沼，以詩證之，其誣明矣。

過洞庭湖

集外詩，見吳若本。洪玉甫云：有人得之江中石刻。仇注：此當是耒陽回棹，重過洞庭而作。

蛟室圍青草，名勝志：洞庭君山有八景，一曰射蛟浦，漢武帝登是射蛟因名。龍堆隱白沙。一統志：金沙洲在洞庭湖中，一名龍堆。青草湖白沙驛注俱見十九卷。護堤盤古木，迎櫂舞神鴉。岳陽風土記：巴陵鴉甚多，土人謂之神鴉，無敢弋者。破浪南風正，回檣一作收帆。畏日斜。左傳注：夏日可畏。湖光與天遠，直欲泛仙槎。

暮秋將歸秦，留別湖南幕府親友

水闊蒼梧野，天高白帝秋。顧注：白帝司秋，蓋言暮秋時令，與白帝城無涉。途窮那免哭，身老不禁愁。大府才能會，通鑑注：唐時巡屬諸州以節度使府爲大府，亦謂之會府。諸公德業優。北歸衝雨雪，誰憫敝貂裘？

李云：渾樸有初唐氣味。

張惕菴云：此亦杜集大文章，曾子易簀之詞，留守渡河之志。

長沙送李十一 銜

與子避地西康州，洞庭相逢十二秋。西康州即同谷縣。公以乾元二年冬寓同谷，至大曆五年爲十二秋。遠愧尙方曾賜履，竟非吾土倦登樓。登樓賦：雖信美而非吾土兮。仇注：郎官遙受，不如賜履入朝；南楚浪遊，有似登樓寄慨。二句乃敍十二年來行蹤。久存膠漆應難並，一辱泥塗遂晚收。上句言李氣誼過人，下句言己窮老莫振。李杜齊名眞忝竊，後漢黨錮傳：杜密與李膺俱坐，而名行相次，故時人亦稱李杜。注：前有李固杜喬，故言亦也。朔雲寒菊倍離憂。朱瀚曰：別景別情，一語盡之。

風疾舟中，伏枕書懷三十六韻，奉呈湖南親友

發端奇警。軒轅休製律，虞舜罷彈琴。尙錯雄鳴管，漢志：伶倫製十二筩以聽鳳鳴，其雄鳴六，雌鳴亦六。猶傷半死心。七發：龍門之桐，高百尺而無枝，其根半死半生。句謂半死之桐，終覺乖戾失和，乃借琴以喻己。浦注：言軒律虞琴，本以調八風而應薰風者，乃今此之風，足以致疾，必其有管錯心傷處也。聖賢名古邈，音莫。聖賢即指上軒舜。羈旅病年侵。舟泊常依震，浦注：時必在洞庭之東偏。易曰：震，東方也。湖平早

張上若云：首段言因風致疾，遂述淹留楚方之苦。

見參。參西方七宿之一，冬月昏見南方。如聞馬融笛，馬融長笛賦序：有洛客舍逆旅吹笛，融去京師踰年，暫聞甚悲。又賦中云：正瀏漂以風列。若倚仲宣襟。王仲宣登樓賦：向北風而開襟。馬融王粲皆異地思鄉者，兼貼風疾意。故國悲寒望，羣雲慘歲陰。水鄉霾白屋，楓岸疊一作叠。青岑。鬱鬱冬炎瘴，濛濛雨滯淫。岳陽風土記：岳州地極熱，十月猶單衣或搖扇，震雷暴雨，如中州六七月間。鼓迎非祭鬼，謂多淫祀也。風土記：荆湖民俗禱祠，多擊鼓令男女踏歌，謂之歌場。彈落似鴞禽。鵩似鴞，不祥鳥也。仇注：上二言氣候之殊，下二言風土之異。興盡纔無悶，愁來遽不禁。生涯相汨沒，時物正一作自。蕭森。疑惑樽中弩，風俗通：應彬為汲令，請主簿杜宣飲酒，北壁上懸赤弩，照於杯中影如蛇，宣惡之，及飲得疾。後彬知之，延宣於舊處設酒，因謂宣曰：此乃弩影耳。宣病遂瘳。亦言疑畏多端，不但指多病。淹留冠上簪。冠上簪，謂朝簪。公久臥疾，未得歸朝，故曰淹留也。牽裾驚魏帝，用辛毗事，注見八卷。投閣為劉歆。投閣注見二卷。朱注：按子雲被收，本為劉歆子棻獄辭連及，今曰為劉歆，蓋借用耳。二句言己因救房琯得罪。狂走終奚適，朱浮責彭寵書：伯通獨中風狂走。微才謝所入親友欽。謂己貧如此，而親友尚知相敬也。所欽當屬自言，舊注非是。吾安藜不糝，汝貴玉為琛。晉書：太守馬岌造宋纖不得見，銘於壁曰：其人如玉，為

二段敘己仕宦蹭蹬幷及年來窘困之狀。

國之琛。烏几重重縛，鶉衣寸寸針。哀傷同庾信，庾信有哀江南賦。述作異陳琳。言不能草檄討賊。十暑岷山葛，浦注：自乾元二年入蜀，至大曆三年出峽爲十暑。三霜楚戶砧。自三年至今五年爲三霜。史記：楚雖三戶，亡秦必楚。叨陪錦帳坐，謂曾爲郎官。久放白頭吟。反樸時難遇，忘機陸易沉。莊子：與世違而心不屑與之，俱是陸沉者也。郭象曰：人中隱者，譬無水而沉也。應過數粒食，鷦鷯賦：巢林不過一枝，每食不過數粒。得近四知金？後漢書：王密懷金遺楊震曰：暮夜無知者。震曰：天知地知，子知我知，何謂無知。遂不受。言己所食過於鷦鷯，而囊空無復餽金者。四知事借用，亦寓非分不取意。春草封歸恨，源花費獨尋。二句又合入舟前景轉蓬憂悄悄，行藥病涔涔。鮑照有行藥至城東橋詩，注：因病服藥，行以宣導之。漢書：霍光夫人顯使女醫淳于衍投毒藥以飲許后，有頃，曰：我頭涔涔也，藥得無有毒乎。瘞夭追潘岳，潘岳西征賦：夭赤子於新安，坎路側而瘞之。時必有悼殤事。持危覓鄧林。借對謂老行須杖也。山海經：夸父與日逐走，道渴死，棄其杖，化爲鄧林。蹉跎翻學步，謂拙於逢世。莊子：壽陵餘子學行於邯鄲，失其故步，直匍匐而歸耳。感激在知音。映重親友卻假蘇張舌，高誇周宋鐔。音尋。莊子：天子之劍，以燕谿石城爲鋒，齊岱爲鍔，晉衛爲脊，周宋爲鐔，韓魏爲鋏。說文：鐔，劍鼻也。納流迷浩汗，峻址一作趾。得嶔

三段言己狂言高論，得親友大度包容，而欲其鑒己之朴誠也。

末段言兵戈尙亂，而己漂泊無定，家業既荒，丹訣難學，爲可悲也。

岑。納流、峻址，言諸公能包容而合小以成大也。二句卽泰山不讓土壤，故能成其高；河海不擇細流，故能就其深意。城府開淸旭，松筠一作篁。起碧潯。朱注：城府、松筠，幕府所在也。披顏爭倩倩，倩倩，笑容也。詩：巧笑倩兮。逸足競駸駸。詩：載驟駸駸。二句言望其顏色者，皆爭往而歸之。朗鑒存愚直，愚直，公自謂。皇天實照臨。公孫仍恃險，侯景未生擒。浦注：如北邊藩鎭、近地叛將皆是。書信中原闊，干戈北斗深。是年冬十一月，吐蕃復寇靈州。畏人千里井，金陵記：南朝計吏止於傳舍，將去，以剉馬草瀉井中，謂無再過矣。不久復至，汲飲，遂爲昔時之剉刺喉而死。故後人戒曰：千里井，不瀉剉。諺又云：千里井，不反唾。唾乃剉字之訛也。問俗九州箴。左傳：虞人之箴曰：芒芒禹跡，畫爲九州。揚雄傳贊：箴莫善於虞箴，作州箴。二句言投足多艱也。戰血流依舊，軍聲動至今。葛洪尸定解，言將客死也。晉中興書：葛洪止羅浮山中煉丹，忽與廣州刺史鄧岱書云：當欲遠行。岱得書狼狽而往，洪已亡，時年八十一，顏色如平生。擧尸入棺，其輕如空衣，時咸以爲尸解得仙。許靖力還一作難。任。指親友。蜀許靖傳：靖走交州，身坐岸邊，先載附從，疏親悉發，乃從後去。陳國袁徽與荀彧書曰：許文休自流宕以來，每有患難，常先人後己，與九族中外，同其饑寒。家事丹砂訣，家事承許靖句，丹砂承葛洪句。無成涕作霖。

仇滄柱云：此詩作於耒陽阻水之後，公之不隕於牛肉白酒明矣。其云：葛洪尸定解，蓋亦自知不久將沒也。編詩者當以此章爲絕筆。〇陸放翁臨終示兒詩云：王師北定中原日，家祭毋忘告乃翁。務觀生平學杜，其忠愛乃有嗣音。

附考定僞詩二首 俱集外詩。

巴西驛亭觀江漲呈竇使君第二首 見郭知達、黃鶴本。

轉驚波作惡，一作怒。卽恐岸隨流。賴有杯中物，還同海上鷗。關心小剡縣，一統志：剡縣今紹興府嵊縣。傍眼見揚州。顧注：公素有東遊之興，故及之。爲接情人飲，朝來減片愁。

此詩詞旨纖仄，斷非公筆。

逃難 見陳浩然本，又見文苑英華。

五十白頭翁，南北逃世難。疏布纏枯骨，奔走苦不暖。已衰病方入，四海一塗炭。乾坤萬里內，莫見容身畔。妻孥復隨我，回首共悲歎。故國莽邱

邵云：凡淺。定是贋作。

墟，鄰里各分散。歸路從此迷，涕盡湘江岸。

他集互見四首

哭長孫侍御 見郭知達、黃鶴本。中興間氣集載杜誦作。

道爲詩書重，名因賦頌雄。禮闈曾擢桂，用郄詵事。任昉集：出入禮闈，朝夕舊館。注：禮闈，尚書省也。此謂唐以禮部掌貢舉。憲府近乘驄。流水生涯盡，浮雲世事空。惟餘舊臺柏，蕭瑟九原中。

虢國夫人 見草堂逸詩，亦見張祜集。

虢國夫人承主恩，平明騎馬入宮一作金。門。明皇雜錄：虢國夫人出入禁中，常乘紫驄，使小黃門爲御。紫驄之駿健，黃門之端秀，皆冠絕一時。卻嫌脂粉涴烏臥切。與污同。顏色，淡掃蛾眉朝至尊。

軍中醉歌寄沈八劉叟 見草堂逸詩，文苑英華載暢當作。潘子眞詩話：山谷在蜀，見石刻有唐人詩，以老杜酒渴愛江淸爲韻，人各賦一詩。

詩自佳，然非杜作。

酒渴愛江清，餘酣漱晚汀。奇語 軟沙欹坐穩，冷石醉眠醒。野膳隨行帳，華音發從伶。數杯君不見，都已遣沈冥。盧注：因座中不見兩君，故數杯便覺沈冥也。

亦是倒格。

杜鵑行

見陳浩然本，亦見黃鶴本。文苑英華載司空曙作。

古時杜宇稱望帝，魂作杜鵑何微細。跳枝竄葉樹木中，搶翔一作伴。瞥捩雌隨雄。搶，飛掠也。瞥捩，言正飛而忽見其回折也。毛衣慘黑貌憔悴，衆鳥安肯相尊崇。隳形不敢棲華屋，短翮惟願巢深叢。穿皮啄朽嘴欲禿，苦饑始得食一蟲。誰云養雛不自哺，此語亦足爲愚蒙。音聲咽咽如有謂，啼號略與嬰兒同。口乾垂血轉迫促，似欲上訴於蒼穹。蜀人聞之皆起立，至今相效傳遺風。迺知變化不可窮。豈知昔日居深宮，嬪嬙左右如花紅。末歎世俗之傳訛也。

李子德云：此詩多與公相翻駁，當是司空曙作。

讀書堂杜工部文集註解卷之一

滏陽張　溍上若評註

天狗賦

幷序。○原註：年譜云：按玄宗天寶六載，詔天下有一藝者赴京。公應詔退下，留京師。是年十月，上幸華清宮，公因至獸坊，作天狗賦。又按長安東驪山有溫泉水，浴可愈疾。初，秦始皇砌石起室，漢武帝又加修飾。唐貞觀間建湯泉宮，咸亨間改溫泉宮，天寶六載改華清宮，又築羅城置百司及十宅，每歲十月上巡幸焉。

天寶中，上冬幸華清宮。甫因至獸坊，怪天狗院列在諸獸院之上。胡人云：此其獸猛健，無與比者。甫壯而賦之，尙恨其與凡獸相近。

澹華清之莘莘漠漠，而山殿戍削。縹與天風，崛乎迴薄。上揚雲旓兮，下列猛獸。夫何天狗嶙峋兮，氣獨神秀！色似狻猊，小如猿狖。忽不樂雖萬夫不敢前兮，非胡人焉能知其去就。向若鐵柱欹而金鎖斷兮，事未可救。

瞀流沙而歸月窟兮，天狗來自西域，即西旅貢獒之類，故以流沙、月窟言之。斯豈踰晝？日食君之鮮肥兮，性剛簡而淸瘦。敏於一擲，威解兩鬬。終無自私，必不虛透。嘗觀乎副君暇豫，奉命於畋。則蚩尤之倫，已脚渭戟涇，提挈邱陵，與南山周旋。而慢圍者戮，實禽有所穿。伊鷹隼之不制兮，呵犬豹以相纏。蹙乾坤之翕習兮，望麋鹿而飄然。由是天狗捷來，發自於左。頓六軍之蒼黃兮，劈萬馬以超過。材官未及唱，野虞未及和。冏髇矢與流星兮，髇矢，鳴鏑也。圍要害而俱破。洎千蹄之迸集兮，始拗怒以相賀。眞雄姿之自異兮，已歷塊而高臥。不愛力以許人兮，能絕甘以爲大。音馱。旣而羣有噉咋，勢爭割據。垂小亡而大傷兮，翻投跡以來預。劃雷殷而有聲兮，紛膽破而何遽？似爪牙之便禿兮，無魂魄以自助。各弭耳低徊，閉目而去。朱云：以上皆敍馳獵之事。每歲，天子騎白日，御東山。百獸跋蹌以皆從兮，四猛仡銛銳乎其間。夫靈物固不合多兮，胡役役隨此輩而往還？惟昔西域之遠致兮，聖人爲之豁迎風，虛露寒。迎風露寒二殿名。體蒼螭，軋金盤。初一顧而雄材稱是兮，召羣公與之俱觀。宜其立閶闔而吼紫微兮，卻妖孽而不得上干。時駐君之玉輦兮，近奉君之渥歡。使昊處而誰何兮，昊，犬視貌。他本作臭非。備周垣而辛酸。彼用事之意然兮，匪至尊之賞闌。用事，謂養獸職事之人意則如此，非上不加賞也。仰千門之崚嶒兮，覺行路之艱難。懼精爽之衰落兮，驚歲月之忽殫。顧同儕之甚少兮，混非類以摧殘。偶快意於校獵兮，尤見疑於蹻捷。此乃獨步受之於天兮，孰知羣材之所不接。且置身之暴露兮，遭縱觀之稠疊。俗眼空多，生涯未愜。吾君儻憶耳尖之有長毛兮，寧久被斯人終日馴狎已！

進鵰賦表　原註：年譜云：天寶九載，公在京師嘗進雕賦，在進三大禮賦之先。

臣甫言：臣之近代陵夷，公侯之貴磨滅，鼎銘之勳，不復照曜於明時。自先君恕、預以降，奉儒守官，未墜素業矣。亡祖故尚書膳部員外郎先臣審言，修文於中宗之朝，高視於藏書之府。故天下學士，到於今而師之。臣幸賴先臣緒業，自七歲所綴詩筆，向四十載矣，約千有餘篇。今賈馬之徒，得排金門、上玉堂者甚衆矣。惟臣衣不蓋體，常寄食於人。奔走不暇，只恐轉死溝壑，安敢望仕進乎？伏惟天子哀憐之！明主儻使執先祖之故事，拔泥塗之久辱，則臣之述作，雖不足以鼓吹六經，先鳴數子，至於沉鬱頓挫，隨時敏捷，而揚雄、枚皋之流，庶可跂及也。有臣如此，陛下其舍諸？公每自負，有東方生之恢諧。

伏惟明主哀憐之，無令役役便至於衰老也！臣甫誠惶誠恐，頓首頓首，死罪死罪。臣以為雕者，鷙鳥之殊特，搏擊而不可當。豈但壯觀於旌門，發狂於原隰。引以為類，是大臣正色立朝之義也。臣竊重其有英雄之姿，故作此賦，實望以此達於聖聰矣。不揆蕪淺，謹投延恩匭，進表獻賦以聞。謹言。

古茂雅令，逼眞漢文。至其立言有致，令人千載下想其風流。

鵰賦

當九秋之淒清，見一鶚之直上。以雄材爲己任，橫殺氣而獨往。梢梢勁翮，肅肅逸響。杳不可追，俊無留賞。彼何鄉之性命，碎今日之指掌。伊鷙鳥之累百，（鷙鳥累百，不如一鶚。）敢同年而爭長！此鵰之大略也。若乃虞人之所得也，必以氣稟玄冥，陰乘甲子。河海蕩潏，風雲亂起。雪沍山陰，冰纏樹死。迷向背於八極，絕飛走於萬里。朝無以充腸，夕違其所止。頗愁呼而蹭蹬，信求食而依倚。用此時而椓杙，待弋者而綱紀。表狎羽而潛窺，順雄姿之所擬。欻捷來於森木，固先繫於利觜。（謂以囮誘之。）解騰攫而竦神，開網羅而有喜。獻令（朱本作禽。）之課，數備而已。及乎閩（朱本作司。）隸受之也，則擇其清質，列在周垣。揮拘攣之掣曳，挫豪梗之飛飆。（謂條鏇以馴之。）識畋遊之所使，登馬上而孤騫。然後綴以珠飾，呈於至尊。摶風槍纍，用壯旌門。乘輿或幸別館，獵平原。寒蕪空闊，霜仗喧繁。觀其夾翠華而上下，卷毛血之崩奔。隨意氣而電落，引塵沙而晝昏。寫俊鶻之獵入神。豁堵牆之榮觀，棄功效而不論。斯亦足重也！至如千年孽狐，三窟狡兔。恃古冢之荊棘，飽荒城之霜露。迴惑我往來，趦趄我場圃。雖有青骹帶角，白鼻如瓠。蹙奔蹄而俯臨，飛迅翼而遐寓。而料全於果，見迫寧遽。屢攬之而穎脫，便有若於神助。是以曉哮其音，颯爽其慮。續下鞲而繚繞，尙投跡而容與。奮威逐北，施巧無據。方蹉跎而就擒，亦造次而難去。一奇卒獲，百勝昭著。夙昔多端，蕭條何處？斯又足稱也。爾其鶬鴰鳵鶂之倫，莫益於物，空生此身。聯拳拾穗，長大如人。肉多奚有，味乃不珍。輕鷹隼而自若，託鴻鵠而爲鄰。彼壯夫之慷慨，假強敵而逡巡。拉先鳴之異者，及將起而復臻。忽隔天路，終辭水濱。寧掩羣而盡取，且快意而驚新。此又一時之俊也。夫其降精於金，（金天殺氣。）立骨如鐵。（爪剛如鐵。）目通於腦，筋入於節。（佳句。）架軒楹之上，純漆光芒；掣梁棟之間，寒風凜冽。雖趾蹻千變，林嶺萬穴。擊叢薄之不開，突杈枒而皆折。此又有觸邪之義也。久而服勤，是可吁畏。必使烏攫之黨，罷鈔盜而潛飛；梟怪之羣，想英靈而虛墜。豈非（豈非，朱本作豈比乎。）虛陳其力，叨竊其位。等摩天而自安，與槍榆而無事者矣。故不見其用也，則晨飛絕壑，暮起長汀。來雖自負，去若無形。置巢巇嵲，養子青冥。倏爾年歲，茫然闕庭。莫試鉤爪，空迴斗星。

衆雛儻割鮮於金殿，此鳥已將老於巖扃！卒傷此鳥之不得見試，蓋以自喻，寓意可感。

始終借鵰自喻。公後爲拾遺，丰裁可以想見。中鋪敘有法，景眞語警，卽置漢賦內亦可。○椓杙，長楊賦：椓巀嶭而爲杙。杙，橜也。○烏攫，黃霸傳：吏出食於道旁，烏攫其肉。○空迴斗星，元命苞：瑤光星散爲鷹。○朱本改字，皆本之文粹、英華。

進三大禮賦表

原註：年譜云：按玄宗天寶十載正月八日壬辰，朝獻太清宮。癸巳，朝享太廟。甲午，有事於南郊。公時在京師進三大禮賦。上奇之，命待制集賢院召試文章。

臣甫言：臣生長陛下淳樸之俗，行四十載矣。與麋鹿同羣而處，浪跡於陛下豐草長林，實自弱冠之年矣。豈九州牧伯，不歲貢豪俊於外？豈陛下明詔，不仄席思賢於中哉？臣之愚頑，靜無所取。以此知分，沉埋盛時，不敢依違，不敢激訐，默以漁樵之樂，自遣而已。詞意雅飭。頃者，賣藥都市，寄食朋友。

竊慕堯翁擊壤之謳，適遇國家郊廟之禮。不覺手足蹈舞，形於篇章。漱吮甘液，游泳和氣。聲韻寖廣，卷軸斯存。抑亦古詩之流，希乎述者之意。不嫌自譽。然詞理野質，終不足以拂天聽之崇高，配史籍以永久。恐倏先狗馬，遺恨九原。謹稽首投延恩匭獻納上表，進明主朝獻太清宮、朝享太廟、有事於南郊等三賦以聞。臣甫誠惶誠恐，頓首頓首，謹言。

延恩匭，則天臨朝，鎔銅為匭，四面置門，東西名曰延恩匭，上賦頌求官爵者，先投之。

朝獻太清宮賦

太清宮卽本三清名之，薦享聖祖玄元皇帝，卽老子。又於寶仙洞求得老子妙寶眞符。時玄宗遵道教，慕長生。

冬十有一月，天子既納處士之議，承漢繼周，革弊用古，勒崇揚休。此敍唐家致太平之功而致祭列祖。明年孟陬，將攄大禮以相籍，越彝倫而莫儔。歷良辰而戒吉，分祀事而孔修。（此言朝獻太清宮。）營室主夫宗廟，乘輿備乎冕袞。甲子，王以昧爽，春寒薄而清浮。虛閶闔，逗蚩尤。（旗也。）張猛馬，出騰虬。捎熒惑，隨旄頭。風伯扶道，雷公挾輈。通天台之雙闕，警溟漲之十洲。浩劫礧砢，萬山颼飀。歘臻於長樂之舍，蒐入乎崑崙之邱。太一奉引，庖犧左右。堯步舜趨，禹馳湯驟。鬱閟宮之嵂崒，坼元氣以經構。斷紫雲而竦牆，（老子關門紫氣。）撫流沙而承霤。（老子之流沙。）紛隳（朱本作隋。）珠而陷碧，燿（音酷。）波錦而湨繡。森青冥而欲雨，艴光烱而初晝。於是翠蕤俄的，（此言百祥諸神畢集。）藻籍舒就。祝融擲火以焚香，溪女捧盤而盥漱。羣有司之望幸，辨名物之難究。瓊漿自閒於粢盛，羽客先來於介冑。爍聖祖之儲祉，敬雲孫而及此。詔軒轅使合符，勑王喬以視履。積昭感於嗣續，匪正辭於祝史。匪與棐通，輔也。若肸蠁而有憑，肅風飈而乍起。揚流蘇於浮柱，金英霏而披靡；咀吸金英。擬雜珮於曾巔，孔蓋欻以颯纚。音史。中縱縱以迴復，外蕭蕭而未已。上穆然注道爲身，覺天傾耳。此段言卑視五代。陳僭號於五代，復戰國於千祀。曰：嗚呼！昔蒼生纏孟德之禍，爲仲達所愚。鑿齒其俗，窫窳其孤。赤烏高飛，不肯止其屋；黃龍哮吼，不肯負其圖。伊神器臬兀，而小人呴喩。歷紀大破，創痍未蘇。尙攫拏於吳蜀，又顚躓於羯胡。縱羣雄之發憤，誰一統於亨衢？在拓跋與宇文，豈風塵之不殊？比聰、虎及堅、特，混貔豹而齊驅。愁陰鬼嘯，落日梟嚎。各擁兵甲，俱稱國都。且耕且戰，何有何無？惟累聖之徽典，恭淑愼以允緝。茲火土之相生，非符讖之備及。（此段言唐室崛興，治化所感。）煬帝終暴，叔寶初虁。編簡尙新，義旗爰入。旣淸國難，方覩家給。竊以爲數子自誣，敢貞乎五行攸執。而觀者潛晤，或喜至於泣。鱗介以之鳴簴，昆跂以之振蟄。感而遂通，罔不具集。仡神光而甜（音酣。）閜，（音下。）羅詭異於戢脅。（音集。）地軸傾而融曳，洞宮儼以疑㞯。九天之雲下垂，四海之水皆立。鳳鳥威遲而不去，鯨魚屈矯以相吸。掃太始之含靈，卷殊形而可挹。則有虹霓爲鉤帶者，（指羣仙言。）入自於東。揭莽蒼，履崆峒。素髮漠漠，至精濃濃。條弛張於巨細，覬披寫於心胸。蓋修竿無隙，而仄席已容。裂手中之黑簿，晲堂下之金鐘。得非擬斯人於壽域，明返樸於玄蹤。忽翳日而翻萬象，卻浮雲而留六龍。咸讋跖而壯茲應，終蒼黃而昧所從。上猶色若不足，處之彌恭。天師張道陵等洎左玄君者前千二百官吏，謁而進曰：學封禪典引之文。今王巨唐，帝之苗裔，坤之紀綱。此段稱頌本朝，見宜直接殷周漢統，并封三恪事。土配君服，宮尊臣商。起數得統，特立中央。土德為中。且大樂在懸，黃鐘冠八音之首；太昊斯啓，太昊乘震司春。青陸獻千春之祥。曠哉勤力耳目，謂羣臣。宜乎大帶斧裳。故風后、孔甲充其佐，山稽、岐伯翼其傍。至於易制取法，謂創制禮樂。足以朝登五帝，夕宿三皇。信周武之多幸，存漢祖之自強。且近朝之濫吹，謂五代冒濫不足重。仍改卜乎祠堂。初降素車，終勤恤其後；有客白馬，固漂淪不忘。謂求殷周漢子孫為三恪也。伊庶人得議，謂處士崔昌。寔邦家之光。臣道陵等試本之於青簡，探之於縹囊。謂考之古典。列聖有差，夫子聞斯於老氏；好問自久，宰我同科於季康。敢撥亂反正，乃此其所長。萬神開，八駿迴。此言祭畢回駕。旗掩月，車奮雷。騫七曜，燭九垓。能事穎脫，清光大來。謂天地清寧。或曰：今太平之人，莫不優游以自得；況是蹴魏、踏晉、批周、抉隋之後，與夫更始者哉！

此當是祀老子文。明皇追祖老子號玄元皇帝，天寶二年加號太聖祖。○按天寶九載八月，處士崔昌上言：國家宜承漢統，以土代火，周隋皆閏位，不當以其子孫爲二王。上乃命求殷周漢後爲三恪，廢韓、介、酅公。韓，元魏後；介，後周後；酅，隋後。○正月爲孟陬，謂日月所會之星躔。○營室，即詩定之方中，爲清廟歲星。○熒惑，旄頭，二惡星。天台，山名。十洲，仙境。○長樂，宮名。○黃帝宮在崑崙。太一，天神之貴者。○赩，大赤也。○的，明也。藻籍，以籍圭就一匣也。祝融，五祀之官，主火正。溪女，道書有十二溪女，皆陰神。○敬雲孫，以能盡敬之雲孫而來祭也。軒轅，黃帝名。○王喬爲葉令，有神術。帝訝其來數，令太史候之。有雙鳧飛來，網得之，喬舄也。乃四年中尚方所賜。○肸蠁，溼生蟲，蚊之類。言大福之來，如此蟲羣飛而多也。○流蘇，即繡毬。縱縱，發散貌。○鑿齒，窫窳，皆惡黨。○負圖，黃帝過洛河，龍負圖書，赤文綠字。臬兀，危也。呴喻，和悅貌。○拓跋，東西魏。宇文，爲後周。聰、廆、堅、特，劉聰、慕容廆、苻堅、李特也。○歷代紀運圖：隋以火德，唐以土德。○簴，鐘鼓架，刻猛獸形其上。○神光，即鬼神。䛐閜，開大也。胥，衆也。洞宮，仙宮也。○修竿，元氣長也。言盛治綿長無間，而片席之地，已容諸神也。罪簿有黑綠白。○忽翳日三句，言神來蔽日改觀，而留侍龍輦，咸恐懼躡足以應。○張道陵，眞人。左玄君，其弟子屬官也。○東方青，日行東陸，故青。○大帶，紳也。斧裳，取斷。○風后、孔甲、山稽、岐伯四人，皆古賢臣。○素車，祭車。尙質故素。○孔子問祫祭於老氏。宰我問五帝之德於夫子。季康亦嘗問仁。○杜公課伐木詩序古質，宋文流易，宜舊註譏之。

原註　蔡條西淸詩話云：杜少陵文自古奧，如九天之雲下垂，四海之水皆立。忽翳日而翻萬象，卻浮雲而留六龍。萬舞陵亂，又似乎春風壯而江海波。其語磊落驚人。或言無韻者殆不可讀，是大不然。蘇東坡有美堂詩云：天外黑風吹海立，浙東飛雨過江來。蓋出於此也。嚴有翼藝苑雌黃云：秦少游嘗言：人才各有分限，杜子美詩冠古今，而無韻者殆不可讀；曾子固以文名天下，而有韻者輒不工。此未易以理推也。余比觀西淸詩話，乃不然此說，云杜少陵文自古奧。所擧數語，出朝獻太淸宮賦，誠磊落驚人。此謂之有韻之作可乎？竊意少游所謂無韻不可讀者，不過課伐木詩序之類而已。後山詩話云：杜之詩法，韓之文法也。詩文各有體，韓以文爲詩，杜以詩爲文，故不工耳。

朝享太廟賦

初高祖、太宗之櫛風沐雨，致祭高祖太宗。勞身焦思。用黃鉞白旗者五年，而天下始一；歷三朝而戮力，今庶績之大備。上方采厖俗之謠，稽正統之類。蓋王者盛事。臣聞之於里曰：昔武德以前，黔黎蕭條，無復生意。遭鯨鯢之蕩汩，荒歲月而沸渭。袞服紛紛，朝廷多閏者，仍亙乎晉魏。臣竊以自赤精之衰歇，陶唐據火德而漢紹之，爲赤精。曠千載而無眞人；及黃圖之經綸，息五行而歸厚地。唐以土德王，故云。則知至數不可以久缺，凡材不可以長寄。故高下相形，而尊卑各異。惟神斷繫之於是，本先帝取之以義。壬辰，既格於道祖，乘輿卽以是日致齋於九室。此下言祭太廟禮儀之盛。所以昭達孝之誠，所以明繼天之質。具禮有數，六官咸秩。大輅每出，或黎元不知；豐年則多，而筐筥甚實。既而太尉驂乘，司僕扈蹕。望重闈以肅恭，順法駕之徐疾。公卿淳古，士卒精一。黕音彈，黑色。宗廟之愈深，抵職司之所密。宿翠華於外戶，曙黃屋於通術。氣淒淒於前旒，光靡靡於嘉栗。階有賓阼，帳有甲乙。升降之際，見玉柱生芝；擊拊之初，覺鈞天合律。筍簴仡以碣磍，干戚宛而婆娑。鞉鼓塤箎爲之主，鐘磬竽瑟以之和。雲門咸池取之至，空桑孤竹貴之多。八音修通，旣比乎旭日升而氛埃滅；萬舞淩亂，又似乎春風壯而江海波。鳥不敢飛，而玄甲崒嵂以岳峙；象不敢去，而鳴佩剡爚以星羅。已而上乾豆以登歌，美休成之旣饗。璧玉儲精以稠疊，門闌洞豁而森爽。黑帝歸寒而激昂，蒼靈戒曉而來往。熙事莽而充塞，羣心虞以振蕩。桐花未吐，孫枝之鸞鳳相鮮；雲氣何多，宮井之蛟龍亂上。若夫生宏佐命之道，死配貴神之列。此言功臣配享之榮。則殷、劉、房、魏之勳，是可以中摩伊、呂，上冠夔、卨。與契同。代天之工，爲人之傑。丹青滿地，松竹高節。自唐興以來，若此時哲，皆朝有數四，數四字意未詳。名垂卓絕。向不遇反正撥亂之主，君臣父子之別，奕葉文武之雄，注意生靈之切，雖前輩之溫良寬大，豪俊果決，曾何以措其筋力與韜鈐，載其刀筆與喉舌？使祭則與，食則血，若斯之盛而已。爾乃直於主，索於祊。此言情文備而致休祥。警幽全之物，散純道之精。告幽全之物者，貴純之道也。蓋我后常用，惟時克貞。膋以蕭合，酌以茅明。嘏以慈告，祝以孝成。故天意張皇，不敢殄其瑞；神姦妥帖，不敢祕其精。邪干則精隱，故曰祕。而撫絕軌，享鴻名者矣。於以奏永安，於以奏王夏。福穰穰於絳闕，芳菲菲於玉斝。沛枯骨而破盲聾，施殀朱本作夭。胎而逮鰥寡。園陵動色，躍在藻之泉魚；弓劍皆鳴，汗鑄金之風馬。漢金馬門。霜露堪吸，禎祥可把。曾宮歔欷，陰事儼雅。薄清輝於鼎湖之山，靜餘響於蒼梧之野。上窅然漠漠，惕然兢兢。此言主上謙謹。紛益所慕，言慕之多。若不自勝。暾牙旗而獨立，吟翠駮而未乘。五老侍祠而精駭，千官迯聽而思凝。於是丞相進曰：時李林甫、陳希烈爲相。陛下應道而作，惟天與能。此言羣臣頌德高往代。澆訛散，淳樸登。尙猶日愼業業，孝思烝烝。恐一物之失所，懼先王之咎徵。如此之勤恤匪懈，是百姓何以報夫元首，在臣等何以充其股肱。且如周宣之敎親不暇，孝武之淫祀相仍。諸侯敢於迫脅，方士奮其威稜。歸於諷諫。○玄宗好神仙，而公言及此，不愧拾遺。一則以微言勸內，承周宣。一則以輕舉虛憑。承漢武。謂上仙飛昇也。又非陛下恢廓緒業，其瑣細亦曷足稱。丞相退，上蹈天躋地，授綏登車。此言祭畢回駕。伊鴻洞槍纍，先出爲儲胥。本枝根株乎萬代，睿思經緯乎六虛。甲午方有事於釆壇紺席，宿夫行所如初。卽過到郊天。

駢麗繁富中有樸茂之致，勝宋人多矣。○鯨鯢，大魚。謂不義之人。沸渭，奮擊貌。○多閏，史謂莽不得正王之位，如積歲月之餘爲閏。○神斷，謂主上決斷。道祖，謂老子。明堂有九室。○翠華，旗也。黃屋，天子乘車。通術，術，遂也，徑上有遂。穀初熟曰栗。○漢武作甲乙之帳。○仡，壯勇貌。碣磍，盛怒也。○雲門，黃帝樂。咸池，堯樂。空桑謂琴瑟。孤竹謂管。○崢嶸，深密也。剡爚，有光也。休成，叔孫通所奏樂。○黑帝，冬帝也。蒼靈，春帝也。夔，恐懼貌。○殷、劉、房、魏，殷開山、劉文靜、房玄齡、魏徵也。○直祭祝於主，索祭祝於祊。縮酌用茅。明，酌也。○皇帝入門，奏永安之樂，出入奏王夏之章。○殀胎，少長曰夭，在孕曰胎。○天子出建大牙旗。翠駮，馬名。○堯遊首山，有五老飛爲流星。○詩黃鳥，刺宣王也。刺其以陰事，敎親而不至，聯兄弟而不固。○鴻洞，大也。以竹木爲槍纍。儲胥，藩落之類。○釆壇，謂泰壇祭天。紺席，謂高帝居堂下紺席，西向配天。行所，卽行在，謂行宮也。

有事於南郊賦

蓋主上兆於南郊，聿懷多福者舊矣。今茲練時日，練，擇也。就陽位之美，又所以厚祖考、通神明而已。職在宗伯，首崇禋祀。先是春官條頌祇之書，獻祭天之紀。令泰龜而不昧，俟萬事之將履。掌次閱氈邸之則，封人考壝宮之旨。司門轉致乎牲牢之繫，小胥專達乎懸位之使。二之日，朝廟之禮既畢，天子蒼然視於無形，澹然若有所聽。又齋心於宿設，將旰食而匪寧。旌門坡陁以前驁，轂騎反覆以相經。頓曾城之軋軋，軼萬戶之熒熒。馳道端而如砥，浴日上而如萍。掣翠旄於華蓋之角，彗黃屋於鉤陳之星。先述出郊鹵簿之盛。神仙戍削以落羽，魍魎幽憂以固扃。戰岐慄華，擺渭掉涇。地回回而風淅淅，天泱泱而氣清清。甲冑乘陵，轉迅雷於荆門、巫峽；玉帛清迴，霽夕雨於瀟湘、洞庭。於是乘輿，霈然乃作。翳夫鸞鳳將至以沖融，寥廓不可乎彌度。聲明通乎純粹，溟涬爲之垠堮。駟蒼螭而蜿蜒，若無骨而柔順；奔烏攫（朱本作獲，卽烏獲，勇士。）而黝蟉，徒有勢於殺縛。朱輪竟野而杳冥，金鏤（朱謂當作鍐，音犯。馬冠也。）成陰以結絡。吹堪輿以軒輊，搶寒暑以前卻。（搶，爭取也。）中營密擁乎太陽，宸眷眇臨乎長薄。（林薄。）熊羆弭耳以相舐，虎豹高跳以虛攫。上方將降帷宮之綝縭，屏玉軑以蠖略。人門行馬，以拱乎合沓之場；皮弁大裘，始進於穹崇之幕。衡牙鏗鏘以將集，周衞轇轕而咸若。月窟（西。）黑而扶桑（東。）寒，田燭稠而曉星落。肅定位以告潔，（此敘行郊天之禮。）藹嚴上而淸超。雲菡萏以張蓋，春葳蕤而建杓。簪裾斐斐，樽俎蕭蕭。方回曲折，（周禮：正方之位。方回，當作方面。）周旋寂寥。必本於天，王宮（祭日。）與夜明（祭月。）相射；動而之地，山林與川谷俱標。（此敘旁及羣祀。）於是乎官有御，事有職。（此總言禮物之盛。）所以敬鬼神，所以勤稼穡。所以報本反始，所以度長立極。玄酒明水之上，越席疏布之側。必取先於稻秫麴蘖之勤，必取著於紛純文繡之飾。雖三牲八簋，豐備以相沿；而蒼璧黃琮，實歸乎正色。先王之丕業繼起，信可以永其昭配；羣望之偏祭在斯，（望於山川。）示有以明其翼戴。由是播其聲音以陳列，（此敘音樂之盛。）從乎節奏以進退。韶夏濩武，采之於訓謨；鍾石陶匏，具之於梗槩。變方形於動植，聽宮徵於砰磕。英華發外，非因乎筍簴之高；和順積中，不在乎雷鼓之大。既而膟膋胜胃，柴燎窟塊。（此段言福應之多。）驌驦璧赫，葩斜晦潰。電纏風升，雪颯星碎。拂勿僾淡，眇溟莅淬。聖慮岑寂，玄黃增霈。（謂天地增澤。）蒼生顒昂，毛髮清籟。（即毛髮細物，皆聽清籟。）雷公河伯，咸騞駃以修聳；霜女江妃，乍紛綸而晻曖。執紱秉翟，朱干玉戚。鼓瑟吹笙，金支翠旌。神光倏歛，祀事虛明。於是渻瀰乎渙汗，紆餘乎經營。浸朱崖南方。而灑朔漠，北方。洶暘谷日出處。而濡若英。若木之英，日出處。耆艾澥而童子偋，叢棘坼而猳牢朱本作犴。傾。是率土之濱，覃酺醵以涵泳；非奉郊之縣，獨宴慰以縱橫。玄澤淡泞乎無極，殷薦綢繆乎至精。稽古之時，屢應符而合契；聖人有作，不逆寡而雄成。爾乃孤卿侯伯，雜羣儒三老，儼而絕皮軒，趨帳殿，稽首曰：此段敍諸臣頌聖上德功，超於前代。臣聞燧人氏已往，法度難知，文質未變。太昊氏繼天而王，根啓閉於厥初；以木傳子，攄終始而可見。洎虞、夏、商、周，茲煥炳而蔥蒨。秦失之於狠貪蠶食，漢綴之以蛇斷龍戰。中莽茫夫何從，聖蓄縮曾不眷。謂在天神聖。伏惟道祖，老子。視生靈之磔裂，醜害馬之蹄齧。莊子：去其害馬。呵五精之息肩，考正氣之無轍。協夫貽孫以降，使之造命更挈。累聖昭洗，中祚觸蹶。指則天革唐爲周事。氣慘黷乎脂夜之妖，勢迴薄乎龍蛇之孽。伏惟陛下，勃然憤激之際，天闕不敢旅拒，指玄宗平韋后之亂事。鬼神爲之嗚咽。高衢騰塵，長劍吼血。尊卑配，宇縣刷。插紫極之將頽，拾清芬於已缺。鑪以之仁義，鍛以之賢哲。聯祖宗之耿光，卷夷狄之彯撇。蓋九五之後，人人自以遭唐虞；四十年來，家家自以爲稷卨。同契。王綱近古而不軌，見非蹈襲。天聽貞觀以高揭。蠢爾差僭，粲然優劣。宜其課密於空積忽微，此段言治歷之事。刊定於興廢繼絕。指求殷周漢爲三恪事。而後覩數統從首，遡始。八音六律而惟新；日起算外，起閏。一字千金而不滅。上曰：

吁！昊天有成命，惟五聖以受。此敍主上謙讓，歸功於天地祖宗。我其夙夜匪遑，宴用素樸以守。吁嗟乎麟鳳，胡爲乎郊藪！豈上帝之降鑒及兹，玄元之垂裕於後。夫聖以百年爲鶉鷇，道以萬物爲芻狗。末段歸到憂聖危明，欲主上去淫祀，卻貢獻，以登大庭之治。今何以茫茫臨乎八極，眇眇託乎羣后。端策拂龜於周漢之餘，緩視闊步於魏晉之首。斯上古成法，蓋其人已朽，不足道也。於是天子默然而徐思，終將固之又固之。意不在抑殊方之貢，亦不必廣無用之祠。金馬碧雞，非理人之術；應無用之祠。珊瑚翡翠，此一物何疑。應殊方之貢。言一物之微，無所關涉。奉郊廟以爲寶，懵怵惕以孜孜。況大庭氏之時，況，比也。六龍飛御之歸。

頌祇，謂爲歌頌以祭地祇。○泰龜，卜吉也。○氈邸，王祀上帝，則天官掌張氈案，設皇邸。封人，掌王之社壝，爲畿封而樹之。司門，官名。小胥，正樂縣之位。○旌門，設帷爲宮，則樹旌表門。

坡陀，高貌。轂騎，張弓之騎。軋軋，難進也。軼，凌越也。○浴日，初上之日。如萍，如萍實也。太帝上九星曰華蓋。鉤陳，羽林之星。戉削，裁制貌。落羽，始皇三徵王次仲不至，變爲大鳥，落翮於居庸山中。○岐華二山。渭涇二水。○翳，蔽也。彌，終也。溟涬，深微也。○黝鏐，陰黑也。○堪，天道。輿，地道。詩：如輊如軒。中營，天子營。○綝縭，盛貌。軑，音代，車轄也。甘泉賦：蠖略蕤綏。正言車馬之狀。人門，王行無宮，則立長大之人以爲門。行馬，謂梐枑，木柵也。轇轕，遠貌。○葳蕤，盛也。建杓，斗柄。○紛純，設席。○砰磕，大聲。○胿，音圭，腹大貌。窟塊，深而聚也。鞳，大聲。砉，小聲。葩，光彩。晦，陰。漬，沈也。侹，大也。湀，回旋也。蓰滓，紛擾也。駱駃，行貌。霜女，天神，出以降霜。江妃，即舜二妃。晻曖，不明也。涾滮，延長貌。○叢棘，獄中。狴牢，亦獄也。○酺，大飲酒也。上祀南郊，賜酺三日。醵，合錢飲。○莊子：至人不逆寡。謂不侮弱也。不雄成，謂不恃成而處物先也。太昊位在東方，主春，象日。洎，及也。五行志：心之不睿，厥咎霧，有脂夜之妖。若脂水夜汚人衣，淫之象也。皇之不建，厥咎眊，有龍蛇之孽。○撇，擊也。○課密，言律曆以課疏密。空積，若鄭氏分於爲數千。忽微，謂若有若無，細於髮也。○呂氏春秋：易一字而千金。○公詩：五聖連龍袞。玄元，即老子。○莊子：聖人鶉居而鷇食，鳥行而無彰。天地以萬物爲芻狗。視之如芻草狗畜，用過則棄之。○按玄宗崇祀玄元，方士爭言符瑞，又信崔昌之議，欲比隆周漢，不知淫祀矯誣，慙德多矣。子美三賦之卒章，皆寓規於頌，即子雲賦羽獵、甘泉意也。公曰：賦料揚雄敵。豈虛語哉。○陳子龍曰：三大禮賦，辭氣壯偉，非唐初餘子所能及。

原註 後村詩話云：前人謂杜詩冠古今，而無韻者不可讀。又謂太白律詩殊少。此論施之小家數可也。余觀杜集無韻者，惟夔府詩題數行頗艱澀，容有誤字脫簡。如三大禮賦，沈著痛快，非鉤章棘句者所及。太白七言近體如鳳凰臺，五言如憶賀監、哭紀叟之作，皆高妙。未嘗細考而輕爲議論，學者之通患。韓退之嘗云：氣，水也。言，浮物也。水大則物之浮者小大畢浮。氣之與言猶是也。氣盛則言之短長與聲之高下皆宜。此論最親切。李杜是甚氣魄，豈但工於有韻及古體乎。

進封西嶽賦表

原註：年譜云：天寶十三載，公在京師進封西嶽賦。按玄宗天寶九載正月，羣臣奏封華嶽，從之。二月辛亥，西嶽廟災，乃停封。至是年冬，公始進此賦而請封也。

臣甫言：臣本杜陵諸生，年過四十，經術淺陋。進無補於明時，退常困於衣食，蓋長安一匹夫耳。頃歲國家有事於郊廟，幸得奏賦，待制於集賢。委學官試文章，再降恩澤。仍猥以臣名實相副，送隸有司，參列選序。然臣之本分，甘棄置永休，望不及此。豈意頭白之後，竟以短篇隻字，遂曾聞徹宸極，一動人主。是臣無負於少小多病貧窮好學者已。典茂可誦。在臣光榮，雖死萬足。至於仕進，非敢望也。日夜憂迫，復未知何以上答聖慈，明臣子之效。況臣常有肺氣之疾，恐忽復先草露，塗糞土，而所懷冥寞，孤負皇恩。敢攄竭憤懣，攄，發洩也。領略丕則，作封西嶽賦一首以勸所覬，謂己所希望勸上行之。明主覽而留意焉。先是御製嶽碑文卒章曰：待余安人治國，然後徐思其事。此蓋陛下之至謙也。今茲人安是已，今茲國富是已。況符瑞翕集，福應交至，何翠華之脈脈朱本作默默。乎？維嶽固陛下本命，明皇生於仲秋。以永嗣業；維嶽授陛下元弼，克生司空。謂郭子儀，公傾慕正人如此。○朱云：玄宗十三載，乃右相楊國忠守司空，時國忠大惡未著，故公及之。斯又不可寢已。伏維天子霈然留意焉！春將披圖視典，冬乃展采錯事。采事也。日尚浩闊，人匪勞止，庶可試哉。徵臣不任區區懇到之極，謹詣延恩匭獻納，奉表進賦以聞。臣甫誠惶誠恐，頓首頓首，謹言。

封西嶽賦 幷序

上既封泰山之後，（玄宗開元十三年十月，封泰山，禪梁父。）三十年間，車轍馬跡，至於太原，還於長安。時或謁太廟，祭南郊，每歲孟冬，巡幸溫泉而已。聖主以爲王者之體，告厥成功，止於岱宗可矣。故不肯到崆峒，訪具茨，驅八駿於崑崙，親射蛟於江水，始爲天子之能事壯觀焉爾。況行在供給，蕭然煩費。或至作歌有慚於從官，誅求坐殺於長吏。（說盡巡幸之害。）甚非主上執玄祖（老子。）醇醲之道，端拱御蒼生之意。大哉聖哲，垂萬代則！蓋上古之君，皆用此也。

然臣甫愚，竊以古者，疆場有常處，贊見有常儀，則備乎玉帛而財不匱乏矣，動乎車輿而人不愁痛矣。雖東岱五嶽之長，（以東嶽形太華。）足以勒崇垂鴻，與山石無極。伊太華最爲難上，至於封禪之事，獨軒轅氏得之。夫七十二君，罕能兼之矣。其餘或蹶踣風雲，碑版祠廟，終么麽不足追數。今聖主功格軒轅氏，業纂七十君，風雨所及，日月所照，莫不砥礪。華，近甸也，其可恧乎？比歲鴻生巨儒之徒，誦古史引時義云：國家土德，與黃帝合，主上本命，與金天合，（玄宗封華山神爲金天王。）而守闕者（謂上書人。）亦百數。天子寢不報，蓋謙如也。頃或詔厥郡國，掃除曾巔，雖翠蓋可薄乎蒼穹，而銀字未藏於金氣。臣甫誠薄劣，不勝區區吟咏之極，故作封西嶽賦以勸。賦之、義，預述上將展禮焚柴者，實覬聖意因有感動焉。爲其詞曰：

此序逼眞漢人，宜公每以相如、枚乘自命。○么麼，小貌。○宛委書：金簡青玉爲字，編以白銀，皆瑑其文。

惟時孟冬，百工乃休。上將陟西嶽，覽八荒。御白帝之都，（少昊白帝，治西岳。）見金天之王。既刊石乎岱宗，又合符乎軒皇。茲事體大，越不可載已。（學封禪書。○越，遠也。）先是禮官草具其儀，各有典司。俯叶吉日，欽若神祇。而千乘萬騎，已蠖略佁儗，屈矯陸離，唯君所之。然後拭翠鳳之駕，開日月之旗。撞鴻鐘，發雷輜。辨格澤之修竿，決河漢之淋漓。彍天狼之威弧，墜魍魎之霏霏。赤松前驅，彭祖後馳。方明夾轂，昌寓侍衣。山靈秉鉞而踉蹡，海若（海神。）護蹕而參差。風馭冉以縱⿰山雙，雲螭縒而遲蚭。地軸軋軋，殷以下折；原隰草草，朱本作草木。儼而東飛。岐梁二山。閃倏，涇渭反覆。而天府載萬侯之玉，尚方具左纛黃屋，已焜煌於山足矣。乘輿尚鳴鑾和，儲精澹慮。華蓋之大角低回，皆旗幟。北斗之七星皆去。屆蒼山而信宿，屯絕壁之清曙。既臻大陰宮，宮名。犀象硉兀，鹵簿。戈鋋悉窣，飄飄蕭蕭，洶洶如也。於是太一神之尊者。抱式，玄冥冬神。司直。天子迺宿袚齋，就登陟。騈素虬，超崱屴。天語祕而不可知，代欲聞而不可得。代謂後代。柴燎上達，神光充塞。泥金乎菡萏之南，華山有蓮花峯。刻石乎青冥之北。上意由是茫然，延降天老，與之相識。問太微之所居，稽上帝之遺則。颯弭節以徘徊，撫八紘而黬音減。黑。忽風翻而景倒，澹殊狀而異色。罔若褰袪開帷，下辯宸極者。謂天若下鑒誠敬。久之，雲氣蓊以迴復，山嵂嶫而未息。

用武帝嵩岳三呼萬歲事。祀事孔明，有嚴有翼。神保是格，時萬時億。爾乃駐飛龍之秋秋，猶蹌蹌。詔王屬以中休。覲羣后於高掌之下，華山有巨靈掌巖。張大樂於洪河之洲。芬樹羽林，莽不可收。千人舞，萬人謳。麒麟踆踆而在郊，鳳凰蔚跋而來遊。雷公伐鼓而揮汗，地祇被震而悲愁。樂師拊石而具發，激越乎遐陬。羣山爲之相崍，崍謂相摩。萬穴爲之倒流。又不可得載已。久而景移樂闋，上悠然垂思曰：嗟乎！余昔歲封泰山，禪梁父。以爲王者成功，已纂終古。嘗鑒前史，至於周穆漢武，預遊寥闊，亦所不取。惟此西嶽，作鎮三輔，非無意乎？頃者，猶恐百姓不足，人所疾苦。未暇瘞斯玉帛，考乃鐘鼓。是以視嶽於諸侯，錫神以茅土。豈唯壯設險於甸服，報西成之農扈。亦所以感一念之精靈，答應時之風雨者矣。今茲冢宰庶尹，醇儒碩生，僉曰：黃帝顓頊乘龍遊乎四海，發軔匝乎六合。竹帛有云，得非古之聖君。而泰（朱本作大。）華最爲難上，故封禪之事，鬱沒罕聞。以余在位，發祥隤祉者，焉可勝紀。而不得已，遂建翠華之旗，用塞雲臺之議。矧乎殊方奔走，萬國皆至。玄元從助，淸廟（祖宗。）歔欷也。臣甫舞手蹈足曰：大哉爍乎，眞天子之表，奉天爲子者已！不然，何數千萬載，獨繼軒轅氏之美，彼七十二君，又疇能臻此。蓋知明主，聖罔不克正，功罔不克成，放百靈，歸華淸。（宮名。）

亦典亦眞，文情兼至。登封頌功中，藏諷諫正義尤難，子美眞君子也。○蠖略，廣大也。佁儗，舒徐也。屈矯，壯健也。陸離，文彩也。○格澤，星名，黃白如炎火狀，其見也不種而穫。修竿，其光綿亘也。○列仙傳：彭祖姓籛名鏗，陸終氏仲子，歷夏至殷末，八百餘歲，善導引行氣。○縱嶁，高舉也。螭䗍，委折也。遲蜒，動貌。○崱屴，音疾力。高大峻險貌。○天老，以杜詩所引，則謂三公也。太微十星，乃天子之宮庭。○王屬，謂百官。杜詩用王命，亦王所命官也。○踆踆，走貌。○梁父，泰山旁小山也。封者，增高也。禪者，廣厚也。增泰山以報天，禪梁父以報地。○少皞以九扈爲九農正，扈民無淫。○黃帝封泰山，禪亭亭。顓頊封泰山，禪云云。亭亭、云云，二山也。○隤，降也。雲臺，內禁地。

畫馬讚

韓幹畫馬，毫端有神。驊騮老大，騕褭清新。魚目瘦腦，龍文長身。雪垂白肉，風蹙蘭筋。逸態蕭疏，高驤縱恣。四蹄雷雹，一日天地。御者閒敏，去何難易？愚夫乘騎，動必顛躓。瞻彼駿骨，實惟龍媒。漢謌燕市，已矣茫哉？但見駑駘，紛然往來。良工惆悵，落筆雄才。公自注，穆天子傳：飛兔、騕褭，日馳三萬里。

數行內毫逸之致無窮。○驊騮、騕褭、魚目、龍文，四駿馬名。○蘭筋豎者，千里馬。謂目上痕如井字。

唐興縣客館記

原註：年譜云：上元二年，公在成都作唐興縣客館記。按集中有簡王明府詩。鶴云：遂州唐興縣宰王潛也。公嘗爲潛作唐興客館記。蓋公時在成

都，遂州與成都俱屬劍南。唐興在天寶初改爲蓬溪，此因其舊名耳。

中興之四年，王潛爲唐興宰，修厥政事。始自鰥寡惸獨，而和其封內。非侮循循，不畏險膚，而行而一。咨於官屬、於羣吏、於衆庶曰：邑中之政，庶幾繕完矣。惟賓館上漏下溼，吾人猶不堪其居。以容四方賓，賓其謂我何？改之重勞，我其謂人何？咸曰：誕事至，濟厥載，則達觀於大壯。作之閈閎，作之堂構，以永圖。崇高廣大，踰越傳舍。通梁直走，嵬將墜壓。素柱上承，安若泰山。兩傍序開，發洩雲露，潛靚深矣。步櫚復霤，萬瓦在後。匪丹雘爲，實疏達爲。迴廊南注，又爲覆廊，以容介行人。亦如正館，制度小劣。直左階而東，封殖修竹茂樹。挾右堦於南，環廊又注，亦可以行步風雨。不易謀而集事，邑無妨工，亦無匱財。人不待子來，定不待方中矣。宿息井樹，或相爲賓，或與之毛。天子之使至，則曰：邑有人焉，某無以栗階。栗階義未詳。豈階之爲厲訛寫乎。州長之使至，則曰：某非敢賓也，子無所用俎。四方之使至，則曰：子貺某多矣，敢辭贄。或曰：明府君之侈也，何以爲人？皆曰：我公之爲人也，何以侈！子徒見賓館之近夫厚，不知其私室之甚薄。又轉一意。器物未備，力取諸私室，人民不知賦斂。乃至於館之醯醢闕，出於私廚；使之乘駟闕，辦於私廄。君豈爲亭長乎？是躬親也。若館宇不修，而觀臺榭是好，賓至無所納其車，我浩蕩無所措手足，公每好用我字，代所謔者語也。獲高枕乎？其誰不病吾人矣。玼瑕忽生，何以爲之？是道也，施舍不幾乎先覺矣。

杖之友朋歎曰：杖想謂友朋之老者，扶杖而觀。朱本作杜，亦未妥。美哉！是館也成，人不知，人不怒。廨署之福也，府君之德也。府君曰：古有之也，非吾有也，余何能爲！是亦前州府君崔公之命也，余何能爲！是日辛丑歲秋分，大餘二，小餘二千一百八十八，杜氏之老記已。本一作廨署之福也，府君之德也，府君之德也，廨署之福也。府君曰：古有之也，非吾有也，余何能爲！是亦前州府君崔公之命也，余何能爲！是日辛丑歲秋分，大餘二，小餘二千一百八十八，杜氏之老記。以質見姿，似拙似滯，而有古致，總不欲墮流利尖巧一家。後人學此種筆力不佳，往往有畫虎之弊。○末大餘小餘，卽觀朱釋亦未明。

雜述

杜子曰：凡今之代，用力爲賢乎，進賢爲賢乎？進賢賢乎，則魯之張叔卿、孔巢父二才士者，聰明深察，博辯閎大，固必能伸於知己，令聞不已，任重致遠，速於風飇也。是何面目黧黑，常不得飽飯喫，曾未如富家奴，茲敢望縞衣乘軒乎？豈東之諸侯深拒於汝乎？豈新令尹之人未汝之知也？由天乎，有命乎？雖岑子、薛子引知名之士，月數十百，塡爾逆旅，請誦詩，浮名耳。勉之哉，勉之哉！夫古之君子，知天下之不可蓋也，故下之。知衆人之不可先也，故後之。嗟乎叔卿！遺辭工於猛健，放蕩似不能安排者。謂不能順序入化。以我爲聞人而已，以我爲益友而已。叔卿靜而思之。嗟乎巢父！執雌守常，吾無所贍若已。泰山冥冥崒以高，泗水潾潾瀰以清。悠悠友生，復何時會於王鎬之京？載飲我濁酒，載呼我爲兄。

意致俱不猶人。○進叔卿以謙退，規巢父以闊大，公眞益友。

秋述

原註：年譜云：天寶十載，公在京有秋述一首，時霖雨積旬，牆屋多壞，西京尤甚。

秋，杜子臥病長安旅次，多雨生魚，青苔及榻。常時車馬之客，舊雨來，今雨不來。昔襄陽龐德公，至老不入州府；而揚子雲草玄寂寞，多爲後輩所褻，近似之矣。嗚呼！冠冕之窟，名利卒卒，雖朱門之塗泥，士子不見其泥，矧抱疾窮巷之多泥乎？以不分明寓意，詩多如此。子魏子獨踽踽然來，汗漫其僕，夫夫又不假蓋。夫夫本檀弓。不見我病色，適與我神會。我棄物也，四十無位。子不以官遇我，知我處順故也。子挺生者也，無矜色，無邪氣，必見用則風后力牧是已。歎王季友用此。文章則子游、子夏是已。無邪氣故也，得正始故也。作人作文，俱要無邪氣，得正始。噫！所不至於道者，時或賦詩如曹劉，談話及衛霍，豈少年壯志，未息俊邁之機乎？似貶實讚，曼倩語意。子魏子今年以進士調選，名隸東天官，告余將行。既縫裳，既聚糧，東人怵惕，筆札無敵。謙謙君子，若不得已。知祿仕此始，吾黨惡乎無述而止。古拙曲折，似西京以上文。

說旱公自注：初中丞嚴公節制劍南日，奉此說。○原註：年譜云：寶應元年，公在成都上嚴武說旱，時嚴武爲成都尹節度劍南東西川。

周禮司巫：若國大旱，則率巫而舞雩。傳曰：龍見而雩。謂建巳之月，蒼龍宿之體，昏見東方。萬物待雨盛大，故祭天，遠爲百穀祈膏雨也。今蜀自十月不雨抵建卯，非雩之時，奈久旱何？得非獄吏只知禁繫，不知疏決。怨氣積，冤氣盛，亦能致旱。是何川澤之乾也，塵霧之塞也，行路皆菜色也，田家其愁痛也。自中丞下車之初，軍郡之政，罷弊之俗，已下手開濟矣。文中不宜用俗字，然公詩文多通用不拘。百事冗長者，又以革削矣。獨獄囚未聞處分，豈次第未到，爲獄無濫繫者乎？穀者，百姓之本，百役是出，況冬麥黃枯，春種不入。公誠能暫輟諸務，親問囚徒，除合死者之外，下筆盡放，使囹圄一空，必甘雨大降。但怨氣消則和氣應矣。躬自疏決，請以兩縣及府繫爲始。管內東西兩川，各遣一使，兼委刺史縣令，對巡使同疏決，如兩縣及府等囚例處分。詳明可行。衆人之望也，隨時之義也。昔貞觀中，歲大旱，文皇帝親臨長安萬年二赤縣決獄，膏雨膏一本作滂，是。足。卽岳鎭方面歲荒札，皆連帥大臣之務也，不可忽。凡今徵求無名數，又耆老合侍者，合侍想老人宜令子孫侍養者。兩川侍丁，得異常丁乎？不殊常丁賦斂，是老男老女死日短促也。國有養老，公遽遣吏存問其疾苦，亦和氣合應之義也，時雨可降之徵也。愚以爲至仁之人，常以正道應物。天道奚近？去人不遠。錢本作天道遠，去人不遠。

東西兩川說 朱云：廣德二年嚴武幕中作。

聞西山漢兵食糧者四千人，皆關輔山東勁卒，多經河、隴、幽、朔教習，慣於戰守，人人可用。兼羌堪戰子弟向二萬人，實足以備邊守險。脫南蠻侵掠，南詔，烏蠻別種，與吐蕃接，後臣吐蕃。邛、雅子弟，不能獨制，但分漢勁卒助之，不足撲滅。是吐蕃憑陵，本自足支也。摧量西山、邛、雅兵馬卒，叛援形勝明矣。頃三城失守，陷於吐蕃。罪在職司，非兵之過也，糧不足故也。今此輩見闕兵馬使，八州素歸心於其世襲刺史，獨漢卒偏裨將主之。竊恐備吐蕃在羌，漢兵小呢，而釁隙隨之矣。況軍需不足，姦吏減剋未已哉！愚以速擇偏裨主之。主之勢，明其號令，一其刑賞，中其哀恤，致其驩忻，宜先自羌子弟始。自漢兒易解人意，而優勸旬月，大浹洽矣。仍使兵羌各繫其部落，刺史（分其黨而總以漢將，眞外馭妙用。）得自教閱，都受統於兵馬使。更不得使八州都管，或在一羌王，或都闕一世襲刺史。是羌之豪族，（此反難接，然漢文往往有之。）發源有遠近，世封有豪家，紛然聚藩落之議於中，肆與奪之權於外已。然則備守之根危矣，又何以藉其爲本，式遏雪嶺之西哉？比羌族封王者，初以拔城之功得，今城失矣，襲王如故，總統未已。奈諸董（羌黨。）攘臂何？（想羌人董王相爭封王。）王尹之獄是矣。（必有其事。）由策嗣羌王，闞王氏舊親，西董族最高，怨望之勢然矣。誠於此時便宜聞上，使各自統領，不須王區分易制，然後都靜聽取別於兵馬使，不益元戎氣壯，部落無語。或或，朱本作哉。縱一部落怨，獲羣部喜矣。無爽如此處分，豈惟卭南不足憂，八州之人，願賈勇復取三城不日矣。幸急擇公所素諳明於將者，朱作明了將，無者字。正色遣之。獠賊內編屬自久，數擾背亦自久，徒惱人耳，憂慮蓋不至大乎。昨聞受鐵券，爵祿隨之。今聞已小動，爲之奈何？若不先招諭也，轂貴人愁，春事又起，緣邊耕種。即發精卒討之甚易，恐賊星散於窮谷深林，節度兵馬，但驚散緣邊之人，供給之外，未見免劫掠，從來邊兵之弊坐此，公已道盡。而還賃其地豪族，兼有其地而轉富。蜀之土肥，無耕之地，流冗之輩，近者交互其鄉村而已，遠者漂寓諸州縣而已，實不離蜀也，大抵祇與兼幷豪家力田耳。但鈞畝薄斂，則田不荒，以此上供王命，下安疲人可矣。豪族轉安，是否非蜀，仍禁豪族受賃罷人田。管內最大，誅求宜約，富家辦而貧家創痍已深矣。方欲安豪族，又恐病貧家，語意纏綿，難卽解。今富兒非不緣子弟職掌，盡在節度衙府州縣官長手下哉。村正雖見面，不敢示文書取索，非不知其家處，獨知貧兒家處。兩川縣令刺史，有權攝者，須盡罷免。苟得賢良，不在正授權，在進退聞上而已。

洞中機宜之文，卽少陵之經濟可知，誰云迂闊少實用。○公意在諸羌分黨各屬而統以漢將，其末歸於散兼幷擇委任，可謂馭邊之妙策。文之紆古，似斷似續，酷肖西京。○邛雅二州屬劍南道。○末二句言不在正授權攝，只在行事守法奉上，得眞賢良。

讀書堂杜工部文集註解卷之二

乾元元年華州試進士策問五首 原註：年譜云：公時為華州司功參軍。

問：山林藪澤之地，各以肥磽多少為差。故供甲兵士徒之役，府庫賜與之用，給郊廟宗社之祀，奉養祿食之出，辨乎名物，存乎有司。是謂公賦知歸，地著不撓者已。今聖朝紹宣王中興之洪業於上，庶尹備山甫補袞之能事於下，而東寇猶小梗，率土未甚闢，總彼賦稅之獲，盡贍軍旅之用，供兵為害，今古如一。是官御之舊典闕矣，人神之攸序乖矣。欲使軍旅足食，則賦稅未能充備矣；欲將誅求不時，則黎元轉罹於疾苦矣。子等以待問之實，知新之明，觀志氣之所存，於應對乎何有？佇渴救敝之通術，願聞強學之所措，意蓋在此矣。得游說乎？

問：國有軺車，廬有飲食，古之按風俗，遣使臣，在王官之一守，得馳傳而分命。蓋地有要害，郊有遠近，供給之比，省費相懸。今茲華惟襟帶，關逼輦轂，行人受辭於朝夕，使者想望於道路。屬年歲無蓄積之處，職司有愁痛之歎。況軍書未絕，王命急宣，插羽先翥於騰鷹，敝帷不供於埋馬。豈芻粟之勤獨爾，實駸騑之價闕如。人主之軫念，屢及於茲；邦伯之分憂，何嘗敢怠？乞恩難再，近日已降水衡之錢；積骨頗多，無暇更入燕王之市。欲使輶軒有喜，主客合宜，閭閻罷杼軸之嗟，官吏得從容之計。側佇新語，當聞濟時。

問：通道陂澤，隨山濬川，經啓之理，疏奠之術，抑有可觀，其來尚矣。初聖人盡力溝洫，有國作爲隄防。洎後代控引淮海，漕通涇渭，因舟楫之利，達倉庾之儲，又賴此而殷，亦行之自久。近者有司相土，決彼支渠，旣潰渭而亂河，竟功多而事寢。人實勞止，岸乃善崩。遂使委輸之勤，中道而棄。今軍用蓋寡，國儲未贍，雖遠方之粟大來，而助挽之車不給。是以國朝仗彼天使，徵茲水工，議下淇園之竹，（漢築河，下淇園之竹以爲楗。）更鑿商顏之井。（穿渠引洛水至商顏，下岸善崩，乃鑿井，井下相通行水。）又恐煩費居多，績用莫立，空荷成雲之鍤，復擁填淤之泥。若然則舟車之用，大小相妨矣；軍國之食，轉致或闕矣。矧夫人煙尚稀，牛力不足者已。子等飽隨時之要，挺賓主之賫。副乎求賢，敷厥讜議。

問：足食足兵，先哲雅詁。蓋有兵無食，是謂棄之。致能掉鞅靡旌，掉，正也。靡旌，驅疾也。用楚許伯致師事。斯可用矣。況寇猶作梗，兵不可去，日聞將軍之令，親覩司馬之法。關中之卒未息，灞上之營何遠？近者鄭南訓練，城下屯集，瞻彼三千之徒，有異什一而稅。竊見明發教以戰鬬，亭午放其庸保，課乃菽麥，以爲尋常。夫悅以使人，是能用古；伊歲則云暮，實慮休止。未卜及瓜之還，交比翳桑之餓。用靈輒事。羣有司自救不暇，二三子謂之何哉？變格。

問：昔唐堯之爲君也，則天之大，敬授人時，十六升自唐侯者已。昔帝舜之爲臣也，舉禹之功，克平水土，三十登爲天子者已。本之以文思聰明，加之以勞身焦思。既睦九族，協和萬邦，黜去四凶，舉十六相。故五帝之後，傳載唐虞之美，無得而稱焉。易曰：君子終日乾乾。詩曰：文王小心翼翼。竊觀古人聖哲，未有不以君唱於上，臣和於下，致乎人和年豐，成乎無爲而理者也。主上躬純孝之聖，樹非常之功，內則拳拳然事親如有闕，外則悖悖然求賢如不及。伊百姓不知帝力，庶官但（此下恐遺一字，恭己如何加之庶官。）恭己而已。寇孽未平，咎徵之至數也；倉廩未實，物理之固然也。今大軍虎步，列國鶴立。山東之諸將雲合，淇上之捷書日至。二三子議論宏正，詞氣高雅。則遺祲盪滌之後，聖朝砥礪之辰。雖遭明主，必致之於堯舜；降及元輔，必要之於稷卨。驅蒼生於仁壽之域，反淳樸於羲皇之上。自古哲主立極，大臣爲體，眇然坦途，利往何順。子有說否？庶復見子之志。豈徒瑣瑣射策，趨競一第哉？頃之問，（此謂舊時策對。）孝廉取備尋常之對，多忽經濟之體。考諸詞學，自有文章在；策以徵事，曷成凡例焉。今愚之粗徵，貴切時務而已。（以下兼及鼓鑄積穀。）夫時患錢輕，以至於量貲幣，權子母，（鑄錢量貲幣權輕重，重幣母也，輕幣子也。）代復改鑄。或行乎前楡莢，（漢錢。）後契刀，（王莽錢。）當此之際，百姓蒙利厚薄，何人所制輕重？（問何人所制爲善。輕重，猶言優劣也。）又穀者所以阜俗康時，聚人守位者也。下至十室之邑，必有千鍾之藏。苟凶穰以之，貴賤失度，雖封丞相而猶困，（田千秋爲丞相，封富民侯。）侯大農而爲何？（桑弘羊爲治農都尉，領大農。）是以繼絕表微，無或區分踰越。蒙實不敏，仁遠乎哉？（蒙用吳下阿蒙事。）

奉謝口勅放三司推問狀

原註：年譜云：至德二載夏，公至鳳翔上謁肅宗，拜左拾遺。會房琯以陳濤戰敗罷相，公與琯爲布衣交，上疏救琯。帝怒，詔三司推問。宰相張鎬救之，帝解，就令鎬宣口敕，宜放推問，故有謝狀。

右臣甫，智識淺昧，向所論事，涉近激訐，違忤聖旨。既下有司，具已舉劾。甘從自棄，就戮爲幸。語質而古。今日巳時，中書侍郎平章事張鎬奉宣口敕，宜放推問。知臣愚戇，舍臣萬死；曲成恩造，再賜骸骨。臣甫誠頑誠蔽，死罪死罪。臣以陷身賊庭，憤惋成疾。實從間道，獲謁龍顏。猾逆未除，愁痛難過。猥廁衮職，願少裨補。竊見房琯以宰相子，少自樹立，晚爲醇儒，有大臣體。時論許琯，必位至公輔，康濟元元。陛下果委以樞密，衆望甚允。觀琯之深念主憂，義形於色。況畫一保太，素所蓄積者已。而琯性失於簡，酷嗜鼓琴。董庭蘭今之琴工，庭蘭善沈聲祝聲，蓋大小胡笳云。遊琯門下有日，貧病之老，依傍爲非。琯之愛惜人情，一至於玷汚。臣不自度量，歎其功名未垂，而志氣挫衂，覬望陛下，棄細錄大，所以冒死稱述。何思慮始竟，闕於再三。陛下貸以仁慈，憐其懇到，不書狂狷之過，復解網羅之急，是古之深容直臣，勸勉來者之意。天下幸甚！天下幸甚！豈小臣獨蒙全軀，就列待罪而已。無任先懼後喜之至，謹詣閤門進狀奉謝以聞。謹進。

至德二載六月一日，宣義郎行在左拾遺臣杜甫狀奏。

救琯是公生平一大節。○朱云：甫與房琯爲布衣交。琯以客董廷蘭罷宰相，甫上疏言罪細，不宜免大臣。帝怒，詔三司推問，宰相張鎬救之得解。○唐書：韋陟除御史大夫，會杜甫論房琯詞意迂慢，帝令陟與崔光遠、顏眞卿按之。陟奏甫言雖狂，不失諫臣體。帝由是疏之。觀此，則論救者不獨一張鎬矣。○錢云：朱長文琴史云：董廷蘭隴西人，唐史謂其爲房琯所昵，數通賕謝，爲有司劾治，而房公由此罷去。子美亦云：庭蘭游琯門下，貧病之老，依倚爲非。而薛易簡稱庭蘭不事王侯，散髮林壑者六十載。貌古心遠，意閒態和，撫絃韻聲，可以感鬼神矣。天寶中，給事中房琯，好古君子也。庭蘭聞義而來，不遠千里。余因此說，亦可以觀房公之過而知其仁矣。當房公爲給事中也，庭蘭已出其門。後爲相，豈能遽棄哉！又賕謝之事，吾疑譖琯者爲之，而庭蘭老朽，豈能辨釋，遂被惡名耳。房公貶廣漢，庭蘭詣之無慍色。唐人有詩云：七條絃上五音寒，此樂求知自古難。惟有開元房太尉，始終留得董庭蘭。按薛易簡以琴侍詔翰林，在天寶中，子美同時人也，其言必信。伯原琴史，千載而下爲庭蘭雪此惡名，白其厚誣，不獨正唐史之謬，兼可補子美之闕矣。

爲補遺薦岑參狀

宣義郎、試大理評事、攝監察御史、賜緋魚袋岑參。右臣等竊見岑參識度清遠，議論雅正，佳名早立，時輩所仰。今諫諍之路大開，獻替之官未備。恭惟近侍，實藉茂材。臣等謹詣閤門奉狀，陳薦以聞，伏聽進止。

至德二載六月十二日左拾遺內供奉臣裴薦等狀

右拾遺內供奉臣孟昌浩

右拾遺內供奉臣魏齊昞

左拾遺內供奉臣杜　甫

左　補　闕　臣韋少游

爲華州郭使君進滅殘寇形勢圖狀

原註：年譜云：乾元元年夏，公出爲華州司功，七月有爲華州郭使君作進滅殘寇形勢圖。

右臣竊以逆賊，束身檻中，奔走無路，尚假餘息，蟻聚苟活之日久。謂安慶緒敗走鄴郡，蔡希德等分道進勦，軍聲復振。陛下猶覬其匍匐相率，降款盡至，廣務寬大之本，用明惡殺之德。故大軍雲合，蔚然未進。上以稽王師有征無戰之義，下以成古先聖哲之用心。茲事玄遠，非愚臣所測。臣聞易載隨時，不俟終日。先王之用刑也，抑亦小者肆諸市朝，大者陳諸原野。今殘孽雖窮蹙日甚，自救不暇，尙慮其逆帥，望秋高馬肥之便，蓄突圍拒轍之謀。大軍不可空勤轉輸之粟，諸將宜窮掎角之進。頃者河北初收數州，思明降表繼至，實爲平盧兵馬在賊左脅，賊動靜乏利，制不由己，則降附可知。今大軍盡離河北，逆黨意必寬縱。若萬一軼略河縣，草竊秋成，臣伏請平盧兵馬及許叔冀（青登節度使。）等軍，從鄆州西北渡河，先衝收魏，或近軍志避實擊虛之義也。伏惟陛下圖之！遣李銑、（淮西節度。）殷仲卿、（青州刺史。）孫青漢等軍，邐迤渡河佐之，收其貝博。賊之精銳，撮在相、魏、衞之州。賊用仰魏而給。賊若抽其銳卒，渡河救魏、博，臣則請朔方、（郭子儀。）伊西、北庭（李嗣業。）等軍，渡沁水，收相、衞。賊若迴戈距我兩軍，臣又請郭口、祁縣等軍，纛嵐馳屯，據林慮縣界，候其形勢漸進。又遣季廣琛（鄭蔡節度。）魯炅（淮西節度。）等軍，進渡河，收黎陽、臨河等縣，相與出入犄角，逐便撲滅。則慶緒之首，可翹足待之而已。是亦恭行天罰，豈在王師必無戰哉？愚臣聞見淺狹，承乏待罪，未精愼固之守，輕議擒縱之術。抑臣之夢寐，貴有裨補。謹進前件圖如狀，伏聽進止。乾元元年七月日某官臣狀進。

遣帥分兵，犄角互進，算無遺策，誰謂公不長於經濟？○平盧在幽燕之東，故曰左脅。○鄆州，隋東平郡縣，屬河南道。魏州，漢魏郡元城縣地，屬河北道。時爲安所據。○貝州，隋淸和郡。博州，隋武陽郡之聊城縣。相州，漢魏郡。衞州，隋汲郡。俱屬河北道。○沁水在澤州。嵐州卽嵐城縣，屬河東道。林慮屬相州。黎陽屬衞州。臨河屬相州。

爲閬州王使君進論巴蜀安危表

原註：年譜云：廣德元年，公在閬州。按集中有王閬州筵及陪王使君晦日泛江諸詩。

臣某言：伏自陛下平山東，收燕、薊，洎海隅萬里，百姓感動，喜王業再造，瘡痏蘇息。陛下明聖，社稷之靈，以至於此。然河南河北，貢賦未入，江淮轉輸，異於曩時。唯獨劍南，自用兵以來，稅斂則殷，部領不絕，瓊林諸庫，仰給最多，是蜀之土地膏腴，物產繁富，足以供王命也。近者賊臣惡子，頗有亂常，巴蜀之人，橫被煩費。猶自勸勉，充備百役，不敢怨嗟。吐蕃今下松維等州，成都已不安矣。楊琳師再脅普、合，（普合二州俱屬劍南道。）顒顒兩川，不得相救，百姓騷動，未知所裁。況臣本州山南所管，初置節度，庶事草創，豈暇力及東西兩川矣？伏願陛下聽政之餘，料巴蜀之理亂，審救援之得失，定兩川之異同，問分管之可否。度長計大，速以親賢出鎭，哀罷人以安反仄！犬戎侵軼，羣盜窺伺，庶可遏矣。而三蜀，大府也，徵取萬計，陛下忍坐見其猥狽哉？不卽爲之，臣竊恐蠻夷得恣屠割耳，實爲陛下有所痛惜！必以親王委之節鉞，（與房琯所建正同。）此古之維城磐石之義明矣。陛下何疑哉？在選擇親賢，加以醇厚明哲之老爲之師傅，則萬無覆敗之跡，又何疑焉。其次付重臣舊德，智略經久，擧事尤愜，不隕穫於蒼黃之際，臨危制變之明者，觀其樹勳庸於當時，扶泥塗於已墜，整頓理體，竭露臣節，必見方面小康也。今梁州既置節度，與成都足以久遠相應矣。東川更分管數州於內，幕府取給，（按東川與山南接壤，山南既增節度，東川兵馬便可幷付西川，減省幕府繁費。）破弊滋甚。若兵馬悉付西川，梁州益坦（坦字似訛。）爲聲援，是重斂之下，免出多門，西南之人，有活望矣。必以戰伐未息，勢資多軍，應須遣朝廷任使舊人，授之使節，留後之寄。綿歷歲時，非所以塞衆望也。言留後無益。臣於所守封界，連接梓州，正可爲成都東鄙，其中別作法度，亦不足成要害哉，徒擾人矣。伏惟明王裁之！勅天下徵收赦文，減省軍用外諸色雜賦名目，伏願損之又損之，劍南諸州，亦因而復振矣。將相之任，內外交遷，西川分壺，以仗賢俊。愚臣特望以親王總戎者，意在根固流長，國家萬代之利也，敢輕易而言。次請愼擇重臣，亦願任使舊人，鎭撫不缺。借如犬戎傲擾，臣素知之。臣之兄承訓，自沒蕃以來，長望生還，僞親信於贊普，探其深意，意者報復摩彌國名。青海之役決矣。同謀誓衆，於前後沒落之徒，曲成翻動，陰合應接，積有歲時。每漢使回，蕃使至，帛書隱語，累嘗懇論。臣皆封進上聞，屢達臣兄承訓憂國家緣邊之急，願亦勤矣。況臣本隨兄在蜀，向二十年。兄旣辱身蠻夷，相見無日，臣比未忍離蜀者，望兄消息時通。所以戮力邊隅，累踐班秩，補拙之分淺，待罪之日深。蜀之安危，敢竭聞見。臣子之義，貴有所盡於君親。愚臣迂闊之說，萬一少裨聖慮，遠人之福也，愚臣之幸也。昨竊聞諸道路云：吐蕃已來，草竊岐隴，逼近咸陽。似是之間，憂憤隕迫，益增尸祿寄重之懼，寤寐報効之懇。謹冒死具巴蜀成敗形勢，奉表以聞。

爲夔府柏都督謝上表

原註：年譜云：大曆元年，公至夔州，時柏中丞爲夔州都督，公嘗爲作謝上表。按集中有陪柏中丞觀宴將士等詩。

臣某言：伏奉月日制，授臣某官，祇拜休命，內顧殞越。策駑馬之力，冒累踐之寵，自數勳力，萬無一稱，再三怵惕，流汗至踵。謹以某月日到任上訖。

臣某誠戰誠懼，頓首頓首，死罪死罪。伏以陛下君父任使之久，掩臣子不逮之過，就其小效，復分深憂。察臣劍南區區，恐失臣節如彼；加臣頻煩階級，鎮守要衝如此。勉勵疲鈍，伏揚陛下之聖德，愛惜陛下之百姓。先之以簡易，間之以樂業，均之以賦斂，終之以敦勸。然後畢禁將士之暴，弘洽主客之宜，示以刑典難犯之科，寬以困窮計無所出。哀今之人，庶古之道，語樸而義盡，表體正難此古茂。內救惸獨，外攘師寇。上報君父曲蓋庸拙之分，下循臣子勤補失墜之目。灰粉骸骨，以備守官。伏惟恩慈，胡忍容易，愚臣之願也，明主之望也。限以所領，未遑謁對，無任兢灼之極。謹遣某官奉表陳謝以聞。臣誠喜誠懼，死罪死罪。

前殿中侍御史柳公紫微仙閣畫太一天尊圖文

石鼇老放神乎始青之天，遊目乎浩劫之家。泠泠然馭乎風，熙熙然登乎臺。進而俯乎寒林，退而極乎延閣。（閣名。）見龍虎日月之君，亘於疏梁，塞於高壁。骨者、鬣者，皙者、黝者，視遇之間，若嚴寇敵者已。伊四司五帝天之徒，青節（旗也。）崇然，綠輿駢然；仙官洎鬼官無央（即無窮。）數衆，陽者近，陰者遠，俱浮空不定，目所向如一。蓋知北闕帝君（老君。）之尊，端拱侍衛之內，於天上最貴矣。已而左玄之屬吏三洞弟子某（天師弟子。）進曰：經始績事，前杜下史河東柳涉，職是樹善，損於而家，憂於而國，剝私室之匱，渴蒸人之安，志所至也。請梗槩帝君救護之慈，朝拜之功，曰若人存，（謂老子。）思我主籙（我字作老子語氣，公往往如此用。）生之根，死之門，我則制伏妖之興，毒之騰。凡今之人，反側未濟。柳氏，柱史也，立乎老君之後，獲隱嘿乎？忍塗炭乎？先生（即石鼈老。）與道而遊，與學而遊，可上以昭太一之威神於下，下以昭柱史之告訴於上，玉京之用事也，率土之發祥也。惡乎寢而，庸詎仰而？先生（石鼈老。）藐然若往，頹然而止，曰：噫！夫鳥亂於雲，魚亂於水，獸亂於山，是罼弋鉤罟削格之智生，是機變邀退攫拾之智極。故自黃帝已下，干戈崢嶸，流血不乾，骨蔽乎原。乖氣橫放，淳風不返。雖書載蠻夷率服，詩稱徐方大來，許其慕中夏與？夫容成氏、中央氏、尊盧氏輩，結繩而已，百姓至死不相往來，茲茂德困矣。（此段言上古樸野之治不可法。）矧賢主趣之而不及，庸主聞之而不曉，浩穰崩蹷，數千古哉。至使世之仁者，蒿目而憂世之患，有是夫。今聖主誅干紀，康大業，物尚疵癘，戰爭未息。言歸於正。必揆當世之變，日慎一日。衆之所惡與之惡，衆之所善與之善。敕有司寬政去禁，問疾薄斂，修其土田，險其走集。以此馭賊臣惡子，自然百祥攻百異有漸，天下洶洶，何其撓哉？已登乎種種之民，舍乎啍啍之意，是巍巍乎北闕帝君者，肯不乘道腴，卷黑簿，詔北斗削死，南斗注生，與夫圓首方足，施及乎蠢蠕之蟲，肖翹之物，盡驅之更始，何病乎不得如昔在太宗之時哉？石鼈老畢辭，三洞弟子某又某，靜如得，動如失，久而卻走，不敢貳問。

能暢老氏之學，每於生處拙處見致，此亦少陵所獨。○道家之源，出於老子，上處玉京爲神王之宗，下在紫微爲飛仙之主。○石鼈谷在萬年縣。三天有清微天，其氣始青。浩劫，謂累代也。○削格，所以設羅網者。○啍啍，謂樸野。黑簿，罪簿也。

祭遠祖當陽君文

原注：年譜云：開元二十九年，公在河南祭遠祖於洛之首陽。按晉鎮南將軍當陽侯杜預字元凱，乃公之十三世祖也。

維開元二十九年，歲次辛巳月日，十三葉孫甫，謹以寒食之奠，敢昭告於先祖晉駙馬都尉、鎮南大將軍、當陽成侯諡曰成。之靈。初陶唐出自伊祁，聖人之後，世食舊德。降及武庫，應乎虬精。恭聞淵深，罕得窺測。勇功是立，智名克彰。繕甲江陵，祲清東吳。建侯於荆，邦於南土。河水活活，造舟為梁。洪濤奔氾，未始騰毒。春秋主解，稾隸躬親。嗚呼筆跡，流宕何人！蒼蒼孤墳，獨出高頂。靜思骨肉，悲憤心胸。峻極於天，神有所降。不毛之地，儉乃孔昭。取象邢山，全模祭仲。多藏之誡，焯序前文。小子築室，首陽之下。不敢忘本，不敢違仁。庶刻豐石，樹此大道。論次昭穆，載揚顯號。于以采蘩，於彼中園。誰其尸之，有齊列孫。齊作齋，用三百篇成句。嗚呼！敢告茲辰，以永薄祭。尙饗！

樸而雅。○杜預在內，損益萬機，朝野美之，號杜武庫。○預醉臥嘔吐，人窺於戶，見一大蛇垂頭而吐，是曰虬精。○造舟爲梁，言預以孟津渡時恐有水患，請建河橋於富平津。橋成帝臨，擧觴屬預曰：非君此橋不立也。○預躭思牘籍，爲春秋左氏經傳集解。○杜預筆跡，不知流宕後世何人收之，故曰流宕何人。○全模祭仲，密縣有鄭祭仲墓。預臨卒遺令後人，域兆取法於鄭大夫，欲以儉自完。棺器小斂之事，皆當稱此。

祭外祖祖母文

維年月日，外孫滎陽鄭宏之、京兆杜甫，謹以寒食庶羞之奠，敢昭告於外王父母之靈。嗚呼！外氏當房，祭祀無主。伯道何罪，元陽誰撫？緬惟夙昔，追思艱窶。當太后秉柄，內宗如縷。紀國則夫人之門，舒國則府君之外父。

聿以生居貴戚，釁結狂豎。公外家當天后時，父母以讒害下獄，而外王母能盡孝。紀此一事，自足以傳。雌伏單棲，雄鳴折羽。憂心惙惙，獨行踽踽。悲夫逝景，分飛忽間於鳳凰；咄彼讒人，有詞何異於鸜鵒。初我父王之遘禍，我母妃之下室。謂下請室。深猜殊塗，酷吏同律。夫人於是布裙屏屨，提餉潛出。昊天不傭，退藏於密。久成凋瘵，溘至終畢。蓋乃事存於義陽之誄，名播於燕公之筆。嗚呼哀哉！宏之等從母昆弟，兩家因依。弱歲俱苦，慈顏永違。豈無世親？不如所愛；豈無舅氏？不知所歸。誓以偏往，惻戀光輝。漸漬相勗，居諸造微。即式微意。幸遇聖主，願發清機。以顯內外，何當奮飛。洛城之北，卭山之曲。列樹風煙，寒泉珠玉。千秋古道，王孫去兮不歸；三月清天，春草萋兮增綠。頃物將牽累，事未遂欲。使淚流頓盡，血下相續者矣。捧奠遲迴，炯心依屬。庶多載之灑掃，循茲辰之軌躅。

此等古茂之章，今人亦不能讀。○鄧伯道無兒。○元陽當作陽元，少孤爲外氏所養。○紀國，舊書紀：王慎太宗第十子，趙王貞敗，慎亦下獄卒。慎次子沂州刺史義陽王琮等五人，垂拱中並遇害。中興初，追復官爵。張燕公作義陽王碑曰：初，永昌之難，王下河南獄，妃錄司農寺。惟有崔氏女，屏屨布衣，往來供饋，徒行頳色，傷動人倫。中外咨嗟，目爲勤孝。按碑則公之外母，紀王之孫，義陽之女也。故曰：紀國則夫人之門。又曰：名播於燕公之筆也。公母崔氏，此爲明徵。范陽太君誌稱冢婦盧氏，其爲傳寫之誤無疑矣。燕公碑文，又述義陽二子，長曰行遠，以冠𣏌戮；次曰行芳，以童當捨。芳啼號抱行遠，乞代兄命，既不見聽，固求同盡。西南傷之，稱爲死悌。季子行保，泣血上請，迎喪歸葬。○舒國，舒王爲高祖第十八子。永昌年，與子亶俱爲田神勣所陷，繫獄死。後贈司徒。曰府君之外父者，蓋舒國爲府君外王父也。

祭故相國淸河房公文

原註：年譜云：廣德元年，公在閬州有祭故相國房公文。按唐史，房琯字次律，玄宗幸蜀拜爲相，肅宗卽位靈武，琯請自將平賊，戰於陳濤斜，敗績，遂罷相守邠州，繼歷晉漢二州刺史。廣德元年，召拜刑部尚書，道病卒，贈太尉。又按公集中有承聞房公靈櫬自閬州啓殯歸葬東都詩。鶴云：按舊史：房公以廣德

元年八月四日卒於閬州僧舍，而權瘞於彼。時公在閬州，春，祭文。明年春晚，有別房公墓詩。又明年，爲永泰元年，房公啓殯時，公在雲安，故有承聞房公歸葬東都之作。

維唐廣德元年，歲次癸卯，九月辛丑朔二十二日壬戌，京兆杜甫，敬以醴酒、茶、藕、蓴、鯽之奠，奉祭故相國清河房公之靈曰：嗚呼！純樸既散，聖人又沒。苟非大賢，孰奉天秩。唐始受命，羣公間出。君臣和同，德教充溢。魏杜行之，夫何畫一！婁宋繼之，不墜故實。百餘年間，見有輔弼。及公入相，紀綱已失。將帥干紀，烟塵犯闕。王風寖頓，神器圮裂。關輔蕭條，乘輿播越。太子即位，揖讓倉卒。小臣用權，尊貴倏忽。二語謂李輔國也。公實匡救，忘餐奮發。累抗直詞，空聞泣血。數語該括含蓄，次律心事已明，用意甚妙。時遭祲沴，國有征伐。車駕還京，朝廷就列。盜本乘弊，誅終不滅。高義沉埋，赤心蕩析。貶官厭路，謂貶琯以厭足當路之心。讒口到骨。謂肅宗入賀蘭進明之譖。致君之誠，在困彌切。痛哉。天道闊遠，元精茫昧。偶生賢達，不必濟會。明明我公，可去時代。言不可去時代也。賈誼慟哭，雖多顛沛。仲尼旅人，自有遺愛。二聖崩日，二聖玄宗肅宗。長號荒外。後事所委，不在臥內。言未得爲肅宗託孤。因循寢疾，憔悴無悔。矢死泉塗，激揚風槩。天柱既折，安仰翊戴？地維則絕，安放夾載。豈無羣彥？我心忉忉！不見君子，逝水滔滔。惜慕之極。泄涕寒谷，吞聲賊壕。有車爰送，有紼爰操。撫墳日落，脫劍秋高。我公戒子，琯子孺爲刺史。無作爾勞。斂以素帛，付諸蓬蒿。身瘞萬里，家無一毫。數子哀過，他人鬱陶。水漿不入，日月其慆。州府救喪，一二而已。人情如此。自古所嘆，罕聞知己。曩者書札，望公再起。今來禮數，爲態至此！先帝松柏，故鄉枌梓。靈之忠孝，氣則依倚。拾遺補闕，視君所履。公初罷印，人實切齒。甫也備位此官，蓋薄劣耳。見時危急，敢愛生死。點明救琯事。君何不聞？君謂肅宗。刑欲加矣。伏奏無成，終身愧恥。乾坤慘慘，豺虎紛紛。蒼生破碎，諸將功勳。城邑自守，鼙鼓相聞。山東雖定，灞上多軍。憂恨展轉，傷痛氤氳。玄豈正色，白亦不分。謂不分黑白。數語說盡賞罰不明。培塿滿地，崑崙無羣。致祭者酒，陳情者文。何當旅櫬，得出江雲。嗚呼哀哉！尙饗。

時含時露，用意婉至，此少陵第一首文。蓋人遇知己，其情既篤，其文自佳。○房次律建分王帝冑之議，爲祿山所畏，公深推慕，復以救琯左遷，乃生平最大之事，故此文亦生平最得意之文。○細看此文，方知錢註杜於房杜相交及杜以諫貶幽憤諸詩之確。○讀蒼生諸將八字，則知錢註洗兵馬及謂杜每不滿於肅宗偏愛靈武諸臣之論甚確。○唐詩紀事：司空圖謂子美祭房太尉文、大白佛寺碑贊，宏拔清厲，乃其歌詩也。

唐故萬年縣君京兆杜氏墓誌

原註：年譜云：天寶九年，公在河南，誌萬年縣君京兆杜氏墓。按縣君公之姑也。又按公范陽太君墓誌云：縣君適河東裴榮期，榮期嘗爲濟王府錄事。

甫以世之錄行跡、示將來者多矣。大抵家人賄賂，詞客阿諛，眞僞百端，波瀾一揆。說盡後世石誌之弊。夫載筆光芒於金石，作程通達於神明，立德不孤，揚名歸實，可以發皇后則，標格女史，竊見於萬年縣君得之矣。其先系統於伊祁，分姓於唐杜。在虞爲陶唐氏，在周爲唐杜氏。吾祖也，我知之。遠自周室，迄於聖代。傳之以仁義禮智信，列之以公侯伯子男。春秋傳云：穆叔謂之世祿，其在茲乎？曾祖某，失名。隋河內郡司功獲嘉縣令。王父某，名依藝。皇朝監察御史洛州鞏縣令。前朝咸以士林取貴，宰邑成名。考某，名審言。修文館學士尙書膳部員外郎，天、下之人，謂之才子。兄升，國史有傳，縉紳之士，誄爲孝童。以其報父仇也。見祖母盧氏誌中。故美玉多出於崑山，明珠必傳於滄海。蓋縣君受中和之氣，成肅雍之德，其來尚矣。作配君子，實惟好仇。河東裴君諱榮期，見任濟王府錄事參軍，入在清通，同行領袖。素髮相敬，朱紱有光。縣君既早習於家風，以陰教爲己任。執婦道而純一，與禮法而始終，可得聞也。昔舅歿姑老，承順顏色。侍歷年之寢疾，力不暇於須臾。苟便於人，皆在於手。淚積而形骸奪氣，憂深而巾櫛生塵。謂不暇盥沐也。尊卑之道然，固出自於天性。孝養哀送，名流稱仰。允所謂能循法度，則可以承先祖，供給祭祀矣。維其矜莊門戶，節制差服，裁制親疏之禮。功成則運，有若四時；物或猶乖，匪踰終日。誌婦道着此奧語。黼晝組就之事，割烹煎和之宜，規矩數及於親姻，脫落頗盈於歲序。不拘拘校量。若其先人後己，上下敦睦，懸磬知歸，卹窮。揖讓惟久，在嫂叔則有謝氏光小郎之才，於娣姒則有鍾琰洽介婦之德。周給不礙於親疏，泛愛無擇於良賤。至如星霜伏臘，軒騎歸寧，慈母每謂於飛來，幼童方生乎感悅。加以詩書潤業，道誘爲心，遏悔吝於未萌，驗是非於往事。內則致諸子於無過之地，外則使他人見賢而思齊。爰自十載已還，默契一乘之理。絕葷血於禪味，混出處於度門。喻筏之文字不遺，開卷而音義皆達。母儀用事，家相遵行矣。至於膳食滑甘之美，黻結縫線之難，展轉忽微，欲參謀而懸解；指麾補合，猶取則於垂成。此亦人所不能形容。其積行累功，不爲薰修所住著，有如此者。謂其不溺於佛敎也。靈山鎭地，長吐煙雲；德水連天，自浮星象。則其著心定惠，豈近於揚搉者哉？言非關獎飾。越天寶元年某月八日，終於東京仁風里。春秋若干，示諸生滅相。越六月二十九日，遷殯於河南縣平樂鄉之原，禮也。嗚呼哀哉！琴瑟罷聲，蘋蘩晦色。骨肉號兮天地感，中外痛兮鬼神惻。有長子曰朝列；次朝英，北海郡壽光尉；次朝牧。女長適獨孤氏，次閻氏，皆禀自胎敎，成於妙年。厥初寢疾也，惟長女在，列、英、牧或以遊以宦，莫獲同曾氏之元申。號而不哭，傷斷鄰里。悠哉少女，未始聞哀，又足酸鼻。嗚呼！縣君有語曰：可以褐衣斂吾，起塔而葬。起塔從佛敎也。裴公自以從大夫之後，成縣君之榮，愛禮實深，遺意蓋闕。但褐衣在斂，而幽隧爰封。其所廞飾，咸遵儉素。

謂裴公以禮葬之，不遵起塔。眘茲邑號，未降天書。各有司存，成之不日。嗚呼哀哉！有兄子曰甫，制服於斯，紀德於斯，刻石於斯。或曰：豈孝童之猶子歟？奚孝義之勤若此！甫泣而對曰，非敢當是也，亦爲報也。甫昔臥病於我諸姑，意公之母早亡，而育於姑也。姑之子又病，問女巫。巫曰：處楹之東南隅者吉。此段尤敍得明切入情。姑遂易子之地以安我。我自用存而姑之子卒，後乃知之於走使。甫嘗有說於人，客將出涕感者久之，相與定謚曰義。君子以爲魯義姑者，遇暴客於郊，抱其所攜，棄其所抱，以割私愛，縣君有焉。是以舉茲一隅，昭彼百行。銘而不韻，蓋情至無文。得體。其詞曰：嗚呼！有唐義姑京兆杜氏之墓。

誰能敍閨中事入如許深致語？少陵之文，本自過人，反以詩揜。○語藻而氣質，閒處敍事尤眞。古人一飯之德不忘，杜陵有焉。其人足法也。○嫂叔二句，王凝之妻謝道韞，每值叔獻之與客談理詞屈，輒以步障自蔽，代獻之論，客不能屈。王渾妻鍾琰雖貴門，與弟妹郝氏相親。○佛家惟有一乘法，無二無三。○度門，佛有八萬四千諸度法門。○莊子以有繫者爲縣，則無繫者縣解也。○歟，陳輿服於庭也。○齊攻魯至郊，見婦人棄子抱姪，遂回軍曰：婦人猶持節行，況朝廷乎？

唐故范陽太君盧氏墓誌

原註：年譜云：天寶三載五月五日，公之祖母范陽太君盧氏卒於陳留之私第。按公之祖審言前娶薛氏，再娶盧氏。以八月旬有一日歸葬河南郾師，公作墓誌。

五代祖柔，隋吏部尚書容城侯。大父元懿，是渭南尉。父元哲，是盧州愼縣丞。維天寶三載五月五日，故修文館學士著作郎京兆杜府君諱某之繼室范陽縣太君盧氏，卒於陳留郡之私第，春秋六十有九。嗚呼！以其載八月旬有一日發引，歸葬於河南之偃師。以是月三十日庚申，將入著作之大塋，在縣首陽之東原。我太君用甲之穴，禮也。墳南去大道百二十步奇三

尺，北去首陽山二里。凡塗車芻靈設熬置銘之名物，加庶人一等，蓋遵儉
素之遺意。塋內西北去府君墓二十四步，則壬甲可知矣。遺奠之祭畢，一
二家相進曰：斯至止，將欲啓府君之墓門，安靈櫬於其右，豈厥飾未具，時
不練歟？言皆具且練，故作詰問。前夫人薛氏之合葬也，豈盧太君先合葬前夫人耶。初太君令之，諸子受
之，流俗難之，太君易之。今茲順壬取甲，又遺意焉。嗚呼孝哉！孤子登，
號如嬰兒，視無人色。且左右僕妾，洎廝役之賤，皆蓬首灰心，嗚呼流涕！
寧或一哀所感，片善不忘而已哉？實惟太君積德以常，臨下以恕，如地之
厚，縱天之和，運陰教之名數，秉女儀之標格。嗚呼！得非太公之後，必齊
之姜乎？姜氏封於盧，以國為氏。出范陽。薛氏所生子適曰某，名閑。故朝議大夫兗州司馬。次曰

升，升，唐書作井。幼卒，報復父讐，國史有傳。次曰專，歷開封尉，先是不祿。息女，長適鉅鹿魏上琡，蜀縣丞。次適河東裴榮期，濟王府錄事。次適范陽盧正均，平陽郡司倉參軍。嗚呼！三家之女，又皆前卒。而某等夙遭內艱，有長自太君之首者。首與手，杜集每通用。至於婚姻之禮，則盡是太君主之。慈恩穆如，人或不知者，咸以爲盧氏之腹生也。然則某等，亦不無平津孝謹之名於當世矣。漢公孫弘養後母孝謹，後爲丞相，封平津侯。登卽太君所生，前任武康尉。二女：曰適京兆王佑，任硤石尉；曰適會稽賀撝，卒常熟主簿。其往也，既哭成位，有若冢婦同郡盧氏、朱云：當作清河崔氏。介婦滎陽鄭氏、鉅鹿魏氏、京兆王氏，女通諸孫子，謂所生女通男孫計之。三十人。內宗外宗，寢以疏闊者，或玄纁玉帛，自他日互有所至。若以爲杜氏之葬，近於禮而可觀，而家人亦不敢。謂不敢當知禮名。以時繼年，式志之金石。

銘曰：

太君之子，朝議所尊。貴因長子，澤就私門。亳邑之都，終天之地。享年不永，歿而猶視。

潔質不支。○升復父仇。審言貶授吉州司戶參軍，與州僚不協。司馬周季重與員外司戶郭若訥共搆審言罪狀，繫獄，將因事殺之。既而季重等府中酣讌，審言子幷，年十三，懷刃以擊之。季重中傷死，而幷亦爲左右所殺，季重臨死曰：我不知審言有孝子，郭若訥誤我至此。審言因此免官。士人咸哀幷孝烈，蘇頲爲墓誌，劉允濟爲祭文。○錢曰：此誌代其父閑作也。薛氏所生子曰閑、曰專，太君所生子曰登。誌曰：某等夙遭內艱，有長自太君之手者。知其代父作也。又曰：幷幼卒，專先是不祿，則知閑尚無恙也。元誌云：閑爲奉天令。是時尚爲兗州司馬，閑之卒，蓋在天寶間，而其年不可考矣。公母崔氏，此云冢婦盧氏，盧字訛。以祭外祖父母文及張燕公義陽王碑考之，爲崔甚明。而作年譜者曲爲之說曰：先生之母徽，故歿而不書。或又大書於世系曰：母盧氏，生母崔氏，其敢爲誕妄如此。

唐故德儀（玄宗妃。）贈淑妃皇甫氏神道碑

原註：年譜云：天寶四載，公在齊州作開元皇帝皇甫淑妃墓碑。碑云：淑妃生鄂王瑤、臨晉公主，公主下嫁滎陽鄭潛曜。妃薨後，歲陽載紀，潛曜下敎邑司，爰度碑版。又按鄭有園亭在河南新安縣。公集中有鄭駙馬宴洞中及重題東亭詩，又有鄭駙馬池臺遇鄭廣文同飲詩。

后妃之制古矣，而軒轅氏、帝嚳氏次妃之跡，最有可稱，存乎舊史。然則其義隱，其文略。周禮：王者內職大備而陰敎宣。詩人關雎風化之始，樂得淑女。蓋所以教本古訓，發皇婦道。居具燕寢之義，動有環珮之節，進賢才以輔佐君子，不淫色以取媚閨房。雖彤管之地，功過必紀；而金屋之寵，流宕一揆。（言寵妃靜正者少。）稽女史之華實，嗣嬪則之清高，亦時有其人，偉夫精選。

淑妃諱某，姓皇甫氏，其先安定人也。惟卨（即契字。）封商，於赫有光。伊玄祖樹德，（謂湯。）於今不忘。必宋之子，莫之與比。伊清風繼代，惠此餘美。夫其系

緒蕃衍，紱冕所興，列爲公侯，古有皇甫充石，則其宗可知也。夫其體元消息，經術之美，刊正帝圖，中有玄晏先生，（晉皇甫謐。）則其家可知矣。嗟乎！我有奕葉，（公作文好用我字。）承權輿矣。我有徽猷，展肅雍矣。積羣玉之氣，自對白虹之天；生五色之毛，不離丹鳳之穴。曾祖烜，皇朝宋州刺史。祖粹，皇朝越州刺史都督諸軍事。父日休，皇朝左監門衞副率，妃則副率府君之元女也。粤在襁褓，體如冰雪，氣象受於天和，詩禮傳於胎教，故列我開元（玄宗。）神武之嬪御者，豈易其容止法度哉？今上（玄宗。）昔在靑宮之日，詔誥（錢本作詰。）良家女，擇視可否，充備淑哲。太妃以內秉純一，外賁沈靜。明珠在蚌，水月鮮白；美玉處石，崖津潤澤。結褵而金印相輝，同輦而翠旗交影。由是恩加婉順，品列德儀。德儀內官正二品。雖掖庭三千，爵秩十四，掩六宮以取俊，超羣女以見賢。豈渥澤之不流，曾是不敢以露才揚己，卑以自牧而已。夫如是言，足以厚人倫，化風俗，彌縫坤載之失，夾輔元亨之求。坤元亨，利牝馬之貞。嗚呼！彼蒼也常與善，何有初也不久好？此處疑有脫誤。奈何！況妃亦旣遘疾，怗如慮往。上以之服事最舊，佳人難得，送藥必經於御手，見寢始迴於天步。月氏使者，空說返魂之香；漢帝夫人，終痛歸來之像。以開元二十三年歲次乙亥十月癸未朔，薨於東京某宮院。春秋四十有二。嗚呼哀哉！望景向夕，澄華微陰。風驚碧樹，霧重青岑。天子悼履綦之蕪絕，惜脂粉之凝冷。下麟鳳之銀牀，到梧桐之金井。嗚呼哀哉！厥初權殯於崇政里之公宅，後詔以某月二十七日己酉，卜葬於河南縣龍門之西北原，禮也。制曰：故德儀皇甫氏，贊道中壼，肅事後庭。孰云疾疢，奄見凋落！永言懿範，用愴於懷！宜登四妃之列，式旌六行之美，可册贈淑妃。喪須並官供。言喪事所須，並宜官供。河南尹李適之充使監護。非夫淸門華胄，積行累功，序於王者之有始有卒，介於嬪御之不僭不濫，是何存榮歿哀，視有遇之多也。謂遇恩獨多。有子曰鄂王，諱瑤，兼太子太保使持節幽州大都督事，有故，在疚而卒。豈無樂國？今也則亡。匪降自天，云何吁矣！有女曰臨晉公主，出降代國長公主子滎陽潛曜，官曰光祿卿，爵曰駙馬都尉。昔王儉以公主恩尙帝女爲榮，儉母齊武康公主。何晏兼關內侯，何晏，進孫，長於宮省，尙金鄉公主，得封列侯。是亦晉朝歸美。公主禮承於訓，孝自於心。霜露之感，形於顏色；享祀之數，缺於灑掃。嘗戚然謂左右曰：自我之西，歲陽載紀，彼都之外，道里遐絕。聖慈有蓬萊之深，異縣有松檟之阻。思欲輕舉，安得黃鵠？未議巡豫，徒瞻白雲。望關塞之風烟，尋常涕泗；懷伊川之陵谷，恐懼遷移。於是下敎邑司，爰度碑版。以鄭駙馬相託，此段自不可少。甫忝鄭莊之賓客，遊竇主之園林。又及己身。以白頭之嵇阮，豈獨步於崔蔡？而野老何知，斯文見託；公子汎愛，公子謂潛曜。壯心未已。不論官閥，游夏入文學之科；兼敍哀傷，顏謝有后妃之誄。銘曰：

積氣之淸，積陰之靈。漢曲迴月，高堂麗星。驚濤洶洶，過雨冥冥。洗滌蒼翠，誕生娉婷。一　婉彼柔惠，迴然開爽。綢繆之故，昔在明兩。恩渥未渝，康哉大往。展如之媛，孰與爭長？二　珩珮是加，翬褕克備。先德後色，累功居位。壼儀孔修，宮教咸遂。王子獎飾，子，朱作于未是。禮亦尊異。三　小苑春深，離宮夜逼。花間度月，同輦未歸。池畔臨風，焚香不息。嗚呼變化，惠好終極！四　馮相視祲，太史書氛。藏舟晦色，逝水寒文。翠幄成彩，金爐罷燻。燕趙一馬，瀟湘片雲。五　恍惚餘跡，蒼茫具美。王子國除，匪他之恥。言非其罪。公主愁思，永懷於彼。日居月諸，邱壠荊杞。六　巖巖禹鑿，瀰瀰伊川。列樹拱矣，豐碑缺然。爰謀述作，欻就雕鐫。金石照地，蛟龍下天。七　蛟龍當謂碑旁所刻龍。少室東立，繚垣西走。佛寺在前，宮牆在後。維山有麓，與碑不朽。維水有源，與詞永久。八　銘體次第秩然。

莊重周悉，雖有騈辭，無傷於體。漢誌銘多用對句，正復相同。末記鄭駙馬以碑見託，有精彩。古人作一文，必著來歷，則其不輕見諾可知矣。○怗音帖，安也。 如慮往，謂百慮俱去。○漢月支國王進返魂香。○漢齊人少翁致李夫人魂。○六行，婦德。○按鄂王瑤母皇甫德儀，玄宗在臨淄邸以容色見顧。及惠妃承恩，鄂王之母漸疏薄。○楊洄奏太子瑛與鄂王搆異謀，尋賜死。○臨晉公主，玄宗女，皇甫淑妃所生，下嫁鄭潛曜，卒大曆時。 按開元中代國長公主寢疾，潛曜侍左右，累三月不頮面，尙臨晉公主。○伊川在洛陽。○歲陽載紀，鶴云：按爾雅自甲至癸爲歲之陽。妃以開元二年己亥薨，至天寶四載己酉，爲歲陽載紀矣。碑當以是年作也。然此釋終未甚明。○竇主，漢館陶公主，號竇太主。○崔蔡，崔駰、蔡邕。○顏延之、謝莊，皆有后妃哀誄。

原註 東坡餘論云：董君新序稱子美爲皇甫淑妃碑在開元二十三年，最少作也。 予按此碑乃駙馬鄭潛曜託子美作，而非開元二十三年淑妃葬時作也。 碑云：甫忝鄭莊之賓客，遊竇主之園林，以白頭之嵇阮，豈獨步於崔蔡，野老何知，斯文見託。 其敍稱白頭野老，安得謂之少作。又銘云：日居月諸，邱壠荆杞，列樹拱矣，豐碑缺然。 則立碑蓋在葬後也。 董君不攷立碑之年，但據葬年而云，故誤耳。

附錄一：傳誌

舊唐書文苑本傳

劉昫（音許）

杜甫，字子美，本襄陽人，後徙河南鞏縣。朱注：按晉書杜預傳云：京兆杜陵人。又周書杜叔毘傳云：其先京兆人，徙居襄陽。唐書宰相世系表載襄陽杜氏出自預少子尹，公自稱預十三葉孫，其爲尹之後明矣。後又自襄陽徙居河南，故公之田園都在鞏洛，其族望本出杜陵，故詩每稱杜陵野老。進封西岳賦表亦云：臣本杜陵諸生也。曾祖依藝，位終鞏令。祖審言，終膳部員外郎，自有傳。父閑，終奉天令。甫天寶初，當作開元末。應進士不第。天寶末，獻三大禮賦，玄宗奇之，召試文章，授京兆府兵曹參軍。當作右衛率府參軍。十五載，祿山陷京師，肅宗徵兵靈武，甫自京師宵遁，赴河西，謁肅宗於彭原，拜右當作左。拾遺。朱注：公自京師西竄，謁肅宗於鳳翔，舊史誤也。房琯布衣時與甫善。時琯爲宰相，請自帥師討賊，帝許之。是年十月，琯兵敗於陳濤斜。明年春，琯罷相。甫上書言：琯有才，不宜罷免。肅宗怒，貶琯爲刺史，出甫爲華州司功參軍。時關輔亂離，穀食踊貴。甫寓居於成州同谷縣，（成州之上，漏去秦州。）自負薪采梠，兒女餓殍者數人。久之，召補京兆府功曹。（朱注：公不赴京兆功曹，乃武再帥劍南時。史誤，辨詳詩集。）上元二年冬，（當作廣德二年春。）黃門侍郎鄭國公嚴武鎮成都，奏爲節度參謀、檢校尚書工部員外郎，賜緋魚袋。（據新書表授員外，亦當是武再帥劍南時事。）武與甫世舊，待遇甚隆。甫性褊躁無器度，恃恩放恣，嘗憑醉登武之牀，瞪眎武曰：嚴挺之乃有此兒！武雖急暴，不以爲忤。甫於成都浣花里種竹植樹，結廬枕江，縱酒嘯咏，與田夫野老相狎蕩，無拘檢。嚴武過之，有時不冠，其傲誕如此。永泰元年夏，武卒，無所依。及郭英乂代武鎭成都，英乂武人，麤暴，無能刺謁，乃遊東蜀依高適，既至而適卒。朱注：按適自西川入朝，在嚴武再鎭之前，拜散騎常侍乃卒。寶應元年，嚴武還朝，適領西川節度，公方攜家至東川，與留後章彝最善。適未嘗兼領東川，時亦並無依高適事。是歲崔寧即崔旰。殺英乂，楊子琳攻西川，蜀中大亂。甫以其家避亂荊楚，扁舟下峽。未維舟而江陵亂，朱注：公居江陵及公安頗久，其時江陵無警，舊書謂未維舟而江陵亂者誤也。二史載居夔下峽事皆不詳。乃泝沿湘流，遊衡山，寓居耒陽。浦注：自衡往郴，舟泊耒陽耳，未嘗寓居也。甫嘗遊岳廟，爲暴水所阻，阻水不在岳廟。旬日不得食。耒陽令知之，自權舟迎甫而還。永泰二年，當作大曆五年。啗牛肉白酒，一夕而卒於耒陽，浦注：此說出於唐小說家，不可信，當以公詩正之。辨詳年譜末及詩集注。明皇雜錄：杜甫客耒陽，頗爲令長所厭，甫投詩於宰，宰遂致牛炙白酒，甫飲過多，一夕而卒。時年五十九。子宗武流落湖湘而卒。元和中，宗武子嗣業，自耒陽遷甫之柩，歸葬於偃師西北首陽山之前。天寶末詩人，甫與李白齊名，而白自負文格放達，譏甫齷齪，有飯顆山頭之嘲誚。朱注：唐本事詩：太白戲杜云：飯顆山頭逢杜甫，頭戴笠子日卓午。借問別來太瘦生，總爲從前作詩苦。蓋譏其拘束也。酉陽雜俎：衆言李白惟戲杜考功飯顆山頭之句。按此詩太白集不載，柯古所言，特據流俗傳聞。又子美未嘗爲考功，其誣可不攻而破。劉昫以之入史，謬也。苕溪漁隱亦有辨。元和中，詞人元稹論李杜之優劣曰：余讀詩至杜子美云云，特病懶未就耳。自後屬文者，以稹論爲是。甫有集六十卷。

新唐書本傳　宋祁

甫字子美，少貧，不自振，客吳越齊趙間。李邕奇其才，先往見之。舉進士，不中第，困長安。天寶十三載，玄宗朝獻太清宮，饗廟及郊，甫奏賦三篇。朱注：獻賦在天寶十載，新史誤。帝奇之，使待制集賢院，命宰相試文章，擢河西尉，不拜；改右衛率府冑曹參軍。數上賦頌，因高自稱道，且言：先臣恕預以來，恕，預之父。承儒守官十一世，迨審言以文章顯中宗時。臣賴緒業，自七歲屬辭，且四十年，然衣不蓋體，嘗寄食於人。竊恐轉死溝壑，伏維天子哀憐之！若令執先人故事，拔泥塗之久辱，則臣之述作，雖不足鼓吹六經，先鳴數子，至沈鬱頓挫，隨時敏給，揚雄、枚皋可企及也。有臣如此，陛下其忍棄之！會祿山亂，天子入蜀，甫避走三川。三川縣屬鄜州。肅宗立，自鄜州羸服欲奔行在，爲賊所得。至德二載，亡走鳳翔，上謁，拜左拾遺。與房琯爲布衣交。琯時敗陳濤斜，又以客董庭蘭，罷宰相。甫上疏言罪細，不宜免大臣。帝怒，詔三司推問。宰相張鎬曰：甫若抵罪，絕言者路。帝乃解。甫謝，且稱：琯宰相子，少自樹立，爲醇儒，有大臣體，時論許琯才堪公輔，陛下果委而相之。觀其深念主憂，義形於色。然性失於簡，酷嗜鼓琴。庭蘭託琯門下，貧疾昏老，依倚爲非。琯愛惜人情，一至玷污。臣歎其功名未就，志氣挫衄。覬陛下棄細錄大，所以冒死稱述。涉近訐激，違忤聖心，陛下赦臣百死，再賜骸骨，天下之幸，非臣獨蒙。然帝自是不甚省錄。時所在寇奪，甫家寓鄜，彌年艱窶，孺弱至餓死，因許甫自往省視。從還京師，朱注：孺弱餓死，乃天寶十四載，自京赴奉先時事。若往鄜迎家，則在至德二載，當以奉先詠懷詩正之。出爲華州司功。關輔饑，輒棄官去。客秦州，浦注：時亦因東都被兵，家毀人散之故。負薪採橡栗自給。流落劍南，結廬成都西郭。召補京兆功曹參軍，不至。浦注：此二句當在往依焉之下。會嚴武節度劍南東西川，往依焉。武再帥劍南，表爲參謀檢校工部員外郎。武以世舊，待甫甚善，親至（一作詣。）其家。甫見之，或時不巾。而性褊躁傲誕，嘗登武床，瞪目視曰：嚴挺之乃有此兒。武亦暴猛，外若不爲忤，中銜之。一日，欲殺甫及梓州刺史章彝，集吏於門。武將出，冠鉤於簾三。左右白其母，奔救得止，獨殺彝。（朱注：此說出雲溪友議，不可信，辨詳詩集。）武卒，崔旰等亂，甫往來梓夔間。（遊梓乃寶應廣德間事，至是惟寓夔耳。）大曆中，出瞿唐，下江陵，泝沅湘，以登衡山。因客耒陽，遊嶽祠，大水遽至，涉旬不得食。縣令具舟迎之，乃得還。令嘗饋牛炙白酒，大醉，一夕（一作昔。）卒，（浦注：此段之謬，與舊史同。）年五十九。甫放曠不自檢，好論天下大事，高而不切。少與李白齊名，時號李杜。嘗從白及高適過汴州，酒酣登吹臺，慷慨懷古，人莫測也。數嘗寇亂，挺節無所汚。爲歌詩傷時撓弱，情不忘君，人憐其忠云。

贊曰：唐興，詩人承陳隋風流，浮靡相矜。至宋之問、沈佺期等，研揣聲音，浮切不差，而號律詩，競相沿襲。逮開元間，稍裁以雅正。然恃華者質反，好麗者壯違，人得一概，皆自鳴所長。至甫，渾涵汪茫，千彙萬狀，兼古今而有之。他人不足，甫乃厭餘。殘膏剩馥，沾丐後人多矣。故元稹謂詩人以來，未有如子美者。甫又善陳時事，律切精深，至千言不少衰，世號詩史。昌黎韓愈於文章愼許可，至於歌詩，獨推曰：李杜文章在，光燄萬丈長。誠可信云。

推尊少陵，自微之始，此序論詩亦當。

知此則無摹擬剽竊之弊。

唐故檢校工部員外郎杜君墓係銘 幷序

元稹

叙曰：余讀詩至杜子美而知大小之有總萃焉。始堯舜時，君臣以賡歌相和，是後詩繼作，歷夏、殷、周千餘年，仲尼緝拾選練，取其干預教化之尤者三百篇，其餘無聞焉。騷人作而怨憤之態繁，然猶去風雅日近，尚相比擬。秦漢以還，採詩之官既廢，天下俗謠民謳，歌頌諷賦，曲度嬉戲之詞，亦隨時間作。至漢武帝賦柏梁詩，而七言之體興。蘇子卿、李少卿之徒，尤工爲五言。雖句讀文律各異，雅鄭之音亦雜，而詞意簡遠，指事言情，自非有爲而爲，則文不妄作。建安之後，天下文士，遭罹兵戰，曹氏父子，鞍馬閒爲文，往往橫槊賦詩，其遒壯抑揚冤哀悲離之作，尤極於古。晉時風槪稍

杜集大成，遂爲千古定評。

存。宋齊之間，教失根本，士子以簡慢歙習舒徐相尚，文章以風容色澤放蕩精清爲高，蓋吟寫性靈流連光景之文也，意義格力，固無取焉。陵遲至於梁陳，淫豔刻飾佻巧小碎之詞劇，又宋齊之所不取也。唐興，官學大振，歷世之文，能者互出。而又沈宋之流，研練精切，穩順聲勢，謂之爲律詩。由是而後，文體之變極焉。然而莫不好古者遺近，務華者去實；效齊梁則不逮於魏晉，工樂府則力屈於五言，律切則骨格不存，閒暇則纖穠莫備。至於子美，蓋所謂上薄風雅，下該沈、宋，言奪蘇、李，氣吞曹、劉，掩顏、謝之孤高，雜徐、庾之流麗，盡得古人之體勢，而兼今人之所獨專矣。使仲尼考鍛其旨要，尚不知貴其多乎哉！苟以爲能所不能，無可無不可，則

元遺山論詩絕句云：排比鋪張特一途，藩籬如此亦區區。少陵自有連城璧，爭奈微之識碔砆。然元白長篇，皆源於此。

詩人以來，未有如子美者。是時山東人李白，亦以奇文取稱，時人謂之李杜。余觀其壯浪縱恣，擺去拘束，模寫物象，及樂府歌詩，誠亦差肩於子美矣。至若鋪陳終始，排比聲韻，大或千言，次猶數百，辭氣豪邁，而風調清深，屬對律切，而脫棄凡近，則李尙不能歷其藩翰，況堂奧乎！予嘗欲條析其文，體別相附，與來者爲之準，特病懶未就耳。適遇子美之孫嗣業，啓子美之柩，襄祔事偃師，途次於荆，雅知余愛言其大父之爲文，拜余爲誌。辭不能絕，余因係其官閥而銘其卒葬云。係曰：晉當陽成侯姓杜氏，下十世而生依藝，令於鞏。依藝生審言，審言善詩，官至膳部員外郎。審言生閑，閑生甫。閑爲奉天令。甫字子美，天寶中獻三大禮賦，明皇奇之，命宰相試文，文善，授右衞率府胄曹。屬京師亂，步謁行在，拜左拾遺。歲餘，以直言失官，出爲華州司功，尋遷京兆功曹。劍南節度嚴武狀爲工部員外郎參謀軍事。旋又棄去，扁舟下荆楚間，竟以寓卒，旅殯岳陽，享年五十有九。夫人弘農楊氏女，父曰司農少卿怡，四十九年而終。嗣子曰宗武，病不克葬，歿命其子嗣業。嗣業以家貧無以給喪，收拾乞匄，焦勞晝夜，去子美歿餘四十年，然後卒先人之志，亦足爲難矣。

銘曰：維元和之癸巳，粤某月某日之佳辰，合窆我杜子美於首陽之山前。嗚呼！千載而下，曰此文先生之古墳。叶慈隣切。

附錄二：年譜

杜工部年譜

唐睿宗先天元年壬子　即景雲三年正月，改元太極，五月改延和，八月改先天。

公生。呂汲公詩譜云：墓誌本傳皆言公年五十九歲，卒於大曆五年庚戌，則當生於是年。蔡興宗、魯訔、黃鶴諸譜同。

玄宗開元元年癸丑　即先天二年十二月改元。

開元三年乙卯

公劍器行序云：開元三年，余尚童稚，記於郾城觀公孫氏舞劍器。黃鶴曰：公七歲能詩。則四歲記事，非不能矣。呂譜疑其年必有誤，非也。

開元六年戊午

公壯遊詩云：七齡思卽壯，開口詠鳳凰。又進鵰賦表云：自七歲所綴詩筆，向四十載矣，約千有餘篇。

開元八年庚申

壯遊詩云：九齡書大字，有作成一囊。

開元十四年丙寅

壯遊詩云：往昔十四五，出遊翰墨場。斯文崔魏徒，以我似班揚。

開元十九年辛未

公年二十，遊吳越。黃曰：公進大禮賦表云：浪跡於陛下豐草長林，實自弱冠之年。則其遊吳越乃在開元十九年，自是下姑蘇，渡浙江，遊剡溪，久之方歸。

○朱鶴齡曰：按公哭韋之晉詩：悽愴郇瑕邑，差池弱冠年。又酬寇侍御詩：往別郇瑕地，於今四十年。郇瑕，晉地也。公弱冠之時嘗遊晉地，當是遊晉後方爲吳越之遊也。

開元二十三年乙亥

公自吳越歸，赴京兆貢舉，不第。黃曰：公本傳嘗舉進士不第，故壯遊詩云：歸帆拂天姥，中歲貢舊鄉。忤下考功第，獨辭京兆堂。按史唐初考功郎掌貢舉。至開元二十四年考功郎李昂爲舉人詆訶，帝以員外郎望輕，徙禮部，以侍郎主之。則公下考功第，當在二十三年。蓋唐制，年年貢士也。選舉志：每歲仲冬，州縣館監舉其成者，送之尙書省。舊史云：天寶初應進士不第，非。

開元二十五年丁丑

公遊齊趙。朱曰：按壯遊詩：忤下考功第，獨辭京兆堂。放蕩齊趙間，裘馬頗淸狂。是下第後卽遊山東之明證。但未詳起於何年。今姑依魯訔、黃鶴諸譜。又按壯遊詩不言遊兗州而集中頗多兗州所作，蓋兗州與齊州接境，公過齊州，蓋在兗州趨庭之後也。

開元二十九年辛巳

公年三十，在東都。是年寒食祭遠祖當陽君於洛之首陽。

天寶元年壬午正月改元。

公在東都。是年公姑萬年縣君卒於東京仁風里，六月還殯河南縣，公作墓誌。

天寶三載甲申 五月改年爲載。

公在東都。五月公祖母范陽太君卒於陳留之私第，八月歸葬偃師，公作墓誌。○朱曰：按是時太白自翰林放歸，客游梁、宋、齊、魯，相從賦詩，正在天寶三四載間。舊譜謂：開元二十五年，公從高適、李白過汴州，登吹臺懷古。以寄李十二白詩證之，其謬信矣。

天寶四載乙酉

公在齊州。是年撰皇甫淑妃神道碑，夏，陪李北海邕宴歷下亭。○按高適李白俱有贈邕詩，當是同時。白有魯郡石門別杜二甫詩，或四五載之秋也。

天寶五載丙戌

公歸長安。黃曰：壯遊詩：放浪齊趙間，裘馬頗清狂。快意八九年，西歸到咸陽。則歸京師在天寶四五載。

天寶六載丁亥

公應詔退下，留長安。元結諭友文云：天寶六載，詔天下有一藝詣轂下，李林甫命尙書省試，皆下之，遂賀野無遺賢。時公與結皆應詔而退。

天寶七載戊子

公在長安。

天寶八載己丑

公在長安，間至東都。公洛城北謁玄元廟詩云：五聖聯龍袞。唐史加五帝大聖字在八載閏六月，可證是年公又在東都。

天寶九載庚寅

公在長安。

天寶十載辛卯

公年四十，在長安，進三大禮賦，玄宗奇之，命待制集賢院。魯訔曰：公奏三大禮賦，史集皆以爲十三載。按帝紀十載行三大禮，十三載未嘗郊，況表云：臣生長陛下淳朴之俗，行四十載矣。故知當在今歲。○是年作秋述。

天寶十一載壬辰

公在長安，召試文章，送隸有司，參列選序。

天寶十二載癸巳

公在長安。

天寶十三載甲午

公在長安。黃曰：是年進封西嶽賦。

天寶十四載乙未

授河西尉，不拜，改右衞率府胄曹參軍。十一月，往奉先。魯曰：公在率府，其家先在奉先。詩史云：薊北反書未聞，公已逸身畿甸。

肅宗至德元載丙申 即天寶十五載七月，肅宗卽位靈武，改元。

五月，自奉先往白水，依舅氏崔少府。六月，又自白水往鄜州。聞肅宗卽位，自鄜羸服奔行在，遂陷賊中。

至德二載丁酉

四月，脫賊謁上鳳翔，拜左拾遺。疏救房琯。上怒，詔三司推問。宰相張鎬救之獲免。八月，墨制放還鄜州省家。十月，上還西京，公扈從。是年六月一日，有奉謝口敕放三司推問狀。又有同遺補薦岑參狀。○仇兆鰲曰：按收京詩：生意甘衰白，天涯正寂寥，忽聞哀痛詔，又下聖明朝。是時十一月初，公尚在鄜州，其至京當在十一月。年譜謂十月扈從還京，與詩不合。當以公詩爲正。

乾元元年戊戌二月改元，復以載爲年。

任左拾遺。六月，出爲華州司功。冬晚，離官間至東都。是年十月，有爲華州郭使君進滅殘寇形勢圖狀。有試進士策問五首。

乾元二年己亥

春，自東都回華州，關輔饑。七月，棄官西去度隴，客秦州，卜西枝村置草堂，未成。十月，往同谷。寓同谷不盈月。十二月，入蜀至成都。

上元元年庚子閏四月改元。

公在成都，卜居浣花溪。是年營草堂，公詩所云：經營上元始是也。又云：頻來語燕定新巢，則三月堂成。

上元二年辛丑九月去年號，止稱元年，以十一月爲歲首，以斗所建辰爲名。

公年五十，居成都草堂。間至蜀之新津、青城。是年秋，作唐興縣客館記。

代宗寶應元年壬寅建巳月，代宗即位改元，復以正月爲歲首，建巳月爲四月。

公居成都草堂。七月，送嚴武還朝，到綿州。未幾，西川兵馬使徐知道反，因入梓州。冬，復歸成都。迎家至梓。十一月，往射洪，南之通泉，皆梓屬邑。是年建巳月，公上嚴武說旱。○仇曰：公迎妻子不見詩題，恐是遣弟往迎。有弟占歸草堂詩：熟知江路近，頻爲草堂迴，可證。

廣德元年癸卯七月改元。

公在梓州。春，間往漢州。秋，往閬州。冬晚，復回梓州。是歲召補京兆功曹不赴。是年有爲閬州王使君進論巴蜀安危表。九月，有祭房相國文。

廣德二年甲辰

春，復自梓州往閬州。嚴武再鎭蜀。春晚，遂歸成都草堂。六月，武表爲節度參謀檢校工部員外郎，賜緋魚袋。是年上武東西兩川說。

永泰元年乙巳正月改元。

正月，辭幕府歸草堂。四月，嚴武卒。五月，遂離蜀南下，自戎州至渝州。六月，至忠州。秋，至雲安，居之。

大曆元年丙午十一月改元。

春，自雲安之夔州居之。秋，寓西閣。是年有爲夔府柏都督謝上表。

大曆二年丁未

公在夔州。春，遷居赤甲。三月，遷瀼西。秋，遷東屯。未幾，復自東屯歸瀼西。

大曆三年戊申

正月，去夔出峽。三月，至江陵。秋，移居公安。冬晚，之岳州。

大曆四年己酉

正月，自岳州之潭州。未幾，入衡州。夏，畏熱復回潭州。朱曰：公有衡州送李勉及回棹二詩，當是其年嘗間至衡州，不久復回長沙也。○時欲歸襄漢不果，自是率舟居。

大曆五年庚戌

公年五十九。春，在潭州。夏四月，避臧玠亂，入衡州。欲如郴州，依舅氏崔偉，因至耒陽，泊方田驛。秋，舟下荆楚，竟以寓卒，旅殯岳陽。仇曰：此條朱氏刪去，舊譜非是。五年冬，有送李銜詩云：與子避地西康州，洞庭相逢十二秋。公以乾元二年冬寓同谷，至大曆五年爲十二秋。又風疾舟中詩云：十暑岷山葛，三霜楚戶砧。公以大曆三年春適湖南，至五年秋爲三霜。以二詩證之，安得曰五年之夏卒於耒陽乎？其卒當在潭岳之交，秋冬之際。況元稹作誌在舊史前，初無牛肉白酒之說。夫不信子孫之行述，而信史氏之傳聞，其亦昧於權衡審擇矣。

附錄三：評論

諸家論杜

王安石介甫曰：太白歌詩，豪宕飄逸，人固莫及，然其格止於此而已，不知變也。至於子美，則悲歡窮泰，發斂抑揚，疾徐縱橫，無施不可。故其詩有平淡簡易者，有綺麗精確者，有嚴重威武若三軍之帥者，有奮迅馳驟若泛駕之馬者，有淡泊簡靜若山谷隱士者，有風流蘊藉若貴介公子者。蓋公詩緒密而思深，觀者苟不能窮其閫奧，未易識其妙處，夫豈淺近者所能窺哉！此子美所以光掩前人而後來無繼也。

嚴羽儀卿曰：詩之法有五：曰體製，曰格力，曰氣象，曰興趣，曰音節。詩之品有九：曰高，曰古，曰深，曰遠，曰長，曰雄渾，曰飄逸，曰悲壯，曰悽惋。其用工有三：曰句法，曰字眼，曰起結。其大致有二：曰優游不迫，曰沈着痛快。詩之極致有一：曰入神。詩而入神，至矣盡矣，蔑以加矣。惟李、杜得之，他人得之蓋寡也。

元好問裕之曰：子美之詩，如元氣淋漓，隨物賦形；如三江五湖，合而爲海，浩浩瀚瀚，無有涯涘；如祥光慶雲，千變萬化，不可名狀。及讀之熟，求之深，含咀之久，則九經百氏所以膏潤其筆端。譬如金屑、丹砂、芝朮、參桂，識者例能指名之，至於合而爲劑，其君臣佐使之互用，甘苦酸鹹之相入，有不可復以是物名者。故謂杜詩無一字無來處可也，謂不從古人中來亦可也。

胡應麟元瑞曰：少陵不效四言，不倣離騷，不用樂府舊題，是此老胸中壁立處。然風騷樂府遺意，杜往往得之。太白以百憂等篇擬風雅，鳴皋等篇擬離騷，俱相去懸遠；樂府奇偉，高出六朝，古質不如兩漢，較輸杜一籌也。

王世貞元美曰：太白詩以氣爲主，以自然爲宗，以俊逸高暢爲貴；子美以意爲主，以獨造爲宗，以奇拔沈雄爲貴。其歌行之妙，使人讀之飄飄欲仙者，太白也；使人慷慨激烈歔欷欲絕者，子美也。

又曰：太白筆力變化極於歌行，少陵筆力變化極於近體。李變化在調與辭，杜變化在意與格。然歌行無常矱，易於錯綜；近體有定規，難於伸縮。調詞超逸，驟如駭耳，索之易窮；意格精深，殆若無奇，繹之難盡。此其微不同者也。

王世懋敬美曰：子美集中賀奇仝癖，郊寒島瘦，元輕白俗，無所不有，此眞杜詩也。今人徒拾其高聲硬語，以爲眞杜，愈近愈遠矣。

沈明臣嘉則曰：今人多稱李杜，率無定品。余謂李如春草秋波，無不可愛，然注目易盡耳。至老杜，如堪輿中然，太山喬嶽，長河巨海，纖草穠華，怪松古柏，惠風微波，嚴霜烈日，無所不有。吾嘗李則雁行，當杜則北面。聞者驚愕。

盧世㴶德水曰：杜詩遠慮深憂，固其獨攄之懷抱，卽託物寄言，亦具全副之精神。又有乍看無端，尋思有謂，就不阡不陌中，而條理指歸一一可按者。又有興言在此，寓意在彼，就尋常尺幅內，而涵融籠罩蕩蕩難名者。準繩最密，神理縱橫，陶練極淸，奇葩煥發；以至造化權輿，陰陽昏曉，飛潛動植，表裏精粗，但經弱毫微點，靡不眞色畢呈。所云下筆如有神，良非妄語。

陶開虞說杜曰：遠水遠山，爲雲爲雨，人知其爲摩詰畫、右丞詩也。不知子美以詩爲畫，如羣木水光下，萬家雲氣中，畫雨。林疏黃葉墜，野靜白鷗來，畫朝。歸雲擁樹失山村，畫夕。落月動沙虛，畫宵。蒼山入百里，崖斷如杵臼，畫九成宮地形。楚江巫峽半雲雨，淸簟疎簾看弈棊，畫水樓。競將明媚色，偸眼豔陽天，畫美人。貧知靜者性，白益毛髮古，畫高隱。子璋髑髏血模糊，手提擲還崔大夫，畫猛將。細雨荷鋤立，畫農。竹光團野色，舍影漾江流，畫幽居。渚蒲隨地有，村逕逐門成，畫田家。寒風疎草木，旭日散雞豚，畫寒村。檣搖背指菊花開，畫行舟。燈前細雨簷花落，畫夜坐。親朋盡一哭，鞍馬去孤城，畫遠行。柴門鳥雀噪，歸客千里至，妻孥怪我在，驚定還拭淚，分明畫出一箇亂後遠歸人。掉頭紗帽側，曝背竹書光，是畫暮景衰頹之狀。遲日江山麗，春風花草香；林花著雨臙脂濕，水荇牽風翠帶長；畫春光之韶麗也。萬壑樹聲滿，千崖秋氣高；風急天高猿嘯哀，渚淸沙白鳥飛迴；畫秋景之悲壯也。星臨萬戶動，月傍九霄多；雲移雉尾開宮扇，日繞龍鱗識聖顏；畫朝宁之尊嚴也。荒庭垂橘柚，古屋畫龍蛇；古廟杉松巢水鶴，歲時伏臘走村翁；畫祠廟之荒涼也。猿挂時相學，鷗行炯自如，以學字、炯字畫猿鷗。樹蜜早蜂亂，江泥輕燕斜，以亂字、斜字畫蜂燕。低昂各有意，磊落如長人，以磊落字畫鶴。眼有紫焰雙瞳方，卓立天骨森開張，又儼然天馬來矣。舉天地間所有之情狀，無不曲肖於詩中，此眞化工，非畫工也。

杜詩每於起句驚人，如贈王生云：麟角鳳觜世莫識，煎膠續弦奇自見。簡薛華云：文章有神交有道，端復得之名譽早。山水障云：堂上不合生楓樹，怪底江山起烟霧。哀王孫云：長安城頭頭白烏，夜飛延秋門上呼。送長孫侍御云：驄馬新鑿蹄，銀鞍被來好。俱起得疏莽奇突，靈動不羈，下接處風捲濤飛，不愁思致之不屬也。此之謂託根蓬山，自無凡卉。結處如畫山水云：若耶溪，雲門寺，吾獨何爲在泥滓？青鞋布襪從此始。贈狄明府云：虎之饑，下巉喦，蛟之横，出清泚；早歸來，黃土汚人眼易眯。俱結得瀟灑横逸，有不盡之趣。杜詩有聲宏氣壯，函蓋乾坤者，如地平江動蜀，天闊樹浮秦；星垂平野闊，月湧大江流，是也。有機到神來，不加錘鍊者，如鴻雁幾時到，江湖秋水多；一時今夕會，萬里故鄉情，是也。

吳齊賢論杜曰：杜詩章法有一題數首而逐首分承者，如李監宅二首，前首先言李監，次首方及其宅；暮春題瀼西新賃草屋五首，一首暮春，二首瀼西，三首草屋，四首五首言懷。

各題數首而上下聯接者，如白帝城三首一連，故曰一上一回新；客夜客亭三首項接，故曰秋窗猶曙色。

下首而分承上首者，如羌村三首，一首總言歸客千里至，二首嬌兒不離膝承上妻孥來，三首父老四五人承上鄰人來；領妻子赴蜀山行三首，一首總言盡室畏途邊，二首飄飄愧老妻單承妻，三首稚子入雲呼單承子。

兩首而中間相合者，如散愁二首，一首以司徒結，二首以尚書起；社日二首，一首以東方結，二首以陳平起。

首尾環應者，如夜二首，一首以白夜月休弦起，二首以月細鵲休飛結。

首尾相對者，如黑白鷹二首，一首以雲飛玉立起，二首以金眸玉爪結，餘可類推。　句法：有五字一句者，如美名人不及，佳句法如何。　有上一字下四字者，如青惜峯巒過，黃知橘柚來。　有上二字下三字者，如晚涼看洗馬，森木亂鳴蟬。　有上三字下二字者，如夜郎溪日暖，白帝峽風寒。有一句作三折看者，如塵中老盡力，歲晚病傷心；峽雲籠樹小，湖日蕩船明。　七字：有七字一句者，如豈有文章驚海內，漫勞車馬駐江干。有上一字下六字者，如松浮欲盡不盡雲，江動將崩未崩石。　有上二字下五字者，如朝罷香烟攜滿袖，詩成珠玉在揮毫。　有上三字下四字者，如漁人網集澄潭下，賈客船隨返照來。　有上四字下三字者，如香飄合殿春風轉，花覆千官淑景移。　有上五字下二字者，如五更鼓角聲悲壯，三峽星河影動搖。有一句作三折者，如盤飧市遠無兼味，樽酒家貧只舊醅；含風翠壁孤雲細，背日丹楓萬木稠，是也。　倒句：如翠深開斷壁，紅遠結飛樓，極爲奇秀。若曰飛樓紅遠結，斷壁翠深開，膚而淺矣。如綠垂風折笋，紅綻雨肥梅，體物深細。若曰綠笋風垂折，紅梅雨綻肥，鄙而俗矣。如紅豆啄餘鸚鵡粒，碧梧棲老鳳凰枝，蓋言此紅豆也乃鸚鵡啄殘之粒，此碧梧也乃鳳凰棲老之枝，何等感慨。若曰鸚鵡啄餘紅豆粒，鳳凰棲老碧梧枝，直而率矣。　疊句：如甚愧丈人厚，甚知丈人眞，兩句中徘徊感荷。如人道我卿絕世無！既稱絕世無，天子何不喚取守東都！兩句中頓挫感歎。如得不哀痛塵再蒙！嗚呼，得不哀痛塵再蒙！哀傷迫切，擊節淋漓，定少一句不得。反跌之句：如秋砧爲寄衣也，而曰亦知戍不返，比懷人之感更深；喜達行在所喜生還也，而曰死去憑誰報，覺痛定之痛更甚。借形之句：如辛苦賊中來也，而曰所親驚老瘦，借旁人眼中看出而已不知；如生還偶然遂也，而曰鄰人滿牆頭，借鄰家感歎寫出而悲愈甚。反形之句：極荒涼處而以富麗語出之，如野寺殘僧少也，而曰麝香眠石竹，鸚鵡啄金桃，益見其荒涼。極貧窮事而以富貴語出之，如喬木村墟古也，而曰登俎黃甘重，支牀錦石圓，愈見其貧窘。極悲傷事而以歡喜語出之，如北征初歸，老夫情懷惡也，而曰瘦妻面復光，癡女頭自櫛，移時施朱鉛，狼籍畫眉闊，益見以前之悲傷。或一字屢用，隨處不同，讀之各見其妙。有用仍字者，山雨樽仍在，是重過何氏也；秋月仍圓夜，是十七夜月也；蟻浮仍臘味，是正月三日也。有用一字者，乾坤一草亭，乾坤一腐儒，天地一沙鷗，於乾坤天地之內下此一字，寫其孤也，寫其微茫也。有用似字者，爐存火似紅，若以爲有火也，寒也；掃除似無帚，不聞其有帚也，靜也。有用抱字者，有時浴赤日，光抱空中樓，陽氣上騰，內外氤氳也；上有蔚藍天，垂光抱瓊臺，天光下照，四面炳燿也；江淸日抱黿鼉遊，江波容與，日氣暄和也。有用不肯字者，江平不肯流，實流而若不流者，緩之甚也；秋天不肯明，應明而故不明者，望之至也。同一詠月也，光細弦欲上，影斜輪未安，初間上半夜之月也；未缺空山靜，高懸列宿稀，望夕之月也；蝦蟆沒半輪，望後之月也；四更山吐月，殘夜水明樓，將晦下半夜之月也。同一詠蝶也，戲蝶過閒幔，風蝶勤依槳，孤蝶也；穿花蛺蝶深深見，雙蝶也；野哇連蛺蝶，羣飛之蝶也。　有用雙字襯出上下字者，如野日荒荒白，荒荒無色也，正寫其白；江流泯泯清，泯泯無聲也，正寫其清；如急急能鳴雁，惟鳴故見其急；輕輕不下鷗，不下故見其輕也。　點一字而神理俱出者，如燕入非傍舍，鷗歸祇故池，非字祇字則校書亡而荒涼甚；古牆猶竹色，虛閣自松聲，猶字自字則滕王去而憑弔深矣。　用一字而景物逼肖者，如兩行秦樹直，直字方是秦中之樹；萬點蜀山尖，尖字方是蜀中之山。如細動迎風燕，細字寫燕，幷寫大江中之燕；輕搖逐浪鷗，搖字寫鷗，幷寫急浪中之鷗。用一字而反襯見意者，如山河扶繡戶，借山河以寫繡戶之高；乾坤繞漢宮，借乾坤以寫漢宮之大。如樓光去日遠，去字不寫日遠而寫樓之峻；峽影入江深，入字不寫江深而寫峽之高。用一字兩邊雙照者，如王漢州杜綿州泛池一首，而曰使君雙皂蓋，雙字王杜二刺史也。如楊奉先宅會白水崔明府，而曰鳧鷖共差池，共字差池字楊崔二縣令也。如江漲呈竇使君一首，而曰同是一浮萍，同字已與竇使君也。如岳麓山道林二寺行，而曰壯麗敵，清涼俱，交響共命鳥，雙迴三足烏，步步雪山草，人人滄海珠，敵字、俱字、交字、雙字、步步字、人人字皆二寺也。學者由此引而伸之，觸類而長之，其於字法句法，思過半矣。

附錄四

楊倫《杜詩鏡銓》校記

曹樹銘

目錄

一、後出塞五首之四……一一七七
二、同上（其五）：惡名幸脫兔……一一七七
三、得家書：一命待鸞輿……一一七七
四、留別賈嚴二閣老兩院補闕：田園須暫住……一一七七
五、重題鄭氏東亭……一一七七
六、無家別：但對狐與狸，豎毛怒我啼……一一七八
七、秦州雜詩二十首之二十：唐堯眞自聖，野老復何如……一一七八
八、送遠：帶甲滿天地，何爲君遠行……一一七八
九、發秦州：谿谷無異名……一一七八
一〇、鳳凰臺：恐有母無雛……一一七八
一一、飛仙閣：梯石結搆牢……一一七九
一二、所思：可憐懷抱向人盡，欲問平安無使來……一一七九

一三、石犀行：今日灌口損戶口……一一七九
一四、杜鵑行……一一七九
一五、贈蜀僧閭邱師兄：兄居祇樹園……一一七九
一六、絕句漫興九首之九：謂誰朝來不作意……一一八〇
一七、枯椶：啾啾黃啄雀……一一八〇
一八、戲爲六絕句之六……一一八〇
一九、大雨：空庭步鸛鶴……一一八〇
二〇、大麥行：部領辛苦江山長……一一八〇
二一、相從行贈嚴二別駕：一軀交態同悠悠……一一八〇
二二、冬到金華山觀因得故拾遺陳公學堂遺跡：四顧俯層巖……一一八一
二三、陳拾遺故宅：郭振起通泉……一一八一
二四、通泉縣署屋壁後薛少保畫鶴：暴露牆壁外……一一八一
二五、陪王漢州留杜綿州泛房公西湖……一一八一
二六、漢州王大錄事宅作：含凄意有餘……一一八一
二七、將適吳楚留別章使君留後兼幕府諸公……一一八二
二八、遊子：九江草春外……一一八二

二九、滕王亭子二首之一：嫩蘂濃花滿目班……一一八二
三〇、破船：船舷不重叩……一一八二
三一、贈王二十四侍御契四十韻：但是避風塵……一一八二
三二、送韋諷上閬州錄事參軍：操持綱紀地……一一八三
三三、客居：十年別鄉村……一一八三
三四、最能行：若道士（一作土）無英俊才……一一八三
三五、雨二首之一：殊俗牀巢居……一一八三
三六、八哀詩·張公九齡：紫綬映暮年……一一八三
三七、壯遊：兩官各警蹕，萬里遙相望……一一八三
三八、遣懷：組練氣如泥……一一八四
三九、行官張望補稻畦水歸：鷗鳥鏡裏來，關山雪邊看……一一八四
四〇、孟氏：負米夕葵外……一一八四
四一、憑孟倉曹將書覓土樓舊莊……一一八四
四二、寫懷二首之一：朝斑及暮齒……一一八五
四三、喜聞盜賊總退口號五首之一……一一八五
四四、歸雁……一一八五

四五、歲晏行：此曲哀悲何時終……一一八五
四六、遣遇：「磬折辭主人」六句……一一八五
四七、宿鑿石浦：早宿賓從勞……一一八六
四八、望岳：鴻洞半炎方……一一八六
四九、同上：牲璧忽衰俗……一一八六
五〇、送魏六丈少府之交廣：指揮鐵如意……一一八六
五一、巴西驛亭觀江漲呈竇使君第二首……一一八七
五二、逃難……一一八七
五三、朝獻太淸宮賦：敢撥亂反正……一一八八
五四、朝享太廟賦：於是丞相進曰……一一八八
五五、有事於南郊賦：意不在抑殊方之貢……一一八九
五六、同上：鑪以之仁義，鍛以之賢哲……一一八九
五七、同上：憎怵惕以孜孜……一一八九
五八、東西兩川說：余諸董攘臂何……一一八九
五九、同上：但鈞畝薄斂，則田不荒……一一八九
六〇、乾元元年華州試進士策問五首之三：挺賓主之資……一一八九

六一、爲華州郭使君進滅殘寇形勢圖狀……………………………………一一九〇
六二、爲閬州王使君進論巴蜀安危表：梁州益坦爲聲援……………………………………一一九〇
六三、同上：西川分壺，以仗賢俊……………………………………一一九〇
尾言……………………………………一一九〇
附錄　洪業評楊倫《杜詩鏡銓》……………………………………一一九一

一、後出塞五首之四（二・一〇二）

楊注引《祿山事蹟》：「……使者至，稱疾不迎，成備而後見之。……」

曹注　按成應作戒，成係戒之形訛。

二、同上（**其五**）　**惡名幸脫兎**。

曹注　按各本俱作免，兎應作免，兎係免之形訛。

三、得家書（三・一四一）　**一命待鸞輿**。

曹注　按各本俱作侍，待應作侍，待係侍之形訛。

四、留別賈嚴二閣老兩院補闕（四・一五四）　**田園須暫住**。

曹注　按各本俱作往，此乃留別之由，故往字是也。住係往之形訛。如果作住，則似係杜甫在家所寄，與留別之詩義相反。

五、重題鄭氏東亭（五・二一八）

題下楊注：「此詩明是亂後無人之境，一片荒涼，且（原）注有『在新安界』四字，當亦自東都返華（州）時作。諸本失編，今改正。曰重題者，或先有詩而今逸之」。

曹注　按宋本、郭本、錢本、仇本、及浦本俱編天寶初。而仇本更明引「鶴注：當是天寶三載在東都作」。惟黎翻蔡本（一四・三三三）編在乾元元年夏六月出爲華州司功以後詩內。楊本改編，與蔡本相合，是也。惟黎翻蔡本題下注：「鄭氏，即駙馬潛曜也」，頗可疑。仇本（一・

二〇)題下引朱注：「鄭氏無考」，得之。又按前有《題鄭縣亭子》(楊本五・一九八)，不獨地址亦在華州附近，且末四云：「巢邊野雀欺羣燕，花底山蜂趁遠人。更欲題詩滿青竹，晚來幽獨恐傷神」，詩之境界與氣氛，與《重題鄭氏東亭》相吻合。所不同者，前詩第四句云：「天晴宮柳暗長春」，時在春初。而本詩第二句云：「秋日亂清暉」，時在秋日。頗疑前詩作於乾元二年春赴東都途中，而本詩則作於乾元二年秋自東都回華州途中。本詩題內「鄭氏」應作「鄭縣」。如此，本詩「重題」二字，亦有着落。這一解析，似比楊注所謂「日重題者，或先有詩，而今逸之」，爲長。

六、無家別(五・二二四)　**但對狐與狸，豎毛怒我蹄。**

曹注　按各本俱作啼，蹄應作啼，蹄係啼之形訛音訛。

七、秦州雜詩二十首之二十(六・二三九)　**唐堯眞自聖，野老復何如。**

曹注　按各本俱作知，如應作知，如係知之形訛。

八、送遠(六・二六五)　**帶甲滿天地，何爲君遠行?**

曹注　按各本俱作胡，何應作胡，何係胡之音訛義訛。

九、發秦州(七・二八七)　**谿谷無異名。**

曹注　按各本俱作石，名應作石，名係石之形訛。

一〇、鳳凰臺(七・二九五)　**恐有母無雛。**

曹注　按各本俱作無母，母無係文字之顚倒。

一一、飛仙閣（七・三〇四）　**梯石結構牢**。

曹注　按各本俱作構，搆應作構，搆係構之形訛音訛。

一二、所思（七・三二一）　**可憐懷抱向人盡，欲問平安無使來**。

上句楊注：「此人字當指自家，思其平日相知也」。

曹注　按仇本（一〇・一三）引顧注：「懷抱，懷崔之意。向人，逢人問訊也。舊以懷抱屬崔者，非。」查《送蔡希魯都尉還隴右寄高三十五書記》末云：「因君問消息，好在阮元瑜」。類而推之，蔡希魯不啻前往之使者。反觀本詩，因崔無使來，即無人來，故欲問平安而不得，所以有上句。顧注得之，楊注失之。

一三、石犀行（七・三二四）　**今日灌口損戶口**。

曹注　按仇本以前所有各本俱作今年。仇本以後之四部備要本亦作今年。惟仇本、浦本及楊本俱作今日，浦、楊二本殆襲仇本之誤，應作今年。

一四、杜鵑行（七・三二五）

楊本詩後引黃鶴曰：「……上皇不懌，寢成疾」。

曹注　按寑應作寖，寑係寖之形訛音訛。

一五、贈蜀僧閭邱師兄（七・三三一）　**兄居祇樹園**。

曹注　按除郭本亦作祇外，所有其他別本俱作衹，衹字是也，祗應作衹，祗係衹之形訛音訛。

一六、絕句漫興九首之九（八・三五五）　**謂誰朝來不作意**。

曹注　按各本俱作誰謂，謂誰係文字之顚倒。

一七、枯椶（八・三七一）　**啾啾黃啄雀**。

曹注　按各本俱作黃雀啄，啄雀係文字之顚倒。

一八、戲爲六絕句之六（九・三九七）

楊注引《顏氏家訓》：「傳相祖述，尋問莫知源由」。

曹注　按傳應作轉，傳係轉之形訛音訛。

一九、大雨（九・四〇二）　**空庭步鸛鶴**。

曹注　按各本俱作荒，空應作荒，空係荒之義訛。

二〇、大麥行（九・四〇三）　**部領辛苦江山長**。

曹注　按宋本、郭本及四部叢刊本俱作部。黎翻蔡本作部，晉作簿。錢本、浦本及四部備要本俱作部，一作簿。仇本作簿，一作部。因「簿領」字見《文選》，故簿字是也。部應作簿，部係簿之音訛。

二一、相從行贈嚴二別駕（九・四一九）　**一軀交態同悠悠**。

曹注　按宋本、郭本、四部叢刊本、錢本及四部備要本俱作軀。仇本及浦本俱作體，一作軀。

查在杜集內，「一體」字數見，而「一軀」字不另見，故軀應作體，軀係體之義訛。

二二、冬到金華山觀因得故拾遺陳公學堂遺跡（九・四二二二）**四顧俯層巖**。

曹注　按各本俱作巓，巖係巓之形訛。

二三、陳拾遺故宅（九・四二三）　**郭振起通泉**

曹注　按宋本、郭本及四部叢刊本俱作振。錢本及四部備要本俱作振，晉作震。仇本作震，注：晉作震，一作振。浦本作震，一作振。又按郭震，字元振，本詩振字應作震，振係震之音訛。否則「郭振」可視爲「郭元振」之節縮。例如《即事》云：「多病馬卿無日起」，以「馬卿」爲「司馬長卿」之節縮，可證。

二四、通泉縣署屋壁後薛少保畫鶴（九・四三〇）　**暴露牆壁外**。

曹注　按各本俱作曝露，暴應作曝，暴係曝之形訛音訛。

二五、陪王漢州留杜綿州泛房公西湖（一〇・四四八）

曹注　按各本本詩題內俱作「西湖」，惟《杜臆》作「西池」，與本詩次句「春池賞不稀」相合。且他詩如（一）《答楊梓州》云：「悶到房公池水頭」；（二）《得房公池鵝》題並不云「房公湖鵝」，俱可證。仇本（一二・一一〇）本詩題下引鶴注：「西湖在漢州，即所云『城西池』也」。故本詩題內「西湖」應從《杜臆》改作西池。湖係池之形訛。

二六、漢州王大錄事宅作（一〇・四五〇）　**含淒意有餘**。

曹注　按本詩初見郭本。據《杜詩引得》第一冊內《杜詩各本編次表》之著錄，除郭本外，惟朱鶴齡本、張遠本、仇本、浦本及楊本有此詩。查郭本、仇本及浦本俱作含悽。淒應作悽，淒係悽之形訛音訛。又據本人之研究，此非杜詩，詳見本書《宋本〈杜工部集〉非吳若本考》附考三《漢州王大錄事宅作》，茲不複。

二七、將適吳楚留別章使君留後兼幕府諸公（一〇・四八一）

詩後注引王嗣奭曰：「亦見公識過見人處」。

曹注　按「過見」二字應作見過，此二字係文字之顛倒。

二八、遊子（一一・五〇三）　**九江草春外。**

曹注　按各本俱作春草，草春應作春草，此二字係文字之顛倒。

二九、滕王亭子二首之一（一一・五〇四）　**嫩蕊濃花滿目班。**

曹注　按黎翻蔡本及四部叢刊本與楊本同誤作「滿目班」，其餘別本俱作「滿目斑」。班應作斑，班係斑之形訛音訛。

三〇、破船（一一・五一九）　**船舷不重叩。**

曹注　按各本或作叩，或作扣，因叩、扣相通，俱可用。

三一、贈王二十四侍御契四十韻（一一・五二三）　**但是避風塵。**

曹注　按各本但皆作俱，因本詩前四句賓主並提，故俱字是也。但應作俱，但係俱之形訛。

三二、送韋諷上閬州錄事參軍（一一・五三三）　**操持綱紀地。**

曹注　按除仇本及楊本作「綱紀地」外，其餘別本俱作「紀綱地」，應作紀綱地，此係文字之顚倒。

三三、客居（一二・五八三）　**十年別鄉村。**

曹注　按各本俱作荒村，且在杜集內，「鄉村」二字不一見，故鄉應作荒，鄉係荒之音訛。

三四、最能行（一二・六〇一）　**若道士**（一作士）**無英俊才。**

曹注　按本詩此句應作「若道土無英俊才」。各本所謂「土、一作士」，此士字係土字之形訛。說詳本書《〈杜詩箋〉增校》第八八則曹注有關各詩（6）本詩之分析，茲不複。無論如何，楊本此句既作士，萬無「一作士」之理，兩個士字，必有一誤，據望三益齋楊本作士，一作土，應從改。

三五、雨二首之一（一三・六二七）　**殊俗牀巢居。**

曹注　按各本俱作「狀巢居」，牀應作狀，牀係狀之形訛音訛。

三六、八哀詩・張公九齡（一四・六九三）　**紫綏映暮年。**

曹注　按各本俱作「紫綬」，綏應作綬，綏係綬之形訛。

三七、壯遊（一四・六九六）　**兩官各警蹕，萬里遙相望。**

曹注　按各本俱作兩宮，意指玄宗在蜀，肅宗在鳳翔，是也。官應作宮，官係宮之形訛。

三八、遣懷（一四・七〇二）　**組練氣如泥。**

曹注　按各本俱作「棄如泥」，氣應作棄，氣係棄之音訛。

三九、行官張望補稻畦水歸（一六・七七一）　**鷗鳥鏡裏來，關山雪邊看。**

曹注　按各本俱作雪邊，惟郭本（一一・一五九）作雲邊，趙注：「鏡裏、雲邊，皆狀畦水明潔」。可怪者，四部叢刊本（七・二一）雖作雪邊，同引趙注：「鏡裏、雪邊，皆狀（原誤作收）畦水之明潔也」。同一趙注，或作雲，或作雪。至於黎翻蔡本（二八・六九一）雖作雪，注：「言浪之白如雪也」。按既云「畦水」，則不當言浪，蔡注失之。至於確定本詩究竟應作雲字，抑應作雪字，須從這兩句的詩義裏討求。這兩句詩寫既明且淨的畦水返照出鷗鳥及雲山的影子。因爲本詩前云：「六月青稻多」，本詩作於夏季，加之夔州氣暖，故雲字是也，雪字斷係雲字之形訛。在本人手邊九種不同版本的杜集內，唯有郭本此字不訛，可見學者必須參考多本，不可固執一本，附誌備考。

四〇、孟氏（一六・七九三）　**負米夕葵外。**

曹注　按本詩此句，夕應作力，夕係力之形訛。詳見本書《浦起龍〈讀杜心解〉校記》第四七則曹注，茲不複。

四一、憑孟倉曹將書覓土樓舊莊（一七・八四〇）

曹注　按各本題俱作土婁（惟黎翻蔡本目錄誤作土樓）。所可怪者，楊本此詩題下引浦注，而浦本此詩題亦作土妻。樓應作婁，樓係婁之形訛音訛。

四二、寫懷二首之一（一八·八七八）　**朝斑及暮齒**。

曹注　按各本俱作朝班，斑應作班，斑係班之形訛音訛。

四三、喜聞盜賊總退口號五首之一（一八·九〇〇）

詩下引仇注：「……故云。北極轉愁，……故云西戎休縱」。

曹注　按「故云北極轉愁」，係一句，。衍，北係標點錯誤。

四四、歸雁（一八·九一五）

題下末注：「史稱（徐）浩貪而佞，公蓋深譏之」。

曹注　按據錢本（一八·六一六）注：「史稱浩貪而妄」，佞應作妄，佞係妄之形訛。

四五、歲晏行（一九·九五〇）　**此曲哀悲何時終**。

曹注　按各本俱作哀怨，悲應作怨，悲係怨之形訛。

四六、遣遇（一九·九五九）　**磐折辭主人，開帆駕洪濤。春水滿南國，朱崖雲日高。舟子廢寢食，飄風爭所操**。

書眉張云：「乘風駕浪，舟人晝夜爭利，實有此事」。

曹注　按杜甫對於舟子操舟之能，稱揚備至，疊見於詩。本書《〈杜詩箋〉增校》第八十八則，有詳盡之著錄。至於本詩所云：「飄風爭所操」之爭，絕非爭利之爭，而係與飄風及洪濤相爭，此卽俗所謂戰天的精神，寓有人力勝天之意。而張注竟謂爭利，失之失之。

四七、宿鑿石浦（一九・九六〇）　**早宿賓從勞。**

楊注：「言以早宿，故勞賓從之過訪」。

曹注　按本詩此句所謂「勞」，直貫本詩三、四句所云「飄風過無時，舟楫敢不繫」。換言之，在與飄風相爭持，竭力繫舟，得告早宿的過程中，同舟的旅人（賓）及舟子們（從）實在多勞了！試問在本詩五至八句所云「迴塘澹暮色，日沒衆星嘒。闕月殊未生，青燈死分翳」，剛剛繫舟的情狀之下，如何能有賓從之過訪？而況此時的杜甫，正在窮途之中，不比高官顯宦，縱在白日，也不會有賓從的過訪。楊注可云大謬。

四八、望岳（一九・九七四）　**鴻洞半炎方。**

曹注　按宋本及黎翻蔡本俱作澒洞。郭本作洪。四部叢刊本作鴻。錢本、仇本、浦本及四部備要本作鴻、一作澒。查在杜集內，「澒洞」二字數見，而「鴻洞」不另見。故鴻應作澒，鴻係澒之音訛形訛。又按洪亦應作澒，洪係澒之音訛。

四九、同上　牲璧忽衰俗。

曹注　按宋本、四部叢刊本、及郭本俱作忍。黎翻蔡本作忍、一作感。錢本、仇本、浦本及四部備要本從之。細玩詩義，忍字是也，感字及忽字俱係形訛。

五〇、送魏六丈少府之交廣（二〇・九九八）　**指揮鐵如意。**

曹注　按各本俱作錯揮，用石崇以鐵如意擊碎王愷所有珊瑚樹枝事。指應作錯，指係錯之形訛。

五一、巴西驛亭觀江漲呈竇使君第二首（二〇・一〇三四）

書眉楊注：「此詩詞旨纖仄，斷非公筆」，故楊本此詩列在「附考定僞詩二首」之列。

曹注　按此首「轉驚波作惡」，與另首「向晚波微綠」，同出一源，即錢本集外詩（一八・六四二）、在「朝奉大夫員安宇所收二十七篇」之內；且又同一詩題，即《巴西驛亭觀江漲呈竇使君》二首之內。且與《巴西驛亭觀江漲呈竇十五使君》「宿雨南江漲」（錢本十二・四一五；楊本九・四一一）一首，不獨有關，且應係同時之作。惟據《杜甫年譜》：「寶應元年七月送嚴武還朝，到綿州。未幾，西川兵馬使徐知道反，因入梓州」。是杜甫在綿州，僅一短期，並未留至明年春暮。且亦未再到綿州。而「向晚波微綠」首第三句云：「日兼春有暮」，在時間上與杜甫當年之行蹤，不能相合。故「向晚波微綠」與「轉驚波作惡」二首，眞應同眞，僞應同僞。今楊本將「轉驚波作惡」一首，從「此詩詞旨纖仄，斷非公筆」着眼，定係僞作，雖未從編年着眼，但殊途可以同歸，則是也。惟楊本將同源同題「向晚波微綠」另一首，併編「寶應元年綿州」詩內，則非。

五二、逃難（二〇・一〇三四）

書眉邵注：「凡淺，定是贋作」，故楊本此詩亦列在「附考定僞詩二首」之內。

曹注　按本詩身世之感，與杜甫詩並無不合。惟他詩必另有事在，身世之感僅係附見，且亦非全面。同時他詩因係從容創作，筆意深沉，又自不同。而本詩則屬身世之感，比較率直，斯其異耳。楊本注引「邵說凡淺」，或即指此。余意本詩係大曆五年四月臧玠亂起之夜，杜甫在岸，適逢其會，隨衆逃難，幸而回舟，與家人再聚時之口號。《舟中苦熱遣懷呈陽中丞》云：「愧爲湖外客，看此戎馬亂。中夜混黎甿，脫身亦奔竄」，尤其是後二句說明杜甫時適在岸，與本詩「涕盡湘江岸」句，正相吻合。且同時杜甫必係隻身在岸，而其妻孥仍在舟中，此與本詩「妻孥復隨我，回首共悲歎」之情緒，亦復相合。余意本詩必作於《舟中苦熱遣懷》之前，而爲集內涉及臧玠之亂之第一詩。雖然，本詩起句云：「五十白頭翁」，則不無可疑。當臧玠亂起時，杜甫年已五十有九，何能有此起句？故余同意施鴻保《讀杜詩說》（二三・二三一）所云「疑『五十』或『六十』之誤，時已五十九，舉成數言也」。附誌備考。

五三、朝獻太清宮賦（文一・一〇四六）　**敢撥亂反正**。

曹注　按仇本（二四・一〇四）作「取撥亂反正」，仇注：「取，一作敢。」細玩文義，取字是也，敢應作取，敢係取之形訛。

五四、朝享太廟賦（文一・一〇五二）　**於是丞相進曰**。

曹注　按仇本（二四・一一一）作「二丞相」，與楊本此句下注：「時李林甫、陳希烈爲相」合，故「丞相」前，脫漏「二」字。

五五、有事於南郊賦（文一・一〇五七） **意不在抑殊方之貢。**

曹注 按仇本（二四・一一三）作「意不在仰殊方之貢」。抑字與仰字，義適相反。「不抑殊方之貢」，意在歡迎。「不仰殊方之貢」，意在謝絕。細玩文義，仰字是也。抑應作仰，抑係仰之形訛。

五六、同上 鑪以之仁義，鍛以之賢哲。

曹注 按仇本作「鑪之以仁義，鍛之以賢哲」，是也。兩「以之」應作「之以」，此係文字之顚倒。

五七、同上 憎怵惕以孜孜。

曹注 按仇本作「增怵惕以孜孜」。憎字與增字，義適相反。細玩文義，應作增字，憎係增之形訛音訛。又按怵字不見字書，應作怵，怵係怵之形訛。

五八、東西兩川說（文一・一〇八一） **余諸董攘臂何？**

曹注 按仇本（二五・一一四）作「奈諸董攘臂何」？細玩文義，奈字是也。余應作奈，余係奈之形訛。

五九、同上 但鈞畝薄斂，則田不荒。

曹注 按仇本作「均畝」，細玩文義，均字是也。鈞應作均，鈞係均之形訛音訛。

六〇、乾元元年華州試進士策問五首之三（文二・一〇八五） **挺賓主之資。**

曹注　按仇本（二五・七）作「賓王」。細玩文義，「賓王」二字與策試進士之義合，故王字是也。主應作王，主係王之形訛。

六一、為華州郭使君進滅殘寇形勢圖狀（文二・一〇九四）

題下「原註：年譜云：乾元元年夏，公出為華州司功，七月有《為華州郭使君作進滅殘寇形勢圖》。」

曹注　按在杜集內，凡用「原註」字樣，皆指杜甫本人之自注。但年譜始作於宋人。今既引「原註」，又引「年譜」，顯然有誤。應刪去「原註」二字。又按據年譜，「七月」應作十月。

六二、為閬州王使君進論巴蜀安危表（文二・一〇九六）　**梁州益坦**（楊注：坦字似訛）**為聲援**。

曹注　按仇本（二五・一）同作「梁州益坦為聲援」。細玩文義，坦應作相，與下文「聲援」意合。坦係相之形訛。

六三、同上　西川分壼，以仗賢俊。

曹注　按仇本作「分閫」，是也。壼應作閫，壼係誤植。

尾言

以上共六十三則，其中關於詩句文字之校勘，僅限於硬性之誤植。至於楊本「某一作某」之異文，除第三十四則爲例外，餘悉未闌入。

最後，尚須附帶指出：本人初見此楊本，因不見書前文字——傳誌、年譜。同時又因未標明所據版本。一度疑係成都望三益齋刻本以外之另一版本。其後，經與望三益齋刻本相對照，發現不無同誤之字，始知此楊本實係望三益齋刻本之子本，惟將書前文字轉移書末耳。

附錄　洪業評楊倫《杜詩鏡銓》

「陽湖楊倫西河《杜詩鏡銓》二十卷。自序於乾隆（五十六年）辛亥（一七九一）。朱珪序云：『其用力幾二十年，排纂成帙，又閱五年，可謂勤矣』。周樽序其書之佳處，如『棲屑』之出《北史》（按見《詠懷》二首之一，楊一九・九七二）；『扶侍』之出《漢書》（洪注：此條業檢之，未能得。按洪注的確）；《寄韓諫議》詩，『楓香』之當引《十洲記》（按見楊一六・七九八。惟《杜詩引得》從郭本作「風香」，故「楓香」節內無之）；《江樓夜宴》（按即《季秋蘇五弟江樓夜宴崔十三評事韋少府姪》）（三首之二）詩，『海上查』（按洪序及楊本俱作「海查」，但此不見《杜詩引得》）之當引《拾遺記》（按見楊一七・八四七）；皆舊注搜索所未及。其餘訂正舛譌，不一而足。又《昔（洪序誤作首）遊》詩，『商山、呂尚』、當指汾陽、鄴侯（按見楊一四・七〇一）；《瞿塘出峽》（按即《大曆三年春白帝城放船出瞿唐峽》）詩、『伊、呂、韓、彭』、斷指杜相（按即杜鴻漸）、崔旰（按見楊一八・九〇三）；考證詳確，尤能發前人所未發。（洪按）實則考證之勝過前人者，亦寥寥無幾。唯其注附句下，無仇本過繁之病。章法字句之評，刻於行間、欄上，無反覆尋檢之煩。昔人評論全詩之語，採其佳者，附列篇後，無江本（按即江浩然《杜詩集說》本）之雜。凡例云：『近更得王西樵、阮亭兄弟、李子德、邵子湘、蔣弱六、何義門、俞犀月、張惕庵諸公評本未經刊布者，悉行載入，庶足爲學者度盡金針』。其書蓋刪減仇本繁注，而稍增前人論詩之評，其意欲便學詩者之用也」。（洪業《杜詩引得序》七四—七五頁）

按《季秋蘇五弟江樓夜宴》三首之二、黎翻蔡本（三二·八〇七）「高隨海上槎（注：槎與查同）」句，注引王子年《拾遺記》云云。因楊本後出，故此解不得謂爲楊本創獲。又《大曆三年春白帝城放船出瞿唐峽》詩之「韓彭」，仇本（二一·一二三）早已注指崔旰，此亦不得謂爲楊本之創獲。

杜詩鏡銓篇目索引

以篇名首字筆劃爲序

一劃

一百五日夜對月……一三〇
一室……三五八

二劃

卜居（浣花溪水水西頭）……三一二
卜居（歸羨遼東鶴）……七四五
七月三日呈元曹長……六一七
又上後園山脚……七七五
又示兩兒……七四八
又示宗武……八九六
又呈竇使君……四一一
又呈吳郎……八四三
又作此奉衞王……九二六
又於韋處乞大邑瓷盌……三一五
又送……四四七
又雪……五八〇
又觀打魚……四〇八
九日……四六四
九日曲江……七〇
九日寄岑參……七九
九日楊奉先會崔明府……一〇一
九日藍田崔氏莊……二〇二
九日登梓州城……四一六

九日奉寄嚴大夫……四一六
九日諸人集於林……六六八
九日五首……八四〇
九月一日過孟倉曹……八三九
九成宮……一五六
入宅三首……七四四
入奏行贈竇侍御……三七八
入喬口……九六五
入衡州……一〇二〇
丁香……三八五
十二月一日三首……五七八
十六夜翫月……八三六
十七夜對月……八三七
十月一日……八六四
八月十五夜月二首……八三五
八哀詩……六七一
八陣圖……五九七
人日二首……八九九

三劃

巳上人茅齋……五
丈八溝納涼遇雨二首……六九
丈人山……三六一
三川觀水漲二十韻……一一八
三絕句（楸樹馨香倚釣磯）……三九六
三絕句（前年渝州殺刺史）……五七六
三韻三首……五六二
大雨……四〇二
大麥行……四〇三
大雲寺贊公房四首……一三二

大曆二年九月三十日……八六四
大覺高僧蘭若……八六八
山寺（野寺殘僧少）……二五三
山寺（野寺根石壁）……四七八
夕烽……二六〇
上巳日徐司錄宴集……九一一
上牛頭寺……四四一
上水遣懷……九五七
上白帝城……五九三
上白帝城二首……五九四
上後園山脚……七六六
上韋左相二十韻……八五
上兜率寺……四四二
上卿翁請修武侯廟……八六九
子規……五八二
小至……八八五
小寒食舟中作……一〇一八
小園……八五二
久雨期王將將軍不至……八七〇
久客……九四七
千秋節有感二首……九八四

四劃

今夕行……一八
元日示宗武……八九六
元日寄韋氏妹……一二七
元都壇歌寄元逸人……四〇
天末懷李白……二四八
天池……七一八
天河……二五五

天狗賦……一〇三七
天育驃騎歌……九〇
天邊行……四七六
月（天上秋期近）……一五三
月（四更山吐月）……八五六
月三首……七四三
月夜……一二六
月夜憶舍弟……二四七
月圓……六六三
不見……三七三
不寐……六六三
不歸……二一四
不離西閣二首……七二五
太平寺泉眼……二五一
太歲日……八九八
日暮（日落風亦起）……二六二
日暮（牛羊下來久）……八三七
木皮嶺……三〇二
水宿遣興奉呈羣公……九二一
水會渡……三〇三
水閣朝霽奉簡嚴明府……五八一
水檻……五一八
水檻遣心二首……三四五
五盤……三〇五
王十五前閣會……七三八
王司馬遺營草堂貲……三一三
王兵馬使二角鷹……七三一
王命……四七一
王侍御許攜酒至草堂……三七五
王竟攜酒高亦同過……三七六

王閬州筵酬十一舅……四六六
王閬州筵餞蕭遂州……五〇一
王錄事許修草堂貲……五二一
少年行……三八九
少年行二首……三八九
巴山……四七四
巴西驛亭觀江漲……一〇三四
丹青引贈曹將軍霸……五二九
引水……五九二
火……六一四
中宵……六六三
中夜……六六七
刈稻了詠懷……八六三
反照……八六五
公安送韋二少府匡贊……九四四
公安縣懷古……九四四

五劃

冬日有懷李白……三一
冬日謁玄元皇帝廟……二六
冬至……八四四
冬到金華山觀……四二二
冬狩行……四七七
冬深……九四八
冬晚送長孫漸舍人……一〇〇二
示從孫濟……三九
示姪佐……二六六
示獠奴阿段……五九二
白小……八三二
白水舅宅喜雨……一〇一

白沙渡……三〇三
白帝……六三四
白帝城樓……七二四
白帝城最高樓……五九六
白帝城放船四十韻……九〇三
白帝樓……七二三
白馬……一〇二三
白絲行……四七
白鳧行……一〇〇四
白露……七八二
白鹽山……六三三
去矣行……一〇五
去蜀……五六三
去秋行……四一三
玉華宮……一五七
玉臺觀二首……五〇五
玉腕騮……八五一
北征……一五九
北風（春生南國瘴）……九七一
北風（北風破南極）……一〇〇〇
北鄰……三二九
石筍行……三二三
石犀行……三二四
石硯……五八六
石鏡……三五一
石壕吏……二二一
石櫃閣……三〇六
石龕……二九三
立秋後題……二二八
立秋雨院中有作……五三七

立春……七三六
田舍……三二〇
出江陵南浦寄鄭少尹……九三八
出郭……三三四
可惜……三四九
可歎……八七九
甘園……四四三
甘林……七七六
正月三日歸溪上有作……五五三
古柏行……五九九
四松……五一七

六　劃

同元使君春陵行……六〇二
同李太守登歷下新亭……一三
同郭給事湯東靈湫作……一〇五
同諸公登慈恩寺塔……三五
曲江三章章五句……四四
曲江陪鄭南史飲……一八〇
曲江二首……一八〇
曲江對酒……一八一
曲江對雨……一八二
自平……八七五
自京赴奉先詠懷……一〇八
自瀼西移居東屯四首……八三三
行次昭陵……一六四
行次鹽亭簡嚴氏昆季……四四六
行次古城店汎江作……九一〇
收京三首……一六九
收京……四九〇

因許八寄旻上人……一八六
因崔侍御寄高彭州……三三〇
早行……九六〇
早花……四七五
早秋苦熱堆案相仍……一九九
早起……三四九
早發……九六三
早發射洪縣南途中作……四二六
至日寄兩院故人二首……二〇六
至後……五四八
有客……三一八
有事於南郊賦……一〇五七
有感五首……四九三
有歎……八九五
有懷台州鄭司戶……二三二
西山三首……四七二
西枝村尋置草堂二首……二四九
西郊……三四一
西閣二首……六五五
西閣口號呈元二十一……七二一
西閣夜……六七五
西閣雨望……六五五
西閣期嚴明府不到……六五五
西閣曝日……七二五
成都府……三一〇
江上……六六六
江上值水如海勢……三四五
江月……六六六
江村……三二〇
江雨有懷鄭典設……七四七

江亭……三四八
江亭送眉州辛別駕……四四五
江南逢李龜年……一〇一七
江畔獨步尋花七絕句……三五四
江梅……七三七
江漢……九三五
江陵望幸……四七五
江閣臥病呈崔盧侍御……九八一
江閣對雨懷裴二端公……一〇二六
江漲（江發蠻夷漲）……八九六
江漲（江漲柴門外）……三二〇
江邊星月二首……九二四
百舌……四八六
百憂集行……三六六
光祿坂行……四一二
存歿口號二首……六六二
舟中……九二五
舟中夜雪懷盧侍御……一〇〇一
舟中苦熱呈陽中丞……一〇二四
舟月對驛近寺……九二四
舟前小鵝兒……四四九
老病……七三八
耳聾……八五四
向夕……八六六
多病執熱奉懷李尚書……九二一
地隅……九三六
次空靈岸……九六二
次晚洲……九六四
回棹……九七七
朱鳳行……一〇〇五

七劃

李監宅二首……一〇
李鄠縣丈人胡馬行……二一一
李潮八分小篆歌……七一六
兵車行……三三
投簡咸華兩縣諸子……三六
投簡梓州幕府……四五〇
投贈哥舒開府翰……七一
杜位宅守歲……四〇
杜鵑……五八一
杜鵑行（君不見昔日蜀天子）……三二五
杜鵑行（古時杜宇稱望帝）……一〇三六
沈東美除膳部員外郎……八〇
沙苑行……九一
赤甲……七四五
赤谷……二八八
赤谷西崦人家……二四九
赤霄行……五六一
初月……二五六
初冬……五四七
佐還山後寄三首……二六六
別李秘書始興寺所居……七九〇
別李義……八八六
別房太尉墓……五一〇
別崔潩因寄薛孟……七九二
別常徵君……五七一
別張十三建封……九九六
別董頲……九四九
別贊上人……二八三

別蔡十四著作……五八八
別蘇徯……七九一
狂夫……三一九
狂歌行贈四兄……五六四
村夜……三三八
村雨……五四〇
吹笛……六六九
壯遊……六九六
見王監說白黑鷹二首……七七三
見螢火……七八〇
折檻行……七三五
更題……七八三
君不見簡蘇徯……七九〇
巫峽敝廬贈侍御四舅……七九三
巫山縣唐使君宴別……九〇七
吾宗……七九三
弟觀妻子到江陵三首……八九〇
呀鶻行……九四五

八劃

房兵曹胡馬……五
夜（絕岸風威動）……八三九
夜（露下天高秋氣清）……六五七
夜二首……八六七
夜雨……七八二
夜宿西閣呈元曹長……七二一
夜宴左氏莊……七
夜聞觱篥……九五〇
夜聽許十一誦詩……八八
夜歸……八九二

武侯廟……五九六
武衞將軍挽詞三首……五四
奉先劉少府山水障歌……一一二
奉待嚴大夫……五〇九
奉送十七舅下邵桂……八九〇
奉送韋中丞赴湖南……八八九
奉寄高常侍……五二〇
奉寄章十侍御……五〇六
奉漢中王手札……六六〇
奉濟驛重送嚴公……四〇六
奉謝口勅放三司推問狀……一〇九一
奉簡高三十五使君……三三〇
奉贈王中允維……一八四
奉贈李八丈曛判官……九九五
奉贈盧五丈參謀琚……九八五
奉贈蕭十二使君……一〇一三
奉贈嚴八閣老……一五三
官定後戲贈……一〇二
官池春雁二首……四四九
官亭夕坐簡顏少府……九四三
雨（冥冥甲子雨）……五八〇
雨（峽雲行清曉）……六二六
雨（行雲遞崇高）……六二六
雨（始賀天休雨）……七四二
雨（山雨不作泥）……七七八
雨（萬木雲深隱）……七八二
雨二首……六二七
雨不絕……六二八
雨四首……八五七
雨晴（雨晴山不改）……六六五

雨晴（天際秋雲薄）……二五三
雨過蘇端……一三六
羌村三首……一五八
和宋少府宴書齋……九一四
和賈舍人早期……一七三
和裴迪登新津寺……三三〇
和裴迪登蜀州東亭……三三九
和嚴中丞西城晚眺……三九四
和嚴鄭公軍城早秋……五三八
垂白……六六四
垂老別……二二三
佳人……二三〇
東屯月夜……八六一
東屯北崦……八六一
東西兩川說……一〇八一
東津送韋諷錄事……四一二
東樓……二五二
空囊……二六三
兩當縣吳侍御宅……二八四
法鏡寺……二九一
青陽峽……二九一
青絲……五七六
泥功山……二九四
所思（苦憶荊州醉司馬）……三二一
所思（鄭老身仍竄）……三七三
泛江……五〇二
泛江送客……四四一
泛溪……三三三
枏樹爲風雨所拔歎……三六三
花鴨……三八七

花底……四三六
宗武生日……四一三
放船（送客蒼溪縣）……四六七
放船（收帆下雨急）……五七〇
征夫……四七二
舍弟占歸草堂檢校……四八二
舍弟觀歸藍田二首……七八三
到村……五三九
長江二首……五七二
長沙送李十一銜……一〇三〇
長吟……五五七
近聞……五八三
返照……六六八
昔遊（昔者與高李）……七〇一
昔遊（昔謁華蓋君）……八五九
往在……七〇四
河北節度入朝十二首……七五四
阻雨不得歸瀼西甘林……七七四
孤鴈……八二九
社日兩篇……八三四
孟氏……七九三
孟倉曹領新酒醬見遺……八三九
孟冬……八六五
季秋江村……八五一
季秋江樓夜宴三首……八四七
虎牙行……八七三
泊松滋江亭……九一〇
泊岳陽城下……九五一
岳麓山道林二寺行……九六六

九劃

南池……五〇〇
南征……九五三
南曹小司寇舅假山……九
南楚……五八〇
南極……七一九
南鄰……三二九
春日江村五首……五五五
春日梓州登樓二首……四三五
春日憶李白……三一
春日戲題惱郝使君兄……四三六
春水……三四八
春水生二絕……三四四
春夜田侍御津亭留宴……九〇九
春夜喜雨……三四四
春宿左省……一七七
春望……一二八
春遠……五五七
春歸……五一三
前出塞九首……四七
前苦寒行二首……八九二
前殿中侍御史柳公太一天尊圖文……一一〇二
重汎鄭監湖亭……九一四
重送劉十弟判官……九八八
重遊何氏五首……六七
重經昭陵……一七一
重簡王明府……三六六
重題……九三七
重題鄭氏東亭……二一八

重贈鄭鍊絕句……三八三
城上……四八五
城西陂泛舟……七五
苦竹……二五九
苦雨奉寄隴西公……八一
苦戰行……四一二
秋日阮隱居致薤……二六八
秋日荆南述懷三十韻……九二七
秋日題鄭監湖亭三首……六七〇
秋日夔府詠懷一百韻……八〇〇
秋雨歎三首……八二
秋風二首……七七九
秋述……一〇七八
秋峽……八三三
秋笛……二六一
秋清……八三二
秋野五首……八一三
秋興八首……六四三
秋盡……四二〇
後出塞五首……一〇二
後苦寒行二首……八九三
後遊……三四七
哀王孫……一二〇
哀江頭……一二二
述苦三首……四五四
述懷……一四〇
宣政殿退朝……一七五
洗兵馬……二一五
卽事（聞道花門破）……二五四
卽事（百寶裝腰帶）……三九〇

即事（暮春三月巫峽長）……七四一
即事（天畔羣山孤草亭）……八五三
促織……二五七
飛仙閣……三〇四
恨別……三三四
建都十二韻……三三七
客至……三四二
客夜……四一五
客居……五八三
客亭……四一六
客堂……五八五
客從……一〇〇三
客舊館……四六二
韋諷錄事宅觀畫馬圖……五三一
茅屋爲秋風所破歌……三六四
茅堂檢校收稻二首……八六三
枯棕……三七一
枯柟……三七二
范員外吳侍御枉駕……三七五
段功曹到得楊長史書……三八〇
畏人……三八八
姜楚公畫角鷹歌……四一〇
相從行贈嚴二別駕……四一九
禹廟……五六八
負薪行……六〇一
毒熱寄崔評事……六二〇
信行遠修水筒……六二一
洞房……八二三
洛陽……八二六
柏學士茅屋……八四五

柳司馬至……八八五
柳邊……四三七
幽人……一〇〇〇
風雨看舟前落花……一〇一二
風疾舟中伏枕書懷……一〇三〇
軍中醉歌寄沈八劉叟……一〇三五
封西獄賦……一〇六七

十劃

送人從軍……二六五
送二十三舅之攝郴州……一〇一四
送二十四舅赴青城……四六六
送十五弟侍御使蜀……七六九
送大理封主簿五郎……九〇一
送王十五扶侍還黔中……四五六
送王侍御往東川……五五一
送王信州崟北歸……七六七
送王十六判官……七八六
送王砅評事使南海……一〇〇八
送元二適江左……四六三
送石首薛明府三十韻……九三一
送田四弟將軍赴江陵……八五〇
送孔巢父歸江東……三二
送李校書二十六韻……一八八
送李卿曄……四八五
送李功曹之荊州……七八五
送李秘書赴杜相公幕……七八六
送李二十九弟入蜀……九四六
送何侍御歸朝……四四五
送長孫侍御赴武威判官……一四三

送舍弟穎赴齊州三首……五四二
送孟倉曹赴東京選……八四〇
送韋書記赴安西……五三
送韋評事充同谷判官……一四六
送韋司直歸成都……四五二
送韋諷上閬州錄事……五三三
送韋員外牧韶州……九八二
送段公曹歸廣州……三八一
送高書記十五韻……五〇
送高司直尋封閬州……八八七
送班司馬入京二首……四九〇
送唐十五誡寄賈侍郎……五四六
送卿二翁還江陵……八七〇
送馬大卿恩命赴闕下……九一三
送張十二參軍赴蜀……五二
送張司馬南海勒碑……一七九
送率府程錄事還鄉……一一五
送從弟亞赴河西判官……一一四
送郭中丞三十韻……一四八
送許拾遺歸江寧覲省……一八五
送梓州李使君之任……四〇七
送崔都水翁下峽……四三八
送陵州路使君之任……四六二
送惠二歸故居……七五〇
送鄉弟韶陪從叔朝謁……七六九
送覃二判官……九四六
送楊六判官使西蕃……一五一
送楊監赴蜀見相公……六三一
送賈閣老出汝州……一七八
送路六侍御入朝……四三九

送蜀州柏二別駕……七二八
送裴二虬尉永嘉……五二
送裴五赴東川……三六二
送遠……二六五
送趙十七明府之縣……一〇一六
送蔡希魯都尉還隴右……九八
送樊侍御赴漢中判官……一四一
送鄭虔貶台州司戶……一七二
送盧侍御二十四韻……九九〇
送鮮于萬州遷巴州……八八九
送韓十四江東省覲……三六一
送魏倉曹還京寄岑范……四三九
送魏少府之交廣……九九八
送魏司直充掌選判官……一〇一五
送嚴公入朝十韻……四〇四
送嚴侍郎到綿州……四〇五
送竇九赴成都……四六四
送蘇州李長史之任……九一二
送蘇四徯兵曹適桂州……一〇〇三
送顧文學適洪吉州……九四〇
送靈州李判官……一五二
高枏……三五三
高使君自成都囘……三七七
高都護驄馬行……二八
病柏……三六九
病馬……二六三
病後過王倚飲贈歌……三七
病橘……三七〇
留別公安大易沙門……九四七
留別賈嚴二閣老……一五四

留花門……二〇一
留贈崔于二學士……五五
夏日李公見訪……八九
夏日楊長寧宅……九一九
夏日歎……二二六
夏夜送宇文石首聯句……九二〇
夏夜歎……二二七
徒步歸行贈李特進……一五五
除架……二五九
除草……五五四
徐步……三五〇
徐卿二子歌……三六七
徐少尹見過……三七五
草堂卽事……三七三
草堂……五一四
草閣……六六五
秦州雜詩二十首……二三九
桔柏渡……三〇七
海椶行……四一〇
倚杖……四四六
倦夜……四六四
桃竹杖引贈章留後……四八〇
破船……五一九
院中晚晴懷西郭茅舍……五三八
宴王使君宅二首……九四五
宴戎州楊使君東樓……五六五
宴忠州使君姪宅……五六七
宴胡侍御書堂……九一一
哭王彭州掄……七一一
哭李尚書之芳……九三六

哭李常侍嶧二首……九三八
哭長孫侍御……一〇三五
哭韋大夫之晉……九八〇
哭鄭司戶蘇少監……五四九
哭嚴僕射歸櫬……五六九
旅夜書懷……五七〇
峽中覽物……六〇九
峽口二首……七一八
峽隘……八九五
荊南趙公大食刀歌……七二九
庭草……七三七
柴門……七六四
能畫……八二四
乘雨入行軍六弟宅……九一一
書堂既夜月下賦絕句……九一二
祠南夕望……九五六
追酬高蜀州人日詩……一〇〇五
逃難……一〇三四
唐故范陽太君盧氏墓誌……一一一七
唐故德儀贈淑妃皇甫氏神道碑……一一二一
唐故萬年縣君京兆杜氏墓誌……一一二二
唐興縣客館記……一〇七三

十一劃

寄司馬山人十二韻……五二二
寄邛州崔錄事……五二一
寄李十二白……二八一
寄李員外布十二韻……五二八
寄李秘書文嶷二首……六一一
寄杜位（近聞寬法離）……三六〇

寄杜位（寒日經簷短）……八五〇
寄別馬巴州……五〇八
寄岑嘉州……五九〇
寄狄明府博濟……七九六
寄河南韋尹丈人……一二
寄韋有夏郎中……五九三
寄柏學士林居……八四六
寄高三十五書記……五三
寄高詹事……一九七
寄高使君岑長史……二七一
寄高適……四一四
寄常徵君……五八九
寄族弟唐十八使君……九〇八
寄陶王二少尹……三五九
寄張十二山人……二七九
寄賀蘭銛……四九三
寄從孫崇簡……八四七
寄董卿嘉榮十韻……五三六
寄賈司馬嚴使君……二七四
寄楊五桂州譚……三三九
寄裴施州……八七五
寄劉伯華使君四十韻……八〇八
寄題江外草堂……四五二
寄薛三郎中據……七五〇
寄韓諫議注……七九八
寄贊上人……二五〇
寄贈王將軍承俊……三四〇
陪王侍御宴東山野亭……四三一
陪王侍御攜酒泛江……四三一
陪王使君泛江二首……五〇一

陪王漢州泛房公西湖……四四八
陪四使君登惠義寺……四四四
陪李北海宴歷下亭……一二
陪李金吾花下飲……六三
陪李司馬觀造竹橋……三七六
陪李梓州泛江二首……四四四
陪柏中丞宴將士二首……七二八
陪章侍御宴南樓……四五八
陪鄭駙馬韋曲二首……一八三
陪鄭公北池臨眺……五四四
陪諸公宴越公堂……五九五
陪裴使君登岳陽樓……九五三
陪嚴鄭公摩訶池泛舟……五四四
得舍弟消息（風吹紫荊樹）……一八七
得舍弟消息（亂後誰得歸）……二一二
得舍弟消息二首……一二九
得舍弟觀書已達江陵……七四九
得房公池鵝……四四八
得家書……一四一
得廣州張判官書……三八〇
崔少府高齋三十韻……一一六
崔氏東山草堂……二〇三
崔駙馬山亭宴集……七四
崔評事弟許相迎不到……七三八
晚……八三八
晚出左掖……一七七
晚行口號……一五四
晚登瀼上堂……七五二
晚晴（村晚驚風度）……三五三
晚晴（晚照斜初徹）……六二九

晚晴（高唐暮冬）……八九四
晚晴吳郎見過北舍……八四二
望牛頭寺……四四一
望岳（西岳崚嶒竦處尊）……一九八
望岳（南岳配朱鳥）……九七四
望兜率寺……四四三
望嶽……一
從人覓小胡孫許寄……二六八
從左拾遺移華州掾……一九七
從草堂復至東屯二首……八六二
從韋明府處覓綿竹……三一四
宿白沙驛……九五六
宿江邊閣……六五四
宿昔……八二三
宿花石戍……九六二
宿青草湖……九五五
宿青溪驛懷張員外……五六四
宿府……五四〇
宿贊公房……二四八
宿鑿石浦……九六〇
𡺸山湖亭懷李員外……一四
貧交行……四六
晦日尋崔戢李封……一一三
偪側行贈畢曜……一九〇
野人送朱櫻……三九九
野老……三二一
野望（清秋望不極）……二六二
野望（西山白雪三城戍）……三七四
野望（金華山北涪水西）……四二一
野望（納納乾坤大）……九六五

十一劃

野望因過常少仙……三五九
鹿頭山……三〇九
堂成……三一五
梅雨……三一七
逢唐興劉主簿弟……三六五
梔子……三八六
屏跡三首……三八八
陳拾遺故宅……四二三
通泉驛山水……四二七
通泉縣署薛少保畫鶴……四三〇
郪城送李武赴成都……四三八
涪江泛舟送韋班歸京……四三八
涪城縣香積寺官閣……四四〇
章梓州橘亭餞竇少尹……四五九
章梓州水亭……四五九
將赴荆南別李劍州……五〇七
將赴成都寄嚴公五首……五一一
將適吳楚留別章使君……四八一
將曉二首……五七四
張舍人遺織成褥段……五三四
張望補稻畦水歸……七七一
張望督促東渚耗稻……七七二
敝廬遺興奉寄嚴公……五五三
莫相疑行……五六一
移居夔州作……五九一
移居公安山館……九三九
移居公安贈衞大郎……九四三
船下夔州別王十二……五九一
牽牛織女……六一八
偶題……七一三

晝夢……七三九
晨雨……七四三
覓寄第五弟豐二首……七八四
惜別行送向卿之上都……九一九
惜別行送劉判官……九八六
清明……一〇一一
清明二首……九六八
乾元元年華州試進士策問五首……一〇八五
祭外祖祖母文……一一〇六
祭故相國清河房公文……一一〇八
祭遠祖當陽君文……一一〇五

十二劃

登牛頭山亭子……四四三
登四安寺鐘樓寄裴迪……三四六
登舟將適漢陽……九八八
登岳陽樓……九五二
登高……八四二
登兗州城樓……二
登樓……五二〇
悲青坂……一二四
悲秋……四一五
悲陳陶……一二四
喜雨（春旱天地昏）……四五三
喜雨（南風旱無雨）……五六〇
喜晴……一三六
喜達行在所三首……一三八
喜聞官軍已臨賊境……一六七
喜聞盜賊總退五首……九〇〇
喜薛據畢曜遷官……二六八

喜觀即到復題二首……七四九
畫鷹……六
畫鶻行……一九三
畫馬讚……一〇七三
渼陂行……七六
渼陂西南臺……七七
彭衙行……一六五
紫宸殿退朝……一七六
答岑補闕見贈……一八三
答楊梓州……四四九
答鄭十七郎一絕……五七一
發白馬潭……九五三
發同谷縣……三〇一
發秦州……二八七
發潭州……九七〇
發閬中……四七六
發劉郎浦……九四八
爲華州郭使君進滅殘寇形勢圖狀……一〇九四
爲農……三一八
爲閬州王使君進論巴蜀安危表……一〇九六
爲遺補薦岑參狀……一〇九三
爲夔府柏都督謝上表……一一〇〇
無家別……二二四
貽李員外賢子棐……一〇一六
貽華陽柳少府……六一二
貽阮隱居……二二八
寓目……二五三
寓同谷縣作歌七首……二九六
寒雨朝行視園樹……八五二
寒食……三五一

寒峽……二九〇
雲……八五六
雲山……三二二
雲安九日鄭十八携酒……五七一
散愁二首……三三五
琴臺……三五二
朝二首……八六六
朝雨……三五二
朝享太廟賦……一〇五二
朝獻太淸宮賦……一〇四六
惡樹……三五三
絕句……三九〇
絕句二首……五二二
絕句三首……五六〇
絕句四首……五五九

十二劃

絕句六首……五五八
絕句漫興九首……三五五
進三大禮賦表……一〇四五
進封西嶽賦表……一〇六五
進艇……三五七
進鵰賦表……一〇四〇
越王樓歌……四〇九
惠義寺送王少尹……四四七
惠義寺送辛員外……四四七
惠義寺餞崔都督……四五七
短歌行送祁錄事……四五一
短歌行贈王郎司直……九一六
渡江……五〇二
黃河二首……五二六
黃草……六三五

黃魚……八三一
揚旗……五二七
渝州候嚴侍御不到……五六六
最能行……六〇一
詠懷古跡五首……六四九
詠懷二首……九七二
晴二首……七四二
復愁十二首……八二〇
復陰……八九四
提封……八二七
覃山人隱居……八四四
賀陽城郡王太夫人……八四九
悶……八六八
陽城郡王新樓成……九二五
湘夫人祠……九五六
湘夫人餞裴端公赴道州……九七九
湖南送敬使君適廣陵……九八九
湖城遇孟雲卿……二〇八

十三劃

與李白同尋范隱居……一五
與許主簿遊南池……四
與源少府宴渼陂……七五
與嚴二郎奉禮別……四六九
過宋員外之問舊莊……六
過南岳入洞庭湖……九五四
過南鄰朱山人水亭……五一九
過故斛斯校書莊二首……五三五
過客相尋……七五九
津口……九六一

過洞庭湖……一〇二九
過郭代公故宅……四二八
遊子……五〇三
遊何將軍山林十首……六三
遊修覺寺……三四七
遊龍門奉先寺……一
飲中八仙歌……一六
酬李都督丈早春作……三四一
酬孟雲卿……一九五
酬高使君相贈……三一一
酬寇侍御錫見寄……一〇二〇
酬韋韶州見寄……九八三
酬郭十五判官……九七六
酬薛判官見贈……七九四
酬嚴公寄題野亭……三九〇

愁……七三九
愁坐……四七〇
塞蘆子……一三一
義鶻行……一九二
路逢楊少府呈楊員外……二〇七
新安吏……二一九
新婚別……二二二
萬丈潭……三〇〇
詣徐卿覓果栽……三一五
蜀相……三一六
落日……三四九
溪漲……四〇三
溪上……七八一
樱拂子……四六一
楊監示張旭草書圖……六二九

楊監又出畫鷹十二扇……六三〇
歲暮……四八三
歲晏行……九五〇
傷春五首……四八七
傷秋……八五三
雷（大旱山嶽焦）……六一三
雷（巫峽中宵動）……八六七
催宗文樹雞柵……六二一
搖落……六六五
園……七六〇
園人送瓜……七六一
園官送菜……七六〇
槐葉冷淘……七六六
暇日小園散病……七七七
解悶十二首……八一五
解憂……九五九
猿……八三〇
麂……八三〇

十四劃

遣悶……九二三
遣悶呈嚴公二十韻……五四〇
遣悶戲呈路曹長……七四〇
遣意二首……三四二
遣憂……四七四
遣愁……六六七
遣遇……九五九
遣憤……五七七
遣興（驥子好男兒）……一三一
遣興（干戈猶未定）……三二二

遣興二首……二三六
遣興三首（我今日夜憂）……二〇五
遣興三首（下馬古戰場）……二二九
遣興五首（蟄龍三冬臥）……二三三
遣興五首（朔風飄胡鴈）……二三七
遣懷（愁眼看霜露）……二五五
遣懷（昔我遊宋中）……七〇二
對雨……四七〇
對雨書懷邀許主簿……四
對雪（戰哭多新鬼）……二二五
對雪（北雪犯長沙）……一〇〇二
端午日賜衣……一九四
夢李白二首……二三一
蒹葭……二五八
銅瓶……二六四
銅官渚守風……九六六
鳳凰臺……二九五
賓至……三一八
遠遊（賤子何人記）……四四三
遠遊（江闊浮高棟）……六六四
遠懷舍弟穎觀等……八九七
聞房相靈櫬歸葬二首……五七三
聞高常侍亡……五六七
聞官軍收河南河北……四三三
聞斛斯六官未歸……三五八
漫成二首……三四三
漫成一首……五九二
漁陽……四三二
漢中王手札報韋蕭亡……六六一
漢州王大錄事宅……四五〇

臺上得涼字……四五九
種萵苣……六二四
閣夜……七二二
樓上……九八三
說旱……一〇七九

十五劃

醉時歌贈鄭廣文……六〇
醉歌行別從姪勤落第……六一
醉歌行贈公安顏少府……九四〇
醉爲馬墜羣公携酒……七五二
暮春……七四〇
暮春題瀼西草屋五首……七四六
暮春過鄭監湖亭汎舟……九一四
暮秋枉裴道州手札……九九三
暮秋將歸秦留別親友……一〇二九
暮寒……五〇三
暮歸……九三四
劉九法曹石門宴集……三
樂遊園歌……四三
鄭典設自施州歸……八七六
鄭駙馬池臺遇鄭廣文……一三七
鄭駙馬宅宴洞中……一六
歎庭前甘菊花……五九
瘦馬行……二〇四
潼關吏……二二一
廢畦……二六〇
劍門……三〇八
遭田父泥飲美嚴中丞……三九三
翫月呈漢中王……四一九

閬山歌……四九八
閬水歌……四九九
閬州東樓筵送十一舅……四六七
閬州赴蜀山行三首……五〇九
滕王亭子二首……五〇四
撥悶……五六六
諸葛廟……五九九
諸將五首……六三八
熱三首……六一六
熟食日示宗文宗武……七四八
課小豎鋤斫果林三首……八一四
課伐木……七六二
暝……八三八
暫往白帝復還東屯……八六二
寫懷二首……八七八
蔡侍御飲筵送殷參軍……九八九
虢國夫人……一〇三五

十六劃

龍門……一〇
龍門鎮……二九二
龍門閣……三〇五
獨立……二一四
獨坐……九三四
獨坐二首……八五五
獨酌……三五〇
獨酌成詩……一五五
橋陵詩三十韻……九八
憶幼子……一三〇
憶弟二首……二一二

憶昔二首……四九六
憶昔行……九一七
憶鄭南……六〇九
憑何少府覓榿木栽……三一四
憑孟倉曹覓土樓舊莊……八四〇
憑韋少府覓松樹子栽……三一四
閬鄉姜少府設鱠……二〇九
螢火……二五八
蕃劍……二六三
積草嶺……二九四
蕭明府處覓桃栽……三一三
謁文公上方……四二四
謁先祖廟……五九七
謁眞諦寺禪師……八六九
隨章留後新亭會送……四六〇
曉望白帝城鹽山……七二四
曉望……八三七
曉發公安……九四八
縛雞行……七三五
豎子至……七五九
樹間……七八一
歷歷……八二六
錦樹行……八七四
衡州送李大夫赴廣州……九七六
燕子來舟中作……一〇一八

十七劃

避地……一二〇
戲作花卿歌……三六八
戲作俳諧體遣悶二首……八五八

戲作寄上漢中王二首……四六〇
戲寄崔蘇韋……八四九
戲韋偃爲雙松圖歌……三二八
戲爲六絕句……三九七
戲簡鄭廣文……八九
戲贈友二首……四〇一
戲題寄上漢中王三首……四一七
魏侍御就敝廬相別……三八一
魏將軍歌……九四
薛端薛復筵醉歌……一二六
擣衣……二五六
謝嚴中丞送乳酒……三九六
薄暮……四六五
薄遊……四六八
營屋……五五四

十八劃

題王宰畫山水圖歌……三二七
題玄武禪師屋壁……四一四
題李尊師松樹障子歌……一八七
題忠州龍興寺院壁……五六九
題柏大山居屋壁二首……八四五
題省中院壁……一七八
題桃樹……五一六
題張氏隱居二首……二
題郭明府茅屋壁……四三七
題忠明府水樓二首……七七〇
題新津北橋樓……三四六
題鄭十八著作丈……一九一
題鄭縣亭子……一九八

題壁上韋偃畫馬歌……三二六
題衡山縣文宣王廟……一〇二六
臨邑舍弟書至苦雨……八
歸……七六〇
歸來……五一四
歸雁（東來萬里客）……五二一
歸雁（聞道今春雁）……九一五
歸雁二首……一〇一七
歸夢……九五四
歸燕……二五七
簡王明府……三六六
簡吳郎司法……八四三
雙燕……四八六
雙楓浦……九七一
覆舟二首……六五九
瞿唐兩崖……七二〇
瞿唐懷古……七二一
雞……八三一
聶耒陽書致酒肉……一〇二七
雜述……一〇七六

十九劃

贈比部蕭郎中十兄……二一
贈王侍御契四十韻……五二三
贈田九判官梁邱……九七
贈汝陽王二十韻……一九
贈李白（二年客東都）……一一
贈李白（秋來相顧）……一五
贈李十五丈別……六三二
贈李秘書別三十韻……七八七

贈別何邕……三八二
贈別賀蘭銛……四九二
贈別鄭鍊赴襄陽……三八二
贈花卿……三六九
贈韋七贊善……一〇一九
贈韋左丞丈濟……二三
贈韋左丞丈二十二韻……二四
贈韋贊善別……四五一
贈秦少府短歌……二一〇
贈高式顏……七一五
贈起居田舍人澄……七三
贈射洪李四丈……四二五
贈崔評事公輔……六一〇
贈陳二補闕……三〇
贈張卿垍二十韻……八三
贈南卿兄瀼西果園……九〇三
贈畢四曜……一九一
贈蜀僧閭邱師兄……三三一
贈虞十五司馬……三六二
贈裴南部……四六九
贈鄭諫議十韻……四五
贈鄭十八賁……五八七
贈衞八處士……二〇七
贈翰林張四學士垍……二九
贈鮮于京兆二十韻……五六
贈蘇四徯……七九〇
麗人行……五八
麗春……三八六
臘日……一七三
懷舊……五四九

懷錦水居止二首……五七五
懷瀾上遊……七四一
鵩賦……一〇四一

二十劃

嚴中丞枉駕見過……三九二
嚴公仲夏枉駕草堂……四〇〇
嚴公垂寄奉答二絕……三九五
嚴公廳宴詠蜀道地圖……四〇〇
嚴公廳事岷山沱江圖……五四五
嚴氏溪放歌行……四六八
嚴鄭公宅同詠竹……五四四
嚴鄭公階下新松……五四三
警急……四七一
釋悶……四九一
瀼西寒望……七二三
蘇大侍御渙訪江浦……九九二

廿一劃

驄馬行……九二
鐵堂峽……二八九
夔州歌十絕句……六三六
夔府書懷四十韻……七〇七
續得觀書迎就當陽……八九七

廿二劃

驅豎子摘蒼耳……六二三
聽楊氏歌……六五三
覽鏡呈柏中丞……七二七
覽柏中丞除官制詞……七二六

廿三劃

鷗……八二九

廿四劃

鹽井……二九○
鸂鶒……三八七
鬬雞……八二四
蠶穀行……一○○四

廿五劃

觀打魚歌……四○七
觀江漲呈竇使君……四一一
觀安西兵過二首……二○○
觀兵……二一三
觀作橋成呈李司馬……三七七
觀李固山水圖三首……五四七
觀舞劍器行……八八一
觀薛少保書畫壁……四二九

廿八劃

鸚鵡……八二八
纜船苦風戲簡鄭判官……九五一

廿九劃

驪山……八二七

卅一劃

灩澦堆……六三四
灩澦……七七○

國家圖書館出版品預行編目資料

杜詩鏡銓

（唐）杜甫著、（清）楊倫箋注. – 初版. – 臺北市：臺灣學生，2016.09
面；公分：

ISBN 978-957-15-1712-4 (平裝)

851.4415 105016690

杜詩鏡銓

著作者：唐・杜甫
箋注者：清・楊倫
出版者：臺灣學生書局有限公司
發行人：楊雲龍
發行所：臺灣學生書局有限公司
臺北市和平東路一段七五巷一一號
郵政劃撥戶：〇〇〇二四六六八號
電話：（〇二）二三九二八一八五
傳真：（〇二）二三九二八一〇五
E-mail: student.book@msa.hinet.net
http://www.studentbooks.com.tw
本書局登記證字號：行政院新聞局局版北市業字第玖捌壹號
印刷所：長欣印刷企業社
中和市永和路三六三巷四二號
電話：（〇二）二二二六八八五三

定價：新臺幣七〇〇元

二〇一六年九月初版

85104

ISBN 978-957-15-1712-4 (平裝)